高等学校"十一五"规划教材

U0141027

单片机原理及应用

宗成阁　编著

哈尔滨工业大学出版社

内 容 提 要

本书介绍了 MCS-51 系列单片机的基础知识、基本原理和基本结构;阐述了 MCS-51 系列单片机的指令系统,汇编语言程序设计,中断系统,定时器/计数器,串行通信,并行扩展技术,I/O 接口扩展技术,A/D、D/A接口技术,串行总线扩展技术,MCS-51 增强核芯片特性,单片机 C51 程序设计,单片机应用系统设计与调试,单片机应用系统抗干扰设计等内容。本书基本概念突出,逻辑性强,结构新颖,内容充实,注重理论与实际相结合。为了便于教学和自学,每章附有习题,可供读者练习。

本书适合作为高等院校电子信息工程、通信工程、电气工程、自动化、仪器仪表和计算机应用及其他相关专业的单片机技术课程教材和教学参考书,也可作为相关专业的工程技术人员学习单片机应用技术的参考书。

图书在版编目(CIP)数据

单片机原理及应用/宗成阁编著. —哈尔滨:哈尔滨
工业大学出版社,2009.4
ISBN 978 - 7 - 5603 - 2819 - 5

Ⅰ.单… Ⅱ.宗… Ⅲ.单片微型计算机 Ⅳ.TP368.1

中国版本图书馆 CIP 数据核字(2009)第 032355 号

策划编辑 王超龙 赵文斌
责任编辑 费佳明
出版发行 哈尔滨工业大学出版社
社 址 哈尔滨市南岗区复华四道街 10 号 邮编 150006
传 真 0451 - 86414749
网 址 http://hitpress.hit.edu.cn
印 刷 哈尔滨市工大节能印刷厂
开 本 787mm×1092mm 1/16 印张 22.5 字数 545 千字
版 次 2009 年 4 月第 1 版 2009 年 4 月第 1 次印刷
书 号 ISBN 978 - 7 - 5603 - 2819 - 5
印 数 1～4 000
定 价 35.00 元

前　言

随着电子信息科学技术的进步和大规模超大规模集成电路技术的飞速发展,单片机技术也得到了迅速发展。单片机的特点是功能强、体积小、成本低、可靠性高。目前,单片机已在工业测控、智能化仪表、数据采集、机电一体化、家用电器、办公室自动化及航空航天等各个领域得到了广泛应用,极大地提高了这些领域的技术水平和自动化程度。因此,单片机的开发应用已成为工程技术领域的一项非常必要的课题,各大专院校相关专业都将单片机课程作为一门重要课程列入教学计划。

单片机技术的开发和应用水平已成为一个国家工业发展的重要标志之一。目前生产单片机的厂家很多,产品种类繁多,型号不断更新,性能各具特色。在单片机家族的众多成员中,MCS-51 系列单片机结构体系完整、内部寄存器规范、指令系统功能完善、技术成熟、性能优越、可靠性和性价比高,因而迅速占领了工业测控和智能化仪表等领域的主要市场。

本书是在多年的单片机教学实践基础上编写的,主要介绍了 MCS-51 系列单片机的基本概念,基本原理,硬件结构,指令系统,汇编语言程序设计,中断系统,定时器/计数器,串行通信,并行扩展技术,I/O 接口扩展技术,A/D、D/A 接口技术,串行总线扩展技术,MCS-51 增强核芯片特性,单片机 C51 程序设计,单片机应用系统设计与调试,单片机应用系统抗干扰设计等内容。

本书具有如下特点:

1. 以电子信息类学科课程体系和内容改革为目的,强化学生的创新意识和创新能力。

2. 针对高等院校学生的教学特点,注重基本概念、基本知识和基本技能的培养。

3. 融入作者多年教学和科研经验,选取内容突出实用性、典型性,强调应用系统设计的重要性。

4. 紧跟单片机发展的新技术。对串行总线扩展技术、MCS-51 增强核芯片特性作了详细介绍,有利于读者提高设计工作的效率。

本书适合作为电子类、电工类和测控类专业教材,也可作为非电类学生及广大工程技术人员学习单片机应用技术的参考书。第 14 章和 15 章内容可根据具体情况选修。

本书由宗成阁教授主编。在本书的编写过程中,参考和借鉴了国内近期出版的相关资料和优秀教材,在此谨向文献作者表示诚挚感谢。哈尔滨工业大学电子工程系冯英盈、马莹莹、刘清艳、徐战、陈丛静、王瑞、张翠翠、石一帆、毛智能、刘帅、谭玉磊、王芳等同志为本书作了大量的出版准备工作,在此谨向他们表示衷心感谢。

由于本书编写时间仓促,加上编者水平有限,书中难免出现一些疏漏之处,恳请广大读者和同仁批评指正。

作　者

2009 年 1 月

目　　录

第1章　单片机概述

【学习目的和要求】　通过本章的学习,应该了解单片微型计算机与一般微型计算机的区别,单片机的发展概况,单片机的基本概念、主要特点和分类,单片机的主要应用领域。

　　自从 1946 年世界上第一台电子计算机问世以来,计算机的发展经历了电子管、晶体管、集成电路、大规模及超大规模四个时代。现代的计算机都是大规模及超大规模集成电路计算机,它们具有结构合理、功能强大、系统可靠等特点,其发展趋势是巨型化、微型化、网络化及智能化。微型化是计算机发展的重要方向。

　　单片机全称为单片微型计算机(Single Chip Microcomputer),又称为微控制器(Microcontroller Unit)或嵌入式控制器(Embedded Controller)。它是将计算机的基本部件微型化并集成到一块芯片上的微型计算机,是计算机微型化的典型代表之一,通常片内都含有 CPU、ROM、RAM、并行 I/O、串行 I/O、定时器/计数器、中断控制、系统时钟及系统总线等。

　　微型计算机的诞生与发展给人类生活带来了根本性的变化,使现代科学研究产生了质的飞跃,而单片机的出现则给现代工业测控及智能化仪表等领域带来一次新的技术革命。可以说单片机技术的开发和应用水平已成为一个国家工业发展的重要标志之一。目前生产单片机的厂家很多,产品种类繁多,性能各具特色。本书将主要介绍在我国应用较早,且仍占有较大市场份额的 Intel 公司的 MCS-51 系列单片机。

1.1　单片机的发展

　　单片机的发展经历了以下五个阶段:

　　(1)单片机初级阶段(1974—1976 年)

　　这一阶段制造工艺落后,集成度低,功能比较简单,而且采用了双片形式。典型的代表产品有美国 Fairchild(仙童)公司的 F8 系列。其特点是:片内只包括了 8 位 CPU,64 B 的 RAM 和两个并行口,需要外加一块 3851 芯片(内部具有 1 KB 的 ROM、定时器/计数器和两个并行口)才能组成一台完整的计算机。

　　(2)芯片化探索阶段(1976—1978 年)

　　这一阶段改进制造工艺,提高集成度,增强片内功能。在单片内集成 CPU、并行口、定时器/计数器、RAM 和 ROM 等功能部件,但性能低,品种少,应用范围也不是很广。典型的产品有 Intel 公司的 MCS-48 系列。其特点是:片内集成有 8 位的 CPU,1 KB 或 2 KB 的 ROM,64 B 或 128 B 的 RAM,只有并行接口,无串行接口,有 1 个 8 位的定时器/计数器,2 个中断源,片外寻址范围为 4 KB,芯片引脚为 40 个。MCS-48 单片机系列的推出标志着在工业控制领域,进入到智能化嵌入式应用的单片机探索阶段。主要是寻求最佳的单片形态嵌入式系统的最佳体系结构。参与这一探索阶段的还有 Motorola、Zilog 和 TI 等大公司,它们都取得了满意的探索效果,确立了单片微型计算机(SCM,Single Chip Microcomputer)在嵌入式应用中的地位。这种创新模式获得成功,奠定了 SCM 与通用计算机完全不同的发展道路。在开创嵌入式系统独立发展道路上,Intel 公司功不可没。

(3)8 位单片机成熟阶段(1978—1982 年)

这一阶段存储容量和寻址范围增大,而且中断源、并行 I/O 口和定时器/计数器个数都有了不同程度的增加,并且集成有全双工串行通信接口。在指令系统方面增设了乘除法、位操作和比较指令。代表产品有 Intel 公司的 MCS-51 系列,Motorola 公司的 MC6805 系列,TI 公司的 TMS7000 系列,Zilog 公司的 Z8 系列等。其特点是,片内包括了 8 位的 CPU,4 KB 或 8 KB 的 ROM,128 B 或 256 B 的 RAM,具有串/并行接口,2 个或 3 个 16 位的定时器/计数器,有 5~7 个中断源。片外寻址范围可达 64 KB,芯片引脚为 40 个。MCS-51 系列单片机的推出,奠定了典型的通用总线型单片机的体系结构,标志单片微型计算机体系结构的完善。Intel 公司将其 MCS-51 系列中的 80C51 内核使用权以专利互换或出售形式转让给全世界许多著名 IC 制造厂商,如 Philips、NEC、Atmel、AMD、华邦等,这些公司都在保持与 80C51 单片机兼容的基础上改善了 80C51 的许多特性,生产出各具特色的单片机。

(4)从 SCM 向 MCU 过渡阶段(1983—1990 年)

这一时期 16 位单片机和 8 位高性能单片机并行发展,16 位机的工艺先进,集成度高,内部功能强,运算速度快,而且允许用户采用面向工业控制的专用语言。代表产品有 Intel 公司的 MCS-96 系列,Motorola 公司的 MC68HC16 系列,TI 公司的 TMS9900 系列,NEC 公司的 783××系列和 NS 公司的 HPC16040 等。其特点是,片内包括了 16 位的 CPU,8 KB 的 ROM,232 B 的 RAM,具有串/并行接口,4 个 16 位的定时器/计数器,有 8 个中断源,具有看门狗(Watchdog),总线控制部件,增加了 D/A 和 A/D 转换电路,片外寻址范围可达 64 KB。MCS-96 单片机,将一些用于测控系统的模数转换器(ADC)、程序运行监视器(WDT)、脉宽调制器(PWM)、高速 I/O 口纳入片中,体现了单片机的微控制器(MCU)特征。然而,由于 16 位单片机价格比较贵,销售量不大,大量应用领域需要的是高性能、大容量和多功能的新型 8 位单片机。MCS-51 单片机系列向各大电气商的广泛扩散,许多电气商竞相采用 80C51 为内核,将许多测控系统中使用的电路技术、接口技术、可靠性技术应用到单片机中,强化了智能控制器特征。因此,微控制器成为单片机较为准确表达的名词。在发展 MCU 方面,最著名的厂家当数 Philips 公司。

(5)MCU 百花齐放阶段(1990 年—　)

近年来出现的 32 位单片机,是单片机的顶级产品,具有较高的运算速度。代表产品有 Motorola 公司的 M68300 系列和 Hitachi(日立)公司的 SH 系列、ARM 等。单片机发展到这一阶段,表明单片机已成为工业控制领域中普遍采用的智能化控制工具。小到玩具、家电行业,大到车载、舰船电子系统,以及计量测试、工业过程控制、机械电子、金融电子、商用电子、办公自动化、工业机器人、军事和航空航天等领域。为满足不同的要求,出现了高速、大寻址范围、强运算能力和多机通信能力的 8 位、16 位、32 位通用型单片机,小型廉价型、外围系统集成的专用型单片机,以及形形色色各具特色的现代单片机。可以说,单片机的发展进入了百花齐放的时代,为用户的选择提供了空间。

1.2 单片机系列产品及特点

单片机种类繁多,而且还在不断推出新的更高性能的单片机品种。从国内使用情况来看,MCS-51 系列单片机的应用最广泛。下面介绍几个著名单片机生产厂家的产品型号及功能特点。

1.8051 类单片机

最早由 Intel 公司推出的 8051/31 类单片机是世界上用量最大的几种单片机之一。由于 Intel 公司在嵌入式应用方面将重点放在 x86、奔腾等与 PC 类兼容的高档芯片的开发上,8051 类单片机主要由 Philips、三星、华邦和 Atmel 等公司生产。这些公司都在保持与 8051 单片机兼容的基础上改善了 8051 许多特性(如时序特性)。提高了速度,降低了时钟频率,放宽了电源电压的动态范围,降低了产品价格。表 1.1 列出了常用的 MCS-51 系列单片机的产品。

表 1.1 MCS-51 系列单片机的产品

产品型号	片内存储容量				寻 址	时钟	I/O 特性		其他功能	
	ROM	EPROM	E²PROM	RAM	ROM/RAM	MHz	并行口	串行口	计数器	中断源
8031	–	–	–	128 B	64 KB	12	4×8	1	2×16	5
80C51	–	–	–	256 B	64 KB	12	4×8	1	3×16	6
80C451	–	–	–	128 B	64 KB	12	4×8	1	2×16	5
8051/80C51	4 KB	–	–	128 B	64 KB	12	4×8	1	2×16	5
8751/87C51	–	4 KB	–	128 B	64 KB	12	4×8	1	2×16	5
8032	–	–	–	256 B	64 KB	12	4×8	1	3×16	6
8052AH	8K B	–	–	256 B	64 KB	12	4×8	1	3×16	6
8752/87C52	–	8 KB	–	256 B	64 KB	33	4×8	1	3×16	6
87C452	–	8 KB	–	256 B	64 KB	33	5×8	1	2×16	5
W78E51	–	4 KB	–	128 B	64 KB	40	4×8	1	2×16	5
W78E52	–	8 KB	–	256 B	64 KB	40	4×8	1	3×16	6
W78E54	–	16 KB	–	256 B	64 KB	40	4×8	1	3×16	6
W78E58	–	32 KB	–	256 B	64 KB	40	36	1	3×16	6
W78E516	–	64 KB	–	256 B	64 KB	40	36	1	3×16	6
89C51	–	–	4 KB	128 B	64 KB	24	4×8	1	2×16	6
89C52	–	–	8 KB	256 B	64 KB	33	5×8	1	2×16	7

2.Motorola 单片机

Motorola 是世界上最大的单片机厂商,产品特点是品种全、选择余地大、新产品多。在 8 位机方面有 68HC05 和升级产品 68HC08。68HC05 有 30 多个系列,200 多个品种,产量已超过 20 亿片。8 位增强型单片机 68HC11 也有 30 多个品种,年产量在 1 亿片以上,升级产品有

68HC12。16 位机 68HC16 也有十多个品种。32 位的 683×× 系列也有几十个品种。近年来,以 PowerPC、Coldfire、M.CORE 等为 CPU 将 DSP 作为辅助模块集成的单片机也纷纷推出,目前仍是单片机的首选品牌。Motorola 单片机的优点之一是在同样速度下所用的时钟频率较 Intel 类单片机低很多,因而其高频噪声较低,抗干扰能力强,更适合用于工控领域及恶劣的环境。Motorola 8 位单片机过去的策略是以掩膜为主的,最近推出 OTP(一次性编程)计划以适应单片机发展新趋势,在 32 位机上,M.CORE 在性能和功耗方面都胜过 ARM7。

3.Microchip 单片机

Microchip 单片机是市场增长最快的单片机。主要产品是 16C 系列 8 位单片机,其特点是 CPU 采用 RISC 结构,仅 33 条指令,运行速度快,且以低价位著称。Microchip 最近推出全新的高性能 8 位闪存单片机,并有 16 种集成高分辨率片上模数转换器的高性能 PIC18 单片机,扩展了 Microchip 通用 PIC18F4523 系列产品线,极大地丰富了客户的选择。在三个新产品系列中,PIC18F8723 大容量存储器通用系列提供了丰富的外设集,以及高达 10 MIPS 的卓越性能;PIC18F4553 系列提供了集成全速 USB 收发器和 12 MIPS 性能;而 PIC18F8493 LCD 单片机系列则可提供低功耗显示应用所需的集成 LCD 驱动能力。

4.Scenix 单片机

Scenix 单片机 I/O 模块有新意,I/O 模块的集成与组合技术是单片机技术不可缺少的重要方面。除传统的 I/O 功能模块如并行 I/O、URT、SPI、I^2C、A/D、PWM、PLL、DTMF 等,新的 I/O 模块不断出现,如 USB、CAN、J1850。最具代表性的是 Motorola 32 位单片机,它集成了包括各种通信协议在内的 I/O 模块。而 Scenix 单片机在 I/O 模块的处理上引入了虚拟 I/O 的新概念。Scenix 采用了 RISC 结构的 CPU,使 CPU 最高工作频率达 50 MHz,运算速度接近 50 MIPS。有了强有力的 CPU,各种 I/O 功能便可以用软件的办法模拟。Scenix 公司提供了各种 I/O 的库函数,用于实现各种 I/O 模块的功能。这些用软件完成的模块包括多路 UART、多路A/D、PWM、SPI、DTMF、FSK、LCD 驱动等,都是通常用硬件实现起来也相当复杂的模块。

5.NEC 单片机

NEC 单片机自成体系,以 8 位单片机 78K 系列产量最高,也有 16 位、32 位单片机。16 位以上单片机采用内部倍频技术,以降低外时钟频率。有的单片机采用内置操作系统。

6.东芝单片机

东芝单片机的特点是从 4 位机到 64 位机门类齐全。4 位机在家电领域仍有较大的市场。8 位机主要有 870 系列、90 系列等,该类单片机允许使用慢模式,采用 32 K 时钟时功耗降至 10 μA 数量级。CPU 内部多组寄存器的使用,使得中断响应与处理更加快捷。东芝的 32 位单片机采用 MIPS 3000A RISC 的 CPU 结构,面向 VCD、数字相机、图像处理等市场。

7.富士通单片机

富士通也有 8 位、16 位和 32 位单片机,但 8 位机使用的是 16 位机的 CPU 内核。也就是说 8 位机与 16 机所用的指令相同,使得开发比较容易。8 位单片机有著名的 MB8900 系列,16 位机有 MB90 系列。

8.Epson 单片机

Epson 公司以擅长制造液晶显示器著称,故 Epson 单片机主要为该公司生产的 LCD 配套。其单片机的特点是 LCD 驱动部分做得特别好,在低电压、低功耗方面也很有特点。目前 0.9V 供电的单片机已经上市,不久的将来,LCD 显示的手表类单片机将使用 0.5 V 供电。

9. Zilog 单片机

Z8 单片机是 Zilog 公司的产品,采用多累加器结构,有较强的中断处理能力。产品为 OTP 型,Z8 单片机的开发工具可称物美价廉。Z8 单片机以低价位的优势面向低端应用,以 18 引脚封装为主,ROM 为 0.5 ~ 2 KB。最近 Zilog 公司又推出了 Z86 系列单片机,该系列内部可集成廉价的 DSP 单元。

10. NS 单片机

美国国家半导体(NS)公司以生产先进的模拟电路著称,能生产高水平的数字模拟混合电路。该公司生产的 COP8 单片机片内集成了 16 位 A/D,这是单片机中不多见的。COP8 单片机内部使用了抗 EMI 电路,在看门狗电路以及 STOP 方式下单片机的唤醒方式上都有独到之处。此外,COP8 的程序加密控制也做得比较好。

11. 三星单片机

三星单片机有 KS51 和 KS57 系列 4 位单片机,KS86 和 KS88 系列 8 位单片机,KS17 系列 16 位单片机和 KS32、32 位单片机。三星单片机为 OTP 型 ISP 在片编程功能。三星公司以生产存储器芯片著称,在存储器市场供大于求的形势下,涉足参与单片机的竞争。三星公司在单片机技术上以引进消化发达国家的技术,生产与之兼容的产品,然后以价格优势取胜。例如在 4 位机上采用 NEC 的技术,8 位机上引进 Zilog 公司 Z8 的技术,在 32 位机上购买 ARM7 内核,还有 NEC、东芝的技术等。其单片机裸片的价格相当有竞争力。

12. 华邦单片机

华邦单片机属 8051 类单片机,它们的 W78 系列与标准的 8051 兼容。W77 系列为增强型 51 系列,对 8051 的时序作了改进,在同样时钟频率下速度提高 2.5 倍,FLASH 容量从 4 KB 到 64 KB,有 ISP 功能。在 4 位单片机方面华邦有 921 系列和带 LCD 驱动的 741 系列。在 32 位机方面,华邦使用惠普公司 PA – RISC 单片机技术,生产低位的 32 位 RISC 单片机。

13. Philips 单片机

Philips 公司的 8 位 8051 单片机系列提供完整的产品类型,包括 FLASH、OTP、ROM 和无 ROM 器件。Philips 的 XA 是在 80C51 的基础上,对其结构和指令进行扩展而形成的一种功能强大的 16 位单片机,XA 与 80C51 的兼容性为 80C51 用户提供了更高的性能和更大的存储器空间。Philips 推出的基于 32 bit 微处理器的 ARM9 系列,已达到了 90 nm 的技术水平。ARM9 系列同时提供了多种能耗控制的优越性能,极大程度上降低了能耗并节省了开支。

1.3　单片机的分类

目前据不完全统计,全世界嵌入式处理器的品种总量已经超过 1 000 种,流行体系结构有 30 几个系列,其中 8051 体系的占有多半。生产 8051 单片机的半导体厂家有 20 多个,共 350 多种衍生产品。单片机可以按位数、用途和系列进行分类。

1.3.1　按用途分类

按用途单片机可分为两大类:专用型单片机和通用型单片机。

专用型单片机用途比较专一,出厂时程序已经一次性固化好,用户不能进行修改。其特点是成本低,适合大批量生产。电子表里的单片机就是其中的一种,来电显示电话中配有液晶驱动器接口的单片机和全自动洗衣机中的微控制器,都是专用单片机。特别是小家电、玩具领域的单片机,因其小封装、价格低廉,外围器件、外设接口集成度高,多数为专用单片机。

通用型单片机的主要特点是内部资源比较丰富,性能全面,而且通用性强,可覆盖多种应用要求。所谓资源丰富就是指片内集成的功能部件多,性能全面通用性强就是指可以应用在非常广泛的领域。使用不同的接口电路及编制不同的应用程序,通用型单片机就可完成不同的功能,小到家用电器、仪器仪表,大到机器设备和整套生产线都可用单片机来实现自动化控制。

1.3.2　按位数分类

通常按单片机数据总线的位数将单片机分为 4 位、8 位、16 位、32 位机。

1.4 位单片机

4 位单片机适合用于各种规模较小的家电类消费产品。一般的单片机厂家均有自己的 4 位单片机产品,有 OKI 公司的 MSM64164C、MSM64481,NEC 公司的 75006×系列、EPSON 公司的 SMC62 系列等。典型应用领域有:PC 机用的输入装置(鼠标、游戏杆)、电池充电器、运动器材、带液晶显示的音频视频产品控制器、一般家用电器的控制及遥控器、玩具控制、计时器、时钟、表、计算器、多功能电话、LCD 游戏机。

2.8 位单片机

8 位单片机是目前品种最为丰富、应用最为广泛的单片机,有着体积小、功耗低、功能强、性能价格比高、易于推广应用等显著优点。目前主要分为 MCS-51 系列及其兼容机型和非 MCS-51 系列单片机。MCS-51 兼容产品因开发工具及软硬件资源齐全而占主导地位,Atmel、Philips、Winbond 是 MCS-51 单片机生产的老牌厂家,CYGNAL 及 ST 也推出新的产品,其中 ST 新推出的 μPSD 系列片内有大容量 FLASH(128/256 KB)、8/32 KB 的 SRAM、集成 A/D、看门狗、上电复位电路、两路 UART、支持在系统编程 ISP 及在应用中编程 IAP 等诸多先进特性,迅速被广大 51 单片机用户接受。非 51 系列单片机在中国应用较广的有 Motorola 68HC05/08 系列、Microchip 的 PIC 单片机以及 Atmel 的 AVR 单片机。8 位单片机在自动化装置、智能仪器仪表、过程控制、通信、家用电器等许多领域得到广泛应用。

3.16 位单片机

16 位单片机操作速度及数据吞吐能力在性能上比 8 位机有较大提高。目前以 Intel 的 MCS-96/196 系列、TI 的 MSP430 系列及 Motorola 的 68HC11 系列为主。16 位单片机主要应用于工业控制、智能仪器仪表、便携式设备等场合。其中 TI 的 MSP430 系列以其超低功耗的特性广泛应用于低功耗场合。

4.32 位单片机

32 位单片机是单片机的发展趋势,随着技术发展及开发成本和产品价格的下降将会与 8 位机并驾齐驱。生产 32 位单片机的厂家与 8 位机的厂家一样多。Motorola、TOSHIBA、HITACH、NEC、EPSON、MITSUBISHI、SAMSUNG 群雄割据,其中以 32 位 ARM 单片机及 Motorola 的 MC683××、68K 系列应用较广。基于 Internet、无线数字传输的嵌入式应用,32 位机将具有更广泛的市场。

1.3.3 按系列分类

单片机按系列可分为 80C51 系列、PIC 系列和 AVR 系列等。

PIC 系列单片机是 Microchip 公司的产品,与 51 系列单片机不兼容。PIC 系列单片机的主要特性如下:

(1)PIC 系列单片机最大的特点是从实际出发,重视产品的性能与价格比,发展多种型号来满足不同层次的应用要求。PIC 系列从低到高有几十个型号,可以满足各种需要。其中,PIC12C508 单片机仅有 8 个引脚,是世界上最小的单片机。该型号有 512 字节 ROM、25 字节 RAM、一个 8 位定时器、一根输入线、5 根 I/O 线。PIC 的较高档型号,如 PIC16C74 有 40 个引脚,其内部资源为 ROM 共 4 K、192 字节 RAM、8 路 A/D、3 个 8 位定时器、2 个 CCP 模块、三个串行口、1 个并行口、11 个中断源、33 个 I/O 脚。这样一个型号可以和其他品牌的高档型号媲美。

(2)精简指令使其执行效率大为提高。PIC 系列 8 位 CMOS 单片机具有独特的 RISC 结构,数据总线和指令总线分离的哈佛总线(Harvard)结构,使指令具有单字长的特性,且允许指令码的位数可多于 8 位的数据位数。这与传统的采用 CISC 结构的 8 位单片机相比,可以达到 2:1 的代码压缩,速度提高 4 倍。

(3)产品上市零等待(Zero time to market)。采用 PIC 的低价 OTP 型芯片,可使单片机在其应用程序开发完成后立刻使该产品上市。

(4)PIC 有优越开发环境。OTP 单片机开发系统的实时性是一个重要的指标,PIC 在推出一款新型号的同时推出相应的仿真芯片,所有的开发系统由专用的仿真芯片支持,实时性非常好。

(5)其引脚具有防瞬态能力,通过限流电阻可以接至 220 V 交流电源,可直接与继电器控制电路相连,无须光电耦合器隔离,给应用带来极大方便。

(6)彻底的保密性。PIC 以保密熔丝来保护代码,用户在烧入代码后熔断熔丝,别人再也无法读出,除非恢复熔丝。目前,PIC 采用熔丝深埋工艺,恢复熔丝的可能性极小。

(7)自带看门狗定时器,可以用来提高程序运行的可靠性。

(8)睡眠和低功耗模式。虽然 PIC 在这方面已不能与新型的 TI-MSP430 相比,但在大多数应用场合还是能满足需要的。

AVR 单片机是 1997 年由 Atmel 公司研究开发的增强型内置 FLASH 的 RISC(Reduced Instruction Set CPU)精简指令集高速 8 位单片机。AVR 单片机的主要特性如下。

(1)AVR 单片机以字作为指令长度单位,将内容丰富的操作数与操作码安排在一字之中(指令集中占大多数的单周期指令都是如此),取指周期短,又可预取指令,实现流水作业,故可高速执行指令。

(2)AVR 单片机硬件结构采取 8 位机与 16 位机的折中策略,即采用局部寄存器堆(32 个寄存器文件)和单体高速输入/输出的方案(即输入捕获寄存器、输出比较匹配寄存器及相应控制逻辑)。提高了指令执行速度(1 MIPS/MHz),克服了瓶颈现象;同时又减少了对外设管理的开销,相对简化了硬件结构,降低了成本。

(3)AVR 单片机内嵌高质量的 FLASH 程序存储器,擦写方便,支持 ISP 和 IAP,便于产品的调试、开发、生产、更新。内嵌长寿命的 E^2PROM,可长期保存关键数据,避免断电丢失。片内大容量的 RAM 不仅能满足一般场合的使用,同时也更有效地支持使用高级语言开发系统程序,并可像 MCS-51 单片机那样扩展外部 RAM。

(4)AVR 单片机的 I/O 线全部带可设置的上拉电阻、可单独设定为输入/输出、可设定(初始)高阻输入、驱动能力强(可省去功率驱动器件)等特性,使得 I/O 口资源灵活、功能强大、可充分利用。

(5)AVR 单片机片内具备多种独立的时钟分频器,分别供 URAT、I^2C、SPI 使用。其中与8/16 位定时器配合的具有多达 10 位的预分频器,可通过软件设定分频系数提供多种档次的定时时间。AVR 单片机独有的"以定时器/计数器(单)双向计数形成三角波,再与输出比较匹配寄存器配合,生成占空比可变、频率可变、相位可变方波的设计方法(即脉宽调制输出PWM)"更是令人耳目一新。

(6)增强型的高速同/异步串口,具有硬件产生校验码、硬件检测和校验侦错、两级接收缓冲、波特率自动调整定位(接收时)、屏蔽数据帧等功能,提高了通信的可靠性,方便程序编写,更便于组成分布式网络和实现多机通信系统的复杂应用,串口功能大大超过 MCS-51/96单片机的串口,加之 AVR 单片机高速,中断服务时间短,故可实现高波特率通信。

(7)面向字节的高速硬件串行接口 TWI、SPI。TWI 与 I^2C 接口兼容,具备 ACK 信号硬件发送与识别、地址识别、总线仲裁等功能,能实现主/从机的收/发全部 4 种组合的多机通信。SPI 支持主/从机等 4 种组合的多机通信。

(8)AVR 单片机有自动上电复位电路、独立的看门狗电路、低电压检测电路 BOD,多个复位源(自动上电复位、外部复位、看门狗复位、BOD 复位),可设置的启动后延时运行程序,增强了嵌入式系统的可靠性。

(9)AVR 单片机具有多种省电休眠模式,且可宽电压运行(5~2.7 V),抗干扰能力强,可降低一般 8 位机中的软件抗干扰设计工作量和硬件的使用量。

(10)AVR 单片机技术体现了单片机集多种器件(包括 FLASH 程序存储器、看门狗、E^2PROM、同/异步串行口、TWI、SPI、A/D 模数转换器、定时器/计数器等)和多种功能(增强可靠性的复位系统、降低功耗抗干扰的休眠模式、品种多且门类全的中断系统、具有输入捕获和比较匹配输出等多样化功能的定时器/计数器、具有替换功能的 I/O 端口等)于一身,充分体现了单片机技术的从"片自为战"向"片上系统 SOC"过渡的发展方向。

目前最常用的单片机有以下几种:

* Intel 公司生产的 80C51 系列、MCS96 系列单片机。
* Atmel 公司生产的 AT89 系列(80C51 内核)单片机。
* Philips 公司生产的 87、80 系列(80C51 内核)单片机。
* Siemens 公司生产的 SAB80 系列(80C51 内核)单片机。
* Atmel 公司生产的 AVR 系列等单片机。
* Microchip 公司生产的 PIC 系列单片机。
* Motorola 公司生产的 68HC×× 系列单片机。
* Zilog 公司生产的 Z86 系列单片机。
* NEC 公司生产的 78 系列单片机。

1.4　单片机技术的发展趋势

从 20 多年来单片机发展历程可以看出,单片机技术的发展以微处理器(MPU)技术及超大规模集成电路技术的发展为先导,以广泛的应用领域为拉动,表现出以下技术特点及发展趋势。

1.4.1　单片机技术的特点

单片机技术具有以下几个特点。

1.单片机寿命长

所谓寿命长,一方面指用单片机开发的产品可以稳定可靠地工作 10 年、20 年,另一方面是指与微处理器相比生存周期长。MPU 更新换代的速度越来越快,以 386、486、586 为代表的 MPU,几年内就被淘汰出局。而传统的单片机如 8051、68HC05 等年龄已有 20 多岁,产量仍是上升的。一些成功上市的相对年轻的 CPU 核心,也会随着 I/O 功能模块的不断丰富,有着相当长的生存周期。

2.8 位、32 位单片机共同发展

这是当前单片机技术发展的另一动向。长期以来,单片机技术的发展是以 8 位机为主的。随着移动通信、网络技术、多媒体技术等高科技产品进入家庭,32 位单片机的应用得到了长足、迅猛的发展。

3.低噪声与高速度

为提高单片机抗干扰能力,降低噪声,降低时钟频率而不牺牲运算速度是单片机技术发展之追求。一些 8051 单片机兼容厂商改善了单片机的内部时序,在不提高时钟频率的条件下,使运算速度提高了很多。Motorola 单片机使用了锁相环技术或内部倍频技术使内部总线速度大大高于时钟产生器的频率。68HC08 单片机使用 4.9 MHz 外部振荡器而内部时钟达 32 MHz。三星电子新近推出了 1.2 GHz 的 ARM 处理器内核。

4.低电压与低功耗

几乎所有的单片机都有 Wait、Stop 等省电运行方式,允许使用的电源电压范围也越来越宽。一般单片机都能在 3～6 V 范围内工作,对电池供电的单片机不再需要对电源采取稳压措施。低电压供电的单片机电源下限已由 2.7 V 降至 2.2 V、1.8 V。0.9 V 供电的单片机已经问世。

5.低噪声与高可靠性

为提高单片机系统的抗电磁干扰能力,使产品能适应恶劣的工作环境,满足电磁兼容性方面更高标准的要求,各单片机商家在单片机内部电路中采取了一些新的技术措施。如 ST 公司的由标准 8032 核和 PSD(可编程系统器件)构成的 μPSD 系列单片机片内增加了看门狗定时器,NS 公司的 COP8 单片机内部增加了抗 EMI 电路,增强了"看门狗"的性能。Motorola 推出了低噪声的 LN 系列单片机。

6.ISP 与 IAP

ISP(In-System Programming)技术的优势是不需要编程器就可以进行单片机的实验和开

发,单片机芯片可以直接焊接到电路板上,调试结束即成成品,免去了调试时由于频繁地插入取出芯片对芯片和电路板带来的不便。IAP(In-Application Programming)技术是从结构上将FLASH存储器映射为两个存储体,当运行一个存储体上的用户程序时,可对另一个存储体重新编程,之后将程序从一个存储体转向另一个。ISP的实现一般需要很少的外部电路辅助实现,而IAP的实现更加灵活,通常可利用单片机的串行口接到计算机的RS232口,通过专门设计的固件程序来编程内部存储器,可以通过现有的Internet或其他通信方式很方便地实现远程升级和维护。

1.4.2　单片机技术的发展趋势

从半导体集成电路技术的发展和微电子设计技术的发展,可以预见未来单片机技术发展的趋势。单片机将朝着大容量高性能化、小容量低价格化、外围电路的内装化以及I/O接口功能的增强、功耗降低等方向发展。

(1)单片机的大容量化

单片机内存储器容量进一步扩大。以往片内ROM为1~8 KB,RAM为64~256字节。现在片内ROM可达40 KB,片内RAM可达4 KB,I/O也不需再外加扩展芯片。OTPROM、FLASH ROM成为主流供应状态。而随着单片机程序空间的扩大,在空余空间可嵌入实时操作系统RTOS等软件。这将大大提高产品的开发效率和单片机的性能。

(2)单片机的高性能化

高性能化主要是指进一步改进CPU的性能,加快指令运算的速度和提高系统控制的可靠性。采用精简指令集(RISC)结构,可以大幅度提高运行速度,并加强位处理功能、中断和定时控制功能。采用流水线结构,指令以队列形式出现在CPU中,因而具有很高的运算速度,有的甚至采用多级流水线结构。

单片机的扩展方式从并行总线到发展出各种串行总线,并被工业界接受,形成一些工业标准,如I^{2}C、SPI串行总线等。它们采用3条数据总线代替现行的8条数据总线,从而减少了单片机引线,降低了成本。单片机系统结构更加简化及规范化。

(3)单片机的小容量低廉化

小容量低廉的4位、8位机也是单片机发展方向之一,其用途是把以往用数字逻辑电路组成的控制电路单片化。专用型的单片机将得到大力发展,使用专用单片机可最大限度地简化系统结构,提高可靠性,使资源利用率最高,在大批量使用时有可观的经济效益。

(4)单片机的外围电路内装化

随着集成度的不断提高,可以把众多的外围功能器件集成到单片机内。除了CPU、ROM、RAM外,还可把A/D转换器、D/A转换器、DMA控制器、声音发生器、监视定时器、液晶驱动电路、锁相电路等一并集成在芯片内。为了减少外部的驱动芯片,进一步增强单片机的并行驱动能力。有的单片机可直接输出大电流和高电压,以便直接驱动显示器。为进一步加快I/O口的传输速度,有的单片机还设置了高速I/O口,可用最快的速度驱动外部设备,也可以用最快的速度响应外部事件。甚至单片机厂商还可以根据用户的要求量身定做,把所需要的外围电路全部集成在单片机内,制造出具有自己特色的单片机。

(5)单片机的全面CMOS化

单片机的全面CMOS化,将给单片机技术发展带来广阔的天地。CMOS芯片除了低功耗特性之外,还具有功耗的可控性,使单片机可以工作在功耗精细管理状态。低功耗的技术措施可提高可靠性,降低工作电压,可使抗噪声和抗干扰等各方面性能全面提高。单片机的全盘 CMOS 化的效应不仅是功耗低,而且带来了产品的高可靠性、高抗干扰能力以及产品的便携化。

(6)单片机的应用系统化

单片机是嵌入式系统的独立发展之路,单片机向 MCU 发展的重要因素,就是寻求应用系统在芯片上的最大化解决。因此,专用单片机的发展自然形成了 SOC(System on Chip)化趋势。随着微电子技术、IC 设计、EDA 工具的发展,基于 SOC 的单片机应用系统设计会有较大的发展。因此,随着集成电路技术及工艺的快速发展,对单片机的理解可以从单片微型计算机、单片微控制器延伸到单片应用系统。

现在虽然单片机的品种繁多,各具特色,但仍以 80C51 为核心的单片机占主流,兼容其结构和指令系统的有 Philips 公司的产品,Atmel 公司的产品和 Winbond 公司的系列单片机。所以 8051 为核心的单片机占据了半壁江山。而 Microchip 公司的 PIC 精简指令集(RISC)也有着强劲的发展势头,中国台湾的 Holtek 公司近年的单片机产量与日俱增,并以其低价质优的优势,占据一定的市场份额。此外还有 Motorola 公司的产品,日本几大公司的专用单片机。在一定的时期内,这种情形将得以延续,不会存在某个单片机一统天下的垄断局面。

由于单片机的开发手段目前仍以仿真器为主,能否提供廉价的仿真器,并提供方便的技术服务与培训,较之能否提供高性能、低价位的单片机有着同等的重要性。各单片机厂商在开发工具以及技术服务方面也进行着激烈的竞争。这种竞争与推出新型的单片机以显示高技术方面的优势是相辅相成的。竞争的结果是为单片机应用工程师提供更广阔的选择空间,而最终受益的是单片机产品的消费者。

1.5 单片机的应用

单片机有着体积小、功耗低、功能强、性能价格比高、易于推广应用等显著优点,在智能化家用电器、办公自动化设备、商业营销设备、工业自动化控制、智能仪器仪表、智能化通信产品、汽车电子产品、航空航天系统和国防军事、尖端武器等许多领域得到日益广泛的应用。

(1)智能化家用电器。各种家用电器普遍采用单片机智能化控制代替传统的电子线路控制,升级换代,提高档次。如洗衣机、空调、电视机、录像机、微波炉、电冰箱、电饭煲以及各种视听设备等。

(2)办公自动化设备。现代办公室使用的大量通信和办公设备多数嵌入了单片机。如打印机、复印机、传真机、绘图机、考勤机、电话以及通用计算机中的键盘译码、磁盘驱动等。

(3)商业营销设备。在商业营销系统中已广泛使用的电子秤、收款机、条形码阅读器、IC卡刷卡机、出租车计价器以及仓储安全监测系统、商场保安系统、空气调节系统、冷冻保险系统等都采用了单片机控制。

(4)工业自动化控制。工业自动化控制是最早采用单片机控制的领域之一。如各种测控系统、过程控制、机电一体化、PLC 等。在化工、建筑、冶金等各种工业领域都要用到单片机控制。

(5)智能仪器仪表。采用单片机的智能化仪表大大提升了仪表的档次,强化了功能。如数据处理和存储、故障诊断、联网集控等。

(6)智能化通信产品。最突出的是手机,当然手机内的芯片属专用型单片机。

(7)汽车电子产品。现代汽车的集中显示系统、动力监测控制系统、自动驾驶系统、通信系统和运行监视器(黑匣子)等都离不开单片机。

(8)航空航天系统和国防军事、尖端武器等领域。在这些领域单片机的应用更是不言而喻。

单片机应用的意义不仅在于它的广阔范围及所带来的经济效益。更重要的意义在于,单片机的应用从根本上改变了控制系统传统的设计思想和设计方法。以前采用硬件电路实现的大部分控制功能,正在用单片机通过软件方法来实现。以前自动控制中的 PID 调节,现在可以用单片机实现具有智能化的控制、模糊控制和自适应控制。这种以软件取代硬件并能提高系统性能的控制技术称为微控制技术。随着单片机应用的推广,微控制技术将不断发展完善。

本章小结

学习单片机的应用技术,首先应对单片机有一个初步的概念。单片机是单片微型计算机的简称,也就是把微处理器(CPU)、一定容量的程序存储器(ROM)和数据存储器(RAM)、输入输出接口(I/O)、时钟及其他一些计算机外围电路,通过总线连接在一起并集成在一个芯片上构成的微型计算机。

单片机的发展经历了五个阶段,目前,单片机的发展仍然以 8 位机为主。随着移动通信、网络技术、多媒体技术等高科技产品的不断推出,32 位单片机的应用也得到了长足发展。单片机种类繁多,而且还在不断推出新的更高性能的品种。单片机的发展主要表现在内部结构上:不断增加各种新的功能,提高运算速度,降低功耗,改善工艺水平,提高抗干扰能力等。从半导体集成电路技术的发展和微电子设计技术的发展,可以预见未来单片机技术发展的趋势。单片机将朝着大容量高性能化、小容量低价格化、外围电路的内装化以及I/O 接口功能的增强、功耗降低等方向发展。目前单片机已经广泛应用在测控系统、智能仪器仪表、通信产品、民用产品和军用产品中。

习　题

1.什么是单片微型计算机?

2.单片机的发展经历了哪几个阶段? 在哪一阶段确立了单片机在嵌入式应用中的地位。

3.单片机可分为几个系列? 简述每个系列的主要特性。

4.简述单片机技术发展的趋势。

5.单片机具有哪些突出优点? 举例说明单片机的应用领域。

第2章 MCS-51 单片机硬件结构

【学习目的和要求】 通过本章的学习,应该了解 MCS-51 单片机的内部结构、单片机的工作过程、I/O 端口内部结构特点;熟练掌握累加器 ACC、程序状态字寄存器 PSW、程序计数器 PC、堆栈指针 SP、数据指针寄存器 DPTR、21 个特殊功能寄存器 SFR 的特点及应用;掌握 MCS-51 单片机的存储器分配、结构特点和引脚功能;熟悉单片机的时钟电路、复位电路及指令时序。

2.1 基本结构

MCS-51 系列单片机是一种高性能的 8 位单片机。世界上许多著名的半导体厂商相继生产与其兼容的单片机,使产品型号不断增加、品种不断丰富、功能不断增强。从系统结构上看,所有的 51 系列单片机都是以 Intel 公司的典型产品 8051/80C51 为核心,增删了一定的功能部件后构成的。

2.1.1 内部结构

MCS-51 单片机的内部结构按功能可划分为 8 个主要组成部分:微处理器(CPU)、数据存储器(RAM)、程序存储器(ROM/EPROM)、特殊功能寄存器(SFR)、并行 I/O 口、串行通信口、定时器/计数器及中断系统。它们都是通过片内单一总线连接起来的,其基本结构仍然是 CPU 加上外围芯片的传统结构模式。但对各种功能部件的控制是采用特殊功能寄存器 SFR (Special Function Register)的集中控制方式。MCS-51 单片机的内部结构框图如图 2.1 所示。

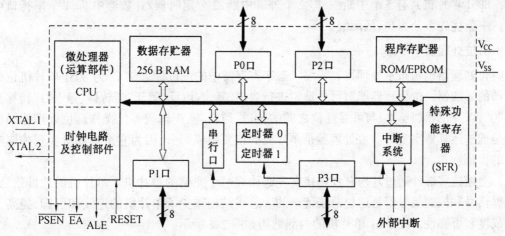

图 2.1 MCS-51 单片机结构框图

下面对各功能部件作进一步介绍。

1.微处理器(CPU)

MCS-51 单片机的微处理器包括运算器和控制器两大部分,它是单片机的核心,完成运算和控制操作。运算器是单片机的运算部件,用于实现算术运算和逻辑运算。控制器是单片机的指挥控制部件,它保证单片机各部分能自动而协调地工作。

2.数据存储器(RAM)

8051 芯片内共有 256 个 RAM 单元,但其中后 128 个单元被专用寄存器(SFR)占用,通常所说的内部数据存储器是指前 128 个单元。片外最多可扩展到 64 K 字节。数据存储器用于存储程序运行期间的变量、中间结果、数据暂存和缓冲等。

3.程序存储器(ROM/EPROM)

8031 内没有程序存储器,8051 内有 4 KB 掩模 ROM,8751 内有 4 KB EPROM,片外最多可扩展到 64 K 字节,程序存储器用于存放程序和原始数据或表格。

4.定时器/计数器

8051 内部有两个 16 位的定时器/计数器,以实现定时或计数功能,并以其定时或计数结果对单片机进行控制。

5.并行 I/O 口

8051 单片机有 4 个 8 位的 I/O 口(P0、P1、P2、P3),以实现数据的并行输入输出及总线扩展。

6.串行通信口

8051 单片机有一个全双工的串行通信口,以实现单片机和其他设备之间的串行数据传送。该串行通信口功能较强,既可作为全双工异步通信收发器使用,也可以作为同步移位寄存器使用。

7.中断系统

8051 单片机共有 5 个中断源,即 2 个外部中断、2 个定时器/计数器中断、1 个串行口中断。中断优先级分为高、低两级。

8.位处理器

位处理器也叫布尔处理器。程序状态字寄存器中的进位标志位 C_y 为 8051 单片机位处理器的累加器。位处理器能对可寻址位进行置位、复位、取反、等于"0"转移、等于"1"转移且清"0",以及位累加器 C_y 与可寻址位之间的传送、逻辑与、逻辑或等位操作。位处理器操作也是通过运算器实现的。位处理器是单片机的重要组成部分,因为它是单片机实现控制功能的保证。

上述这些部件通过片内总线连接在一起构成一个完整的单片机。单片机的地址信号、数据信号和控制信号都是通过总线传送的。总线结构减少了单片机的连线和引脚,提高了集成度和可靠性。MCS-51 单片机的内部结构如图 2.2 所示。

2.1.2　芯片特性

MCS-51 系列单片机按芯片特性可分为基本型和增强型。该系列单片机共有十几种芯

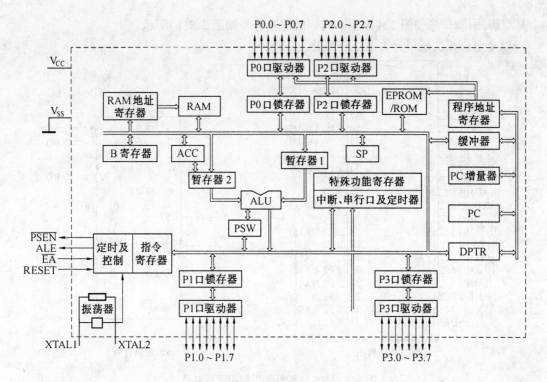

图 2.2　MCS-51 单片机的内部结构

片,其特性见表 2.1。

由表 2.1 可知,MCS-51 系列单片机又可分为 51 和 52 子系列,并以芯片型号的末位数字加以标识。其中 51 子系列是基本型,而 52 子系列是增强型。

表 2.1 中,单片机型号带有字母"C"的,表示该型号采用的是 CHMOS 工艺,具有低功耗特性,例如 8051 的功耗为 630 W,而 80C51 的功耗只有 120 W。单片机型号没带字母"C"的,是一般的 HMOS 工艺芯片。

表 2.1　MCS-51 系列单片机芯片特性

| 子系列 | 片内 ROM 形式 | | | 片内 ROM /KB | 片内 RAM /B | 寻址范围 /KB | I/O 特性 | | | 中断源 |
	无	ROM	EPROM				定时/计数器	并行口	串行口	
51 子系列	8031	8051	8751	4	128	2×64	2×16	4×8	1	5
	80C31	80C51	87C51	4	128	2×64	2×16	4×8	1	5
52 子系列	8032	8052	8752	8	256	2×64	3×16	4×8	1	6
	80C32	80C52	87C52	8	256	2×64	3×16	4×8	1	6

2.2　封装及引脚

MCS-51 系列中各种型号单片机的引脚是兼容的,制造工艺为 HMOS 系列的单片机都采用 40 个引脚的双列直插式(DIP)封装形式,引脚排列如图 2.3(a)所示。制造工艺为 CHMOS 的单片机除采用 DIP 封装方式外,还采用了方形封装方式,方形封装为 44 个引脚,其中有 4

个是空脚,引脚排列如图 2.4 所示。它们的逻辑符号如图 2.3(b)所示。

40 个引脚按功能可分为下述三部分。

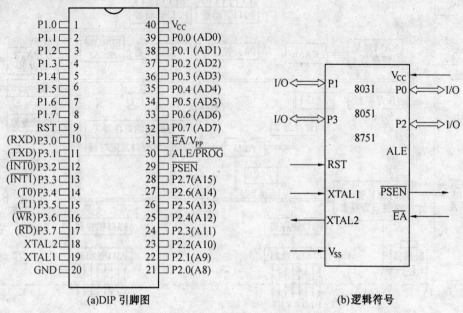

(a)DIP 引脚图　　　　　　　　　(b)逻辑符号

图 2.3　MCS-51 的外部引脚和逻辑符号

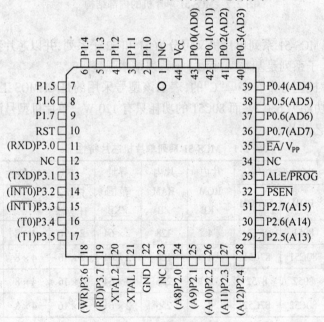

图 2.4　方形封装的外部引脚

2.2.1　电源及时钟引脚

1.电源引脚

电源引脚接入单片机的工作电源。

· 16 ·

V_{CC}(40脚):接 + 5 V 电源；

V_{SS}(20脚):接地。

2.时钟引脚

两个时钟引脚外接晶体时与片内的反相放大器构成一个振荡器,它提供单片机的时钟控制信号。时钟引脚也可外接晶体振荡器。

XTAL1(19脚):接外部晶体的一个引脚。在单片机内部,它是一个反相放大器的输入端。当采用外部晶体振荡器时,此引脚应接地。

XTAL2(18脚):接外部晶体的另一端。在单片机内部接至反相放大器的输出端。当采用外部振荡器时,该引脚接收振荡器的信号,即把此信号直接接到内部时钟发生器的输入端。

2.2.2 控制引脚

控制引脚包括 RST、ALE、$\overline{PSEN}$、$\overline{EA}$ 等。此类引脚提供控制信号,有些引脚具有复用功能。

1.RST/V_{PD}(9脚):复位信号/备用电源输入端

RST 为复位信号输入端,高电平有效。此引脚保持大于两个机器周期(24 个时钟振荡周期)的高电平后,可使单片机完成复位操作。

V_{PD} 为该引脚的第二功能,是备用电源输入端,具有掉电保护功能。当主电源 V_{CC} 掉电或下降到低于规定值时,V_{PD} 就向内部 RAM 提供备用电源。以保护内部 RAM 中的数据不丢失。

2.ALE/$\overline{PROG}$(30脚):地址锁存允许信号/编程脉冲输入端

当 CPU 访问外部存储器或 I/O 接口时,ALE 输出脉冲的下降沿用于锁存 16 位地址的低 8 位。在不访问外部存储器或 I/O 接口时,ALE 端有周期性正脉冲输出,其频率为振荡频率的 1/6。但是,每当访问外部数据存储器或 I/O 接口时,在第二个机器周期中 ALE 只出现一次,即丢失一个 ALE 脉冲。ALE 端可以驱动 8 个 TTL 负载。

对于片内具有 EPROM 的单片机 8751,在 EPROM 编程期间,此引脚用于输入编程脉冲 $\overline{PROG}$。

3.$\overline{PSEN}$(29脚):片外程序存储器读选通信号

在 CPU 从外部程序存储器读取指令(或常数)期间,每个机器周期 $\overline{PSEN}$ 两次有效,但在访问外部数据存储器或 I/O 接口时,$\overline{PSEN}$ 信号将不出现。$\overline{PSEN}$ 端可以驱动 8 个 TTL 负载。

4.$\overline{EA}$/V_{PP}(31脚):访问程序存储器控制信号/编程电源输入端

当 $\overline{EA}$ 端接低电平时,则不管芯片内部是否有程序存储器,CPU 只访问外部程序存储器。对 8031 来说,因其内部无程序存储器,所以该引脚必须接地。

当 $\overline{EA}$ 端接高电平时,CPU 访问内部程序存储器,但当 PC(程序计数器)值超过某一值(如 8051、8751 内部含有 4 KB 程序存储器,其值为 0FFFH)时,将自动转向片外程序存储器 1000H 地址继续执行程序。

对于片内有 EPROM 型的单片机 8751,在 EPROM 编程期间,此引脚用于施加编程电源 V_{PP}。

2.2.3 输入/输出引脚

输入/输出(I/O)口引脚包括 P0 口、P1 口、P2 口和 P3 口。

(1)P0 口(P0.0～P0.7):8 位双向三态 I/O 口。在扩展片外存储器或 I/O 接口时,作为地址总线低 8 位和数据总线分时复用口,可驱动 8 个 TTL 负载。一般作为扩展时地址/数据总线使用,也可作为通用 I/O 口使用。

(2)P1 口(P1.0～P1.7):8 位准双向 I/O 口。它的每一位都可以分别定义为输入线或输出线(作为输入时,口锁存器必须置 1),可驱动 4 个 TTL 负载。

(3)P2 口(P2.0～P2.7):8 位准双向 I/O 口。在扩展片外存储器或 I/O 接口时,作为地址总线高 8 位;当作为通用 I/O 口使用时,可直接连接外部 I/O 设备。可驱动 4 个 TTL 负载。

(4)P3 口(P3.0～P3.7):8 位准双向 I/O 口。是双功能复用口,可驱动 4 个 TTL 负载。

P0 口线内没有上拉电阻,由两个 MOS 管串接,既可开路输出,又可为高阻的"浮空"状态,故称为双向三态 I/O 口。但是在作通用 I/O 口使用时,P0 口线必须外接上拉电阻。而P1 口、P2 口、P3 口片内各口线均有上拉电阻,作通用 I/O 口使用时,口线不用外接上拉电阻。当这三个准双向口作输入口时,要向该口先写"1",然后再进行输入操作。

2.3　微处理器

微处理器(CPU)是单片机的核心部件,MCS-51 单片机的微处理器由运算器和控制器组成,主要完成运算和控制功能。

2.3.1 运算器

运算器是单片机的运算部件,用于实现算术运算、逻辑运算、位运算和数据传送等操作。运算器以 ALU 为核心,由累加器 ACC、B 寄存器、程序状态字寄存器 PSW 和两个暂存寄存器及布尔处理机等组成。它的主要任务是完成加、减、乘、除、增量、减量、十进制调整、比较等算术运算;与、或等逻辑运算;左、右移位和半字节交换等操作。运算和操作结果的状态由PSW 保存。

1.算术逻辑单元(ALU)

ALU 不仅可对 8 位变量进行加、减、乘、除等基本算术运算,还可以进行逻辑"与"、"或"、"异或"、循环、求补、清零等基本操作。它还具有一般微计算机 ALU 所不具备的功能,即位处理操作,可对位变量(bit)进行位处理,如置位、清零、求补、测试转移及逻辑"与"、"或"等操作。由此可见,ALU 在算术运算和逻辑操作方面的能力是很强的。

2.累加器(ACC)

ACC 是 MCS-51 运算器中最重要和最常用的 SFR。大部分单操作数指令的操作数取自累加器,ACC 用于存放参加运算的操作数和运算的结果。在指令系统中常用助记符 A 来表示累加器。

3. B 寄存器

B 寄存器也是 MCS-51 运算器中的一个 SFR,在乘法和除法运算中和累加器 A 一起组成 AB 寄存器对,用于存放操作数和运算结果。在其他运算中,可以作为 RAM 中的一个单元来使用。

4. 程序状态字(PSW)

PSW 是一个 8 位的 SFR,用来保存数据操作的结果标志,其格式和功能如图 2.5 所示。

D7	D6	D5	D4	D3	D2	D1	D0
C_y	A_c	F0	RS1	RS0	OV	F1	P

图 2.5　PSW 的格式

PSW 中的各位功能如下:

C_y(PSW.7):进位标志,同时又是布尔处理机的累加器 C。在执行某些算术和逻辑指令时,可以被硬件或软件置位或清除。如果数据操作结果最高位有进位输出(加法时)或借位输入(减法时),则置位 C_y,即 $C_y = 1$,否则清 C_y,即 $C_y = 0$。

A_c(PSW.6):辅助进位标志,又称半进位标志。当进行加减法操作而产生由低 4 位向高 4 位进位(加法)或借位(减法)时,则置位 A_c,否则清 A_c。

F0、F1(PSW.5、PSW.1):用户标志。供用户使用的标志位,其功能和内部 RAM 中位寻址区的各位相似。

RS1、RS0(PSW.4、PSW.3):工作寄存器区选择位。对工作寄存器的选择见表 2.2。

OV(PSW.2):溢出标志。溢出标志位常用于补码运算,当有符号的两个数运算结果超出了目的寄存器所能表示的带符号数的范围($-128 \sim +127$)时置位 OV。即当操作结果有进位进入最高位但最高位没有产生进位,或者最高位产生进位而次高位没有向最高位进位,则置位 OV,否则清 OV。或描述成当位 6 向位 7 有进位而位 7 不向 C_y 进行时,或位 6 不向位 7 进行而位 7 向 C_y 进位时,则置位 OV,否则清 OV。

P(PSW.0):奇偶标志。表示累加器 ACC 的值用二进制表示时 1 的个数,若 1 的个数为奇数,则置位 P,否则清 P。

2.3.2　控制器

控制器是单片机的指挥控制部件,主要由程序计数器(PC)、程序地址寄存器(PAR)、指令寄存器(IR)、指令译码器(ID)、条件转移逻辑及时序控制逻辑等电路组成。

控制器的主要任务是识别指令,并根据指令的性质控制各功能部件,从而保证单片机各部分能自动而协调地工作。

单片机执行指令就是在控制器的控制下进行的。首先 CPU 从程序存储器中读出指令,送至指令寄存器保存,然后送至指令译码器进行译码,译码结果送至定时控制逻辑电路,由定时控制逻辑电路产生各种定时信号和控制信号,再送到单片机的各个功能部件进行相应的操作。这就是执行一条指令的全过程,单片机执行程序就是不断地重复这一过程。

1.程序计数器(PC)

程序计数器 PC 是一个 16 位的计数器,因此,寻址范围达 64 KB。PC 中存放将要执行的指令地址,PC 有自动加 1 功能,以实现程序的顺序执行。它是 SFR 中唯一隐含地址的,因此,用户无法对它进行读写。但在执行转移、调用、返回等指令时能自动改变其内容,以实现改变程序的执行顺序。

程序计数器 PC 中内容的变化决定程序的流程,在执行程序的工作过程中,由 PC 输出将要执行的指令的程序存储器地址,CPU 读取该地址单元中存储的指令并进行指令译码等操作,PC 则自动指向下一条将要执行的指令的程序存储器地址。

2.指令寄存器(IR)、指令译码器及控制逻辑电路

指令寄存器 IR 是用来存放指令操作码的专用寄存器。在执行程序时,首先从 PC 给出的程序存储器地址单元中取出指令代码,并送入指令寄存器 IR,IR 将指令传送给指令译码器;然后由指令译码器对该指令进行译码,译码结果送至定时控制逻辑电路;定时控制逻辑电路根据指令的性质发出一系列定时控制信号,控制单片机的各功能部件进行相应的工作。

条件转移逻辑电路主要用于控制程序的分支转移。

总之,单片机的程序执行过程就是在控制部件的控制下,CPU 将指令从程序存储器中逐条取出,进行译码;然后,由定时控制逻辑电路发出一系列定时控制信号,控制指令的执行。对于运算指令,还要将运算结果的特征送入程序状态字寄存器 PSW。控制器以振荡周期为基准,控制 CPU 的时序,根据指令的要求产生各种控制信号,统一协调和控制各硬件环节的动作,逐条执行指令。

2.4　存储器配置

2.4.1　存储器结构特点

MCS-51 单片机的存储器结构有两个重要的特点:一是把程序存储空间和数据存储空间截然分开,程序存储器和数据存储器有各自的寻址方式、寻址空间和控制信号;二是存储器有内外之分,它不仅在芯片内集成了一定容量的程序存储器、数据存储器及特殊功能寄存器,而且还具有极强的外部存储器扩展能力。寻址能力分别可达 64 KB,寻址操作简单方便。

MCS-51 系列单片机有 5 个独立的存储空间:

(1)64 KB 程序存储器(ROM/EPROM)空间(0 ~ 0FFFFH);

(2)64 KB 外部数据存储器(RAM/IO)空间(0 ~ 0FFFFH);

(3)256 B 内部 RAM 空间(00H ~ 0FFH);

(4)128 B 内部特殊功能寄存器(SFR)空间(80H ~ 0FFH);

(5)位寻址空间(20H ~ 2FH 及特殊功能寄存器中地址能被 8 整除的部分)。

2.4.2　程序存储器

MCS-51 系列单片机的程序存储器空间为 64 KB,其地址指针为 16 位的程序计数器 PC。

从 0 开始的部分程序存储器(4 KB,8 KB,16 KB······)可以在单片机的内部也可以在单片机的外部,这取决于单片机的类型,并由输入到$\overline{EA}$引脚的电平所控制,如图 2.6 所示。例如对于内部有 4 KB 程序存储器的芯片(如 8051 或 8751),若$\overline{EA}$引脚接 V_{CC}(+ 5 V),则程序计数器(PC)的值为 0 ~ 0FFFH(4 KB)时,CPU 取指令是访问内部的程序存储器;若 PC 值大于 0FFFH 时,则访问外部的数据存储器。如果$\overline{EA}$引脚接 V_{SS}(地),则内部的程序存储器被忽略,即 CPU 只能访问外部的程序存储器。程序存储器的操作完全由 PC 控制。对于内部有程序存储器(ROM 或 EPROM)的芯片,$\overline{EA}$引脚可接高电平也可接低电平,而对内部无程序存储器(如 8031、8032)的芯片,$\overline{EA}$引脚必须接地,同时外部必须扩展程序存储器。

2.4.3　数据存储器

MCS-51 的数据存储器分为内部数据存储器和外部数据存储器,如图 2.7 所示。MCS-51 的外部数据存储器(RAM/IO)空间为 64 KB(地址为 0000H ~ 0FFFFH),一般通过 16 位的数据指针 DPTR 来访问,且外部 RAM 和外部 I/O 的地址安排是统一编址的。

MCS-51 内部数据存储器中的不同区域从功能和用途方面来划分,可以分为 3 个区域:

(1)工作寄存器区(00H ~ 1FH);

(2)位寻址区(20H ~ 2FH);

(3)堆栈和数据缓冲器区(30H ~ 7FH 或 30H ~ 0FFH)。

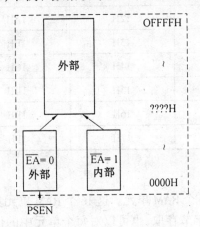

图 2.6　MCS-51 程序存储器结构

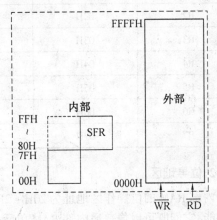

图 2.7　MCS-51 数据存储器结构

MCS-51 的 8031、8051、8751 的内部数据存储器为 128 B,地址空间为 00 ~ 7FH,8032、8052、8752 的内部数据存储器为 256 B,地址空间为 00 ~ 0FFH,特殊功能寄存器地址空间 80H ~ 0FFH。显然内部数据存储器区的 80H ~ 0FFH 空间与特殊功能寄存器的地址空间重叠,但是,通过在指令中采取不同的寻址方式可解决这个重叠问题,即特殊功能寄存器只能用直接寻址方式,内部数据存储区 80H ~ 0FFH 单元只能用寄存器间接寻址方式。也就是说地址重叠不会造成操作混乱,只是在软件编程时应注意。

由于片内、外数据存储器使用不同的指令(片内使用 MOV,片外使用 MOVX),故片内、外地址重叠部分,也不会造成操作混乱。

1.工作寄存器区

内部 RAM 的工作寄存器区地址为 00H ~ 1FH,共 32 个 RAM 单元,分为 4 组,每组占 8 个

RAM 单元,分别都是用代号 R0 ~ R7 表示。R0 ~ R7 可以指向 4 组中的任一组,具体指向哪组则由程序状态字 PSW 中 RS0、RS1 位的状态来决定, 即 CPU 通过修改 PSW 中的 RS0、RS1 位的状态,就能任选一个工作寄存器区。RS0、RS1 对工作寄存器的选择见表 2.2,R0 ~ R7 的具体地址对应关系见表 2.3。

表 2.2　RS1、RS0 对工作寄存器的选择

PSW(RS1、RS0)		R0 ~ R7 对应的组号	内部 RAM 中 R0 ~ R7 对应的地址
0	0	0	00H ~ 07H
0	1	1	08H ~ 0FH
1	0	2	10H ~ 17H
1	1	3	18H ~ 1FH

表 2.3　不同区工作寄存器 R0 ~ R7 的地址对应关系

寄存器	对应的物理地址			
	0 区	1 区	2 区	3 区
R0	00H	08H	10H	18H
R1	01H	09H	11H	19H
R2	02H	0AH	12H	1AH
R3	03H	0BH	13H	1BH
R4	04H	0CH	14H	1CH
R5	05H	0DH	15H	1DH
R6	06H	0EH	16H	1EH
R7	07H	0FH	17H	1FH

2.位寻址区

内部 RAM 的位操作区地址为 20H ~ 2FH,共 16 个 RAM 单元。这 16 个 RAM 单元具有双重功能,它们既可以像普通内部 RAM 单元一样按字节存取,也可以对每个单元中的任何一位单独存取,即位寻址。这 16 个单元中每个单元的每一位都有一个位地址映象,它们占据 128(16 × 8)个位地址空间,这 128 位的位地址空间为 00H ~ 7FH。内部 RAM 的位寻址区 20H ~ 2FH 的位地址映象见表 2.4。由于位寻址区既可以按字节存取又可以对其每个单元中的任何一位单独存取,故在编程时该区域一般不应被其他用途所占用。

3.堆栈和数据缓冲器区

堆栈是一种数据结构,所谓堆栈就是只允许在其一端进行数据写入和数据读出的线性表。数据写入堆栈称为压入操作(PUSH),也叫入栈。数据从堆栈中读出称之为弹出(POP),也叫出栈。堆栈操作规则通常有两种,即"先进后出"(First-In Last-Out)和"后进先出"(Last-In First-Out)。MCS-51 单片机的堆栈采用的是"后进先出"的数据操作规则,这里所说的进与出就是数据的入栈与出栈。堆栈区的设置原则上可以在内部 RAM 的任意区域,但由于 MCS-51 单片机内部 RAM 的 00H ~ 1FH 地址单元已被工作寄存器 R0 ~ R7 占用,20H ~ 2FH

为位寻址区,故堆栈一般设在 30H ~ 7FH(对于 8032 系列芯片可为 30H ~ 0FFH)的区域内。堆栈区的具体设置是通过置堆栈指针 SP 的值来实现的。MCS-51 的堆栈是一个向上生长型结构,即 SP 始终指向栈顶,当数据压入堆栈时,SP 的内容应先加 1,再压入数据,数据弹出堆栈时,却是数据先弹出,然后才进行 SP 的内容减 1 操作。

表 2.4　RAM 位寻址区(20H ~ 2FH)地址映象

字节地址	位　地　址							
	D7	D6	D5	D4	D3	D2	D1	D0
20H	07H	06H	05H	04H	03H	02H	01H	00H
21H	0FH	0EH	0DH	0CH	0BH	0AH	09H	08H
22H	17H	16H	15H	14H	13H	12H	11H	10H
23H	1FH	1EH	1DH	1CH	1BH	1AH	19H	18H
24H	27H	26H	25H	24H	23H	22H	21H	20H
25H	2FH	2EH	2DH	2CH	2BH	2AH	29H	28H
26H	37H	36H	35H	34H	33H	32H	31H	30H
27H	3FH	3EH	3DH	3CH	3BH	3AH	39H	38H
28H	47H	46H	45H	44H	43H	42H	41H	40H
29H	4FH	4EH	4DH	4CH	4BH	4AH	49H	48H
2AH	57H	56H	55H	54H	53H	52H	51H	50H
2BH	5FH	5EH	5DH	5CH	5BH	5AH	59H	58H
2CH	67H	66H	65H	64H	63H	62H	61H	60H
2DH	6FH	6EH	6DH	6CH	6BH	6AH	69H	68H
2EH	77H	76H	75H	74H	73H	72H	71H	70H
2FH	7FH	7EH	7DH	7CH	7BH	7AH	79H	78H

数据缓冲器区一般用来存放输入的数据或运算的结果。数据缓冲器区原则上可以设在内部 RAM 的任意连续或非连续区域,但应尽量避开那些已有专门用途的区域。

2.4.4　特殊功能寄存器

特殊功能寄存器(SFR)也叫专用寄存器,顾名思义也就是有特殊或专门用途的寄存器。MCS-51 的 SFR 包括内部的 I/O 口锁存器、累加器以及定时器、串行口、中断的各种控制寄存器和状态寄存器等,共 22 个 SFR(其中 3 个只属于 52 子系列芯片),其中 5 个是双字节寄存器,它们离散地分布在 80H ~ 0FFH 的 SFR 地址空间,特殊功能寄存器标示符、名称及对应的地址见表 2.5。

下面简单介绍 SFR 中的某些寄存器。

PC 寄存器在物理上是独立的,其余 21 个寄存器都属于内部数据存储器的 SFR 块,共占用了 26 个字节。在 80H ~ 0FFH 的 SFR 地址空间,其余没有定义的地址单元,用户不能对这些单元进行读/写操作,若访问没有定义的地址单元,则将得到一个不确定的随机数。

表 2.5　特殊功能寄存器列表

标 示 符	名　　　称	地　　　址
ACC	累加器	0E0H
B	B 寄存器	0F0H
PSW	程序状态字	0D0H
SP	堆栈指针	81H
DPTR	数据指针(包括 DPH 和 DPL)	83H 和 82H
P0	I/O 口 0	80H
P1	I/O 口 1	90H
P2	I/O 口 2	0A0H
P3	I/O 口 3	0B0H
IP	中断优先级控制	0B8H
IE	中断允许控制	0A8H
TMOD	定时器/计数器工作方式控制	89H
TCON	定时器/计数器控制	88H
T2CON*	定时器/计数器 2 控制	0C8H
TH0	定时器/计数器 0 定时常数(高位字节)	8CH
TL0	定时器/计数器 0 定时常数(低位字节)	8AH
TH1	定时器/计数器 1 定时常数(高位字节)	8DH
TL1	定时器/计数器 1 定时常数(低位字节)	8BH
TH2*	定时器/计数器 2 定时常数(高位字节)	0CDH
TL2*	定时器/计数器 2 定时常数(低位字节)	0CCH
RLDH*	定时器/计数器 2 自动再装载(高位字节)	0CBH
RLDL*	定时器/计数器 2 自动再装载(低位字节)	0CAH
SCON	串行口控制	98H
SBUF	串行数据接收、发送缓冲器	99H
PCON	电源控制	87H

注:带"＊"号的寄存器是与定时器/计数器 2 有关的寄存器,仅在 52 子系列芯片中存在。

1.堆栈指针(SP)

SP 是一个 8 位的 SFR,它用来指示堆栈顶部在内部 RAM 中的位置。系统复位后 SP 为 07H,若不对 SP 设置初值,则堆栈在 08H 开始的区域,为了不占用工作寄存器 R0 ～ R7 的地址,一般在编程时应设置 SP 的初值(最好在 30H ～ 7FH 区域)。

2.数据指针(DPTR)

DPTR 是一个 16 位的 SFR,其高位字节用 DPH 表示,低位字节用 DPL 表示。它既可以作为一个 16 位寄存器 DPTR 来使用,也可以作为两个独立的 8 位寄存器 DPH 和 DPL 来使用。DPTR 一般用作访问外部数据存储器的地址指针,即保存访问外部数据存储器的一个 16 位地址。

3. 其他特殊功能寄存器

其他如端口 P0～P3、串行数据接收发送缓冲器、定时器/计数器控制、中断控制等特殊功能寄存器的功能及描述将在相应的功能部件中具体介绍。

2.4.5 位存储器

MCS-51 的位存储器由以内部 RAM 中 20H～2FH 单元和特殊功能寄存器中地址为 8 的倍数的特殊功能寄存器两部分组成。内部 RAM 中 20H～2FH 单元中的每个单元的每一位都有一个位地址映象(见表 2.4),特殊功能寄存器中地址为 8 的倍数的特殊功能寄存器的位地址映象见表 2.6。从 80H 开始每 8 个单元有一个可以位寻址的特殊功能寄存器,目前已定义了 12 个,尚有 0C0H、0D8H、0E8H 及 0F8H 保留未用。特殊功能寄存器的位地址映象的 D0 位地址即为对应特殊功能寄存器的字节地址。

表 2.6 特殊功能寄存器位地址映象

特殊功能寄存器	D7	D6	D5	D4	D3	D2	D1	D0	字节地址
ACC	E7H	E6H	E5H	E4H	E3H	E2H	E1H	E0H	E0H
B	F7H	F6H	F5H	F4H	F3H	F2H	F1H	F0H	F0H
PSW	D7H	D6H	D5H	D4H	D3H	D2H	D1H	D0H	D0H
P0	87H	86H	85H	84H	83H	82H	81H	80H	80H
P1	97H	96H	95H	94H	93H	92H	91H	90H	90H
P2	A7H	A6H	A5H	A4H	A3H	A2H	A1H	A0H	A0H
P3	B7H	B6H	B5H	B4H	B3H	B2H	B1H	B0H	B0H
IP	–	–	–	BCH	BBH	BAH	B9H	B8H	B8H
IE	–	–	–	ACH	ABH	AAH	A9H	A8H	A8H
TCON	8FH	8EH	8DH	8CH	8BH	8AH	89H	88H	88H
T2CON	CFH	CEH	CDH	CCH	CBH	CAH	C9H	C8H	C8H
SCON	9FH	9EH	9DH	9CH	9BH	9AH	99H	98H	98H

2.5 I/O 端口结构及功能

MCS-51 单片机有 4 个 8 位并行 I/O 端口,分别记作 P0、P1、P2、P3 口。每个口都包含一个锁存器、一个输出驱动器和一个输入缓存器。实际上,它们已被归入特殊功能寄存器之列,并且具有字节寻址和位寻址功能。

在访问片外扩展存储器时,低 8 位地址和数据由 P0 口分时传送,高 8 位地址由 P2 口传送。在无片外扩展存储器的系统中,这 4 个口的每一位均可作为通用 I/O 端口使用。在作为通用 I/O 端口使用时,这 4 个口都是准双向口。

MCS-51 单片机的 4 个 I/O 口都是 8 位双向(准双向)的,这些口在结构和特性上基本相同,但又各具特点,下面对其分别加以介绍。

2.5.1 P0口

P0口的口线逻辑电路如图2.8所示。

由图2.8可知,电路中包含一个数据输出锁存器、两个三态数据输入缓冲器、一个数据输出的驱动电路和一个输出控制电路。当对P0口进行写操作时,由锁存器和驱动电路构成数据输出通路。由于通路中已有输出锁存器,因此数据输出时可以与外设直接连接,而不需再加数据锁存电路。

P0口既可以作为通用的I/O口进行数据输入/输出,也可以作为单片机系统的地址/数据线使用,在P0口的电路中可以分别接通锁存器输出或地址/数据线。当作为通用的I/O口使用时,内部的控制信号为低电平,封锁与门,将输出电路的上拉场效应管(FET)截止,同时使多路转换电路MUX接通锁存器的$\overline{Q}$端。

当P0作为输出口使用时,内部的写脉冲加在D触发器的CP端,数据写入锁存器,并向端口输出。

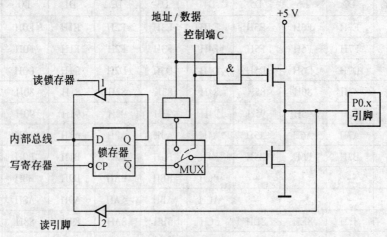

图2.8 P0口某位结构

当P0作为输入口使用时,应区分读引脚与读端口两种情况,为此,在端口电路中有两个用于读入驱动的三态缓冲器。所谓读引脚即读芯片引脚的数据,这时使用数据缓冲器2,即"读引脚"信号打开缓冲器2,把端口引脚上的数据从缓冲器2通过内部总线读入。使用传送指令(MOV)进行读端口操作都是属于这种情况。

读端口是指通过缓冲器1读锁存器Q端的状态,在端口已处于输出状态的情况下。Q端与引脚信号是一致的,这样安排的目的是为了适应对端口进行"读—修改—写"操作指令的需要。例如,"ANL P0,A"就是属于这类指令,执行时先读入P0口锁存器中的数据,然后与A的内容进行逻辑与,再把结果送回P0口。对于这类"读—修改—写"操作指令,不直接读引脚而读锁存器是为了避免可能出现的错误。因为在端口已处于输出状态的情况下,如果端口的负载恰是一个晶体管的基极,导通了的PN结将会把端口引脚的高电平拉低,这样直接读引脚就会把本来的"1"误读为"0";但若从锁存器Q端读,就能避免这样的错误,得到正确的数据。

需要注意的是,当P0口作为通用I/O口输出时,由于输出电路是漏极开路的,因此必须在片外接一上拉电阻才能有高电平输出；当 P0 口作为通用 I/O 口输入时,必须先向电路中的锁存器写入"1"使 FET 截止,以避免锁存器为"0"状态时对引脚读入的封锁。

在实际应用中,P0 口绝大多数情况下都是作为单片机系统的地址/数据线使用,这要比一般的 I/O 口应用简单。当输出地址或数据时,由内部发出控制信号,打开上面的与门,并使多路转换电路 MUX 处于内部地址/数据线与驱动场效应管栅极反向接通状态,这时输出驱动电路由于上、下两个 FET 处于反向,形成推拉式电路结构,使负载能力大为提高。当输入数据时,数据信号直接从引脚通过数据缓冲器进入内部总线。

2.5.2 P1 口

P1 口的口线逻辑电路如图 2.9 所示。

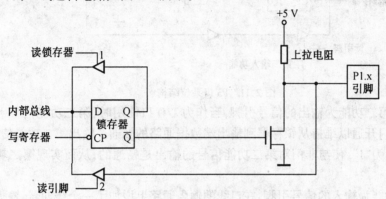

图 2.9 P1 口某位结构

因为 P1 口通常是作为通用 I/O 口使用的,所以在电路结构上与 P0 有一些不同之处；首先它不再需要多路转接电路 MUX；其次是电路的内部有上拉电阻,与场效应管共同组成输出驱动电路。因此 P1 口作为输出口使用时,已经能向外提供推拉电流负载,无需再外接上拉电阻。当 P1 口作为输入口使用时,同样也需先使驱动电路 FET 截止。

2.5.3 P2 口

P2 口的口线逻辑电路如图 2.10 所示。P2 口电路比 P1 口电路多了一个多路转换电路 MUX,这又正好与 P0 口一样,P2 口可以作为通用 I/O 口使用,这时多路转接电路开关倒向锁存器 Q 端。通常情况下,P2 口是作为高位地址线使用。此时多路转接电路开关倒向地址端。

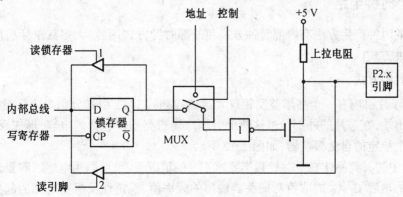

图 2.10 P2 口某位结构

2.5.4 P3口

P3口的口线逻辑电路如图2.11所示。P3口的特点在于适应引脚信号第二功能的需要,增强了第二功能控制逻辑。由于第二功能控制信号有输入和输出两类,因此分两种情况

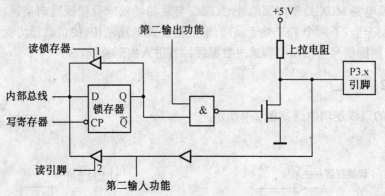

图2.11 P3口某位结构

进行说明。对于第二功能为输出的信号引脚,当作为I/O口使用时,第二功能信号引脚应保持高电平,与非门开通以维持从锁存器到输出端数据通路的畅通。输出第二功能信号时,该位的锁存器应置为"1",使与非门对第二功能信号的输出是畅通的,从而实现第二功能信号的输出。

对于第二功能为输入的信号引脚,在口线的输入通路上增加了一个缓冲器,输入的第二功能信号就从这个缓冲器的输出端取得。而作为I/O使用的数据输入,仍取自三态缓冲器的输出端。不管是作为输入口还是第二功能信号输入,输出电路中的锁存器输出和第二功能输出信号线都应该保持高电平。

2.6 时钟电路与时序

时钟电路是单片机的心脏,它用于产生单片机工作所需的时钟信号。可以说单片机本身就是一个复杂的同步时序电路,为了保证同步工作方式的实现,电路应在统一的时钟信号控制下严格地按时序进行工作。时序是指令执行过程中各信号之间的相互时间关系。

2.6.1 时钟电路

单片机的时钟产生方法有内部时钟方式和外部时钟方式两种,大多数单片机应用系统采用内部时钟方式。

1.内部时钟方式

MCS-51单片机内有一个高增益反相放大器,XTAL1、XTAL2引脚分别为该反相放大器的输入端和输出端,在芯片的外部通过这两个引脚跨接石英晶体和微调电容,形成反馈电路,就构成了一个稳定的自激振荡器,如图2.12所示。

图2.12中的石英晶体在对时钟频率要求不高的情况下,也可以用电感或陶瓷谐振器代替。电路中的电容C_1、C_2的取值对振荡器输出的频率值、稳定性及振荡电路的起振速度略

有影响，C_1、C_2 可在 20 ~ 100 pF 之间选择，一般当外接晶体时典型取值为 30 pF，外接陶瓷谐振器时典型取值为 47 pF，取 60 ~ 70 pF 时振荡器有较高的频率稳定性。无论是 HMOS 还是 CHMOS 型单片机，其并联谐振回路及其参数相同。MCS-51 单片机允许的晶体振荡器频率可在 1.2 ~ 12 MHz 之间选择。晶体振荡频率高，则系统的时钟频率也高，单片机运行速度也就快。但运行速度越快对存储器的速度要求就越高，对印刷电路板的工艺要求也高(线间寄生电容要小)。

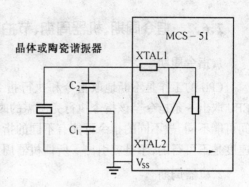

图 2.12　内部时钟方式

MCS-51 单片机在通常应用情况下，使用 6 MHz 的石英晶体，而 12 MHz 的石英晶体主要是在高速串行通信的情况下使用。随着技术的发展，单片机的时钟频率也在提高，现在 8 位高速单片机芯片的最高使用频率已达 40 MHz。

　　应该指出，振荡电路产生的振荡脉冲并不直接为系统所用，而是经过二分频后才作为系统时钟信号(在时序分析中常称为状态，用 Si 表示)，在二分频的基础上再三分频产生 ALE 信号，在二分频的基础上再进行六分频得到机器周期信号。

2. 外部时钟方式

　　外部时钟方式是利用外部振荡信号源直接接入 XTAL1 或 XTAL2。由于 HMOS 和 CHMOS 单片机内部时钟进入的引脚不同，其外部振荡信号源接入的方式也不同，CHMOS 型单片机由 XTAL1 进入，HMOS 型单片机由 XTAL2 进入，因而有两种不同的外部时钟方式信号源接入方法。图 2.13 所示为 HMOS 型单片机的外部振荡信号源的接入方法，由于 XTAL2 端的逻辑电平不是 TTL 电平，故外接一个 4.7 ~ 10 kΩ 的上拉电阻。一般当整个单片机系统已有时钟源或为了取得时钟上的同步时，可以考虑使用此方式。

　　CHMOS 型单片机采用外部时钟方式时，接入方式与 HMOS 型不同：①外部振荡信号源接 XTAL1，不接 XTAL2；②CMOS 芯片可在软件的控制下使振荡器停振，芯片处于失电保持状态。图 2.14 所示为 CHMOS 型单片机的外部震荡信号源的接入方法。对外部振荡信号的占空比没有什么要求，但要求外部振荡信号高电平持续时间和低电平持续时间均应大于20 ns。

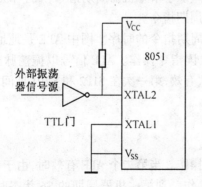

图 2.13　HMOS 型单片机的外部脉冲源接入方法

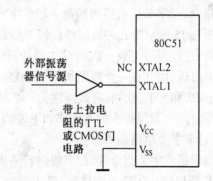

图 2.14　CHMOS 型单片机的外部脉冲源接入方法

2.6.2 指令周期、机器周期、节拍和状态

1.指令周期

CPU 的工作是不断地取指令和执行指令,以完成数据的处理、传送和输入/输出操作。CPU 取出一条指令至该指令执行完所需的时间称为指令周期,因不同的指令执行所需的时间可能不同,故不同的指令可能有不同的指令周期。显然,直接用指令周期来衡量指令执行速度是不可行的,于是就引出了所谓机器周期。

2.机器周期

机器周期是用来衡量指令或程序执行速度的最小单位。它的确定原则是以最小指令周期为基准的,即一个最小指令周期为一个机器周期。这样,一条较长执行时间的指令就有可能包含几个机器周期。例如 MCS-51 单片机的指令系统中就有一个机器周期、两个机器周期和四个机器周期的指令。

单片机执行指令是在时钟电路控制下一步一步进行的,人们通常用工作波形图的形式来表明相关信号出现的先后次序,这种工作波形图称为时序。为了更明确地说明信号的时序关系,通常还需要将机器周期进一步细分成节拍和状态。

3.节拍和状态

在 MCS-51 单片机中,把时钟电路振荡脉冲的周期定义为节拍(用"P"表示)。把振荡脉冲经过二分频后的时钟信号的周期定义为状态(用"S"表示)。这样,一个状态就包含两个节拍,其前半个状态周期对应的节拍叫节拍 1(P1),后半个状态周期对应的节拍叫节拍 2(P2)。由 6 个状态周期(S1,S2,…,S6)组成一个机器周期,每一个状态周期由 2 个振荡脉冲组成(时相 P1、P2),因此一个机器周期包含 12 个振荡脉冲(S1P1,S1P2,S2P1,S2P2,…,S6P1,S6P2),若采用 12 MHz 的晶体振荡器,则每个机器周期的时间恰好为 1 μs。

2.6.3 典型指令的时序

MCS-51 单片机共有 111 条指令,全部指令按其指令长度可分为单字节指令、双字节指令和三字节指令。执行这些指令所需的机器周期数目是不同的,概括起来共有以下几种情况:单字节单机器周期指令、单字节双机器周期指令、双字节单机器周期指令、双字节双机器周期指令、三字节双机器周期指令和单字节四机器周期指令。

图 2.15 所示为几种典型单机器周期和双机器周期指令的时序。图中 ALE 是地址锁存允许信号,该信号有效一次则对应单片机进行一次读指令操作。ALE 信号以振荡脉冲 1/6 的频率出现,因此在一个机器周期中,ALE 信号两次有效,第一次在 S1P2 和 S2P1 期间,第二次在 S4P2 和 S5P1 期间,有效宽度为一个状态。

现对几个典型指令的时序作如下说明。

(1)单字节单周期指令

由于是单字节指令,因此只需进行一次读指令操作。当第二个 ALE 有效时,由于 PC 没有加 1,所以读出的还是原指令,属于一次无效的操作。到第一机器周期的 S6 状态时指令执行完毕。

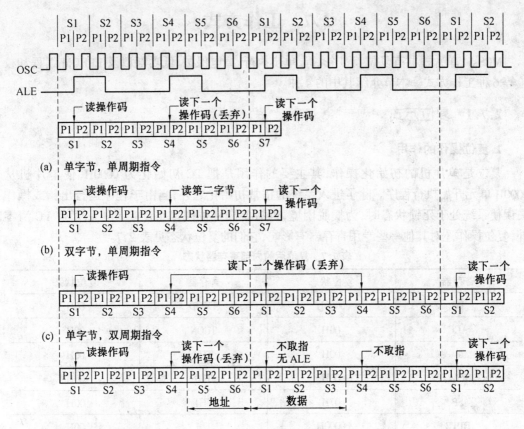

(a) 单字节，单周期指令

(b) 双字节，单周期指令

(c) 单字节，双周期指令

(d) 单字节，双周期指令

图 2.15 MCS-51 单片机典型指令的取指/执行时序

(2)双字节单周期指令

双字节单周期指令对应于 ALE 的两次读操作都是有效的，第一次是读指令操作码，第二次是读指令的第二字节(例如立即数)。同样,到第一机器周期的 S6 状态时指令执行完毕。

(3)单字节双周期指令

对于这类指令,在两个机器周期间共进行四次读指令操作,由于只有一个字节操作码,故后三次的读操作全是无效的。到第二机器周期的 S6 状态时指令执行完毕。

(4)单字节双周期指令

如前所述每个机器周期内有两次读指令操作,但 MOVX 类指令情况有所不同。因为执行这类指令时,先在 ROM 中读取指令操作有效,然后对外部 RAM 进行读/写操作。第一机器周期时,与上述指令一样,第一次读指令操作有效,第二次读指令操作无效。第二机器周期时,进行外部 RAM 访问,此时与 ALE 信号无关,机器内部亦不产生 ALE 脉冲,因此不产生读指令操作。这类指令也是到第二机器周期的 S6 状态执行完毕。

一般情况下,每个机器周期 ALE 信号出现两次,作为一种周期信号,可以供其他外部设备使用。但是在访问外部数据存储器时,ALE 不是周期性的,使用时需注意。另外值得指出的是,大多数 8051 指令执行时间为 1 个或 2 个机器周期。MUL(乘法)和 DIV(除法)是仅有的需 2 个以上机器周期的指令,它们需 4 个机器周期。

2.7 工作方式

MCS-51 单片机共有复位、程序执行、单步执行、掉电保护、低功耗以及 EPROM 编程和校验等 6 种工作方式。本节介绍其中的 4 种。

2.7.1 复位方式

1.复位操作的作用

复位是单片机的初始化操作,其主要的作用是把 PC 初始化为 0000H,使单片机从 0000H 单元开始执行程序。除了进入系统的正常初始化之外,当由于程序运行出错或操作失误使系统处于死锁状态时,为摆脱困境,也需要按复位键以重新启动。除了使 PC 清零外,复位操作还对其他一些专用寄存器有影响,它们的复位状态见表 2.7。

表 2.7　复位后的内部寄存器状态

寄存器	复位状态	寄存器	复位状态
PC	0000H	TMOD	00H
ACC	00H	TCON	00H
B	00H	TH0	00H
PSW	00H	TL0	00H
SP	07H	TH1	00H
DPTR	0000H	TL1	00H
P0 ~ P3	0FFH	SCON	00H
IP	(×××00000)	SBUF	(××××××××)
IE	(0××00000)	PCON	(0×××0000)

另外,复位操作还对单片机的个别引脚有影响,例如会把 ALE 和 $\overline{PSEN}$ 变为无效状态,即使 ALE = 0, $\overline{PSEN}$ = 1。RST 变为低电平后,退出复位状态,CPU 从初始状态开始工作。

2.复位电路

MCS-51 单片机的复位电路由片内、片外两部分组成,其结构原理如图 2.16 所示。

进行复位操作时,外部电路需在复位引脚 RST 端产生大于两个机器周期的高电平信号,RST 引脚通过片内施密特触发器与复位电路相连(施密特触发器的作用是脉冲整形和抑制噪声)。在每个机器周期的 S5P2 时刻,内部复位电路采样施密特触发器的输出,得到复位信号后完成内部复位。

MCS-51 单片机的复位操作有两种方式:上电复位和上电按钮复位。上电复位电路如图 2.17 所示。单片机在上电瞬间,RC 电路充电,RST 引脚出现正脉冲,只要 RST 保持两个机器周期以上的高电平(因为振荡器从起振到稳定需要大约 10 ms 的时间,故通常定为大于 10 ms),就能使单片机有效地复位。当晶体振荡频率为 12 MHz 时,RC 电路的典型值为 $C = 10 \mu F, R = 8.2 k\Omega$。简单复位电路中,干扰信号容易串入复位端,可能会引起内部某些寄存

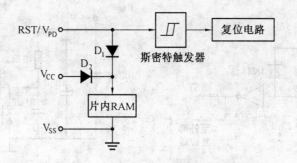

图 2.16 复位电路逻辑图

器错误复位,这时可在 RST 引脚上接一个去耦电容。

通常因为系统运行等的需要,常常需要人工按钮复位,复位电路如图 2.18 所示,只需将一个常开按钮开关并联于上电复位电路,按下开关一定时间就能使 RST 引脚端为高电平,从而使单片机复位。

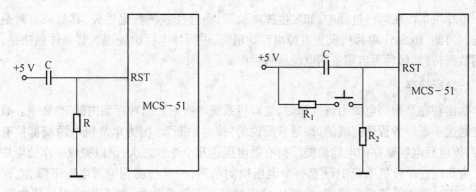

图 2.17 上电复位电路　　　　　图 2.18 上电按钮复位电路

3.系统复位

在单片机的实际应用系统中,除单片机本身需复位以外,外部扩展的 I/O 接口电路等也需要复位,因此需要一个系统的同步复位信号,即单片机复位后,CPU 开始工作时,外部的电路一定要复位好,以保证 CPU 有效地对外部电路进行初始化编程。如上所述,MCS-51 的复位端 RST 是一个施密特触发器输入,高电平有效,而 I/O 接口电路的复位端一般为 TTL 电平输入,通常也是高电平有效,但这两种复位输入端复位有效的电平不完全相同。若将图2.17和图 2.18 中单片机的复位端和 I/O 接口电路复位端简单相连,将使 CPU 和 I/O 接口的复位可能不同步,导致 CPU 对 I/O 初始化编程无效,将使系统不能正常工作,这可以通过延时一段时间以后对外部电路进行初始化编程来解决。

图 2.19 所示为两种实用的系统复位电路(上电复位和按钮复位)。图中将复位电路产生的复位信号经施密特电路整形后作为系统复位信号,加到 MCS-51 单片机和外部 I/O 接口电路的复位端。

2.7.2　程序执行方式

程序执行方式是单片机的基本工作方式。由于复位后 PC = 0000H,因此程序执行总是从地址 0000H 开始。但是用户程序一般并不存在其中,故通常需要在 0000H 单元放一条无

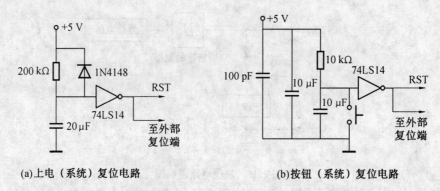

(a)上电（系统）复位电路   (b)按钮（系统）复位电路

图 2.19   系统复位电路

条件转移指令(如 LJMP addr16),使程序转向实际的用户入口地址去执行。

2.7.3   掉电保护方式

单片机系统在运行过程中,如发生掉电故障,将会使系统数据丢失,其后果有时是很严重的。为此,MCS-51 单片机设置有掉电保护措施,进行掉电保护处理。其具体做法是,先把有用数据转存,然后再启用备用电源维持供电。

1.数据转存

数据转存是指当电源出现故障时,立即将系统的有用数据转存到内部 RAM 中。数据转存是通过中断服务程序完成的,即通常所说的"掉电中断"。因为单片机电源端都接有滤波电容,掉电后电容储存的电能尚能维持有效电压达几个毫秒之久,足以完成一次掉电中断操作。为此应在单片机系统中设置一个电压检测电路,一旦检测到电源电压下降,立即通过 $\overline{INT0}$ 或 $\overline{INT1}$ 产生外部中断请求,中断响应后执行中断服务程序,把有用数据送到内部 RAM 保护起来。

2.接通备用电源

为了保存转存后的有用数据,掉电后给内部 RAM 供电,系统应预先装有备用电源,并在掉电后立即接通。备用电源由单片机的 RST/V_{PD} 引脚接入。为了在掉电时能及时接通备用电源,系统中还需具有备用电源与 V_{CC} 电源的自动切换电路。这个电路由图 2.16 中的 D_1 和 D_2 组成。

由于备用电源容量有限,为减少消耗,掉电后时钟电路和 CPU 皆停止工作,只有内部 RAM 和专用寄存器继续工作,以保持其内容。当电源 V_{CC} 恢复时,RST/V_{PD} 端备用电源还应维持一段时间(约 10 ms),以便给其他电路从启动到稳定工作留出足够的过渡时间,然后才结束掉电保护状态,单片机开始工作。

2.7.4   CHMOS 工艺的低功耗方式

CHMOS 工艺的 MCS-51 单片机(如 80C51)有两种低功耗方式,即待机方式和掉电保护方式。其待机方式和掉电保护方式都是由专用寄存器 PCON 的有关位来控制的。PCON 寄存器的格式如图 2.20 所示。

位序	D7	D6	D5	D4	D3	D2	D1	D0
位符号	SMOD	/	/	/	GF1	GF0	PD	IDL

图 2.20　PCON 寄存器的格式

其中：

SMOD	波特率加倍位，在串行通信中使用；
GF0	通用标志位；
GF1	通用标志位；
PD	掉电方式位，PD = 1，则进入掉电方式；
IDL	待机方式位，IDL = 1，则进入待机方式。

要想使单片机进入待机方式或掉电保护方式，只要执行一条能使 IDL 或 PD 位为"1"的指令就可以了。

1. 待机方式

如果使用指令使 PCON 寄存器的 IDL 位置"1"，则单片机即进入待机方式。这时振荡器仍然工作，并向中断逻辑、串行口和定时器/计数器提供时钟，但向 CPU 提供时钟的电路被阻断，因此 CPU 不能工作，与 CPU 有关的专用寄存器（如 SP、PC、PWS、ACC 等）以及全部通用寄存器也都被"冻结"在原状态。

另一方面，在待机方式下，中断功能应继续保留，以便采用中断方法退出待机方式。为此，应引入一个外中断请求信号，在单片机响应中断的同时，PCON.0 位被硬件自动清"0"，单片机退出待机方式而进入正常工作方式。其实在中断服务程序中只需要安排一条 RETI 指令，就可以使单片机恢复正常工作，且返回断点继续执行程序。

2. 掉电保护方式

对于 CHMOS 工艺的 MCS-51 单片机，在检测到电源故障时，除了进行信息保护外，还把 PCON.1(PD) 位置"1"，使之进入掉电保护方式。此时单片机一切工作都停止，只有内部 RAM 单元的内容被保存。80C51 类单片机除进入掉电保护方式的方法与 8051 类不同外，还有备用电源由 V_CC 端引入的特点。V_CC 正常后，硬件复位信号维持 10 ms 即能使单片机退出掉电方式。

本章小结

本章重点讨论了 MCS-51 单片机的内部结构和工作原理。它由一个 8 位 CPU、128 B 内部 RAM、21 个特殊功能寄存器、4 个 8 位并行 I/O 口、两个 16 位定时器/计数器、一个中断系统、一个串行 I/O 接口和时钟电路等组成。单片机的内部工作寄存器分为 4 组，每组寄存器编号分别为 R0 ~ R7，用程序状态字中的 RS1 和 RS0 的编码来区分组号。

MCS-51 单片机有三个不同的存储空间，分别是 64 KB 的程序存储器（ROM）、64 KB 的外部数据存储器（RAM）和 128 B 的片内 RAM，用不同的指令和控制信号实现对各存储空间的操作。

MCS-51 单片机的特殊功能寄存器有累加器 A、程序状态字 PSW、堆栈指针 SP、数据指针

DPTR 和程序计数器 PC 等,它们都有特殊的功能和用途。

MCS-51 单片机的 4 个 I/O 端口有不同的结构,P0 口是数据总线和低 8 位地址线分时复用口,P1 口是通用的 I/O 接口,P2 口是高 8 位地址线,P3 口常用于第二功能。在不扩展外部存储器的情况下,这 4 个 I/O 口均可作为通用的 I/O 接口使用,这时它们都是准双向口。

在 CPU 的时序中,有振荡周期、时钟周期、机器周期和指令周期之分。每一种周期都有其不同的意义。单片机的复位电路有几种,应根据具体使用情况而定。

习　题

1. MCS-51 单片机内部包含哪些主要逻辑功能部件?

2. 说明程序计数器 PC 和堆栈指针 SP 的作用。复位后 PC 和 SP 各为何值?

3. 程序状态字寄存器 PSW 的作用是什么? 其中状态标志有哪几位? 它们的含义是什么?

4. 什么是堆栈? 堆栈有何作用? 为什么要对堆栈指针 SP 重新赋值? SP 的初值应如何设定?

5. 开机复位后 CPU 使用的是哪组工作寄存器? 它们的地址如何? CPU 怎样指定和改变当前工作寄存器组?

6. MCS-51 的时钟周期、机器周期、指令周期是如何定义的? 当振荡频率为 12 MHz 时,一个机器周期为多少微秒?

7. MCS-51 单片机的控制信号 $\overline{EA}$、ALE、$\overline{PSEN}$ 有哪些功能?

8. MCS-51 的片外程序存储器和片外数据存储器共处同一地址空间为什么不会发生总线冲突?

9. 简述 MCS-51 内部数据存储器的存储空间分配。

10. 位地址和字节地址有何区别? 位地址 20H 具体在内存中什么位置?

11. MCS-51 单片机的 4 个 I/O 口的主要用途和区别是什么?

12. MCS-51 单片机的片外三总线是如何分配的?

第3章 MCS-51 单片机指令系统

【学习目的和要求】 通过本章的学习,应该了解 MCS-51 单片机的汇编指令格式、指令的分类和寻址方式。掌握指令的含义、功能和用途,掌握 MCS-51 汇编语言编程的基本方法,能熟练地使用 MCS-51 单片机指令编制一些简单的程序。

单片机能在程序控制下自动进行运算和事务处理,整个过程都是由 CPU 中的控制器控制的。一般情况下,控制器按顺序自动连续地执行存放在存储器中的指令,而每一条指令执行某种操作。单片机能直接识别的只能是由 0 和 1 编码组成的指令,也称为机器语言指令,这种编码称为机器码,由机器码编制的单片机能识别和执行的程序称为目标程序。

3.1 汇编语言的格式

汇编语言是面向机器的程序设计语言,对于不同 CPU 的微型计算机,汇编语言一般是不同的,但是它们之间所采用的语言规则有很多相似之处。在此,我们以 MCS-51 的汇编语言为例来说明汇编语言的规范。

汇编语言源程序是由汇编语句(指令)构成的。汇编语句由 4 个部分构成,每一部分称为一个字段,汇编程序能够识别它们。其语句格式如下:

［标号:］［操作码］［操作数］;［注释］

每个字段之间要用分隔符分离,而每个字段内部不能使用分隔符。可以作为分隔符的符号有空格、冒号、逗号、分号等。例如:

LOOP: MOV A, #31H   ;立即数 31H→A

下面分别解释这 4 个字段的含义。

(1)标号。标号是用户设定的一个符号,表示存放指令或数据的存储单元地址。标号由以字母开始的 1~8 个字母或数字串组成,以冒号结尾。不能用指令助记符、伪指令或寄存器名来做标号。标号是任选的,并不是每条指令或数据存储单元都要标号,只在需要时才设标号。如转移指令所要访问的存储单元前面一般要设置标号。一旦使用了某标号定义一地址单元,在程序的其他地方就不能随意修改这个定义,也不能重复定义。

(2)操作码。是指令或伪指令的助记符,用来表示指令的性质或功能。对于一条汇编语言指令,这个字段是必不可少的。

(3)操作数。给出参加运算(或其他操作)的数据或数据的地址。操作数可以表示为工作寄存器名、特殊功能寄存器名、标号名、常数、表达式等。这一字段可能有,也可能没有。若有两个或三个操作数,它们之间应以逗号分开。

(4)注释。注释字段不是汇编语言的功能部分,只是增加程序的可读性。言简意赅的注释是汇编语言程序编写中的重要组成部分。

单片机的汇编语言指令编码并不是固定长度的,即不同指令编码的字节数是不同的。

MCS-51 单片机的指令格式按字节长度可分为单字节指令、双字节指令和三字节指令三种。

1.单字节指令

单字节指令由 8 位二进制编码表示,有两种形式:一种是无操作数的单字节指令;另一种是含有寄存器编号的单字节指令。

(1)无操作数的单字节指令

例如,数据指针加 1 指令"INC DPTR",因操作数隐含在操作码中,其指令编码为 A3H,如图 3.1 所示。

图 3.1　INC DPTR 指令编码

(2)含有寄存器编号的单字节指令

例如:传送指令"MOV A, Rn",这条指令是把寄存器 Rn(n = 0 ~ 7)中的内容送到累加器 A 中去。其指令编码如图 3.2 所示。

图 3.2　MOV A,Rn 指令编码

假设 n = 1,则指令"MOV A,R1"的编码为 E9H,其中操作码 11101 表示执行把寄存器中的数据传送到 A 中去的操作。001 为 R1 寄存器的编码。

2.双字节指令

双字节指令的编码由两个字节组成,第一个字节为操作码;第二个字节为操作数或操作数所在的地址,可以是立即数、直接地址和寄存器等,如图 3.3 所示。

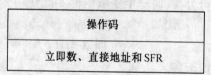

图 3.3　双字节指令的编码

例如:传送指令"MOV A, # data",这条指令是将立即数 data 送到累加器 A 中。假设立即数 data = 85H,则指令编码为 74H、85H,其中操作码 74H 表示执行把立即数传送到 A 中去的操作。85H 表示立即数。

3.三字节指令

三字节指令的编码由三个字节组成,第一个字节为操作码;其后两个字节为第一操作数和第二操作数,它们可以是立即数、直接地址和寄存器等,如图 3.4 所示。

例如:传送指令"MOV direct, # data",这条指令是把立即数 data 送到直接地址为 direct 的单元中。假设 direct = 78H,data = 80H,则 MOV 78H, # 80H 指令的编码为 75H、78H、80H。其中操作码 75H 表示执行把立即数传送到直接地址单元中去的操作。78H 表示直接地址单元,80H 为立即数。

用二进制编码表示的机器语言指令不便于阅读理解和记忆,因此在单片机系统中采用

操作码
第一操作数
第二操作数

图 3.4 三字节指令的编码

汇编语言(用助记符和专门的语言规则表示指令的功能和特征)指令来编写程序。

值得注意的是,汇编语言程序不能被单片机直接识别并执行,必须经过一个中间环节把它翻译成机器语言程序,这个中间过程叫做汇编。汇编有两种方式:机器汇编和手工汇编。机器汇编是用专门的汇编程序,在计算机上进行翻译;手工汇编是编程人员把汇编语言指令通过查指令表逐条翻译成机器语言指令。现在主要使用机器汇编,但有时也用到手工汇编。

3.2　寻址方式

在带有操作数的指令中,数据可能就在指令中,也有可能在寄存器或存储器中,甚至在 I/O 口中。对此设备内的数据要正确进行操作就要在指令中指出其地址,寻找操作数地址的方法称为寻址方式。寻址方式的多少及寻址功能强弱是反映指令系统性能优劣的重要指标。

MCS-51 指令系统的寻址方式有下列几种:

① 立即寻址;

② 直接寻址;

③ 寄存器寻址;

④ 寄存器间接寻址;

⑤ 基址寄存器加变址寄存器间接寻址;

⑥ 相对寻址;

⑦ 位寻址。

下面逐一介绍各种寻址方式。

1.立即寻址

立即寻址方式是操作数包含在指令字节中,指令操作码后面字节的内容就是操作数,汇编指令中,在数的前面冠以" # "号作前缀,就表示该数为立即数,以区别直接地址。例如:

MOV A, # 3FH　　　　　　　　;3FH→A

这条指令的功能是将立即数 3FH 送入累加器 A,这条指令为双字节指令,操作数 3FH 紧跟在操作码 74H 后面存放在程序存储器中,如图 3.5 所示。

在 MCS-51 指令系统中有一条立即数为双字节的指令:

MOV DPTR, # 2400H　　　　　;24H→DPH,00H →DPL

这是一条三字节的指令,指令代码为 90H、24H、00H,在程序存储器中占三个存储单元。

2.直接寻址

直接寻址方式是在指令中含有操作数的直接地址,该地址指出了参与操作的数据所在

图 3.5　立即寻址示意图

的字节地址或位地址。

直接寻址方式中操作数存储的空间有三种：

(1)内部数据存储器的低 128 个字节单元(00H~7FH)

例如：MOV A,30H　　　　　;(30H)→A

指令功能是把内部 RAM 30H 单元中的内容送入累加器 A。如图 3.6 所示。

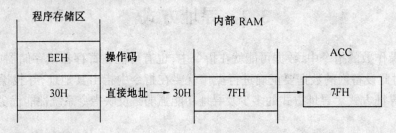

图 3.6　直接寻址示意图

(2)位地址空间

例如：MOV C,00H　　　　　;直接位 00H 的内容→进位位

(3)特殊功能寄存器

例如：MOV IE, # 85H　　　　;立即数 85H→中断允许寄存器 IE

IE 为特殊功能寄存器,其字节地址为 A8H。一般在访问 SFR 时,可在指令中直接使用该寄存器的名字来代替地址。

3.寄存器寻址

由指令指出某一个寄存器中的内容作为操作数,这种寻址方式称为寄存器寻址。寄存器寻址按所选定的工作寄存器 R0~R7 进行操作,指令代码低 3 位的八种组合 000,001,…,110,111 分别指明所用的工作寄存器 R0,R1,…,R6,R7。例如：

MOV A,R6　　　　　　　　;(R6)→A

其寻址如图 3.7 所示。

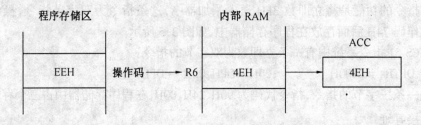

图 3.7　寄存器寻址示意图

寄存器寻址方式的寻址范围包括：

(1)当前工作寄存器区的 8 个工作寄存器 R0 ~ R7。

(2)特殊功能寄存器 ACC、寄存器 B、数据指针 DPTR 及布尔累加器 C。

对特殊功能寄存器寻址时，其寄存器的名称隐含在操作码中。

4.寄存器间接寻址

在寄存器间接寻址方式中，操作数所指定的寄存器中存放的不是操作数，而是操作数所在的存储器单元地址，寄存器起地址指针的作用，寄存器间接寻址用符号"@"表示。

寄存器间接寻址只能使用寄存器 R0 或 R1 作为地址指针，来寻址内部 RAM(00H ~ FFH)中的数据。例如：

MOV A,@R0   ;((R0))→A

指令功能是把 R0 所指出的内部 RAM 单元中的内容送累加器 A。若 R0 内容为 60H，而内部 RAM 60H 单元中的内容是 3BH，则指令 MOV A,@R0 的功能是将 3BH 这个数送到累加器 A，如图 3.8 所示。

寄存器间接寻址也适用于访问外部 RAM，此时可使用 R0、R1 或 DPTR 作为地址指针。

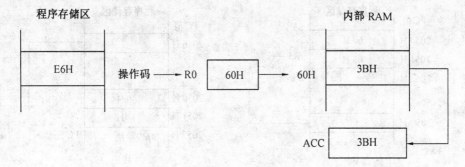

图 3.8 寄存器间接寻址示意图

5.变址寻址

这种寻址方式用于访问程序存储器中的数据表格，它把基址寄存器(DPTR 或 PC)和变址寄存器 A 的内容作为无符号数相加形成 16 位的地址，访问程序存储器中的数据表格。例如：

MOVC A,@A + DPTR   ;((DPTR) + (A))→A

MOVC A,@A + PC   ;((PC) + (A))→A

A 中为无符号数，指令功能是 A 的内容和 DPTR 或当前 PC 的内容相加得到程序存储器的有效地址，把该存储器单元中的内容送到 A。上面第一条指令的寻址如图 3.9 所示。

6.相对寻址

相对寻址方式是以当前程序计数器 PC 的内容作为基地址，加上指令中给定的偏移量所得结果作为转移地址，它只适用于双字节转移指令，第一字节为操作码，第二字节就是相对于当前程序计数器 PC 地址的偏移量 rel。

在相对寻址方式中要注意以下两点：

(1)当前 PC 值是指相对转移指令所在地址(源地址)加转移指令字节数。

即:当前 PC 值 = 源地址 + 转移指令字节数

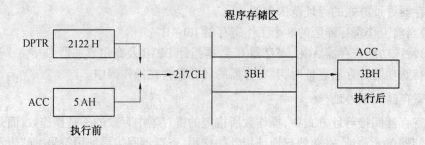

图 3.9 变址寻址示意图

(2)偏移量 rel 是有符号的单字节数,以补码表示,相对值在 − 128 ~ + 127 范围内,负数表示从当前地址向上转移,正数表示从当前地址向下转移。所以转移的目的地址为:

目的地址 = 当前 PC 值 + rel = 源地址 + 转移指令字节数 + rel

例如:"JZ 08H"和"JZ 0F4H"两条指令分别表示累加器 A 为零条件满足后,从源地址(2050H)分别向下、向上转移 10 个单元。相对寻址示意图如图 3.10 所示。

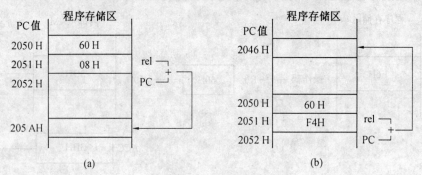

图 3.10 相对寻址示意图

7.位寻址

位寻址方式是在指令中可以对数据位进行操作,即在指令中可以直接使用位地址。例如:

MOV C,30H

位寻址的寻址范围包括:

(1)内部 RAM 中的位寻址区

在内部 RAM 中,20H ~ 2FH 这 16 存储单元共有 128 位,位地址范围是 00H ~ 7FH。位寻址区中的位有两种表示方法,一种是直接给出位地址;另一种是单元地址加上位数,例如(24).3。

(2)特殊功能寄存器中的可寻址位

在特殊功能寄存器中有 11 个寄存器可进行位寻址,其中有 5 个数据位不可以位寻址,实际可寻址位有 83 个。这些可寻址位在指令中有如下 4 种表示方法:

① 直接使用位地址。例如 PSW 寄存器的位 2 的位地址是 0D2H。

② 使用位的符号。例如 PSW 寄存器的位 5,可使用 F0 表示。

③ 单元地址加位数。例如累加器 A 的单元地址为 E0H,A 的位 3 可用(E0H).3 表示。

· 42 ·

④ 单元符号加位数。例如 B 寄存器的位 3 可用 B.3 表示。

综上所述,在 MCS-51 系列单片机的存储空间中,指令究竟对那个存储空间进行操作是由指令操作码和寻址方式确定的。7 种寻址方式见表 3.1。

表 3.1　寻址方式及对应的寻址空间

序　号	寻址方式	寻　址　空　间
1	立即寻址	程序存储器
2	直接寻址	内部 RAM 128 字节,SFR,程序存储器
3	寄存器寻址	R0 ~ R7,A,B,C_y,DPTR 寄存器
4	寄存器间接寻址	内部 RAM 128 字节,外部 RAM
5	变址寻址	程序存储器
6	相对寻址	程序存储器
7	位寻址	内部 RAM 的 20H ~ 2FH 的 128 位,SFR 中的 83 位

3.3　指令系统

MCS-51 指令系统有 32 种助记符代表了 33 种操作功能,这是因为有的功能可以有几种助记符(例如数据传送的助记符有 MOV,MOVC,MOVX)。指令功能助记符与操作数各种可能的寻址方式相结合,共构成 111 种指令。这 111 种指令中,如果按字节分类,单字节指令 39 条,双字节指令 35 条,三字节指令 17 条。若从指令执行的时间看,单机器周期(12 个振荡周期)指令 63 条,双机器周期指令 35 条,四个机器周期指令(乘、除)两条。在 12 MHz 晶振的条件下,分别为 1 μs,2 μs 和 4 μs。由此可见 MCS-51 指令系统具有存储空间效率高和执行速度快的特点。

3.3.1　指令分类

按指令的功能,MCS-51 指令系统可分为下列五类:

(1)数据传送类。

(2)算术运算类。

(3)逻辑操作类。

(4)位操作类。

(5)控制转移类。

下面根据指令的功能特性分类介绍。在分类介绍之前,先把描述指令的一些符号作简单的说明。

Rn——表示当前工作寄存器区中的工作寄存器,n 取 0 ~ 7,表示 R0 ~ R7。

direct——8 位内部数据存储单元地址。它可以是一个内部数据 RAM 单元(0 ~ 127)或特殊功能寄存器地址或地址符号。

@Ri——通过寄存器 R1 或 R0 间接寻址的 8 位内部数据 RAM 单元(0 ~ 255),i = 0,1。

data——指令中的 8 位立即数。

\# data16——指令中的 16 位立即数。

addr16——16 位目标地址。用于 LCALL 和 LJMP 指令,可指向 64 K 字节程序存储器地址空间的任何地方。

addr11——11 位目标地址。用于 ACALL 和 AJMP 指令,转至当前 PC 所在的同一个 2 K 字节程序存储器地址空间内。

rel——补码形式的 8 位偏移量。用于相对转移和所有条件转移指令中。偏移量相对于当前 PC 计算,在 − 128 ~ + 127 范围内取值。

DPTR——数据指针,用作 16 位的地址寄存器。

A——累加器

B——特殊功能寄存器,专用于乘(MUL)和除(DIV)指令中。

C——进位标志或位累加器。

bit——内部数据 RAM 或部分特殊功能寄存器可寻址位的位地址。

$\overline{\text{bit}}$——表示对该位操作数取反。

(X)——X 中的内容。

((X))——表示以 X 单元的内容为地址的存储器单元内容,即(X)作地址,该地址单元的内容用((X))表示。

3.3.2 数据传送类指令

数据传送指令一般的操作是把源操作数传送到指令所指定的目标地址,指令执行后,源操作数不变,目的操作数被源操作数所代替。数据传送是一种最基本的操作,数据传送指令是编程时使用最频繁的指令,其性能对整个程序的执行效率起很大的作用。在 MCS-51 指令系统中,数据传送指令非常灵活,它可以把数据方便地传送到数据存储器和 I/O 口中。

1.以直接地址为目标操作数和源操作数的传送指令

MOV direct1,direct2   ;(direct2)→ direct1

这是一条三字节指令,指令的第一字节为操作码,第二字节为源操作数的地址,第三字节为目标操作数的地址。源操作数和目标操作数的地址都以直接地址形式表示,它们可以是内部 RAM 或特殊功能寄存器。该指令能实现内部 RAM 之间、特殊功能寄存器之间或特殊功能寄存器与内部 RAM 直接数据传送。例如:

MOV E0H,78H

其中目的操作数地址 E0H 为累加器的字节地址,源操作数地址 78H 为内部 RAM 单元地址,指令的功能是把内部 RAM 78H 单元中的数据传送到累加器 ACC 中。指令的机器码为 85H,78H,E0H。

2.累加器与外部数据存储器之间数据传送指令

该类指令有下面两组:

(1)由 DPTR 内容指示外部数据存储器地址

① 外部数据存储器内容送累加器

MOVX A,@DPTR   ;A←((DPTR))

执行这条指令时,P3.7 引脚上输出 $\overline{\text{RD}}$ 有效信号,用作外部数据存储器的读选通信号。

DPTR 所包含的 16 位地址信息由 P0(低 8 位)和 P2 口(高 8 位)输出,选中单元的数据由 P0 口输入到累加器,P0 口作分时复用的总线。

② 累加器内容送外部数据存储器

MOVX @DPTR,A   ;((DPTR))←A

执行该指令时,P3.6 引脚上输出 $\overline{WR}$ 有效信号,用作外部数据存储器的写选通信号。DPTR 所包含的 16 位地址由 P0 口(低 8 位)和 P2 口(高 8 位)输出,累加器的内容由 P0 口输出,P0 口作分时复用总线。

(2)由 Ri 内容指示外部数据存储器地址

① 外部数据存储器内容送累加器

MOVX A,@Ri   ;A←((Ri)+(P2)),i=0,1

执行该指令时,在 P3.7 引脚上输出 $\overline{RD}$ 有效信号,用作外部数据存储器的读选通信号。Ri 所包含的低 8 位地址由 P0 口输出,而高 8 位地址由 P2 口输出。选中单元的数据由 P0 口输入到累加器。

【例 3.1】 设外部数据存储器 2097H 单元中内容为 80H,在执行下列指令后,则 A 中的内容为 80H。

MOV P2, # 20H

MOV R0, # 97H

MOVX A,@R0

② 累加器内容送外部数据存储器

MOVX @Ri,A   ;((Ri)+(P2))←(A),i=0,1

执行该指令时,在 P3.6 引脚上输出 $\overline{WR}$ 有效信号,用作外部数据存储器的写选通信号。P0 口分时输出由 Ri 指定的低 8 位地址及由累加器输出到外部数据存储单元的内容。高 8 位地址由 P2 口输出。

3. 程序存储器内容送累加器

这类指令有下列两条,常用于查表。

第一条指令:

MOVC A,@A + PC   ;PC←(PC) + 1, A←((A) + (PC))

这条指令以 PC 作为基址寄存器,A 的内容作为无符号数和 PC 内容(下一条指令第一字节地址)相加后得到一个 16 位的地址,把该地址指出的程序存储器单元的内容送到累加器 A。

【例 3.2】 设(A) = 30H,执行指令:

地址   指令

1000H   MOVC A,@A + PC

结果为程序存储器中 1031H 单元的内容送入 A。

这条指令的优点是不改变特殊功能寄存器及 PC 的状态,根据 A 的内容就可以取出表格中的常数。缺点是表格只能存放在该条查表指令后面 256 个单元之内,因此表格大小受到限制,而且表格只能被该段程序所使用。

第二条指令:

MOVC A,@A + DPTR   ;A←((A) + (DPTR))

这条指令以 DPTR 作为基址寄存器,A 的内容作为无符号数和 DPTR 的内容相加得到一个 16 位的地址,把该地址指出的程序存储器单元的内容送到累加器 A。

【例 3.3】 设(DPTR) = 8100H,(A) = 30H,执行指令

MOVC A,@A + DPTR

结果为程序存储器中 8130H 单元的内容送入累加器 A。

这条指令的执行结果只与数据指针 DPTR 及累加器 A 的内容有关,与该指令存放的地址无关。因此表格大小和位置可在 64 KB 程序存储器空间中任意安排,一个表格可被各个程序块公用。

4.栈操作指令

在 MCS-51 内部 RAM 中可以设定一个后进先出的区域(LIFO),称为堆栈。在特殊功能寄存器中有一个堆栈指针 SP,它指出栈顶的位置。在指令系统中有下列两条用于数据传送的栈操作指令:

① 进栈指令

PUSH   direct   ;SP←(SP) + 1, (SP)←(direct)

这条指令的功能是首先将栈指针 SP 的内容加 1,然后把直接地址指出的存储单元内容传送到栈指针 SP 所指的内部 RAM 单元中。

【例 3.4】 设 (SP) = 60H,(ACC) = 30H,(B) = 70H,执行下列指令:

PUSH   ACC   ;SP ←(SP) + 1,即 SP ←61H,61H ←30H

PUSH   B   ;SP ←(SP) + 1,即 SP ←62H,62H ←70H

结果:(61H) = 30H,(62) = 70H,(SP) = 62H

② 出栈指令

POP   direct   ;direct ←((SP)),SP ←(SP) – 1

这条指令的功能是栈指针 SP 所指的内部 RAM 单元内容送入直接地址指出的字节单元中,栈指针 SP 的内容减 1。

【例 3.5】 设(SP) = 62H,(62H) = 70H,(61H) = 30H,执行下列指令:

POP   DPH   ;DPH ←((SP)),SP ←(SP) – 1

POP   DPL   ;DPL ←((SP)),SP ←(SP) – 1

结果:(DPTR) = 7030H,(SP) = 60H

执行 POP direct 指令不影响标志,但当直接地址为 PSW 时,可以使一些标志改变。这也是通过指令强行修改标志的一种方法。

【例 3.6】 设已把 PSW 的内容压入栈顶,用下列指令修改 PSW 内容使 FO,RS1,RS0 均为 1,最后用出栈指令把内容送回程序状态字 PSW,实现对 PSW 内容的修改。

MOV   R0,SP   ;取栈指针

ORL   @R0, #38H   ;修改栈顶内容

POP   PSW   ;修改 PSW

5.字节交换指令

这组指令的功能是将累加器 A 的内容和源操作数内容相互交换。源操作数有寄存器寻址、直接寻址和寄存器间接寻址等寻址方式。

XCH	A, Rn	;(A)←→(Rn), n = 0 ~ 7
XCH	A, @Ri	;(A)←→((Ri)), i = 0,1
XCH	A, direct	;(A)←→（direct）

【例3.7】 设(A) = 80H,(R7) = 08H,执行指令:

| XCH | A,R7 | ;(A)←→(R7) |

结果:(A) = 08H,(R7) = 80H

6.半字节交换指令

| XCHD | A, @Ri | ;$(A_{3\sim0})\rightleftharpoons((Ri)_{3\sim0})$ i = 0,1 |

这条指令将 A 的低 4 位和 R0 或 R1 指出的 RAM 单元低 4 位相互交换,各自的高 4 位不变。

数据传送类指令用到的助记符有:MOV,MOVX,MOVC,XCHD,PUSH,POP。数据传送类指令见表3.2。

表3.2　数据转送类指令

指令助记符 （包括寻址方式）	说　　　明	字节数	机器周期	指令代码
MOV A, Rn	寄存器内容送累加器	1	1	E8H ~ EFH
MOV A, direct	直接寻址字节内容送累加器	2	1	E5H, direct
MOV A, @Ri	间接寻址 RAM 内容送累加器	1	1	E6H ~ E7H
MOV A, # data	立即数送累加器	2	1	74H, data
MOV Rn, A	累加器送寄存器	1	1	F8H ~ FFH
MOV Rn, direct	直接寻址字节送寄存器	2	2	A8H ~ AFH, direct
MOV Rn, # data	立即数送寄存器	2	1	78H ~ 7FH, data
MOV direct, A	累加器送直接寻址字节	2	1	F5H, direct
MOV direct, Rn	寄存器送直接寻址字节	2	2	88H ~ 8FH, direct
MOV direct1, direct2	直接寻址字节送直接寻址字节	3	2	85H, direct2, direct1
MOV direct., @Ri	间接寻址 RAM 送直接寻址字节	2	2	86H ~ 87H
MOV direct, # data	立即数送直接寻址字节	3	2	75H, direct, data
MOV @Ri, A	累加器送片内 RAM	1	1	F6H ~ F7H
MOV @Ri, direct	直接寻址字节送片内 RAM	2	2	A6H ~ A7H, direct
MOV @Ri, # data	立即数送片内 RAM	2	1	76H ~ 77H, data
MOV DPTR, # data16	16 位立即数送数据指针	3	2	90H, dataH, dataL
MOVC A, @A + DPTR	变址寻址字节送累加器(相对 DPTR)	1	2	93H
MOVC A, @A + PC	变址寻址字节送累加器(相对 PC)	1	2	83H
MOVX A, @Ri	片外 RAM(8 位地址)送累加器	1	2	E2H ~ E3H
MOVX A, @DPTR	片外 RAM(16 位地址)送累加器	1	2	E0H
MOVX @Ri, A	累加器送片外 RAM(8 位地址)	1	2	F2H ~ F3H
MOVX @DPTR, A	累加器送片外 RAM(16 位地址)	1	2	F0H
PUSH direct	直接寻址字节压入栈顶	2	2	C0H, direct
POP direct	栈顶弹至直接寻址字节	2	2	D0H, direct
XCH A, Rn	寄存器与累加器交换	1	1	C8H ~ CFH
XCH A, direct	直接寻址字节与累加器交换	2	1	C5H, direct
XCH A, @Ri	片内 RAM 与累加器交换	1	1	C6H ~ C7H
XCHD A, @Ri	片内 RAM 与累加器低 4 位交换	1	1	D6H ~ D7H

3.3.3 算术运算类指令

在 MCS-51 指令系统中具有单字节的加、减、乘、除法指令,其运算功能比较强。算术运算指令执行的结果将影响进位(C_y)辅助进位(A_c)、溢出标志位(OV)。但是加 1 和减 1 指令不影响这些标志。注意,对于特殊功能寄存器(专用寄存器)字节地址 D0H 或位地址D0H ~ D7H 进行操作也会影响标志。

算术运算类可分为 8 组:

1. 加法指令

```
ADD   A, Rn          n = 0 ~ 7
ADD   A, direct
ADD   A, @Ri         i = 0, 1
ADD   A, # data
```

这组加法指令的功能是把所指出的字节变量加到累加器 A,其结果放在累加器 A 中。相加过程中如果 D7 有进位,则进位 C_y 置"1",否则清"0",如果 D3 有进位则辅助进位 A_c 置"1",否则清"0";如果 D6 有进位而 D7 无进位,或者 D7 有进位 D6 无进位,则溢出标志 OV 置"1",否则清"0"。源操作数有寄存器寻址,直接寻址,寄存器间接寻址和立即寻址等寻址方式。

【例 3.8】 设(A) = 85H,(R0) = 20H,(20H) = 0AFH,执行指令:

```
ADD   A, @R0
```

结果:(A) = 34H; C_y = 1, A_c = 1, OV = 1

对于加法,溢出只能发生在两个加数符号相同的情况。在进行带符号数的加法运算时,溢出标志 OV 是一个重要的编程标志,利用它可以判断两个带符号数相加和是否溢出(即和大于 + 127 或小于 - 128),溢出时结果无意义。

2. 带进位加法指令

```
ADDC   A, Rn          n = 0 ~ 7
ADDC   A, direct
ADDC   A, @Ri         i = 0, 1
ADDC   A, # data
```

这组带进位加法指令的功能是把所指出的字节变量、进位标志与累加器 A 内容相加,结果在累加器中。对进位标志与溢出标志的影响与 ADD 指令相同。

【例 3.9】 设(A) = 85H,(20H) = 0FFH,C_y = 1,执行指令:

```
ADDC   A, 20H
```

结果:(A) = 85H; C_y = 1, A_c = 1, OV = 0

3. 增量指令

```
INC   A
INC   Rn             n = 0 ~ 7
INC   direct
INC   @Ri            i = 0, 1
INC   DPTR
```

这组增量指令的功能把所指出的变量加 1,若原来数据为 0FFH,执行后为 00H,不影响任何标志。操作数有寄存器寻址、直接寻址和寄存器间接寻址方式。注意:当用本指令修改输出口 Pi(即指令中的 direct 为端口 P0 ~ P3,地址分别为 80H,90H,A0H,B0H)时,其功能是修改输出口的内容。指令执行过程中,首先读入端口的内容,然后在 CPU 中加 1,继而输出到端口。这里读入端口的内容来自端口的锁存器而不是端口的引脚。

【例 3.10】 设(A) = 0FFH,(R3) = 0FH,(40H) = 0F0H

(R0) = 30H ,(30H) = 00H,执行下列指令:

INC	A	;A←(A) + 1
INC	R3	;R3←(R3) + 1
INC	40H	;40H←(40H) + 1
INC	@R0	;(R0)←((R0)) + 1

结果:(A) = 00H,(R3) = 10H,

(40H) = F1H,(30H) = 01H,不改变 PSW 状态。

4.十进制调整指令

DA   A

这条指令对累加器参与的 BCD 码加法运算所获得的 8 位结果(在累加器中)进行十进制调整,使累加器中的内容调整为二位 BCD 码数。该指令执行的过程如图 3.11 所示。

【例 3.11】 设(A) = 56H,(R5) = 67H,执行指令:

ADD   A,R5

DA   A

结果:(A) = 23H,C_y = 1

5.带进位减法指令

SUBB	A,Rn	n = 0 ~ 7
SUBB	A,direct	
SUBB	A,@Ri	i = 0,1
SUBB	A, # data	

这组带进位减法指令的功能是从累加器中减去指定的变量和进位标志,结果在累加器中。进行减法过程中如果位 7 有借位,则 C_y 置位,否则 C_y 清"0";如果位 3 有借位,则 A_c 置位,否则 A_c 清"0";如果位 6 有借位而位 7 没有借位或者位 7 有借位而位 6 没有借位则溢出标志 OV 置位,否则溢出标志清"0"。在带符号数运算时,只有当符号不相同的两数相减时才会发生溢出。

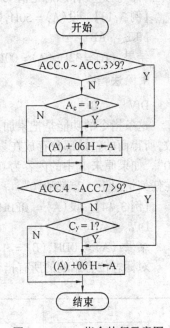

图 3.11 DAA 指令执行示意图

6.减 1 指令

DEC	A	
DEC	Rn	n = 0 ~ 7
DEC	direct	
DEC	@Ri	i = 0,1

这组指令的功能是将指定的变量减 1。若原来为 00H,减 1 后下溢为 0FFH,不影响标志位。

当指令中的直接地址 direct 为 P0 ~ P3 端口(即 80H,90H,A0H,B0H)时,指令可用来修改一个输出口的内容,也是一条具有读—修改—写功能的指令。指令执行时,首先读入端口的原始数据,在 CPU 中执行减 1 操作,然后再送到端口。注意:此时读入的数据来自端口的锁存器而不是从引脚读入。

【例 3.12】 设(A) = 0FH,(R7) = 19H,(30H) = 00H,(R1) = 31H,(31H) = 0FFH,执行指令:

DEC	A	; A←(A) − 1
DEC	R7	; R7←(R7) − 1
DEC	30H	; 30H←(30H) − 1
DEC	@R1	; (R1)←((R1)) − 1

结果:(A) = 0EH,(R7) = 18H;(30H) = 0FFH;(31H) = 0FEH,不影响标志。

7.乘法指令

MUL   AB

这条指令的功能是把累加器 A 和寄存器 B 中的无符号 8 位整数相乘,其 16 位积的低位字节在累加器 A 中,高位字节在 B 中。如果积大于 255(0FFH),则溢出标志 OV 置位,否则 OV 清"0"。进位标志总是清"0"。

【例 3.13】 设(A) = 50H,(B) = 0A0H,执行指令:

MUL   AB

结果:(B) = 32H,(A) = 00H(即积为 3200H)。C_y = 0,OV = 1。

8.除法指令

DIV   AB

这条指令的功能是把累加器 A 中的 8 位无符号整数除以寄存器 B 中的 8 位无符号整数,所得商的整数部分存放在累加器 A 中,余数在寄存器 B 中。进位 C_y 和溢出标志 OV 清"0"。如果原来 B 中的内容为 0(被零除),则结果 A 和 B 中内容不定,且溢出标志 OV 置位,在任何情况下, C_y 都清"0"。

【例 3.14】 设(A) = 0FBH,(B) = 12H,执行指令。

DIV   AB

结果:(A) = 0DH,(B) = 11H,C_y = 0,OV = 0。

对标志位有影响的所有指令列于表 3.3 中,其中包括一些非算术运算的指令在内。

表 3.3　影响标志的指令

指令	C_y	标志 OV	A_c
ADD	√	√	√
ADDC	√	√	√
SUBB	√	√	√
MUL	0	√	
DIV	0	√	
DA	√		
RRC	√		
RLC	√		

续表 3.3　影响标志的指令

指令	C_y	标志 OV	A_c
SETB C	1		
CLR C	0		
CPL C	√		
ANL C,bit	√		
ANL C,/bit	√		
OR C,bit	√		
OR C,/bit	√		
MOV C,bit	√		
CJNE	√		

注:√表示指令执行时对标志有影响(置位或复位)。

算术运算类指令见表 3.4。

表 3.4　算术运算类指令

指令助记符 (包括寻址方式)	说　　　　明	字节数	机器周期	指令代码
ADD　A,Rn	寄存器内容加到累加器	1	1	28H ~ 2FH
ADD　A,direct	直接寻址字节内容加到累加器	2	1	25H,direct
ADD　A,@Ri	间接寻址 RAM 内容加到累加器	1	1	26H ~ 27H
ADD　A,# data	立即数加到累加器	2	1	24H,data
ADDC　A,Rn	寄存器加到累加器(带进位)	1	1	38H ~ 3FH
ADDC　A,direct	直接寻址字节加到累加器(带进位)	2	1	35H,direct
ADDC　A,@Ri	间接寻址 RAM 加到累加器(带进位)	1	1	36H ~ 37H
ADDC　A,# data	立即数加到累加器(带进位)	2	1	34H,data
SUBB　A,Rn	累加器内容减去寄存器内容(带借位)	1	1	98H ~ 9FH
SUBB　A,direct	累加器内容减去直接寻址字节(带借位)	2	1	95H,direct
SUBB　A,@Ri	累加器内容减去间接寻址 RAM(带借位)	1	1	96H ~ 97H
SUBB　A,# data	累加器内容减去立即数(带借位)	2	1	94H,data
INC　A	累加器加 1	1	1	04H
INC　Rn	寄存器加 1	1	1	08H ~ 0FH
INC　direct	直接寻址字节加 1	2	1	05H,direct
INC　@Ri	间接寻址 RAM 加 1	1	1	06H ~ 07H
INC　DPTR	数据指针加 1	1	2	A3H
DEC　A	累加器减 1	1	1	14H
DEC　Rn	寄存器减 1	1	1	18H ~ 1FH
DEC　direct	直接寻址字节减 1	2	1	15H,direct
DEC　@Ri	间接寻址 RAM 减 1	1	1	16H ~ 17H
MUL　AB	累加器 A 和寄存器 B 相乘	1	4	A4H
DIV　AB	累加器 A 除以寄存器 B	1	4	84H
DA　A	对 A 进行十进制调整	1	1	D4H

2.3.4 逻辑操作类指令

1.简单逻辑操作指令

(1)累加器清零

CLR A

这条指令的功能是将累加器 A 清"0"不影响 C_y，A_c，OV 等标志。

(2)累加器内容按位取反

CPL A

这条指令的功能是将累加器 A 的每一位逻辑取反,原来为 1 的位变为 0,原来为 0 的位变为 1,不影响标志。

【例 3.15】 设(A) = 10101010H,执行指令:

CPL A

结果:(A) = 01010101H

(3)左循环移位指令

① 累加器内容循环左移

RL A

这条指令的功能是把累加器 ACC 的内容向左循环移 1 位,位 7 循环移入位 0,不影响标志。如图 3.12 所示。

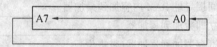

图 3.12 累加器循环左移

② 累加器带进位左循环移位指令

RLC A

这条指令的功能是将累加器 ACC 的内容和进位标志一起向左循环移 1 位,ACC 的位 7 移入进位位 C_y，C_y 移入 ACC 的 0 位,不影响其他标志。如图 3.13 所示。

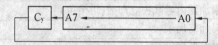

图 3.13 累加器带进位左循环移位

(4)右循环移位指令

① 累加器内容循环右移指令

RR A

这条指令的功能是将累加器 ACC 的内容向右循环移 1 位,ACC 的位 0 循环移入 ACC 的位 7,不影响标志。如图 3.14 所示。

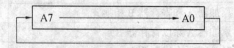

图 3.14 累加器循环右移

② 累加器带进位右循环移位指令

RRC　　A

这条指令的功能是将累加器 ACC 的内容和进位标志 C_y 一起向右面循环移一位，ACC 的位 0 移入 C_y，C_y 移入 ACC 的位 7。如图 3.15 所示。

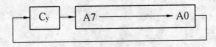

图 3.15　累加器带进位右循环移位

(5)累加器半字节交换指令

SWAP　　A

这条指令的功能是将累加器 ACC 的高半字节(ACC.7 ~ ACC.4)和低半字节(ACC.3 ~ ACC.0)互换。

【例 3.16】　设(A) = 0C5H,执行指令：

SWAP　　A

结果:(A) = 5CH。

2.逻辑与指令

ANL　　A, Rn　　　　　　　　n = 0 ~ 7

ANL　　A, direct

ANL　　A, @ Ri　　　　　　　i = 0,1

ANL　　A, # data

ANL　　direct, A

ANL　　direct, # data

这组指令的功能是在指出的变量之间以位为基础的逻辑与操作,将结果存放在目的变量中。操作数有寄存器寻址、直接寻址、寄存器间接寻址和立即寻址等寻址方式。当这条指令用于修改一个输出口时,作为口原始数据值将其从输出口数据锁存器(P0 ~ P3)读入,而不是读引脚状态。例如：

ANL　　A, R1　　　　　　　;A←(A)∧(R1)

ANL　　A,70H　　　　　　 ;A←(A)∧(70H)

ANL　　A, @ R0　　　　　　;A←(A)∧((R0))

ANL　　A, # 07H　　　　　　;A←(A)∧07H

ANL　　70H, A　　　　　　 ;70H←(70H)∧(A)

ANL　　P1, # 0F0H　　　　 ;P1←(P1)∧ F0H

【例 3.17】　设(A) = 07H,(R0) = 0FDH 执行指令

ANL　　A, R0

$$
\begin{array}{r}
00000111 \\
\wedge)\quad 11111101 \\
\hline
00000101
\end{array}
$$

结果:(A) = 05H

3.逻辑或指令

ORL	A，Rn	n = 0 ~ 7
ORL	A，direct	
ORL	A，@Ri	i = 0，1
ORL	A，# data	
ORL	direct，A	
ORL	direct，# data	

这组指令的功能是在所指出的变量之间执行以位为基础的逻辑或操作，结果存到目的变量中去。操作数有寄存器寻址、直接寻址、寄存器间接寻址和立即寻址方式。同 ANL 类似，用于修改输出口数据时，原始数据值为口锁存器内容。例如：

ORL	A，R7	;A←(A)∨(R7)
ORL	A，70H	;A←(A)∨(70H)
ORL	A，@R1	;A←(A)∨((R1))
ORL	A，# 03H	;A←(A)∨03H
ORL	70H，# 7FH	;70H←(70H)∨7FH
ORL	78H，A	;78H←(78H)∨(A)

【例 3.18】 设(P1) = 05H，(A) = 33H 执行指令

ORL　　P1，A

$$
\begin{array}{r}
0\,0\,0\,0\,0\,1\,0\,1 \\
\lor)\quad 0\,0\,1\,1\,0\,0\,1\,1 \\
\hline
0\,0\,1\,1\,0\,1\,1\,1
\end{array}
$$

结果：(P1) = 37H

4.逻辑异或指令

XRL	A，Rn	n = 0 ~ 7
XRL	A，direct	
XRL	A，@Ri	i = 0，1
XRL	A，# data	
XRL	direct，A	
XRL	direct，# data	

这组指令的功能是在所指出的变量之间执行以位为基础的逻辑异或操作，结果存放到目的变量中去。操作数有寄存器寻址、直接寻址、寄存器间接寻址和立即寻址等寻址方式。对输出口与 ANL 指令一样是对口锁存器内容读出修改。例如：

XRL	A，R3	;A←(A)⊕(R3)
XRL	A，50H	;A←(A)⊕(50H)
XRL	A，@R0	;A←(A)⊕((R0))
XRL	A，# 00H	;A←(A)⊕00H
XRL	30H，A	;30H←(30H)⊕(A)

XRL   30H, # 0FH   ;30H←(30H)⊕0FH

【例 3.19】 设(A) = 90H,(R3) = 73H,执行指令:

XRL   A, R3

$$
\begin{array}{r}
10010000 \\
\oplus)\quad 01110011 \\
\hline
11100011
\end{array}
$$

结果:(A) = 0E3H

逻辑操作类指令见表 3.5。

表 3.5 逻辑运算类指令

指令助记符 (包括寻址方式)		说　　明	字节数	机器周期	指令代码
ANL	A, Rn	寄存器"与"到累加器	1	1	58H ~ 5FH
ANL	A, direct	直接寻址字节"与"到累加器	2	1	55H, direct
ANL	A, @Ri	间接寻址 RAM"与"到累加器	1	1	56H ~ 57H
ANL	A, # data	立即数"与"到累加器	2	1	54H, data
ANL	direct, A	累加器"与"到直接寻址字节	2	1	52H, direct
ANL	direct, # data	立即数"与"到直接寻址字节	3	2	53H, direct, data
ORL	A, Rn	寄存器"或"到累加器	1	1	48H ~ 4FH
ORL	A, direct	直接寻址字节"或"到累加器	2	1	45H, direct
ORL	A, @Ri	间接寻址 RAM"或"到累加器	1	1	46H ~ 47H
ORL	A, # data	立即数"或"到累加器	2	1	44H, data
ORL	direct, A	累加器"或"到直接寻址字节	2	2	42H, direct
ORL	direct, # data	立即数"或"到直接寻址字节	3	1	43H, direct, data
XRL	A, Rn	立即数"异或"到累加器	1	1	68H ~ 6FH
XRL	A, direct	直接寻址字节"异或"到累加器	2	1	65H, direct
XRL	A, @Ri	间接寻址 RAM"异或"到累加器	1	1	66H ~ 67H
XRL	A, # data	立即数"异或"到累加器	2	1	64H, data
XRL	direct, A	累加器"异或"到直接寻址字节	2	1	62H, direct
XRL	direct, # data	立即数"异或"到直接寻址字节	3	2	63H, direct, data
CLR	A	累加器清零	1	1	E4H
CPL	A	累加器求反	1	1	F4H
RL	A	累加器 A 循环左移一位	1	1	23H
RLC	A	A 带进位循环左移一位	1	1	33H
RR	A	累加器 A 循环右移一位	1	1	03H
RRC	A	A 带进位循环右移一位	1	1	13H
SWAP	A	A 半字节交换	1	1	C4H

3.3.5 位操作类指令

MCS-51 单片机内部有一个布尔处理机,对位地址空间具有丰富的位操作指令。

1.数据位传送指令

MOV   C,bit

MOV   bit,C

这组指令的功能是把由源操作数指出的布尔变量送到目的操作数指定的位中去。其中一个操作数必须为进位标志,另一个可以是任何直接寻址位,指令不影响其他寄存器和标志。例如:

MOV   C,06H   ;$C_y \leftarrow$ (20H.6)

MOV   P1.0,C   ;P1.0$\leftarrow C_y$

2.位变量修改指令

CLR   C

CLR   bit

CPL   C

CPL   bit

SETB   C

SETB   bit

这组指令将操作数指出的位清"0",取反,置"1",不影响其他标志。例如:

CLR   C   ;$C_y \leftarrow$ 0

CLR   27H   ;24H.7$\leftarrow$ 0

CPL   08H   ;21H.0$\leftarrow \overline{(21H.0)}$

SETB   P1.7   ;P1.7$\leftarrow$1

3.位变量逻辑与指令

ANL   C,bit

ANL   C,$\overline{bit}$

第 1 条指令的功能是,直接寻址位与进位位(位累加器)进行逻辑与,结果送到进位位中。如果直接寻址位的布尔值是逻辑 0,则进位标志清"0",否则进位标志保持不变。

第 2 条指令的功能是,先对直接寻址位求反,然后与进位位(位累加器)进行逻辑与,结果送到进位位中。但不影响直接寻址位本身值,也不影响别的标志。直接寻址位只有直接位寻址方式。

设 P1 为输入口,P3.0 作输出线,执行下列命令:

MOV   C,P1.0   ;$C_y \leftarrow$ (P1.0)

ANL   C,P1.1   ;$C_y \leftarrow$ (C_y)$\wedge$(P1.1)

ANL   C,$\overline{P1.2}$;$C_y \leftarrow$ (C_y)$\wedge$($\overline{P1.2}$)

MOV   P3.0 ,C   ;P3.0$\leftarrow C_y$

结果:P3.0 = (P1.0)$\wedge$(P1.1)$\wedge$($\overline{P1.2}$)

4.位变量逻辑或指令

ORL   C,bit

ORL   C,$\overline{\text{bit}}$

第1条指令的功能是,直接寻址位与进位位(位累加器)进行逻辑或,结果送到进位位中。如果直接寻址位的布尔值是逻辑1,则进位标志置"1",否则进位标志保持不变。

第2条指令的功能是,先对直接寻址位求反,然后与进位位(位累加器)进行逻辑或,结果送到进位位中。但不影响直接寻址位本身值,也不影响别的标志。直接寻址位只有直接位寻址方式。

【例3.20】 设P1口为输出口,执行下列指令:

MOV   C,00H   ;$C_y \leftarrow (20H.0)$

ORL   C,01H   ;$C_y \leftarrow (C_y) \vee (20H.1)$

ORL   C,02H   ;$C_y \leftarrow (C_y) \vee (20H.2)$

ORL   C,03H   ;$C_y \leftarrow (C_y) \vee (20H.3)$

ORL   C,04H   ;$C_y \leftarrow (C_y) \vee (20H.4)$

ORL   C,05H   ;$C_y \leftarrow (C_y) \vee (20H.5)$

ORL   C,06H   ;$C_y \leftarrow (C_y) \vee (20H.6)$

ORL   C,07H   ;$C_y \leftarrow (C_y) \vee (20H.7)$

MOV   P1.0,C   ;$P1.0 \leftarrow C_y$

结果:内部RAM的20单元中只要有一位为1,则P1.0输出就为1。

5.位变量条件转移指令

JC   rel

JNC   rel

JB   bit,rel

JNB   bit,rel

JBC   bit,rel

这一组指令的功能为:

JC:如果进位标志C_y为1,则执行转移,即跳到标号rel处执行,C_y为0则执行下一条指令。

JNC:如果进位标志C_y为0,则执行转移,即跳到标号rel处执行,C_y为1则执行下一条指令。

JB:如果直接寻址位的值为1,则执行转移,即跳到标号rel处执行,直接寻址位为0则执行下一条指令。

JNB:如果直接寻址位的值为0,则执行转移,即跳到标号rel处执行,直接寻址位为1则执行下一条指令。

JBC:如果直接寻址位的值为1,则执行转移,并清除该位,即跳到标号rel处执行,直接寻址位为0则执行下一条指令,然后将直接寻址的位清"0"。

表 3.6　位操作及控制转移

指令助记符 （包括寻址方式）	说　　明	字节数	机器周期	指令代码
CLR　　C	清进位位	1	1	C3H
CLR　　bit	清直接地址位	2	1	C2H
SETB　　C	置进位位	1	1	D3H
SETB　　bit	置直接地址位	2	1	D2H
CPL　　C	进位位求反	1	1	B3H
CPL　　bit	直接地址位求反	2	1	B2H
ANL　　C, bit	进位位和直接地址位相"与"	2	2	82H, bit
ANL　　C, $\overline{\text{bit}}$	进位位和直接地址位的反码相"与"	2	2	B0H, bit
ORL　　C, bit	进位位和直接地址位相"或"	2	2	72H, bit
ORL　　C, $\overline{\text{bit}}$	进位位和直接地址位的反码相"或"	2	2	A0H, bit
MOV　　C, bit	直接地址位送入进位位	2	2	A2H, bit
MOV　　bit , C	进位位送入直接地址位	2	2	92H, bit
JC　　rel	进位位为 1 则转移	2	2	40H, rel
JNC　　rel	进位位为 0 则转移	2	2	50H, rel
JB　　bit, rel	直接地址位为 1 则转移	3	2	20H, bit, rel
JNB　　bit, rel	直接地址位为 0 则转移	3	2	30H, bit, rel
JBC　　bit, rel	直接地址位为 1 则转移,该位清 0	3	2	10H, bit, rel

3.3.6　控制转移类指令

1.无条件转移指令

（1）绝对转移指令

AJMP　　$addr_{11}$

这是 2 K 字节范围内的无条件转移指令,把程序的执行转移到指定的地址。该指令在运行时先将 PC + 2,然后通过把指令中的 $A_{10} \sim A_0 \rightarrow (PC_{10\sim0})$得到跳转目的地址（即 $PC_{15}PC_{13}PC_{13}PC_{12}PC_{11}A_{10}A_9A_8A_7A_6A_5A_4A_3A_2A_1A_0$ 送入 PC）。目标地址必须与 AJMP 下面一条指令的第一个字节在同一个 2 K 区域的存储器区内。如果把单片机 64 KB 寻址区分成 32 页（每页 2 KB）,则 $PC_{15} \sim PC_{11}$(00000B ~ 11111B)称为页面地址（即:0 ~ 31 页）,$A_{10} \sim A_0$ 称为页内地址。但应注意:AJMP 指令的目标转移地址不是和 AJMP 指令地址在同一个 2 KB 区域,而是应和 AJMP 指令执行后的 PC 地址（即:PC + 2）在同一个 2 KB 区域。例如:若 AJMP 指令地址为 2FFEH,则 PC + 2 = 3000H,所以目标转移地址必在 3000H ~ 37FFH 这个 2 KB 区域内。

（2）相对转移指令

SJMP　　rel

这是无条件跳转指令,其中 rel 为相对偏移量。执行时在 PC 加 2 后,把指令中补码形式

· 58 ·

的偏移量值加到 PC 上,并计算出转向目标地址。因此,转向的目标地址是在这条指令前 128 字节到后 127 字节之间。

在编写程序时,只需在相对转移指令中直接写出要转向的目标地址标号就可以了。

例如:

```
LOOP:   MOV   A,R5
              ⋮
        SJMP   LOOP
              ⋮
```

在程序汇编时,由汇编程序自动计算和填入偏移量。但在手工汇编时,相对偏移量 rel 的值则需要程序设计人员根据跳转的目标地址进行计算。

(3)长跳转指令

LJMP   addr16

执行这条指令时把指令的第二和第三字节分别装入 PC 的高位和低位字节中,无条件地转向指定地址。转移的目标地址可以在 64 KB 程序存储器地址空间的任何地方,不影响任何标志。例如执行指令:

LJMP   2A00H

不管这条跳转指令存放在什么地方,执行时将程序转移到 2A00H。这和 AJMP、SJMP 指令是有差别的。

(4)间接跳转指令

JMP   @A + DPTR

这条指令的功能是把累加器 A 中 8 位无符号数与数据指针 DPTR 中的 16 位数相加,将结果作为转移的目标地址送入 PC,不改变累加器 A 和数据指针 DPTR 内容,也不影响标志。本指令以 DPTR 内容作为基址,A 的内容作为变址。只要把 DPTR 的值固定,而给 A 赋予不同的值,即可实现程序的多分支转移。

例如:如果累加器 A 中存放待处理命令编号(0 ~ 7),程序存储器中存放着标号为 PTAB 的转移表首址,则执行下面的程序,将根据 A 中命令编号转向相应的命令处理程序。

```
PM:     MOV   R1,A          ;(A)×3→A,(因 LJMP 指令在程序存储器中占三字节)
        RL    A
        ADD   A,R1
        MOV   DPTR,# PTAB    ;转移表首址→DPTR
        JMP   @A + DPTR      ;据 A 值跳转到不同入口
PTAB:   LJMP  PM0            ;转向命令 0 处理入口
        LJMP  PM1            ;转向命令 1 处理入口
        LJMP  PM2            ;转向命令 2 处理入口
        LJMP  PM3            ;转向命令 3 处理入口
        LJMP  PM3            ;转向命令 3 处理入口
        LJMP  PM5            ;转向命令 5 处理入口
        LJMP  PM6            ;转向命令 6 处理入口
        LJMP  PM7            ;转向命令 7 处理入口
```

2.条件转移指令

JZ   rel   ;如果(A) = 0,则执行转移

JNZ   rel   ;如果(A) ≠ 0,则执行转移

这组指令是依据某种特定条件而转移。条件满足时转移(相当于一条相对转移指令),条件不满足时则顺序执行下面的指令。目的地址在下一条指令的起始地址为中心的 256 个字节范围中(– 128 ~ + 127)。当条件满足时,先把 PC 指向下一条指令的第一个字节地址,再把有符号的相对偏移量加到 PC 上,计算出转向的目的地址。

3.比较不相等转移指令

CJNE   A,direct,rel

CJNE   A, # data,rel

CJNE   Rn, # data,rel

CJNE   @R1, # data,rel

这组指令的功能是比较前面两个操作数的大小。如果它们的值不相等则转移。PC 加 3 指向下一条指令的起始地址,再把有符号的相对偏移量 rel 加到 PC 上,计算出转移的目标地址。如果第一个操作数(无符号整数)小于第二个操作数(无符号整数)则进位标志 C_y 置"1",否则 C_y 清"0"。不影响任何一个操作数的内容。

操作数有寄存器寻址、直接寻址,寄存器间接寻址和立即寻址等方式。

4.减 1 不为 0 转移指令

DJNZ   Rn,rel   ;n = 0 ~ 7

DJNZ   direct,rel

这组指令将源操作数减 1,将结果回送到源操作数 Rn 寄存器或 direct 中去,如果结果不为 0 则转移,结果等于 0 则执行下一条指令。

源操作数有寄存器寻址和直接寻址方式。该指令通常用于实现循环计数。

例如,延时程序:

START: SETB   P1.1   ;P1.1←1

DL: MOV   R0 , # 03H   ;R0←03H(置初值)

DL0:   MOV   31H, # 0F0H   ;31H←F0H(置初值)

DL1:   DJNZ   31H,DL1   ;31H←(31H) – 1,不为零则转到 DL1

                                ;如(31H)为零,则执行后面的指令

        DJNZ   R0,DL0   ;R0←(R0) – 1,不为零则转到 DL0

                                ;为零,则执行下面的指令

        CPL   P1.1   ;P1.1求反

        AJMP   DL

这段程序的功能是通过延时时间控制在 P1.1 输出一个方波,可以通过改变 R0 和 31H 的初值改变延时时间,从而实现输出方波频率的调整。

5.调用及返回指令

在程序设计中,常常把具有一定功能的公用程序段编制成子程序。当主程序转至子程序时用调用指令,而在子程序的最后安排一条返回指令,使执行完子程序后再返回到主程

序。为保证正确返回,每次调用子程序时自动将下条指令地址保存到堆栈,返回时按先进后出原则再把地址弹出到 PC 中。

(1)绝对调用指令

ACALL   addr11

这条指令无条件地调用入口地址指定的子程序。指令执行时 PC 加 2,获得下条指令的地址,并把这 16 位地址压入堆栈,栈指针加 2。然后把指令中的 $A_{10} \sim A_0$ 值送入 PC 中的 $PC_{10} \sim PC_0$ 位,PC 的 $PC_{15} \sim PC_{11}$ 不变,获得子程序的起始地址必须与 ACALL 后面一条指令的第一个字节在同一个 2 K 区域的存储器区内。指令的操作码与被调用的子程序的起始地址的页号有关。在实际使用时,addr11 可用标号代替,上述过程由汇编程序去自动完成。

应该注意的是,该指令只能调用当前指令 2 K 字节范围内的子程序,这一点从调用过程也可发现。

【例 3.21】 设(SP) = 60H,标号地址 HERE 为 0123H,子程序 SUB 的入口地址为 0335H,执行指令:

HERE: ACALL SUB

结果:(SP) = 62H,堆栈区内(61H) = 23H,(62H) = 01H,(PC) = 0335H。

(2)长调用指令

LCALL   addr16

这条指令执行时把 PC 内容加 3 获得下一条指令首地址,并把它压入堆栈(先低字节后高字节),然后把指令的第二、第三字节($A_{15} \sim A_8$,$A_7 \sim A_0$)装入 PC 中,转去执行该地址开始的子程序。这条调用指令可以调用存放在存储器中 64 K 字节范围内任何地方的子程序。指令执行后不影响任何标志。

在使用该指令时 addr16 一般采用标号形式,上述过程由汇编程序去自动完成。

【例 3.22】 设(SP) = 60H,标号地址 START 为 0100H,标号 MIR 为 8100H,执行指令:

START:LCALL   MIR

结果:(SP) = 62H,(61H) = 03H,(62H) = 01H,(PC) = 8100H。

6.返回指令

(1)子程序返回指令

RET

子程序返回指令是把栈顶相邻两个单元的内容弹出送到 PC,SP 的内容减 2,程序返回到 PC 值所指的指令处执行。RET 指令通常安排在子程序的末尾,使程序能从子程序返回到主程序。

【例 3.23】 设(SP) = 62H,(62H) = 07H,(61H) = 30H,执行指令

RET

结果:(SP) = 60H,(PC) = 0730H,CPU 从 0730H 开始执行程序。

(2)中断返回指令

RETI

这条指令的功能与 RET 指令相类似。通常安排在中断服务程序的最后,它的应用在中断一节中讨论。

7.空操作指令

NOP

空操作也是 CPU 控制指令,它没有使程序转移的功能,一般用于软件延时。因仅此一条,故不单独分类。控制转移指令见表 3.7。

表 3.7 控制程序转移指令

指令助记符 (包括寻址方式)	说　　明	字节数	机器周期	指令代码
ACALL　addr11	绝对调用子程序	2	2	$A_{10}A_9A_810001$, addr(7~0)
LCALL　addr16	长调用子程序	3	2	12H, addr(15~8), addr(7~0)
RET	从子程序返回	1	2	22H
RETI	从中断返回	1	2	32H
AJMP　addr11	绝对转移	2	2	$A_{10}A_9A_800001$, addr(7~0)
LJMP　addr16	长转移	3	2	02H, addr(15~8), addr(7~0)
SJMP　rel	短转移(相对偏移)	2	2	80H, rel
JMP　@A+DPTR	相对 DPTR 的间接转移	1	2	73H
JZ　rel	累加器为零则转移	2	2	60H, rel
JNZ　rel	累加器为非零则转移	2	2	70H, rel
CJNE　A, direct, rel	比较直接寻址字节和 A,不相等则转移	3	2	B5H, direct, rel
CJNE　A, # data, rel	比较立即数和 A,不相等则转移	3	2	B4H, data, rel
CJNE　Rn, # data, rel	比较立即数和寄存器,不相等则转移	3	2	B8H~BFH, data, rel
CJNE　@Ri, # data, rel	比较立即数和间接寻址 RAM,不相等则转移	3	2	B6H~B7H, data, rel
DJNZ　Rn, rel	寄存器减 1,不为零则转移	3	2	D8H~DFH, rel
DJNZ　direct, rel	直接寻址字节减 1,不为零则转移	3	2	D5H, direct, rel
NOP	空操作	1	2	00H

注:如果第一操作数小于第二操作数则 C_y 置位,否则 C_y 清 0。

3.4 伪 指 令

在汇编语言源程序中用 MCS-51 指令助记符编写的程序,一般都可以一一对应地产生目标程序,但还有一些指令不是 CPU 能执行的指令,只是提供汇编控制信息,以便在汇编时执行一些特殊操作,称为伪指令。常用的伪指令有以下 9 种。

1.设置起始地址 ORG(Origing)

ORG　　nn

其中,ORG 是该伪指令的操作码助记符,操作数 nn 是 16 位二进制数,前者表明为后续源程序经汇编后的目标程序安排存放位置,后者则给出了存放的起始地址值。ORG 伪指令总是出现在每段源程序或数据块的开始,可以使我们把程序、子程序或数据块存放在存储器的任何位置。若在源程序开始不放 ORG 指令,则汇编将从 0000H 单元开始编排目标程序。

【例 3.24】

```
ORG    2000H
MOV    A,20H
…
```

表示程序汇编后的机器码从程序存储器的 2000H 单元开始依次存放。

一般要求 ORG 定义空间地址应由小到大,且不能重叠。在实际应用中,一般仅设置主程序的起始地址和中断服务程序的入口地址,其他的程序或常数依次存放即可,汇编程序会自动进行存储空间的分配。

2.定义字节 DB(Define Byte)

<标号:> DB <项或项表>

其中,项或项表是指一个字节、数、字符串,或以引号括起来的 ASCII 码字符串(一个字符用 ASCII 码表示,相当于一个字节)。该指令的功能是把项或项表的数值存入从标号开始的连续单元中。

【例 3.25】

```
       ORG 1000H
SEG1:  DB    65H,68H,"4"
SEG2:  DB    'DAY'
       END
```

则

(1000H) = 65H	;SEG1 的地址为 1000H
(1001H) = 68H	;存放数字 68H
(1002H) = 34H	;数字 4 的 ASCII 码
(1003H) = 44H	;D 的 ASCII 码
(1004H) = 41H	;A 的 ASCII 码
(1005H) = 59H	;Y 的 ASCII 码

使用时应注意,作为操作数部分的项或项表,若为数值,其取值范围应为 00H ~ FFH;若为字符串,其长度应限制在 80 个字符内(由汇编程序决定)。

3.定义字 DW(Define Word)

<标号:> DW <项或项表>

DW 的基本含义与 DB 相同,但不同的是 DW 定义 16 位数据(两个字节),在执行汇编程序时,计算机会自动按高字节在前、低字节在后的格式排列(与程序中的规定地址一致),DW 伪指令常用来建立地址表。例如:

```
HERE:  DW    2345H, 81H
HERE:  DB    23H, 45H, 00H, 81H
```

这两条指令是等价的。

【例 3.26】

2200：DW 253AH,58H

则

(2200H) = 25H

(2201H) = 3AH

(2202H) = 00H

(2203H) = 58H

伪指令 DB 和 DW 均是根据原程序的需要,用来定义程序中用到的数据(地址)或数据块的。一般应放在原程序之后,汇编后的数据块将紧挨着目标程序的末尾地址开始存放。

4.预留存储区 DS（Define Storage）

<标号:> DS <表达式>

该指令的功能是由标号指定单元开始,定义一个存储区,以备源程序使用。存储区内预留的存储单元数由表达式的值决定。

【例 3.27】

ORG   2000H

SEG：   DS   06H

         DB   35H,45H

表示从 2000H 单元开始,连续预留 6 个存储单元,然后从 2006H 单元开始按 DB 指令给内存单元赋值,即(2006H) = 35H,(2007H) = 45H。

5.为标号赋值 EQU（Equate）

<标号:> EQU nn 或表达式

其功能是将操作数段中的地址或数据赋予标号字段的标号,故又称为等值指令。例如:

BUF：   EQU   2000H

即把值 2000H 赋给标号 BUF。需要注意的是,在同一程序中,用 EQU 伪指令对标号赋值后,该标号的值在整个程序中不能再改变。

【例 3.28】

SG：	EQU R1	;SG 与 R1 等值
DE：	EQU 40H	;DE 与 40H 等值
MOV	A,SG	;(R1)→A
MOV	R7,DE	;(40H)→R7

6.DATA 指令

符号名   DATA   表达式

DATA 指令用于将一个内部 RAM 的地址赋给指定的符号名。数值表达式的值在 00H ~ 0FFH 之间,表达式必须是一个简单的表达式。例如:

BUFFER DATA   60H

DATA 命令的功能和 EQU 类似,但有以下差别:

(1)用 DATA 定义的标识符汇编时作为标号登记在符号表中,所以,可以先使用后定义,而 EQU 定义的标识符必须先定义后使用。

(2)用 EQU 可以把一个汇编符号赋给字符名,而 DATA 只能把数据赋给字符名。

（3）DATA 可以把一个表达式赋给字符名，只要表达式是可求值的。

DATA 常在程序中用来定义数据地址。

【例 3.29】

MAIN:　　　　DATA　　　　40H

汇编后 MAIN 的值为 40H。

7. XDATA 指令（External Data）

符号名　　　　XDATA　　　　表达式

XDATA 指令用于将一个外部 RAM 的地址赋给指定的符号名。数值表达式的值在 0000H ~ 0FFFFH 之间，表达式必须是一个简单的表达式。例如：

BUFFER　　　　XDATA　　　　6000H

8. 位地址符号 BIT

字符名称　　　　BIT　　　　位地址

其功能是把位地址赋予字符名称。例如：

DOUT　　　　BIT　　　　P1.1

经定义后，允许在程序中用 DOUT 代替 P1.1。

【例 3.30】

MEN　　　　BIT　　　　P1.3

GEN　　　　BIT　　　　08H

汇编后，位地址 P1.3、08H 分别赋给变量 MEN 和 GEN。

9. 源程序结束 END

<标号:> END <表达式>

END 命令通知汇编程序结束汇编。在 END 之后，所有的汇编语言指令均不予以处理。

本章小结

MCS-51 单片机指令的基本格式由标号、操作码、操作数和注释组成。其中标号为选择项，可有可无；操作码项必须有；操作数可以是 0 ~ 3 个。

MCS-51 单片机共有 111 条指令，按指令长度分类，可分为单字节、双字节和 3 字节指令。按指令执行时间分类，可分为 1 个机器周期、2 个机器周期和 4 个机器周期指令。按指令功能分类，可分为数据传送类（29 条）、算术运算类（24 条）、逻辑运算类（24 条）、控制转移类（24 条）和位操作类（17 条）指令五大类。

MCS-51 单片机有 7 种寻址方式：立即寻址、直接寻址、寄存器寻址、寄存器间接寻址、变址寻址、相对寻址和位寻址。

MCS-51 单片机的硬件结构中有一个位处理器，指令系统中相应设计了一个处理位变量的指令子集，在设计需要大量处理位变量的程序时，这个子集十分有效、方便。这是MCS-51 单片机的一大特点。

MCS-51 单片机的伪指令主要有 9 条，伪指令与 CPU 可执行指令的形式类似，但在汇编时不产生机器码，因此，CPU 不执行伪指令。伪指令是在汇编时供汇编程序识别和执行的命令，为汇编提供某种控制信息。

习 题

1. 汇编语句是由 4 个部分(字段)构成的,简述各部分的含义。

2. 举例说明 MCS-51 单片机的 7 种寻址方式,各寻址方式的寻址空间。

3. 指出下列指令的寻址方式和操作功能。

INC	40H
INC	A
INC	@R2
MOVC	A, @A + DPTR
MOV	A, #6EH
SETB	P1.0

4. 设内部 RAM 3AH 单元的内容为 50H,写出当执行下列程序段后寄存器 A、R0 和内部 RAM 中 50H、51H 单元的内容为何值?

MOV	A,3AH
MOV	R0,A
MOV	A, #00H
MOV	@R0,A
MOV	A, #25H
MOV	51H,A

5. 设堆栈指针 SP 中的内容为 60H,内部 RAM 30H 和 31H 单元的内容分别为 27H 和 1AH,执行下列程序段后,61H,62H,30H,31H,DPTR 及 SP 中的内容将有何变化?

PUSH	30H
PUSH	31H
POP	DPL
POP	DPH
MOV	30H, #00H
MOV	31H, #0FFH

6. 设(A) = 30H,(R1) = 23H,(30H) = 05H。执行下列两条指令后,累加器 A 和 R1 以及内部 RAM 30H 单元的内容各为何值?

XCH	A,R1
XCHD	A,@R1

7. 设(A) = 01010101B,(R5) = 10101010B,分别写出执行下列指令后的结果。

ANL	A,R5
ORL	A,R5
XRL	A,R5

8. 设指令 SJMP rel = 7FH,并假设该指令存放在 2113H 和 2114H 单元中。当该条指令执行后,程序将跳转到何地址?

9. 简述转移指令 AJMP addr11,SJMP rel, LJMP addr16 及 JMP @A + DPTR 的应用场合。

10. 查指令表,写出下列两条指令的机器码,并比较一下机器码中操作数排列次序的特点。

```
MOV        78H,80H
MOV        78H, #80H
```

11. 试编写程序,查找在内部 RAM 30H~50H 单元中 1AH 这一数据。若找到 1AH 则将 51H 单元置为 01H;没找到则将 51H 单元置为 00H。

12. 若 SP=60H,子程序标号 MULT 所在的地址为 3A40H。执行 LCALL MULT 指令后,堆栈指针 SP 和堆栈内容发生了什么变化?

13. 假设外部存储器 215AH 单元的内容为 3DH,执行下列指令后,累加器 A 中的内容为何值?

```
MOV        P2, #21H
MOV        R0, #5AH
MOVX       A, @R0
```

第4章 MCS-51 单片机汇编语言程序设计

【学习目的和要求】 通过本章的学习,应该了解汇编语言程序设计中的顺序结构、分支结构、循环结构程序和子程序的设计方法。掌握代码转换和算术运算程序的基本编程方法和一些常用的子程序段,能正确地使用 MCS-51 指令编制汇编语言程序。

通常把用汇编语言编写的程序称为汇编语言源程序,而把可在计算机上直接运行的机器语言程序称为目标程序,由汇编语言源程序"翻译"为机器语言目标程序的过程称为"汇编"。本章主要介绍 MCS-51 单片机汇编语言程序设计方法,最后列举一些具有代表性的汇编语言程序实例。读者通过学习和编写源程序,既可以加深对指令系统的了解,又可以在一定程度上提高应用单片机的水平。

4.1 汇编语言程序设计方法

汇编语言具有高效、快捷等特点,在中小规模应用软件中广泛应用。掌握顺序程序、分支程序、循环程序、子程序的特点及编写方法是汇编语言程序设计的基础。所以,要进行汇编语言程序编写,除了前面学习过的汇编指令知识,还需要掌握汇编语言程序设计的一般方法。

计算机完成某一具体工作任务,必须按顺序执行一条条指令。这种按工作要求编排指令序列的过程称为程序设计。

用汇编语言编写一个程序的过程大致可分为3步:

(1)分析课题,确定计算方法、运算步骤和顺序,画出流程图。

(2)确定数据,包括工作单元的数量,分配存放单元。

(3)按所使用计算机的指令系统,根据流程图编写汇编语言程序。

在进行程序设计时,必须根据实际问题和所使用计算机的特点来确定算法,然后按照尽可能节省数据存放单元、缩短程序长度和加快运算时间 3 个原则来编制程序。可按不同功能分为不同的模块,再按模块功能确定结构。可采用自底向上或自顶向下的程序设计方法。

汇编语言程序具有四种基本结构形式,即顺序结构、循环结构、分支结构、子程序结构。下面将结合 MCS-51 的特点,介绍这几种常用的程序设计方法。

1.顺序程序

顺序程序是一种最简单、最基本的程序结构,按照程序编写的顺序依次执行。编写这类程序主要应注意正确地选择指令,避免用顺序程序实现大量的重复操作,提高程序的执行效率。

顺序程序的特点和设计方法:

(1)结构比较简单,按程序编写顺序依次执行,程序流向不变。

(2)使用数据传送类指令较多,程序中没有控制转移类指令。

(3)可作为复杂程序中的某一组成部分。

【例4.1】 双字节二进制数求补。

程序说明：本程序对 R3(高 8 位)、R2(低 8 位)中的二进制定点数取反加 1 即可得到其补码。

程序框图如图 4.1 所示。

程序清单：

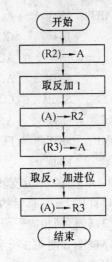

图 4.1 双字节二进制求补流程图

```
BINPL:  MOV    A,R2
        CPL    A              ;低位字节取反
        ADD    A, #01H        ;加 1
        MOV    R2,A           ;低位字节补码送 R2
        MOV    A,R3
        CPL    A              ;高位字节取反
        ADDC   A, #00H        ;加进位
        MOV    R3,A           ;高位字节补码送 R3
        RET
```

2.分支程序

分支结构程序可根据程序要求无条件或有条件地改变程序执行的顺序，选择程序流向。编写这类结构的程序要注意正确地使用转移指令，即无条件转移、条件转移和散转。分支程序又可分为单分支和多分支结构。

分支程序的特点和设计方法：

(1)程序中包含无条件转移、条件转移和散转指令。

(2)单分支程序有一个入口、两个出口，一般用无条件转移和条件转移指令来实现。其结构形式有两种：一种是当条件满足时，执行 A 段处理程序，否则执行 B 段处理程序。另一种是当条件满足时，跳过 A 段处理程序，直接执行 B 段处理程序，否则顺序执行 A 段和 B 段处理程序。

(3)分支程序的出口有两个以上时，一般用散转指令来实现。其实现方法有四种，分别是转移指令表法、地址偏移量表法、转向地址表法和利用 RET 指令法。

(4)分支程序允许嵌套，即一个分支接一个分支，形成树状多分支结构。

【例4.2】 设变量 x 存放在 VAR 单元之中，函数值 y 存放在 FUNC 中，按下式给 y 赋值

$$y = \begin{cases} 1, & x > 0 \\ 0, & x = 0 \\ -1, & x < 0 \end{cases}$$

程序框图如图 4.2 所示。

程序清单：

AVR EQU 30H

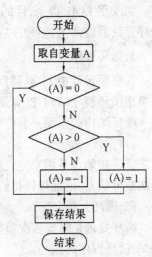

图 4.2 分支程序流程图

· 69 ·

```
              FUNC EQU 31H
START:   MOV      A, VAR       ;取 x
         JZ       COMP         ;为 0,转 COMP
         JNB      ACC.7, POSI  ;>0,转 POSI
         MOV      A, # 0FFH    ;<0, −1 送入 A
         SJMP     COMP
POSI:    MOV      A, # 01H     ;+1 送入 A
COMP:    MOV      FUNC, A
         END
```

【例 4.3】 32 个分支转移程序。根据入口条件转移到 32 个目的地址。

入口:(R3) = 转移目的地址的序号 00H ~ 1FH。

出口:转移到相应子程序入口。

程序框图如图 4.3 所示。

程序清单:

```
MP:      MOV      A, R3        ;取序号
         RL       A            ;序号乘 2
         MOV      DPTR, # JTAB ;32 个子程序首地址送 DPTR
         JMP      @ A + DPTR   ;根据序号转移
JTAB:    AJMP     ROUT00       ;32 个子程序首地址
         AJMP     ROUT01
         …
         AJMP     ROUT31
```

此程序要求 32 个转移目的地址(ROUT00 ~ ROUT31)必须驻留在与绝对转移指令 AJMP 同一个 2 KB 存储区内。RL 指令对变址部分乘以 2,是由于每条 AJMP 指令占用 2 个字节。如改用 LJMP 指令,目的地址可以任意安排在 64 KB 的程序存储器空间内,但程序应作较大的修改。

3.循环程序

在程序设计中,常遇到反复执行某一段程序的情况,此时可用循环程序结构,这有助于缩短程序,节省存储空间。

循环结构的程序一般应包括下面几个部分:

(1)循环初始化

循环初始化是用来完成循环前的准备工作,包括设置循环次数计数器、地址指针初值、存放数据块的长度等。

(2)循环处理

循环处理是需要多次重复执行的程序段,循环处理一般用来完成主要的计算或操作任务,是循环程序的核心。

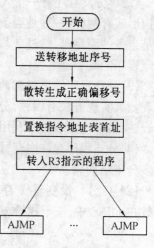

图 4.3　散转程序流程图

(3)循环控制

循环控制是用条件转移指令控制循环是否继续,每循环一次,修改一次循环控制变量,并对循环条件进行一次判断;满足条件则继续循环,否则停止循环。这 3 个部分有两种组织方式,如图 4.4 所示。

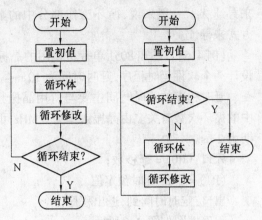

图 4.4　循环程序流程图

若循环程序的循环体中不再包括循环程序,即为单重循环程序。如果在循环体中还包括有循环程序,那么,这种现象就称为循环嵌套,这样的程序就称为二重、三重,甚至多重循环程序。在多重循环程序中,只允许外层循环嵌套内层循环程序,而不允许循环体互相交叉。另外,也不允许从循环程序的外部跳入循环程序的内部。

循环程序的特点和设计方法:

(1)结构紧凑,占用存储单元较少,程序中间有分支。

(2)凡是分支程序中可以使用的控制转移指令,循环程序一般都可以使用。

(3)循环控制有多种形式,较常用的是计数循环和条件循环两种形式。

【例 4.4】　若 X_i 均为单字节数,并按 $i(i = 1 \sim n)$ 的顺序存放在 MCS-51 的内部 RAM 从 50H 开始的单元中,n 放在 R2 中,现在要求将它们的和(双字节)放在 R3、R4 中。

入口:X_i 存放在从 50H 开始的单元;n 放在 R2 中。

出口:和存放于 R3、R4 中。

程序框图如图 4.5 所示。

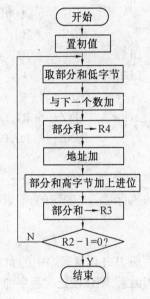

图 4.5　例 4.4 程序流程图

程序清单:

```
ADD1:   MOV   R3,#00H     ;清和存储单元
        MOV   R4,#00H
        MOV   R2,# n      ;置循环计数初值
        MOV   R0,#50H
LOOP:   MOV   A,R4         ;取部分和低位
        ADD   A,@R0        ;与 Xi 相加
        MOV   R4,A
        INC   R0          ;Xi 地址加 1
        CLR   A
        ADDC  A,R3         ;向高位进位
        MOV   R3,A
        DJNZ  R2,LOOP      ;未加完继续重复
        END
```

在本程序中,R2 作为控制变量,R0 作为变址单元,用它来寻址 X_i。一般来说,循环工作部分中的数据应该用间接方式来寻址。

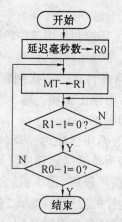

图 4.6 延时 10 ms 程序流程图

【例 4.5】 已知 8051 单片机使用的晶振为 6 MHz,要求设计一个软件延时程序,延时时间为 10 ms。

延时程序的延时时间主要与所用晶振频率和延时程序中的循环次数有关。由晶振频率为 6 MHz 可知,一个机器周期为 2 μs。

入口:$(R0)$ = 毫秒数;

$(R1)$ = 1 ms 延时预定值。

出口:定时时间到,退出程序。

程序框图如图 4.6 所示。

程序清单:

				周期数
	ORG	2000H		
	MOV	R0,#0AH	;毫秒数→R0	1
DL1:	MOV	R1,#MT	;1 ms 延时值→R1	1
DL2:	NOP			1
	NOP			1
	DJNZ	R1,DL2	;1 ms 延时循环	2
	DJNZ	R0,DL1	;10 ms 延时循环	2
	END			

该延时程序实际上是一个双重循环程序。内循环的预定值 MT 尚需计算,因为各条指令的执行时间是确定的,需延时的时间也已确定,因而 MT 可这样计算

$$(1 + 1 + 2) \times 2 \ \mu s \times MT = 1\,000 \ \mu s$$

$$MT = 125 = 7DH$$

用 7DH 代替程序中的 MT,则该程序执行后,能实现 10 ms 的延时。若考虑其他指令的时间因素,则该段延时程序的精确延时时间应为

$$1 \times 2 \ \mu s + \{(1+2) \times 2 \ \mu s + (1+1+2) \times 2 \ \mu s \times 125\} \times 10 = 10\,062 \ \mu s$$

4.子程序设计

在同一个程序中,往往有许多地方都需要执行同样的一项任务,这时,可以对这项任务独立地进行编写,形成一个子程序。需要执行该任务时就调用子程序,执行完该任务后,又返回主程序继续以后的操作。

主程序和子程序是相对的,同一程序既可以作为另一程序的子程序,也可以有自己的子程序。也就是说子程序是允许嵌套的,嵌套深度与堆栈区的大小有关。采用子程序能够使整个程序结构简单,便于程序调试,节省程序存储空间,缩短程序设计时间。

子程序调用中有一个特别的问题,就是信息交换,即调用子程序时,子程序如何得到有关参数,同时返回主程序后,主程序如何得到需要的结果。

子程序的特点和调试方法:

(1)子程序的第一条指令的地址成为子程序的入口地址,该指令前应有标号。

(2)在主程序中用调用指令调用子程序,在子程序末尾用返回指令从子程序返回到主程序。

(3)在子程序的开始,使用压栈指令把需要保护的内容压入堆栈;在返回主程序前,使用弹出指令把堆栈中保护的内容送回原来的寄存器或存储单元中。

(4)在子程序中尽量使用相对转移指令,以便子程序放在内存的任何区域都能被主程序调用。

(5)子程序的入口参数由主程序通过相关的工作寄存器、特殊功能寄存器、片内 RAM 或堆栈等传递给子程序;子程序的出口参数由子程序通过相关的工作寄存器、特殊功能寄存器、片内 RAM 或堆栈等传递给主程序。

【例 4.6】 用程序实现 $c = a^2 + b^2$,设 a、b、c 分别存于内部 RAM 的 30H、31H、32H 单元。

这个问题可以用子程序来实现,即通过调用子程序查平方表,结果在主程序中相加得到。

程序框图如图 4.7 所示。

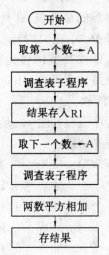

图 4.7 主程序流程图

主程序清单:

STAR:	MOV	A,30H	
	ACALL	SQR	;调用查表子程序
	MOV	R1,A	;a^2 暂存 R1 中
	MOV	A,31H	
	ACALL	SQR	;调查表子程序
	ADD	A,R1	
	MOV	32H,A	
	SJMP	$	;等待

子程序清单:

SQR:	INC	A	;加 RET 占的一个字节
	MOVC	A,@A+PC	;查平方表
	RET		
TAB:	DB 0,1,4,9,16		
	DB 25,36,49,64,81		
	END		

该子程序入口条件:(A) = 待查表的数。

出口条件:(A) = 平方值。

前面用简单的例子说明了几种常用程序设计方法,下面综合各种编程方法,给出 MCS-51 系列汇编语言常用的程序实例,通过对这些程序的分析和说明,使读者进一步掌握编程的特点和技巧,以提高编制单片机应用程序的能力。

4.2 代码转换类程序

我们日常习惯使用十进制数,而计算机能识别和处理的是二进制数,计算机的输出数据又常用 BCD 码、ASCII 码和其他代码,因此,代码转换十分有用。

(1)双字节二进制数转换成 BCD 数

转换方法:因为 $(a_{15}a_{14}\cdots a_1a_0)_2 = (\cdots(0\times 2 + a_{15})\times 2 + a_{14}\cdots)\times 2 + a_0$,所以,将二进制数从最高位逐次左移入 BCD 码寄存器的最低位,并且每次都实现 $(\cdots)\times 2 + a_i$ 的运算。共循环 16 次,由 R7 控制。

入口:R3R2(16 位无符号二进制整数)。

出口:R6(万位)、R5(千位、百位)、R4(十值、个位)存放 5 位 BCD 码。

程序流程如图 4.8 所示。

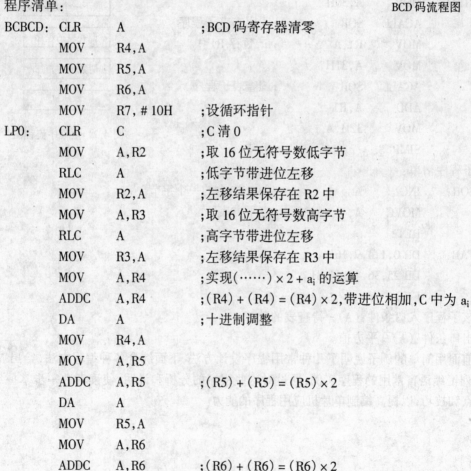

图 4.8 二进制数转换为 BCD 码流程图

程序清单:

```
BCBCD:  CLR   A           ;BCD 码寄存器清零
        MOV   R4,A
        MOV   R5,A
        MOV   R6,A
        MOV   R7,#10H      ;设循环指针
LP0:    CLR   C            ;C 清 0
        MOV   A,R2         ;取 16 位无符号数低字节
        RLC   A            ;低字节带进位左移
        MOV   R2,A         ;左移结果保存在 R2 中
        MOV   A,R3         ;取 16 位无符号数高字节
        RLC   A            ;高字节带进位左移
        MOV   R3,A         ;左移结果保存在 R3 中
        MOV   A,R4         ;实现(……)×2+aᵢ 的运算
        ADDC  A,R4         ;(R4)+(R4)=(R4)×2,带进位相加,C 中为 aᵢ
        DA    A            ;十进制调整
        MOV   R4,A
        MOV   A,R5
        ADDC  A,R5         ;(R5)+(R5)=(R5)×2
        DA    A
        MOV   R5,A
        MOV   A,R6
        ADDC  A,R6         ;(R6)+(R6)=(R6)×2
        DA    A
```

```
    MOV     R6,A
    DJNZ    R7，LP0
    RET
```

(2)BCD 数转换成双字节二进制数

转换方法：因为$(d_3d_2d_1d_0)_{BCD} = ((d_3 \times 10 + d_2) \times 10 + d_1) \times 10 + d_0$，而 $d_{i+1} \times 10 + d_i$ 运算可编成子程序。

入口：R5(千位，百位)、R4(十位，个位)为 BCD 码。

出口：R5R4(16 位无符号二进制整数)。

流程图如图 4.9 所示。

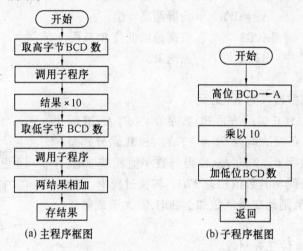

(a) 主程序框图   (b) 子程序框图

图 4.9   BCD 码转换为二进制数流程图

程序清单：

```
BCDB：  MOV     A,R5
        MOV     R2,A        ;取千位、百位 BCD 码
        ACALL   BCDBIN1     ;调用子程序
        MOV     B,#0AH
        MUL     AB          ;乘以 10
        MOV     R6,A        ;乘积低 8 位送 R6
        XCH     A,B         ;交换乘积高、低位
        MOV     R5,A        ;乘积高位送 R5
        MOV     A,R4        ;取十位、个位 BCD 码
        MOV     R2,A        ;送入 R2
        ACALL   BCDB1       ;调用子程序
        ADD     A,R6        ;加千位、百位乘积低 8 位
        MOV     R4,A        ;送入 R4
        MOV     A,R5        ;乘积高 8 位送 A
        ADDC    A,#00H      ;加进位位
        MOV     R5,A        ;存结果
```

```
HERE:    SJMP      HERE
```
子程序清单:
```
BCDB1:   MOV       A, R2         ;取高位 BCD 码
         ANL       A, # 0F0H     ;屏蔽低 4 位
         SWAP      A
         MOV       B, # 0AH
         MUL       AB            ;高位 BCD 码乘以 10
         MOV       R3, A         ;乘积送 R3
         MOV       A, R2         ;取高位 BCD 码
         ANL       A, # 0FH      ;屏蔽高 4 位
         ADD       A, R3         ;高位加低位 BCD 码
         MOV       R2, A         ;送 R2
         RET
```

(3)4 位二进制数转换为 ASCII 码

转换方法:由 ASCII 编码表可知,数字 0 ~ 9 的 ASCII 码分别是 30H ~ 39H;英文大写字母 A ~ F 的 ASCII 码分别是 41H ~ 46H。可见数字 0 ~ 9 的 ASCII 码与数字值相差 30H。字母 A ~ F 的 ASCII 码与其数值相差 37H。转换过程中,若 4 位二进制数小于 10,则此二进制数加上 30H,若大于或等于 10,则加上 37H。

入口:(R2) = 4 位二进制数。

出口:(R2) = 转换后的 ASCII 码。

流程图如图 4.10 所示。

程序清单:
```
BINASC:  MOV       A, R2         ;取 4 位二进制数
         ANL       A, # 0FH      ;屏蔽高 4 位
         CLR       C
         SUBB      A, # 0AH
         JC        LOOP          ;该数 < 10 转到 LOOP
         ADD       A, # 07H
LOOP:    ADD       A, # 30H
         MOV       R2, A         ;ASCII 码→(R2)
         RET
```

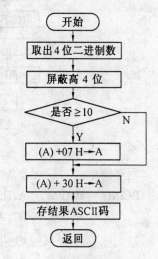

图 4.10　二进制数转换为 ASCII
码程序流程图

(4)ASCII 码转换为 4 位二进制数。

转换方法:4 位二进制数转换为 ASCII 码的逆过程。

入口:(R2) = ASCII 码。

出口:(R2) = 转换后的二进制数。

流程图如图 4.11 所示。

程序清单:

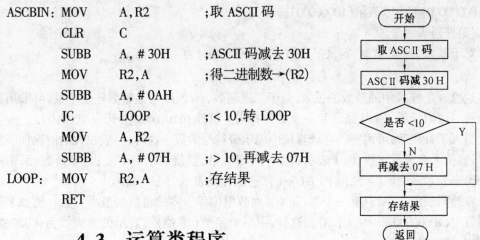

```
ASCBIN:  MOV    A,R2       ;取 ASCII 码
         CLR    C
         SUBB   A,#30H     ;ASCII 码减去 30H
         MOV    R2,A       ;得二进制数→(R2)
         SUBB   A,#0AH
         JC     LOOP       ;<10,转 LOOP
         MOV    A,R2
         SUBB   A,#07H     ;>10,再减去 07H
LOOP:    MOV    R2,A       ;存结果
         RET
```

图 4.11　ASCII 码转换为二进制数
程序流程图

4.3　运算类程序

在 MCS-51 系列单片机中,已设计了单字节的加、减、乘、除指令,在实际应用程序设计中经常要用到多字节的各种运算,而最常用的数值运算为四则运算。下面举例说明这类程序的设计方法。

4.3.1　定点数运算程序设计

在大多数的单片机应用系统中都离不开数值的计算,而最基本的数值运算为四则运算。单片机中的数都以二进制形式表示,二进制算法有很多,其中最基本的是定点制与浮点制,本节讨论定点数的各种表示方法,以及它们的运算规则和相应的程序设计方法。

下面介绍定点数的表示方法。

定点数就是小数点固定的数。它可以分为整数、小数、混合小数等。另外按数的正负可分为无符号数和有符号数。

1.有符号数的表示方法

在普通算术中,一个负数是在一个负号后紧跟数的数值部分来表示。在计算机中,常在数的表示中附加一位二进制数来指示这个数是正数还是负数。有符号数的表示法常用的有原码和补码两种。

(1)原码表示法

如果在一个无符号数中增加一个符号位,就可以表示数的正负。符号位为 0 表示该数是正数;符号位为 1 表示该数为负数。

一般符号位均加在数的最前面。例如 8 位二进制数 00110100,表示十进制 +52;而 10110100 表示 -52。这样用两个字节(16 位)能表示的最大数为 +32767,最小数为 -32768。原码表示法的优点是简单直观,执行乘除运算及输入、输出都比较方便,缺点是加减运算复杂。

例如(-52)₁₀与(+5)₁₀相加时,实际上必须执行减法,而不是加法。一般来说,原码表示的有符号数执行加减运算时,必须按符号位的不同执行不同运算,运算中符号位一般不直接参加运算。

对于 0 的原码表示,它的数值等于 0,它的符号位可为 1,故原码表示法有两个 0;正 0

（例：00000000）和负 0 表示（10000000）。

（2）补码表示法

对于基数为 r 的数制，定义一个数 N 的补码（$N_{补}$）为

$$N_{补} = r^n - N$$

这里 n 是数 N 中的整数的位数，对于二进制数，r = 2，不管是整数还是小数，可采用数值位的每一位取反后再加 1 来计算一个数的补码。例如 0110100 的补码是 1001100。

引入了补码后，可用补码在计算机中表示带符号的数。这时，一般在数的前面加一位符号位，该位为 0 表示正数，为 1 表示负数。对于正数，数值表示法不变；对于负数，采用该数的补码来表示。例如（-52）$_{10}$，它的八位二进制补码表示为 11001100。

在补码表示法中，只有一个零（正 0），而数值位等于零的负数为最小负数。例如 8 位二进制数中，10000000 表示（-128）$_{10}$，这样，用两个字节（16 位）可表示的最大数为 + 32767，最小数为 -32768。

补码表示法的优点是加减运算方便，可直接带符号位进行运算，缺点是乘除运算复杂。例如对八位二进制数补码表示的数：

（$+83$）$_{10}$ =（01010011）$_2$

（-4）$_{10}$ =（11111100）$_2$

（83）$_{10}$ +（-4）$_{10}$ =（01010011）$_2$ +（11111100）$_2$ =（01001111）$_2$ =（79）$_{10}$

执行补码加减法运算时，有时会发生溢出，故需对运算结果进行判断。例如（$+123$）$_{10}$ +（81）$_{10}$ =（$+204$）$_{10}$ 的运算，如采用八位二进制补码来进行计算，则运算结果（$+204$）$_{10}$ 无法用八位二进制补码来表示（最大值为 + 128）。下面用竖式来分析补码运算溢出的判断方法。

（$+123$）$_{10}$ =（01111011）$_2$，（81）$_{10}$ =（01010001）$_2$

$$\begin{array}{r} 0111\ 1011 \\ +\quad 0101\ 0001 \\ \hline 1100\ 1100 \end{array}$$

这时，最高位（符号位）无进位，而第二位（数值最高位）有进位。在前面介绍的（83）$_{10}$ 加（-4）$_{10}$ 的运算中，二者都有进位。由此可见，在带符号位的补码加减运算中，如果符号位和数值最高位都有进位或都无进位，运算结果没有溢出，反之则有溢出。为了方便补码运算的溢出判断，MCS-51 单片机中有一个 OV 位，专门来表示补码加减运算中数的溢出情况，OV = 1 有溢出，OV = 0 无溢出。

对于补码表示的数，在执行乘除运算时，常采用首先把它们转换成原码，然后再执行原码的乘除运算，最后把乘积再转换成补码，这样需要进行补码与原码的转换。一个正数的补码与原码相同，不需要转换。对于负数，求补码表示的负数的原码或求原码表示负数的补码，都可采用求它的补码的方法，即对于二进制数，可采用先按位取反，然后把结果加 1。

【例 4.7】 双字节数取补子程序

功能：（R4R5）取补→（R4R5）。

入口：R4R5 中存放被取补数。

出口：取补后数仍存放在 R4R5 中。

程序清单：

```
CMPT:   MOV     A, R5           ;取低 8 位数
        CPL     A
        ADD     A, #1
        MOV     R5, A           ;低 8 位取补后送 R5
        MOV     A, R4           ;取高 8 位数
        CPL     A               ;取反
        ADDC    A, #0           ;加进位位
        MOV     R4, A           ;高 8 位数取补后送 R4
        RET
```

2.带符号数的移位

在一个采用位置表示权的数制中,数的左移和右移操作分别等于乘以和除以基数的操作。即对于一个十进制数,左移一位相当于乘以 10,右移一位相当于除以 10。对于二进制数,左移一位相当于乘以 2,右移一位相当于除以 2。由于一般带有符号的数的最高位为符号位,故在执行算术移位操作时,必须保持最高位不变,并且为了符合乘以基数或除以基数的要求,在向左移或右移时,需选择适当的数字移入空位置。下面以带符号的二进制数为例,说明算术移位的规则。

(1)正数。由于正数的符号位为 0,故左移或右移都移入 0。

(2)原码表示的负数。由于负数的符号位为 1,故移位时符号不应参加移位,并保证左移或右移都移入 0。

【例 4.8】 双字节原码左移一位子程序。

功能:(R2R3)左移一位→(R2R3),不改变符号位,不考虑溢出。

入口:原码双字节存放在 R2R3 中。

出口:左移后仍存放在 R2R3 中。

程序清单:

```
DRL1:   MOV     A, R3           ;取低 8 位
        CLR     C               ;清进位位
        RLC     A               ;带进位左移
        MOV     R3, A           ;低 8 位左移一位送 R3
        MOV     A, R2           ;取高 8 位
        RLC     A               ;带进位左移
        MOV     A.7, C          ;恢复符号位
        MOV     R2, A           ;高 8 位左移后送 R2
        RET
```

【例 4.9】 双字节原码右移一位子程序。

功能:(R2R3)右移一位→(R2R3),不改变符号位,不考虑溢出。

入口:双字节原码存放在 R2R3 中。

出口:右移后仍存放在 R2R3 中。

程序清单:

```
DRR1:   MOV     A, R2           ;取高 8 位
        MOV     C, A.7          ;A.7 送入 Cy
```

```
        CLR     A.7             ;A.7 位清 0
        RRC     A               ;高 8 位带进位右移,恢复符号位
        MOV     R2,A
        MOV     A,R3            ;取低 8 位
        RRC     A               ;低 8 位带进位右移一位
        MOV     R3,A
        RET
```

(3)补码表示的负数。补码表示的负数的左移操作与原码相同,低位移入 0。右移时,最高位应移入 1。由于负数符号位为 1,正数的符号位为 0,对补码表示的数执行右移时,最高位可移入符号位。

【例 4.10】 双字节补码右移一位子程序。

功能:(R2R3)右移一位→(R2R3),不改变符号位。

入口:双字节补码存放在 R2R3 中。

出口:右移后仍存放在 R2R3 中。

程序清单:

```
CRR1:   MOV     A,R2            ;取高 8 位
        MOV     C,A.7           ;暂存符号位
        RRC     A               ;高 8 位带进位右移,将符号位移进 A.7
        MOV     R2,A            ;高 8 位移位后送 R2
        MOV     A,R3            ;取低 8 位
        RRC     A               ;低 8 位带进位右移
        MOV     R3,A            ;送 R3
        RET
```

4.3.2 定点数加减运算

前面已经介绍过,用补码表示的数进行加减运算非常方便。编程时只需要用指令直接编出相应的加法和减法程序即可。下面举例说明具体编程方法。

【例 4.11】 双字节补码加法子程序。

功能:(R2R3) + (R6R7)→(R4R5)。

入口:R2R3 存放被加数,R6R7 存放加数。

出口:结果存放在 R4R5 中。

出口时 OV = 1 表示溢出。

程序清单:

```
NADD:   MOV     A,R3            ;取被加数低 8 位
        ADD     A,R7            ;与加数低 8 位相加
        MOV     R5,A            ;低 8 位之和送入 R4
        MOV     A,R2            ;取被加数高 8 位
        ADDC    A,R6            ;与加数高 8 位带进位相加
        MOV     R4,A            ;高 8 位和送 R5
        RET
```

【例 4.12】 双字节补码减法子程序。

功能:(R2R3) - (R6R7)→ (R4R5)。

入口:R2R3 存放被减数,R6R7 存放减数。

出口:结果存放在 R4R5 中。

出口时 OV = 1 表示溢出。

程序清单:

```
NADD:   MOV     A,R3        ;取被减数低 8 位
        CLR     C           ;清进位位
        SUB     A,R7        ;低 8 位相减
        MOV     R5,A        ;结果送 R5
        MOV     A,R2        ;取被减数高 8 位
        SUBB    A,R6        ;高 8 位带借位相减
        MOV     R4, A       ;结果送 R4
        RET
```

4.3.3 定点数乘法运算

1.无符号数二进制乘法

在介绍无符号数二进制乘法时,先回顾一下二进制的手算乘法方法。下式说明了两个二进制数 A = 1011 和 B = 1001 手算乘法步骤:

```
        1011        被乘法
        1001        乘数
        1011        第一次部分积
       0000         第二次部分积
      0000          第三次部分积
     1011           第四次部分积
    1100011         乘积 A × B
```

在手算中,先形成所有部分积,然后在适当位置上累加这些部分积。由于一次只能完成两个数相加,故必须用重复加法来实现乘法,把手算法改用重复加法实现,如下式:

```
              1011        被乘数
    ×         1001        乘数
    0000      0000        开始启动时清 0 结果
    +         1011        第一次部分积
    0000      1011        加第一次部分积后的结果
    +      0  000         第二次部分积
    0000      1011        加第二次部分积后的结果
    +     00  00          第三次部分积
    0000      1011        加第三次部分积后的结果
    +    101   1          第四次部分积
    0110      0011        加第四次部分积后的结果=乘积 A × B
```

可见,当被乘数和乘数有相同的字长时,它们的积为双字长。用重复加法作乘法的过程可叙述如下:

(1)清 0 累计积。

(2)从最低位开始检查各个乘数位。

(3)如乘数位为 1,加被乘数至累计积,否则不加。

(4)左移一位被乘数。

(5)重复步骤(1)~(4)n 次(n 为字长)。

实际用程序实现这一算法时,把乘数与结果联合组成一个双倍字长,左移被乘数,改用右移结果与乘数,这样,一方面可化简加法(只需要单字长运算),另一方面可用右移来完成乘数最低位的检查,得到的乘积为双倍字长。这样修改后的程序框图如图 4.12 所示。

【例 4.13】 双字节无符号乘法子程序。

功能:$(R2R3) \times (R6R7) \to (R4R5R6R7)$。

入口:R2R3 中存放被乘数,R6R7 中存放乘数。

出口:结果存放在 R4R5 R6R7 中。

程序框图如图 4.13 所示。

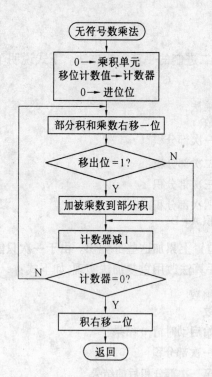

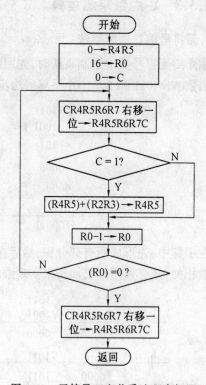

图 4.12　无符号二进制乘法程序框图　　　图 4.13　无符号双字节乘法程序框图

程序清单:

```
NMUL:   MOV     R4, #0          ;部分积清 0
        MOV     R5, #0
        MOV     R0, #16         ;置循环次数初值
        CLR     C
```

```
NMLP:   MOV     A,R4            ;CR4R5R6R7(部分积)右移一位
        RRC     A
        MOV     R4,A
        MOV     A,R5
        RRC     A
        MOV     R5,A
        MOV     A,R6
        RRC     A
        MOV     R6,A
        MOV     A,R7
        RRC     A              ;C 中为移出的乘数位
        MOV     R7,A
        JNC     NMLN           ;C 不为 1,转 NMLN
        MOV     A,R5           ;C 为 1,(R4R5)+(R2R3)→R4R5
        ADD     A,R3
        MOV     R5,A
        MOV     A,R4
        ADDC    A,R2
        MOV     R4,A
NMLN:   DJNZ    R0,NMLP        ;循环 16 次
        MOV     A,R4           ;CR4R5R6R7(部分积)再右移一位
        RRC     A
        MOV     R4,A
        MOV     A,R5
        RRC     A
        MOV     R5,A
        MOV     A,R6
        RRC     A
        MOV     R6,A
        MOV     A,R7
        RRC     A
        MOV     R7,A
        RET
```

2.有符号数二进制乘法

(1)原码乘法

对原码表示的带符号二进制数,只需要在乘法前,先按正数与正数相乘为正,正数与负数相乘为负,负数与负数相乘为正的原则,得出积的符号(计算机中可用异或操作得出积的符号),然后清 0 符号位,执行不带符号位的乘法,最后送积的符号。设被乘数 A 的符号为 A0,数值为 A,乘数 B 的符号位为 B0,数值为 B,积 C 的符号位为 C0,数值为 C,这个算法可

用图 4.14 来表示(图中 F0 为符号暂存位)。

【例 4.14】 原码有符号数双字节乘法(子程序)。

功能:$(R2R3) \times (R6R7) \rightarrow (R4R5R6R7)$。

入口:R2R3 中存放被乘数,R6R7 中存放乘数。

出口:积存放在 R4R5 R6R7 中。

说明:所有操作数均为原码,符号位在最高位。

本程序调用例 4.13 的无符号双字节乘法子程序。

程序清单:

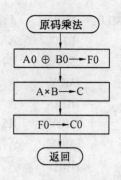

图 4.14 原码乘法流程图

```
MULT:  MOV    A,R2       ;取被乘数高 8 位
       XRL    A,R6       ;与乘数高 8 位异或
       MOV    C,A.7      ;暂存符号位
       MOV    F0,C
       MOV    A,R2       ;取被乘数高 8 位
       CLR    A.7        ;清符号位后送回 R2
       MOV    R2,A
       MOV    A,R6       ;取乘数高 8 位
       CLR    A.7        ;清符号位后送回 R6
       MOV    R6,A
       ACALL  NMUL       ;调用无符号乘法
       MOV    A,R4       ;取乘积的高 8 位
       MOV    C,F0       ;送积的符号
       MOV    A.7,C
       MOV    R4,A
       RET
```

(2)补码乘法

对补码表示的有符号二进制数乘法,除了需像原码乘法一样对符号进行处理外,在被乘数、乘数或积为负数时,还需对负数取补(变成原码)。

补码乘法的程序框图如图 4.15 所示。这里取补操作对符号位和数值一起进行,如果被乘数为负数,则取补后,最高位(符号位)必然为 0;如果乘数为负数,则取补后,最高位(符号位)必然为 0,符合无符号二进制数运算的要求。调用无符号数乘法子程序后,乘积的最高位总是 0。如果被乘数与乘数的符号相反,乘积为负数(符号标志等于 1),则取补后,最高位必然为 1,即为积的符号位(负数)。

这种补码乘法,采取先变成原码,然后执行乘法,再由符号标志确定乘积符号的方法。

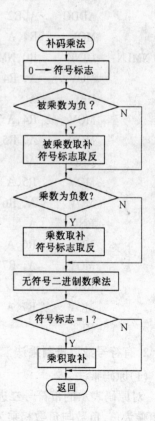

图 4.15 补码乘法流程图

3. MCS-51 快速乘法

使用重复相加法的乘法速度比较慢,例如前面介绍的无符号双字节乘法,对于使用晶振频率为 12 MHz 的 MCS-51 来说,平均需 320 μs。在实时控制应用场合中,经常需要在 100 μs 内完成一次双字节乘法。因此需设计一种快速乘法。

MCS-51 有一条乘法指令:MUL AB。它执行(A)×(B)→BA。它执行的操作是单字节乘以单字节,积为双字节的运算。由于单字节运算不能满足实际需要,故必须把它扩展为双字节的乘法。扩展时可按照以字节为单位的竖式乘法来编程序。下面以无符号双字节乘法为例,说明这条乘法指令的扩展使用方法。

【例 4.15】 无符号双字节快速乘法(子程序)。

功能:(R2R3)×(R6R7)→(R4R5R6R7)。

入口:R2R3 中存放被乘数,R6R7 中存放乘数。

出口:积存放在 R4R5 R6R7 中。

计算及原理如下式:

$$
\begin{array}{ccccc}
 & & & \text{【R2】} & \text{【R3】} \\
 & \times & & \text{【R6】} & \text{【R7】} \\
\hline
 & & & \text{【R3R7】}_H & \text{【R3R7】}_L \\
 & & \text{【R2R7】}_H & \text{【R2R7】}_L & \\
 & & \text{【R3R6】}_H & \text{【R3R6】}_L & \\
+ & \text{【R2R6】}_H & \text{【R2R6】}_L & & \\
\hline
\text{【R4】} & \text{【R5】} & \text{【R6】} & \text{【R7】} &
\end{array}
$$

该竖式中【R3R7】$_L$ 表示(R3)×(R7)的低位字节,【R3R7】$_H$ 表示(R3)×(R7)的高位字节,只要按这个竖式,利用 MCS-51 的乘法和加法指令,就能完成双字节乘法。以上程序完成的是双字节,称为四字节的乘法。对于其他各种字节的乘法,也可以用竖式来分析,例如双字节乘以三字节或单字节乘以四字节等,用此法可容易的编出相应的程序。

程序清单:

```
QMUL:  MOV   A,R3
       MOV   B,R7
       MUL   AB          ;(R3)×(R7)
       XCH   A,R7        ;(R7)=(R3×R7)_L
       MOV   R5,B        ;(R5)=(R3×R7)_H
       MOV   B,R2
       MUL   AB          ;(R2)×(R7)
       ADD   A,R5        ;(R2×R7)_L+(R3+R7)_H
       MOV   R4,A
       CLR   A
       ADDC  A,B
```

MOV	R5,A	;(R5) = (R2 × R7)$_H$
MOV	A,R6	
MOV	B,R3	
MUL	AB	;(R3) × (R6)
ADD	A,R4	;(R3 × R7)$_L$ + (R3 × R7)$_H$ + (R3 × R6)$_L$
XCH	A,R6	;(R6) = (R3 × R6)$_L$
XCH	A,B	;(A) = (R3 × R6)$_H$,(B) = (R6)
ADDC	A,R5	;(R3 × R6)$_H$ + (R2 × R7)$_H$→R5
MOV	R5,A	
MOV	F0,C	;暂存 C$_y$
MOV	A,R2	
MUL	AB	;(R2) × (R6)
ADD	A,R5	;(R3 × R6)$_H$ + (Ra × R7)$_H$ + (R2 × R6)$_L$
MOV	R5,A	
CLR	A	
MOV	A.0,C	本次加法的进位→A.0
MOV	C,F0	;前一次加法的进位→C
ADDC	A,B	
MOV	R4,A	;(R2→2R6)$_H$→R4
RET		

4.3.4 定点数除法运算

1.无符号二进制数除法

正如乘法能由一系列加法和移位操作实现一样,除法也可以由一系列减法和移位操作实现。为了设计除法的算法,先分析二进制数的手算除法。下式说明两个二进制数 A = 100100 和 B = 101 的手算除法步骤

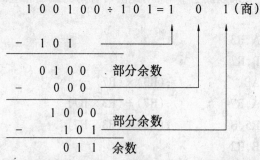

可以看出,商位是以串行方式获得的,一次得一位。首先把被除数的高位与除数相比较,如被除数高位大于除数,则商位为 1,并从被除数中减去除数,形成一个部分余数;否则商位为 0,不执行减法。然后把新的部分余数左移一位,并与除数再次进行比较。循环此步骤,直到被除数的所有位都处理完为止,一般商的字长为 n,则需循环 n 次。这种除法上商前,先比较被除数与除数,根据比较结果,决定上商为 1 或 0,并且只有在商为 1 时,才执行减

法,所以称之为比较法。根据这个算法,可画出编程的框图,如图 4.16 所示。

从前面所示的手算除法中,可以看出被除数的字长比除数和商的字长还长,一般在计算机中,被除数均为双倍字长,即如果除数和商为双字节,则被除数为四字节。由于商为单字长,故如果在除法中发生商大于单字长,称为溢出。在进行除法前,应该检查是否会发生溢出。一般可在进行除法前,先比较被除数的高位与除数,如被除数高位大于等于除数,则溢出,应该置溢出标志,不执行除法。另外,从手算除法中还可以看出,如果除数和商为 3 位,被除数为 6 位,则执行比较或减法操作时,部分余数必须取 4 位,除数为 3 位,否则有可能产生错误。例如第 3 步的比较和减法运算时,部分余数为 1000,如果取 3 位则为 000,所以在实际编程时,必须注意到这一点。

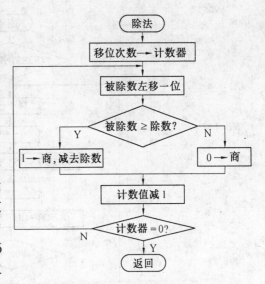

图 4.16　比较法除法流程图

【例 4.16】　无符号双字节除法子程序。

功能:(R2R3R4R5)÷(R6R7)→(R4R5)余数为(R2R3)。

程序框图如图 4.17 所示。

说明:在程序框图中,(R2R3R4R5)为被除数,同时(R4R5)又是商。运算前,先比较(R2R3)和(R6R7),如(R2R3)≥(R6R7)则为溢出,置位 F0,然后直接返回。否则执行除法,这时出口 F0＝0。上商时,上商 1 采用加 1 的方法,上商 0 不加 1(无操作)。比较操作采用减法来实现,只是先不回送减法结果,而是保存在累加器 A 和寄存器 R1 中,在需要执行减法时,才送回结果。B 为循环次数控制计数器,初值为 16(除数和商为 16 位)。运算结束后,(R4R5)为商,(R2R3)为余数,(R6R7)不变。在左移时,把移出的最高位存放到 MCS-51 的用户标志 F0 中,如 F0＝1 则被除数总是大于除数,因为除数最多只有 16 位,这时必然执行减法并上商 1。

入口:R2R3R4R5 中存放被除数,R6R7 中存放除数。

出口:商存放在 R4R5 中,余数存放在 R2R3 中。

程序清单:

```
NDIVI:  MOV    A,R3         ;先比较是否发生溢出
        CLR    C            ;(R2R3) - (R6R7)
        SUBB   A,R7
        MOV    A,R2
        SUBB   A,R6
        JNC    NDNE1        ;有溢出,跳转
        MOV    B,#16        ;无溢出,进行除法
NDVL1:  CLR    C            ;左移一位,移入为0
        MOV    A,R5         ;(R2R3R4R5)左环移一位
```

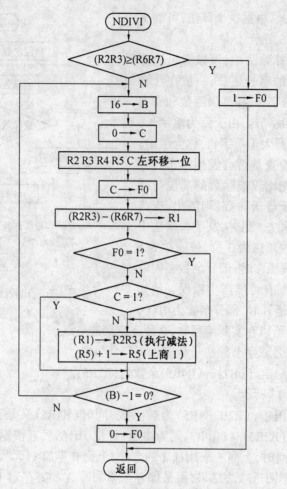

图 4.17　无符号双字节除法程序框图

RLC	A	
MOV	R5,A	
MOV	A,R4	
RLC	A	
MOV	R4,A	
MOV	A,R3	
RLC	A	
MOV	R3,A	
XCH	A,R2	;(R3)→R2,(R2)→A
RLC	A	;R2 左环移一位
XCH	A,R2	;(R3)→A
MOV	F0,C	;保存移出的最高位
CLR	C	
SUBB	A,R7	;比较部分余数与除数
MOV	R1,A	;(R3)－(R7)→R1

```
        MOV     A,R2
        SUBB    A,R6            ;(R2)-(R6)→A
        JB      F0,NDVM1        ;F0=1,则跳转
        JC      NDVD1           ;有借位,跳转
NDVM1:  MOV     R2,A            ;执行减法(回送减法结果)
        MOV     A,R1            ;(R2)-(R6)→R2
        MOV     R3,A            ;(R3)-(R7)→R3
        INC     R5              ;上商1
NDVD1:  DJNZ    B,NDVL1         ;循环16次
        CLR     F0              ;正常出口
        RET
NDVE1:  SETB    F0              ;溢出
        RET
```

2.带符号二进制除法

(1)原码除法。原码除法和原码乘法一样,只要在除法前,先求出商的符号,然后清零符号位,执行不带符号的除法,最后送商的符号。

下面用一个例子说明原码除法的算法。

【例 4.17】 原码带符号双字节除法子程序。

功能:(R2R3R6R7)÷(R6R7)→(R4R5)。

入口:R2R3R4R5 中存放被除数,R6R7 中存放除数。

出口:商存放在 R4R5 中,余数存放在 R2R3 中,若溢出则 F0=1。

说明:操作数均以原码表示,符号位在最高位。

程序清单:

```
IDIV:   MOV     A,R2            ;求商的符号
        XRL     A,R6
        MOV     C,A.7
        MOV     F0,C            ;保存商的符号位
        PUSH    PSW
        MOV     A,R2
        CLR     A.7             ;清零被除数符号位
        MOV     R2,A
        MOV     A,R6
        CLR     A.7             ;清0除数符号位
        MOV     R6,A
        ACALL   NDIV1           ;调用无符号双字节除法子程序(例4.16)
        JB      F0,IDVE
        MOV     A,R4
        JB      A.7,IDIVE
        POP     PSW
```

```
            MOV     C,F0            ;回送商的符号
            MOV     A.7,C
            MOV     R4,A
            RET
    IDVE:   SETB    F0              ;溢出
            RET
```

(2)补码除法。对于补码表示的带符号二进制数的除法,可像补码乘法一样,采用先对负数取补,然后再执行除法。

4.3.5 数据极值查找

数据极值查找就是在指定的数据区中找出最大值或最小值。

【例4.18】 已知内部 RAM ADRR 为起始地址的数据块内数据是无符号数,数据块长为 LEN,找出数据块中最大值并存入 MAX 单元。

入口:R0(数据首地址指针)。

LEN(长度)。

出口:MAX(最大值 MAX 单元)。

程序清单:

```
            ORG     2000H
            LEN     DATA 40H
            MAX     DATA 30H
            MOV     MAX, #00H       ;MAX 清 0
            MOV     R0, #ADDR       ;数据起始地址送 R0
    LOOP:   MOV     A,@R0           ;数据块中某数送 A
            CJNE    A,MAX,NEXT1     ;A 与 MAX 比较
    NEXT1:  JC      NEXT2           ;若 A<MAX,则转 NEXT2
            MOV     MAX,A           ;若 A≥MAX,则大数送 MAX
    NEXT2:  INC     R0              ;修改数据块指针
            DJNZ    LEN,LOOP        ;未完,转 LOOP
            RET                     ;返回
```

4.3.6 数据排序

数据排序就是使数据区中的数据从小到大排列(升序),或数据从大到小排列(降序),有关数据排序的算法很多,最常用的时冒泡法。现以冒泡法为例,说明数据升序算法及编程实现。

冒泡法是一种相邻数互换的排序方法,又称两两比较法。因其过程类似水中气泡上浮,故称冒泡法。执行时从前向后进行相邻数比较,如数据的大小次序与要求顺序不符时(逆序),就将两个数互换,否则不互换。为进行升序排序,应通过这种相邻数互换方法,使小的数向前移,大数向后移。如此从前向后进行一次冒泡(相邻数互换),就会把最大数换到最后;再进行一冒泡,就会把次大数排在倒数第二的位置;以此类推,对于 n 个数,理论上说应

进行(n-1)次冒泡才能完成排序。但实际上有时不到(n-1)次就已排好顺序。判定排序是否完成最简单的方法是看各次冒泡中是否有互换发生,如果有数据互换,说明排序还没完成;否则就表示已排好序。为此控制排序结束一般用设置互换标志的方法,以其状态表示在一次冒泡中有无数据互换进行。

【例4.19】 假定8个数连续存放在20H为首地址的内部RAM中,使用冒泡法进行升序排序编程。(单字节无符号数)

设R7为比较次数计数器,初始值为07H,用户标志位F0为冒泡过程中是否有数据互换的状态标志,F0=0表示无互换发生,F0=1表示有互换发生。

入口:R0(数据区首地址指针)。

R7(比较次数)。

出口:F0作为发生互换的标志,当无互换时,排序结束。

程序流程图如图4.18所示。

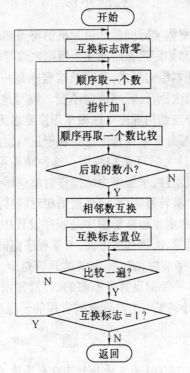

图4.18 排序流程图

程序清单如下:

```
SORT:  MOV    R0, #20H      ;数据首地址
       MOV    R7,07H        ;比较次数
       CLR    F0H           ;互换标志清0
LOOP:  MOV    A,@R0         ;取前一个数
       MOV    2BH,A         ;存前一个数
       INC    R0
       MOV    2AH,@R0       ;取后一个数
```

· 91 ·

```
            CLR     C                 ;清 C_y
            SUBB    A,@R0             ;前数减后数
            JC      NEXT
            MOV     @R0,2BH          ;相邻数互换
            DEC     R0
            MOV     @R0,2AH
            INC     R0                ;准备下一次比较
            SETB    F0                ;互换标志置位
    NEXT：  DJNZ    R7,LOOP          ;下个数比较?
            JB      F0,SORT          ;下一轮比较?
            RET
```

本章小结

在进行程序设计时,必须根据实际问题和单片机的特点来确定算法,然后按照尽可能使程序简短、节省数据存放单元和缩短运算时间 3 个原则来编写程序。

汇编语言程序具有四种基本结构形式,顺序结构程序是一种最简单、最基本的程序,它的特点是按程序编写的顺序依次执行,程序流向不变。编写这类程序主要应注意正确选择指令,提高程序的执行效率;分支结构程序可以根据程序要求无条件或有条件地改变程序的执行顺序,选择程序流向。编写分支结构程序主要在于正确使用转移指令,需多次重复执行某段程序时,可把这段程序设计为循环结构程序。这种结构可大大缩短程序,提高程序质量。为了使子程序有一定的通用性,子程序中的操作对象应尽量用地址或寄存器形式,而不用立即数形式。子程序中如含有转移指令,应尽量用相对转移指令,以便它不管放在哪个区域,都能正确执行。代码转换和定点运算子程序是程序设计中经常用到的子程序。使用子程序可以使整个程序的结构清楚,阅读理解方便,节省程序存储空间。

MCS-51 指令系统中,有单字节加、减、乘、除算术运算指令,这为四则运算编程带来了较大方便。但实际应用中仅有单字节的运算是不够的,还常常用到双字节及多字节的加、减、乘、除运算程序。掌握程序设计的基本方法和这些常用的子程序可以更好地进行程序设计。

习　题

1.编程将数据存储器中以 2A00H 为首地址的 100 个连续单元清零。

2.编程将片内 50H～70H 单元中的内容传送到以 5C00H 为起始地址的存储区中。

3.片外 RAM 区从 1000H 单元开始存有 100 个单字节无符号数,找出最大值并存入 1100H 单元中,试编写程序。

4.设有 100 个单字节有符号数,连续存放在以 2100H 为首地址的存储区中,试编程统计其中正数、负数、零的个数。

5.从 2030H 单元开始,存有 100 个有符号数,要求把它传送到从 20B0H 开始的存储区中,但负数不传送,试编写程序。

6.若从 300H 单元开始有 100 个数,编一个程序检查这些数,正数保持不变,负数取补后送回。

7.试编程把以 2040H 为首地址的连续 10 个单元的内容按升序排列,存到原来的存储区中。

8.设在 2000H~2004H 单元中。存放有 5 个压缩 BCD 码,编程将它们转换成 ASCII 码,存放到以 2005H 为首地址的存储区中。

9.在以 2000H 为首地址的存储区中,存放着 20 个用 ASCII 码表示的 0~9 之间的数,试编程将它们转换成 BCD 码,并以压缩 BCD 码的形式存放在 3000H~3009H 单元中。

10.试编写多字节 BCD 码数加法、减法子程序。

11.若晶振频率为 6 MHz,试编写延时 100 ms、1 s 的子程序。

12.试设计一个子程序,其功能为将片内 RAM 20H~21H 中的压缩 BCD 码转换为二进制数,并存于以 30H 开始的单元。

第5章 MCS-51单片机的中断系统

【学习目的和要求】 通过本章的学习,应该了解MCS-51单片机中断系统的概念、结构、功能,中断源的种类和产生中断的方式;掌握中断控制寄存器IE、中断优先级寄存器IP、定时器控制寄存器TCON的使用方法;了解中断的响应过程、外部中断源的扩展原理。能熟练地编制中断初始化和中断服务程序。

5.1 中断系统概述

中断系统是为使CPU具有对单片机外部或内部随机发生事件的实时处理而设置的,单片机能对外部或内部发生的事件做出及时处理,主要是靠中断技术来实现的。MCS-51的中断系统大大提高了单片机的实时处理能力。如果没有中断功能,单片机对外部或内部事件的处理只能采用程序查询方式, 即CPU不断查询是否有事件产生。显然,采用程序查询方式,CPU不能再做别的事,而大部分时间是处于等待状态。

当CPU正在处理某件事情(例如,正在执行主程序)的时候,外部或内部发生的某一事件(如某个引脚上电平的变化,一个脉冲沿的发生或计数器的计数溢出等)请求CPU迅速去处理,于是CPU暂时终止当前的工作,转去处理所发生的事件。中断服务程序处理完该事件后,再回到原来被终止的地方,继续原来的工作,这样的过程称为中断,如图5.1所示。处理事件请求的过程,称为CPU的中断响应过程,对事件的整个处理过程,称为中断服务(或中断处理)。

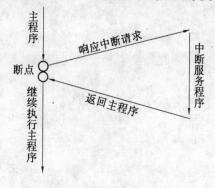

图5.1 中断过程示意

实现这种功能的部件称为中断系统,向CPU发出中断请求的来源称为中断源。中断源向CPU提出的处理请求,称为中断请求或中断申请。CPU暂时停止正在执行的程序,转去执行中断服务程序,除了硬件会自动把断点地址(16位程序计数器PC的值)压入堆栈之外,用户还要注意保护有关的工作寄存器、累加器、标志位等信息,这称为保护现场。在执行完中断服务程序后,恢复有关的工作寄存器、累加器、标志位的内容,这称为恢复现场。最后执行中断返回指令,从堆栈中自动弹出断点地址到PC,继续执行被中断的程序,这称为中断返回。

如果没有中断技术,CPU的大量时间可能会浪费在原地踏步的操作上。中断方式完全消除了CPU在查询方式中的等待现象,大大地提高了CPU的工作效率。由于中断工作方式的优点极为明显,因此在单片机的硬件结构中都带有中断系统。

5.2 中断系统的功能

中断系统主要是对突发事件作紧急处理,根据现场随时变化的各种参数、信息,进行实时监控。CPU 与外部设备并行工作时,以中断方式相联系可提高工作效率,解决快速 CPU 与慢速外设之间的矛盾。在多项外部设备同时提出中断请求情况下,CPU 能根据轻重缓急响应外设的中断请求。

中断系统的主要功能是:

(1)实现中断及中断返回

当某一中断源发出中断请求时,CPU 根据正在执行任务的重要性(中断优先级)来决定是否响应该中断请求。若允许响应这个中断请求,CPU 在执行完相关指令后,会自动保护程序断点,然后转到此中断源对应的服务程序入口地址,执行该中断服务程序。在此中断处理完后 CPU 返回到被中断处继续执行程序。

(2)实现优先级排队

MCS-51 系列单片机有多个中断源(8051 提供 5 个,8052 提供了 6 个中断源),每个中断源可编程为两种级别的中断,高级中断请求和低级中断请求,因此可实现两级中断服务嵌套。有时会出现两个或两个以上的中断源同时提出中断请求的情况。这时,CPU 能够判别中断源的优先级别,根据中断源的优先级原则,在优先级别高的中断源处理完后,再响应级别较低的中断源。即使同一级别的中断源,在同时请求中断时,CPU 响应也有先后顺序的区别。

(3)实现优先级控制

当 CPU 响应某一中断源的请求而进行中断处理时,若有优先级更高的中断源发出中断请求,则 CPU 中断正在执行的中断服务程序,保留程序的断点和现场,响应更高一级的中断。在高级中断处理完之后,再返回到被中断的服务程序继续执行。若发出中断请求的中断源优先级别与正在处理的中断源同级或更低时,CPU 不响应这个中断请求,直到正在处理的中断的服务程序执行完后,才去处理新的中断请求。

5.3 中断系统结构

5.3.1 中断系统组成

MCS-51 的中断系统主要由 4 个特殊功能寄存器和硬件查询电路等组成,定时器控制寄存器 TCON、串行口控制寄存器 SCON、中断允许寄存器 IE 和中断优先级寄存器 IP。特殊功能寄存器主要用于控制中断的开放和关闭、保存中断信息、设定优先级别,硬件查询电路主要用于判定 5 个中断源的自然优先级别。中断系统结构如图 5.2 所示。

5.3.2 中断请求源

MCS-51 单片机的中断系统有 5 个中断请求源,具有两个中断优先级,可实现两级中断服务程序嵌套。MCS-51 中断系统的五个中断请求源是:

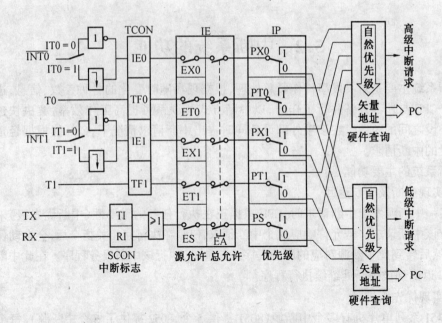

图 5.2 MCS-51 的中断系统结构

(1)$\overline{INT0}$——外部中断 0 请求,由$\overline{INT0}$引脚输入,中断请求标志为 IE0。

(2)$\overline{INT1}$——外部中断 1 请求,由$\overline{INT1}$引脚输入,中断请求标志为 IE1。

(3)定时器/计数器 T0 溢出中断请求,中断请求标志为 TF0。

(4)定时器/计数器 T1 溢出中断请求,中断请求标志为 TF1。

(5)串行口中断请求,中断请求标志为 TI 或 RI。

各中断源向 CPU 请求中断的方式可以通过特殊功能寄存器用软件设置。

5.4 中断控制

1.定时器控制寄存器 TCON

TCON 的字节地址 88H,位地址 8FH~88H,与中断请求有关的各位如图 5.3 所示。

		D7	D6	D5	D4	D3	D2	D1	D0
88H	TCON	TF1	TR1	TF0	TR0	IE1	IT1	IE0	IT0
	位地址	8FH	8EH	8DH	8CH	8BH	8AH	89H	88H

图 5.3 TCON 中的中断请求标志位

各标志位的功能如下:

(1)IT0——外部中断 0 触发方式选择位。

IT0 = 0,为电平触发方式,$\overline{INT0}$引脚上低电平有效

IT0 = 1,为脉冲触发方式,$\overline{INT0}$引脚上的电平从高到低的负跳变有效。

IT0 位可由软件置"1"或清"0"。

(2)IE0——外部中断 0 请求标志位。

当 IT0 = 0,即电平触发方式时,每个机器周期的 S5P2 采样$\overline{INT0}$引脚,若$\overline{INT0}$脚为低电

平,则置"1" IE0,否则清"0" IE0。

当 IT0 = 1,即跳沿触发方式时,在第一个机器周期采样为低电平,则置"1" IE0。IE0 = 1,表示外部中断 0 正在向 CPU 申请中断。当 CPU 响应中断,转向中断服务程序时,由硬件清"0" IE0。

(3)IT1——外部中断 1 触发方式选择位,其功能同 IT0。

(4)IE1——外部中断 1 中断请求标志位,其功能同 IE0。

(5)TF0——定时器/计数器 0 溢出标志位。

定时器/计数器 0 被启动计数后,从初值开始加 1 计数,当定时器/计数器 0 计数满而产生溢出时,由硬件自动使 TF0 置 1,并向 CPU 申请中断。该标志一直保持到 CPU 响应中断后,才由硬件自动清 0。也可用软件查询该标志,并由软件清 0。

(6)TF1——定时器/计数器 1 溢出标志位,其功能同 TF0。

TR1(D6 位)、TR0(D4 位)这 2 个位与中断无关,仅与定时器/计数器 T1 和 T0 有关。它们的功能将在第 6 章"MCS-51 单片机定时器/计数器"中介绍。

当 MCS-51 单片机复位后,TCON 被清 0,即 CPU 关中断,所有的中断请求被禁止。

2. 串行口控制寄存器 SCON

串行中断请求由 TI、RI 的逻辑"或"得到。即不论是发送标志还是接收标志,都将发生串行中断请求。字节地址 98H,可以位寻址,与中断请求有关的两位格式如图 5.4 所示。

		D7	D6	D5	D4	D3	D2	D1	D0
98 H	SCON							TI	RI
	位地址							99H	98H

图 5.4　SCON 的中断请求标志位

SCON 中标志位的功能如下:

(1)TI——串行口发送中断请求标志位。CPU 将一个字节的数据写入发送缓冲器 SBUF 时,就启动一帧串行数据的发送,每发送完一帧串行数据后,由硬件自动使 TI 置 1。但 CPU 响应中断时,CPU 并不清除 TI,必须在中断服务程序中用软件对 TI 清 0。

(2)RI——串行口接收中断请求标志位。在串行口允许接收时,每接收完一个串行帧,硬件自动使 RI 置 1。CPU 在响应中断时,并不清除 RI,必须在中断服务程序中用软件对 RI 清 0。

3. 中断允许寄存器 IE

MCS-51 的 CPU 对中断源的开放或屏蔽,是由片内的中断允许寄存器 IE 控制的。IE 的字节地址为 A8H,位地址为 AFH ～ A8H,与中断允许有关的各位如图 5.5 所示。

		D7	D6	D5	D4	D3	D2	D1	D0
8AH	IE	EA			ES	ET1	EX1	ET0	EX0
	位地址	AFH			ACH	ABH	AAH	A9H	A8H

图 5.5　IE 的中断允许控制位

中断允许寄存器 IE 对中断的开放和关闭实现两级控制。所谓两级控制,就是由一个总的中断控制位 EA(IE.7 位)和各中断源对应的控制位分别控制,当 EA = 0 时,所有的中断请求被屏蔽,CPU 对任何中断请求都不接受;当 EA = 1 时,CPU 开放中断,但 5 个中断源的中断请求是否允许,还要由 IE 中的低 5 位所对应的 5 个中断请求允许控制位的状态来决定。

IE 中各位的功能如下:

(1)EA:中断允许总控制位

  EA = 0,CPU 屏蔽所有的中断请求(也称 CPU 关中断)。

  EA = 1,CPU 开放所有的中断请求(也称 CPU 开中断)。

(2)ES:串行口中断允许位

  ES = 0,禁止串行口中断;

  ES = 1,允许串行口中断。

(3)ET1:定时器/计数器 T1 的溢出中断允许位

  ET1 = 0,禁止 T1 中断;

  ET1 = 1,允许 T1 中断。

(4)EX1:外部中断 1 中断允许位

  EX1 = 0,禁止外部中断 1 中断;

  EX1 = 1,允许外部中断 1 中断。

(5)ET0:定时器/计数器 T0 的溢出中断允许位

  ET0 = 0,禁止 T0 中断;

  ET0 = 1,允许 T0 中断。

(6)EX0:外部中断 0 中断允许位

  EX0 = 0,禁止外部中断 0 中断;

  EX0 = 1,允许外部中断 0 中断。

MCS-51 复位以后,IE 被清 0,由用户程序置"1"或清"0"IE 相应的位,来实现允许或禁止各中断源的中断申请。若使某一个中断源允许中断,必须同时使 CPU 开放中断。更新 IE 的内容,可由位操作指令来实现,也可用字节操作指令实现。

【例 5.1】 设允许外部中断 0 和串行口中断,禁止其他中断源的中断申请。试根据假设条件设置 IE 的相应值。

解:(1)用位操作指令来编写如下程序段:

```
SETB    EX0    ;允许外部中断 0 中断
SETB    ES     ;允许串行口中断
CLR     EX1    ;禁止外部中断 1 中断
CLR     ET0    ;禁止定时器 /计数器 T0 中断
CLR     ET1    ;禁止定时器 /计数器 T1 中断
SETB    EA     ;CPU 开中断
```

(2)用字节操作指令来编写:

```
MOV     IE, #91H
```

4.中断优先级控制寄存器 IP

MCS-51 的中断请求源有两个中断优先级,对于每一个中断请求源可由软件定为高优先级中断或低优先级中断,可实现两级中断嵌套,两级中断嵌套的过程如图5.6所示。

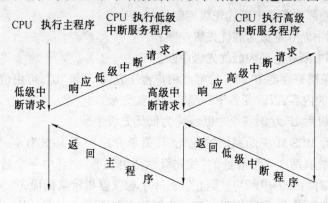

图5.6 两级中断嵌套

由图5.6可见,一个正在执行的低优先级中断程序能被高优先级的中断源所中断,但不能被另一个低优先级的中断源所中断。若CPU正在执行高优先级的中断,则不能被任何中断源所中断,一直执行到结束,遇到中断返回指令RETI,返回主程序后再执行一条指令后才能响应新的中断请求。以上所述可以归纳为下面两条基本规则:

(1)低优先级可被高优先级中断,反之则不能。

(2)任何一种中断(不管是高级还是低级)一旦得到响应,不会再被它的同级中断源所中断。如果某一中断源被设置为高优先级中断,在执行该中断源的中断服务程序时,则不能被任何其他的中断源所中断。

MCS-51的片内有一个中断优先级寄存器IP,其字节地址为B8H,位地址为BFH~B8H。只要用程序改变其内容,即可进行各中断源中断级别的设置,IP寄存器格式如图5.7所示。

				D4	D3	D2	D1	D0
B8H	IP			PS	PT1	PX1	PT0	PX0
	地址			BCH	BBH	BAH	B9H	B8H

图5.7 中断优先级控制寄存器IP的格式

中断优先级控制寄存器IP各位的含义如下:

(1)PS——串行口中断优先级控制位

PS = 1,串行口定义为高优先级中断;

PS = 0,串行口定义为低优先级中断。

(2)PT1——定时器T1中断优先级控制位

PT1 = 1,定时器T1定义为高优先级中断;

PT1 = 0,定时器T1定义为低优先级中断。

(3)PX1——外部中断1中断优先级控制位

PX1 = 1,外部中断1定义为高优先级中断;

PX1 = 0,外部中断1定义为低优先级中断。

(4)PT0——定时器T0中断优先级控制位

PT0 = 1,定时器T0定义为高优先级中断;

PT0 = 0，定时器 T0 定义为低优先级中断。

（5）PX0——外部中断 0 中断优先级控制位

PX0 = 1，外部中断 0 定义为高优先级中断；

PX0 = 0，外部中断 0 定义为低优先级中断。

中断优先级控制寄存器 IP 的各位都由用户程序置"1"和清"0"，可用位操作指令或字节操作指令更新 IP 的内容，以改变各中断源的中断优先级。

MCS-51 复位以后 IP 为 0，各个中断源均为低优先级中断。

为进一步了解 MCS-51 中断系统的优先级，简单介绍一下 MCS-51 的中断优先级结构。MCS-51 的中断系统有两个不可寻址的"优先级激活触发器"。其中一个指示某高优先级的中断正在执行，所有后来的中断均被阻止。另一个触发器指示某低优先级的中断正在执行，所有同级的中断都被阻止，但不能阻断高优先级的中断请求。

在同时收到几个同一优先级的中断请求时，哪一个中断请求能优先得到响应，取决于内部的查询顺序。这相当于在同一个优先级内，还同时存在另一个辅助优先级结构，其查询顺序见表 5.1。

表 5.1　中断查询顺序表

中断源	中断级别
外部中断 0	最高
T0 溢出中断	
外部中断 1	↓
T1 溢出中断	
串行口中断	最低

由此可见，各中断源在同一个优先级的条件下，外部中断 0 的优先级最高，串行口的优先级最低。

【例 5.2】　设置中断优先级控制寄存器 IP 的初始值，使得 8031 的 2 个外中断请求为高优先级，其他中断请求为低优先级。

解：（1）用位操作指令

SETB　　PX0　　　　;2 个外中断为高优先级

SETB　　PX1

CLR　　 PS　　　　　;串行口、2 个定时器为低优先级中断

CLR　　 PT0

CLR　　 PT1

（2）用字节操作指令

MOV　　 IP，#05H

5.5　中断响应

一个中断源的中断请求被响应，需满足以下条件：

（1）该中断源发出中断请求。

(2)CPU 开中断,即中断总允许位 EA = 1。

(3)申请中断的中断源的中断允许位 = 1,即该中断没有被屏蔽。

(4)无同级或更高级中断正在被服务。

中断响应就是对中断源提出的中断请求的接受,是在中断查询之后进行的。当 CPU 查询到有效的中断请求时,将要进行中断响应。

中断响应的主要内容是由硬件自动生成一条长调用指令 LCALL addr16。这里的 addr16 就是程序存储区中的相应的中断源的中断入口地址。例如,对于外部中断 1 的响应,产生的长调用指令为:

LCALL   0013H

生成 LCALL 指令后,紧接着由 CPU 执行该指令。首先是将程序计数器 PC 的内容压入堆栈以保护断点,再将中断入口地址装入 PC,使程序转向相应的中断入口地址。各中断源服务程序的入口地址是固定的,见表 5.2。

表 5.2   中断源及对应的中断入口地址

中断源	入口地址
外部中断 0	0003H
定时器/计数器 T0	000BH
外部中断 1	0013H
定时器/计数器 T1	001BH
串行口中断	0023H

两个中断入口间只相隔 8 个字节,一般情况下难以安排一个完整的中断服务程序。因此,通常总是在中断入口地址处放置一条无条件转移指令,使程序执行转向在其他地址存放的中断服务程序。

中断响应是有条件的,并不是查询到的所有中断请求都能被立即响应,当遇到下列三种情况之一时,中断响应被封锁。

(1)CPU 正在处理相同的或更高优先级的中断。因为当一个中断被响应时,要把对应的中断优先级状态触发器置"1"(该触发器指出 CPU 所处理的中断优先级别),从而封锁了低级中断和同级中断。

(2)所查询的机器周期不是所执行指令的最后一个机器周期。作这个限制的目的是使当前指令执行完毕后,才能进行中断响应,以确保当前指令完整的执行。

(3)正在执行的指令是 RETI 或是访问 IE 或 IP 的指令。因为按 MCS-51 中断系统特性的规定,在执行完这些指令后,需要再执行一条指令才能响应新的中断请求。

如果存在上述三种情况之一,CPU 将不能进行中断响应。

5.6   外部中断的响应时间

在使用外部中断时,有时需考虑从外部中断请求有效(外中断请求标志置"1")到转向中断入口地址所需要的响应时间。下面来讨论这个问题。

外部中断的最短响应时间为 3 个机器周期。其中中断请求标志位查询用 1 个机器周期，而这个机器周期恰好是处于正在执行指令的最后一个机器周期，在这个机器周期结束后，中断即被响应，CPU 接着执行一条硬件子程序调用指令 LCALL 以转到相应的中断服务程序入口，而该硬件调用指令本身需 2 个机器周期。

外部中断响应最长时间为 8 个机器周期。该情况发生在中断标志查询时，刚好是开始执行 RETI 或是访问 IE 或 IP 的指令，则需把当前指令执行完再继续执行一条指令后，才能响应中断。执行上述的 RETI 或是访问 IE 或 IP 的指令，最长需要 2 个机器周期。而接着再执行的一条指令按最长的指令(乘法指令 MUL 和除法指令 DIV)来算，也只有 4 个机器周期。再加上硬件子程序调用指令 LCALL 的执行，需要 2 个机器周期。所以，外部中断响应的最长时间为 8 个机器周期。

如果已经在处理同级或更高级中断，外部中断请求的响应时间取决于正在执行的中断服务程序的处理时间，这种情况下，响应时间就无法计算了。

这样，在一个单一中断的系统里，外部中断请求的响应时间总是在 3 ~ 8 个机器周期之间。

5.7 外部中断的触发方式选择

外部中断的触发有两种触发方式：电平触发方式和跳沿触发方式。

5.7.1 电平触发方式

若外部中断定义为电平触发方式，外部中断申请触发器的状态随着 CPU 在每个机器周期采样到的外部中断输入线的电平变化而变化，这能提高 CPU 对外部中断请求的响应速度。当外部中断源被设定为电平触发方式时，在中断服务程序返回之前，外部中断请求输入必须无效(即变为高电平)，否则 CPU 返回主程序后会再次响应中断。所以电平触发方式适合于外部中断以低电平输入而且中断服务程序能消除外部中断请求源(即外部中断输入电平又变为高电平)的情况。

5.7.2 跳沿触发方式

外部中断若定义为跳沿触发方式，外部中断申请触发器能锁存外部中断输入线上的负跳变。即便是 CPU 暂时不能响应，中断申请标志也不会丢失。在这种方式中，如果相继连续两次采样，一个机器周期采样到外部中断输入为高，下一个机器周期采样为低，则置"1"中断申请触发器，直到 CPU 响应此中断时才清 0。这样不会丢失中断，但输入的负脉冲宽度至少保持 12 个时钟周期(若晶振频率为 6 MHz，则为 2 μs)，才能被 CPU 采样到。外部中断的跳沿触发方式适合于以负脉冲形式输入的外部中断请求。

5.8 中断请求的撤销

某个中断请求被响应后，就存在着一个中断请求的撤销问题。下面按中断类型分别说明中断请求的撤销方法。

1.定时器/计数器中断请求的撤销

定时器/计数器的中断请求被响应后,硬件会自动把中断请求标志位(TF0 或 TF1)清"0",因此定时器/计数器中断请求是自动撤销的。

2.外部中断请求的撤销

(1)跳沿方式外部中断请求的撤销

这种类型中断请求的撤销,包括两项内容:中断标志位的清"0",和外部中断信号的撤销。其中,中断标志位(IE0 或 IE1)的清"0"是在中断响应后由硬件自动完成的。而外部中断请求信号的撤销,由于跳沿信号过后也就消失了,所以跳沿方式外部中断请求也是自动撤销的。

(2)电平方式外部中断请求的撤销

对于电平方式外部中断请求的撤销,中断请求标志的撤销是自动的,但中断请求信号的低电平若继续保持,则在以后的机器周期采样时,又会把已清"0"的 IE0 或 IE1 标志位重新置"1"。因此,要彻底解决电平方式外部中断请求的撤销,除了标志位清"0"之外,必要时还需在中断响应后把中断请求信号引脚从低电平强制改变为高电平。为此,可在系统中增加如图 5.8 所示的电路。

由图 5.8 可见,用 D 触发器锁存外来的中断请求低电平,并通过 D 触发器的输出端Q 接到 $\overline{INT0}$(或$\overline{INT1}$)。因此,增加的 D 触发器不影响中断请求。中断响应后,可利用 D 触发器的直接置位端 SD 实现撤销中断请求信号。即把 SD 端接 MCS-51 的一条口线 P1.0 上,只要 P1.0 端输出一个负脉冲就可以使 D 触发器置"1",从而撤销了低电平的中断请求信号。所需的负脉冲可通过在中断服务程序中增加如下两条指令得到:

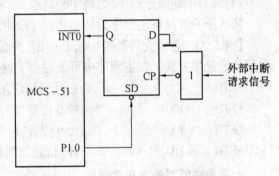

图 5.8 电平方式外部中断请求的撤销电路

```
SETB    P1.0            ;P1.0 为"1"
CLR     P1.0            ;P1.0 为"0"
```

可见,电平方式的外部中断请求信号的完全撤销,是通过软硬件相结合的方法来实现的。

3.串行口中断请求的撤销

串行口中断请求的撤销只有标志位清"0"的问题。串行口中断的标志位是 TI 和 RI,但对这两个中断标志不进行自动清"0"。因为在中断响应后,CPU 无法知道是接收中断还是发送中断,还需测试这两个中断标志位的状态,以判定是接收操作还是发送操作,然后才能清除。所以串行口中断请求的撤销只能使用软件的方法,在中断服务程序中进行,即用如下的指令来进行标志位的清除:

```
CLR     TI              ;清 TI 标志位
CLR     RI              ;清 RI 标志位
```

5.9 中断服务程序的设计

中断系统虽然是硬件系统,但必须由相应的软件配合才能正确使用。设计中断程序需要弄清楚以下几个问题。

1.中断服务程序设计的任务

中断程序设计需要考虑许多问题,但中断程序设计的基本任务有下列几条:

(1)设置中断允许控制寄存器 IE:允许相应的中断请求源中断。

(2)设置中断优先级寄存器 IP,确定并分配所使用的中断源的优先级。

(3)若是外部中断源,还要设置中断请求的触发方式 IT1 或 IT0,以决定采用电平触发方式还是跳沿触发方式。

(4)编写中断服务程序,处理中断请求。

前 3 条一般放在主程序的初始化程序段中。

【例 5.3】 假设允许外部中断 0 中断,并设定它为高级中断,其他中断源为低级中断,采用跳沿触发方式。在主程序中可编写如下程序段:

SETB	EA	;EA 置位"1",CPU 开中断
SETB	EX0	;EX0 置位"1",允许外部中断 0 产生中断
SETB	PX0	;PX0 置位"1",外部中断 0 为高级中断
SETB	IT0	;IT0 置位"1",外部中断 0 为跳沿触发方式

2.采用中断时的主程序结构

由于各中断入口地址是固定的,而程序又必须先从主程序起始地址 0000H 执行。所以,在 0000H 起始地址的几个字节中,要用无条件转移指令,跳转到主程序。另外,各中断入口地址之间依次相差 8 个字节。中断服务程序超过 8 个字节就占用了其他的中断入口地址,影响其他中断源的中断。为此,一般在中断进入后,利用一条无条件转移指令,把中断服务程序跳转到远离其他中断入口的适当地址。

常用的主程序结构如下:

```
ORG      0000H
LJMP     MAIN
ORG      中断入口地址
LJMP     INT1
MAIN: 主程序

INT1: 中断服务程序
```

注意:在以上的主程序结构中,如果有多个中断源,就对应有多个"ORG 中断入口地址",多个"ORG 中断入口地址"必须依次由小到大排列。

3.中断服务程序的流程

MCS-51 响应中断后,就进入中断服务程序。中断服务程序的基本流程如图 5.9 所示。下面对有关中断服务程序执行过程中的一些问题进行说明。

(1)现场保护和现场恢复

所谓现场是指中断时刻单片机中某些寄存器和存储器
单元中的数据或状态。为了使中断服务程序的执行不破坏
这些数据或状态，以免在中断返回后影响主程序的运行，因
此要把它们送入堆栈中保存起来，这就是现场保护。现场保
护一定要位于现场中断处理程序的前面。中断处理结束后，
在返回主程序前，则需要把保存的现场内容从堆栈中弹出，
以恢复那些寄存器和存储器单元中的原有内容，这就是现场
恢复。现场恢复一定要位于中断处理程序的后面。MCS-51
的堆栈操作指令 PUSH direct 和 POP direct，主要是供现场保
护和现场恢复使用的。至于要保护哪些内容，应该由用户根
据中断处理程序的具体情况来决定。

图5.9　中断服务程序流程图

(2)关中断和开中断

图5.9中保护现场和恢复现场前关中断，是为了防止此
时有高一级的中断进入，避免现场被破坏；在保护现场和恢复现场之后的开中断是为了下一
次的中断作准备，也为了允许有更高级的中断进入。这样做的结果是，中断处理可以被打
断，但原来的现场保护和恢复不允许更改，除了现场保护和现场恢复的片刻外，仍然保持着
中断嵌套的功能。但有时对于一个重要的中断必须执行完毕，不允许被其他的中断所嵌套。
对此可在现场保护之前先关闭中断系统，彻底屏蔽其他中断请求，待中断处理完成后再开中
断。这样，就需要在图5.9中的"中断处理"步骤前后的"开中断"和"关中断"两个过程去掉。

至于具体中断请求源的关与开，可通过 CLR 或 SETB 指令清"0"或置"1"中断允许寄存
器 IE 中的有关位来实现。

(3)中断处理

中断处理是中断源请求中断的具体目的。应用设计者应根据任务的具体要求，来编写
中断处理部分的程序。

(4)中断返回

中断服务程序的最后一条指令必须是返回指令 RETI，RETI 指令是中断服务程序结束
的标志。CPU 执行完这条指令后，把响应中断时所置"1"的优先级状态触发器清"0"，然后从
堆栈中弹出栈顶上的两个字节的断点地址送到程序计数器 PC，弹出的第一个字节送入
PCH，弹出的第二个字节送入 PCL，CPU 从断点处重新执行被中断的主程序。

【例5.4】　根据图5.9的中断服务程序流程，编写出中断服务程序。假设现场保护只需
要将 PSW 寄存器和累加器 A 的内容压入堆栈中保护起来。

解：一个典型的中断服务程序如下：

```
INT:    CLR     EA              ;CPU 关中断
        PUSH    PSW             ;现场保护
        PUSH    A
        SETB    EA              ;CPU 开中断
     ┌──────────────┐
     │ 中断处理程序段 │
     └──────────────┘
        CLR     EA              ;CPU 关中断
```

```
        POP      A              ;现场恢复
        POP      PSW
        SETB     EA             ;CPU 开中断
        RETI                    ;中断返回
```

上述程序有几点需要说明的是：

(1)本例的现场保护假设仅仅涉及 PSW 和 A 的内容,如果还有其他的需要保护的内容,只需要在相应的位置再加几条 PUSH 和 POP 指令即可。注意,对堆栈的操作是先进后出,次序不可颠倒。

(2)中断服务程序中的"中断处理程序段",设计者应根据中断任务的具体要求,来编写这部分中断处理程序。

(3)如果本中断服务程序不允许被其他的中断所中断,可将"中断处理程序段"前后的"SETB EA"和"CLR EA"两条指令去掉。

(4)中断服务程序的最后一条指令必须是返回指令 RETI,千万不可缺少。它是中断服务程序结束的标志。CPU 执行完这条指令后,返回断点处,从断点处重新执行被中断的主程序。

5.10 多外部中断源系统设计

MCS-51 为用户提供两个外部中断申请输入端$\overline{INT0}$和$\overline{INT1}$,实际的应用系统中,两个外部中断请求源往往不够用,需对外中断源进行扩充。本节介绍如何来扩充外中断源的方法。

5.10.1 定时器/计数器作为外部中断源的使用方法

MCS-51 有两个定时器/计数器(有关定时器/计数器的工作原理将在下一章介绍),当它们选择为计数器工作模式,T0 或 T1 引脚上发生负跳变时,T0 或 T1 计数器加 1,利用这个特性,可以把 T0、T1 引脚作为外部中断请求输入引脚,而定时器/计数器的溢出中断 TF1 或 TF0 作为外部中断请求标志。例如:T0 设置为方式 2(自动恢复常数方式)外部计数工作模式,计数器 TH0、TL0 初值均为 0FFH,并允许 T0 中断,CPU 开放中断,初始化程序如下:

```
        ORG      0000H
        AJMP     INTL           ;跳到初始化程序
        ⋮
INTL:   MOV      TMOD, #06H     ;设置 T0 的工作方式寄存器
        MOV      TL0, #0FFH     ;给计数器设置初值
        MOV      TH0, #0FFH
        SETB     TR0            ;启动 T0,开始计数
        SETB     ET0            ;允许 T0 中断
        SETB     EA             ;CPU 开中断
```

当连接在 P3.4 的外部中断请求输入线上的电平产生负跳变时,TL0 加 1,产生溢出,置"1"TF0,向 CPU 发出中断请求,同时 TH0 的内容 0FFH 送 TL0,即 TL0 恢复初值 0FFH,这样,P3.4 相当于跳沿触发的外部中断请求源输入端。对 P3.5 也可做类似的处理。

5.10.2 中断和查询结合的方法

若系统中有多个外部中断请求源,可以按它们的轻重缓急进行排队,把其中最高级别的中断源 IR0 直接接到 MCS-51 的一个外部中断输入端$\overline{INT0}$,其余的中断源 IR1~IR4 用"线或"的办法连到另一个外部中断输入端$\overline{INT1}$,同时还连到 P1 口,中断源的中断请求由外设的硬件电路产生,这种方法原则上可处理任意多个外部中断。例如,5 个外部中断源的排队顺序依此为:IR0,IR1,…,IR4,对于这样的中断源系统,可以采用如图 5.10 所示的中断电路。

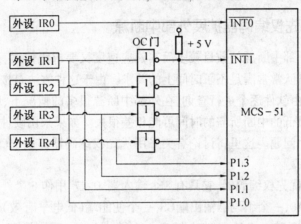

图 5.10   中断和查询相结合的多外部中断源系统

图 5.10 中的 4 个外设 IR1~IR4 的中断请求通过集电极开路的 OC 门构成"线或"的关系,它们的中断请求输入均通过$\overline{INT1}$传给 CPU。无论哪一个外设提出的高电平有效的中断请求信号,都会使$\overline{INT1}$引脚的电平变低。究竟是哪个外设提出的中断请求,可通过程序查询 P1.0~P1.3 的逻辑电平即可知道。设 IR1~IR4 这四个中断请求源的高电平可由相应的中断服务程序所清"0"。

$\overline{INT1}$的中断服务程序如下:

```
        ORG     0013H
        LJMP    INT1
        ⋮
INT1:   PUSH    PSW             ;保护现场
        PUSH    A
        JB      P1.0,IR1        ;如 P1.0 脚为高,则 IR1 有中断请求,跳标号 IR1 处理
        JB      P1.1,IR2        ;如 P1.1 脚为高,则 IR2 有中断请求,跳标号 IR2 处理
        JB      P1.2,IR3        ;如 P1.2 脚为高,则 IR3 有中断请求,跳标号 IR3 处理
        JB      P1.3,IR4        ;如 P1.3 脚为高,则 IR4 有中断请求,跳标号 IR4 处理
INTIR:  POP     A               ;恢复现场
        POP     PSW             ;
        RETI                    ;中断返回
IR1:    IR1 的中断处理程序
        AJMP    INTIR           ;IR1 中断处理完毕,跳标号 INTIR 处执行
```

IR2：$\boxed{\text{IR2 的中断处理程序}}$

　　　　AJMP　　INTIR　　　　　　　　；IR2 中断处理完毕,跳标号 INTIR 处执行

IR3：$\boxed{\text{IR3 的中断处理程序}}$

　　　　AJMP　　INTIR　　　　　　　　；IR3 中断处理完毕,跳标号 INTIR 处执行

IR4：$\boxed{\text{IR4 的中断处理程序}}$

　　　　AJMP　　INTIR　　　　　　　　；IR4 中断处理完毕,跳标号 INTIR 处执行

　　查询法扩展外部中断源比较简单,但是扩展的外部中断源个数较多时,查询时间较长。

5.10.3　用优先权编码器扩展外部中断源

　　当所要处理的外部中断源的数目较多而其响应速度又要求很快时,采用软件查询的方法进行中断优先级排队常常满足不了时间上的要求。由于这种方法是按照从优先级最高到优先级最低的顺序,由软件逐个进行查询,在外部中断源很多的情况下,响应优先级最高的中断和响应优先级最低的中断所需的时间可能相差很大。如果采用硬件对外部中断源进行排队就可以避免这个问题。这里将讨论有关采用优先权编码器扩展 MCS-51 单片机外部中断源的问题。

　　74LS148 是一种优先权编码器,它具有 8 个输入端"0~7"用作 8 个外部中断源输入端,3 个编码输出端 A2~A0,一个编码器输出端 $\overline{GS}$,一个使能端(低电平有效)。在使能端输入为低电平的情况下,只要其 8 个输入端中任意一个输入为低电平,就有一组相应的编码从 A2~A0 端输出,且编码器输出端 $\overline{GS}$ 为低电平。如果 8 个输入端同时有多个输入,则 A2~A0 端将输出输入编码最大所对应的编码。表 5.3 给出了 74LS148 的真值表。

表 5.3　74LS148 真值表

输　　　　入									输　　　出			
$\overline{EI}$	0	1	2	3	4	5	6	7	A2	A1	A0	$\overline{GS}$
H	×	×	×	×	×	×	×	×	H	H	H	H
L	H	H	H	H	H	H	H	H	H	H	H	H
L	×	×	×	×	×	×	×	L	L	L	L	L
L	×	×	×	×	×	×	L	H	L	L	H	L
L	×	×	×	×	×	L	H	H	L	H	L	L
L	×	×	×	×	L	H	H	H	L	H	H	L
L	×	×	×	L	H	H	H	H	H	L	L	L
L	×	×	L	H	H	H	H	H	H	L	H	L
L	×	L	H	H	H	H	H	H	H	H	L	L
L	L	H	H	H	H	H	H	H	H	H	H	L

　　用 74LS148 扩展 8031 外部中断源的基本硬件电路如图 5.11 所示。

　　图中编码器输出端 A2~A0 连至 8031 P1 口的 P1.1~P1.3,编码器输出端 $\overline{GS}$ 和 8031 的外部中断源 $\overline{INT1}$ 相连。当 8 个中断源 $\overline{IR0}$~$\overline{IR7}$ 中有中断申请时(低电平有效),与其对应的

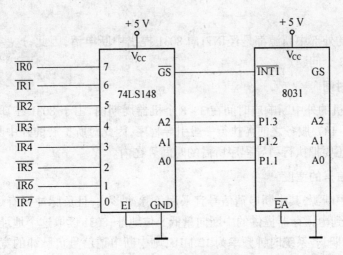

图 5.11　扩展 8 个外部中断源的硬件电路

一组编码就出现在 8031 P1 口的 P1.1 ~ P1.3 线上,这时编码器输出端$\overline{GS}$为低电平,则 8031 外部中断输入引脚$\overline{INT1}$也就为低电平。这时,若 8031 的中断开放,就可以响应外部中断源所提出的中断请求。

　　为了使程序转向各中断源的中断服务子程序,必须在 8031 的中断服务程序中编写如下引导程序:

```
            ORG     0013H           ;中断服务程序入口
            AJMP    LAB
            ORG     0040H
LAB:  ORL    P1,#00001110B   ;设置 P1.1、P1.2、P1.3 为输入
            MOV     A,P1            ;P1 口内容送累加器
            ANL     A,#00001110B   ;屏蔽除 P1.1、P1.2、P1.3 以外的位
            MOV     DPL,#00H        ;中断服务程序转移表首地址低 8 位地址送 DPL
            MOV     DPH,#10H        ;中断服务程序转移表首地址高 8 位地址送 DPH
            JMP     @A+DPTR         ;跳转到中断服务程序转移表
            ORG     1000H           ;转移表首地址
JMPTAB: AJMP   IR0             ;8 个中断服务子程序分支转移表
            AJMP    IR1
              ⋮
            AJMP    IR7
```

中断源中断申请信号的低电平应一直保持到 8031 将 74LS148 提供的编码取走为止,否则会出现错误。

　　74LS148 的输入端"7"(即$\overline{IR0}$端)具有最高优先权,输入端"0"(即$\overline{IR7}$端)的优先权最低,这相当于给图中的 8 个中断源安排了一个中断优先级顺序。因此,当同时有多个中断源提出中断申请时,8031 只响应优先权最高的那个中断源的中断请求。

　　以上给出的电路的最大特点是结构简单,价格低廉,但该电路无法实现中断服务子程序的嵌套。即当一个中断请求正在被响应时,单片机不能响应别的中断源的中断申请(仅指

$\overline{IR0} \sim \overline{IR7}$)。

由于所扩展的外部中断源都是经$\overline{INT1}$向 8031 提出中断申请,因此,这些外中断源在使用时应注意以下 3 个问题。

1. 中断响应时间

MCS-51 单片机的外中断响应时间在 3~8 个机器周期内,由于 8031 在真正为所扩展的外部中断源($\overline{IR0} \sim \overline{IR7}$)服务之前需执行一段引导程序,因此对所扩展的外中断源而言,真正的中断响应时间还要把执行引导程序所需的时间算在内。

2. 中断申请信号的宽度

扩展的内部中断源,其中断申请信号宜采用负脉冲形式,且负脉冲要有足够的宽度,以保证 8031 能读取到由锁存器提供的中断向量低 8 位地址,8031 读取这个地址要执行四条指令,需 7 个机器周期,若系统时钟频率为 12 MHz,则中断申请信号负脉冲的宽度至少要大于 15 μs。

3. 堆栈深度的问题

由于单片机堆栈设在片内,字节有限,每次响应中断时都要将中断返回地址、现场保护内容压入堆栈内,如果发生中断服务子程序中又调用子程序,则极容易发生堆栈溢出或侵占了片内 RAM 其他单元的内容,从而造成程序混乱,在使用中要特别注意。

本章小结

中断系统是单片机的重要组成部分,它能有效地解决慢速工作的外围设备和快速工作的 CPU 之间的矛盾,提高 CPU 的工作效率和实时处理能力。中断处理过程可分为中断请求、中断响应、中断服务和中断返回等几个步骤。

MCS-51 单片机的中断系统由 4 个特殊功能寄存器控制,这 4 个寄存器分别是中断控制寄存器 IE、中断优先级寄存器 IP、定时器控制寄存器 TCON、串行口控制寄存器 SCON。MCS-51 单片机有 5 个中断源,每个中断源可设置成两个优先级。外部中断响应等待时间为 3~8 个机器周期。CPU 在响应中断后,能自动清除中断请求标志,但串行口中断须由用户在中断服务程序中用软件清除。当外部中断采用电平触发方式时,必须用软件和硬件结合的方法清除引起外部中断源的低电平信号。

习 题

1. 什么是中断系统? 中断系统的功能是什么?

2. 什么是中断嵌套?

3. 什么是中断源? MCS-51 有哪些中断源? 各有什么特点?

4. MCS-51 单片机响应外部中断的典型时间是多少? 在哪些情况下,CPU 将推迟对中断请求的响应?

5. 中断查询确认后,在下列各种运行情况中,能立即进行响应的是:

(1) 当前正在进行高优先级中断处理。

(2) 当前正在执行 RETI 指令。

(3) 当前指令是 DIV 指令,且正处于取指令的机器周期。

(4)当前指令是 MOV A，R3。

6.试编写外部中断 1 为跳沿触发方式的中断初始化程序。

7.在 MCS-51 中，需要外加电路实现中断撤除的是：

(1)定时中断。

(2)脉冲方式的外部中断。

(3)串行中断。

(4)电平方式的外部中断。

8.MCS-51 有哪几种扩展外部中断源的方法？各有什么特点？

9.中断服务子程序和普通子程序有什么区别？

10.试编写一段对中断系统初始化的程序，允许 INT0，INT1，T0，串行口中断，且使 T0 中断为高优先级。

11.在 MCS-51 单片机中，外部中断有哪两种触发方式？如何加以区分？

12.单片机在什么条件下可响应 INT0 中断？简要说明中断响应的过程。

13.当正在执行某一中断源的中断服务程序时，如果有新的中断请求出现，在什么情况下可响应新的中断请求？在什么情况下不能响应新的中断请求？

第6章 MCS-51 单片机定时器/计数器

【学习目的和要求】 MCS-51 单片机内部有两个定时器/计数器,它们既可以作为定时器使用,也可以作为计数器使用。定时器/计数器可以用于对某一事件的计数结果进行控制,或按一定时间间隔进行控制。通过本章的学习,要求了解和掌握定时器/计数器的结构原理、各种工作方式及基本编程应用。

6.1 定时器/计数器结构及工作原理

在单片机应用系统中,往往需要定时检查某个物理参数,或按一定时间间隔来进行某种控制,有时还需要根据某种事件的计数结果进行控制,这就需要单片机具有定时和计数功能。单片机内的定时器/计数器正是为此而设计的。

定时功能虽然可以用软件延时来实现,但这样做是以降低 CPU 的工作效率为代价的,而定时器则不影响 CPU 的效率。由于单片机内集成了硬件定时器/计数器部件,这样就简化了应用系统的设计。

定时器/计数器的定时功能是通过对单片机内部脉冲的计数来实现的,而计数功能是通过对外部脉冲进行计数来实现的。它们的计数值都是通过程序设定的,改变计数值就可以改变定时时间,使用时非常灵活和方便。

6.1.1 定时器/计数器的结构

MCS-51 系列单片机的 51 子系列内部有两个 16 位定时器/计数器,简称定时器 0 和定时器 1,分别用 T0 和 T1 表示,52 子系列单片机还增加了另一个 16 位定时器/计数器 T2。51 子系列单片机定时器/计数器的基本结构如图 6.1 所示。

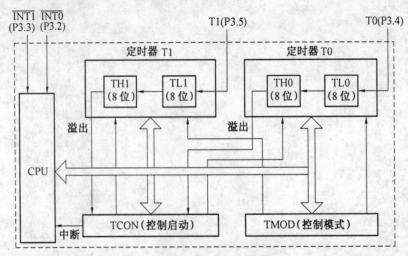

图 6.1 定时器/计数器结构框图

从图中可以看出,它是由两个 16 位定时器 T0、T1 和两个寄存器 TCON、TMOD 组成。其中 T0、T1 又可分为两个独立的 8 位计数器,即 TH0、TL0 和 TH1、TL1,用于存储定时器/计数器的初值;TMOD 为方式控制寄存器,用来设置定时器/计数器的工作方式;TCON 为控制寄存器,用来控制定时器/计数器的启动与停止。

6.1.2 定时器/计数器的工作原理

定时器和计数器的原理是一样的,都是进行计数操作,每来一个脉冲定时器/计数器就加 1,加满溢出后,再从 0 开始计数,定时器和计数器不同之处是输入的计数信号来源不同。下面以定时器 T0 为例,说明定时器/计数器的工作原理。图 6.2 为定时器/计数器 T0 的结构示意图。

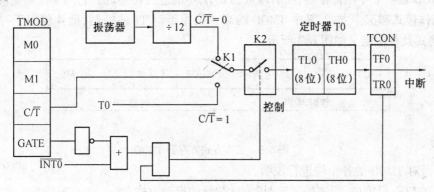

图 6.2 T0 的结构示意图

K1 为定时或计数选择开关,由寄存器 TMOD 控制。K2 为定时或计数的启动开关,由寄存器 TCON 控制。TCON 中的 TF0 位是溢出标志位,完成定时或计数后,由此位输出信号。T1 与 T0 结构和工作过程完全相同。定时器/计数器的主要功能如下。

1.定时功能

定时功能是通过对单片机内部机器周期脉冲的计数来实现的,在图 6.2 中,当 $C/\overline{T} = 0$ 时,定时器 T0 经多路开关 K1 与振荡器的 12 分频输出接通,这时计数器的输入脉冲就是单片机的机器周期,每一个机器周期计数器的值加 1,因此计数频率为振荡频率的 1/12。如果单片机采用 12 MHz 的振荡器,则计数频率为 1 MHz,即每 1 μs 时间计数器加 1。这样不但可以根据计数值计算出定时时间,还可以反过来按定时时间计算出计数器的初值。当计数器计满时产生溢出,置 1 定时器/计数器的中断标志 TF0,向 CPU 请求中断,CPU 响应中断后发出定时控制信号,这就是定时功能。

2.计数功能

单片机外部事件的发生可以用脉冲个数来表示,计数功能就是通过对外部输入脉冲进行计数来实现对外部事件的监控。在图 6.2 中,当 $C/\overline{T} = 1$ 时,多路开关 K1 与引脚T0(P3.4)接通,这时计数器 T0 的输入脉冲信号来自外部引脚 T0(P3.4),当输入信号产生由 1 到 0 的跳变时,计数器的值加 1,即对外部脉冲信号进行计数。当计数器计满时产生溢出,置 1 定时器/计数器的中断标志 TF0,向 CPU 请求中断,CPU 响应中断后发出监视控制信号,这就是计数功能。

6.2 定时器/计数器的控制及工作方式

定时器/计数器的工作模式和方式的选择是由定时器方式寄存器 TMOD 和定时器控制寄存器 TCON 来控制的。TMOD 和 TCON 都是 8 位特殊功能寄存器,通过寄存器的设置来完成定时或计数模式以及工作方式的选择。

6.2.1 定时器方式寄存器 TMOD

1.TMOD 的格式及各位的含义

TMOD 是一个专用寄存器,字节地址为89H,不能进行位寻址。它用于控制定时器 T0 和 T1 的工作模式和工作方式,其中 TMOD 的高 4 位用于对 T1 的控制,低 4 位用于对 T0 的控制,其格式及各位定义如图 6.3 所示。

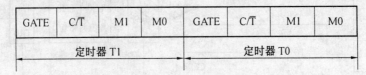

GATE	C/T̄	M1	M0	GATE	C/T̄	M1	M0
定时器 T1				定时器 T0			

图 6.3 工作方式寄存器 TMOD

下面对 TMOD 的各个位进行说明。

(1)GATE:门控位,用来控制定时器/计数器的启动方式。

GATE = 0 时,由运行控制位 TRX(X = 0,1) = 1 来启动定时器/计数器 T0 和 T1 运行。

GATE = 1 时,由 TRX(X = 0,1) = 1 和外中断引脚($\overline{INT0}$或$\overline{INT1}$)输入高电平来启动定时器/计数器 T0 和 T1 运行。

(2)C/T̄:工作模式选择位。

当 C/T̄ = 0 时,为定时工作模式。

当 C/T̄ = 1 时,为计数工作模式。

(3)M1、M0:工作方式选择位。4 种工作方式的定义见表6.1。

表 6.1 工作方式选择位定义

M1	M0	工作方式	功　能　描　述
0	0	方式 0	13 位定时器/计数器
0	1	方式 1	16 位定时器/计数器
1	0	方式 2	自动重装初值的 8 位定时器/计数器
1	1	方式 3	T0 分为两个独立的 8 位定时器/计数器;这时 T1 只能工作在方式 0、1、2,且不能用于中断。

2.TMOD 设置举例

设置 T0 为定时工作模式的工作方式 1。工作方式寄存器 TMOD 的低 4 位是用来对 T0 进行控制的,当 TMOD 的低 4 位中的 C/T̄ = 0 时,为定时工作模式;M1 = 0、M0 = 1 时,T0 才工作在方式 1,可以通过下面语句完成。

```
MOV      TMOD, #00000001B           ;设置 T0 为定时工作模式的工作模式 1
```

6.2.2　定时器控制寄存器 TCON

1.TCON 的格式及各位的含义

TCON 是一个专用寄存器,字节地址为 88H,可进行位寻址,位地址为 8FH～88H。低 4
位与外部中断有关,此处只介绍与定时器/计数器有关的控制位,如图 6.4 所示。

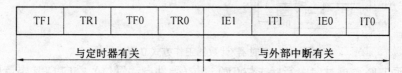

图 6.4　定时器控制寄存器 TCON

高 4 位的功能如下:

(1)TF1:定时器 T1 溢出标志位。

当定时器 T1 计数值溢出时,由硬件自动使 TF1 置 1,并申请中断。在 CPU 响应中断后
执行中断服务子程序,由硬件自动使 TF1 清 0。TF1 也可作为程序查询的标志位,即通过该
位是否为 1 来判断 T1 是否溢出,在查询工作方式下 TF1 必须用软件来清 0。

(2)TR1:定时器 T1 的启停控制位。

当 GATE = 0 时,用软件使 TR1 置 1,即启动定时器 T1 工作;用软件使 TR1 清 0,则停止
定时器 T1 工作。

当 GATE = 1 时,用软件使 TR1 置 1 的同时,外部中断INT1引脚输入高电平才能启动定
时器 T1 工作。

(3)TF0:定时器 T0 溢出标志位。其功能同 TF1。

(4)TR0:定时器 T0 的启停控制位。其功能同 TR1。

2.TCON 的设置举例

假定使用定时器 T1,要求启动定时器 T1 开始工作,将 TCON 中的定时器运行控制位
TR1 设置为 1,可以用两种语句之一来实现:

```
MOV      TCON #01000000B            ;启动 T1 开始工作
SETB     TR1                        ;启动 T1 开始工作
```

前一条语句将 8 位二进制数送入寄存器 TCON,此时 TR1 对应的位是 1,故能启动 T1。
后一条语句中的 SETB 是位操作指令,作用是将 TR1 位设置为 1,故也能启动 T1。

6.2.3　定时器/计数器的工作方式

通过对 TMOD 寄存器中 M0、M1 位进行设置,可选择 4 种工作方式,下面逐一进行介绍。

1.方式 0

当 M1、M0 为 00 时,定时器/计数器工作在方式 0,图 6.5 是定时器/计数器 T0 工作在方
式 0 的逻辑结构,定时器/计数器 T1 的逻辑结构和操作与 T0 完全相同。

由图 6.5 可见,定时器/计数器工作在方式 0 时,为 13 位定时器/计数器(TH0,TL0),由
TH0 的 8 位和 TL0 的低 5 位(只用低 5 位,高 3 位不用)构成。当 TL0 低 5 位溢出时自动向

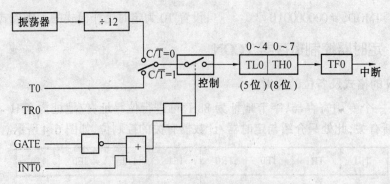

图 6.5 定时器/计数器工作方式 0 逻辑结构

TH0 进位,而 TH0 溢出时向中断标志位 TF0 进位(硬件自动置位),并向 CPU 申请中断。

(1)C/$\overline{\text{T}}$ 位控制的多路开关决定了定时器/计数器工作模式。

当 C/$\overline{\text{T}}$ = 0 时,定时器 T0 为定时工作模式。多路开关连接振荡器的 12 分频输出,即定时器 T0 对机器周期计数。

当 C/$\overline{\text{T}}$ = 1 时,定时器 T0 为计数工作模式。多路开关与外部引脚 T0(P3.4)相连,外部计数脉冲由 T0 脚输入。当外部信号电平发生由 1 到 0 的负跳变时,计数器加 1。

(2)GATE 位的状态决定了定时器/计数器的启停控制取决于 TR0 一个条件,还是 TR0 和 $\overline{\text{INT0}}$ 两个条件。

当 GATE = 0 时,$\overline{\text{INT0}}$ 信号无效。或门输出为 1,打开与门,TR0 直接控制定时器/计数器 T0 的启动和关闭。TR0 = 1 时,启动定时器 T0,定时器 T0 从初值开始计数直至溢出。溢出后计数器为 0,计数(定时)完成,TF0 置位,并向 CPU 申请中断。如要循环计数,T0 需重新设置初值;如采用查询方式,只需采用软件将 TF0 复位。TR0 = 0 时,与门被封锁,控制开关被关断,停止计数。

当 GATE = 1 时,与门的输出由 $\overline{\text{INT0}}$ 的输入电平和 TR0 位的状态来共同确定。若 TR0 = 1 则与门打开,外部信号电平通过 $\overline{\text{INT0}}$(P3.4)引脚直接开启或关断定时器 T0,当 $\overline{\text{INT0}}$ 为高电平时,允许计数,否则停止计数;若 TR0 = 0,则与门被封锁,控制开关被关断,停止计数。

2.方式 1

当 M1、M0 为 01 时,定时器/计数器工作在方式 1,图 6.6 是定时器/计数器 T0 工作在方式 1 的逻辑结构框图,定时器/计数器 T1 的逻辑结构和操作与 T0 完全相同。

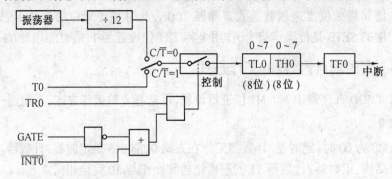

图 6.6 定时器/计数器工作方式 1 逻辑结构

由图 6.6 可知,方式 1 构成一个 16 位定时计数器,其结构和操作与方式 0 基本相同,唯一的差别是二者计数位数不同。有关控制状态位的含义(GATE、TFX、TRX)与方式0相同。

3.方式2

当 M1、M0 为 10 时,定时器/计数器工作在方式 2,图 6.7 是定时器/计数器 T0 工作在方式 2 的逻辑结构框图,定时器/计数器 T1 的逻辑结构和操作与 T0 完全相同。

定时器工作在方式 2 时,把 16 位计数器分成两部分:TL0 为 8 位计数器,TH0 为预置寄存器。初始化时把计数初值分别装入 TL0 和 TH0,TL0 计数溢出时,自动将 TH0 中的值加载到 TL0 中以便进行下一轮计数过程,而不必用软件人为地重新设置初始值。

方式 2 的工作过程如下:

(1)启动定时器后,TL0 从初值开始加 1 计数;

(2)当 TL0 计数溢出时,向 TF0 进位,向 CPU 发出中断请求;

(3)由硬件自动将 TH0 中的值加载到 TL0 中;

(4)重新开始新一轮的计数;

(5)重复(1)~(4),直到关闭定时器。

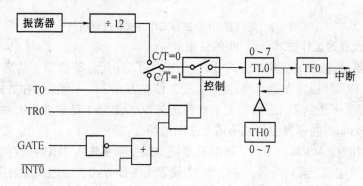

图 6.7 定时器/计数器工作方式 2 逻辑结构

工作方式 2 可以自动重复加载初值,既方便使用,又使定时更为精确。因为是 8 位计数器,计数的最大值是 256,所以定时时间较短。

4.方式3

在前 3 种工作方式中,对于 T0 和 T1 两个定时器/计数器的设置和使用是完全相同的。但是在工作方式 3 下,两个定时器/计数器的设置和使用是不同的,因此要分开介绍。

(1)工作方式 3 下的定时器/计数器 0

在工作方式 3 下,定时器/计数器 0 被分成两个独立的 8 位计数器 TL0 和 TH0。其中,TL0 既可以用作计数,又可以用作定时,并使用定时器/计数器 0 的各控制位、引脚信号和中断标志位。除计数位数不同于工作方式 0、方式 1 外,其功能和操作与方式 0、方式 1 完全相同,其逻辑结构如图 6.8(a)所示。

由于 TL0 独占了 T0 的控制位、引脚和中断标志位,因此定时器/计数器 0 的高 8 位 TH0 只能作为定时器使用,不能对外部脉冲计数。而且由于定时器/计数器 0 的控制位已被 TL0 占用,因此只好借用定时器/计数器 1 的启停控制位 TR1 和溢出标志位 TF1。TH0 定时器的启动和停止由 TR1 置 1 或清 0 控制,计数溢出使 TF1 置 1(这使定时器/计数器 1 失去了中断功能)。其逻辑结构如图 6.8(b)所示。

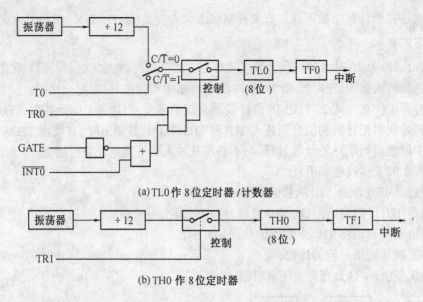

(a)TL0 作 8 位定时器 /计数器

(b)TH0 作 8 位定时器

图 6.8　定时器/计数器 0 工作方式 3 逻辑结构

(2)在 T0 设置为工作方式 3 时 T1 的使用

因为定时器/计数器 0 工作在方式 3 时,已借用了定时器/计数器 1 的启停控制位 TR1 和溢出标志位 TF1,所以定时器/计数器 1 不能工作在方式 3。只能工作在方式 0、方式 1 和方式 2。由于 TF1 不能供 T1 使用,因此只能将定时器/计数器 1 计数溢出送往串行口。这时 T1 只能用作串行口波特率发生器或不需要中断的场合。因为 TR1 已被 T0 借用,所以 T1 的控制只有 C/$\overline{T}$ 和 M1、M0 两个条件。这时只要把方式控制字送入 TMOD 寄存器就可启动 T1 运行,如果让它停止工作,只需送入一个将 T1 设置为工作方式 3 的方式控制字就可以了。

T0 处于工作方式 3 时, T1 工作在方式 0、方式 1、或方式 2 时的逻辑结构如图 6.9、图 6.10 和图 6.11 所示。

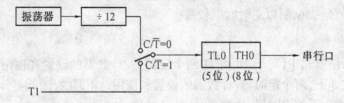

图 6.9　T0 工作在方式 3 时 T1 为方式 0

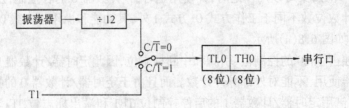

图 6.10　T0 工作在方式 3 时 T1 为方式 1

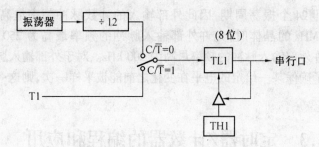

图 6.11 TO 工作在方式 3 时 T1 为方式 2

6.2.4 定时器/计数器的初始化

1.定时器/计数器的初始化设置

定时器/计数器是一种可编程部件,在使用定时器/计数器时,需要先对其进行初始化设置,初始化步骤如下。

(1)确定工作模式和工作方式,将方式控制字写入 TMOD 寄存器中。

(2)预置定时或计数初值,将计算出的定时或计数初始值装入 TL0、TH0 或 TL1、TH1 中。不同工作方式,其定时或计数长度不一样,在定时或计数时不能超过其最大值。

(3)开放定时器/计数器的中断,即如果采用中断方式,要对 IE 中的相关位进行设置。

(4)启动定时器/计数器工作,使 TCON 中的 TR0 或 TR1 位置 1。

2.定时器/计数器初值的计算

定时器/计数器在不同工作方式时,定时初值或计数初值的计算方法不同,最大定时时间和最大计数值也不同,在定时或计数时不能超过其最大值,见表 6.2。

表 6.2 定时或计数初值的计算方法

工作方式	计数位数	最大计数值	最大定时时间	定时初值	计数初值
方式 0	13	$M = 2^{13} = 8\,192$	$2^{13} \times T_j$	$X = 2^{13} - T/T_j$	$X = M - N_j$
方式 1	16	$M = 2^{16} = 65\,536$	$2^{16} \times T_j$	$X = 2^{16} - T/T_j$	$X = M - N_j$
方式 2	8	$M = 2^8 = 256$	$2^8 \times T_j$	$X = 2^8 - T/T_j$	$X = M - N_j$

表 6.2 中 T 表示定时时间,T_j 表示机器周期,M 表示最大计数值,N_j 表示计数值。

6.2.5 定时器/计数器对外部输入信号的要求

当定时器/计数器为定时器工作模式时,定时器的输入脉冲的周期与机器周期一样,输入脉冲的频率为时钟振荡频率的 1/12。当采用 6 MHz 频率的晶体时,输入脉冲的周期为 2 μs,计数频率为 500 kHz。由于定时的精度取决于输入脉冲的周期,因此当需要高分辨率定时时,应尽量选用频率较高的晶体。

当定时器/计数器为计数工作模式时,计数器的输入脉冲来自相应的外部引脚 T0 或 T1。当输入脉冲产生由 1 到 0 的负跳变时,计数器加 1。每个机器周期的 S5P2 期间 CPU 对外部输入引脚进行采样。如果在第一个机器周期中采样值为 1,而在下一个机器周期中采样值为 0,则在紧接着再下一个机器周期的 S3P1 期间,计数器加 1。由于确认一次负跳变需要花两个机器周期,即 24 个振荡周期,因此外部输入的计数脉冲频率最高为振荡频率的 1/24。例如若选用 6 MHz 的晶体时,允许外部输入脉冲的频率最高为 250 kHz,如果选用 12 MHz的晶体时,允许外部输入脉冲的频率最高为 500 kHz。对于外部输入脉冲的占空比并没有什么限制,但为了确保某一给定的电平在变化之前能被采样一次,则这一电平至少要保持一个机器周期。

6.3 定时器/计数器的编程和应用

6.3.1 方式 0 应用

【例 6.1】 使用定时器/计数器 0 的方式 0,晶振频率为 $f_{OSC} = 6$ MHz,以中断方式工作,在 P1.0 引脚输出一个周期为 1 ms 的方波,试编写程序。

解:根据题意,只要使 P1.0 脚每隔 500 μs 取反一次即可得到周期 1 ms 的方波,因而 T0 的定时时间 T = 500 μs。

(1)设定 TMOD(即控制字)

TMOD 的低 4 位控制定时器/计数器 0,设 T0 为定时模式,即 $C/\overline{T} = 0$;工作在方式 0,即 M1M0 = 00;设定为软件启动定时器,即 GATE = 0。TMOD 高 4 位与 T0 无关,一般都取 0,所以 TMOD 的控制字为 00H。

(2)计算定时初值

晶振频率 f_{OSC} 为 6 MHz,机器周期 $T_j = 12/f_{OSC} = 12/6 \times 10^6 = 2$ μs

定时初值 $X = 2^{13} - T/T_j = 8192 - 250 = 7942 = 0001111100000110B = 1F06H$

因 TL0 的高 3 位未用,对计算出的初值要进行修正,即在低 5 位前插入 3 个 0,修正后的定时初值 $X = 1111100000000110B = F806H$。

(3)源程序清单

	ORG	0000H	
	AJMP	MAIN	;转主程序
	ORG	000BH	;T0 中断矢量地址
	AJMP	ISER	;转中断服务程序
	ORG	100H	
MAIN:	MOV	SP, # 60H	;设堆栈指针
	MOV	TMOD, # 00H	;写控制字
	MOV	TL0, # 06H	;置 T0 初值
	MOV	TH0, # 0F8H	
	SETB	ET0	;允许 T0 中断
	SETB	EA	;CPU 开中断
	SETB	TR0	;启动 T0
	SJMP	$	;等待中断
ISER:	MOV	TL0, # 06H	;T0 中断服务子程序,重置 T0 初值
	MOV	TH0, # 0F8H	

```
    CPL         P1.0                    ;P1.0 取反
    RETI
    END
```

【例 6.2】 使用定时器/计数器 1 的方式 0,晶振频率为 $f_{OSC}=6$ MHz,以查询方式工作,在 P1.0 引脚输出一个周期为 2 ms 的方波,试编写程序。

解:根据题意,只要使 P1.0 脚每隔 1 ms 取反一次即可得到周期 2 ms 的方波,因而 T1 的定时时间 T = 1 ms。

(1)设定 TMOD(即控制字)

TMOD 的高 4 位控制定时器/计数器 1,设 T1 为定时模式,即 $C/\overline{T}=0$;工作在方式 0,即 M1M0 = 00;设定为软件启动定时器,即 GATE = 0。TMOD 低 4 位与 T1 无关,一般都取 0,所以 TMOD 的控制字为 00H。

(2)计算定时初值

晶振频率 f_{OSC} 为 6 MHz,机器周期 $T_j = 12/f_{OSC} = 12/6 \times 10^6 = 2$ μs

定时初值 $X = 2^{13} - T/T_j = 8192 - 500 = 7692 = 1111000001100B = 1E0CH$

因 TL0 的高 3 位未用,对计算出的初值要进行修正,即在低 5 位前插入 3 个 0,修正后的定时初值 X = 1111000000001100B = F00CH。

(3)源程序清单

```
        ORG         100H
        MOV         TMOD, # 00H         ;写控制字,T1 工作方式 0
        MOV         TL0, # 0CH          ;置 T1 初值
        MOV         TH0, # 0F0H
LOOP:   SETB        TR1                 ;启动 T1
LOOP1:  JNB         TF1,LOOP1           ;查询 TF1,无溢出一直查询,有溢出则继续
        MOV         TL0, # 0CH          ;重置 T1 初值
        MOV         TH0, # 0F0H
        CPL         P1.0                ;P1.0 取反
        SJMP        LOOP
```

6.3.2　方式 1 应用

方式 1 与方式 0 基本相同,其差别只是计数长度不同。

【例 6.3】 在单片机 P1 口连接 8 个发光二极管,如图 6.12 所示。使用定时器/计数器 1 工作方式 1,晶振频率为 $f_{OSC}=6$ MHz,以查询方式工作,定时时间为 80 ms,试编写程序,使图中 P1.0 接的发光二极管先亮,延时 80 ms 后,P1.1 亮,依次向左移动,当最左端 P1.7 亮后又回到最右端重新开始向左移动,不断循环。

解:根据题意,T1 的定时时间 T = 80 ms。

(1)设定 TMOD(即控制字)

TMOD 的高 4 位控制定时器/计数器 1,设 T1 为定时模式,取 $C/\overline{T}=0$;工作方式 1,取 M1M0 = 01;设定为软件启动定时器,取 GATE = 0。TMOD 低 4 位与 T1 无关,一般都取 0,所以 TMOD 的控制字为 10H。

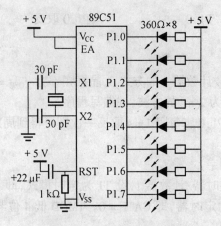

图 6.12　定时器应用电路

(2)计算定时初值。

晶振频率 f_{OSC} 为 6 MHz,机器周期 $T_j = 12/f_{OSC} = 12/6 \times 10^6 = 2\ \mu s$

定时初值 $X = 2^{16} - T/T_j = 65536 - 40000 = 25536 = 0110001111000000B = 63C0H$

(3)程序设计

①流程图

程序流程如图 6.13 所示。

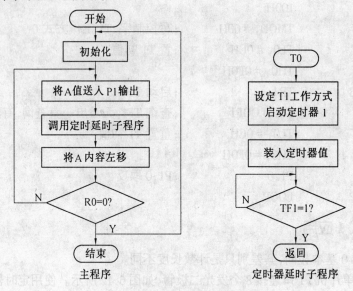

主程序　　　　　　　　　　定时器延时子程序

图 6.13　程序流程

②源程序清单

```
            ORG     100H
START:  MOV     R0, #08H         ;设左移 8 次
            MOV     A, #11111110B   ;开始点亮灯 P1.0
LOOP:   MOV     P1, A           ;送 P1 口输出
            ACALL   DELAY           ;调用延时子程序
            RL      A               ;累加器循环左移 1 位
```

· 122 ·

	DJNZ	R0,LOOP	;判断移动次数
	JMP	START	;循环执行
DELAY:	MOV	TMOD, # 00010000B	;设定 T1 工作在方式 1
	SETB	TR1	;启动 T1 开始计数
	MOV	TL1, # 0C0H	;装入初值
	MOV	TH1, # 63H	
	JNB	TF1, $	;T1 没有溢出则等待
	CLR	TF1	;有溢出,清除标志位
	RET		;子程序返回
	END		

【例 6.4】 设晶振频率为 $f_{OSC} = 6$ MHz,要求利用定时器 T1,每隔 5 s 将 P1.0 取反一次。

解:因要求的定时时间 5 s 已超出了定时器的定时能力,所以无法用定时器直接实现 5 s 的定时。可将定时器的定时时间设为 100 ms(16 位定时器的最长定时时间为131.072 ms),在中断服务程序中对定时器溢出中断进行计数,当计数达 50 次时,将 P1.0 取反,否则直接返回主程序。

(1)确定工作方式控制字

设 T1 为 16 位定时器,即 C/$\overline{T}$ = 0;工作方式 1,即 M1M0 = 01;设定为软件启动定时器,即 GATE = 0。

所以 TMOD 的控制字为 10H。

(2)计算定时器 T1 初值 X

$X = M - T/T_j = 2^{16} - (100 \times 10^{-3})/(2 \times 10^{-6}) = 65\ 536 - 50\ 000 = 3CB0H$

(3)源程序清单

	ORG	0000H	
	LJMP	MAIN	;转主程序
	ORG	001BH	;T1 中断服务程序入口地址
	LJMP	T0ISR	
	ORG	0100H	
MAIN:	MOV	SP, # 60H	;设置堆栈指针
	MOV	TMOD, # 10H	;T1 为定时模式,工作方式 1
	MOV	TL0, # 0B0H	;装入初值
	MOV	TH0, # 3CH	
	MOV	A, # 50	;累加器置初值 50
	SETB	EA	;CPU 开中断
	SETB	ET1	;允许 T1 中断
	SETB	TR1	;启动 T1 计数
	SJMP	$	;等待
T0ISR:	MOV	TL0, # 0B0H	;重新装入初值
	MOV	TH0, # 3CH	
	DEC	A	;累加器内容减 1

```
            JNZ         EXT
            CPL         P1.0
            MOV         A, # 50              ;累加器重置初值
    EXT:    RETI
            END
```

6.3.3 方式 2 应用

【例 6.5】 使用定时器/计数器 1 的方式 2,晶振频率为 f_{OSC} = 12 MHz,以中断方式工作,在 P1.0 引脚输出一个周期为 100 μs 的方波,试编写程序。

解:根据题意,只要使 P1.0 脚每隔 50 μs 取反一次即可得到周期 100 μs 的方波,因而 T0 的定时时间 T = 50 μs。

(1)设定 TMOD 控制字

TMOD 的高 4 位控制定时器/计数器 1,设 T1 为定时模式,即 C/$\overline{T}$ = 0;工作方式 2,即 M1M0 = 10;设定为软件启动定时器,即 GATE = 0。TMOD 低 4 位与 T1 无关,一般都取 0,所以 TMOD 的控制字为 20H。

(2)计算定时初值

晶振频率 f_{OSC} 为 12 MHz,机器周期 T_j = 12/f_{OSC} = 12/12 × 10^6 = 1 μs

定时初值 X = 2^8 – T/T_j = 256 – 50 = 206 = 11001110B = 0CEH

(3)源程序清单

```
            ORG         0000H
            AJMP        MAIN                 ;转主程序
            ORG         001BH                ;T1 中断矢量地址
            AJMP        ISER                 ;转中断服务程序
            ORG         100H
    MAIN:   MOV         SP, # 60H            ;设堆栈指针
            MOV         TMOD, # 20H          ;写控制字
            MOV         TL0, # 0CEH          ;置 T1 初值
            MOV         TH0, # 0CEH
            SETB        ET1                  ;允许 T1 中断
            SETB        EA                   ;CPU 开中断
            SETB        TR1                  ;启动 T1
            SJMP        $                    ;等待中断
    ISER:   CPL         P1.0                 ;P1.0 取反
            RETI
            END
```

【例 6.6】 使用定时器/计数器 1 的方式 2,晶振频率为 f_{OSC} = 6 MHz,以查询方式工作,在 P1.0 引脚输出一个周期为 100 μs 的方波,试编写程序。

解:根据题意,只要使 P1.0 脚每隔 50 μs 取反一次即可得到周期 100 μs 的方波,因而 T1 的定时时间 T = 50 μs。

（1）设定 TMOD（即控制字）

TMOD 的高 4 位控制定时器/计数器 1，设 T1 为定时模式，即 C/$\overline{\text{T}}$ = 0；工作方式 2，即 M1M0 = 10；设定为软件启动定时器，即 GATE = 0。TMOD 低 4 位与 T1 无关，一般都取 0，所以 TMOD 的控制字为 20H。

（2）计算定时初值

晶振频率 f_{OSC} 为 12 MHz，机器周期 T_j = 12/f_{OSC} = 12/12 × 10^6 = 1 μs

定时初值 X = 2^8 – T/T_j = 256 – 50 = 206 = 11001110B = 0CEH

（3）源程序清单

	ORG	100H	
	MOV	TMOD, # 20H	;写控制字,T1 工作方式 1
	MOV	TL0, # 0CEH	;置 T1 初值
	MOV	TH0, # 0CEH	
	MOV	IE, # 00H	;禁止中断
	SETB	TR1	;启动 T1
LOOP:	JBC	TF1,LOOP1	;查询 TF1,有溢出转 LOOP1,并清 TF1。
	SJMP	LOOP	
LOOP1:	CPL	P1.0	;P1.0 取反
	SJMP	LOOP	

6.3.4 方式 3 应用

方式 3 只适于 T0，且 T0 处于方式 3 时，T1 只能工作在方式 0、方式 1 和方式 2。T0 工作在方式 3 时，被分为 TL0 和 TH0 两个独立的 8 位定时器/计数器。其中，TL0 既可作定时器，也可作计数器。TH0 只能作 8 位的定时器。

【例 6.7】 使用定时器/计数器 0 的方式 3，晶振频率为 f_{OSC} = 6 MHz，以中断方式工作，在 P1.0 引脚输出一个周期为 400 μs 的方波，试编写程序。

解：根据题意，只要使 P1.0 脚每隔 200 μs 取反一次即可得到周期 400 μs 的方波，因而 T0 的定时时间 T = 200 μs。

（1）设定 TMOD（即控制字）

TMOD 的低 4 位控制定时器/计数器 0，设 T0 为定时模式，即 C/$\overline{\text{T}}$ = 0；工作方式 3，即 M1M0 = 11；设定为软件启动定时器，即 GATE = 0。TMOD 高 4 位与 T0 无关，一般都取 0，所以 TMOD 的控制字为 03H。

（2）计算定时初值

晶振频率 f_{OSC} 为 6 MHz，机器周期 T_j = 12/f_{OSC} = 12/6 × 10^6 = 2 μs

定时初值 X = 2^8 – T/T_j = 256 – 100 = 156 = 10011100B = 9CH

（3）源程序清单

①使用 TL0

	ORG	0000H	
	AJMP	MAIN	;转主程序
	ORG	000BH	;T0 中断矢量地址

```
        AJMP     ISER            ;转中断服务程序
        ORG      100H
MAIN:   MOV      SP, #60H        ;设堆栈指针
        MOV      TMOD, #03H      ;写控制字
        MOV      TL0, #9CH       ;置 TL0 初值
        SETB     ET0             ;允许 T0 中断
        SETB     EA              ;CPU 开中断
        SETB     TR0             ;启动 TL0
        SJMP     $               ;等待中断
ISER:   MOV      TL0, #9CH       ;T0 中断服务子程序,重置 T0 初值
        CPL      P1.0            ;P1.0 取反
        RETI
        END
```

② 使用 TH0

```
        ORG      0000H
        AJMP     MAIN            ;转主程序
        ORG      001BH           ;T1 中断矢量地址
        AJMP     ISER            ;转中断服务程序
        ORG      100H
MAIN:   MOV      SP, #60H        ;设堆栈指针
        MOV      TMOD, #03H      ;写控制字
        MOV      TH0, #9CH       ;置 TH0 初值
        SETB     ET1             ;允许 T1 中断
        SETB     EA              ;CPU 开中断
        SETB     TR1             ;启动 TH0
        SJMP     $               ;等待中断
ISER:   MOV      TH0, #9CH       ;T0 中断服务子程序,重置 TH0 初值
        CPL      P1.0            ;P1.0 取反
        RETI
        END
```

本章小结

MCS-51 单片机有两个定时器/计数器,定时器采用的是对内部脉冲进行计数,计数器采用的是对外部脉冲进行计数。定时器的计数脉冲来自振荡信号的 12 分频,即每过一个机器周期计数器加 1,直至计数器溢出。计数器的外部脉冲是从 T0 或 T1 引脚输入的,外部脉冲的下降沿触发计数器计数,直至计数器溢出。通过对定时器/计数器初值的设置,可以确定计数器的溢出时间,从而实现不同的定时时间。

定时器/计数器可实现定时控制、时间延时、脉冲计数、频率测量、脉宽测量、信号发生等功能,在串行通信中,还可作为波特率发生器。

MCS-51 单片机的定时器/计数器有两种工作模式和 4 种工作方式,工作方式不同其最大计数值也不同。

习 题

1．MCS-51 单片机的 T0、T1 用作定时器时,其定时时间与哪些因素有关?

2．当 MCS-51 单片机的 T0 用于工作方式 3 时,由于 TR1 位已被 T0 占用,该如何控制定时器 T1 的开启和关闭?

3．设 MCS-51 单片机的晶振频率为 12 MHz,试用单片机的内部定时方式产生频率为 100 kHz 的方波信号,由 P1.1 脚输出。

4．设 MCS-51 单片机的晶振频率为 6 MHz,使用定时器 T1 的定时方式 1,在 P1.0 输出周期为 20 ms、占空比为 60% 的矩形脉冲,以查询方式编写程序。

5．设 MCS-51 单片机的晶振频率为 6 MHz,以计数器 T1 进行外部事件计数,每计数 100 个外部事件输入脉冲后,计数器 T1 转为定时工作方式,定时 5 ms 后,又转为计数方式。如此周而复始地工作,试编程实现。

6．设 MCS-51 单片机的晶振频率为 12 MHz,要求用定时器/计数器 T0 产生 1 ms 的定时,试确定计数初值以及 TMOD 寄存器的内容。

7．设 MCS-51 单片机的晶振频率为 12 MHz,要求用定时器/计数器产生 100 ms 的定时,试确定计数初值以及 TMOD 寄存器的内容。

8．设晶振频率为 12 MHz。编程实现以下功能:利用定时/计数器 T0 通过 P1.7 引脚输出一个 50 Hz 的方波。

9．每隔 1 s 读一次 P1.0,如果所读的状态为"1",则将片内 RAM 10H 单元内容加 1;如果所读的状态为"0",则将片内 RAM 11H 单元内容加 1。设单片机的晶振频率为 12 MHz,试编制程序。

10．简要说明若要扩展定时器/计数器的最大定时时间,可采用哪些方法?

第7章 MCS-51单片机串行通信

【学习目的和要求】 通过本章的学习,应该了解和掌握MCS-51单片机串行接口的结构原理、工作方式。掌握工作方式0的应用,工作方式1~3的编程方法及初始化过程,了解多机通信的基本原理及编程方法。

7.1 串行通信概述

计算机与外部设备或与其他计算机之间往往需要交换信息,所有这些信息交换均称为通信。通信方式有两种,即并行通信和串行通信。

并行通信的特点:在同一时刻,各数据位同时传送,传送速度快、效率高。但有多少数据位就需要多少根数据线,因此传送成本高,且传送距离近,通常传送距离小于30米。

串行通信的特点:数据传送按顺序进行,最少只需一根传输线即可完成,成本低但速度较慢,传送距离远,一般可以从几米到几千公里。

7.1.1 串行通信的基本方式

串行通信有异步和同步两种方式,在MCS-51单片机中使用的串行通信是异步方式。

1.异步通信

在异步通信方式中,数据通常是以字符(或字节)为单位组成字符帧传送的。字符帧通过传输线由发送端一帧一帧地发送到接收端,接收端一帧一帧地接收。通信双方必须遵守以下两项基本约定。

(1)字符帧格式

字符帧格式,即字符的编码形式,通信双方必须具有相同的字符帧格式,否则不能进行通信,其规定的格式如图7.1所示。

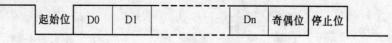

图7.1 异步通信的字符帧格式

它用一个起始位表示字符的开始,用停止位表示字符的结束。数据位在起始位之后,停止位之前,这样构成一帧数据。

奇偶校验位位于数据位之后,停止位之前,用于表示串行通信中采用奇校验位还是偶校验位,由用户根据需要决定。

(2)波特率

波特率的定义为每秒钟传送二进制数码的位数(比特数),也可定义为每位传输时间的倒数,单位是bit/s。收发双方必须设置相同的波特率。波特率用于表示数据传输的速度,波特率越高,数据传送率越快,但和字符的实际传输速率不同。字符的实际传输速率是指每秒钟所传送的字符帧的帧数,与字符帧格式有关。例如波特率为 1 200 bit/s 时,若采用图 7.1 的字符帧格式,则字符的实际传输速率为 1 200/11 = 109.09 帧/秒。通常异步通信的波特率在 50~9 600 bit/s 之间。

异步通信的优点是不需要传送同步脉冲,字符帧长度也不受限制,故所需设备简单。缺点是因字符帧中包含有起始位和停止位而降低了有效数据的传输速率。

2.同步通信

在同步通信方式中,数据是以连续方式串行传送的。一次只传送一帧信息,一帧中有若干个数据字符,其字符帧格式如图 7.2 所示。

同步字符	数据 1	数据 2	数据 3	……	数据 n	校验字符 1	校验字符 2

图 7.2 同步通信的字符帧格式

其中,同步字符(可为单字符或双字符)位于帧格式开头,用于确认数据字符的开始;数据字符在同步字符之后,个数不受限制,由所需传输的数据块长度决定;校验字符有 1~2 个,位于帧格式结尾,用于接收端对接收到的数据字符的正确性的校验。

在同步通信中,同步字符可以采用同一标准符式,也可由用户约定。在单同步字符帧格式中,同步字符常采用 ASCII 码中规定的 SYN(即 16H)代码;在双同步字符帧格式中,同步字符一般采用国际通用标准代码 EB90H。

同步通信的优点是数据传送速率较高,通常可大于 56 000 bit/s,缺点是要求发送时钟与接受时钟保持严格同步。

7.1.2 串行通信的数据传送方式

在串行通信中,数据是在两个站之间传送的。按着数据传送方向,串行通信可分为单工、半双工和全双工三种传送方式。

1.单工方式

在单工方式下,只需要一条数据线,数据线的一端接发送器,另一端接接收器,数据只能单方向传送,如图 7.3(a)所示。

2.半双工方式

在半双工方式下,通信系统中每一个通信设备都由一个发送器和一个接收器组成,通过收发开关接到通信线上。在这种方式下,数据能够实现双向传送,但任何时刻只能由其中的一方发送数据,另一方接收数据。因此,半双工方式既可以使用一条数据线,也可以使用两条数据线,如图 7.3(b)所示。

3.全双工方式

在全双工方式下,通信系统中每一端都含有一个发送器和一个接收器,数据传送是双向的,并且可以同时发送和接收数据,因此,全双工方式的串行通信需要使用两条数据线,如图 7.3(c)所示。

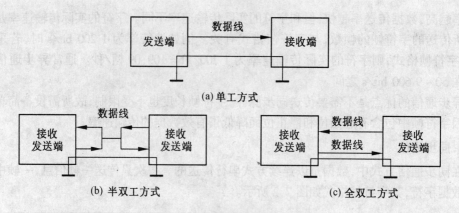

(a) 单工方式

(b) 半双工方式

(c) 全双工方式

图 7.3　串行通信的数据传送方式

7.2　串行通信接口

MCS-51 单片机内部有一个可编程的全双工串行通信接口,该串行口有 4 种工作方式,它既可以用于网络通信,也可以实现串行异步通信,还可以作为同步移位寄存器使用。其帧格式有 8 位、10 位和 11 位,并能用软件设置波特率,由片内的定时器/计数器产生,接收和发送均可工作在查询方式或中断方式,使用方便灵活。

7.2.1　串行口的结构原理

1. 串行口结构

MCS-51 单片机的串行口主要由两个数据缓冲寄存器 SBUF,一个输入移位寄存器以及两个控制寄存器 SCON 和 PCON 组成,其结构如图 7.4 所示。

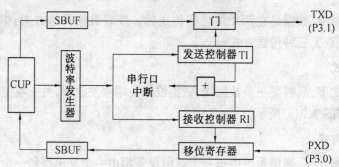

图 7.4　串行口结构图

其中,缓冲寄存器 SBUF 是两个在物理上独立的专用寄存器,一个作发送缓冲器,另一个作接收缓冲器。两个缓冲器共用一个地址 99H,可通过指令对 SBUF 的读写来区别,CPU 写 SBUF 就是修改发送缓冲器的内容;读 SBUF 就是读接收缓冲器的内容。

控制寄存器 SCON 和 PCON 用来设定串行口的工作方式并对接收和发送进行控制。串行口对外有两条独立的收发信号线 RXD(P3.0)、TXD(P3.1),因此可以同时发送、接收数据,实现全双工通信。

2.串行通信过程

(1)接收数据过程

在进行通信时,当 CPU 允许接收,即 SCON 的 REN 位置 1 时,外界数据通过引脚 RXD (P3.0)串行输入,数据的最低位首先进入移位寄存器,一帧接收完毕后再并行送入接收数据缓冲寄存器 SBUF 中,同时将接收控制位,即中断标志位 RI 置 1,向 CPU 发出中断请求。CPU 响应中断后读取输入的数据,同时用软件将 RI 位清 0,准备开始下一帧的输入过程,直至所有数据接收完。

(2)发送数据过程

CPU 要发送数据时,将数据并行写入发送数据缓冲寄存器 SBUF 中,同时启动数据由 TXD(P3.1)引脚串行发送,当一帧数据发送完,即发送缓冲器空时,由硬件自动将发送中断标志位 TI 置 1,向 CPU 发出中断请求。CPU 响应中断后用软件将 TI 位清 0,同时又将下一帧数据写入 SBUF 中,重复上述过程直至所有数据发送完毕。

7.2.2 串行口的控制

串行口通信是由控制寄存器 PCON 和 SCON 控制的。

1.电源和数据传输率控制寄存器 PCON

PCON 寄存器主要是为 CHMOS 型单片机的电源控制设置的专用寄存器,单元地址为 87H,不能进行位寻址。其格式如图 7.5 所示。

位序	8EH	8DH	8CH	8BH	8AH	89H	88H	87H
位符号	SMOD				GF1	GF0	PD	IDL

图 7.5 PCON 各位的定义

其中低 4 位是 CHMOS 型单片机掉电方式控制位:

GF1、GF0 通用标志位,由软件置位、复位。

PD 掉电方式控制位,PD = 1,则进入掉电方式。

IDL 待机方式控制位,IDL = 1,则进入待机方式。

在 HMOS 单片机中,该寄存器中除最高位之外,其他位都没有定义。最高位 SMOD 是串行口波特率倍增位,在串行口工作方式 1、方式 2 和方式 3 时,若 SMOD = 1,则串行口波特率加倍,若 SMOD = 0,则串行口波特率不加倍。系统复位时 SMOD = 0。

2.串行口控制寄存器 SCON

SCON 是一个可以位寻址的特殊功能寄存器,主要功能是设定串行口的工作方式、接收和发送控制以及设置状态标志,单元地址为 98H,其格式及各位的功能如图 7.6 所示。

位地址	9FH	9EH	9DH	9CH	9BH	9AH	99H	98H
位符号	SM0	SM1	SM2	REN	TB8	RB8	TI	RI

图 7.6 SCON 各位的定义

各位的功能说明如下:

SM0、SM1 串行口方式选择位。

两个选择位对应 4 种方式,见表 7.1。

表 7.1 串行口工作方式

SM0	SM1	方式	功能说明	波特率
0	0	0	移位寄存器方式	$f_{osc}/12$
0	1	1	8 位异步收发方式	可变(T1 溢出率/n)
1	0	2	9 位异步收发方式	$f_{osc}/64$ 或 $f_{osc}/32$
1	1	3	9 位异步收发方式	可变(T1 溢出率/n)

注:f_{osc} 为时钟频率。

SM2 多机通信控制位。

SM2 主要用于方式 2 和方式 3,因为多机通信是在方式 2 和方式 3 下进行的。在方式 2 和方式 3 下,若 SM2 = 1 接收到第 9 位数据(RB8)为 0 时,则接收中断不被激活,将接收到的前 8 位数据丢弃。只有在接收到第 9 位数据(RB8)为 1 时才将接收到的前 8 位数据送入 SBUF,并置位 RI 产生中断请求。当 SM2 = 0 时,则不论接收到第 9 位数据是 0 还是 1,都将接收到的前 8 位数据送入 SBUF 中,并产生中断请求。在方式 1 中,若 SM2 = 1,只有接收到有效的停止位 RI 才被激活。在方式 0 中,SM2 必须是 0。

REN 允许串行接收位。

REN = 1 时,允许串行口接收;REN = 0 时,禁止串行口接收。该位由软件置位或清 0。

TB8 发送数据的第 9 位。

在方式 2、方式 3 中,TB8 作为第 9 位数据发送出去,根据需要用软件置位或清 0。TB8 可在双机通信中作为奇偶校验位,也可在多机通信中作为发送地址帧或数据帧的标志位。一般约定,发送地址帧时设置 TB8 = 1;发送数据帧时设置 TB8 = 0。在方式 0 和方式 1 中,该位未用。

RB8 接收数据的第 9 位。

在方式 2、方式 3 中,RB8 是接收的第 9 位数据,在多机通信中为地址、数据标志位;方式 0 中 RB8 未用;在方式 1 中,若 SM2 = 0,则接收的停止位自动存入 RB8 中。

TI 发送中断标志位。

在方式 0 中,发送完第 8 位数据时,由硬件自动置位。在其他方式中,在发送停止位开始时由硬件自动置位。T1 = 1 时,申请中断,CPU 响应中断后,发送下一帧数据,在任何方式中,TI 都必须由软件清 0。

RI 接收中断标志位。

在方式 0 中,第 8 位接收完毕,RI 由硬件置位,在其他方式中,在接收停止位的一半时,自动被置为 1,RI 需由软件清 0。

7.2.3 串行口的工作方式

MCS-51 单片机的串行口有 4 种工作方式,由串行口控制寄存器 SCON 的高 2 位 SM0 和 SM1 的编码确定,其功能见表 7.1。

1. 方式 0

工作方式 0 为同步移位寄存器方式，其波特率固定为 $f_{osc}/12$。在这种方式下，数据从 RXD(P3.0)端串行输出或输入，同步信号从 TXD(P3.1)端输出。该方式以 8 位数据为一帧，没有起始位和停止位，先发送或接收最低位。方式 0 的帧格式如图 7.7 所示。

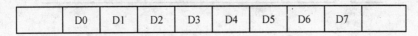

图 7.7　方式 0 的帧格式

(1)方式 0 发送

数据从 RXD(P3.0)端串行输出，同步信号从 TXD(P3.1)端输出。当 CPU 执行一条将数据写入发送缓冲器 SBUF 的指令时，产生一个正脉冲，串行口将 8 位数据以 $f_{osc}/12$ 的固定波特率从 RXD 引脚输出，从低位到高位。当发送完 8 位数据后，中断标志位 TI 置 1，请求中断。在下次发送数据之前，必须用软件将 TI 清零。时序如图 7.8 所示。

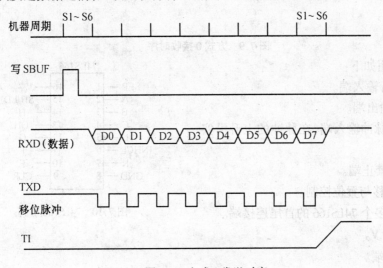

图 7.8　方式 0 发送时序

(2)方式 0 接收

在满足 REN = 1 和 RI = 0 的条件下，串行口处于方式 0 接收。此时，数据从 RXD 端串行输入，同步信号从 TXD(P3.1)端输出，接收器以 $f_{osc}/12$ 的波特率对 RXD 引脚输入的数据信息采样。当接收器接收完 8 位数据后，中断标志位 RI 置 1，请求中断，表示可进行下一帧数据的接收。在下次接收之前，必须用软件将 RI 清零。时序如图 7.9 所示。

在方式 0 时，必须使 SCON 寄存器中的 SM2 位为 0，这并不影响 TB8 位和 RB8 位。方式 0 发送和接收完数据后由硬件置位 TI 或 RI，CPU 在响应中断后要用软件清除 TI 或 RI 标志。

【例 7.1】　用串行口扩展 8 位并行输入口

功能说明：利用一个并入串出的移位寄存器 74LS166 芯片与单片机串行口相连，扩展成 8 位并行输入端口。74LS166 芯片连接 8 位指拨开关，作为单片机的数据输入端，控制单片机输出端口 P1 所接的 8 个 LED。

(1)74LS166 芯片

74LS166 是串行输入并行输出 8 位移位寄存器，其引脚如图 7.10 所示。

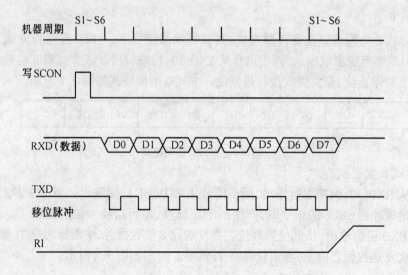

图 7.9　方式 0 接收时序

各引脚说明如下：

A ~ H:并行输入端。

QH:串行输出端。

CLK:时钟脉冲输入端,在脉冲的上升沿实现位移。

INH:时钟禁止端。

SH/LD:位移与置位控制。

SER:扩展多个 74LS166 的首尾连接端。

V_{CC}:接 + 5 V。

GND:接地端。

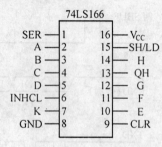

图 7.10　74LS166 引脚

(2)接口扩展电路

扩展电路如图 7.11 所示。

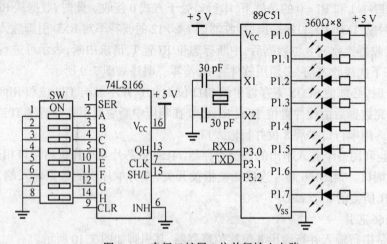

图 7.11　串行口扩展 8 位并行输入电路

单片机的 TXD(P3.1)作为移位脉冲输出端与74LS166的移位脉冲输入端 CLK 相连,RXD(P3.0)作为串行输入端与74LS166的串行输出端 QH 相连,P3.2用来控制74LS166的位移与置入(SH/LD 脚),时钟禁止端 INH 接地,芯片的 V_{CC} 端接 +5 V。

(3)汇编语言程序

程序流程如图7.12所示。

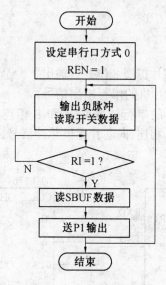

图7.12 程序流程图

汇编语言编写的扩展8位输入端口源程序如下:

```
START:   MOV     SCON, # 10H      ;设定方式 0,REN = 1
         CLR     P3.2            ;P3.2 = 0,开关数据置入 74LS166
         ACALL   DELAY           ;调用延时子程序
         SETB    P3.2            ;P3.2 = 1,74LS166 移位串出
         CLR     RI              ;RI = 0,清除接收中断标志位
         JNB     RI, $           ;等待接收
         MOV     A,SBUF          ;将 SBUF 数据装入 A
         MOV     P1,A            ;将 A 中数据送入 P1 口输出
         JMP     START           ;循环执行
DELAY:   MOV     R7, # 02        ;延时子程序
         DJNZ    R7, $
         RET
```

【例7.2】 用串行口扩展8位并行输出端口

功能说明:将单片机串行口设定为工作方式0,RXD(P3.0)和 TXD(P3.1)与74LS164 芯片(串行输入并行输出移位寄存器)连接,用串行口扩展8位并行输出口。将8个 LED 分为左右两组,使亮灯从中间开始向左移动一次,再从中间开始向右移动一次,接着从最右端向中间移动一次,再从最左端向中间移动一次,然后闪烁两次,不断循环。

(1)74LS164 芯片

74LS164 芯片是串行输入并行输出的移位寄存器,其引脚如图7.13所示。

各引脚说明如下:

QA～QH:并行输入端。

A、B:串行输入端。

CLR:清除端,0电平时使74LS164输出清0。

CLK:时钟脉冲输入端,在脉冲的上升沿实现位移。

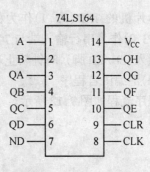

图7.13　74LS164引脚图

(2)接口扩展电路

电路连接如图7.14所示。

使用74LS164移位寄存器芯片扩展8位并行输出口,连接8个LED输出显示。单片机的串行输出信号TXD(P3.0)引脚与74LS164芯片的串行输入端A和B相连,单片机的TXD(P3.1)引脚与74LS164的时钟脉冲输入端CLK相连,向芯片提供脉冲信号,芯片的第9脚接+5 V,第7脚接地。

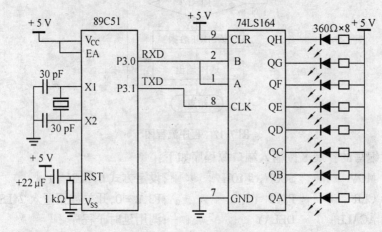

图7.14　串行口扩展8位并行输出电路

(3)汇编语言程序

主程序流程如图7.15所示。

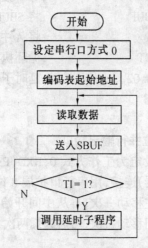

图7.15　主程序流程

136

本程序利用单片机串行口功能将数据发送到 74LS164 芯片内,再由 74LS164 芯片来完成 8 位并行输出口扩展。

```
         MOV      SCON, #00H      ;设串口方式 0
START:   MOV      DPTR, #TABLE    ;编码表起始地址
LP:      CLR      A               ;A 清 0
         MOVC     A, @A + DPTR    ;查表,取数据送入 A
         MOV      SBUF, A         ;将数据送入 SBUF
LP1:     JBC      TI, LP2         ;TI = 1? 是,转到 LP2
         JMP      LP1             ;否,等待中断
LP2:     ACALL    DELAY           ;调延时子程序
         INC      DPTR            ;数据指针加 1
         JMP      LP              ;跳转到 LP 处
DELAY:   MOV      R5, #20         ;延时 0.2S 子程序
DL1:     MOV      R6, #20
DL2:     MOV      R7, #248
         DJNZ     R7, $
         DJNZ     R6, DL2
         DJNZ     R5, DL1
         RET                      ;返回
TABLE:   DB  0EFH,0DFH,0BFH,7FH   ;中间开始向左移动控制码
         DB  0F7H,0FBH,0FDH,0FEH  ;中间开始向右移动控制码
         DB  0FEH,0FDH,0FBH,0F7H  ;最右端向中间移动控制码
         DB  7FH,0BFH,0DFH,0EFH   ;最左端向中间移动控制码
         DB  00H,0FFH,00H,0FFH    ;闪烁 2 次
         DB  03H                  ;结束码
         END                      ;程序结束
```

2.方式 1

工作方式 1 为 8 位异步通信方式,适合于点对点的异步通信。这种方式规定发送或接收一帧信息为 10 位,即 1 个起始位(0),8 个数据位,1 个停止位(1),先发送或接收最低位。数据传输率可以改变。TXD 脚和 RXD 脚分别用于发送和接收数据。帧格式如图 7.16 所示。

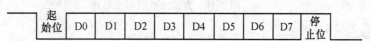

起始位	D0	D1	D2	D3	D4	D5	D6	D7	停止位

图 7.16 方式 1 的帧格式

(1)方式 1 发送

当 CPU 执行一条数据写发送缓冲器 SBUF 的指令时,就启动发送。TX 时钟频率就是发送的波特率。发送开始时,内部发送控制信号变为有效。将起始位向 TXD 输出,此后每经过一个 TX 时钟周期,便产生一个移位脉冲,并由 TXD 输出一个数据位。8 位数据位全部发送完后,置"1"中断标志位 TI,并申请中断。方式 1 发送数据的时序如图 7.17 所示。

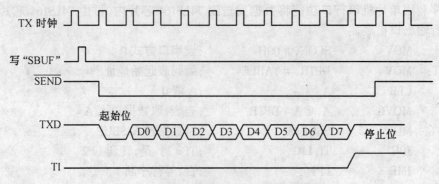

图 7.17　方式 1 发送数据时序

(2)方式 1 接收

数据从 RXD(P3.0)引脚输入。在 SCON 寄存器中 REN 位置 1 的前提下,当检测到起始位的负跳变时,则开始接收。定时控制信号有两种,如图 7.18 所示。一种是接收移位时钟(RX 时钟),它的频率和传送的波特率相同。另一种是位检测器采样脉冲,它的频率是 RX时钟的 16 倍。也就是在 1 位数据期间,有 16 个采样脉冲,以波特率 16 倍的速率采样 RXD引脚状态,当采样到 RXD 端从 1 到 0 的跳变时就启动检测器,接收的值是 3 次连续采样(第7、8、9 个脉冲时采样)取其中两次相同的值,以确认是否是真正的起始位(负跳变)的开始。当一帧数据接收完毕以后,必须同时满足以下两个条件,这次接收才真正有效。

①RI = 0,即上一帧数据接收完成时,RI = 1 发出的中断请求已被响应,SBUF 中的数据已被取走,说明"接收 SBUF"已空。

②SM2 = 0 或收到的停止位 = 1(方式 1 时,停止位已进入 RB8),则收到的数据装入 SBUF和 RB8(RB8 装入停止位),且置"1"中断标志 RI。

若这两个条件不同时满足,收到的数据不能装入 SBUF,该帧数据将丢弃。

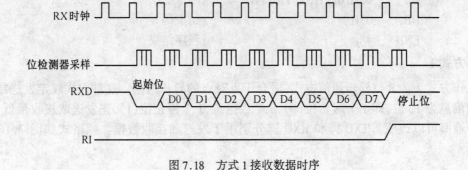

图 7.18　方式 1 接收数据时序

3.方式 2 和 3

当 SM0 = 1、SM1 = 0 时,串行口选择方式 2;SM0 = 1、SM1 = 1 时,串行口选择方式 3。

工作方式 2 和 3 为 9 位异步通信方式。每帧数据均为 11 位,1 位起始位 0,8 位数据位(先低位),1 位可程控的第 9 位数据和 1 位停止位。由 TXD(P3.1)引脚发送数据,RXD(P3.0)引脚接收数据。其帧格式如 7.19 所示。

(1)方式 2 发送

发送数据前,先根据通信协议由软件设置 TB8(例如,双机通信时的奇偶校验位或多机通信时的地址/数据标志位)。然后将要发送的数据写入 SBUF,即可启动发送过程。串行口

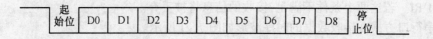

图 7.19　方式 2 和 3 的帧格式

能自动把 TB8 取出,并装入到第 9 位数据位的位置,再逐一发送出去。发送完毕,则把 TI 位置 1。串行口方式 2 和 3 发送数据的时序波形如图 7.20 所示。

图 7.20　方式 2 和 3 发送数据时序

【例 7.3】　方式 2 发送在双机通信中的应用。

在双机通信中,以 TB8 作为奇偶校验位,处理方法为数据写入 SBUF 之前,先将数据的奇偶校验位写入 TB8。CPU 执行一条写 SBUF 的指令后,立即启动发送器发送。因发送完一帧信息后,TI 被置 1,再次向 CPU 申请中断,所以进入中断服务程序后,必须先将 TI 清零。

汇编语言源程序如下:

```
PIPTI:  PUSH   PSW         ;保护现场
        PUSH   ACC
        CLR    TI          ;发送中断标志清 0
        MOV    A,@R0       ;取数据
        MOV    C,P         ;取奇偶校验位
        MOV    TB8,C       ;奇偶校验位送 TB8
        MOV    SBUF ,A     ;启动发送
        INC    R0          ;数据指针加 1
        POP    ACC         ;恢复现场
        POP    PSW
        RETI               ;中断返回
```

(2)方式 2 接收

当串行口置为方式 2,且 REN = 1 时,串行口以方式 2 接收数据。数据由 RXD 端输入,接收 11 位信息。当位检测逻辑采样到 RXD 引脚从 1 到 0 的负跳变,并判断起始位有效后,便开始接收一帧信息。在接收器到第 9 位数据后,需满足以下两个条件,才能将接收到的数据送入 SBUF。

①RI = 0,意味着接收缓冲器已空。

②SM2 = 0 或接收到的第 9 位数据位 RB8 = 1。

当上述两个条件满足时,接收到的数据送入 SBUF(接收缓冲器),第 9 位数据送入 RB8,

并置 1 RI。若这两个条件不满足,接收的信息将被丢弃。

串行口方式 2 接收数据的时序波形如图 7.21 所示。

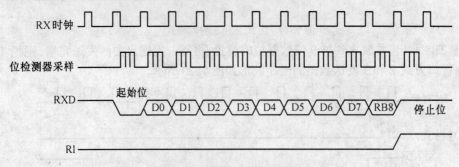

图 7.21　方式 2 和 3 接收数据时序

【例 7.4】　方式 2 接收在双机通信中的应用。

本例与例 7.3 相对应。若附加的第 9 位数据为校验位,在接收程序中应作奇偶校验处理,设 R0 为数据缓冲器指针。

参考程序

```
LP:    PUSH   PSW         ;保护现场
       PUSH   ACC
       CLR    RI          ;清接收中断标志
       MOV    A,SBUF      ;接收数据送 A
       MOV    C,P         ;取奇偶校验位
       JNC    L1          ;RB8 是发送数据的校验位,P 是接收数据的校验位,若
                           P 不等于 RB8,则接收信息出错。
       JNB    RB8,ERR     ;P=1,RB8=0,转 ERR
       AJMP   L2          ;P=1,RB8=1,转 L2
L1:    JB     RB8,ERR     ;P=0,RB8=1,转 ERR
L2:    MOV    @R0,A       ;接收数据送存储区
       INC    R0
       POP    ACC
       POP    PSW
ERR:   ……                ;出错处理程序段
       RETI
```

7.3　MCS-51 单片机之间的串行通信

多个 MCS-51 单片机可利用串行口进行多机通信。要保证主机与所选择的从机实现可靠地通信,必须保证串行口具有识别功能。

串行口控制寄存器 SCON 中的 SM2 位就是为满足这一条件而设置的多机通信控制位。在串行口以方式 2(或方式 3)接收时,若 SM2=1,表示置多机通信功能位,这时出现两种可能情况:

(1)接收到的第 9 位数据为 1 时,数据才装入 SBUF,并置中断标志 RI=1 向 CPU 发出中

断请求。

(2)接收到的第9位数据为0时,则不产生中断标志,将接收到的信息丢弃。若 SM2 = 0,则接收的第9位数据不论是0还是1,都产生 RI = 1 中断标志,接收到的数据装入 SBUF 中。应用上述特性,便可实现 MCS-51 的多机通信。

设多机系统中有1个主机和3个从机,如图7.22所示。

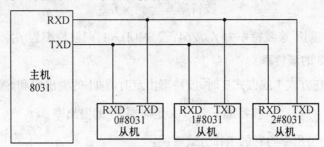

图 7.22 多机通信系统示意图

主机的 RXD 与所有从机的 TXD 端相连,TXD 与所有从机的 RXD 端相连。从机的地址分别为 00H、01H 和 02H。

多机通信工作过程:

(1)从机串行口编程为方式2或方式3接收,且置"1"SM2 和 REN 位,使从机处于多机通信且接收地址帧的状态。

(2)主机先将从机地址(即准备接收数据的从机地址)发送给各从机,然后再传送数据或命令,主机发出的地址信息的第9位为1,数据(包括命令)信息的第9位为0。当主机向各从机发送地址时,各从机的串行口接收到的第9位信息 RB8 为1,且由于 SM2 = 1,则置"1"中断标志位 RI,各从机响应中断执行中断服务程序。在中断服务子程序中,判断主机送来的地址是否与本机地址相符合,若为本机地址,则该从机清"0"SM2 位,准备接收主机的数据或命令;若与本机地址不相符,则保持 SM2 = 1 状态。

(3)主机发送数据帧,此时各从机串行口接收到的 RB8 = 0,只有与前面地址相符合的从机(即已清"0"SM2 位的从机)才能激活中断标志位 RI,从而产生中断,进入中断服务程序,在中断服务程序中接收主机的数据(或命令);其他的从机因 SM2 保持为1,而 RB8 = 0 不激活中断标志 RI,不能进入中断,将所接收的数据丢弃不作处理,从而保证主机和从机间通信的正确性。图7.22所示的多机系统是主从式,由主机控制多机之间的通信,从机和从机的通信只能经主机才能实现。

7.4 MCS-51 串行通信的波特率

串行口的波特率用于表示数据传输的速率。波特率的选取不仅与所选通信设备、通信距离有关,还受传输线的频带所限制,应根据实际需要正确选用。

方式0和方式2的波特率是固定的,方式1和方式3波特率可由定时器 T1 的溢出率来确定。因为定时器 T1 工作在不同工作方式时,计数的位数不同,所以得到的波特率的范围也不同。

1.方式0的波特率

串行口工作在方式0时,波特率由振荡器的频率 f_{osc} 所确定

$$波特率 = \frac{f_{OSC}}{12}$$

2. 方式 2 的波特率

串行口工作在方式 2 时, 波特率由振荡器的频率 f_{OSC} 和 SMOD 所确定

$$波特率 = \frac{2^{SMOD}}{64} \times f_{OSC}$$

若 SMOD = 0, 则所选波特率为 $f_{OSC}/64$; 若 SMOD = 1, 则波特率为 $f_{OSC}/32$。

3. 方式 1 或 3 的波特率

串行口工作在方式 1 或方式 3 时, 波特率由定时器 T1 的溢出率和 SMOD 所确定

$$波特率 = \frac{2^{SMOD}}{32} \times 定时器 T1 的溢出率$$

定时器 T1 的溢出率与它的工作方式有关:

(1) 定时器 T1 工作方式 0

此时定时器 T1 相当于一个 13 位的计数器

$$溢出率 = \frac{f_{OSC}}{12} \times \frac{1}{2^{13} - TC + X}$$

式中　TC——13 位计数初值;

　　　X——中断服务程序所用的机器周期数, 包括响应中断所需的机器周期数(由响应中断时的条件而确定)和在中断服务程序中重置定时初值所需的机器周期数。

(2) 定时器 T1 工作方式 1

此时定时器 T1 相当于一个 16 位的计数器

$$溢出率 = \frac{f_{OSC}}{12} \times \frac{1}{2^{16} - TC + X}$$

式中　TC——16 位计数初值;

　　　X——同工作方式 0 一样。

(3) 定时器 T1 工作方式 2

工作方式 2 是一种自动重装初值方式, 无需在中断服务程序中重新对定时器 T1 置初值, 不存在因中断引起的定时误差。

$$溢出率 = \frac{f_{OSC}}{12} \times \frac{1}{(2^{8} - TC)}$$

式中　TC——8 位计数初值。

定时器 T1 作波特率发生器时, 通常选用定时器工作方式 2。它不需要中断服务程序设置初值, 而且计算出的波特率比较准确。

本章小结

本章主要介绍了串行通信的基本概念及 MCS-51 单片机串行口的结构原理。MCS-51 单片机内有一个可编程全双工串行通信接口, 该串行口有两个独立的缓冲器(SBUF), 即发送缓冲器和接收缓冲器, 它们共用一个地址 99H。

串行口有两个特殊功能寄存器 SCON 和 PCON, 分别用于设置串行口的工作方式和波特率, 串行口工作在方式 1 和方式 3 时, 波特率的设置与定时器 T1 的溢出率有关。

串行口可设置为 4 种工作方式,方式 0 ~ 方式 3。方式 0 为移位寄存器输入/输出方式;方式 1 为 8 位数据异步接收/发送方式;方式 2 为 9 位数据异步接收/发送方式,波特率只有两种选择;方式 3 为 9 位数据异步接收/发送方式,与方式 2 的区别是波特率受定时器控制。

习　　题

1. 什么是串行异步通信,它有哪些特点?

2. 串行异步通信的字符格式由哪几个部分组成? 某异步通信接口,其帧格式由 1 个起始位(0),7 个数据位,1 个偶校验和 1 个停止位组成。用图示方法画出发送字符"5"(ASCII 码为 0110101B)时的帧结构示意图。

3. MCS-51 单片机的串行口由哪些功能模块组成? 各有什么作用?

4. MCS-51 单片机的串行口有哪几种工作方式? 有几种帧格式? 各工作方式的波特率如何确定?

5. MCS-51 单片机的串行口控制寄存器 SCON 的 SM2、TB8、RB8 有何作用?

6. 设 $f_{OSC} = 6$ MHz,试编写一段对串行口初始化程序,使之工作在方式 1,波特率为 1 200 b/s;并用查询串行口状态的方式,读出接收缓冲器的数据并回送到发送缓冲器。

7. 设晶振频率为 11.059 2 MHz,串行口工作在方式 1,波特率为 4 800 bit/s。写出用 T1 作为波特率发生器的方式字并计算 T1 的计数初值。

8. 为什么定时器 T1 用作串行口波特率发生器时,常选用工作方式 2,若已知系统时钟频率和通信的波特率,则如何计算其初值?

9. 简述 MCS-51 单片机多机通信的原理。

10. 设计一个单片机的双机通信系统,串行口工作在方式 1,编写通信程序将甲机内部 RAM 30H ~ 3FH 存储区的数据块通过串行口传送到乙机内部 RAM 40H ~ 4FH 存储区中去。

第8章 MCS-51单片机并行扩展技术

【学习目的和要求】 通过本章的学习,应该了解 MCS-51 单片机数据总线、地址总线和控制总线的构成。掌握片外扩展程序存储器和数据存储器的方法,及扩展存储单元的地址分析方法。掌握 MCS-51 单片机基本 I/O 口的应用与扩展,及可编程 I/O 接口芯片 8255 和 8155 的性能特点和使用方法。

8.1 并行扩展方式

并行扩展是指单片机与外围部件之间采用并行接口的连接方式,数据传输采用并行传送方式。并行扩展方式一般采用总线并行扩展,即数据传送由数据总线完成,地址总线负责外围设备的寻址,而传输过程中的传输控制,如读、写操作等,则由控制总线来完成。与串行扩展方式相比,并行扩展的数据传输速度快,但扩展电路复杂。

8.1.1 总线结构

总线是单片机应用系统中,各部件之间传输信息的通道,为单片机和其他部件之间提供数据,地址以及控制信息。按总线所在位置可分为内部总线和外部总线,内部总线是指单片机内各部件之间的通路,外部总线是指单片机与其外围部件之间的通路。通常所说的总线是指外部总线。按通路上传输的信息可分为数据总线(Data Bus),地址总线(Address Bus)和控制总线(Control Bus)。

1.数据总线

数据总线用于单片机与存储器或 I/O 端口之间传输数据。数据总线的位数与单片机处理数据的字长一致,如 8051 单片机是 8 位字长,数据总线的位数也是 8 位。数据总线是双向的,数据既可以从单片机传送到外围部件,也可以从外围部件传送到单片机。

2.地址总线

地址总线用于传送单片机送出的地址信号,以便进行存储单元和 I/O 端口的选择。地址总线的位数决定了单片机可扩展存储容量的大小。如 8051 单片机地址总线为 16 位,其最大可扩展存储容量为 $2^{16} = 64$ K 字节。地址总线是单向的,因地址信息总是由单片机发出的。

3.控制总线

控制总线用来传输控制信号,其中包括单片机送往外围部件的控制信号,如读信号、写信号和中断响应信号等;还包括外围部件发给单片机的信号,如时钟信号、外部中断请求信号等。单片机的三总线基本结构如图 8.1 所示。

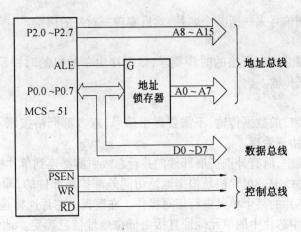

图 8.1　单片机的三总线结构

8.1.2　并行扩展总线

通常情况下,单片机采用最小应用系统,最能发挥其体积小,功能全,价格低廉等优点。但在有些场合下,所选择的单片机无法满足应用系统要求,需要在其片外扩展所需的相应器件。单片机通常都提供了可用于外部扩展的扩展总线。

1.并行扩展总线组成

80C51 系列总线型单片机中,由 P0 口作地址/数据复用口;P2 口作地址线的高八位;P3 口的$\overline{RD}$、$\overline{WR}$加上控制线$\overline{EA}$、ALE、$\overline{PSEN}$等组成控制总线。

(1)地址总线 A0 ~ A15

地址总线的高 8 位是由 P2 口提供的,低 8 位是由 P0 口提供的。在访问外部存储器时,由地址锁存信号 ALE 的下降沿将 P0 口的输出锁存到地址锁存器中,锁存器输出低 8 位地址,P2 口输出高 8 位地址,从而构成系统的 16 位地址总线。

实际应用系统中,高位地址线并不固定用 8 位,需要几位就从 P2 口中引出几条口线。

(2)数据总线 D0 ~ D7

数据总线是由 P0 口提供的,因为 P0 口线既用做地址线又用做数据线(分时复用),因此,需要加一个 8 位锁存器。在实际应用时,先把低 8 位地址送锁存器锁存,由地址锁存器给系统提供低 8 位地址,然后再把 P0 口作为数据线使用。

(3)控制总线

控制总线共 12 根,即 P3 口的第二功能再加上 RESET、$\overline{EA}$、ALE 和$\overline{PSEN}$。实际应用中常用的控制信号如下。

① ALE 作为地址锁存的选通信号,以实现低 8 位地址的锁存。

② $\overline{PSEN}$信号作为扩展程序存储器的读选通信号。

③ $\overline{EA}$信号作为内、外程序存储器的选择信号。

④ $\overline{RD}$和$\overline{WR}$作为扩展数据存储器和 I/O 端口的读,写选通信号。执行 MOVX 指令时,这两个信号分别自动有效。

2.并行扩展总线特性

(1)三态输出

数据总线在无数据传送时呈高阻状态,可同时扩展多个并行接口器件,因此存在寻址问题。单片机通过控制信号来选通某个芯片,然后实现一对一的通信。

(2)时序交互

单片机并行扩展总线有严格的时序要求,该时序由单片机的时钟系统控制,严格按照CPU 的时序进行数据传输。

(3)总线协议

通过并行总线接口的数据传输,不需要握手信号,双方都严格按照 CPU 的时序协议进行,也不需要指令的协调管理。

在并行总线扩展中,所有外围扩展部件的并行总线引脚都连到单片机的数据总线,地址总线及公共的控制总线上。单片机是根据地址访问外部扩展部件的,即由地址线上送出的地址信息选中某一芯片的某个单元进行读写操作。在逻辑上芯片选择是由高位地址线通过译码来实现的,被选中芯片中的单元地址直接由低位地址信息确定。地址译码方法有线性选择法、全地址译码法和部分地址译码法三种。

(1)线性选择法

直接以系统空闲的高位地址线作为芯片的片选信号。当存储器对应的片选地址线输出有效电平时,该芯片被选通。优点是简单明了,无须另外增加电路;缺点是寻址范围不唯一,地址空间没有被充分利用,可外扩芯片的个数较少。线性选择法适用于小规模单片机应用系统中片选信号的产生。

(2)全地址译码法

利用译码器对系统地址总线中未被外扩芯片用到的高位地址线进行译码,以译码器的输出作为外围芯片的片选信号。常用的译码器有 74LS138、74LS139、74LS154 等。优点是存储器的每个存储单元有唯一的一个系统空间地址,不存在地址重叠现象,对存储空间的使用是连续的,能有效地利用系统的存储空间;缺点是所需的地址译码电路较多。全地址译码法是单片机应用系统设计中经常采用的方法。

(3)部分地址译码法

单片机未被外扩芯片用到的高位地址线中,只有一部分参与地址译码,其余部分是悬空的。优点是可以减少所用地址译码器的数量;缺点是存储器每个存储单元的地址不是唯一的,存在地址重叠现象。因此,采用部分地址译码法时必须把程序和数据存放在基本地址范围内,以避免因地址重叠引起程序运行的错误。

8.2　程序存储器扩展

单片机一般采用数据存储与程序存储相互独立的哈佛结构体系。在这种结构中,程序代码在 ROM 中运行,不易受外界干扰,可靠性高。因此在单片机的扩展中,要分别考虑程序存储器及数据存储器的扩展。

对于没有内部 ROM 的单片机或者当程序较长、片内 ROM 容量不够时,用户必须在单片机外部扩展程序存储器。MCS-51 单片机片外有 16 根地址线,即 P0 口和 P2 口,因此最大寻址范围为 64 KB(0000H～FFFFH)。

需要注意的是,MCS-51 单片机有一个引脚$\overline{\text{EA}}$跟程序存储器的扩展有关。如果$\overline{\text{EA}}$接高电平,那么片内存储器地址范围是 0000H～0FFFH(4 KB),片外程序存储器地址范围是1000H～FFFFH(60 KB)。如果$\overline{\text{EA}}$接低电平,不使用片内程序存储器,片外程序存储器地址范围为 0000H ~ FFFFH(64 KB)。8031单片机没有片内程序存储器,因此$\overline{EA}$引脚总是接低电平。

在进行程序存储器扩展时,首先应根据应用系统容量要求,尽量选择大容量的芯片,即一片存储器芯片能够满足要求的,尽量不使用多片,减少芯片的组合数量。当必需选用多芯片时,也应选择集成度相同的芯片,以便简化系统的应用电路。但选择芯片的参数必须在速度、电平上与单片机相匹配。

8.2.1 存储器扩展常用芯片

1.常用的程序存储器芯片

单片机外部扩展常用程序存储器芯片有 EPROM(Electrically Programmable Read Only Memory),掉电后信息不会丢失,且只有在紫外线的照射下,存储器的单元信息才可擦除。用作扩展的主要是 27 系列,如 2716、2732、2764、27128、27256、27512 等,其中高位数字 27 表示该芯片是 EPROM,低位数字表明存储容量,如 2716 表示 16 K 存储位,即字节容量为 2 K 的 EPROM。常用的还有 E²PROM(Electrically Erasable Programmable Read-Only Memory),即 28 系列,如 2816、2817、2864、28256、28010(128K8)、28040(512K8)等,型号含义同上。常用EPROM 芯片引脚和封装如图 8.2 所示。EPROM 除 2716 外均为 28 脚双列直插式封装,各引脚定义如下:

V_{DD}	V_{DD}	A15	1	28	V_{CC}	V_{CC}	V_{CC}
A12	A12	A12	2	27	A14	A14	$\overline{PGM}$
A7	A7	A7	3	26	A13	A13	NC/Al3
A6	A6	A6	4	25	A8	A8	A8
A5	A5	A5	5	24	A9	A9	A9
A4	A4	A4	6	23	A11	A11	A11
A3	A3	A3	7	22	$\overline{OE}$	$\overline{OE}$	$\overline{OE}$
A2	A2	A2	8	21	A10	A10	A10
A1	A1	A1	9	20	$\overline{CE}$	$\overline{CE}$	$\overline{CE}$
A0	A0	A0	10	19	O7	O7	O7
O0	O0	O0	11	18	O6	O6	O6
O1	O1	O1	12	17	O5	O5	O5
O2	O2	O2	13	16	O4	O4	O4
GND	GND	GND	14	15	O3	O3	O3.

2764 A/27128 A
27256 A
27512 A

图 8.2 常见 EPROM 芯片引脚

A0 ~ Ai:地址输入线,i = 12 ~ 15 由芯片容量而定,例如 2764,i = 12。

D0 ~ D7:三态数据总线,读或编程校验时为数据输出,编程时为数据输入。维持或编程禁止时,呈高阻状态。

$\overline{PGM}$:编程脉冲输入,有的芯片此引脚与$\overline{CE}$合用。

$\overline{OE}$:读选通信号输入,低电平有效。

$\overline{CE}$:片选信号输入,低电平有效。

V_{PP}:编程电源输入,其电压值因芯片型号及制造厂商而异,有的芯片此引脚与$\overline{OE}$合用。

V_{CC}:电源输入,一般接 + 5 V。

GND:接地。

EPROM 的操作主要有以下几种方式。

读出方式:CPU 从 EPROM 中读出代码。

禁止输出方式:芯片被选中,但读选通信号$\overline{OE}$无效,数据端呈高阻态。

维持方式:芯片未被选中,数据端呈高阻态,EPROM 处于低功耗维持状态。

编程方式:把程序代码(目标文件)固化到 EPROM 中。

编程校验方式:读出 EPROM 中的固化内容,以校验编程操作的正确性。

编程禁止方式:用于多片 EPROM 并行编程。

常用 EPROM 的操作方式见表8.1、表8.2、表8.3。

表8.1 2764 和 27128 的操作方式

方式 \ 引脚	$\overline{CE}$	$\overline{OE}$	$\overline{PGM}$	V_{PP}	V_{CC}	Q0 ~ Q7
读出	L	L	H	V_{CC}	5 V	代码读出
禁止输出	L	H	H	V_{CC}	5 V	高阻
维持	H	X	X	V_{CC}	5 V	高阻
编程	L	H	L	*	* *	代码写入
编程校验	L	L	H	*	* *	代码读出
编程禁止	H	X	X	*	* *	高阻

表8.2 27256 的操作方式

方式 \ 引脚	$\overline{CE}$	$\overline{OE}$	V_{PP}	V_{CC}	Q0 ~ Q7
读出	L	L	V_{CC}	5 V	代码读出
禁止输出	L	H	V	5 V	高阻
维持	H	X	V_{CC}	5 V	高阻
编程	L	H	*	* *	代码写入
编程校验	L	L	*	* *	代码读出
编程禁止	H	X	*	* *	高阻

表8.3 27512 的操作方式

方式 \ 引脚	$\overline{CE}$	$\overline{OE}/V_{PP}$	V_{CC}	Q0 ~ Q7
读出	L	L	5V	代码读出
禁止输出	L	H	V_{CC}	高阻
维持	H	X	V_{CC}	高阻
编程	L	12.5 ± 0.5 V	6 V	代码写入
编程校验	L	L	6 V	代码读出
编程禁止	H	12.5 ± 0.5 V	6 V	高阻

注:X 代表任意状态。

* 代表 V_{PP} 的大小与型号和编程方式有关。

* * 代表 V_{CC} 的大小与型号和编程方式有关。

2. 常用的地址锁存器

程序存储器扩展时需要地址锁存器,地址锁存器常用的有带三态缓冲输出的 8D 锁存器 74LS373(74LS374)、74LS573、8282,带有清除端的 74LS273 等。

74LS373 是带有三态门的 8D 锁存器,当三态门的输出使能信号线 $\overline{OE}$ 为低电平时,三态门为导通状态,允许锁存器输出。锁存控制端为 11 脚 LE,采用下降沿锁存,控制端可以直接与单片机的地址锁存允许信号 ALE 相连。74LS573、8282 与 74LS373 功能完全相同,但与 74LS373 的引脚排列顺序不同。

74LS273 是带有清除端的 8D 触发器,只有在清除端保持高电平时,才具有锁存功能,锁存控制端为 11 脚 CLK,采用上升沿锁存。单片机的 ALE 信号必须经过反相器反相之后才能与 74LS273 的控制端 CLK 端相连。

8051 与地址锁存器连接电路如图 8.3 所示。

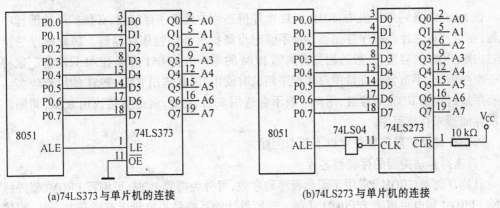

(a)74LS373 与单片机的连接   (b)74LS273 与单片机的连接

图 8.3 8051 与地址锁存器的连接

3. 常用的译码器

程序存储器扩展时还需要地址译码器,常用的译码器芯片有 74LS138(3 - 8 译码器)、74LS139(2 - 4 译码器)和 74LS154(4 - 16 译码器),对应的 CMOS 芯片分别为:74HC138、74HC139 和 74HC154。它们完全可以根据设计要求对地址进行组合译码,产生所需要的片选信号。

74LS138 有 3 个控制输入端和 3 个数据输入端,经译码产生 8 种状态。当输入为某一组编码时,只有一个固定的引脚输出为低电平,其余的引脚输出均为高电平。

74LS139 是一个双 2 - 4 译码器,两个译码器完全独立,分别有各自的控制输入端、数据输入端、数据输入允许端和译码状态输出端。

下面以 74LS138 为例介绍如何进行地址分配。例如扩展 8 片 8 KB RAM 6264,可通过 74LS138 译码器把 64 KB 的数据存储器空间分配给各个芯片。由 74LS138 的真值表可知,把 G1 接 + 5 V,GA、G2B 接地,P2.7、P2.6、P2.5 分别接到 74LS138 的 C、B、A 端,P2.4 ~ P2.0 和 P0.7 ~ P0.0 这 13 根地址线接到 8 片 6264 的 A12 ~ A0 引脚。译码器的 8 个输出分别接到 8 片 6264 的片选端,这样就把 64 KB 存储器空间分成 8 个空间了。64 KB 地址空间的分配如图 8.4 所示。

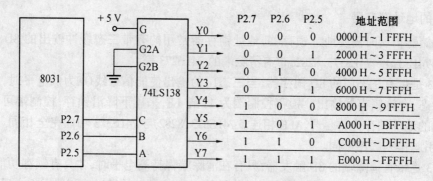

图 8.4　64 KB 地址空间的分配图

8.2.2　程序存储器扩展方法

在 MCS-51 系列单片机中,8031、8032 单片机芯片内无程序存储器,必须扩展外部程序存储器,在单片机芯片内程序存储器容量不够时也需扩展外部程序存储器。如果程序总量不超过内部 ROM 的容量,一般选用具有内部 ROM 的单片机。8051 内部 ROM 只能由厂家将程序一次性固化,不适合小批量用户和程序调试时使用,因此选用 8751、8951 的用户较多。如果程序超过内部 ROM 的容量,用户一般不会选用 8751、8951,而是直接选用 8031,利用外部扩展存储器来存放程序。

外部存储器扩展需要注意以下几个问题:

(1)选择合适类型的存储器芯片

只读存储器(ROM)常用于固化程序和常数,可分为掩膜 ROM、可编程 PROM、紫外线可擦除 EPROM 和电可擦除 E^2PROM 几种。若所设计的系统是小批量生产或开发产品,则建议使用 EPROM 和 E^2PROM;若为成熟的大批量产品,则应采用 PROM 或掩膜 ROM 。

此外,还可以选择 OTP ROM、FLASH 存储器、FRAM、NVSRAM 用于多处理机系统的 DSRAM(双端口 RAM)等。

(2)工作速度匹配

MCS-51 的访存时间(单片机对外部存储器进行读写所需要的时间)必须大于所用外部存储器的最大存取时间(存储器的最大存取时间是存储器固有的时间)。

(3)选择合适的存储容量

在 MCS-51 应用系统所需存储容量不变的前提下,选择的存储器本身存储容量越大,使用的芯片数量就越少,所需的地址译码电路就越简单。

(4)合理分配存储器地址空间

存储器的地址空间的分配必须满足存储器本身的存储容量,否则会造成存储器硬件资源的浪费。

(5)合理选择地址译码方式

可根据实际应用系统的具体情况选择线性选择法、全地址译码法、部分地址译码法等地址译码方式。

8.2.3 典型的程序存储器扩展

1.单片 EPROM 的扩展

8031 扩展一片 2764 EPROM(8 KB)。

单片机与外部 EPROM 的连接如图 8.5 所示。

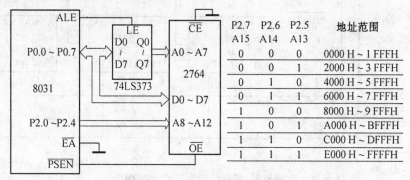

P2.7	P2.6	P2.5	地址范围
A15	A14	A13	
0	0	0	0000 H ~ 1 FFFH
0	0	1	2000 H ~ 3 FFFH
0	1	0	4000 H ~ 5 FFFH
0	1	1	6000 H ~ 7 FFFH
1	0	0	8000 H ~ 9 FFFH
1	0	1	A000 H ~ BFFFH
1	1	0	C000 H ~ DFFFH
1	1	1	E000 H ~ FFFFH

图 8.5 单片机与 EPROM 的连接

8031 的 P2.0 ~ P2.4 与 EPROM 的高 5 位地址线连接;P0 口经地址锁存器输出的地址线与 EPROM 的低 8 位地址线相连,同时 P0 口又与 EPROM 的数据线相连;单片机 ALE 引脚连接锁存器的锁存控制端 G;$\overline{PSEN}$ 接 EPROM 的输出允许端 $\overline{OE}$;8031 的内、外存储器选择端 $\overline{EA}$ 接地。

扩展单片 EPROM,其片选端可直接接地。只要系统执行读外部程序存储器的指令,该 EPROM 就被选通。P2 口的 P2.5 ~ P2.7 未使用,所以它们的状态与 2764 的寻址无关;P2.5 ~ P2.7 有八种状态,2764 的寻址范围对应有八个映象区(见图 8.5),其基本地址为 0000H ~ 1FFFH。

2.多片 EPROM 的扩展

8031 扩展三片 2764 EPROM(24 KB),分别采用线性选择法和译码法。

当单片 EPROM 的容量不能满足需要时,就需要进行多片扩展。总线扩展的重点在于各芯片的片选信号 $\overline{CE}$ 的处理。下面给出 8031 用线选法和译码法产生片选信号,扩展三片 EPROM 的电路。

(1)采用线性选择法,即用几根剩余的地址线连接片选信号,如图 8.6 所示。当 ALE 有效时,P0 口的值被锁存到 74LS373 中,构成地址线的低 8 位接到 2764 的 A0 ~ A7 上。高 5 位地址线 P2.0 ~ P2.4 接到 2764 的 A8 ~ A12 上,余下的 3 根地址线 P2.5 ~ P2.7 分别作为 1 号片、2 号片、3 号片的片选信号。则 1 号片的地址范围是 C000H ~ DFFFH,2 号片的地址范围是 A000H ~ BFFFH,3 号片的地址范围是 6000H ~ 7FFFH。要注意的是,线性地址译码方式有可能产生地址重叠现象。

因单片机连接存储器片选信号的译码线通常只有一根,其他不参与译码的地址线总会悬空。比如在扩展一个芯片时,地址线 P2.5 ~ P2.7 中有两根悬空,其二进制编码有四种组合。在这种情况下,存储单元地址则不唯一,并会出现地址重叠区。

(2)采用全地址译码,即所有的地址线都参与译码。如图 8.7 所示,P2.7 ~ P2.6 通过一

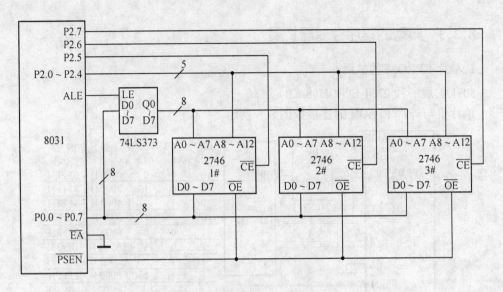

图 8.6 线选法扩展三片 EPROM

个 74LS139 译码器来控制片选信号,其他地址线也都参与了译码。则 1 号片的地址为 0000H ~ 3FFFH;2 号片的地址为 4000H ~ 7FFFH;3 号片的地址为 8000H ~ BFFFH。由于采用了全地址译码,所以,即便是只扩展一个芯片也不会产生地址重叠。

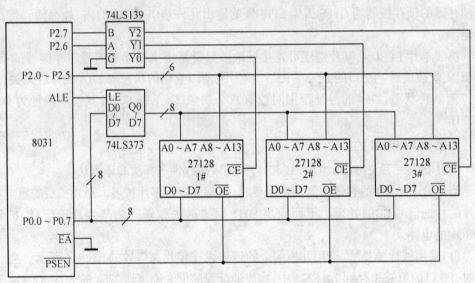

图 8.7 译码法扩展三片 EPROM

8.2.4 程序存储器的操作时序

单片机访问外部程序存储器时,在控制信号 ALE 上升为高电平后,P0 口输出低 8 位地址(PCL),P2 口输出高 8 位地址(PCH),由 ALE 的下降沿将 P0 口输出的低 8 位地址锁存到地址锁存器中。在外部程序存储器选通信号$\overline{PSEN}$变为低电平后,CPU 从 P0 口读取由 P2 口和地址锁存器输出的地址对应外部程序存储器单元中的指令字节。MCS-51 单片机在访问外部程序存储器的机器周期内,控制信号 ALE 出现两次正脉冲,外部程序存储器选通信号

$\overline{\text{PSEN}}$出现两次负脉冲,即在一个机器周期内 CPU 访问两次外部程序存储器。访问外部程序存储器的操作时序如图 8.8 所示。

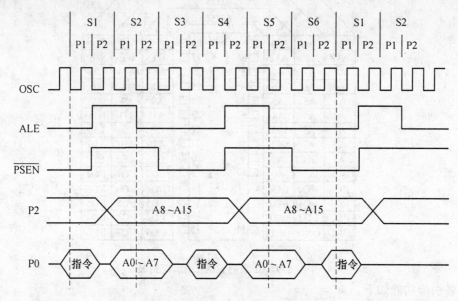

图 8.8　访问外部程序存储器的操作时序

其操作过程如下:

(1)ALE 信号在 S1P2 时刻产生,在 S2P2 时刻结束。

(2)由 ALE 信号的下降沿将 P0 口送出的低 8 位地址锁存到地址锁存器中,而 P2 口具有锁存功能,它送出的高 8 位地址始终有效。因此,从 ALE 的下降沿开始,在整个读指令的过程中,16 位地址线上的地址信号一直是稳定的。

(3)$\overline{\text{PSEN}}$信号在 S3P1 时刻产生,在 S4P2 时刻结束,在 $\overline{\text{PSEN}}$有效期间,对外部程序存储器进行读操作,将选中的地址单元中的指令代码从 P0 口读入 CPU。

(4)从 S4P2 后开始第二次读入,过程与第一次相似。

8.3　数据存储器扩展

MCS-51 系列单片机内部已有 128 B 或 256 B 的数据存储器,对于一般的应用场合,内部 RAM 可以满足应用系统要求。而对于需要大量数据缓冲器的应用系统,就需要扩展外部 RAM。外部 RAM 应能随机存取,通常采用半导体静态存储器。因 E^2PROM 具有在线读写的特性,而且掉电后信息不丢失,故也可作为外部 RAM 使用。

8.3.1　常用的数据存储器芯片

随机存取存储器(RAM)常用来存取实时数据、变量和运算结果。可分为静态 RAM (SRAM)和动态 RAM(DRAM)两类。若所用的 RAM 容量较小或要求较高的存取速度,则宜采用 SRAM;若所用的 RAM 容量较大或要求低功耗,则应采用 DRAM,以降低成本。

单片机系统中常用的静态 RAM(SRAM)芯片主要有 62 系列的 6264、62128、62256 等。其引脚如图 8.9 所示。

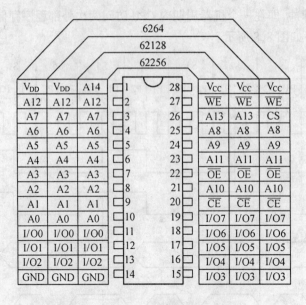

图 8.9　62 系列 SRAM 引脚与封装

各引脚功能如下。

A0 ~ Ai:地址输入线,由芯片容量而定,如 6264,i = 12,62256,i = 14。

D0 ~ D7:双向三态数据线。

$\overline{CE}$:片选信号输入,低电平有效。对于 6264 芯片,26 脚(CS1)为高电平且$\overline{CE}$为低电平时才选中该片。

$\overline{OE}$:读选通信号输入,低电平有效。

$\overline{WE}$:写允许信号输入,低电平有效。

V_{CC}:电源输入,一般接 + 5 V。

GND:接地。

常见数据存储器静态 RAM 的操作方式见表 8.4。

表 8.4　6264/62128/62256 的操作方式

方式 ＼ 引脚	$\overline{CE}$	$\overline{OE}$	$\overline{WE}$	D0 ~ D7
读出	L	L	H	数据输出
写入	L	H	L	数据输入
维持*	H	X	X	高阻

注:X 代表任意状态。

　* 对于 CMOS 静态 RAM 电路,$\overline{CE}$为高电平时,电路处于降耗状态。此时 V_{CC} 可降至 3 V 左右,内部所存数据也不会丢失。

8.3.2　典型的数据存储器扩展

同外扩程序存储器一样,由 P2 口提供扩展数据存储器空间的高 8 位地址,P0 口分时提供低 8 位地址和 8 位双向数据总线。外部数据存储器的寻址范围也是 64 KB,并与外部 I/O

接口统一编址。外部 RAM 和 I/O 接口的读写控制信号为 $\overline{RD}$ 和 $\overline{WR}$,片选端 $\overline{CE}$ 由地址译码器的译码输出控制。SRAM 在与单片机连接时,主要解决地址分配、数据线和控制信号线的连接。在与高速单片机连接时,还要根据时序解决速度匹配问题。

1.单片 SRAM 的扩展

MCS-51 扩展单片 62256 SRAM 的电路连接如图 8.10 所示。

数据线:P0 口接 RAM 的 D0 ~ D7。

地址线:62256 容量为 32 KB,需要 15 根地址线 A0 ~ A14。P0 口经地址锁存器后接 SRAM 的 A0 ~ A7;P2.0 ~ P2.6 接 SRAM 的 A8 ~ A14。

控制线:单片机的 ALE 接 74LS373 的 LE,$\overline{RD}$ 接 SRAM 的 $\overline{OE}$、$\overline{WR}$ 接 SRAM 的 $\overline{WR}$,因只有一片 SRAM,而且系统无其他 I/O 接口及外围设备扩展,片选 $\overline{CE}$ 可以直接接地。

地址范围:62256 的地址范围是 0000H ~ 7FFFH。

编程要求:将片内 RAM 以 50H 单元开始的 16 个数据,传送片外数据存储器 0000H 开始的单元中。

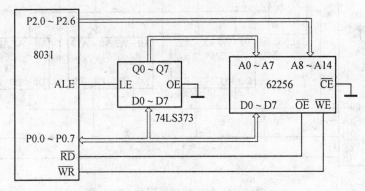

图 8.10 单片机与 32 KB SRAM 的连接

源程序:

```
        ORG     1000H
        MOV     R0, #50H      ;数据指针指向片内 50H 单元
        MOV     R7, #16       ;传送数据个数送计数器
        MOV     DPTR, #0000H  ;数据指针指向 RAM 的 0000H 单元
LOOP:   MOV     A, @R0        ;输出数据送累加器 A
        MOVX    @DPTR, A      ;数据输出至片外 RAM
        INC     R0            ;修改片内数据指针
        INC     DPTR          ;修改片外数据指针
        DJNZ    R7, LOOP      ;未传送完循环
        END
```

2.多片 SRAM 的扩展

8031 扩展三片 SRAM,分别采用线性选择法和译码法。

当单片 SRAM 的容量不能满足需要时,就需要进行多片扩展。总线扩展的重点在于各芯片的片选信号 $\overline{CE}$ 的处理。下面给出 8031 用线选法和译码法产生片选信号,扩展三片 SRAM 的电路。

(1)采用线性选择法,即用几根剩余的地址线连接片选信号,如图 8.11 所示。当 ALE 有效时,P0 口的值被锁存到 74LS373 中,构成地址线的低 8 位接到 6264 的 A0～A7 上。高 5 位地址线 P2.0～P2.4 接到 6264 的 A8～A12 上,余下的 3 根地址线 P2.5～P2.7 分别作为 1 号片、2 号片、3 号片的片选信号。则 1 号片的地址范围是 C000H～DFFFH,2 号片的地址范围是 A000H～BFFFH,3 号片的地址范围是 6000H～7FFFH。读信号$\overline{RD}$与 6264 的$\overline{OE}$连接,写信号$\overline{WR}$与 6264 的$\overline{WR}$连接。要注意的是,线性地址译码方式有可能产生地址重叠现象。因单片机连接存储器片选信号的译码线通常只有一根,其他不参与译码的地址线总会悬空。比如在扩展一个芯片时,地址线 P2.5～P2.7 中有两根悬空,其二进制编码有四种组合。在这种情况下,存储单元地址则不唯一,并会出现地址重叠区。

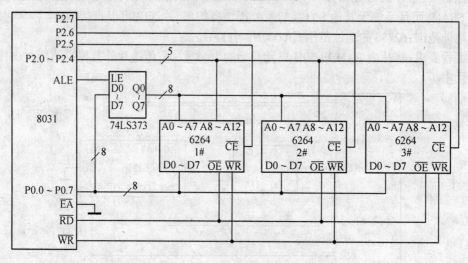

图 8.11　线选法扩展三片 SRAM

(2)采用全地址译码,即所有的地址线都参与译码,如图 8.12 所示。P2.7～P2.6 通过一个 74LS139 译码器来控制片选信号,其他地址线也都参与了译码。则 1 号片的地址为 0000H～3FFFH;2 号片的地址为 4000H～7FFFH;3 号片的地址为 8000H～BFFFH。由于采用了全地址译码,所以,即便是只扩展一个芯片也不会产生地址重叠。

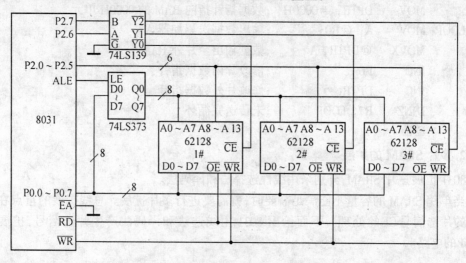

　　　　图 8.12　全地址译码法扩展三片 SRAM

8.3.4 数据存储器的操作时序

MCS-51 外扩 RAM 读和写两种操作时序基本过程是相同的。P0 口分时传送外部 RAM 的低 8 位地址和数据,P2 口传送外部 RAM 的高 8 位地址。在执行 MOVX 指令时,CPU 访问外部数据存储器。在访问外部 RAM 的读、写周期,CPU 自动产生、控制信号。

访问外部数据存储器有两组指令,它们的寻址空间不同。

(1)8 位寻址指令

读数据存储器指令:MOVX   A,@Ri

写数据存储器指令:MOVX   @Ri ,A

在访问外部 RAM 的低 256 字节空间时,使用这组指令。它只使用低 8 位地址线寻址外部数据存储区,需将高 8 位地址线(P2 口线)清 0。

(2)16 位寻址指令

读数据存储器指令:MOVX   A,@DPTR

写数据存储器指令:MOVX   @DPTR ,A

在访问的外部 RAM 空间大于 256 字节时,使用这组指令。由于 DPTR 为 16 位地址指针,故可寻址空间为 64 KB。

执行 MOVX 指令需要两个机器周期,第一个机器周期为取指令周期,即将 MOVX 的指令代码从程序存储器中取出,第二个机器周期为对外部数据存储器的读/写周期,其时序如图 8.13 所示。

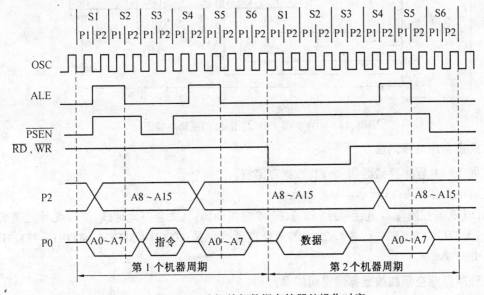

图 8.13 访问外部数据存储器的操作时序

操作过程如下:

(1)在第 1 个机器周期,第 1 个 ALE 的下降沿将 P0 口送出的外部程序存储器的低 8 位地址锁存到地址锁存器中,P2 口送出外部程序存储器的高 8 位地址,当 $\overline{PSEN}$ 有效后,CPU 读入外部 ROM 单元中的指令代码。第 2 个 ALE 的下降沿将 P0 口送出的外部数据存储器的低 8 位地址锁存到地址锁存器中,P2 口送出外部数据存储器的高 8 位地址。

(2)在第 2 个机器周期,当$\overline{RD}$或$\overline{WR}$控制信号有效后,从 P0 口读入选中的 RAM 单元内容或将 CPU 的内容写入选中的 RAM 单元。

8.4　存储器的综合扩展

1.采用线性选择法

扩展一片 62256 RAM 和一片 27256 ROM。逻辑电路如图 8.14 所示。32 KB EPROM 的地址为 0000H ~ 7FFFH,32 KB RAM 的地址也为 0000H ~ 7FFFH,虽然片选信号同为 P2.7,两者的地址相同,但不会发生地址冲突。因为外部 RAM 的读写控制信号为$\overline{RD}$和$\overline{WR}$,它们由 MOVX 指令产生,而外部 EPROM 的读控制信号$\overline{PSEN}$在 CPU 向外部 EPROM 取指令时才产生。也就是说外部 RAM 的读写控制信号与外部 EPROM 的读控制信号不会同时产生。

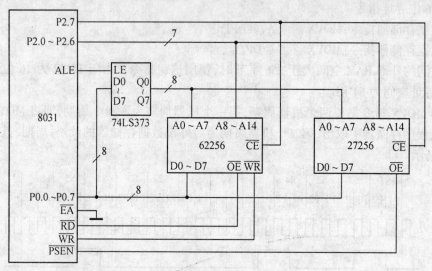

图 8.14　8031 扩展 ROM 与 RAM 的逻辑电路图

2.采用全地址译码法

扩展 16 KB 程序存储器和 32 KB 数据存储器。

逻辑电路如图 8.15 所示。

74LS139 的控制端 $\overline{G}$ 直接接地,P2.7、P2.6 参加译码,且无悬空地址线,所以无地址重叠现象。1 # 27128, 2 # 62128, 3 # 62128 的地址范围分别是:0000H ~ 3FFFH, 4000H ~ 7FFFH, 8000 ~ BFFFH。

3.程序存储空间和数据存储空间的混合

逻辑电路如图 8.16 所示。在硬件结构上将$\overline{PSEN}$信号和$\overline{RD}$信号相"与"后连接到 RAM 芯片的读选通端,这样就能使程序存储空间和数据存储空间混合。将程序装入 6264 中,很容易进行读写修改,执行程序时,由信号选通 RAM 读出。调试通过后,再将 RAM 6264 调换成 EPROM 2764。

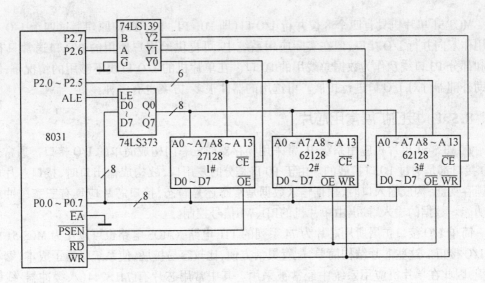

图 8.15　8031 扩展 ROM 与 RAM 的逻辑电路图

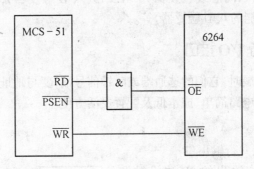

图 8.16　程序存储空间和数据存储空间的混合

8.5　简单并行 I/O 接口扩展

虽然 MCS-51 单片机本身有较强的接口能力,但在某些应用情况下还不够用,仍需要作扩展。由于外部 I/O 接口与外部数据存储器是统一编址的,因此,用户可以把外部 64 KB 数据存储器空间的一部分作为扩展外部 I/O 口的地址空间。这样,单片机就可以像访问外部数据存储器一样来访问外部 I/O 接口。并行 I/O 接口扩展的特性如下:

(1)输出锁存

用于扩展的 I/O 口都具有数据锁存的功能,可以实现等待传送。其数据传送方式是一对一的传送,不需要寻址,按照约定的数据传送协议传送数据。

(2)握手约定

I/O 口双向数据都可锁存,数据的传输要依照双方的握手约定,由规定的握手信号了解对方的数据准备情况及何时可以取走数据。

(3)时序协议

并行 I/O 口也有握手方式的时序协议,这些协议由指令控制 I/O 口的操作实现,完全遵从指令操作,与 CPU 的时序无关。

MCS-51 单片机具有四个 8 位并行 I/O 口(即 P0，P1，P2，P3)，原理上这四个 I/O 口均可用作双向并行 I/O 接口，但在实际应用系统中，可提供给用户使用的 I/O 口通常只有 P1 口和部分 P3 口线及作为数据总线用的 P0 口。在单片机的 I/O 口线不够用的情况下，可以借助外部器件对 I/O 口进行扩展。可选用的器件很多，方案也有多种。

8.5.1 接口扩展常用芯片

在 MCS-51 单片机应用系统中，常采用锁存器或三态门构成简单的 I/O 接口。通常这种 I/O 接口都是通过 P0 口扩展的。由于 P0 口是分时复用口，故构成输出口时，接口芯片应具有锁存功能；构成输入口时，根据输入数据是常态还是暂态，接口芯片应具有三态缓冲或锁存功能。数据的输入、输出由单片机的$\overline{RD}$、$\overline{WR}$信号控制。

简单 I/O 接口扩展所用芯片为 74 系列的 TTL 电路，CMOS 电路也可以作为 MCS-51 的扩展 I/O 接口。这些芯片结构简单，配置灵活方便，比较容易扩展，使系统降低了成本，缩小了体积，因此在单片机应用系统中经常被采用。其中常用芯片有 74LS244(八缓冲器/线驱动器/线接收器)，74LS245(双向总线接发器)，74LS273(八 D 触发器)，74LS373(三态同向八 D 锁存器)，74LS377(带使能的八 D 触发器)等。

8.5.2 简单并行 I/O 接口

简单并行 I/O 口扩展时，它们的选通端或时钟信号端，要与地址线和控制线的逻辑组合输出端相连。其特点是电路简单、成本低及配置灵活方便。

1. 扩展并行输出口

(1)用 74LS374 扩展并行输出口

74LS374 是具有三态输出的 8D 边沿触发器，它与单片机接口电路如图 8.17 所示，74LS374 的口地址为 7FFFH。

74LS374 是八 D 触发器，各引脚定义如下：

D0 ~ D7：输入线。

Q0 ~ Q7：输出线。

CLK：时钟输入端，上升沿有效。

V_{CC}：工作电源，接 + 5 V。

GND：接地。

74LS374 的工作方式见表 8.5。

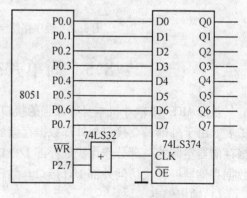

图 8.17　扩展并行输出口

表 8.5　74LS374 的工作方式

输入			输出
$\overline{OE}$	CLK	D	Q
L	↑	H	H
L	↑	L	L
L	L	X	Q
H	X	X	Z

源程序如下：

```
MOV      DPTR，#7FFFH        ;口地址送寄存器
MOV      A，60H              ;60H 单元内容送累加器
MOVX     @DPTR，A            ;累加器数据送到 I/O 口
END
```

2.扩展并行输入口

用单向总线缓冲器 74LS244 扩展并行输入口，硬件电路如图8.18图所示。74LS244 的口地址为 7FFFH。74LS244 的工作方式见表8.6。

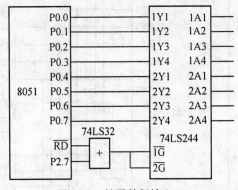

图 8.18　扩展并行输入口

74LS244 是八缓冲器/线驱动器/线接收器，内部有两组 4 位三态缓冲器，具有数据缓冲隔离和驱动作用，其输入阻抗较高，输出阻抗低，常用于单向三态缓冲输出。74LS244 的各引脚定义如下：

1A1 ~ 1A4：第 1 组 4 条输入线

1Y1 ~ 1Y4：第 1 组 4 条输出线

2A1 ~ 2A4：第 2 组 4 条输入线

2Y1 ~ AY4：第 2 组 4 条输出线

$1\overline{G}$：第 1 组三态门使能端,低电平有效

$2\overline{G}$：第 2 组三态门使能端,低电平有效

V_{CC}：工作电源,接 + 5 V

GND：接地

源程序如下：

```
MOV      DPTR，#7FFFH        ;口地址送寄存器
MOVX     A，@DPTR            ;外部数据送入累加器 A
MOV      61H，A              ;数据送 61H 单元保存
END
```

表 8.6　74LS244 的工作方式

输　　　入			输　　出
$1\overline{G}$	$2\overline{G}$	A	Y
0	0	0	0
0	0	1	1
1	1	X	高阻

3.扩展并行输入/输出口

(1)实现功能

P0 口作为双向数据总线,用 74LS244 扩展 8 位输入口,输入八个控制开关的控制信号;用 74LS373 扩展 8 位输出口,输出信号控制八个发光二极管。编写控制程序,使八只发光二

极管分别受各自对应的控制开关控制。

(2)硬件电路

扩展电路如图 8.19 所示。

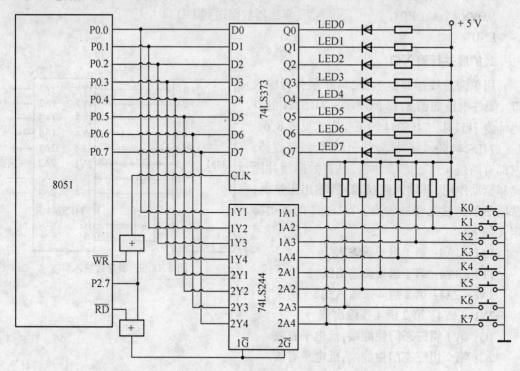

图 8.19　简单 I/O 口扩展电路

只要 P2.7 为 0,就选中 74LS244 或 74LS373,其他位均为无关位,所以 74LS244 和 74LS373 的地址均为 7FFFH。

(3)源程序

```
           ORG       0000H
           AJMP      MAIN
           ORG       0050H
MAIN: MOV       DPTR, # 7FFFH    ;置输入口地址
           MOVX      A, @DPTR        ;读输入口数据
           MOV       DPTR, # 7FFFH    ;置输出口地址
           MOVX      @DPTR, A        ;数据送输出口
           SJMP      MAIN
           END
```

8.6　8255A 可编程并行接口扩展

8255A 是 Intel 公司生产的可编程并行接口芯片,主要作为外围设备与微型计算机总线之间的 I/O 接口。由于 8255A 可以通过软件来设置芯片的工作方式,用 8255A 连接外部设

备时,通常不需要再附加外部电路,因此给使用带来很大的方便。

8.6.1　8255A 的引脚及内部结构

1.8255A 的引脚

8255A 引脚与封装如图 8.20 所示。

各引脚定义如下:

D7 ~ D0:双向数据总线,用于传送数据和控制字。

PA7 ~ PA0:A 口的 8 位输入/输出信号线。

PB7 ~ PB0:B 口的 8 位输入/输出信号线。

PC7 ~ PC0:C 口的 8 位输入/输出信号线。

$\overline{CS}$:片选信号,低电平有效。该引脚为低电平时,允许 8255A 与 CPU 交换信息。

$\overline{RD}$:芯片读出信号,低电平有效。该引脚为低电平时,允许 CPU 从 8255A 端口读取输入数据或外设状态。

$\overline{WR}$:芯片写入信号,低电平有效。该引脚为低电平时,允许 CPU 向 8255A 端口写入数据或控制字。

A0、A1:端口选择信号,这两个引脚的输入和 $\overline{RD}$、$\overline{WR}$ 两个引脚的输入,一起控制 8255A 内部三个数据端口及一个控制端口的选择。它们

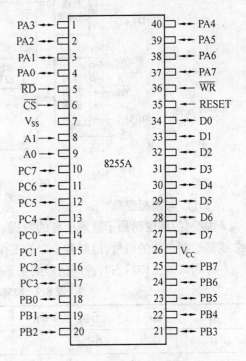

图 8.20　8255A 引脚与封装

一般和地址总线的两个最低位(A0,A1)相连。当 A1、A0 为 00 时选中端口 A;为 01 时选中端口 B;为 10 时选中端口 C;为 11 时选中命令字口。

RESET:复位信号,当该输入信号为高电平时,控制寄存器被清 0,所有的端口(A,B,C)都被设置为输入方式。复位引脚上的高电平,使各个端口都被置为输入模式(也就是 24 个引脚都被置为高阻态)。

复位电平过后,8255A 能继续保持初始化要求的输入模式。在整个系统操作过程中,一个单独的输出指令都可以使其改变工作方式。这种机制也决定了 8255A 可以用一个简单的软件维护程序来为多个不同的外围设备服务。

2.8255A 的内部结构

8255A 内部结构如图 8.21 所示。其中包括一个 8 位数据缓冲器,一个读/写控制逻辑电路,两个工作方式控制电路和三个并行数据输入/输出口。

各部分功能如下:

(1)数据总线缓冲器

数据总线缓冲器是一个双向三态 8 位数据缓冲器,作为 8255A 与系统数据总线的接口,用来传送数据、指令、控制命令及外部状态信息。

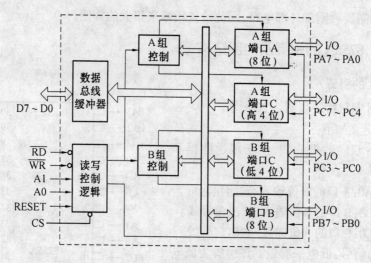

图 8.21　8255A 的内部结构

（2）读/写控制逻辑

读/写控制逻辑用于管理所有的数据、控制字或状态字的传送。它接收来自 CPU 地址总线和控制总线的信号，控制各个口的工作状态。

各端口的工作状态与控制信号的关系见表 8.7。

表 8.7　8255A 端口工作状态选择

A1	A0	$\overline{RD}$	$\overline{WR}$	$\overline{CS}$	操　　作	说　　明
0	0	0	1	0	A 口→数据总线	输入操作（读）
0	1	0	1	0	B 口→数据总线	
1	0	0	1	0	C 口→数据总线	
0	0	1	0	0	数据总线→A 口	输出操作（写）
0	1	1	0	0	数据总线→B 口	
1	0	1	0	0	数据总线→C 口	
1	1	1	0	0	数据总线→控制寄存器	
X	X	X	X	1	数据总线呈高阻状态	
1	1	0	1	0	非法状态	禁止操作
X	X	1	1	0	数据总线呈高阻状态	

（3）A 组控制和 B 组控制

根据 CPU 写入控制寄存器的控制字来控制 8255A 的工作方式。A 组控制 PA 口和 PC 口的高 4 位（PC7～PC4）；B 组控制 PB 口和 PC 口的低 4 位（PC3～PC0），并可根据控制字对端口的每一位进行"置位"或"复位"操作。控制字寄存器只能写不能读，控制字可分为各端口的方式选择控制字和端口 C 按位置位/复位控制字两种。

（4）端口 A、B、C

8255A 有三个 8 位数据端口 PA、PB 和 PC。都可以用软件使它们分别作为输入端口或输出端口。但在功能和结构上有些差异。

PA 口具有一个 8 位数据输出锁存器/缓冲器和一个 8 位数据输入锁存器。可编程为 8 位输入/输出或双向寄存器。

PB 口具有一个 8 位数据输出锁存器/缓冲器和一个 8 位数据输入缓冲器。可编程为 8 位输入或输出寄存器,但不能双向输入/输出。

PC 口具有一个 8 位数据输出锁存器/缓冲器和一个 8 位数据输入缓冲器。它可以分作两个 4 位端口使用,每个 4 位端口都包括一个 4 位的锁存,并可为端口 A 和端口 B 提供控制信号输出和状态信号输入。

8.6.2 8255A 的工作方式

8255A 有三种工作方式,方式 0 为基本输入/输出方式;方式 1 为选通输入/输出方式;方式 2 为双向传送方式。

1.方式 0

方式 0 是一种基本的输入/输出方式,这种工作方式不需要应答联络信号,A 口、B 口及 C 口的高半口和低半口都可以由编程设置为输入或输出。方式 0 的基本功能如下:

(1)具有两个 8 位的端口(A、B)和两个 4 位的端口(C 口的高 4 位和低 4 位)。

(2)任何一个端口都可以设定为输入或输出。各端口的输入、输出有 16 种不同的组合。

(3)作输出口时,输出数据被锁存,作输入口时,输入数据不锁存。

2.方式 1

方式 1 是一种选通输入/输出方式。A 口和 B 口可独立地设置为这种工作方式。在这种方式下,A 口和 B 口通常用于传送它们与外设之间的 I/O 数据,C 口用作 A 口和 B 口的应答联络信号线,以实现中断方式传送 I/O 数据。C 口的 PC7 ~ PC0 应答联络线是在设计 8255A 时规定的。根据 A 口和 B 口作为数据输入口或数据输出口的不同,C 口分别用不同口线作为选通工作方式口的控制线或联络线。

(1)A 口或 B 口工作在方式 1,且作为输入口时,C 口提供的信号线及功能如下:

$\overline{STB}$(A 口 PC4;B 口 PC2)——选通信号输入,低电平有效。是由输入设备送来的信号,此信号有效时,表示将数据线上的数据装入端口缓冲器。

IBF(A 口 PC5;B 口 PC1)——输入缓冲器满,高电平有效。是 8255A 输出的状态信号,此信号有效时,表示数据已经装入缓存器,但 CPU 尚未读取。IBF 信号由 $\overline{STB}$ 信号的下降沿置位,由读信号 $\overline{RD}$ 的上升沿复位。

INTR(A 口 PC3;B 口 PC0)——中断请求信号,高电平有效。由 8255A 输出,向 CPU 提出中断请求。当 $\overline{STB}$,IBF 以及 INTE(中断允许标志)均为高电平时,INTR 将被置为高电平;由 $\overline{RD}$ 信号的下降沿复位。

INTE(A 口 PC6;B 口 PC2)——中断允许信号,由 PC6 或 PC2 的置位/复位来控制。

(2)A 口或 B 口工作在方式 1,且作为输出口时,C 口提供的信号线及功能如下:

$\overline{OBF}$(A 口 PC7;B 口 PC1)——输出缓存满信号,低电平有效,由 8255A 送给外设。表示 CPU 已经把数据送入指定的端口,外设可以将数据取走。由 $\overline{WR}$ 信号的上升沿将 $\overline{OBF}$ 清 0(有效),$\overline{ACK}$ 信号的下降沿置 1(无效)。

$\overline{ACK}$(A 口 PC6;B 口 PC2)——外设响应信号,低电平有效。表示外部设备已经取走了端口的数据。

INTR(A 口 PC3;B 口 PC0)——中断请求信号,高电平有效。表示数据已被外设取走,向 CPU 提出中断请求。当$\overline{ACK}$、$\overline{OBF}$以及 INTE 均为高电平时,该信号被置为高电平,由$\overline{WR}$信号的下降沿复位。

INTE(A 口 PC6;B 口 PC2)——中断允许信号,由 PC6 或 PC2 的置位/复位来控制。

需要强调的是:$\overline{STB}$是由外设提供的控制信号;IBF 和$\overline{OBF}$是由 8255A 发出的状态信号;$\overline{ACK}$是由外设提供的响应信号;INTR 是由 8255A 发出的中断申请信号;INTE 是由 CPU 发来的控制信号。方式 1 下的联络信号如图 8.22 所示。图 8.22(a)为 A 口输入,图 8.22(b)为 A 口输出,图 8.22(c)为 B 口输入,图 8.22(d)为 B 口输出。

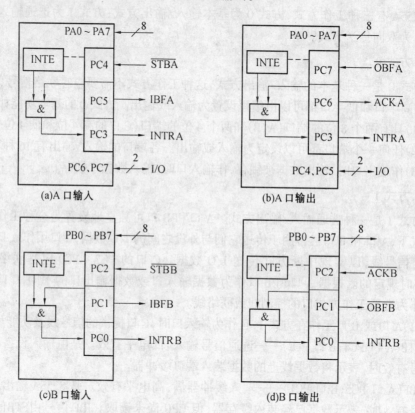

图 8.22　8255A 方式 1 下的联络信号

3.方式 2

方式 2 是一种选通的双向传送方式。只有 A 口才能设定为这种工作方式,在方式 2 下,A 口为 8 位双向数据 I/O 口,C 口的 PC7~PC3 用来作为 A 口输入/输出的控制和同步信号。此时,B 口及 C 口的低 3 位(PC0~PC2)可以工作在方式 0 或方式 1。

(1)A 口工作在方式 2,且作为输入口时,C 口提供的信号线及功能如下:

$\overline{STBA}$(PC4):选通信号输入,低电平有效,此信号有效时将外设传来的数据装入端口。

IBFA(PC5):输入缓冲器满,高电平有效,此信号有效时,表示数据已经装入缓冲器,但 CPU 尚未读取。在 CPU 读取端口数据后,将变为低电平,表示端口缓冲器空。

INTE2(PC4):中断允许信号,由按位置位/复位的 PC4 控制。

(2)A 口工作在方式 2,且作为输出口时,C 口提供的信号线及功能如下:

$\overline{OBFA}$(PC7):输出缓冲器满,低电平有效。此信号有效表明 CPU 已将数据写入端口。

$\overline{ACKA}$(PC6):外设响应信号,低电平有效。此信号有效时,将使端口 A 的三态输出缓冲器输出数据,反之,输出缓存器将处于高阻状态。

INTE1(PC6):中断允许信号,由按位置位/复位的 PC6 控制。

INTRA(PC3):中断请求信号,高电平有效,由 8255A 输出。当 $\overline{STBA}$,IBFA 以及 INTE(INTE1 和 INTE2 中断允许)均为高电平时,$INTR_A$ 将被置为高电平,向 CPU 提出中断请求;由 $\overline{RD}$ 信号的下降沿复位。方式 2 下的联络信号,如图 8.23 所示。

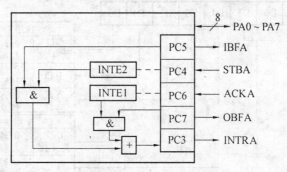

图 8.23　8255A 方式 2 下的联络信号

8255A 在不同的工作方式下,各口线的功能见表 8.8。

4.端口 C 按位置位/复位

端口 C 的任一位都可由一条输出指令置位或复位。这个特点减少了基于控制的应用软件中的软件请求。当端口 C 用来为端口 A、B 提供控制/状态信号时,端口 C 的每一位都可由按位置位/复位操作来置位或复位,看起来就像是数据输出端口。

表 8.8　在不同的工作方式下各口线的功能

端口	方式 0		方式 1		方式 2
	输入	输出	输入	输出	输入/输出
A 口	IN	OUT	IN	OUT	双向
B 口	IN	OUT	IN	OUT	无
PC0	IN	OUT	$INTR_B$	INTRB	无
PC1	IN	OUT	IBFB	$\overline{IBFB}$	无
PC2	IN	OUT	$\overline{STBB}$	$\overline{ACKB}$	无
PC3	IN	OUT	INTRA	INTRA	INTRA
PC4	IN	OUT	$\overline{STBA}$	I/O	$\overline{STBA}$
PC5	IN	OUT	IBFA	I/O	IBFA
PC6	IN	OUT	I/O	$\overline{ACKA}$	$\overline{ACKA}$
PC7	IN	OUT	I/O	$\overline{OBFA}$	$\overline{OBFA}$

8255A 工作在方式 1 或方式 2 时，8255A 发给 CPU 的中断请求信号一般是由端口 C 发出的，用端口 C 的按位置位/复位功能来禁止或允许中断。这种方式允许编程人员控制特定的 I/O 设备向 CPU 发出的中断信号，同时不会影响中断系统中的其他设备。

5. 工作方式选择及 C 口置位/复位控制字

（1）工作方式选择控制字

8255A 芯片的初始化编程是通过对控制口写入控制字的方式实现的。工作方式选择控制字用于选择 8255A 芯片三个端口的工作方式，方式控制字的特征是最高位为 1。其格式如图 8.24 所示。

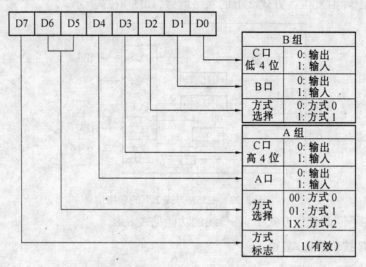

图 8.24　8255A 方式选择控制字

（2）C 口按位置位/复位控制字

通过对控制口写入 C 口的按位置位/复位控制字的方式，可完成 C 口的按位置位/复位操作。需要指出的是，工作方式选择控制字和 C 口按位置位/复位控制字都是写入控制口的，但 8255A 能根据它们的特征加以区别。C 口按位置位/复位控制字的特征是最高位为 0。C 口按位置位/复位控制字的格式如图 8.25 所示。

8.6.3　8255A 可编程并行接口扩展

MCS-51 单片机扩展 8255A 芯片的电路如图 8.26 所示。8255A 芯片内部已有数据总线驱动器，可以直接与 MCS-51 单片机总线相连接（P0 口接 D0 ~ D7）。8255A 的 RESET、$\overline{RD}$、$\overline{WR}$分别与 MCS-51 单片机的 RESET、$\overline{RD}$、$\overline{WR}$相连，$\overline{CS}$接 P2.7，单片机地址线最低 2 位分别接 8255A 芯片的 A1、A0。设其余地址线均为高电平，则 8255A 的 PA、PB、PC 及控制寄存器的地址分别是 7FFCH、7FFDH、7FFEH 和 7FFFH。

8255A 在外部设备和单片机相连接时非常有用。它几乎可作所有输入/输出设备的接口，而不用任何额外的逻辑电路。

通常单片机的每个外设都有与之相联系的程序来管理外设和 CPU 之间的接口，8255A 的工作方式可由 I/O 设备的管理程序定义。在 8255A 使用前必须进行初始化，即将控制字写进 8255A 的控制寄存器。

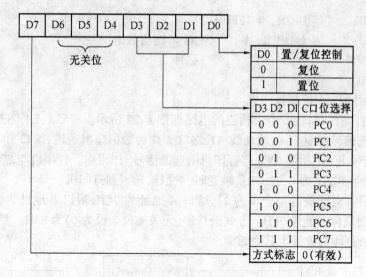

图 8.25   C 口按位置位/复位控制字

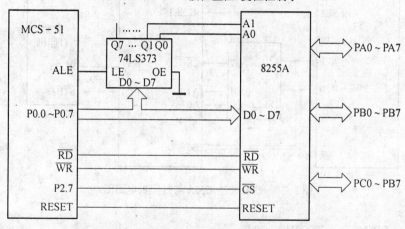

图 8.26   MCS-51 单片机外扩 8255A 电路原理图

【例 8.1】   用 8255A 的 PA 口作为输入口接八个控制开关;PB 口作为出口接八个发光二极管,编写控制程序,使八个发光二极管分别受各自对应的控制开关的控制。

设端口 A 地址为 7FFCH,端口 B 地址为 7FFDH,端口 C 地址为 7FFEH,控制端口地址为 7FFFH。

源程序:

```
                                          注释
          ORG      0000H        ;程序起始地址
          AJMP     MAIN
          ORG      0100H        ;主程序地址
MAIN:     MOV      DPTR, #7FFFH
          MOV      A, #90H       ;A 口输入、B 口输出
          MOVX     @DPTR, A      ;控制字写入控制口
LOOP:     MOV      DPTR, #7FFCH
          MOVX     A, @DPTR      ;PA 口读入数据
```

```
            MOV        DPTR, #7FFDH
            MOVX       @DPTR, A        ;PB 口输出数据
            SJMP       LOOP            ;循环
            END
```

【例 8.2】 用 8255A 控制打印机。

8255A 作为打印机接口与 8051 相连的电路如图 8.27 所示。8255A 工作在方式 0,译码采用线选法,片选信号接 8051 的地址线 A7,端口 A 作为数据输出通道,端口 B 不用,PC7 与打印机的状态信号 BUSY 相连,PC0 与打印机的选通信号 $\overline{STB}$ 相连。打印机与 8051 采用查询方式传送数据。当 BUSY 为 0,在 $\overline{STB}$ 负跳变时,数据被送入到打印机。

由接口电路可知(无关的位全设为 1),端口 A 地址为 7CH,端口 B 地址为 7DH,端口 C 地址为 7EH,控制端口地址为 7FH。方式选择字(无关的位全设为 0)为 88H。要打印的数据开始地址为 30H;打印的数据个数为 50。

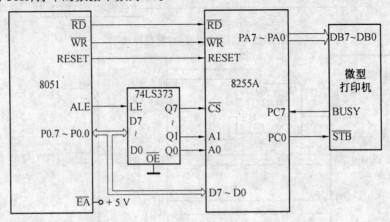

图 8.27　8051 通过 8255A 与打印机电路图

源程序:

```
            ORG        0000H
            LJMP       START
            ORG        0100H
START:      MOV        R5, #32H        ;打印的数据个数
            MOV        R6, #30H        ;R6 指向数据起始地址
            MOV        R0, #7FH        ;方式选择控制字地址
            MOV        A, #88H         ;置端口 A 工作于方式 0,且为输出,C 的高位为
                                        输入,低位为输出
            MOVX       @R0, A
            MOV        R0, #7FH
            MOV        A, #71H         ;按位置位/复位控制字(设无关位为 1),置 PC0
                                        为 1,使 STB 为高电平
            MOVX       @R0, A
LP:         MOV        R0, #7EH        ;读端口 C 的值
            MOVX       A, @R0
```

ANL	A, #80H	;求与,查看 PC7,即状态信号 BUSY 的值
JNZ	LP	;若不为 0,说明打印机现在处于忙状态,跳转继续读端口 C 的值
MOVX	A, @R6	;若不忙,将要打印的字符送往端口 A
MOV	R0, #7CH	
MOVX	@R0, A	
MOV	R0, #7FH	
MOV	A, #70H	;同上,使 STB 变为低电平
MOVX	@R0, A	
INC	R6	;指向下一个要打印的数据
MOV	R0, #7FH	
MOV	A, #71H	;再使 STB 为 1
MOVX	@R0, A	
DJNZ	R5, LP	;打印个数减 1,判断是否打印完,否则返回
END		

8.7 8155 可编程并行接口扩展

8155 是一种多功能可编程外围扩展接口芯片,它具有三个可编程 I/O 端口(端口 A、B、C),与 8255A 的区别在于 PC 口是 6 位,并有一个可编程 14 位定时器/计数器和 256 字节的 RAM,RAM 的存取时间为 400 ns,能方便地进行 I/O 扩展和 RAM 扩展。8155 可直接与 MCS-51 相连,不需要增加任何硬件逻辑。

8.7.1 8155 芯片介绍

1.8155 的结构及引脚功能

8155 为 40 脚双列直插式封装,其内部结构及引脚如图 8.28 所示。各引脚功能如下:

(1)地址/数据线(8 条)

AD0 ~ AD7 为三态地址/数据总线。因 8155 片内有地址锁存器,该组引脚可直接与单片机的 P0 口相连。

(2)I/O 口线(22 条)

PA0 ~ PA7 为端口 A 输入/输出线,PB0 ~ PB7 端口 B 输入/输出线,分别用于传送 A 口和 B 口上的外设数据,由写入命令寄存器中的控制字确定传送方向。

PC0 ~ PC5 为端口 C 输入/输出线,既可用于传送数据,也可用作端口 A 和端口 B 的应答联络信号线。

(3)控制线(8 条)

IO/$\overline{\text{M}}$:I/O 接口及 RAM 选择线。在片选信号有效的情况下,IO/$\overline{\text{M}}$ = 1 时,选中 8155 片内 3 个 I/O 口以及命令状态寄存器和定时器/计数器;IO/$\overline{\text{M}}$ = 0 时,选中 8155 的片内 RAM。

$\overline{\text{CE}}$:片选信号,低电平有效。与地址信号一起由 ALE 的下降沿锁存到 8155 的锁存器中。

ALE:地址锁存信号。8155 片内有地址锁存器,该信号的下降沿将 P0 口输出的低 8 位地址以及 $\overline{\text{CE}}$、IO/$\overline{\text{M}}$ 的状态锁存到 8155 的内部寄存器。

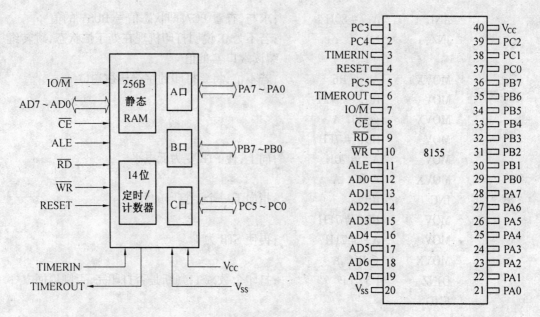

图 8.28　8155 的内部结构及引脚

$\overline{RD}$:读信号,低电平有效。当$\overline{CE}=0$、$\overline{RD}=0$ 时,将 8155 片内 RAM 单元或 I/O 接口的内容传送到 AD0 ~ AD7 总线上。

$\overline{WR}$:写信号,低电平有效。当$\overline{CE}=0$、$\overline{WR}=0$ 时,将 AD0 ~ AD7 总线上的内容传送到 8155 片内 RAM 单元或 I/O 接口中。

RESET:复位信号输入线,高电平有效。当加入 5 μs 左右宽的正脉冲时,8155 初始化复位,A 口、B 口、C 口均被初始化为输入方式。

TIMER IN:定时器/计数器的输入线。输入脉冲的上升沿,使 8155 片内 14 位计数器减 1。

TIMER OUT:定时器/计数器的输出线。当 14 位计数器计满回零时输出脉冲或方波,其输出信号的形式与计数工作方式有关。

2.8155 的控制及 I/O 口和 RAM 地址编码

在单片机应用系统中,8155 的 I/O 端口及 RAM 地址与外部数据存储器是统一编址的,其控制操作见表 8.9,I/O 口寄存器的地址编码见表 8.10。

表 8.9　8155 芯片控制操作

控制信号				操　作
$\overline{CE}$	IO/$\overline{M}$	$\overline{RD}$	$\overline{WR}$	
0	0	0	1	读 RAM 单元 （×× 00H ~ ×× FFH）
0	0	1	0	写 RAM 单元 （×× 00H ~ ×× FFH）
0	1	0	1	读内部寄存器(I/O 口)
0	1	1	0	写内部寄存器(I/O 口)
1	×	×	×	无操作

表 8.10　8155 内部端口编址

地　　址	端　　口
× × × × × 000	命令/状态寄存器
× × × × × 001	PA 口寄存器
× × × × × 010	PB 口寄存器
× × × × × 011	PC 口寄存器
× × × × × 100	定时器/计数器低 8 位
× × × × × 101	定时器/计数器高 6 位

8.7.2 8155 的工作方式与基本操作

1.8155 的工作方式

(1)存储器方式

在片选信号$\overline{CE}$有效的情况下,IO/$\overline{M}$信号为低电平时,8155 作片外 RAM 使用,其地址的高 8 位由片选信号确定,低 8 位为 00H ~ FFH。

(2)I/O 口方式

8155 有两种 I/O 方式:基本 I/O 方式和选通 I/O 方式。

当 8155 的 PA 口、PB 口、PC 口工作在基本 I/O 方式时,可用于无条件 I/O 操作。

当 8155 的 PA 口工作在选通 I/O 方式时,PC 口的低三位作 PA 口联络线,其余位作 I/O线,PB 口定义为基本 I/O 方式;PA 口和 PB 口也可同时定义为选通 I/O 方式,此时 PC 口作 PA 口和 PB 口的联络线。选通方式的状态及控制信号如图 8.29 所示。

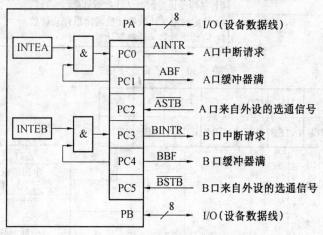

图 8.29　8155 选通方式的状态及控制信号

2.8155 的基本操作

(1)设定工作方式

在 8155 操作前,必须由 CPU 向命令寄存器写入命令字,设定其工作方式,命令字只能写入不能读出。8155 命令字格式如图 8.30 所示。

(2)查询工作状态

8155 内部有一个状态寄存器,可以锁存 8155 I/O 口和定时器/计数器的当前状态,供 CPU 查询,状态寄存器和命令寄存器共用一个地址,只能读出不能写入。因此可以认为 8155 的 00H 口是命令/状态口,CPU 往 00H 口写入的是命令字,而从中读出的是状态字。8155 状态字格式如图 8.31 所示。

3.8155 内部的定时器/计数器

8155 的可编程 14 位定时器/计数器是一个减法计数器,定时或计数的脉冲来自外部。它由两个 8 位寄存器组成,其中低 14 位用来设置定时常数的计数初值,高 2 位为定时器/计数器的操作方式选择位,初值范围为 0002H ~ 3FFFH;低 8 位的 I/O 地址为 × × × × ×100B,高 8 位的 I/O 地址为 × × × × ×101B。在不同方式下,TIMER OUT 引脚输出不同的波形。

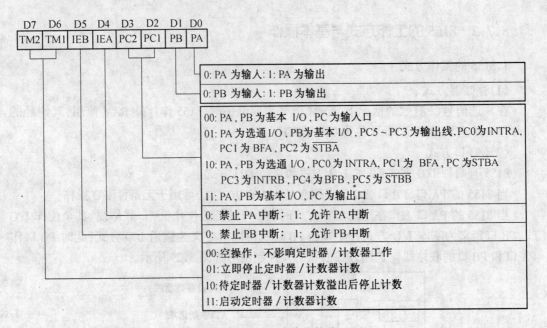

图 8.30　8155 命令字格式

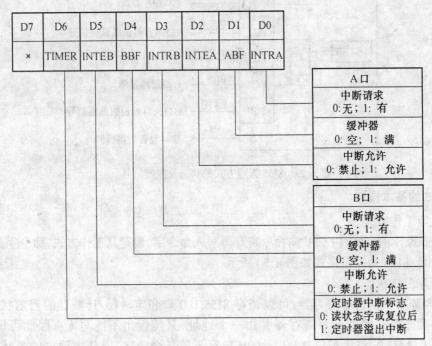

图 8.31　8155 状态字格式

8155 定时器/计数器的高、低字节寄存器格式如图 8.32 所示。

M2、M1:输出方式。8155 定时器的输出方式与输出波形见表 8.9。

T13 ~ T0:14 位计数初值。

使用 8155 定时器/计数器时,应先对两个 8 位寄存器编程,设置它的操作方式和计数初值。然后对命令字寄存器进行编程,通过命令字控制定时器/计数器的启动计数和停止计数

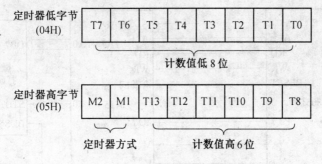

图 8.32　8155 定时器寄存器格式

或待定时器/计数器溢出时停止计数。

表 8.9　8155 定时器的操作方式与输出波形

M2	M1	操作方式	输出波形	说　　明
0	0	单负方波		负方波宽度为 n/2 个(n 为偶数)或(n-1)/2 个(n 为奇数)输入时钟周期
0	1	连续方波		低电平宽度为 n/2 个(n 为偶数)或(n-1)/2 个(n 为奇数)输入时钟周期；高电平宽度 n/2 个(n 为偶数)或(n+1)/2 个(n 为奇数)输入时钟周期
1	0	单负脉冲		计数溢出时输出一个宽度为输入时钟周期的负脉冲
1	1	连续脉冲		每次计数溢出时输出一个宽度为输入时钟周期的负脉冲并自动恢复初值

值得注意的是,8155 的定时器初值不是从 0 开始,而是从 2 开始。这是因为输出为方波时(无论是单负方波还是连续方波),规定是从启动计数开始,前一半计数输出为高电平,后一半计数输出为低电平。如果计数初值是 0 或 1,就无法产生这种方波。如果硬要将 0 或 1 作为初值写入,其效果与送入初值 2 的情况一样。

8155 复位后并不预置定时器的操作方式和计数初值,但停止计数器计数。

8.7.3　8155 可编程并行接口扩展应用实例

【例 8.3】　用 8155 控制 TPup 打印机。

解:TPup 打印机的接口和通用打印机相同。图 8.33 是 8051 控制 TPup 打印机的电路图。打印机与 8051 采用中断方式联络。

由电路图可知:命令口地址为 7FF0H,端口 A 地址为 7FF1H,端口 C 地址为 7FF3H,初始化命令字为 0FH(端口 A、端口 C 均为输出)。

假设数据存储起始地址为 20H,要打印的数据个数为 50(32H)。

源程序如下:

```
        ORG     1000H
START:  ……
        SETB    EA              ;开中断
        SETB    EX1             ;允许INT1中断
```

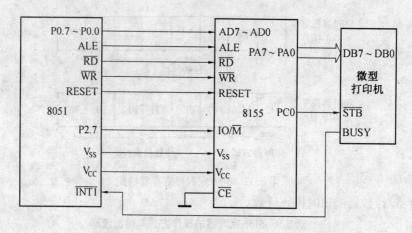

图 8.33   8051 扩展 8155 与打印机的接口

	SETB	PX1	;设INT1为高级中断
	SETB	IT1	;设INT1为负边沿触发中断
	SETB	P2.7	;设 IO/M̄ = 1
	MOV	R6, 20H	;打印数据的起始地址
	MOV	R5, #32H	;R5 中存打印数据个数,即中断次数
	MOV	A, #0FH	;方式控制字送入累加器
	MOV	DPTR, #7FF0H	
	MOVX	@DPTR, A	;方式控制字送入 8155 的命令端口
	MOV	A, @R6	;第一个数据送端口 A
	MOV	DPTR, #7FF1H	
	MOV	@DPTR, A	
	MOV	DPTR, #7FF0H	
	MOV	A, #01H	
	MOV	@DPTR, A	;PC0 = 1 控制字送入命令口
	MOV	A, #00H	
	MOV	@DPTR, A	;PC0 = 0 控制字送入命令口
LOOP:	SJMP	$	;等待中断
	ORG	0003H	
	LJMP	PINT0	
	ORG	2000H	
PINT0:	MOV	DPTR, #7FF1H	
	INC	R6	;指向下一个数据
	MOV	A, @R6	
	MOVX	@DPTR, A	
	MOV	DPTR, #7FF3H	;产生负选通脉冲
	MOV	A, #01H	
	MOVX	@DPTR, A	
	MOV	A, #00H	

```
        MOVX      @DPTR，A
        DJNZ      R5，NEXT            ;未打完,则跳转到 NEXT
        CLR       EX1                ;打完,则关中断
        SJMP      DONE
NEXT:   SETB      EX1                ;开INT1中断
DONE:   RETI                         ;中断返回
        END
```

本章小结

并行扩展方式一般采用总线并行扩展,即数据传送由数据总线完成,地址总线负责外部设备的寻址,而控制总线来完成传输过程中的传输控制。

在并行总线扩展中,主要介绍了三种寻址方式:线选法、全地址译码法和部分地址译码法,该方式主要用于数据存储器和程序存储器的扩展。单片机常采用数据存储与程序存储相互独立的哈佛结构体系,故存储器的扩展要分别考虑。

在 I/O 口并行扩展中,介绍了简单 I/O 口并行扩展及所用的 TTL 芯片;重点介绍了专用 I/O 口扩展芯片 8255A 和 8155。用 TTL 芯片扩展 I/O 口的优点是成本低、电路简单、编程方便;缺点是扩展较多 I/O 口时总线负载较重。专用 I/O 口扩展芯片功能较强,其工作方式可以编程来改变和确定,能灵活方便地扩展 I/O 接口。

8255A 是一个用在 Intel 公司的微型计算机系统中的可编程外围接口芯片,与 Intel 公司的所有微处理器都兼容。它主要是作为外围设备和微型计算机总线间的 I/O 接口。由于 8255A 可以通过软件来设置芯片的工作方式,因此用 8255A 连接外部设备时,通常不用再附加外部电路,给使用带来很大的方便。

8155 是 Intel 公司的另一种多功能可编程外围扩展接口芯片,它也有三个可编程 I/O 端口(端口 A、B、C),与 8255A 的区别在于 PC 口是 6 位,一个可编程 14 位定时/计数器和 256 字节的 RAM,能方便地进行 I/O 扩展和 RAM 扩展。

习　　题

1.简述 MCS-51 系列单片机系统扩展时总线形成电路的基本原理,并说明各控制信号的作用。

2.简述全地址译码、部分地址译码和线选法的特点及应用场合。

3.利用全地址译码为 MCS-51 扩展 16 KB 的外部数据存储器,存储器芯片选用 SRAM 6264。要求 6264 占用从 A000H 开始的连续地址空间,画出电路图。

4.利用全译码为 MCS-51 扩展 8 KB 的外部程序存储器,存储器芯片选用 EPROM 2764,要求 2764 占用从 2000H 开始的连续地址空间,画出电路图。

5.使用 74LS244 和 74LS273,采用全地址译码方法为 MCS-51 扩展一个输入口和一个输出口,口地址分别为 FF00H 和 FF01H,画出电路图。编写程序,从输入口输入一个字节的数据存入片内 RAM 60H 单元,同时把输入的数据送往输出口。

6.采用全地址译码方法为 MCS-51 扩展 8 位并行输入口和 8 位并行输出口,口地址自定,画出电路图(要求使用 74LS138 译码器)。

7.8255A 共有几种工作方式? 各适用于哪些场合?

8.若对 8255A 作如下设置:A 口以方式 0 输出,B 口以方式 0 输入,C 口高 4 位为输入,低 4 位为输出,控制寄存器地址为 0003H。试编程对 8255A 初始化,用位操作方式使 8255A 的 PC4 置位,使 PC3 复位。

第9章 MCS-51单片机I/O接口技术

【学习目的和要求】 通过本章的学习,应该了解LED显示器的结构、显示方式和工作原理,了解LCD显示器基本结构和工作原理。掌握键盘和显示器的接口原理及方法,了解专用键盘显示接口芯片8279的性能特点和使用方法。掌握微型打印机的扩展原理及方法。

9.1 LED显示器及接口

LED(Light Emitting Diode)是发光二极管显示器的缩写,LED显示器是由发光二极管构成的。在单片机应用系统中,使用的显示器主要有LED(发光二极管显示器)和LCD(液晶显示器)。这两种显示器成本低廉、配置灵活,与单片机接口方便。

9.1.1 LED显示器的结构

LED显示器是由发光二极管来显示字段的器件,在单片机应用系统中常用七段显示器。发光二极管的阳极连在一起的称为共阳极显示器,阴极连在一起的称为共阴极显示器。图9.1所示为七段发光显示器的结构图。一个显示器由8个发光二极管组成,其中7个发光二极管控制a~g七个段的亮或暗,另一个发光二极管控制一个小数点的亮或暗。这种七段显示器能显示的字符较少,字符的形状有些失真,但与单片机的控制接口非常简单,使用方便。

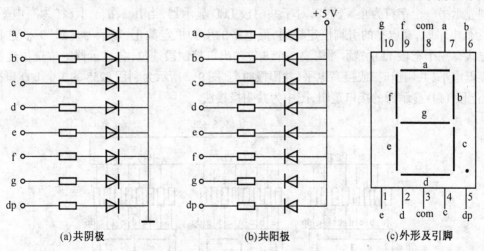

(a)共阴极　　　　　　(b)共阳极　　　　　　(c)外形及引脚

图9.1 七段发光显示器结构图

在七段发光显示器的8位并行输入端输入不同数据可输出不同的数字或字符,如表9.1所示(按dp g f e d c b a排列成一个字节)。通常称控制发光二极管的8位数据为段选位,显示器的共阴极或共阳极的公共连接点为位选位。共阴极与共阳极的段选码互为补数,即互为反码。

表 9.1　七段 LED 显示器的段选码

显示字符	共阴极段选码	共阳极段选码	显示字符	共阴极段选码	共阳极段选码
0	3FH	C0H	C	39H	C6H
1	06H	F9H	d	5EH	A1H
2	5BH	A4H	E	79H	86H
3	4FH	B0H	F	71H	8EH
4	66H	99H	P	73H	8CH
5	6DH	92H	U	3EH	C1H
6	7DH	82H	T	31H	CEH
7	07H	F8H	y	6EH	91H
8	7FH	80H	8.	FFH	00H
9	6FH	90H	H	76H	89H
A	77H	88H	L	38H	C7H
b	7CH	83H	"灭"	00H	FFH

9.1.2　LED 显示器的显示方式

LED 显示器的显示有静态显示和动态显示两种方式。

1.静态显示方式

静态显示方式就是当显示器显示某一个字符时,相应的发光二极管恒定地导通或截止,直到显示另一个字符为止。例如,对于共阴极 LED 显示器,当其 a、b、c、d、e、f 为高电平,g、dp 为低电平时,高电平的引脚恒定导通,低电平的引脚恒定截止,显示器显示"0"。这种显示方式每一个七段 LED 显示器需要一个 8 位输出口控制段选位,各显示器的位选位连在一起接低电平(共阴极时)或接高电平(共阳极时)。图 9.2 所示为利用 8255 的 3 个 I/O 口控制 3 位七段 LED 显示器的接口逻辑,图中为共阴极接法。

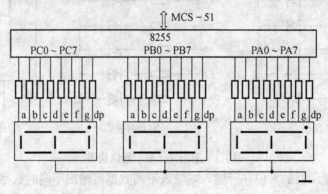

图 9.2　3 位静态七段 LED 显示器接口

在图 9.2 中,通过 8255 的 PA、PB、PC、三个 8 位 I/O 口输出分别显示字符"1"、"2"、"3"的源程序如下(设 8255 控制口地址为 7FFFH)。

```
DISP:   MOV     DPTR, # 7FFFH          ;指向 8255 控制口地址
        MOV     A, # 80H
        MOV     @DPTR, A               ;置 8255PA、PB、PC 均为输出口
        MOV     DPTR, # 7FFCH          ;指向 8255PA 口地址
        MOV     A, # 06H
        MOVX    @DPTR, A               ;显示字符"1"
        INC     DPTR                   ;指向 8255PB 口地址
        MOV     A, # 5BH
        MOVX    @DPTR, A               ;显示字符"2"
        INC     DPTR                   ;指向 8255PC 口地址
        MOV     A, # 4FH
        MOVX    @DPTR, A               ;显示字符"3"
        RET
```

静态显示方式,显示器中的各位相互独立,而且各位的显示字符一经确定,相应锁存的输出将维持不变。正因为如此,静态显示时的亮度较高。这种显示方式编程容易,管理也较简单,但占用的 I/O 口资源较多,因此在显示位数较多时,一般采用动态显示方式。

2.动态显示方式

在多位 LED 显示时,为了节省 I/O 口线,简化电路,降低成本,一般采用动态显示方式。动态显示方式是一位一位地分时轮流点亮各位显示器,对每一位显示器来说,每隔一段时间轮流点亮一次。显示器的亮度既与导通电流有关,也与点亮和熄灭时间的比例有关。调整导通电流和时间参数,可实现亮度较高且较稳定的显示。这种显示方式将各位 LED 的相同段引脚或段线并联在一起,由一个 8 位 I/O 口控制,而共阴极或共阳极的公共端分别由相应的 I/O 口控制,实现各位显示器的分时选通。图 9.3 为利用 8155 的 PA 口来控制各显示器轮流选通,PB 口连接各显示器的段选位,提供各显示器的显示数据。

在图 9.3 中,LED 为共阴极数码显示器。设 6 位显示器的显示缓冲器单元内部 RAM 79H～7EH,分别存放 6 位显示器的显示数据。8155 的 PB 口扫描输出总是只有一位为高电平,即 PB 口经反相器后仅有一位公共阴极为低电平,8155 的 PA 口则输出相应位(PB 口输出为高对应的位显示器)的显示数据,使该位显示与显示缓冲器相对应的字符,而其余各位均为熄灭,依次改变 8155 的 PB 口输出为高电平的位,PA 口输出对应的显示缓冲器的数据。以下为图 9.3 对应的参考显示子程序。

```
DIR6:   MOV     R₀, # 79H              ;置显示缓冲区首地址
        MOV     DPTR, # 7F00H          ;置 8155 的命令字寄存器地址
        MOV     A, # 03H
        MOVX    @DPTR, A               ;设置 8155PA、PB 口为输出口
        MOV     R₃, # 01               ;设置显示模式初值
        MOV     A, R₃
LD0:    MOV     DPTR, # 7F02H          ;指向 8155PB 口地址
        MOVX    @DPTR, A               ;显示模式送 PB 口,只有一位显示器的公共
                                         端为 0,其余位为 1
```

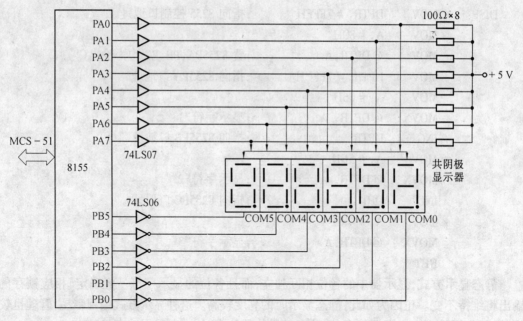

图 9.3 用 8155 的 6 位动态显示器接口

	MOV	DPTR, #7F01H	;指向 8155PA 口地址
	MOV	A, @R_0	;取显示缓冲区数据
	ADD	A, #0DH	;加偏移量
	MOVC	A, @A + PC	;查表取字形码
DIR1:	MOVX	@DPTR, A	;段码送 8155 PA 口
	ACALL	DL1	;调延时子程序,延时程序略
	INC	R_0	;指向下一显示缓冲区地址
	MOV	A, R_3	
	JB	ACC.5, LD1	;是否显示到第 6 位
	RL	A	;指向下一位
	MOV	R_3, A	
	SJMP	LD0	;6 位数据未完,则继续循环显示
LD1:	RET		
DSEG:	DB 3FH,06H,5BH,4FH,66H,6DH		;0、1、2、3、4、5
DSEG1:	DB 7DH,07H,7FH,6FH,77H,7CH		;6、7、8、9、A、b
DSEG2:	DB 39H,5EH,79H,71H,73H,3EH		;C、D、E、F、P、U
DSEG3:	DB 31H,6EH,1CH,23H,40H,03H		;Γ、y、⊔ 、⊓ 、—、⊐
DSEG4:	DB 18H,00,00,00		;⌊

9.2 LCD 显示器及接口

LCD(Liquid Crystal Display)是液晶显示器的缩写,液晶显示是一种极低功耗的显示器件。LCD 显示器件工作电流小、重量轻、功耗低、寿命长,字迹清晰美观,在便携式仪表以及低功耗应用的较高档仪器仪表中被广泛采用,随着 LCD 显示器件价格的下降,人们会越来越多地用 LCD 取代 LED 器件。

9.2.1　LCD 显示器的分类

LCD 显示器从显示形式上通常分为笔段型、字符型和点阵图形型。

(1)笔段型。笔段型 LCD 是以长条状显示像素组成一位显示,在形状上总是围绕数字"8"的结构变化。主要用于数字显示,也可用于显示西文字母或某些字符。广泛应用于电子表、数字仪表和计算器中。

(2)点阵字符型。点阵字符型 LCD 专门用来显示字母、数字、符号等,它是由若干个 5×7 或 5×10 点阵组成,每个点阵显示一个字符。这类显示器广泛应用于手机、电子记事本等电子设备和单片机应用系统中。

(3)点阵图形型。点阵图形型 LCD 是在一个平板上排列多行或多列,形成矩阵形式的晶格点,点的大小可根据显示的清晰度来设计。这类显示器广泛应用于图形显示,如电子游戏机、笔记本电脑和彩色电视等电子设备中。

9.2.2　LCD 显示器的基本结构及工作原理

LCD 器件的基本结构是在上、下两片玻璃电极之间注入向列型液晶材料,密封透明,如图 9.4 所示。夹在两片导电玻璃电极间的液晶经过处理,液晶分子平行排列,上、下扭曲 90°(呈互为正交状态),这样的结构能使液晶对光产生旋转作用,线性偏振面便会旋转 90°。外部光线(自然光也可以)通过上偏振片时,只有符合该偏振片方向的光可以通过。当

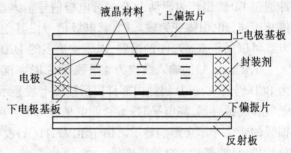

图 9.4　液晶显示器的基本结构

玻璃电极上不加电压时,由通过上偏振片出来的光线正好与电极的液晶分子排列方向相同,此光线由正极旋转排列的液晶分子进入公共端(常称为背极),光线被旋转了 90°,此时光线方向正好符合下偏振片的偏振方向而通过下偏振片,进入反射板,该光线经反射板按原路返回,从而使液晶呈现透明状态。当玻璃电极上加上电压后,在电场作用下,靠电极的液晶分子由水平排列变成垂直排列,即液晶的扭曲结构消失,所以通过上偏振片的光经液晶分子达到下偏振片时,光线方向与下偏振片的偏振方向不同而不能通过下偏振片,从而被下偏振片吸收,使得加了电压的电极在入射光照射下呈现黑色。去掉电场后液晶分子又恢复其扭曲结构,这样利用上述原理,改变玻璃电极间的电信号,并将电极做成各种文字、数字、图形,于是就得到了各种形式的显示。

9.2.3　笔段式 LCD 显示器

笔段式 LCD 显示器显示字形的笔画与 LED 显示器相同,也有 a ~ g 七个段选位,另外小数点和其他一些符号,也可作为一个电极出现。同样它有一个公共端 COM,其显示方式也有静态显示方式和动态显示方式。静态显示方式需加直流电,动态显示方式需加交流电。

但由于液晶分子在长时间的单向电流作用下容易发生电解,这将使 LCD 的寿命减少,因此液晶的驱动很少用直流电的静态驱动方式,通常采用动态驱动方式。因液晶在高频交流电作用下也不能很好地显示,故一般采取 125~150 Hz 的方波来驱动液晶。

显示数字的液晶显示板有 3 位半(如 3555)、4 位半(如 YXY4501)、5 位(如 YXY5001)、6 位(如 YXY6500)、8 位(如 YXY8002)等。用于驱动的集成电路的型号很多,如 CD4055/4056、CC14513/14、ICM7211 等。由于 CD4055/4056 每次只能驱动 LCD 显示 1 位数,且片内无基准信号,需外加振荡器及外围元件。若显示 4 位数,为了轮流选通各位数,还要增加一个译码电路,这样电路较复杂。因此当需驱动较多位数的 LCD 显示器时,一般选用一次能驱动多位数的芯片,如 ICM7211。

9.2.4 LCD 驱动器简介

ICM7211 系列是 MAXIM 公司推出的 4 位七段码液晶显示驱动器,共有四种型号:ICM7211、ICM7211A、ICM7211M、ICM7211AM。

ICM7211(A)M 的 $\overline{DS1}$、$\overline{DS2}$、CS1、CS2 四个引脚,在 ICM7211(A) 中为 D1~D4。

OSC 和 BP 引脚的连接方法决定了 ICM7211 的工作方式。如果 OSC 悬空则表示芯片内振荡器工作,产生 16 kHz 的脉冲,此脉冲经过内部 128 分频后,产生一个频率为 125 Hz 的脉冲通过 BP 输出作为驱动 LCD 的背电极信号输入。如果 OSC 引脚接地,此时片内的振荡器停止工作,BP 引脚变为输入端,背电极信号由其他 ICM7211 的 BP 引脚提供,利用这种连接方式可以用于 ICM7211 的级联,以驱动更多的 LCD。

ICM7211(A) 的输入结构为 4 条数据线 B3~B0 和 4 条位选线 D1~D4。数据线 B3~B0 为 BCD 码输入,BCD 码经内部译码后输出七段显示字形。4 条位选线 D1~D4 分别控制 4 位七段译码锁存器,高电平时选通,低电平时封锁。可以同时选通或封锁,只有全部封锁时,数据线的变化才不会影响显示。由于 ICM7211(A) 没有片选信号,所以不能采用总线方式连接单片机,只能通过 I/O 接口连接。

其内部含有输入数据锁存器、BCD 码到七段码的译码器、基准时钟信号冲发生器和位选电路。采用 40 脚 DIP 封装。引脚排列如图 9.5 所示。

a1~g1:个位 LCD 七段码输出。

a2~g2:十位 LCD 七段码输出。

a3~g3:百位 LCD 七段码输出。

a4~g4:千位 LCD 七段码输出。

OSC:内部振荡控制。悬空时振荡器工作,接地时振荡器不工作。

BP:LCD 公共驱动极(背电极)。当 OSC 悬空时输出 125 kHz 脉冲,当 OSC 接地时为工作脉冲输入极。

B0~B3:显示字符数据输入位。

DS1、DS2、CS1、CS2:位选和选片输入。

ICM7211(A)M 的输入结构为 4 条数据线 B3~B0,与 ICM7211(A) 不同的是 4 条位选线改为 2 条地址线 DS2、DS1

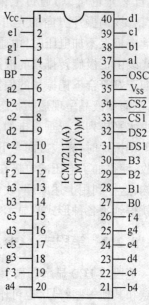

图 9.5 ICM7211 引脚图

经内部译码输出选择$\overline{CS2}$、$\overline{CS1}$。当$\overline{CS2}$和$\overline{CS1}$全为低电平时,该芯片才被选通,DS2、DS1 经内部译码输出选择不同位的 LCD,具体选择方式见表9.2。

表9.2 ICM7211(A)M 位选和片选信号设置表

$\overline{CS2}$	$\overline{CS1}$	DS2	DS1	功　　能
0	0	0	0	选中 a4 ~ g4 的 LCD
0	0	0	1	选中 a3 ~ g3 的 LCD
0	0	1	0	选中 a2 ~ g2 的 LCD
0	0	1	1	选中 a1 ~ g1 的 LCD
其　　他		×	×	未选中任何 LCD

ICM7211(A)或 ICM7211(A)M 的数据线 B3 ~ B0 为 4 位字符代码输入,其意义见表9.3。

表9.3 ICM7211(A)或 ICM7211(A)M 显示译码表

B3	0	0	0	0	0	0	0	0	1	1	1	1	1	1	1	1
B2	0	0	0	0	1	1	1	1	0	0	0	0	1	1	1	1
B1	0	0	1	1	0	0	1	1	0	0	1	1	0	0	1	1
B0	0	1	0	1	0	1	0	1	0	1	0	1	0	1	0	1
显示符号	0	1	2	3	4	5	6	7	8	9	—	E	H	L	P	灭

9.2.5 LCD 显示驱动器与 MCS-51 的接口

图9.6 为利用显示驱动器 ICM7211(A)M 驱动一个 8 位的 LCD 显示器(YXY8002),由于 YXY8002 为 8 位 LCD 显示器,而一片 ICM7211(A)M 只能驱动 4 位 LCD,故共需两片 ICM7211(A)M 采取级联方式才能驱动 YXY8002。由图9.6 可知,P2.7 作为第一片 ICM7211(A)M 的片选信号,即地址为 7FFFH;P2.6 作为第二片 ICM7211(A)M 的片选信号,即地址为 0BFFFH。

为了在 8 位 LCD 显示器上显示字符串"12345678",经过一段时间延时后再显示字符串"HP—HELP"的参考程序如下:

```
DISP:   MOV    R2, # 4          ;置显示字符个数
        CLR    A
LCD0:   MOV    R1, # 0          ;置字符表变址初值为 0
        MOV    DPTR, # 7FFFH    ;指向第一片 ICM7211(A)M 地址,准备清除
                                 第一片显示
        ADD    A, # 7           ;加固定偏移量
LCD1:   MOVC   A, @ A + PC
        MOVX   @ DPTR, A        ;清除第一片显示(顺序为 LCD1 ~ LCD4)
        INC    R1
        MOV    A, R1
        DJNZ   R2, LCD1
        SJMP   LCD2
```

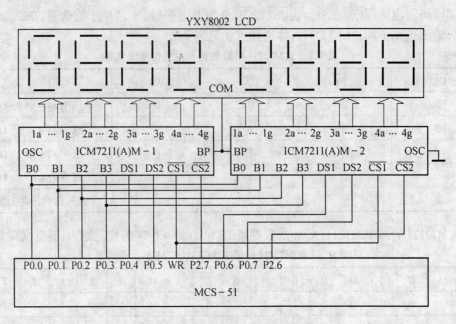

图 9.6　ICM7211(A)M 级联驱动 8 位 LCD 显示器与 MCS-51 的接口

```
LCD1-1: DB      3FH,2FH,1FH,0FH
LCD2:   MOV     R2,#4
        CLR     A
        MOV     R1,#0
        MOV     DPTR,#0BFFFH      ;指向第二片 ICM7211(A)M 地址,准备清除
                                   第二片显示
        ADD     A,#7              ;加偏移量
LCD3:   MOVC    A,@A+PC
        MOVX    @DPTR,A           ;清除第二片显示(顺序为 LCD1~LCD4)
        INC     R1
        MOV     A,R1
        DJNZ    R2,LCD3
        SJMP    LCD4
LCD1-2: DB      0CFH,8FH,4FH,0FH
LCD4:   MOV     R2,#4
        CLR     A
        MOV     R1,#0
        MOV     DPTR,#7FFFH       ;指向第一片 ICM7211(A)M 地址,准备在第
                                   一片显示"1234"
        ADD     A,#7              ;加偏移量
LCD5:   MOVC    A,@A+PC           ;在第一片显示"1234"
        MOVX    @DPTR,A
        INC     R1
```

```
          MOV       A, R1
          DINZ      R2, LCD5
          SIMP      LCD6
LCD2 - 1: DB        31H,22H,13H,04H
LCD6:     MOV       R2, # 4
          CLR       A
          MOV       R1, # 0
          MOV       DPTR, # 0BFFFH      ;指向第二片 ICM7211(A)M 地址,准备在第
                                        二片显示"5678"
          ADD       A, # 7              ;加偏移量
LCD7:     MOVC      A, @ A + PC         ;在第二片显示"5678"
          MOVX      @ DPTR, A
          INC       R1
          MOV       A, R1
          DJNZ      R2, LCD7
          SJMP      LCD8
LCD2 - 2: DB        0C5H,86H,47H,08H
LCD8:     ACALL     DELAY              ;延时,延时程序这里未给出
          MOV       R2, # 4
          CLR       A
          MOV       R1, # 0
          MOV       DPTR, # 7FFFH       ;指向第二片 ICM7211(A)M 地址,准备在第
                                        二片显示"HELP"
          ADD       A, # 7              ;加偏移量
LCD9:     MOVC      A, @ A + PC         ;在第一片显示"HELP"
          MOVX      @ DPTR, A
          INC       R1
          MOV       A, R1
          DINZ      R2, LCD9
          SJMP      LCD11
LCD3 - 2: DB        0CCH,8BH,4DH,0EH
LCD11:    RET
```

9.3 键盘及接口

在单片机应用系统中为了控制系统的工作状态,以及向系统输入数据,应用系统应设有按键或键盘,实现简单的人机会话。键盘是一组按键的集合,按键通常是一种常开型按钮开关,按键的两个触点平时处于断开(开路)状态,按下键时它们才闭合(短路)。从键盘的结构来分类,键盘可以分为独立式和矩阵式,每一类按其识别方法又可分为编码和未编码键盘,

由软件识别的称为未编码键盘。

在由单片机组成的测控系统及智能化仪器中,用得较多的是未编码键盘。本节只讨论未编码键盘的原理、接口技术和程序设计。

通常的按键开关为机械弹性开关,由于机械触点的弹性作用,一个按键开关在闭合时并不会马上稳定地闭合,在断开时也不会马上断开,因而机械开关在闭合及断开瞬间均伴随有一连串的抖动,如图9.7所示。抖动的时间长短由按键开关的机械特性及按键的人为因素决定,一般为5~20 ms。

按键抖动如果处理不当会引起一次按键被误处理多次,为了确保 CPU 对按键的一次闭合仅作一次处理,则必须消除键抖动。在按键闭

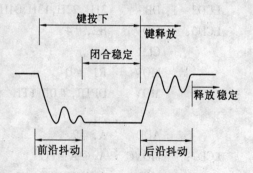

图 9.7　按键时的抖动

合稳定时取按键状态,一般是判别到键释放稳定后再作处理。消除键抖动可用硬件和软件两种方法。常用 RS 触发器、施密特门电路等,图9.8所示为采用 RS 触发器的硬件消除键抖动电路。消除键抖动的软件方法适当检测出按键闭合后执行一个延时程序(产生5~20 ms的延时),待前沿抖动消失后再次检测键的状态,如果按键仍保持闭合状态则可确认为有键按下。当检测到按键释放并执行延时程序,待后沿抖动消失后才转入该按键的处理程序。

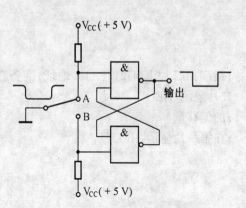

图 9.8　RS 触发器消抖动电路

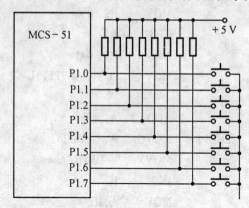

图 9.9　独立式非编码键盘

9.3.1　独立式非编码键盘接口及处理程序

独立式键盘是各按键相互独立地接通一条输入数据线,如图9.9所示。这是一种简单的键盘结构,图中电路为查询方式电路。当任何一个键按下,则与之相连的输入数据线即被置为低电平,而平时该输入线的状态为高电平。这种键盘结构的优点是电路简单,编程简单明了,缺点是当按键数较多时,要占用较多的 I/O 口线。图中按键判别程序如下(这里没有考虑消除键抖动问题)。

```
START:    MOV    P1, # 0FFH          ;P1 口作为输入时,其口锁存器必须置为 1
          MOV    A,P1               ;取 P1 口的值,即读按键状态
          JNB    ACC.0,K0          ;0 号键按下,转 K0
```

	JNB	ACC.1 K1	;1 号键按下,转 K1
	JNB	ACC.2 K2	;2 号键按下,转 K2
	JNB	ACC.3 K3	;3 号键按下,转 K3
	JNB	ACC.4 K4	;4 号键按下,转 K4
	JNB	ACC.5 K5	;5 号键按下,转 K5
	JNB	ACC.6 K6	;6 号键按下,转 K6
	JNB	ACC.7 K7	;7 号键按下,转 K7
	JMP	START	;无键按下,返回
K0:	LJMP	PK0	;转 0 号键按下处理程序
K1:	LJMP	PK1	;转 1 号键按下处理程序
⋮	⋮		
K7:	LJMP	PK7	;转 7 号键按下处理程序
PK0:	…		;0 号键处理程序
	JMP	START	
	…		
PK7:	…		;7 号键处理程序
	JMP	START	

因为以上按键判别程序是采用查询方法判别按键是否按下,各按键会存在优先级,优先级顺序依次为键号 0 至 7。

9.3.2 行列式非编码键盘原理

为了减少键盘与单片机接口时所占用 I/O 口线的数目,通常都将键盘排列成行列式(或称矩阵式),图 9.10 所示为一个 4×4 的键盘结构图。图中键盘的行线($X0 \sim X3$)与列线($Y0 \sim Y3$)的交叉处通过一个按键来联通,行线通过电阻接 +5 V,当键盘上没有键闭合时所有的行线和列线都断开,则行线都呈高电平。当键盘上某一个键闭合时,则该键所对应的行线和列线被短路。例如 6 号键被按下闭合时,行线 X1 和列线 Y2 被短路,此时 X1 的电平由 Y2 的电位所决定。如果把行线接到单片机的输入口,列线接到单片机的输出口,则在单片机的控制下,先使列线 Y0 为低电平,其余三根列线 Y1、Y2、Y3 都为高电平,读行线状态。如果 X0、X1、X2、X3 都为高电平,则 Y0 这一列上没有键闭合,接着使列线 Y1 为低电平,其余列线为高电平,用同样方法检查 Y1 这一列上有无键闭合。依此类推,最后使列线 Y3 为低电平,其余的列线为高电平,检查 Y3 这一列上是否有键闭合。这种逐行逐列地检查键盘状态的过程称为对键盘的一次扫描。CPU 对键盘扫描可以采取程序控制的随机方式。CPU 空闲时扫描键盘;也可以采取定时控制方式,每隔一定时间,CPU 对键盘扫描一次,CPU 可随时响应键盘输入请求;还可以采用中断方式,当键盘上有键闭合时,向 CPU 请求中断,CPU 响应键盘输入中断,对键盘扫描,以识别哪一个键处于闭合状态,并对键盘输入信息作相应的处理。CPU 对键盘上闭合键键号的确定,可以根据行线和列线的状态计算求得,也可以根据行线和列线状态查表求得。

9.3.3 MCS-51 与行列式非编码键盘的接口方法

MCS-51 与行列式非编码键盘的接口可以将行列式非编码键盘的行线接单片机 I/O 的输入线,将列线接单片机的输出线即可构成键盘电路。如将图 9.10 所示的行列式非编码键盘的 X0 ~ X3 接单片机的 P1.0 ~ P1.3,Y0 ~ Y3 接单片机的 P1.4 ~ P1.7,并设置单片机的 P1.0 ~ P1.3 为输入线,P1.4 ~ P1.7 为输出线,这样就构成了如图 9.11 所示的一个 4×4 的行列式非编码键盘。在单片机应用系统中,有时同时需要使用键盘与显示器接口,为了节省 I/O 口线常常把键盘和显示电路一起考虑,构成键盘、显示电路。

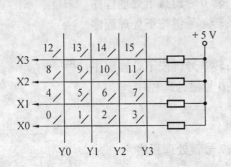 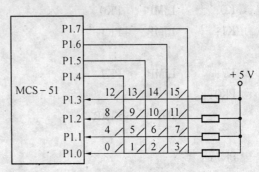

图 9.10　4×4 行列式非编码键盘结构　　　图 9.11　用 P1 口实现 4×4 行列式非编码键盘结构

图 9.12 为通过 8155 构成的一个实用键盘,显示器接口电路。

在图 9.12 中,LED 显示器采用共阴极方式,六个显示器的段选码由 8155 的 PB 口提供,位选码由 8155 的 PA 口提供(PA 口同时也提供行列式非编码键盘的列线),行列式非编码键盘的行线由 PC 口提供,图中只设置了 12 个键,如果增加 PC 口线,设全部 PC 口线(PC0 ~

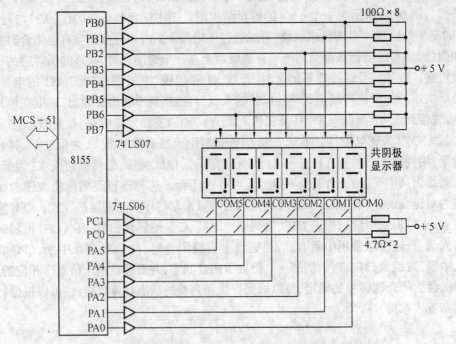

图 9.12　用 8155 I/O 口的 2×6 键盘和 6 位动态显示器接口

PC5)用作键盘的行线,全部 PA 口线(PA0～PA7)作键盘列线,则按键最多可达 48 个。

  LED 显示器采用动态显示方式,键盘采用逐列扫描查询方式。由于键盘与显示做成一个接口电路,因此在软件中需合并考虑键盘查询与动态显示,键盘去抖动的延时子程序用显示程序替代。

  键盘扫描参考子程序如下:

```
KD1:    MOV    A, #03H
        MOV    DPTR, #7F00H        ;置 8155 命令字寄存器地址
        MOVX   @DPTR, A            ;置 PA、PB 为基本输出,PC 为输入
KEY1:   ACALL  KS1                 ;调用判别有无键闭合子程序
        JNZ    LK1                 ;有键闭合,则转 LK1
        ACALL  DIS                 ;无键闭合,调显示程序延时,显示程序略
        AJMP   KEY1                ;返回,继续判别键是否闭合
LK1:    ACALL  DIS                 ;调用显示程序延时消除抖动
        ACALL  DIS
        ACALL  KS1                 ;消除抖动后,再次判别键是否闭合
        JNZ    LK2                 ;有键闭合,则转 LK2
        ACALL  DIS
        AJMP   KEY1                ;无键闭合,返回继续判别键是否闭合
LK2:    MOV    R2, #01H            ;键盘列扫描模式,先扫描第一列
        MOV    R4, #00H            ;设第一列序号为 0
LK4:    MOV    DPTR, #7F01H        ;指向 8155PA 口地址
        MOV    A, R2
        MOVX   @DPTR, A            ;8155PA 口输出
        INC    DPTR
        INC    DPTR               ;指向 PC 口地址
        MOVX   A, @DPTR           ;读 PC 口的内容
        JB     ACC.0, LONE        ;PC.0 为 1,则转 LONE,表明该行无键按下
        MOV    A, #0              ;PC.0 为 0,表明该行有键按下,行起始键号为 0
        AJMP   LKP                ;跳至 LKP,计算键号
LONE:   JB     ACC.1, NEXT        ;PC.1 为 1,则转 NEXT,表明该行无键按下
        MOV    A, #6              ;PC.1 为 0,表明该行有键按下,行起始键号为 6
        AJMP   LKP
LKP:    ADD    A, R4              ;行起始键号与列号之和为键号
        PUSH   ACC                ;保存键号
LK3:    ACALL  DIS                ;延时
        ACALL  KS1                ;判别键是否释放
        JNZ    LK3                ;等待键释放
        POP    ACC                ;取键号
        …                         ;对应的键处理程序略
```

```
              RET
NEXT:   INC     R4              ;指向下一列,列号加1
        MOV     A,R2
        JB      ACC.5 KND       ;是否6列全部扫描一遍
        RL      A               ;没有,则准备扫描下一列
        MOV     R2,A
        AJMP    LK4
KND:    AJMP    KEY1            ;继续扫描键盘
KS1:    MOV     DPTR,#7F01H     ;指向8155PA口
        MOV     A,#0FFH
        MOVX    @DPTR,A         ;从8155PA口输出0FFH,即选中全部键盘列
        INC     DPTR
        INC     DPTR            ;指向8155PC口
        MOVX    A,@DPTR         ;读8155PC口内容
        CPL     A               ;读出的内容取反
        ANL     A,#03H          ;屏蔽高6位
        RET
```

以上键盘扫描程序,CPU需不停地扫描键盘,影响其他功能的执行,工作效率较低。在实际使用键盘时常采用定时扫描键盘的方式,一般是利用单片机内部的定时器,产生一个适当时间的定时中断,CPU响应中断时对键盘进行扫描读取按键,以处理键输入请求,其硬件逻辑与图9.12相同,其键扫描过程也与以上程序相同。

定时扫描键盘能及时响应键盘的输入命令或数据,便于操作员对正在执行的程序进行干预,但这种方式不管键盘上有无键闭合,CPU总是定时地扫描键盘,而按键往往不会是经常性的事件,这样CPU对键盘会时常进行空扫描。为了进一步提高CPU的效率,可以采用外部中断方式,当键盘上有键闭合时才产生一个外部中断申请,CPU响应键盘中断申请,在中断服务程序中扫描判别键盘上闭合的键号,并作相应的处理。

图9.13所示为一个4×4键盘与MCS-51采用中断方式的一种接口电路。当键盘上没有键闭合时P3.3为高电平,当键盘上有任一个键闭合时P3.3变为低电平,向CPU发出中断请求,若CPU已开放外部中断1且无更高级或同级中断响应,则CPU响应中断,扫描键盘并作相应的处理。

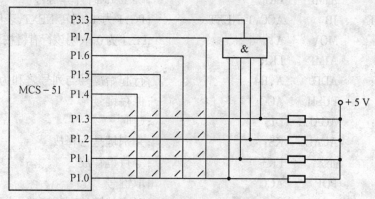

图9.13 4×4行列式非编码键盘中断方式接口电路

9.4 专用键盘显示接口芯片 8279 的扩展

Intel8279 芯片是一种通用的可编程序的键盘、显示接口器件,单个芯片就能完成键盘输入和 LED 显示控制两种功能。

8279 芯片包括键盘输入和显示输出两个部分。

键盘部分提供的扫描方式,可以为 64 键的接触式按键阵列提供扫描接口,也可以用到诸如霍尔效应或铁氧体变形体的传感器阵列或一个选通的接口键盘。能自动消除按键抖动以及 n 键同时按下的保护。

显示部分按扫描方式工作,能为发光二极管、七段显示器和液晶显示器等提供扫描显示接口,可以显示多达 16 位的字符或数字。

9.4.1 8279 内部结构和电路工作原理

8279 内部结构如图 9.14 所示,以下分别介绍各部分电路的基本作用和基本工作原理。

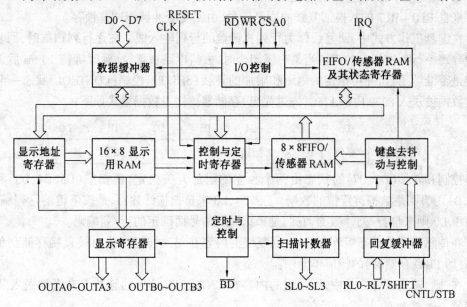

图 9.14 键盘显示接口芯片 8279 结构框图

(1)I/O 控制及数据缓冲器

数据缓冲器是双向缓冲器,它将内部总线和外总线连通,用于传送 CPU 和 8279 之间的命令或数据。

I/O 控制线是 CPU 对 8279 进行控制的引线。$\overline{CS}$ 是 8279 的片选信号,当 $\overline{CS}=0$ 时,8279 才被允许读出或写入信息。$\overline{RD}$、$\overline{WR}$ 为来自 CPU 的读、写控制信号,控制对 8279 的读、写操作。

A0 用于区别信息特性:A0 = 1 时,表示数据缓冲器输入为指令、输出为状态字:A0 = 0 时,输入、输出都为数据。

(2)控制与定时寄存器及定时控制

控制与定时寄存器用来寄存键盘及显示的工作方式,以及由 CPU 编程的其他操作方式。这些寄存器一旦接收并锁存送来的命令,就通过译码产生相应的信号,从而完成相应的控制功能。

定时控制包括基本计数器。首级计数器是一个可编程的 N 级计数器。N 可以是 2～31 之间的数,其值由软件编程,以便从外部时钟 CLK 分频得到内部所需要的 100 kHz 时钟。然后再经过分频,为键盘扫描提供适当的逐行扫描频率和显示扫描时间。外部时钟输入信号的周期不小于 500 ns。

(3)扫描计数器

扫描计数器有两种工作方式:一种是编码方式,在这种方式下,计数器作二进制计数。4 位计数状态从扫描线 SL0～SL3 输出,经外部译码器译码后,为键盘和显示器提供扫描线(十六选一);另一种是译码方式,在这种方式下,扫描计数器的最低位被译码后,从 SL0～SL3 输出(四选一)。在译码方式下扫描线为输出低电平有效。

(4)回复缓冲器、键盘去抖与控制

来自 RL0～RL7 的八根回复线的回复信号,由回复缓冲器缓冲并锁存。

在键盘工作方式中,回复线作为行列式键盘的行列输入线。在逐行列扫描时,回复线用来搜寻每一行列中闭合的键。当某一键闭合时,去抖电路被置位,延时等待 10 ms 后再检验该键是否继续闭合,并将该键的地址和附加的转换(SHIFT)、控制(CONTROL)状态一起形成键盘数据被送入 8279 内部 FIFO(先进先出)存储器。键盘数据格式如下:

D7	D6	D5	D4	D3	D2	D1	D0
控制	移位		扫描			回复	

控制和转换(D6、D7)的状态由两个独立的附加开关决定,而扫描(D5、D4、D3)和回复(D2、D1、D0)则是被按键置位的数据。D5、D4、D3 来自扫描计数器,是按下键的行列编码,而 D2、D1、D0 则来自行/列计数器,它们是根据回复信号而确定的行/列编码。

在传感器开关状态矩阵方式中,回复线的内容在每次按键扫描时被直接存储到传感器 RAM(即 FIFO 存储器)的相应单元中。

在选通输入工作方式中,回复线的内容在 CNTL/STB 信号的脉冲上升沿被送入到 FIFO 存储器。

(5)FIFO/传感器 RAM 及其状态寄存器

FIFO/传感器 RAM 是一个双重功能的 8×8RAM。在键盘或选通方式工作时,它是先进先出(FIFO)存储器。每一条新的进入信息都被顺次写入相应的 RAM,然后又按写入的顺序读出。FIFO 状态寄存器用来存放 FIFO 的工作状态,如跟踪 FIFO 中的字符数目,并监视着 FIFO 是满还是空,写入或读出过多均被看做出错。当 $\overline{CS}$ 为低电平、A0 为高电平时,可以用 $\overline{RD}$ 读取 FIFO 的状态。当 FIFO 不空,状态逻辑将产生 IRQ = 1 时的信号向 CPU 申请中断。

在传感器矩阵方式工作时,该存储器又用作传感器 RAM,它存放传感器矩阵中的每一个传感器的状态。在这种方式中,若检测出某一位的变化,则 IRQ = 1 向 CPU 申请中断。

(6)显示 RAM 和显示地址寄存器

显示 RAM 用来存储显示数据。容量为 16×8 位。在显示过程中,存储的显示数据轮流从显示寄存器输出。显示寄存器分为 A、B 两组，OUTA0 ~ OUTA3 和 OUTB0 ~ OUTB3 可以单独送数，也可以组成一个 8 位的字。显示寄存器的输出与显示扫描配合，不断从显示 RAM 中读出显示数据，同时轮流驱动被选中的显示器件，以达到多路复用的目的，使显示器件呈现稳定的显示状态。

显示地址寄存器用来寄存由 CPU 进行读/写显示 RAM 的地址，它可以由命令设定，也可以设置成每次读出或写入之后自动递增或递减（自动加 1 或自动减 1）。

9.4.2 8279 引脚与功能

8279 采用单一 + 5 V 电源供电，40 脚 DIP 封装，图 9.15 为 8279 引脚配置和引线功能，各引脚的功能如下。

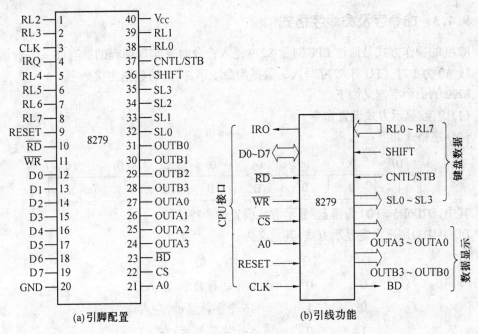

图 9.15 8279 引脚及引线功能

D0 ~ D7：双向数据总线，用来传送 8279 与 CPU 之间的数据和命令，与系统数据总线相接。

CLK：时钟输入线，为 8279 提供内部定时的时钟脉冲。

RESET：复位输入线，当 RESET = 1 时复位，复位后 8279 被置为 16 字符显示 RAM 从左端输入，双键锁定编码扫描键盘，时钟设置分频值为 31。

$\overline{CS}$（片选）：输入线，当 $\overline{CS}$ = 0 时 8279 被选中，允许 CPU 对其读、写，否则被禁止读写。

A0：数据选择输入线，当 A0 = 1 时，表示数据总线上写入内容为命令字，读出内容为状态字；当 A0 = 0 时，表示数据总线上读、写的都为数据。

$\overline{RD}$、$\overline{WR}$：读、写信号输入线。低电平有效，来自 CPU 的控制信号，控制 8279 的读、写操作。

IRQ：中断请求输出线，高电平有效。

在键盘工作方式下，当 FIFO/传感器 RAM 中有数据时，IRQ 为高电平。CPU 每次从 FIFO/传感器 RAM 中读出数据时，IRQ 变为低电平。若在 RAM 中还有数据，则 IRQ 再次变为高电平。

在传感器工作方式中,每当检测到传感器状态变化时,IRQ 就变为高电平。

SL0 ~ SL3:扫描输出线,用来扫描键盘、传感器阵列和显示器,这些线可以编程为编码方式(十六选一)或译码方式输出(四选一)。

RL0 ~ RL7:回复输入线。为键盘矩阵或传感器矩阵的列(或行)信号输入线。其内部设置有上拉电阻,平时无键闭合时均维持高电平,当某键闭合时,对应的线变为低电平。

SHIFT:变换信号输入线,高电平有效。SHIFT 可以用作键盘上、下档功能键,在键盘数据的次高位 D6 中反映其值,没有按下 SHIFT 开关时,该输入端保持高电平,按下时变为低电平。在传感器方式和选通方式中,SHIFT 无效。

CNTL/STB:控制/选通输入线,高电平有效。CNTL/STB 可以用来扩充键盘的控制功能,在键盘数据的最高位 D7 中反映其值。

9.4.3　命令字及命令字格式

8279 的操作方式是通过 CPU 对给 8279 送入命令时来实现编程的。当 $\overline{CS} = 0$,数据选择输入线 A0 为 1 时,CPU 对 8279 写入的数据为命令字,读出的数据为状态字。

8279 的命令字定义如下。

(1)键盘/显示方式设置命令

命令字格式如下:

D7	D6	D5	D4	D3	D2	D1	D0
0	0	0	D	D	K	K	K

其中,D7D6D5 = 000 为键盘/显示方式设置命令特征位。

DD(D4D3)用来设定显示方式,其意义为:

D4	D3	功　能
0	0	8 个字符显示,左入口
0	1	16 个字符显示,左入口
1	0	8 个字符显示,右入口
1	1	16 个字符显示,右入口

KKK(D2D1D0)用来设定键盘扫描方式,具体如下:

D2	D1	D0	功能
0	0	0	编码扫描键盘,双键锁定
0	0	1	译码扫描键盘,双键锁定
0	1	0	编码扫描键盘,N 键轮回
0	1	1	译码扫描键盘,N 键轮回
1	0	0	编码扫描传感器矩阵
1	0	1	译码扫描传感器矩阵
1	1	0	选通输入,编码显示扫描
1	1	1	选通输入,译码显示扫描

双键锁定与 N 键轮回是多键按下时的两种不同的保护方式。双键锁定为两键同时按下提供的保护方法,在消抖周期内,如果有两键同时按下,则只有其中一个键弹起,而另一个键保持在按下位置时,才被认可。N 键轮回为 N 键同时按下的保护方法。当有若干键按下时,键盘扫描能够根据发现它们的顺序,依次将它们的状态送入 FIFO RAM 中。

(2)时钟设置命令

命令字格式如下:

D7	D6	D5	D4	D3	D2	D1	D0
0	0	1	P	P	P	P	P

其中,D7D6D5 = 001 为时钟设置命令特征位。

8279 的所有定时和多路转换信号均由内部的预分频器产生,预分频器对外部输入 CLK 端的时钟信号进行 PPPPP 分频,分频取值范围为 2~31。分频后满足 8279 内部要求 100 kHz 的基本频率时,将给出规定的扫描与去抖时间。例如外部输入一个 2 MHz 的信号,就应将 PPPPP 设置为 10100,即经 20 分频后产生 100 kHz 的操作频率,复位后时钟设置分频值为 31。

(3)读 FIFO/传感器 RAM 命令

命令字格式如下:

D7	D6	D5	D4	D3	D2	D1	D0
0	1	0	AI	X	A	A	A

其中,D7D6D5 = 010 为读 FIFO/传感器 RAM 命令特征位。

该命令只在传感器方式时使用,因在触点键盘工作方式中,由于读出操作严格按照先入先出顺序进行,因此,不需使用这条命令。

AI(D4)为自动增量特征位。当 AI = 1 时,则每次读出 FIFO/传感器 RAM 后地址自动加 1 使地址指针指向下一个存储单元,下一个数据便从下一个地址读出,而不必重新设置读 FIFO/传感器 RAM 命令。

X(D3)为无关位。

AAA(D2D1D0)为传感器 RAM 中的八个字节地址。

(4)读显示 RAM 命令

命令字格式如下:

D7	D6	D5	D4	D3	D2	D1	D0
0	1	1	AI	A	A	A	A

其中,D7D6D5 = 011 为显示 RAM 命令特征位。

AI(D4)为自动增量特征位。AI = 1 时,每次读出后地址自动加 1,指向下一次读地址。

AAAA(D3D2D1D0)为读显示 RAM 中的存储单元地址。由于显示 RAM 中有 16 个字节单元故需要 4 位来寻址。

(5)写显示 RAM 命令

命令字格式如下:

D7	D6	D5	D4	D3	D2	D1	D0
1	0	0	AI	A	A	A	A

其中，D7D6D5 = 100 为写显示 RAM 命令特征位。

AI(D4)为自动增量特征位。AI = 1 时，每次写入后自动加 1，指向下一次写地址。

AAAA(D3D2D1D0)为写显示 RAM 中的存储单元地址，由于显示 RAM 中有 16 个字节单元故需要 4 位来寻址。

(6)写显示禁止/消隐命令

命令字格式如下：

D7	D6	D5	D4	D3	D2	D1	D0
1	0	1	X	IW/A	IW/B	BL/A	BL/B

其中，D7D6D5 = 101 为写显示禁止/消隐命令特征位。

X(D4)为无关位。

IW/A、IW/B(D3D2)为需要将 A 组和 B 组两个 4 位端口分开使用的情况。当 IW/A = 1 或 IW/B = 1 时，可分别屏蔽 A 组或 B 组端口，因而从 CPU 送信息到显示 RAM 时就不影响相应端口的内容。

BL/A、BL/B(D1D0)为需要将 A 组和 B 组显示消隐的情况。当 BL/A = 1 或 BL/B = 1 时，表示 A 组或 B 组的显示输出被消隐。当 BL/A = 0 或 BL/B = 0 时，表示 A 组或 B 组的显示输出恢复。

(7)清除命令

命令字格式如下：

D7	D6	D5	D4	D3	D2	D1	D0
1	1	0	CD	CD	CD	CF	CA

其中，D7D6D5 = 110 为清除命令特征位。

CDCDCD(D4D3D2)用来设定清除显示 RAM 方式，有 4 种清除方式。

D4	D3	D2	清除方式
1	0	×	将显示 RAM 全部清除
1	1	0	将显示 RAM 清成 20H（A 组 = 0010，B 组 = 0000）
1	1	1	将显示 RAM 全部置 1
0	×	×	不清除（若 CA = 1 时，D3、D2 的设置仍有效）

CF(D1)用来置空 FIFO 存储器。当 CF = 1 时，将 FIFO 置成空状态，并将中断线复位。同时，传感器 RAM 的读出地址也被置为 0。

CA(D0)为总清除位。当 CA = 1 时，则同时清除 FIFO 与显示用 RAM，其效果相当于 CD 与 CF 的合成，且能使内部定时链再度同步。

清除显示 RAM 约需 160 μs 时间，在此期间状态字的最高位 DU = 1，表示显示无效。

CPU 不能向显示 RAM 写入数据。

(8)结束中断/错误方式设置命令

命令字格式如下：

D7	D6	D5	D4	D3	D2	D1	D0
1	1	1	E	×	×	×	×

其中，D7D6D5 = 111 为结束中断/错误方式设置命令特征位。

E(D4)为 1 表示当 8279 已设定为 N 键轮回工作方式时，则 8279 将以一种特定的错误方式工作。这种方式的特点是：在 8279 的消抖周期内，如果发现多个键同时按下，则 FIFO 状态字中的结束/错误特征位 S/E 将置为 1，并产生中断请求信号和阻止写入 FIFO RAM。

在传感器工作方式中使用，每当传感器状态出现变化时，扫描检测电路就将其状态写入传感器 RAM，并启动中断逻辑，使 IRQ 变高，向 CPU 请求中断，并且禁止写入传感器 RAM。此时，若传感器 RAM 读出地址的自动递增特征位没有置位（AI = 0），则中断请求信号 IRQ 在 CPU 第一次从传感器 RAM 读出数据时就被清除。若自动递增特征位已置位（AI = 1），则 CPU 对传感器 RAM 的读出并不能清除 IRQ，而必须通过给 8279 写入结束中断/错误方式设置命令才能使 IRQ 变低。即在传感器工作方式中，用此命令来结束传感器 RAM 的中断请求。

9.4.4 FIFO 状态查询

在键盘输入和选通工作方式中，读 8279 的状态字（A0 = 1），可以判断 FIFO 中字符的个数（键的个数）及是否出错，状态字节的读出地址和命令字输入地址相同（$\overline{CS}$ = 0，A0 = 1），状态字格式如下：

D7	D6	D5	D4	D3	D2	D1	D0
DU	S/E	O	U	F	N	N	N

DU(D7)为显示无效特征位，DU = 1 表示显示无效，此时不可对显示 RAM 写入数据。

S/E(D6)为传感器信号结束/错误特征位。该特征位在读出 FIFO 状态字时被读出，而在执行 CF = 1 的清除命令时被复位。当 8279 工作在传感器工作方式时，若 S/E = 1，表示传感器的最后一个传感器信号已进入传感器 RAM；当 8279 工作在特殊错误方式时，若 S/E = 1 则表示出现了多键同时按下错误。

O(D5)为 FIFO RAM 溢出标志，在 FIFO 满时，送一个字符则置 1，即当 FIFO RAM 中已满，而其他的键盘数据还企图写入 FIFO RAM 中时 O 置位。

U(D4)为 FIFO RAM 空标志，U = 1 表示 FIFO RAM 中无字符。即当 FIFO RAM 中已空，CPU 还企图读出数据，则出现不足错误，U 置位。

F(D3)为满标志，F = 1 表示 FIFO RAM 中已满。

NNN(D2D1D0)为 FIFO RAM 中字符的个数。

9.4.5 数据输入/输出

8279 的数据输入/输出口地址由 $\overline{CS}$ = 0，A0 = 0 确定。

在键盘扫描方式中，发送 FIFO 命令后，从数据口读入数据的格式为：

D7	D6	D5	D4	D3	D2	D1	D0
CNTL	SHIFT	扫描值(SL2SL1SL0)			回送值(RL2RL1RL0)		

CNTL(D7)为控制键 CNTL 的状态位。

SHIFT(D6)为控制键 SHIFT 的状态位。

扫描值(D5D4D3)为指示输入键所在列(行)号(由 SL2~SL0 的状态确定)。

回送值(D2D1D0)为指示输入键所在列(行)号(由 RL7~RL0 的状态确定)。

在传感器方式或选通方式中,8 位输入数据为 RL7~RL0 的状态。

D7	D6	D5	D4	D3	D2	D1	D0
RL_7	RL_6	RL_5	RL_4	RL_3	RL_2	RL_1	RL_0

9.4.6 MCS-51 与 8279 的接口

MCS-51 采用 8279 扩展的键盘、显示器的接口电路如图 9.16 所示。图中 MCS-51 的 P0 口接 8279 的 D0~D7,P2.7 接 8279 的片选信号$\overline{CS}$,ALE 信号直接接 8279 的时钟输入端 CLK,由编程设置 8279 内部适当的分频数产生 100 kHz 的操作频率,单片机外部中断$\overline{INT1}$接经反相后的 8279 中断请求线,两者的读、写信号互连,单片机的最低地址位接 8279 的 A0,故 8279 的命令字、状态字口地址为 7FFFH,数据输入/输出口地址为 7FEFH。设 MCS-51 的晶振频率为 12 MHz。

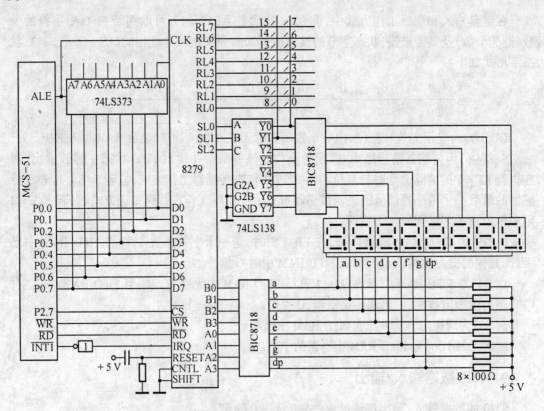

图 9.16 MCS-51 采用 8279 扩展的键盘、显示器电路

完成键盘显示和从键盘按键进行相应处理的参考程序如下：

```
MAIN:   MOV     SP, # 06H
        CLR     EA
        MOV     DPTR, # 7FFFH        ;指向 8279 命令口地址
        MOV     A, # 0D1H
        MOVX    @DPTR, A             ;送总清除命令
LP:     MOVX    A, @DPTR             ;读状态字
        JB      ACC.7, LP            ;等候清除完毕
        MOV     A, # 00
        MOVX    @DPTR, A             ;8 个字符显示, 左入口
        MOV     A, # 34H
        MOVX    @DPTR, A             ;20 分频至 100 kHz 基本频率
        MOV     DPTR, # DISBH        ;指向提示符"bH – 706"字符首地址
        LCALL   DIS                  ;显示提示符
        MOV     20H, # 80H           ;用 20H 作键盘缓冲器, (20H)₇ = 1 为无键
        ⋮
        SETB    IT1
        SETB    EX1
RKJMP:  SETB    EA
        MOV     B, # 03H
        ACALL   RKEY                 ;调用获取键子程序
        MOV     DPTR, # KPRG         ;置键功能程序入口首地址
        MUL     AB
        JMP     @A + DPTR           ;跳转至键功能处理程序
INT1P:  MOV     A, # 40H
        MOV     DPTR, # 7FFFH
        MOVX    @DPTR, A             ;送读 FIFO RAM 命令
        MOV     DPTR, # 7FFEH
        MOVX    A, @DPTR             ;读 FIFO RAM 键值
        MOV     20H, A               ;键值送 20H 单元保存
        RETI
RKEY:   MOV     A, 20H
        JNB     ACC.7, K1            ;判是否有键
        SJMP    RKEY                 ;键盘缓冲器空则继续读键
K1:     MOV     20H, # 80H           ;有键, 重置键盘缓冲器为空
        CLR     EA                   ;关闭中断, 准备键盘命令处理
        RET
KPRG:   LJMP    KPRG0                ;跳转至 0 数字键处理
        LJMP    KPRG1                ;跳转至 1 数字键处理
```

```
                  ⋮
          LJMP    KPRGF              ;跳转至 15 数字键处理
KPRG0：   ⋯                         ;0 数字键处理程序
          LJMP    RKJMP
KPRG1：   ⋯                         ;1 数字键处理程序
          LJMP    RKJMP
                  ⋮
KPRGF：   ⋯                         ;15 数字键处理程序
          LJMP    RKJMP
DIS：     PUSH    DPH               ;提示符代码地址压栈
          PUSH    DPL
          MOV     R2, # 08          ;8 个提示字符
          MOV     A, # 90H
          MOV     DPTR, # 7FFFH
          MOVX    @ DPTR, A         ;送写显示命令
          POP     DPL               ;弹出提示符代码地址
          POP     DPH
REDS：    MOV     A, # 0
          MOVE    A, @ A + DPTR     ;查表取提示符码
          PHSH    DPH               ;提示符码地址压线
          PUSH    DPL
          MOV     DPTR, # TAB
          MOVC    A, @ A + DPTR     ;查表取段选码
          MOV     DPTR, # 7FFFEH
          MOVX    @ DPTR, A         ;段选码送显示 RAM
          POP     DPL
          POP     DPH
          INC     DPTR              ;指向下一个提示符代码地址
          DJNZ    R2, REDS          ;循环至提示符显示完
          RET
DISBH：   DB      0BH,12H,14H,07H,00H,06H,17H,17H :"bH – 706"地址
TAB：     DB      3FH,06H,5BH,4FH,66H,6DH :"0 1 2 3 4 5"段选码数据
          DB      7DH,07H,7FH,6FH,77H,7CH ;"6 7 8 9 A b"段选码数据
          DB      39H,5EH,79H,71H,73H,3EH ;"C d E F P U"段选码数据
          DB      76H,38H,40H,6EH,FFH,00H ;"H L – y 8.灭"段选码数 RND
```

9.5 微型打印机接口

打印机是计算机系统常用的硬拷贝输出设备,目前市售的打印机规格、种类比较多,原

则上它们都可以作为单片机系统的外围设备。然而，一般的单片机应用系统在体积、功耗、可靠性和价格方面有比较严格的要求，而对打印机的功能要求不很高，因此在单片机系统中应用较多的是微型打印机，如 TP40A/16A、GP16、PP40 等智能微型打印机。

智能微型打印机的内部一般都有控制器，它能和主机之间实现命令、数据、状态的传递，控制打印机将信息打印出来。有些计算器上使用的字轮式打印机只是一个打印机头，机械动作须由主机控制，如每行为 12 个字符的字轮式 VOESA 打印机，由于它小巧、价廉而被选用。

打印机一般通过并行口和主机 CPU 相连，也有少数打印机通过串行接口或直接连到系统的总线上。

以下介绍智能微型打印机 PP40 与 MCS-51 的接口。PP40 的工作速度较慢，但其体积小、价格低、可靠性高、工作时噪声小，能描绘出所有可显示的 ASCII 字符和彩色图表，它和 CPU 的通信采用规范化的 Centronics 标准。

9.5.1　PP40 接口信号

PP40 的接口信号见表 9.4 所示，所有的 I/O 信号与 TTL 电平兼容。

DATA1～DATA8：数据线。

$\overline{\text{STROBE}}$：选通输入信号线，它的上升沿将 DATA1～DATA8 上的信息打入 PP40，并启动 PP40 处理。

BUSY：状态输出线。PP40 正在处理主机的命令或数据（描绘）时 BUSY 输出高电平，空闲时 BUSY 输出低电平。BUSY 可作为中断请求线或供 CPU 查询。

$\overline{\text{ACK}}$：响应输出线，当 PP40 接收并处理完主机的命令或数据时，输出一个负脉冲，它也可以作为中断请求线。

表 9.4　PP40 的接口信号

针位	信号	针位	信号	针位	信号	针位	信号
1	$\overline{\text{STROBE}}$	10	$\overline{\text{ACK}}$	19	GND	28	GND
2	DATA1	11	BUSY	20	GND	29	GND
3	DATA2	12	GND	21	GND	30	GND
4	DATA3	13	NC	22	GND	31	NC
5	DATA4	14	GND	23	GND	32	NC
6	DATA5	15	GND	24	GND	33	GND
7	DATA6	16	GND	25	GND	34	NC
8	DATA7	17	GND	26	GND	35	NC
9	DATA8	18	NC	27	GND	36	NC

PP40 和主机之间的通信时序如图 9.17 所示。

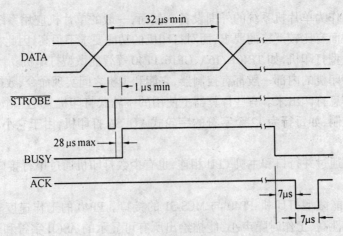

图 9.17　PP40 和主机的通信时序

9.5.2　PP40 的操作

PP40 具有文本模式和图案模式两种操作方式,初始加电后为文本模式状态。

PP40 处于文本模式状态时,主机将回车符(0DH)和控制 2 编码(12H)写入 PP40,则由文本模式变为图案模式,再将回车符(0DH)和控制 1 编码(11H)写入 PP40,又回到文本模式。PP40 在文本模式,能打印所有的 ASCII 字符。在图案模式下,能描绘出用户设计的各种彩色图案。

(1)文本模式

PP40 的文本模式用于打印字符串,可打印的字符编码见表 9.5。

表 9.5　PP40 文字符号编码

	0	1	2	3	4	5	6	7
0				0	@	P	`	p
1		DC1*	!	1	A	Q	a	q
2		DC2*	"	2	B	R	b	r
3			#	3	C	S	c	s
4			$	4	D	T	d	t
5			%	5	E	U	e	u
6			&	6	F	V	f	v
7			'	7	G	W	g	w
8	BS		(	8	H	X	h	x
9			)	9	I	Y	i	y
A	LF		*	:	J	Z	j	z
B	LU		+	;	K	[	k	¦
C			,	<	L	\	l	¦
D	CR*	NC*	−	=	M	]	m	¦
E			.	>	N	^	n	~
F			/	?	O	_	o	⊠

注:DC1—配制控制 1(文本模式);DC2—配制控制 2(图案模式);NC—转色;CR—回车(笔返回左方位置)。

表9.5除了字符编码外,还列出了一些控制编码,它们的定义如下。

① 回位(08H):将08H写入PP40,使笔回到前一个字符位置,若笔已处于最左边位置,则该命令失效。

② 进纸(0AH):将0AH写入PP40,PP40将纸推进一行。

③ 退纸(0BH):将0BH写入PP40,PP40将纸退后一行。

④ 回车(0DH):将0DH写入PP40,PP40将笔返回到最左边,并进纸一行。

⑤方式控制编码1(11H):将0DH和11H依次写入PP40,则将PP40配置成文本模式。

⑥ 方式控制编码2(12H):将0DH和12H依次写入PP40,则将PP40配置成图案模式。

⑦ 转色(1DH):将1DH写入PP40,笔架转动一个位置,描图笔换成一种颜色。

当超过一行的字符写入PP40,PP40自动回车并进纸一行。

(2)图案模式

PP40在图案模式操作时,提供多种绘图操作命令,供用户编制程序使用,以便绘出各类图形。绘图命令的格式和功能见表9.6。

表9.6 绘图命令的格式和功能

指 令	格 式	功 能
线形式	$Lp(p = 0 \sim 15)$	所绘画线的形式,实线:$p = 0$,点线 $p = 1 \sim 15$,而且具有指定格式
重置	A	笔架返回X轴最左方,而Y轴不变动。返回文字模式,并以笔架停留作为起点
回档	H	笔嘴升起返回起点
预备	I	以笔架位置作为起点
绘线	$Dx, y, \cdots, Xn, Yn(-999 \leqslant x, y \leqslant 999)$	由现时笔架位置至(x, y)连线
相对绘线	$J\Delta x, \Delta y, \cdots, \Delta Xn, \Delta Yn(-999 \leqslant \Delta x, \Delta y \leqslant 999)$	由现时笔嘴位置画一直线至笔嘴点 $\Delta x, \Delta y$ 之点上
移动	$Mx, y(-480 \leqslant \Delta x, \Delta y \leqslant 480)$	笔嘴升起,移动至(x, y)之点上
相对移动	$R\Delta x, \Delta y(-480 \leqslant \Delta x, \Delta y \leqslant 480)$	笔嘴升起,移动至现时笔架相距 $\Delta x, \Delta y$ 之点上
颜色转换	$Cn(n = 0 \sim 3)$	颜色转动由 n 所指定:0－黑,1－蓝,2－绿,3－红
字符尺码	$Sn(n = 0 \sim 63)$	指定字符尺码
字母编印方向	$Qn(n = 0 \sim 3)$	指示文字编印方向(只在图案模式下适用)
编印	$PC, C, \cdots, Cn(n 无限制)$	编印字符(C为字符)
轴	$Xp, q, r(p = 0 \sim 1)$ $(q = -999 \sim 999)$ $(r = 1 \sim 255)$	由现时笔架位置绘画轴线 Y轴:$p = 0$;X轴:$p = 1$ $q = $ 点距;$r = $ 重复次数

9.5.2 PP40 的接口方法

在设计一个打印机的接口电路时,既要考虑数据、状态线的特性(如是否为三态、负载等)和应答信号的时序,还必须考虑信息的有效时间。若只从时序上考虑接口方法,忽略了信号的有效时间宽度,打印机仍然不能正常工作。

在图 9.17 所示的 PP40 接口时序波形中,对 DATA1 ～ DATA8 上的数据信息和选通信号 STROBE 的有效时间有一定的要求,因此 PP40 必须通过并行接口和 CPU 通信。

图 9.18 给出了 PP40 和 MCS-51 的两种接口方法。在图 9.18(a)中,MCS-51 的 P1 口作为数据口,P3.0 作为选通信号输出线,P3.3 作为中断请求输入线。输出到 PP40 的选通信号必须由软件产生,由于选通信号产生以后经 28 μs 时间 BUSY 才上升为高电平,所以外部中断应选用边沿触发方式。在图 9.18(b)中,8255 的 PB 口工作于选通输出方式,8255 和 PP40 的握手信号由 8255 硬件产生,PP40 的 BUSY 信号作为 MCS-51 的外部中断请求信号,采用边沿触发方式。

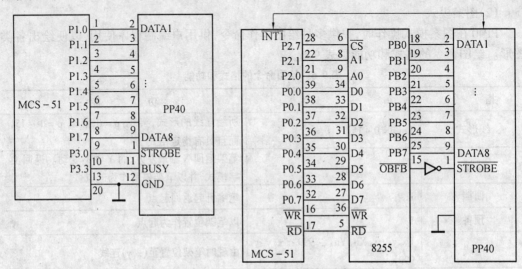

(a) PP40 和 MCS-51 直接接口方法　　　　(b) PP40 与 8255 的接口方法

图 9.18　PP40 和 MCS-51 的两种接口方法

本章小结

在单片机应用系统设计时,经常需要人机界面的键盘和显示器扩展。常用的显示器有 LED 和 LCD 显示器,字符型 LCD 除了能显示数字外,还能显示一定数量的字符和文字。键盘扩展有独立式和行列式两种结构,在实际应用中可根据按键的多少和 I/O 口的资源来合理选择。独立式结构适合按键数量较少的场合,行列式结构适合按键数量较多的场合。8279 为扩展键盘和显示器的可编程接口芯片,可以与具有 64 个按键或传感器的阵列相连,显示部分按扫描方式工作,可以显示 8 或 16 位 LED 显示块。

打印机是单片机常用的输出设备,一般的单片机应用系统在体积、功耗、可靠性和价格方面有比较高的要求,而对打印机的功能要求不高,因此在单片机系统中应用较多的是智能微型打印机。智能微型打印机的内部一般都有控制器,它能和单片机之间实现命令、数据、状态的传递,控制打印机将信息打印出来。打印机一般通过并行口与主机的 CPU 相连,也有少数打印机通过串行接口或直接连到系统的总线上。

习　题

1.LED 的静态显示方式与动态显示方式有何区别？各有什么优缺点？

2.为什么要消除按键抖动？消除按键抖动的原理是什么？

3.说明矩阵式键盘按键按下的识别原理。

4.键盘有哪三种工作方式？说明它们的工作原理和特点。

5.8279 中的扫描计数器有两种工作方式,它们各应用在什么场合？

6.简述用 P1 口实现 4×4 键盘与 MCS-51 采用中断方式接口电路的工作原理。

7.8279 中的扫描计数器有两种工作方式,这两种工作方式各应用在什么场合？

8.简述 PP40A 微型打印机的接口主要信号线的功能,与 MCS-51 单片机相连接时,几条控制线怎样连接？

第10章 MCS-51 单片机 A/D、D/A 接口技术

【学习目的和要求】 通过本章的学习,应该了解和掌握双积分 A/D 转换器和逐次逼近式 A/D 转换器的基本原理、接口扩展方法,掌握梯形电阻式 D/A 转换器的基本原理、内部结构与应用特性、工作方式及接口扩展方法。

10.1 A/D 转换器接口的扩展

在单片机的实时控制和智能仪器仪表等应用系统中,被控制或被测量对象的有关变量往往是一些连续变化的模拟量,如温度、压力、流量和速度等物理量,这些模拟量必须转换成数字量后才能输入到计算机进行处理。计算机处理的结果,也常常需要转换为模拟信号,驱动执行机构实现对被控对象的控制,或直接送入二次仪表。若输入是非电量的模拟信号,还须通过传感器转换成电信号并加以适当的放大。实现模拟量转换成数字量的器件称为模数转换器(ADC),数字量转换成模拟量的器件称为数模转换器(DAC)。

图 10.1 所示为具有模拟输入量和模拟量或数字量输出的 MCS-51 应用系统结构框图。

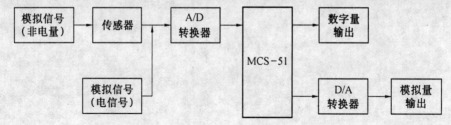

图 10.1 MCS-51 应用系统结构框图

10.1.1 A/D 转换器概述

1. A/D 转换器的分类

根据 A/D 转换器的转换原理可将 A/D 转换器分为两大类。一类是直接型 A/D 转换器,另一类是间接型 A/D 转换器。在直接型 A/D 转换器中,输入的模拟电压不经任何中间变量被直接转换成数字代码;在间接型 A/D 转换器中,要先将输入的模拟电压转换成某种中间变量(时间、频率、脉冲宽度等),然后再把这个中间变量转换成数字代码输出。A/D 转换器的分类见表 10.1。

表 10.1　A/D 转换器的分类

直接型	电荷再分配型 A/D 转换器		
	反馈比较型	逐次逼近式 A/D 转换器
		跟踪计数式 A/D 转换器
	非反馈比较型	串联方式 A/D 转换器
		并联方式 A/D 转换器
		串并联方式 A/D 转换器
间接型	电压 – 时间变换型	单积分型 A/D 转换器
		双积分型 A/D 转换器
		多重积分型 A/D 转换器
		脉宽调制积分型 A/D 转换器
	电压 – 频率转换型(V – F 变换器)	
	$\Sigma – \Delta$ 式 A/D 转换器	

目前应用较广泛的主要有以下几种类型:逐次逼近式 A/D 转换器、双积分型 A/D 转换器、$\Sigma – \Delta$ 式 A/D 转换器和 V – F 变换器。逐次逼近式 A/D 转换器在转换精度、转换速度和价格上都适中,是最常用的 A/D 转换器。双积分型 A/D 转换器具有转换精度高、抗干扰性好、价格低廉等优点,缺点是转换速度慢,近年来在单片机应用系统中也得到了广泛应用。$\Sigma – \Delta$ 式 A/D 转换器具有逐次逼近式和积分型 A/D 转换器的双重优点,它既有较强的干扰抑制能力,又有较高的转换速度,具有较高的信噪比和线性度,而且不需要采样保持电路。因此,这种 A/D 转换器近几年来得到了广泛重视,已有多种 $\Sigma – \Delta$ 式 A/D 芯片投向市场。而 V – F 变换器适用于转换速度要求不高,需要进行远距离信号传输的 A/D 转换场合。

2. A/D 转换器的主要指标

衡量 A/D 性能的主要参数如下:

(1)分辨率。A/D 转换器的分辨率常用输出二进制位数或者 BCD 码位数表示。例如,A/D 转换器 AD574 的分辨率为 12 位,即该 A/D 转换器的输出数据可以用 2^{12} 个二进制数进行量化,其分辨率为 1LSB。用百分数表示分辨率,则为 $1/2^{12} \times 100\% = 0.024\ 4\%$;用 BCD 码输出的 A/D 转换器常用位数表示分辨率,例如 MC14433 双积分型 A/D 转换器,分辨率为 3 位半。满字位为 1 999,用百分数表示分辨率,则为:$1/1\ 999 \times 100\% = 0.05\%$。

(2)满刻度误差。即输出全 1 时,输入电压与理想输入量之差。

(3)转换时间与转换速率。A/D 转换器完成一次转换所需要的时间为 A/D 转换时间,通常转换速率是转换时间的倒数。

(4)转换精度。A/D 转换器的精度指标是反映实际 A/D 转换器与理想 A/D 转换器的差别。因为理想 A/D 转换器存在量化误差,那么实际的 A/D 转换器无疑必然也存在量化误差。所以精度所对应的误差指标是不包括量化误差的。不同的 A/D 生产厂家或不同类型的产品其精度指标表达方式可能不完全相同,有的给出综合误差指标,有的给出分项误差指标,这些指标大体有非线性误差、失调误差或零点误差、增益误差或标度误差以及微分非线性误差等。

3.A/D 转换器的选择

A/D 转换器按输出代码的有效位数分为 4 位、8 位、10 位、12 位、14 位、16 位和 BCD 码输出的 3 位半、4 位半、5 位半等多种;按转换速度可分为超高速(转换时间≤1 ns)、高速(转换时间≤1 μs)、中速(转换时间≤1 ms)和低速(转换时间≤1 s)等几种不同转换速度的芯片。在设计数据采集系统、测控系统和智能仪器仪表时,如何选择合适的 A/D 转换器以满足应用系统的设计要求,是首先应该解决的问题。

(1)A/D 转换器位数的确定

A/D 转换器位数的确定与整个测量控制系统的测控范围和精度有关。系统精度涉及的环节较多,包括传感器、信号调理电路、A/D 转换器、输出电路和执行机构等环节的精度。因此,选取的 A/D 转换器的位数应与其他环节所能达到的精度相适应,一般 A/D 转换器的位数至少要比系统精度要求的最低分辨率高一位。

一般 8 位以下为低分辨率 A/D 转换器,9~12 位为中分辨率 A/D 转换器,13 位以上的为高分辨率 A/D 转换器。

(2)A/D 转换器转换速率的确定

A/D 转换器转换时间的倒数称为转换速率。一般来说,低速 A/D 转换器适用于对温度、压力、流量等缓慢变化参量的监测和控制;中速 A/D 转换器常用于工业监测和控制;高速 A/D 转换器适用于雷达信号处理、数字通信、实时控制和频谱分析等系统。在信号处理系统中,A/D 转换器的转换速率的确定主要取决于被测信号的带宽,应根据采样定理和系统的实际需要来确定 A/D 转换器的转换速率;在测控系统中,应根据实时性要求来确定 A/D 转换器的转换速率。

(3)采样保持器的选择

原则上直流或缓慢变化的信号可以不用采样保持器,其他情况都要用采样保持器。有些型号的 A/D 转换器片内具有采样保持器可直接使用,如果片内没有采样保持器,可以根据 A/D 转换器的分辨率、转换时间、信号带宽的关系式,确定是否要外加采样保持器。例如,A/D 转换器的分辨率是 8 位,转换时间是 100 ms 时,允许不加采样保持器的信号频率是 0.12 Hz;若分辨率是 12 位,该信号频率为 0.007 7 Hz。如果 A/D 转换器的分辨率是 8 位,转换时间是 100 μs 时,该频率为 12 Hz;若分辨率是 12 位时,该频率为 0.77 Hz。

(4)工作电压和基准电压

A/D 转换器的工作电压有单极性、双极性的,电压幅度也各不相同。例如, +5 V,+12 V;±5 V,±15 V 等。一般选用单一 +5 V 工作电压的 ADC 芯片,与单片机系统共用一个电源比较方便。但工作电压极性和幅度的选择,还需要考虑被测信号的极性、幅度等因素。

基准电压源是提供给 A/D 转换器在进行转换时所需要的参考电压,这是保证转换精度的基本条件。选用片内带有基准电压源的 A/D 转换器比较方便,而且节省 PCB 空间。但在要求较高精度时,基准电压源应选择高精度稳压源单独供给。

MCS-51 系列单片机中有些型号片内具有 A/D 转换器(如:8XC51GA/GB 内具有 8 路 8 位逐次逼近式 ADC)。对于这些内部具有 ADC 的单片机,一般就不需要扩展 A/D 接口。对于内部不具有 ADC 的单片机,如需要,则可以扩展通用 A/D 接口芯片。以下介绍几种典型的集成 A/D 转换器件的转换原理、特性以及与 MCS-51 的接口方法。

10.1.2　双积分式 A/D 转换器原理

双积分 A/D 转换器是基于间接测量原理,将被测电压值转换成时间常数,通过测量时间常数来得到未知电压值。如图 10.2 所示的双积分 A/D 转换器,由电子开关、积分器、比较器和控制逻辑等部件组成。

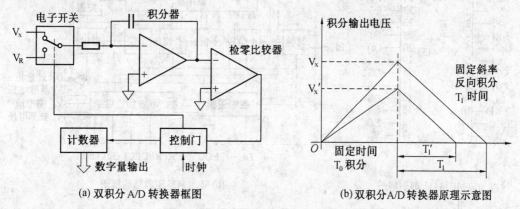

(a) 双积分 A/D 转换器框图　　　　　　　(b) 双积分 A/D 转换器原理示意图

图 10.2　双积分 A/D 转换器原理图

所谓双积分,就是整个 A/D 转换过程需要二次积分。在进行一次积分时,电子开关先把 V_x 输入到积分器,积分器从 0 V 开始进行固定时间 T_0 的正向积分,积分输出终值与 V_x 成正比,积分 T_0 时间到后,电子开关将与 V_x 极性相反的基准电压 V_R 输入到积分器进行反向积分,由于基准电压 V_R 恒定,所以积分输出将按 T_0 期间正向积分的终值以恒定的斜率下降,由比较器检测积分输出过零时,停止积分器工作。反向积分的时间 T_1 与固定时间积分的终值成比例关系,故可以通过测量反向积分时间 T_1 计算出 V_x,而反向积分时间 T_1 可由计数器对时钟脉冲计数得到,即

$$V_x = \frac{T_1}{T_0} \times V_R$$

图 10.2(b) 给出了两种不同输入电压($V_x > V_x'$)的积分情况,显然 V_x' 值小,在定时积分 T_0 期间积分器输出值也就小,而下降斜率相同,故反向积分时间 T_1' 也就短。

由于双积分式 A/D 转换器需经过二次积分,时间较长,所以这种类型的 A/D 转换速度较慢,但精度可以做得比较高,因对周期变化的干扰信号积分为零,故抗干扰性能也比较好。

目前双积分式 A/D 集成电路芯片型号较多,常用的有 MC14433(三位半,精度相当于 11 位二进制数)和 ICL7135(四位半,精度相当于 14 位二进制数),这类 A/D 大部分应用于数字显示仪表上。

10.1.3　双积分式 A/D MC14433 的扩展

MC14433 是一种三位半的双积分式 A/D 转换器。其最大输入电压为 199.99 mV 和 1.999 V两档(由输入基准电压决定),抗干扰性能强,转换精度高,但转换速度慢,转换速度约 1 ~ 10 次/秒,广泛应用于低速数据采集系统和数字显示仪表中。国产型号为 5G14433。

1.MC14433 的结构

图 10.3 给出了 MC14433 的引脚图和逻辑结构框图。

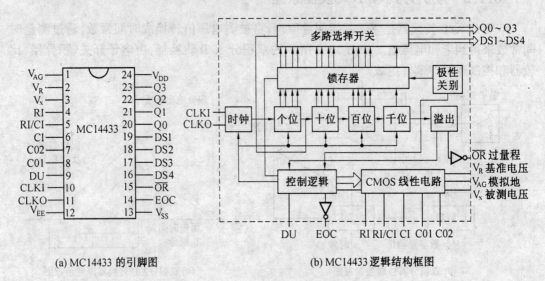

(a) MC14433 的引脚图   (b) MC14433 逻辑结构框图

图 10.3 MC14433 引脚图和逻辑结构框图

MC14433 的引脚功能如下。

① 电源及共地端

V_{DD}:主电源,+5 V。

V_{EE}:模拟部分的负电源,-5 V。

V_{SS}:数字地。

V_{AG}:模拟地(V_R 和 V_x 的地)。

V_R:基准电压输入端,为 200 mV 或 2 V。

②外接电阻及电容端

V_x:被测电压输入端,最大为 199.99 mV 或 1.999 V(依基准电压而定)。

RI:积分电阻输入端,当 V_x = 2 V 时,RI 取 470 K;当 V_x = 200 mV 时,RI 取 27 K。

CI:积分电容输入端,CI 一般取 0.1 μF 的聚丙烯电容。

RI/CI:RI 和 CI 的公共连接端。

C01、C02:接失调补偿电容 C0,值约为 0.1 μF。

CLKI、CLKO:外接振荡器时钟频率调节电阻 R_c,其典型值为 300 K,时钟频率随 R_c 值的上升而下降。

③转换启动/结束信号端

EOC:转换结束状态输出端,EOC 是一个宽为 0.5 个时钟周期的正脉冲。

DU:启动新的转换控制信号,若 DU 与 EOC 相连,则每次 A/D 转换结束后又自动启动新的 A/D 转换。

④过量程信号输出端

$\overline{OR}$:过量程状态信号输出端,低电平有效,当 $|V_x| > V_R$ 时 $\overline{OR}$ 有效。

⑤位选通控制线

· 212 ·

DS4 ~ DS1：分别是个、十、百、千位选信号，正脉冲有效，宽度为 18 个时钟周期，两个相应脉冲之间的间隔为 2 个时钟周期。MC14433 的选通脉冲时序如图 10.4 所示。

⑥BCD 码输出线

Q3 ~ Q0：经 A/D 转换后的 BCD 码数据输出线，动态地输出千、百、十、个位值。在 DS2、DS3、DS4 选通期间，输出 3 位完整的 BCD 码数，但在 DS1 选通期间，输出端 Q3 ~ Q0 除了表示个位的 0 或 1 外，还表示转换值的正负极性、欠量程还是过量程，其含义见表 10.2。

表 10.2　DS1 选通时 Q3 ~ Q0 表示的结果

Q3	Q2	Q1	Q0	表示结果
1	×	×	0	千位数为 0
0	×	×	0	千位数为 1
×	1	×	0	结果为正
×	0	×	0	结果为负
0	×	×	1	输入过量程
1	×	×	1	输入欠量程

由表 10.2 可知：

①Q3 表示 1/2 位，Q3 = 1 时，千位输出为 0，Q3 = 0 时，千位输出为 1。

②Q2 表示极性，Q2 = 1 时，输出为正，Q2 = 0 时，输出为负。

③Q0 = 1 表示超量程，Q3 = 0 时表示过量程；Q3 = 1 时表示欠量程。

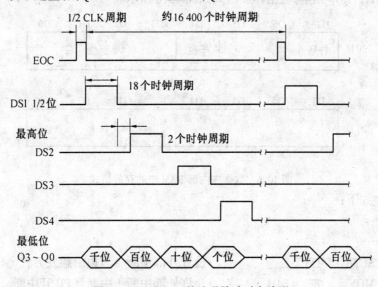

图 10.4　MC14433 的选通脉冲时序波形

2.MC14433 与 MCS-51 单片机的接口方法

由于 MC14433 的转换结果是动态分时输出的 BCD 码，所以 MCS-51 必须通过并行接口与 MC14433 连接。MC14433 与 MCS-51 的一种接口逻辑如图 10.5 所示。

在图 10.5 中是采用中断方法管理 MC14433 的操作，MC14433 的转换结束信号 EOC 端与启动新的转换信号 DU 端相连，则每当 A/D 转换结束后，自动启动新的转换。而 EOC 同时

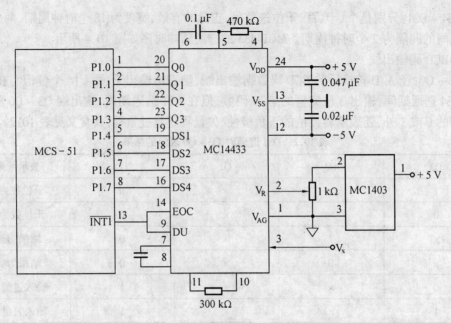

图 10.5　MC14433 与 MCS-51 的一种接口电路

又连接 MCS-51 的外部中断引脚 $\overline{INT1}$，则每次转换结束时，EOC 脚输出正脉冲的下降沿向 MCS-51 提出中断申请，所以 MC14433 能自动连续转换。MC14433 所需的基准电压 V_R 由精密电源芯片 MC1403 提供。以下程序是通过中断方式读取 MC14433 的转换结果，并保存在内部 RAM 20H、21H 单元中，数据存放格式如图 10.6 所示。

	D7	D6	D5	D4	D3	D2	D1	D0
20 H	符号	×	×	千位	百位			

	D7	D6	D5	D4	D3	D2	D1	D0
21 H	十位				个位			

图 10.6　数据在内部 RAM 中的存放格式

参考程序如下：

主程序

```
MAIN:   …
        SETB    IT1                 ;设置外部中断 1 为边沿触发方式
        MOV     IE, #84H            ;允许外部中断 1 中断,CPU 开中断
        MOV     P1, #0FFH           ;P1 口置 1
        …
中断服务程序
PINT1:  MOV     A,P1               ;A/D 转换值送 A
        JNB     P1.4,PINT1         ;等待千位选通 DS1 有效
```

THOU:	JB	P1.0,OVER	;Q0 为 1,量程错误,转 OVER
	JB	P1.2,PL1	;Q2 为 1,V_x 为正数,转 PL1
	SETB	20H.7	;V_x 为负数,符号位置 1
	AJMP	PL2	
PL1:	CLR	20H.7	;V_x 为正数,则 20H.7 清 0(符号为正)
PL2:	JB	P1.3,PL3	;若 Q3 为 1,则千位为 0,则转 PL3
	SETB	20H.4	;Q3 为 0,即千位为 1,则 20H.4 置 1(千位置 1)
	AJMP	PL4	
PL3:	CLR	20H.4	;Q_3 为 1,即千位为 0,则 20H.4 清 0(千位清 0)
PL4:	JNB	P1.5,PL4	;等待百位选通 DS2 有效
	MOV	A,P1	
HUND:	MOV	R0,#20H	;数据首地址送 R0
	XCHD	A,@R0	;百位数送 20H 的低 4 位
PL5:	JNB	P1.6,PL5	;等待十位选通 DS3 有效
TEN:	INC	R0	;指向下一位地址,即 21H 单元
	MOV	A,P1	
	SWAP	A	;十位数交换到累加器的高 4 位
	MOV	@R0,A	;十位数送 21H 单元的高 4 位
PL6:	JNB	P1.7,PL6	;等待个位选通 DS4 有效
	MOV	A,P1	
	XCHD	A,@R0	;个位数送 21H 单元的低 4 位
	RETI		
OVER:	SETB	10H	;置过、欠量程标志
	RETI		

10.1.4 逐次逼近式 A/D 转换器原理

逐次逼近式 A/D 转换也称逐次比较法A/D 转换,它是通过最高位(D_{N-1})至最低位(D_0)的逐次检测来逐步逼近被转换的输入电压,整个过程是个"试探"过程。这类 A/D 转换器是以 D/A 转换为基础。加上比较器、N 位逐次逼近寄存器和控制逻辑电路等组成,原理如图 10.7 所示。

在启动信号控制下,控制逻辑电路置 N 位寄存器的最高位 D N－1 为 1,其他位为 0,N 位寄存器的内容经 D/A 转换后得到一个占整个

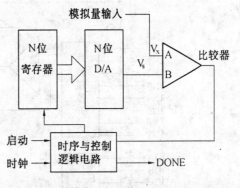

图 10.7 逐次逼近式 A/D 转换器原理框图

量程一半的模拟电压,比较器将此与模拟输入量 V_x 比较,若 $V_x \geqslant V_s$,则保留 $D_{N-1}=1$;若 $V_x < V_s$,则 D_{N-1} 位清 0。然后,控制逻辑电路使 N 位寄存器的下一位 D_{N-2} 置 1,连同上次的结果一起经 D/A 转换后与 V_x 比较,重复上述过程,直至判别出 D_0 位取 1 还是取 0 为止,此时

DONE 发出转换结束信号。这样 N 位 A/D 转换器经过 N 次比较后，N 位寄存器的状态就是与输入模拟量对应的数字量数据。转换的速度由时钟频率决定，可以设计较高的转换速度，一般在几微秒到上百微秒之间。

常用的逐次逼近法 A/D 器件有 ADC0809、ADC0816、ADC1210、AD574 等。

10.1.5 逐次逼近式 A/D ADC0809 的扩展

ADC0809 是一种 8 路模拟量输入、8 位逐次逼近法 A/D 转换器，转换时间在典型时钟频率下约为 100 μs，适用于多路数据采集。ADC0809 的姐妹芯片是 ADC0808，它们之间可以相互代换。

1. ADC0809 的结构

ADC0809 的引脚图及模拟通道地址如图 10.8 所示，原理结构框图如图 10.9 所示。

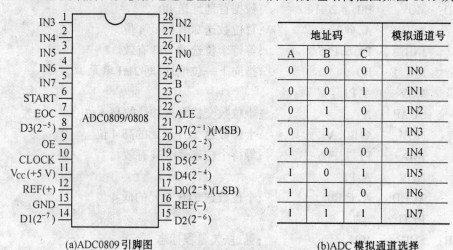

(a)ADC0809 引脚图		(b)ADC 模拟通道选择		

	地址码		模拟通道号
A	B	C	
0	0	0	IN0
0	0	1	IN1
0	1	0	IN2
0	1	1	IN3
1	0	0	IN4
1	0	1	IN5
1	1	0	IN6
1	1	1	IN7

图 10.8　ADC0809 的引脚图及模拟通道地址

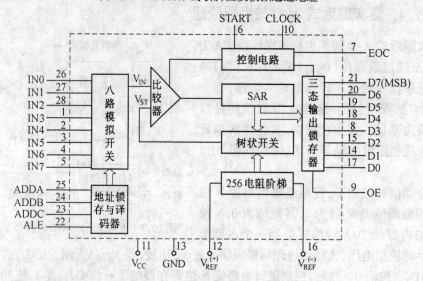

图 10.9　ADC0809 的原理结构框图

ADC0809 的引脚功能如下。

①IN0 ~ IN7:8 路模拟信号输入端。输入电压范围为 0 ~ + 5V。

②D0 ~ D7:8 位三态数据输出端。可与单片机的数据线直接相连。

③C、B、A:模拟通道选择输入端。可与单片机地址线 A2 ~ A0 连接。由 A2 ~ A0 地址编码 000 ~ 111 选择 IN0 ~ IN7 8 路 A/D 通道。

④ALE:地址锁存允许信号输入端。ALE 有效时锁存 A2 ~ A0 上的地址信息,经译码后控制 IN0 ~ IN7 中哪一路模拟电压送入比较器。

⑤CLOCK:外部时钟输入端。CLOCK 的频率范围为 10 ~ 1 280 kHz,一般取 640 kHz(此时的转换速度为 100 μs)。

⑥START:启动 A/D 转换信号输入端。该信号的上升沿清除内部寄存器,下降沿启动控制电路开始 A/D 转换。

⑦EOC:转换结束信号输出端。转换结束后,EOC 输出一个宽为 8 个 CLK 周期的正脉冲。

⑧OE:输出允许控制端。OE 为高电平时把转换结果送数据线 D0 ~ D7,OE 为低电平时 D0 ~ D7 为浮空态。

⑨V_{CC}:主电源 + 5 V。

⑩GND:数字地。

⑪V_{REF+}:正参考电压输入端。

⑫V_{REF-}:负参考电压输入端。

2. ADC0809 与 MCS-51 的接口方法

ADC0809 与 MCS-51 的一种接口逻辑如图 10.10 所示。由于 ADC0809 片内无时钟,可利用 MCS-51 提供的 ALE 信号经 D 触发器二分频后获得,ALE 信号的频率是单片机时钟频率的 1/6(无外扩数据存储器时)。如果单片机时钟频率采用 6 MHz,则 ALE 信号的频率为 1 MHz,经二分频后为 500 kHz,恰好符合 ADC0809 对时钟频率的要求。由于 ADC0809 具有三态输出锁存器,故可以与 MCS-51 单片机数据总线直接接口。ADC0809 的通道选择引脚 A、B、C 分别与 MCS-51 地址线的低 3 位 A0、A1、A2 相连,故 ADC0809 的 IN0 ~ IN7 的 8 个模拟通道寄存器地址为 7FF8H ~ 7FFFH。ADC0809 转换结束信号 EOC 经反相后接 MCS-51 的

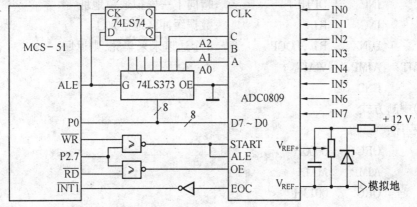

图 10.10 ADC0809 与 MCS-51 的一种接口逻辑

INT1。将 P2.7(地址总线 A15)作为片选信号,在启动 A/D 转换时,由单片机的写信号WR和 P2.7 经或非门后,产生的正脉冲作为控制 ADC 的地址锁存和转换启动信号。由于 ALE 和 START 连在一起,因此 ADC0809 在锁存通道地址的同时启动转换。在 $\overline{WR}$ 的上升沿,START 信号由高电平变低电平启动 A/D 转换,经过大约 100 μs 时间 A/D 转换结束 EOC 输出高电平,此信号可供查询作为状态信号或作为中断请求信号,通知 CPU 读取 A/D 转换后的数据。在读取转换结果时,用读信号 $\overline{RD}$ 和 P2.7 经或非门后,产生的正脉冲作为控制转换器的输出允许 OE,用来打开三态输出锁存器。

用单片机控制 ADC 时,一般采用查询和中断两种控制方法。查询控制法是在单片机启动 ADC 转换器后,不断对 ADC 的状态进行查询,以检查 ADC 转换是否结束,如果查询到转换结束,则读入转换数据。中断控制法是在单片机启动 ADC 之后,CPU 可以照常执行其他程序。当 ADC 转换结束时,自动向 CPU 发出中断请求信号,CPU 响应此中断请求后进入中断服务程序。在中断服务程序中读入转换数据并进行必要的处理,然后返回到主程序。这种方法不需要查询等待,可提高 CPU 执行程序的效率,特别适合转换时间较长的 ADC。

在图 10.10 中,如果要求对 8 路模拟量顺序进行 A/D 转换。每个通道各采集 1 个数据,分别存放在内部 RAM 30H ~ 37H 单元中。单片机采用查询和中断两种控制方法进行数据采集,参考程序如下:

(1)查询方式

```
        ORG     0000H
        AJMP    MAIN
        ORG     100H
MAIN:   MOV     R1, #30H        ;置 RAM 缓冲区首址
        MOV     R7, #08H        ;置循环计数器初值(通道数)
        MOV     DPTR, #7FF8H    ;置模拟通道地址
LOOP:   MOVX    @DPTR, A        ;启动 A/D 转换
FINISH: JB      P3.3, FINISH    ;查询,等待转换结束
        MOVX    A, @DPTR        ;读取当前通道转换数据
        MOVX    @R1, A          ;转换数据送 RAM 缓冲区
        INC     DPTR            ;指向下一模拟通道地址
        INC     R1              ;数据缓冲区地址加 1
        DJNZ    R7, LOOP        ;8 个通道未采集完,则返回
WAIT:   AJMP    WAIT
        END
```

(2)中断方式

主程序:

```
        ORG     0000H
        AJMP    MAIN
        ORG     0013H
        LJMP    INTS
MAIN:   SETB    IT1                 ;设置 INT1 为跳沿触发方式
```

```
        SETB    EA              ;CPU 开中断
        SETB    EX1             ;允许 INT1 中断
        MOV     R1, #30H        ;置 RAM 缓冲区首址
        MOV     R7, #08H        ;置循环计数器初值(通道数)
        MOV     DPTR, #7FF8H    ;置模拟通道地址
LOOP:   MOVX    @DPTR, A        ;启动 A/D 转换
        ……                     ;设此程序段未使用寄存器 R1,R7 和数据指针
                                 DPTR
        LJMP    LOOP            ;循环启动 A/D 转换
中断服务程序:
INTS:   PUSH    PSW             ;保护现场
        PUSH    A
        MOVX    A, @DPTR        ;读取当前通道转换结果
        MOVX    @R1, A          ;保存转换结果
        INC     DPTR            ;指向下一模拟通道地址
        INC     R1              ;修改数据缓冲区地址
        DJNZ    R7, LP          ;8 个通道未采集完,则返回
        SETB    F0              ;置位用户标志位
LP:     POP     A               ;恢复现场
        POP     PSW
        RETI                    ;中断返回
        END
```

10.2　D/A 转换器接口的扩展

10.2.1　D/A 转换器概述

D/A 转换器是将数字量转换为模拟量的器件,是计算机与输出设备之间的接口,是数字化测控系统及智能仪器中的组成部分。D/A 转换过程是先将各位数码按其权值的大小转换为相应的模拟分量,然后再以叠加方法把个模拟分量相加,其和就是 D/A 转换结果。

D/A 输出有电压和电流两种信号形式,在实际应用中,对于电流输出形式的 D/A 转换器,可在其输出端加运算放大器构成的电流 – 电压转换电路,将电流输出变为电压输出。

由于实现 D/A 转换需要一定的时间,在这段时间内 D/A 转换器输入端的数字量应保持稳定,为此 D/A 转换器数字量输入端前面设置锁存器,以提供数据锁存功能。有些 D/A 转换器内部带有锁存器,而且还包括地址译码电路,有的还具有双重数据缓冲电路。这种 D/A 转换器可与 MCS-51 的 P0 口直接相连。内部不带锁存器的 D/A 转换器可与 MCS-51 的 P1 口或 P2 口直接相连,因为 P1 口和 P2 口的输出有锁存器,如果与 P0 口连接时,需要在 D/A 转换芯片前面加锁存器。

D/A 性能的主要参数如下。

分辨率:分辨率是指输入的单位数字量变化引起的模拟量输出的变化。对于 n 位的 D/A,其分辨率为满量程刻度的 $1/2^n$。例如,若满量程为 10 V,设 $n=8$,则分辨率为 10 V/2^n = 39.1 mV。更常用的方法是采用输入数字量的位数表示分辨率的高低,例如,8 位二进制 D/A 转换器,其分辨率为 8 位。

转换精度:转换精度是由于非线性、零点刻度、满量程刻度及温度漂移等因素引起的误差。精度表示 D/A 实际输出与其理论值的误差。理想情况下精度与分辨率基本一致,但由于电源电压、参考电压、电阻等因素存在误差,所以实际上精度与分辨率并不完全一致。只要位数相同分辨率则相同,但同位数的转换器精度会有所不同。

转换时间:转换时间是指从输入数字量到输出达到终值误差 LSB/2 所需的时间。输出形式为电流的 D/A 转换时间较短,输出形式为电压的 D/A 转换器,由于内部运算放大器的延时,因此转换时间要长一些。

线性度:线性度是指 D/A 实际输入/输出曲线对理想输入/输出曲线接近的程度。通常用满量程的百分率或最低有效位(LSB)的分数来表示,如 ± LSB/2。

输出极性及范围:D/A 输出极性有单极性与双极性两种,输出范围与参考电压有关。

实现 D/A 转换的方法很多,依据转换原理,可分为脉冲调幅、调宽、加权电阻式和梯形电阻式等,其中梯形电阻式用得较多,它是通过内部的梯形电阻解码网络对数位电流分流来实现 D/A 转换的,其转换分辨率高。

10.2.2 梯形电阻式 D/A 转换器原理

梯形电阻式 D/A 常采用 R – 2R 的电阻网络,如图 10.11 所示。由图可知,运算放大器的反向端为"虚地",模拟开关在地与虚地之间切换。当输入数字信号任一位 $d_n = 1$ 时,对应开关 S_n 与运算放大器的反向端接通,当 d_n 为 0 时,S_n 接地。可见不论 d_n 取值如何,各模拟开关的支路电流值不变。

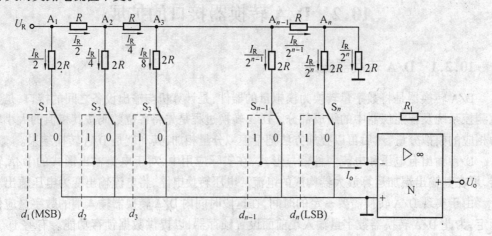

图 10.11 R – 2R 梯形电阻式 D/A 转换器

图中从 $A_1 \sim A_n$ 各节点往右看,对地的电阻值均等于 R。从左到右,各路电流分配规律是 $I_R/2, I_R/2^2, \cdots, I_R/2^n$,满足按权分布要求(其中 $I_R = U_R/R$)。考虑到模拟开关 $S_1 \sim S_n$ 对总电流 I 的控制作用,将所有流入运算放大器反向端的电流求和,可得输出电压 U_0 为

$$U_0 = -I_0 R_1 = -\frac{U_R R_1}{R}(d_1 \times 2^{-1} + d_2 \times 2^{-2} + \cdots + d_n \times 2^{-n}) =$$

$$-\frac{U_R R_1}{R \times 2^n}(d_1 \times 2^{n-1} + d_2 \times 2^{n-2} + \cdots + d_n \times 2^0) = -\frac{R_1}{R \times 2^n}U_R \sum_{n=0}^{n-1} d_n \times 2^{-n}$$

可见,输出电压与二进制数呈线性关系。调整运算放大器的反馈电阻 R_1 和基准电源, U_R 就可获得与 n 位二进制数成一定比例的输出电压。

将 R – 2R 电阻网络、二进制数控制的电子开关以及一些控制电路集成为一个电路,就形成了各种型号的梯形电阻式 D/A 芯片。

10.2.3　D/A 芯片 DAC0832 的扩展

DAC0832 是美国数据公司采用 CMOS 工艺制造的 8 位单片梯形电阻式 D/A 转换器,片内带数据锁存器,电流输出,输出电流稳定时间为 1 μs,功耗为 20 mW。DAC0832 是 DAC0830 系列产品之一,该系列产品包括 DAC0830、DAC0831、DAC0832,它们可以完全相互代换。

1.DAC0832 结构

DAC0832 的引脚图和逻辑框图如图 10.12 所示。

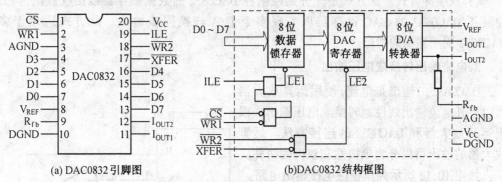

(a) DAC0832 引脚图　　　　　(b)DAC0832 结构框图

图 10.12　DAC0832 引脚图和结构框图

DAC0832 由 8 位数据锁存器、8 位 DAC 寄存器、8 位 D/A 转换电路及转换控制电路构成,为 20 脚双列直插式封装结构,各管脚的功能如下。

①D0 ~ D7:8 位数据输入线,TTL 电平,可与单片机数据总线相连。

②ILE:数据锁存允许控制信号输入线,高电平有。

③$\overline{CS}$:片选信号输入线(选通数据锁存器),低电平有效。

④$\overline{WR1}$:数据锁存器写选通信号输入线,负脉冲(脉宽应大于 500 ns)有效,由 ILE、$\overline{CS}$、$\overline{WR1}$ 的逻辑组合产生$\overline{LE1}$,当$\overline{LE1}$为高电平时,数据锁存器状态随输入数据线变化,$\overline{LE1}$信号的负跳沿将输入数据锁存到 8 位数据锁存器中。

⑤$\overline{XFER}$:数据传输控制信号输入线,低电平有效,负脉冲(脉宽应大于 500 ns)有效。

⑥$\overline{WR2}$:DAC 寄存器选通输入线,负脉冲(脉宽应大于 500 ns)有效,由$\overline{WR2}$、$\overline{XFER}$的逻辑组合产生$\overline{LE2}$,当$\overline{LE2}$为高电平时,DAC 寄存器的输出随寄存器的输入而变化,$\overline{LE2}$负跳变时将数据锁存器的内容打入 DAC 寄存器并开始 D/A 转换。

⑦I_{OUT1}:电流输出端1,其值随 DAC 寄存器的内容线性变化。输入数字量全为"1"时,I_{OUT1}最大,输入数字量全为"0"时,I_{OUT1}最小。

⑧I_{OUT2}：电流输出端2，其值与I_{OUT1}值之和为一常数。

⑨R_{fb}：反馈信号输入线，改变R_{fb}端外接电阻值可调整转换满量程精度。

⑩V_{CC}：电源输入端，V_{CC}的范围为 + 5 ~ + 15 V。

⑪V_{REF}：基准电压输入线，V_{REF}的范围为 – 10 ~ + 10 V；

⑫AGND：模拟地，常用符号▽表示；

⑬DGND：数字地，常用符号⊥表示。

2. DAC0832 的工作方式

根据对 DAC0832 的数据锁存器和 DAC 寄存器的不同的控制方式，DAC0832 有以下 3 种方式。

(1)直通方式。该方式是使所有控制信号($\overline{CS}$、$\overline{WR1}$、$\overline{WR2}$、$\overline{XFER}$)均有效，此方式只适用于连续反馈控制电路中。

(2)单缓冲方式。该方式是控制数据锁存器和 DAC 寄存器同时接收数据，或者只用数据锁存器而把 DAC 寄存器接成直通方式($\overline{WR2}$、$\overline{XFER}$始终有效)：此方式适用于只有一路模拟量输出，或虽有多路模拟量输出但非同步输出的情形。

(3)双缓冲方式。该方式是先分别控制各 DAC0832 的数据锁存器以接收数据，再分别控制各 DAC0832 的 DAC 寄存器以实现多个 D/A 转换同步输出。此方式适用于多路 DAC0832 同步输出的情形。

3. 电流输出转换成电压输出

DAC0832 的输出是电流，使用运算放大器可以将其电流输出线性地转换成电压输出。根据运算放大器和 DAC0832 的连接方法。运算放大器的输出可以分为单极性和双极性两种。

如图 10.13 所示为单极性电压输出电路。

4. DAC0832 与 MCS-51 单片机的接口方法

DAC0832 最常用的工作方式有两种：单缓冲方式和双缓冲方式。

(1)单缓冲方式应用的接口方法

当只有一路 D/A 转换输出，或虽有多路 D/A转换输出但非同步输出时采用单缓冲方式。

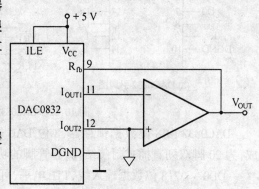

图 10.13　DAC0832 单极型电压输出电路

图 10.14 所示为 DAC0832 与 MCS-51 典型的单缓冲方式接口电路。图中 ILE 接高电平，$\overline{WR1}$和$\overline{WR2}$相连后接 MCS-51 的$\overline{WR}$，$\overline{CS}$和$\overline{XFER}$相连后接 MCS-51 的地址高位，这样就同时片选了 DAC0832 的数据锁存器和 DAC 寄存器，MCS-51 对 DAC0832 执行一次写操作就把一个数据写入数据锁存器的同时也直接写入到了 DAC 寄存器，模拟量输出随之变化。从图中可知，数据锁存器和 DAC 寄存器的地址都为 7FFFH。

在图 10.14 DAC0832 单缓冲方式的接口电路中，运算放大器 OA 输出端 V_{OUT}直接反馈到 R_{fb}，因此产生的模拟输出电压是单极性的。下面分别给出产生锯齿波、三角波的应用程序。

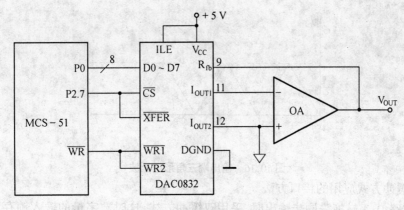

图 10.14　DAC0832 单缓冲方式的接口电路

① 锯齿波程序

```
        ORG     100H
START:  MOV     DPTR, #7FFFH        ;D/A 地址送 DPTR
        MOV     A, #00H             ;数字量初始值
LOOP:   MOVX    @DPTR, A            ;数字量送 D/A 转换器
        INC     A                   ;数字量加 1
        AJMP    LOOP
        END
```

MCS-51 执行上面的程序,运算放大器的输出端产生一个锯齿波,如图 10.15 所示。

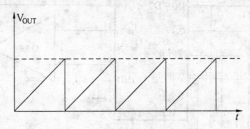

图 10.15　输出端锯齿型电压波

②三角波程序

```
        ORG     100H
START:  MOV     DPTR, #7FFFH        ;D/A 地址送 DPTR
        MOV     A, #00H             ;数字量初始值
LPU:    MOVX    @DPTR, A            ;数字量送 D/A 转换器
        INC     A                   ;数字量加 1
        JNZ     LPU
LPD:    DEC     A                   ;数字量减 1
        MOVX    @DPTR, A            ;数字量送 D/A 转换器
        JNZ     LPD
        AJMP    LPU
```

MCS-51 执行上面的程序,运算放大器的输出端产生一个三角波,如图 10.16 所示。

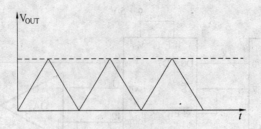

图 10.16 输出端三角形电压波

(2)双缓冲方式应用的接口方法

当有多路 D/A 转换需同步输出时,采用双缓冲方式,这时数字量的输入锁存和 D/A 转换输出是分两步完成的,即 CPU 的数据总线分时向各路 D/A 转换器输入要转换的数字量并锁存在各自的数据锁存器中。然后 CPU 对所有 D/A 转换器发出控制信号,使所有 D/A 转换器数据锁存器中的数据打入 DAC 寄存器,实现同步转换输出。图 10.17 所示为 DAC0832 与 MCS-51 典型的双缓冲方式接口电路。图中两片 DAC0832 的 $\overline{WR1}$ 和 $\overline{WR2}$ 都相连后与 MCS-51 的 $\overline{WR}$ 相连,P2.5 接 0832(1)的 $\overline{CS}$,即片选 0832(1)的数据锁存器,P2.6 接 0832(2)的 $\overline{CS}$,即片选 0832(2)的数据锁存器,P2.7 同时接两片 DAC0832 的 $\overline{XFER}$,由图可知 0832(1)的数据锁存器地址为 0DFFFH,0832(2)的数据锁存器地址为 0BFFFH,两片 DAC0832 的 DAC 寄存器的地址均为 7FFFH。

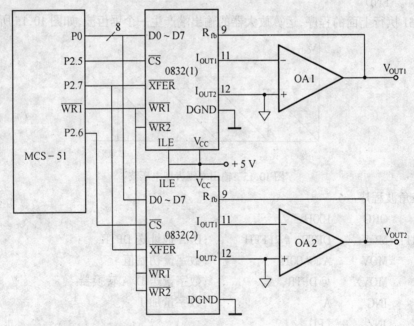

图 10.17 DAC0832 双缓冲方式的接口电路

MCS-51 执行下面的程序后就能完成两路 D/A 的同步转换输出。

```
        ORG     100H
START:  MOV     DPTR,# 0DFFFH      ;指向 0832(1)的数据锁存器地址
        MOV     A,# data1
```

```
MOVX    @DPTR,A          ;data1 数据送入 0832(1)中锁存
MOV     DPTR, # 0BFFFH   ;指向 0832(2)的数据锁存器地址
MOV     A, # data2
MOVX    @DPTR, A         ;data2 数据送入 0832(2)中锁存
MOV     DPTR, # 7FFFH    ;指向两片 0832 的 DAC 寄存器
MOVX    @DPTR, A         ;启动两路 D/A 转换,同步输出
RET
```

10.2.4 D/A 芯片 AD7520 的扩展

AD7520、AD7521、DAC1020、DAC1220 等系列 D/A 转换芯片片内均不带输入锁存器,无参考电压及电压输出电路。它们具有相同的 D/A 转换电路接口特征:

(1)因片内不带输入锁存器,故不能直接与单片机的数据总线相连,常采用通过具有锁存功能的 I/O 口或扩展 I/O 口与之相连,或者通过数据锁存器与之相连。

(2)需外加参考电压和电压输出电路。

1.AD7520 的结构与应用特性

AD7520 是一种 10 位 D/A 转换芯片,由 CMOS 电流开关和梯形电阻网络构成,具有结构简单、通用性好、配置灵活和价格低廉等特点。

图 10.18 所示为 AD7520 的引脚及逻辑符号图。B1 ~ B10 为数据输入线;V_+ 为主电源输入端(+ 5 ~ + 15 V);V_R 为参考电压输入端(- 10 ~ + 10 V);R_{fe} 为反馈输入端;GND 为数字地;I_{OUT1}、I_{OUT2} 为电流输出端。

根据运算放大器和 AD7520 的连接方法,运算放大器的输出可以分为单极性和双极性两种。

图 10.19 所示为 AD7520 的单极性电压输出电路。由于 AD7520 系列 D/A 转换器各位电流的产生决定于无源梯形电阻网络,不具有电流源特性,故输出端 I_{OUT1}、I_{OUT2} 一般不能直接带负载,必须通过运算放大器转换为电压输出。

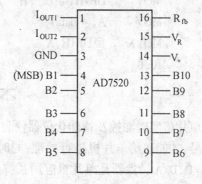

图 10.18 AD7520 引脚及逻辑符号图

2.AD7520 与 MCS-51 单片机的接口方法

因 AD7520 片内不带输入锁存器,故不能直接与单片机的数据总线相连。图 10.20 所示为采用 74LS377 来锁存输入数

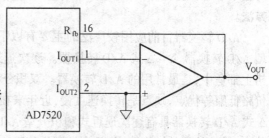

图 10.19 AD7520 单极型电压输出电路

据低 8 位,用两个 74LS74 双 D 触发器来实现二级锁存、寄存数据的高 2 位。

从图 10.20 中可知 74LS74(1)的口地址为 0BFFFH,74LS74(2)和 74LS377 的口地址均为 7FFFH。AD7520 为 10 位 D/A 转换器,与 MCS-51 单片机 8 位总线接口时,数据须两次输出。

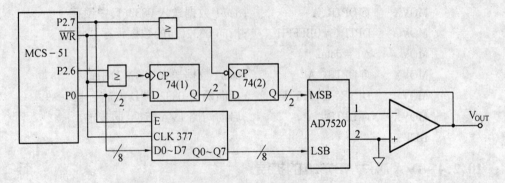

图 10.20 AD7520 与 MCS-51 的双缓冲接口方法

在将高两位数据输出到 74LS74(1) 后,将低 8 位数据送到 74LS377 的同时,把 74LS74(1) 的内容送到 74LS74(2) 上,因此 10 位数据是同时到达 AD7520 的数据输入端上的。

D/A 转换的子程序如下:

```
        ORG     100H
START:  MOV     DPTR, # 0BFFFH      ;指向高 2 位数据锁存器地址
        MOV     A, # datah
        MOVX    @DPTR, A            ;高 2 位数据送 74LS74(1) 锁存
        MOV     DPTR, # 7FFFH       ;指向低 8 位数据地址和 74LS74(2) 地址
        MOV     A, # data1
        MOVX    @DPTR, A            ;高 2 位数据和低 8 位数据同时送入 A/D
        RET
```

本章小结

在单片机实时测控及智能化仪器仪表等应用系统中,需要将模拟电信号转换成离散的数字信号,才能送给单片机进行处理;同时,许多场合会遇到用模拟量来控制外设的情况。因此,A/D、D/A 转换器是单片机应用系统中不可缺少的一部分,它是单片机与外围设备进行信息交换的基本途径。A/D、D/A 转换器的种类较多,本章主要介绍了 A/D、D/A 转换器的基本原理,主要参数、结构与引脚,重点介绍了 MCS-51 单片机与 A/D、D/A 转换器的接口方法。

A/D 转换器目前应用较广泛的主要有以下几种类型:逐次逼近式 A/D 转换器、双积分型 A/D 转换器、$\Sigma - \Delta$ 式 A/D 转换器。逐次逼近式 A/D 转换器在转换精度、转换速度和价格上都适中,是最常用的 A/D 转换器。双积分型 A/D 转换器具有转换精度高、抗干扰性好、价格低廉等优点,缺点是转换速度慢,近年来在单片机应用系统中也得到了广泛应用。$\Sigma - \Delta$ 式 A/D 转换器具有逐次逼近式和积分型 A/D 转换器的双重优点,它既有较强的干扰抑制能力,又有较高的转换速度,具有较高的信噪比和线性度,而且不需要采样保持电路。因此,这种 A/D 转换器近几年来得到了广泛重视。

D/A 转换器输出有电压和电流两种信号形式,在实际应用中,对于电流输出形式的 D/A 转换器,可在其输出端加运算放大器构成电流 - 电压转换电路,将电流输出变为电压输出。

由于 D/A 转换需要一定的时间,在这段时间内 D/A 转换器输入端的数字量应保持稳

定,为此 D/A 转换器输入端需加锁存器,以提供数据锁存功能。有些 D/A 转换器内部带有锁存器,这种 D/A 转换器可与 MCS-51 的 P0 口直接相连。

习　题

1.如果将一个最大幅值为 4.8 V 的模拟信号转换为数字信号,要求模拟信号每变化 20 mV数字信号的最低位发生变化,问应选用多少位的 A/D 转换器?

2.简述 ADC0809 A/D 转换器的主要特性。

3.A/D 转换器与单片机的接口方式有几种? 它们各有什么特点?

4.试用 8031 单片机和 ADC0809 设计一个巡回检测系统,共有 8 个模拟量输入,采样周期为 1 s,画出硬件接口电路图,并进行程序设计。

5.8 位单极性 D/A 转换器的满刻度电压值为 + 10 V,当数字输入量分别为 7FH、81H、F3H 时,试计算模拟输出电压值。

6.简述梯形电阻式 D/A 转换器的工作原理和主要结构特性。

7.简述梯形电阻式 D/A 转换器 DAC0832 的主要特性。

8.试说明为什么多路 D/A 转换接口必须采用双缓冲同步接口方式。

9.利用 D/A 转换器输出一个正弦波信号,试进行程序设计。

10.一个满刻度电压为 5 V 的 10 位 D/A 转换器能够分辨出的输入电压变化的最小值是多少?

第 11 章　串行扩展技术

【学习目的和要求】　在单片机应用系统中越来越广泛地采用串行扩展技术。通过本章的学习,应该了解串行总线芯片的扩展原理,了解 Microwire 和 One-wire 总线及串行标准接口的扩展。掌握 I^2C 串行扩展总线及 SPI 总线原理及应用。

11.1　串行扩展概述

新一代单片机技术的显著特点之一是串行扩展总线的推出。串行扩展连接线灵活,占用单片机资源少,系统结构简化,极易形成用户的模块化结构。串行扩展方式还具有工作电压宽、抗干扰能力强、功耗低、数据不易丢失等特点。因此,串行扩展技术在 IC 卡、智能化仪器仪表以及分布式控制系统等领域获得广泛应用。

单片机应用系统中使用串行扩展方式主要有 Philips 公司的 I^2C 总线(Inter Integrate Circuit BUS)、Dallas 公司的单总线(One-Wire)、Motorola 公司的 SPI 串行外设接口、NS 公司的串行扩展接口 Microwire/Plus,以及 80C51 的 UART 方式 0 下的串行扩展接口。

串行总线和串行传输接口的主要区别在于扩展器件的选通方式。串行总线上所有扩展器件都有自己的地址编号,单片机通过软件来选通;串行传输接口上的扩展器件要求单片机有相应的 I/O 口线来选通。下面分别介绍各种串行扩展方式的工作原理和主要性能特征。

11.1.1　I^2C 总线接口

I^2C 总线是 Philips 公司推出的芯片间串行传输总线。它以两根连接线实现全双工同步数据传送,可以极方便地构成外围器件扩展系统。I^2C 总线采用了器件地址的硬件设置方法,通过软件寻址完全避免了器件的片选线寻址方法,从而使硬件系统具有简单灵活的扩展方法。I^2C 总线可以直接连接具有 I^2C 总线接口的单片机,如 8XC552 和 8XC652 等;也可以挂接各种类型的外围器件,如存储器、日历/时间、A/D、D/A、I/O 口、键盘、显示器等,是很有发展前途的芯片间串行扩展总线。

(1)I^2C 总线的工作原理

I^2C 总线采用两线制,由数据线 SDA 和时钟线 SCI 构成。I^2C 总线为同步传输总线,数据线上的信号完全与时钟同步。数据传送采用主从方式,即主器件(主控器)寻址从器件(被控器),启动总线产生时钟,传送数据以及结束数据的传送。SDA/SCI 总线上挂接的单片机(主器件)或外围器件(从器件),其接口电路都应具有 I^2C 总线接口,所有器件都是通过总线寻址,而且所有 SDA/SCI 同名端相连,如图 11.1 所示。

按照 I^2C 总线规范,总线传输中将所有状态都生成相应的状态码,主器件能够依照这些状态码自动地进行总线管理。

Phlips 公司、Motorola 公司和 Maxim 公司推出了很多具有 I^2C 总线接口的单片机及外围

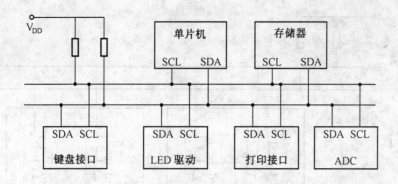

图 11.1 I²C 总线应用系统的组成

器件,如 24C 系列 E²PROM、D/A 转换器 MAX521 和 MAX5154 等。用户可以根据数据操作要求,通过标准程序处理模块,完成 I²C 总线的初始化和启动,就能完成规定的数据传送。

作为主控器的单片机,可以具有 I²C 总线接口,也可以不带 I²C 总线接口,但被控器必须带有 I²C 总线接口。

(2)总线器件的寻址方式

在一般的并行接口扩展系统中,器件地址都是由地址线的连接形式决定的,而在 I²C 总线系统中,地址是由器件类型及其地址引脚电平决定的,对器件的寻址采用软件的方法。

I²C 总线上所有外围器件都有规范的器件地址。器件地址由 7 位组成,它与一位方向位共同构成 I²C 总线器件的寻址字节。寻址字节的格式见表 11.1。

表 11.1 寻址字节格式

位序	D7	D6	D5	D4	D3	D2	D1	D0
寻址字节	器件地址				引脚地址			方向位
	DA3	DA2	DA1	DA0	A2	A1	A0	R/$\overline{W}$

器件地址(DA3,DA ,DA1,DA0)是 I²C 总线外围器件固有地址编码,器件出厂时就已经给定。例如 I²C 总线 E²PROM AT24C02 的器件地址为 1010,4 位 LED 驱动器 SAA1064 的器件地址为 0111。

引脚地址(A2,A1,A0)是由 I²C 总线外围器件引脚所指定的地址端口,A2,A1、A0 在电路中接电源、接地或悬空的不同,形成了地址代码。

数据方向位(R/$\overline{W}$)规定了总线上的单片机(主控件)与外围器件(从器件)的数据传送方向。R/$\overline{W}$ = 1,表示接收(读);R/$\overline{W}$ = 0,表示发送(写)。

(3)总线的电气结构与驱动能力

如图 11.2 所示,I²C 总线接口内部为双向传输电路。总线端口输出为漏极开路,故总线上必须有上拉电阻 R_P。上拉电阻与电源电压 V_{DD}、总线串接电阻有关,可参考有关数据手册,通常取 5 ~ 10 kΩ。

I²C 总线上的外围扩展器件都是 CMOS 器件,属于电压型负载,总线上的器件数量不是由电流负载能力决定的,而是由电容负载决定的。I²C 总线上每个节点器件接口都有一定的等效电容,这会造成信号传输的延迟。通常 I²C 总线的负载能力为 400 pF(通过驱动扩展可选 400 pF)据此可计算出总线长度及连接器件的数量。总线上每个外围器件都有一个器件

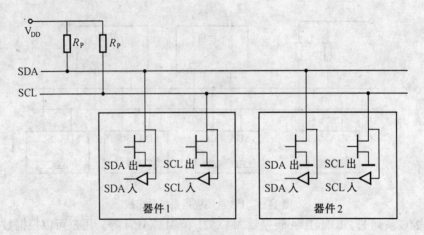

图 11.2 I²C 总线接口的电气结构

地址,扩展器件时也要受器件地址空间的限制。

标准 I²C 总线传输速率为 100 kbit/s,快速模式下传输速率可达 400 kbit/s,高速模式下可达 4.3 Mbit/s。

(4)I²C 总线上的数据传送

(1)数据传送。I²C 总线上每传输一位数据都有一个时钟脉冲相对应。在时钟线为高电阻期间,数据线上必须保持稳定的逻辑电平状态。高电平为数据 1,低电平为数据 0。只有在时钟线为低电平时,才允许数据线上的电平状态变化。

I²C 总线上数据传送的每一帧数据均为一字节,但启动 I²C 总线后,传送的字节数没有限制,只要求每传送一个字节后,对方回答一个响应位。

总线传送完一个字节后,可以通过对时钟线的控制使传送暂停。例如,当某一个外围器件接收 N 字节后,需要一段处理时间,以便接收以后的字节数据。这时可以在应答信号后,使 SCL 变为低电平,控制总线暂停;如果单片机要求总线暂停,也可使时钟线保持低电平,控制总线暂停。

发送时,首先发送的是数据的最高位。每次传送开始有起始信号,结束时有停止信号。

I²C 总线的数据传送过程如图 11.3 所示。

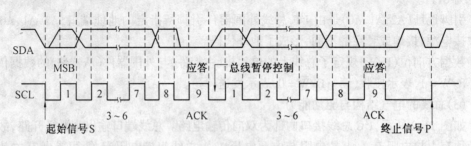

图 11.3 I²C 总线的数据传送

(2)总线信号。I²C 总线上与数据传送有关的信号有起始信号(S)、终止信号(P)、应答信号(A)、非应答信号($\overline{A}$)以及总线数据位。现分述如下:

①起始信号(S)。在时钟 SCL 为高电平时,数据线 SDA 出现由高到低的下降沿,被认为是起始信号。只有出现起始信号后,其他命令才有效。

②终止信号(P)。在时钟 SCL 为高电平时,数据线 SDA 出现由低到高的上升沿,被认为是终止信号。随着终止信号的出现,所有外部操作都结束。起始信号和终止信号如图 11.4 所示。这两个信号都是由主器件产生的,总线上带有 I²C 总线接口的器件很容易检测到这些信号。但对于不具备 I²C 总线接口的一些单片机来说,为准确检测这些信号,必须保证在总线的一个时钟周期内对数据线至少进行两次采样。

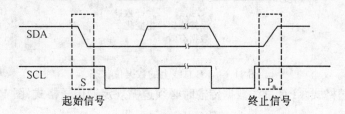

图 11.4　I²C 总线的起始信号和终止信号

③应答信号(A)。I²C 总线数据传输时,每传一个字节数据后必须有应答信号,与应答信号相对应的时钟由主器件产生。这时,发送方必须在这一时刻位上释放数据总线,使其处于高电平状态,以便接收方在这一位上送出应答信号,如图 11.5 所示。应答信号在第 9 位时钟上出现,接收方输出低电平为应答信号(A)。

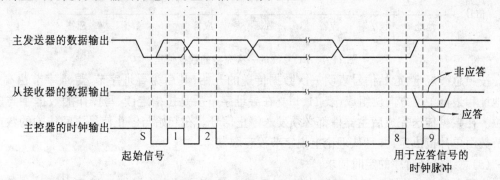

图 11.5　I²C 总线上的应答信号

④非应答信号($\overline{A}$)。每传完一个字节数据后,在第 9 个时钟位上接收方高电平为非应答信号($\overline{A}$)。

由于某种原因,接收方不产生应答时,如接受方正在进行其他处理而无法接收总线上的数据时,必须释放总线,将数据线置高电平,然后主控器可通过产生一个停止信号来终止总线数据传送。

当主器件接收来自从器件的数据时,接收到最后一个数据字节后,必须给从器件发送一个非应答信号($\overline{A}$),使从器件释放数据总线,以便主器件发送停止信号,从而终止数据传送。总线数据位在 I²C 总线启动后或应答信号的第 1~8 个时钟脉冲对应于一个字节 8 位数据传送。

I²C 总线上每传输一位数据都有一个时钟脉冲相对应。在时钟线高电平期间,数据线上状态就表示要传送的数据。数据线上数据的改变必须在时钟线为低电平期间完成,每位数据占一个时钟脉冲。在数据传送期间,只要时钟线为高电平,数据线都必须稳定,否则数据线的任何变化都当作起始或终止信号。I²C 总线上数据位状态如图 11.6 所示。

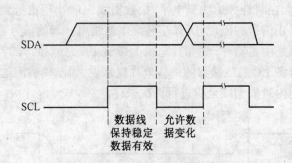

图 11.6　I²C 总线上的数据位状态

(3)数据传送格式。I²C 总线数据传输时必须遵循规定的传送格式,图 11.7 为一次完整的数据传送格式。

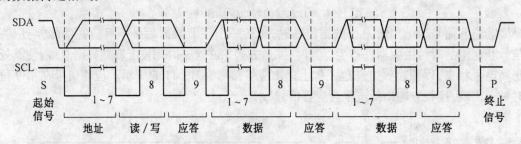

图 11.7　I²C 总线的一次完整的数据传送

按照总线规定,起始信号表明一次数据传送的开始,其后为寻址字节,寻址字节由高 7 位地址和最低 1 位方向位组成(表 11.1)。在寻址字节后是按指定读、写操作的数据字与应答位。在数据传送完成后主器件都必须发送停止信号。在起始与停止信号之间传输的数据字节数由单片机决定,并且从理论上说字节没有限制。

(5)总线信号时序的定时要求

为了保证 I²C 总线数据的可靠传送,对总线上的信号时序作了严格规定,如图 11.8 所示。

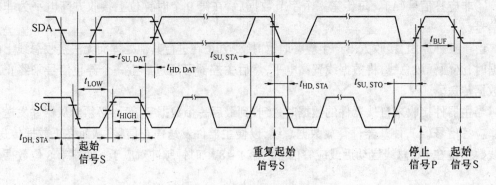

图 11.8　I²C 总线的时序定义

①为了跨过 SCL 信号下降沿中的定义区域,所有器件都必须在内部对 SDA 信号提供一个至少为 300 ns 的保持时间。

②只有在器件没有延长 SCL 信号低电平周期(t_{LOW})的情况下,才必须满足 $t_{HD,DAT}$,最大

值的限制。

③一个高速模式的 I^2C 总线器件可以被用在一个标准模式的 I^2C 总线系统中,但是关于 $t_{SU,DAT} \geqslant 250$ ns 的要求也同时必须得到满足。如果器件没有延长 SCL 信号中的低电平周期,这个要求会自动得到满足。反之,它必须在释放 SCL 以前(根据标准模式下 I^2C 总线规范)提前一定时间 $t_R + t_{SU,DAT} = 1\ 000 + 250 = 1\ 250$ ns,先在 SDA 线上输出下一数据位。

④C_b 表示以 pF 为单位的每条总线的总电容值。

SCL 时钟信号最小高电平和低电平时间宽度决定了器件的最大传输速率,标准模式为 100 kbit/s,快速模式为 400 kbit/s,高速模式可达 4.3 Mbit/s。

(6)I^2C 总线模拟子程序及应用

①I^2C 总线典型信号的模拟子程序。包括如下 4 个子程序:

a.启动子程序

在 SCL 高电平期间 SDA 发生负跳变。子程序如下:

```
STA:    SETB    VSDA            ;SDA = 1
        SETB    VSCL            ;SCL = 1
        NOP
        NOP
        CLR     VSDA            ;SDA = 0
        NOP                     ;起始信号保持时间 4μs
        NOP
        CLR     VSCL            ;SCL = 0
        RET
```

b.停止子程序

在 SCL 高电平期间 SDA 发生正跳变。子程序如下:

```
STOP:   CLR     VSDA            ;SDA = 0
        SETB    VSCL            ;SCL = 1
        NOP                     ;终止信号建立时间
        NOP
        SETB    VSDA            ;SDA = 1
        NOP
        NOP
        CLR     VSCL
        CLR     VSDA
        RET
```

c.发送应答位子程序

在 SDA 低电平期间 SCL 发生一个正脉冲。子程序如下:

```
MACK:   CLR     VSDA            ;SDA = 0
        SETB    VSCL            ;SCL = 1
        NOP
        NOP
```

	CLR	VSCL	;SCL = 0
	SETB	VSDA	;SDA = 1
	RET		

d.发送非应答位子程序

在 SDA 高电平期间 SCL 发生一个正脉冲。子程序如下：

NMACK:	SETB	VSDA	;SDA = 1
	SETB	VSCL	;SCL = 1
	NOP		
	NOP		
	CLR	VSCL	;SCL = 0
	CLR	VSDA	;SDA = 0
	RET		

②I^2C 总线模拟通用子程序。I^2C 总线操作中除了基本的启动(STA)、终止(STOP)、发送应答位(MACK)、发送非应答位(NMACK)外,还应有应答位检查(CACK)、发送 1 字节(WR-BYT)、接收 1 字节(RDBYT)、发送 N 字节(WRNBYT)和接收 N 字节(RDNBYT)子程序。

a.应答位检查子程序 CACK:在应答位检查子程序 CACK 中,设置了标志位 F0,当检查到正常应答位时 F0 = 0,否则 F0 = 1。CACK 子程序如下:

CACK:	SETB	VSDA	;VSDA 为输入线
	SETB	VSCL	;使 SDA 上数据有效
	CLR	F0	;预设 F0 = 0
	MOV	C, VSDA	;输入 VSDA 引脚状态
	JNC	CEND	;应答正常,F0 = 0
	SETB	F0	;应答不正常,F0 = 1
CEND:	CLR	VSCL	;子程序结束,VSCL = 0
	RET		

b.发送 1 字节(WRBYT):I^2C 模拟数据线 VSDA 发送 1 字节数据的操作。调用本子程序前,将欲送的数据先送入 A 中。WRBYT 子程序如下:

WRBYT:	MOV	R6, #08H	;8 位数据长度送 R6 中
WLP:	RCL	A	;A 左移,发送位进入 SDA 数据线
	MOV	VSDA, C	;将发送位送入 SDA 数据线
	SETB	VSCL	;同步脉冲 SCL 发送,SDA 数据有效
	NOP		
	NOP		
	CLR	VSCL	;SDA 线上数据变化
	DJNZ	R6, WLP	
	RET		

c.接收 1 字节(RDBYT):从 I^2C 模拟数据线 VSDA 读取 1 字节数据,并存入 R2 或 A 中。RDBYT 子程序如下:

| RDBYT: | MOV | R6, #08H | ;8 位数据长度送 R6 中 |

```
RLP:      SETB     VSDA              ;置 VSDA 为输入方式
          SETB     VSCL              ;使 SDA 数据有效
          MOV      C,VSDA            ;读入 VSDA 引脚状态
          RLC      A                 ;将 C 读入 A
          MOV      R2,A              ;将 A 转存如 R2
          CLR      VSCL              ;VSCL=0,继续接收数据
          DJNZ     R6,RLP
          RET
```

d.发送 N 字节数据子程序 WRNBYT:本程序用来从 VSDA 线上发送 N 字节数据。子程序的编写必须按照 I²C 总线规定的读/写操作格式进行。主控器向 I²C 总线上外围器件连续发送 N 字节数据,其数据操作格式为:

S	SLAW	A	Data1	A	Data2	A	...	Data n	A	P

其中 SLAW 为外围器件寻址字节(写)。

本程序定义了一些符号单元,在使用这些符号单元时,应在单片机内部 ROM 中分配好相应地址。使用的符号单元有:

MWD——主控器发送数据缓冲区首地址的存放单元。

WSLA——外围器件寻址字节(写)存放单元。

NUMBYT——发送数据字节数 N 存放单元。

在调用本程序前,必须将寻址字节代码存放在 WSLA 单元;必须将要发送的 N 字节数据依次存放在以 MWD 单元内容为首地址的发送缓存区内。调用本程序后,N 字节数据依次送到外围器件内部相应地址单元中。在写入过程中,外围器件的单元地址具有自动加 1 功能,即自动修改地址指针,使传送过程大大简化。

WRNBYT 子程序如下:

```
WRNBYT:MOV     R7,NUMBYT         ;发送数据字节数送 R7
          LCALL    STA              ;启动 I²C 总线
          MOV      A,WSLA           ;发送 SLAW 寻址字节
          LCALL    WRBYT            ;发送 1 字节
          LCALL    CACK             ;检查应答位
          JB       F0,WRNBYT        ;非应答位则重发
          MOV      R0,MWD           ;主控器发送数据缓冲区首地址送 R0
WRDA:     MOV      A,@R0            ;发送数据送 A
          LCALL    WRBYT            ;发送 1 字节数据
          LCALL    CACK             ;检查应答位
          JB       F0,WRNBYT
          INC      R0               ;修改地址指针
          DJNZ     R7,WRDA
          LCALL    STOP             ;发送结束
          RET
```

e.读入 N 字节数据子程序 RDNBYT:本子程序用来从 VSDA 线上读入 N 字节数据。

在 I²C 总线系统中,主控器从外围器件读出 N 字节数据,操作格式为:

S	SLAR	A	Data1	A	Data2	A	...	Data n	$\overline{A}$	P

其中,SLAR 为外围器件寻址字节(读);$\overline{A}$ 为非应答位,主控器在接收完 N 字节后,必须发出一个非应答位,然后在发送终止信号 P。

RDNBYT 子程序定义了一些符号单元。除了在 WRNBYT 子程序中使用过的 NUMBYT 外还有以下几个符号单元:

RSLA——外围器件寻址字节(读)存放单元。

MRD——主控器接收缓冲存区首地址存放单元。

调用本程序前,必须将字节寻址代码存入 RSIA 存储单元。调用本子程序后,从外围器件指定首地址开始的 N 字节数据将被存入主控器片内以 MRD 单元内容为首地址的缓冲区中。在读入过程中,外围器件的单元地址有自动加 1 功能,即自动修改地址指针,简化了程序设计。RDNBYT 子程序如下:

```
RDNBYT:MOV    R7,NUMBYT        ;读入字节数 N 存入 R7
        LCALL   STA             ;启用 I²C 总线
        MOV     A,RSLA          ;寻址字节存入 A
        LCALL   WRBYT           ;写入寻址字节
        LCALL   CACK            ;检查应答位
        JB      F0,RDNBYT       ;非正常应答时重新开始
        MOV     R0,MRD          ;接收缓冲区首地址送入 R0
RDN1:   LCALL   RDBYT           ;读入 1 字节到 A
        MOV     @R0,A           ;读入缓冲区
        DJNZ    R7,ACK          ;N 字节未读完转 AKC
        LCALL   MNACK           ;N 字节读完发送非应答位 A
        LCALL   STOP            ;发送停止信号
        RET
ACK:    LCALL   MACK            ;发送一个应答位到外部器件
        INC     R0
        SJMP    RDN1
```

③程序应用。24 系列串行 E²PROM 是目前单片机应用系统中使用较多的 E²PROM 芯片。24 系列串行 E²PROM 除具有体积小、功耗低、工作电压允许范围宽等特点外,还具有型号多,容量大,采用 I²C 总线协议,占用 I/O 线少,芯片扩展配置方便灵活,读/写操作相对简单等优点。在智能化装置中,正日益获得广泛应用。

24 系列 E²PROM 为串行电擦除可编程 CMOS 只读存储器。自定时写周期(包括自动擦除时间)不超过 10 ms,典型时间为 5 ms。擦除/写入周期寿命一般都可达到 10 万次以上。下面以 AT24C01A 为例进行编程设计。电路连接如图 11.9 所示。WP 为写保护,高电平有效。

当单片机晶振为 6 MHz 时,调用前面给出的 I²C 总线模拟子程序,便可编制程序。下面

编制读/写操作程序。

　　80C51 写入 AT24C01 程序：假设将 80C51 中以 RAM 20H 为首地址的连续 8 个单元的数据写入 E^2PROM。控制字节存放单元为 RAM 30H，内容为 0A0H；发送数据字节数存放单元为 RAM 31H，内容为 08H；发送数据缓冲区首地址存放单元为 32H，内容为 20H。

　　程序如下：

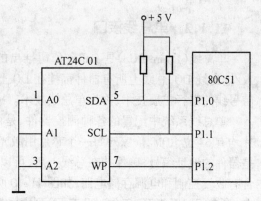

图 11.9　80C51 与 E^2PROM 硬件接口

```
                NUMBYT  EQU  31H
                SLAW    EQU  30H
                NWD     EQU  32H
                VSDA    EQU  P1.0
                VSCL    EQU  P1.1
        WRB08:  MOV     30H, # 0A0H
                MOV     31H, # 08H
                MOV     32H, # 20H
                CLR     P1.2            ;AT24C01A 关闭写保护
        WRADD:  MOV     R7, NUMBYT      ;写入数据的字节数送 R7
                LCALL   STA             ;启动发送
                MOV     A, SLAW         ;传送控制字节
                LCALL   WRBYT           ;写入字节数据
                LCALL   CACK            ;检查应答位
                JB      F0, WRADD       ;非应答位则重发
                MOV     A, # 00H        ;写入 E²PROM 单元地址
                LCALL   WRBYT
                LCALL   CACK            ;检查应答位
                JB      F0, WRADD       ;非应答位则重发
                MOV     R0, MWD         ;发送数据缓冲区首地址
        WRDA:   MOV     A, @R0          ;发送字节数据
                LCALL   WRBYT
                LCALL   CACK
                JB      F0, WRADD
                INC     R0
                DJNZ    R7, WRDA
                LCALL   STOP            ;发送停止
                LCALL   DELAY           ;延时 10 ms
                SETB    P1.2            ;AT24C01A 开启写保护
                RET
                END
```

11.1.2 单总线接口

单总线(1 wire BUS)是 Dallas 公司推出的外围串行扩展总线。单总线只有一根数据输入/输出线 DQ,总线上所有器件都挂在 DQ 上,电源也经过这根信号线供给。这种使用一根信号线的串行扩展技术,称为单总线技术。

单总线系统中配置的各种测控器件,是由 Dallas 公司提供的专用芯片实现的。每个芯片均有 64 位 ROM,厂家对每一个芯片用激光烧写编码,其中存有 16 位十进制编码序列号,是器件的地址编号,确保挂在总线上后,可以唯一被确定。除了器件地址编码外,芯片内还含有收发控制和电源存储电路,如图 11.10 所示。这些芯片的耗电量都很小,从总线上馈送电量(空闲时几微瓦,工作时几毫瓦)到大电容中就可以正常工作,故一般不另附加电源。

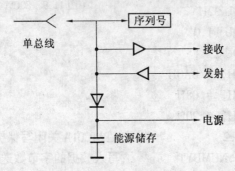

图 11.10　单总线芯片入口

图 11.11 表示了一个由单总线构成的分布式温度测系统。许多带有单总线接口的实际温度计集成电路 DS 18B20 都挂在 DQ 总线上。单片机对每个 DS 18B20 通过总线 DQ 寻址。DQ 为漏极开路,须加上拉电阻 R_P。

Dallas 公司为单总线的寻址及数据的传送提供了严格的时序规范。

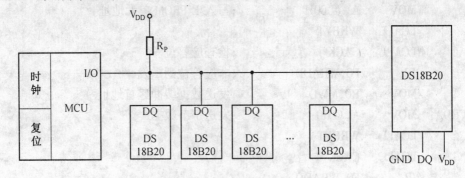

图 11.11　单总线构成的分布式温度检测系统

11.1.3 SPI 串行外设接口

SPI(Serial Peripheral Interface)是 Motorola 公司推出的一种同步串行外设接口,允许 MCU 与各厂家生产的标准外围设备直接接口,以串行方式交换数据。

SPI 使用 4 条线:串行时钟 SCK,主机输入/从机输出数据线 MISO(简称 SO),主机输出/从机输入数据线 MOSI(简称 SI)和低电平有效的从机选择线$\overline{CS}$。

SPI 的典型应用是单主机系统。该系统只有一台主机,从机通常是外围接口器件,如 E^2PROM、A/D、日历时钟及显示驱动等。图 11.12 是 SPI 外围扩展结构图。

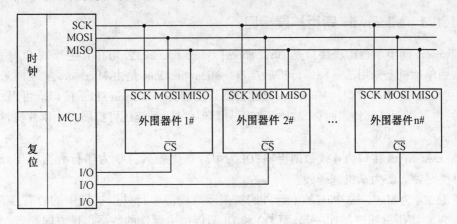

图 11.12　SPI 外围串行扩展结构图

单片机与外围器件在 SCK、MISO 和 MOSI 上都是同名端相连的。外围扩展多个器件时,SPI 无法通过数据线译码选择,故 SPI 的外围器件都有片选端口。在扩展单个 SPI 器件时,外围设备的 $\overline{CS}$ 端可以接地,或通过 I/O 口控制;在扩展多个 SPI 外围器件时,单片机应分别通过 I/O 口来分时选通外围器件。

在 SPI 串行扩展系统中,如果某一从器件只作输入(如键盘)或只作输出(如显示器)时,可省去一根数据输出(MISO)或一根数据输入(MOSI),从而构成双线系统($\overline{CS}$ 接地)。

SPI 系统中从器件的选通是靠 $\overline{CS}$ 引脚,数据的传送软件十分简单,省去了传输时的地址选通字节,但在扩展器件较多时,连线较多。

SPI 串行扩展系统中作为主器件的单片机在启动一次传送时便产生 8 个时钟传送给接口芯片,作为同步时钟,控制数据的输入与输出。数据的传送格式是高位(MSB)在前,低位(LSB)在后,如图 11.13 所示。数据线上输出数据的变化以及输入数据时的采样,都取决于 SCK。但对于不同的外围芯片,有的可能是 SCK 上升沿起作用,有的可能是 SCK 的下降沿起作用。

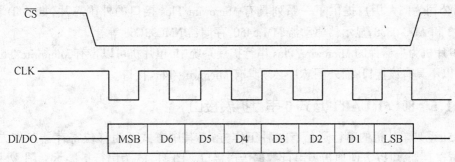

图 11.13　SPI 数据传送格式

SPI 有较高的数据传送速度,最高可达 1.05 Mbit/s。

Motorola 公司为广大用户提供了一系列具有 SPI 接口的单片机和外围接口芯片,如存储器 MC2814,显示驱动器 MC14499 和 MC14489 等。

SPI 串行扩展系统的主器件单片机,可以带有 SPI 接口,也可以不带有 SPI 接口,但从器件要具有 SPI 接口。

11.1.4 Microwire 串行扩展接口

Microwire 同步串行扩展接口是 NS(National Semiconductor)公司在其生产的 COP 系列和 HPC 系列单片机上采用的一种串行扩展接口。Microwire/Plus 是由 Microwire 发展而来的,是增强的 Microwire 串行接口。Microwire 只能扩展外围器件;Microwire/Plus 接口既可以用自己的时钟,也可以用外部输入时钟,故除了扩展外部器件外,系统还可扩展多个单片机,构成多机系统。

Microwire/Plus 接口为 4 线数据传输:DI 为串行数据输入,DO 为串行数据输出,SCK 为串行移位时钟。$\overline{CS}$为从机选择线。

图 11.14 为 Microwire/Plus 的串行外围扩展示意图。串行外围扩展中的所有接口上的时钟线 SCK 均作总线连接在一起,而 DO 和 DI 则依照主器件的数据传送方向而定,主器件的 DO 与所有外围器件的输入端 DI 相连;主器件的 DI 与外围器件的输出端 DO 相连。与 SPI 相似,在扩展多个外围器件时,必须通过 I/O 口来选通外围器件。

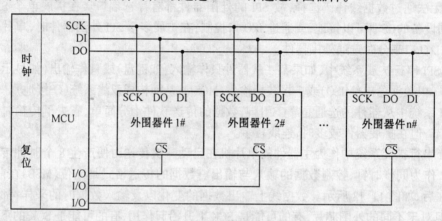

图 11.14 Microwire/Plus 外围扩展示意图

NS 公司为广大用户提供了一系列具有 Microwire/Plus 接口的外围芯片,如 A/D 器件 ADC 0832 和 ADC 0838,显示器驱动器 MM 5450,存储器 NMC93C66 等。

以单片机为主器件的 Microwire/Plus 串行扩展系统中,单片机可以带有 Microwire/Plus 接口,也可以不具有该接口;而外围芯片必须具有 Microwire/Plus 接口。

11.1.5 80C51 UART 方式 0 串行扩展接口

80C51 系列单片机的串行通信有 4 种工作方式,其中方式 0 为移位寄存器工作方式。采用移位寄存器,可以方便地扩展串行数据传送接口。图 11.15 为串行扩展示意图,外围器件必须具备移位寄存器串行接口。

80C51 系列单片机的移位寄存器方式为串行同步数据传送,TXD/P3.1 端为同步脉冲输出,RXD/P3.0 端为串行数据输出/输入端。扩展外围器件时,TXD 端与外围器件串行口时钟端相连,RXD 与数据端相连。

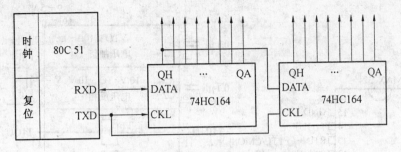

图 11.15　80C51 串行口方式外围扩展

11.2　串行标准接口的扩展

目前国际上已推出多种串行标准接口,以适应各种串行通信的需要。下面介绍几种常用的串行通信标准接口。

11.2.1　MCS-51 设置 RS-232C 标准串行接口

1. RS-232C 的电气特性

RS-232C 采用负逻辑,即逻辑"1":$-5 \sim -12$ V;逻辑"0": $+5 \sim +12$ V。

RS-232C 的主要电气特性为:

$3 \sim 7$ kΩ 负载时驱动器的输出电平:逻辑"1":$-5 \sim -12$ V;逻辑"0": $+5 \sim +12$ V。

带负载时驱动器的输出电平: $-25 \sim +25$ V。

驱动器通断时输出阻抗: > 300 Ω。

输出短路电流:0.5 A。

驱动器转换速率: < 30 V/μs。

接收器输出阻抗:$3 \sim 7$ kΩ。

接收器输入电压的允许范围: $-25 \sim +25$ V。

输入开路时接收器的输出:逻辑"1"。

输入经 300 Ω 接地时接收器的输出:逻辑"1"。

$+3$ V 输入时接收器的输出:逻辑"0"。

-3 V 输入时接收器的输出:逻辑"1"。

最大负载电容:2 500 pF。

2. RS-232C 的电平转换

RS-232C 采用负逻辑,和 TTL 电平不兼容,这里可以采用专用电平转换芯片 MAX232 进行电平转换。图 11.16 是 MAX232 的管脚和内部结构图。

3. RS-232C 总线规定及接口方法

RS-232C 接口是目前最常用的一种串行通信接口。这是一种有 25 个管脚的连接器,它不但每一个管脚的规定是标准的,而且对各种信号的电平规定也是标准的,因而便于互相连接。其最基本的最常用的信号规定如图 11.17 所示。

用 RS-232C 总线连接系统时,有近程通信和远程通信之分。近程通信是指传输距离小

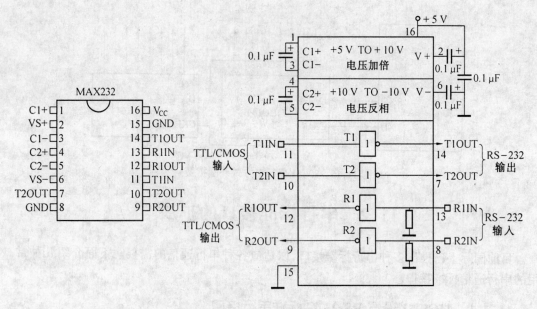

图 11.16 MAX232 引脚及内部结构

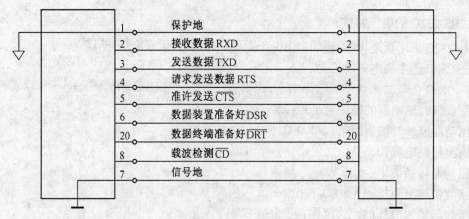

图 11.17 RS-232C 常用信号规定

于 15 m 的通信,这时可以用 RS-232C 电缆直接连接。15 m 以上的长距离通信,需采用调制解调器(Modem)实现远程通信。在发送端用调制器(Modulator)把数字信号转换为模拟信号,在接收端用解调器(Demodulator)检测此模拟信号,再把它转换成数字信号,如图 11.18 所示。

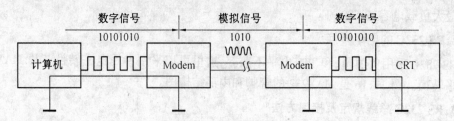

图 11.18 调制与解调

　　FSK(Frequency Shift Keying)是一种常用的调制方法,它把数字信号的"1"与"0"调制成不同频率的模拟信号,其工作原理如图 11.19 所示。

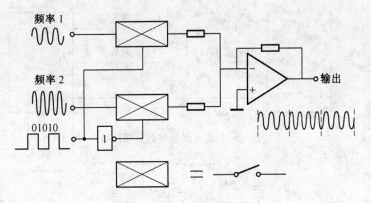

图 11.19 FSK 调制原理图

图 11.20 为最常用的调制解调器的远程连接。

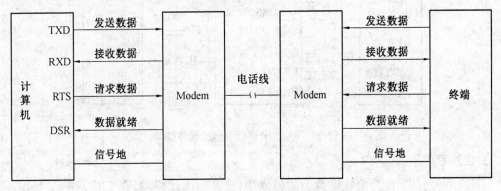

图 11.20 计算机与终端的远程连接

图 11.21 为最常用的采用直接连接的近程连接。

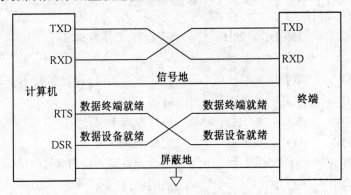

图 11.21 计算机与终端的近程连接

最简单的连接方法是将"发送数据"和"接收数据"之间交叉连接,再加上信号地线,其余信号线均不用,如图 11.22 所示。

4.80C51 与 RS-232C 串行通信的硬件接口

80C51 与 RS-232C 串行通信的硬件接口电路如图 11.23 所示,其应用程序举例如下。

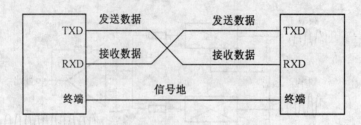

图 11.22　最简单的直接连接

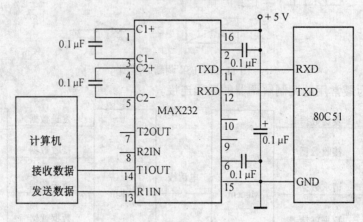

图 11.23　RS-232C 串行通信的硬件接口

5.应用程序举例

假设串行通信功能为接收键盘上的输入字符,并输出到终端,在 CRT 屏幕上显示。设 MCS-51 的时钟频率 f_{OSC} = 11.059 2 MHz,波特率选为 1 200 bit/s,串行方式 1 进行通信。由定时器 T1 作波特率发生器,T1 工作在方式 2,经过计算或查表得计数初值为 E8H,则实现上述功能的应用程序如下:

```
STRAT:  MOV   TMOD, # 20H      ;定义 T1 工作方式 2
        MOV   TH1, # 0E8H
        MOV   TL1, # 0E8H      ;置计数器初值,设定波特率 1 200 bit/s
        MOV   TCON, # 40H      ;启动 T1
        MOV   SCON, # 50H      ;串行方式 1
        MOV   PCON, # 00H      ;定义 SMOD = 0
LOOP0:  JBC   R1,LOOP1         ;键盘上有输入字符转 LOOP1
        AIMP  LOOP0            ;否则等待
LOOP1:  MOV   A,SBUF           ;接收键盘输入字符
        MOV   SBUF,A           ;发送给 CRT 显示
        AJMP  LOOP0
```

这里要求外部信号以 RS-232C 方式进行串行输出。

11.2.2　RS-422A 标准接口

RS-232C 虽然应用很广,但由于其推出较早,在现代网络通信中已暴露出明显的缺点,

如:数据传输速率低、通信距离短,未规定标准的连接器,接口处各信号间易产生串扰(即可靠性较差)。随着科学技术的发展,新的标准接口芯片不断地推出。

RS-422A 与 RS-232C 的主要区别是信号在导线上传输的方式不同。RS-232C 是利用传输信号线与公共地之间的电压差,而 RS-422A 系列则利用信号导线之间的信号电压差,其标准是双端线传送信号。通过传输线驱动器,把逻辑电平转化成电压差,完成始端的信息传输;通过传输线接收器,把电位差转换成逻辑电平,实现终端的信息接收。RS-422A 比 RS-232C 的传输信号距离长,速度快,最大传输速率可达 10 Mbit/s,最大传送距离为300 m。如果采用较低的传输速率,例如 90 000 bit/s,最大传送距离可达 1 200 m。

RS-422A 每个通道要用两条信号传输线,如果其中一条为逻辑"1"状态,则另一条就为逻辑"0"。RS-422A 的电路由发送器、平衡连接电缆、电缆终端负载、接收器几部分组成。在电路中规定只许有一个发送器,可有多个接收器。因此通常采用点对点的通信方式。该标准允许驱动器输出为 ±2 ~ ±6 V,接收器可以检测到的输入信号电平可低至 200 mV。

RS-422A 标准接口把电位差转换成逻辑电位差,完成始端的信号传输,和 TTL/CMOS 电平不兼容,采用专用芯片 MAX489,其管脚和应用连线如图 11.24 和图 11.25 所示。

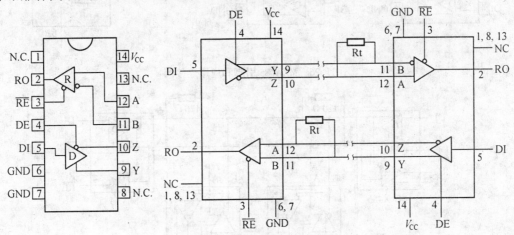

图 11.24　MAX489 管脚和应用连线

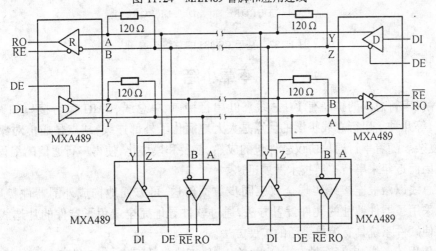

图 11.25　基于 RS-422 的总线扩展连线图

11.2.3 RS-485 标准接口

RS-485 是一种多发送的电路标准，它扩展了 RS-422A 的性能，允许双导线上一个发送驱动器驱动 32 个负载设备。负载可以是被动发送器、接收器或收发器(即接收/发送器的组合)。RS-485 电路允许公用电话线通信。电路结构在平衡连接电缆两端有终端电阻，在平衡电缆上挂发送器、接收器或组合收发器等。RS-485 标准没有规定时控制发送器或接收机接收数据的规则，电缆选择比 RS-422A 更严格。给出失真度(%)为纵轴，电缆的上升时间(t_r)或时间间隔单位为横轴，给接收机不同信号电压 U_0 画出不同直线，根据直线选择电缆。图 11.26 和图 11.27 是 MAX485 的应用连线图。

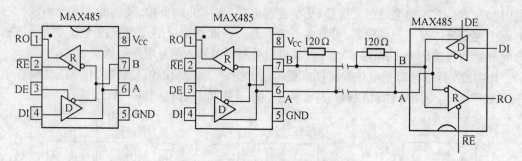

图 11.26　MXA485 引脚和应用连接图

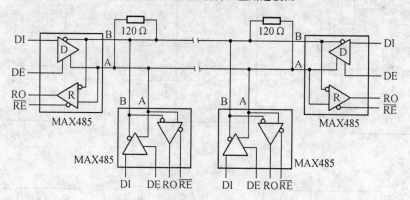

图 11.27　基于 RS-485 的总线扩展图

本章小结

单片机串行总线的扩展有 I²C 总线、SPI 串行接口、单总线、UART 串行接口和 Microwire 串行接口等几种。串行总线扩展的优点是大大地简化了外部连线，缺点是通信对象之间的软件较复杂。随着串行通信协议软件包的成熟、普及和模块化，使得串行通信的编程变得简单易行，因而近年来串行扩展技术发展迅速。

I²C 总线以两根连接线实现全双工同步数据传送，可方便地构成外围器件扩展系统。I²C 总线采用了器件地址的硬件设置方法，通过软件寻址完全避免了器件的片选线寻址方法，从而使硬件系统具有简单灵活的扩展方法。

SPI 使用 4 条线，串行时钟 SCK，主机输入/从机输出数据线 MISO(简称 SO)，主机输出/

从机输入数据线 MOSI(简称 SI)和低电平有效的从机选择线$\overline{\text{CS}}$。在扩展单个 SPI 器件时,外围设备的$\overline{\text{CS}}$端可以接地,或通过 I/O 口控制;在扩展多个 SPI 外围器件时,单片机应分别通过 I/O 口来分时选通外围器件。SPI 串行扩展系统的主器件单片机可以带有 SPI 接口,也可以不带有 SPI 接口,但从器件要具有 SPI 接口。

单片机与计算机串行通信时,通常需要采用 RS-232C、RS-422A 和 RS-485 标准接口,由于单片机串行口输出的是 TTL 电平,因而,在实际应用中都需要一个电平转换电路。

习　题

1. 串行扩展与并行扩展相比的主要优点是什么?
2. 简述 I²C 总线的数据传输方法。
3. I²C 总线传送数据时,每次传送的字节数是多少?
4. 简述 SPI 总线的数据传输方法。

第 12 章　MCS-51 增强核芯片特性

【学习目的和要求】　通过对本章的学习,应该了解 P89C51Rx2 增强核单片机的基本性能,掌握 T2 的原理结构及工作模式、PCA 的原理结构及工作模式,了解 MCS-51 增强芯片的特点及应用。

8051 单片机虽然功能强大,但由于存储空间较小,已经不太合适大型程序的开发。于是,世界各大厂商都推出了兼容型的 MCS-51 芯片,这些芯片的特点是,以 8051 为核心,增加了存储空间,增加了一些特殊的功能部件。本章将以 Philip 公司的增强芯片 P89C51Rx2 为例,介绍 MCS-51 增强芯片的主要性能和特点。

12.1　P89C51Rx2 概述

菲利普公司的 P89C51RA2/RB2/RC2/RD2xx 系列单片机具有 8 K/16 K/32 K/64 K 并行可编程的非易失性 FLASH 程序存储器,并且可实现对器件串行在系统编程(In-System Programming)和在应用中编程(In-Application Programming)。在系统编程(ISP):当 MCU 安装在用户板上时,允许用户下载新的代码。在应用中编程(IAP):MCU 可以在系统中获取新代码并对自己重新编程。这种方法允许通过调制解调器连接进行远程编程。片内 ROM 中固化的默认的串行加载程序(Boot Loader),允许 ISP 通过 UART 将程序代码装入 FLASH 存储器,而 FLASH 代码中则不需要加载程序。对于 IAP,用户程序通过使用片内 ROM 中的标准程序对 FLASH 存储器进行擦除和重新编程。

该器件可通过并行编程或在系统编程的方法对某一个 FLASH 位进行编程,从而选择 6 时钟或 12 时钟模式。开发人员也可通过时钟控制寄存器 CKCON 中的 X2 位选择 6 时钟或 12 时钟模式。当处于 6 时钟模式时,外围功能可以选择一个机器周期为 6 时钟或 12 时钟,这是通过 CKCON 寄存器进行选择的。

该系列微控制器是 80C51 微控制器的派生器件,采用先进 CMOS 工艺制造的 8 位微控制器。指令系统与 80C51 完全相同。该器件具有 4 组 8 位 I/O 端口、3 个 16 位定时/计数器、多中断源、4 个中断优先级嵌套的中断结构、1 个增强型 UART、片内振荡器及时序电路。这些新增的特性使得 P89C51RA2/RB2/RC2/RD2 成为功能更强大的微控制器,更好地支持应用于脉宽调制高速 I/O,递增/递减计数能力(如电机控制)等场合。其主要性能见表 12.1。

表 12.1　P89C51Rx2 的性能

型号	存储器		定时器				UART	程序加密	6/12 时钟时的最大频率/MHz	5 V 时的频率范围/MHz
	RAM	FLASH	个数	PWM	PCA	WD				
P89C51RD2XX	1 K	64 K	4	√	√	√	√	√	20/33	0 ~ 20/33
P89C51RC2XX	512 B	32 K	4	√	√	√	√	√	20/33	0 ~ 20/33
P89C51RB2XX	512 B	16 K	4	√	√	√	√	√	20/33	0 ~ 20/33
P89C51RA2XX	512 B	8 K	4	√	√	√	√	√	20/33	0 ~ 20/33

P89C51Rx2 特性：

* 80C51 中央处理单元
* 具有 ISP 和 IAP 功能的片内 FLASH 程序存储器
* 片内 BootROM 包含底层 FLASH 编程子程序，以实现通过 UART 下载程序
* 可实现最终用户应用的编程 IAP
* 与 87C51 兼容的并行编程硬件接口
* 每个机器周期为 6 个时钟周期标准
* 可通过并行编程器选择 6 时钟/12 时钟模式，芯片擦除后默认时钟模式为 12 时钟
* 可通过 ISP 对选择 6 时钟/12 时钟模式的 FLASH 位进行擦除和编程
* 可通过 SFR 位在运行中改变
* 当 CPU 为 6 时钟模式时外围功能 PCA 定时器 UART 可选择使用 6 时钟/12 时钟模式
* 采用 6 时钟周期时频率可高达 20 MHz，相当于 40 MHz
* 采用 12 时钟周期时频率可达 33 MHz
* RAM 可外部扩展到 64 K 字节
* 4 个中断优先级
* 7 个中断源
* 4 个 8 位 I/O 口
* 全双工增强型 UART
——帧错误检测
——自动地址识别
* 电源控制模式
——时钟可停止和恢复
——空闲模式
——掉电模式
* 可编程时钟输出
* 异步端口复位
* 双 DPTR 寄存器
* 低 EMI 禁止 ALE
* 可编程计数器阵列 PCA
——PWM
——捕获/比较

12.2　P89C51Rx2 增强核单片机

12.2.1　P89C51Rx2 引脚及特殊功能寄存器

1.P89C51Rx2 增强核单片机的引脚功能

P89C51Rx2 增强核单片机的引脚如图 12.1 所示。

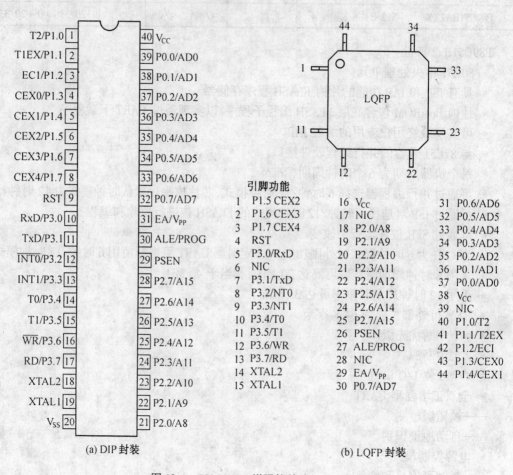

引脚功能

1	P1.5 CEX2	16	V_{CC}	31	P0.6/AD6
2	P1.6 CEX3	17	NIC	32	P0.5/AD5
3	P1.7 CEX4	18	P2.0/A8	33	P0.4/AD4
4	RST	19	P2.1/A9	34	P0.3/AD3
5	P3.0/RxD	20	P2.2/A10	35	P0.2/AD2
6	NIC	21	P2.3/A11	36	P0.1/AD1
7	P3.1/TxD	22	P2.4/A12	37	P0.0/AD0
8	P3.2/NT0	23	P2.5/A13	38	V_{CC}
9	P3.3/NT1	24	P2.6/A14	39	NIC
10	P3.4/T0	25	P2.7/A15	40	P1.0/T2
11	P3.5/T1	26	PSEN	41	P1.1/T2EX
12	P3.6/WR	27	ALE/PROG	42	P1.2/ECI
13	P3.7/RD	28	NIC	43	P1.3/CEX0
14	XTAL2	29	EA/V_{PP}	44	P1.4/CEX1
15	XTAL1	30	P0.7/AD7		

(a) DIP 封装　　　　　　　　　　(b) LQFP 封装

图 12.1　P89C51Rx2 增强核单片机的引脚

P89C51Rx2 增强核单片机的引脚功能见表 12.2。

表 12.2　P89C51Rx2 增强核单片机的引脚功能

名　称	封装形式			类型	功　　能
	DIP	LCC	QFP		
V_{SS}	20	22	16	I	地,0 V 参考点
V_{CC}	40	44	38	I	电源,提供掉电、空闲、正常工作电压
P0.0 ~ 0.7	39 ~ 32	43 ~ 36	37 ~ 30	I/O	P0 口:是开漏双向口,可向其写入 1 使其状态为悬浮,用作高阻输入。在向片外程序和数据存储器读写时,P0 口是低字节地址总线和数据总线复用口,此时通过内部强上拉传送 1
P1.0 ~ 1.7	1 ~ 8	2 ~ 9	40 ~ 44	1 ~ 3	P1 口:是 8 位双向 I/O 口,除 P1.6 和 P1.7 脚为漏极开路外,各引脚均有内部上拉。向 P1 口写入 1 时,P1 口被内部上拉为高电平,可用作输入口。当作为输入脚时,被外部拉低的 P1 口引脚,经由内部上拉向外供电流。P1 口第 2 功能:
	1	2	40	I/O	T2(P1.0):T 2 的外部计数输入/可编程时钟输出
	2	3	41	I	T2EX(P1.1):T 2 自动重装/捕捉/计数器方向控制
	3	4	42	I	ECI(P1.2):PCA 的外部时钟输入
	4	5	43	I/O	CEX0(P1.3):PCA 模块 0 捕获/比较模式的外部I/O引脚
	5	6	44	I/O	CEX1(P1.4):PCA 模块 1 捕获/比较模式的外部I/O引脚
	6	7	1	I/O	CEX2(P1.5):PCA 模块 2 捕获/比较模式的外部I/O引脚
	7	8	2	I/O	CEX3(P1.6):PCA 模块 3 捕获/比较模式的外部I/O引脚
	8	9	3	I/O	CEX4(P1.7):PCA 模块 4 捕获/比较模式的外部I/O引脚
P2.0 ~ 2.7	21 ~ 28	24 ~ 31	18 ~ 25	I/O	P2 口:是带内部上拉的双向 I/O 口,向 P2 口写入 1 时,可用作输入口。当作为输入脚时,被外部拉低的 P2 口引脚经由内部上拉向外供电流。在向片外程序取指令和使用 MOVX @DPTR 指令进行外部数据存储器 16 位寻址时,P2 口输出地址总线的高字节。这时,若向外输出 1 态使用的是内部强上拉。当使用 MOV @Ri 指令进行外部数据存储器 8 位寻址时,P2 口输出特殊功能寄存器 P2 的内容。P2.7 在编程/擦除时必须为"1"

名　称	封装形式			类型	功　　能
	DIP	LCC	QFP		
P3.0～3.7	10～17	11, 13～19	5, 7～13	I/O	P3 口:是带内部上拉的双向 I/O 口,向 P3 口写入 1 时 P3 口被内部上拉为高电平,可用作输入口。当 作为输入脚时,被外部拉低的 P3 口引脚经由内部 上拉向外供电流。P89C51Rx2 的 P3 口脚具有以下 特殊功能:
	10	11	5	I	RxD(P3.0):串行输入口
	11	13	7	O	TxD(P3.1):串行输出口
	12	14	8	I	INT0(P3.2):外部中断 0
	13	15	9	I	INT1(P3.3):外部中断 1
	14	16	10	I	T0(P3.4):定时器 0 外部输入
	15	17	11	I	T1(P3.5):定时器 1 外部输入
	16	18	12	I	WR(P3.6):外部数据存储器写信号
	17	19	13	I	RD(P3.7):外部数据存储器读信号
RST	9	10	4	I	复位:当晶振稳定后,只要复位引脚出现 2 个机器 周期高电平即可复位。内部已有接向 V_{SS} 的电阻, 仅在本脚与 V_{CC} 之间加一只电容,就可以实现上电复
ALE	30	33	27	O	地址锁存使能:在访问外部存储器时,输出脉冲锁 存地址的低字节。在正常情况下 ALE 输出信号为 1/6 振荡频率,可用作外部时钟或定时。注意每次 访问外部数据存储器时一个 ALE 脉冲将被忽略。 ALE 可以通过置位 AUXR.0 禁止,置位后只能在执 行 MOVX 或 MOVC 指令时被激活
$\overline{PSEN}$	29	32	27	O	程序存储使能:当从外部读取程序时,PSEN 每个机 器周期被激活两次。在访问外部数据存储器时 $\overline{PSEN}$ 无效,访问内部程序存储器时 $\overline{PSEN}$ 无效
$\overline{EA}/V_{PP}$	31	35	29	I	外部寻址使能/编程电压:$\overline{EA}$ 为低时,访问外部程序 存储器。如果 $\overline{EA}$ 为高时,将执行内部程序。当 RST 释放后 $\overline{EA}$ 脚的值被锁存,并在以后保持不变。该引 脚在对 FLASH 编程时用于输入编程电压
XTAL1	19	21	15	I	晶体 1 脚:接振荡反向放大器输入端,通向内部时 钟电路
XTAL2	18	20	14	O	晶体 2 脚:接振荡反向放大器输出端

2.P89C51Rx2 增强核单片机的特殊功能寄存器

除 80C51 的特殊功能寄存器外,P89C51Rx2 增强核单片机又增加了一些特殊功能寄存器,因而增强了单片机的性能。从 80C51 的 SFR 修改而来或新增加的特殊功能寄存器见表12.3。

表 12.3　特殊功能寄存器

名称	定义	地址	位功能和位地址							
AUXR	辅助功能寄存器	8EH	—	—	—	—	—	—	EXTRAM	A0
AUXR1	辅助功能寄存器 1	A2H	—	—	—	—	GF2	0	—	DPS
CCAP0H	模块 0 捕获高字节	FAH								
CCAP1H	模块 1 捕获高字节	FBH								
CCAP2H	模块 2 捕获高字节	FCH								
CCAP3H	模块 3 捕获高字节	FDH								
CCAP4H	模块 4 捕获高字节	FEH								
CCAP0L	模块 0 捕获低字节	EAH								
CCAP1L	模块 1 捕获低字节	EBH								
CCAP2L	模块 2 捕获低字节	ECH								
CCAP3L	模块 3 捕获低字节	EDH								
CCAP4L	模块 4 捕获低字节	EEH								
CCAPM0	模块 0 模式	DAH	—	ECOM	CAPP	CAPN	MAT	TOG	PWM	ECCF
CCAPM1	模块 1 模式	DBH	—	ECOM	CAPP	CAPN	MAT	TOG	PWM	ECCF
CCAPM2	模块 2 模式	DCH	—	ECOM	CAPP	CAPN	MAT	TOG	PWM	ECCF
CCAPM3	模块 3 模式	DDH	—	ECOM	CAPP	CAPN	MAT	TOG	PWM	ECCF
CCAPM4	模块 4 模式	DEH	—	ECOM	CAPP	CAPN	MAT	TOG	PWM	ECCF
			DFH	DEH	DDH	DCH	DBH	DAH	D9H	D8H
CCON*	PAC 计数器控制	D8H	CF	CR	—	CCF4	CCF3	CCF2	CCF1	CCF0
CH	PAC 计数器高字节	F9H								
CL	PAC 计数器低字节	E9H								
CMOD	PAC 计数器模式	D9H	CIDL	WDTE	—	—	—	CPS1	CPS0	ECF
			AFH	AEH	ADH	ACH	ABH	AAH	A9H	A8H
IE*	中断使能	A8H	EA	EC	ET2	ES	ET1	EX1	ET0	EX0
			BFH	BEH	BDH	BCH	BBH	BAH	B9H	B8H
IP*	中断优先级	B8H	—	PPC	PT2	PS	PT1	PX1	PT0	PX0
			B7H	B6H	B5H	B4H	B3H	B2H	B1H	B0H
IPH*	PAC 中断优先级	B7H	—	PPCH	PT2H	PSH	PT1H	PX1H	PT0H	PX0H
PCON	电源控制寄存器	87H	SMOD1	SMOD0	—	POF	GF1	GF0	PD	IDL

名称	定义	地址	位功能和位地址							
RACAP2H	T2 捕获高字节	CBH								
RACAP2L	T2 捕获低字节	CAH								
SADDR	从地址	A9H								
SADEN	从地址屏蔽	B9H								
			CFH	CEH	CDH	CCH	CBH	CAH	C9H	C8H
T2CON*	定时器 2 控制	C8H	TF2	EXF2	RCLK	TCLK	EXEN2	TR2	C/$\overline{T2}$	CP/$\overline{RL2}$
T2MOD	定时器 2 模式控制	C9H	—	—	—	—	—	—	T2OE	DCEN
TH2	定时器 2 高字节	CDH								
TL2	定时器 2 低字节	CCH								

注:"—"表示保留位,带"*"号的 SFR 可位寻址。

12.2.2 CPU 性能和低功耗模式

1. CPU 性能

(1)复位

在振荡器工作时,将 RST 脚保持至少两个机器周期高电平(6 时钟模式时为 12 个振荡器周期,12 时钟模式时为 24 个振荡器周期)可实现复位。为了保证上电复位的可靠,RST 必须保持足够长时间的高电平,该时间至少为振荡器的稳定时间(通常为几个毫秒)加上两个机器周期。

(2)振荡器特性

XTAL1 和 XTAL2 分别作为一个反相放大器的输入和输出。此引脚可配置为使用内部振荡器。要使用外部时钟源驱动器件时,XTAL2 可以不连接而由 XTAL1 驱动。对外部时钟信号无占空比的要求,但高低电平的最长和最短时间必须符合手册的规定。

(3)时钟控制寄存器 CKCON

80C51 的 1 个机器周期包含 12 个振荡周期,增强核的 MCS-51 单片机可以通过商用的 FLASH 编程器、ISP 或软件配置为每机器周期 6 个振荡周期,从而缩短单片机指令执行时间。

P89C51Rx2 系列单片机有一个新的特殊功能寄存器 CKCON,它的物理地址是 89H,通过设置该寄存器的 X2 位,可以配置单片机工作在 6/12 时钟模式。

CKCON 各位的定义如下:

—	WDX2	PCAX2	SIX2	T2X2	T1X2	T0X2	X2

各位的设置及含义见表 12.4。

表 12.4　CKCON 各位的设置及含义

符　号	功　能
—	保留位
WDX2	看门狗时钟,0 = 6 时钟,1 = 12 时钟
PCAX2	PCA 时钟,0 = 6 时钟,1 = 12 时钟
SIX2	UART 时钟,0 = 6 时钟,1 = 12 时钟
T2X2	定时器 2 时钟,0 = 6 时钟,1 = 12 时钟
T1X2	定时器 1 时钟,0 = 6 时钟,1 = 12 时钟
T0X2	定时器 0 时钟,0 = 6 时钟,1 = 12 时钟
X2	CPU 时钟,0 = 6 时钟,1 = 12 时钟

需要说明的是,CKCON 寄存器只能通过字节寻址方式来设置,而不能由位寻址的方式设置。

(4)低功耗模式

①时钟停止模式

芯片的全静态工艺设计使时钟频率可以降至 0 MHz(停止),当振荡器停振时,RAM 和 SFR 的值保持不变。该模式允许逐步应用并可将时钟频率降至任意值以实现系统功耗的降低,如要实现最低功耗则建议使用掉电模式。

②空闲模式

空闲模式是 CPU 进入睡眠状态,但片内的外围电路仍保持工作状态。在空闲模式下,CPU 内容及片内 RAM 和特殊功能寄存器的内容都保持休眠前的值。

启动休眠工作模式,需要执行将特殊功能寄存器 PCON 的 IDL(PCON.0)位置 1 的指令(如 ORL PCON, #01H),待此指令执行结束,即进入休眠模式。任何被使能的中断或硬件复位均可终止休眠模式。

③掉电模式

为了进一步降低功耗,通过软件可实现掉电模式。掉电工作模式是主动将电源切除迫使芯片进入 0 时钟频率状态。在电压下降到 2 V 时,CPU 的内容(如程序指针、堆栈指针等)及片内 RAM 和 SFR 的内容被保持起来,片上的外部电路(如定时器、中断系统、串并口)也停止工作。

启动掉电工作模式,需要执行将特殊功能寄存器 PCON 的 PD(PCON.1)位置 1 的指令(如 ORL PCON, #02H),待此指令执行结束,即进入掉电模式。硬件复位或外部中断均可结束掉电模式。硬件复位使 SFR 值重新设置,但不改变片内 RAM 的值。而外部中断允许 SFR 和片内 RAM 都保持原值。

在退出掉电模式之前,VCC 必须升至规定的最低操作电压。使振荡器重新启动并稳定下来,复位或外部中断才开始执行。使用外部中断时,$\overline{INT0}$ 和 $\overline{INT1}$ 必须使能且配置为电平触发,将引脚电平拉低。使振荡器重新启动退出掉电模式后,将引脚恢复为高电平。

2. 上电标志

当 V_{CC} 电压从 0 V 上升到 5 V 时,片内电路将电源控制寄存器 PCON 中的上电标志位

POF 置位。上电标志位可通过软件置位或清零,用户可确定复位是由上电引起的还是由掉电唤醒引起的。当 V_{CC} 电压在 3 V 以上时,POF 不受影响。

空闲模式和掉电模式时外部引脚的状态见表 12.5。

表 12.5 空闲模式和掉电模式时外部引脚的状态

模式	程序存储器	ALE	$\overline{PSEN}$	P0	P1	P2	P3
空闲	内部	1	1	数据	数据	数据	数据
空闲	外部	1	1	悬浮	数据	地址	数据
掉电	内部	0	0	数据	数据	数据	数据
掉电	外部	0	0	悬浮	数据	数据	数据

12.2.3 T2 定时器/计数器

P89C51Rx2 系列单片机在 80C51 单片机的两个定时器/计数器 T0 和 T1 的基础上,又增加了一个定时器/计数器,用 T2 表示。定时器 2 是一个 16 位定时器/计数器,通过设置特殊功能寄存器 T2CON 中的 C/$\overline{T2}$ 位可选择其作为定时器或计数器。定时器 2 有 4 种工作模式。捕获模式、自动重新装载递增或递减计数模式、波特率发生器模式、可编程时钟输出模式,这 4 种模式由特殊寄存器 T2CON 中的位进行设置。

下面介绍与 T2 相关的两个寄存器。

1. 控制寄存器 T2CON

物理地址为 0C8H

TF2	EXF2	RCLK	TCLK	EXEN2	TR2	C/$\overline{T2}$	CP/$\overline{RL2}$

各标志位的定义如下。

(1) TF2:定时器 2 溢出标志。定时器 2 溢出时置位,必须由软件清除。当 RCLK 或 TCLK = 1 时,TF2 将不会置位。

(2) EXF2:定时器 2 外部标志。当 EXEN2 = 1 且 T2EX 的负跳变产生捕获或重装时,EXF2 置位。定时器 2 中断使用时,EXF2 = 1 将使 CPU 从中断向量处执行定时器 2 中断子程序。EXF2 位必须用软件清零。在递增/递减计数器模式(DCEN = 1)中,EXF2 不会引起中断。

(3) RCLK:接收时钟标志。RCLK 置位时,定时器 2 的溢出脉冲作为串行口模式 1 和模式 3 的接收时钟。RCLK = 0 时,将定时器 1 的溢出脉冲作为接收时钟。

(4) TCLK:发送时钟标志。TCLK 置位时,定时器 2 的溢出脉冲作为串行口模式 1 和模式 3 的发送时钟。TCLK = 0 时,将定时器 1 的溢出脉冲作为发送时钟。

(5) EXEN2:定时器 2 外部使能标志。当其置位且定时器 2 未作为串行口时钟时,允许 T2EX 的负跳变产生捕获或重装。EXEN2 = 0 时 T2EX 的跳变对定时器 2 无效。

(6) TR2:定时器 2 启动/停止控制位,置 1 时启动定时器。

(7) C/$\overline{T2}$:定时器/计数器选择位。置 0 时为内部定时器,置 1 时为外部事件计数器。

(8) CP/$\overline{RL2}$:捕获/重装标志置位。EXEN2 = 1 时,T2EX 的负跳变产生捕获清零。

EXEN2 = 1 时定时器 2 溢出或 T2EX 的负跳变都可使定时器自动重装。当 RCLK = 1 或 TCLK = 1 时该位无效,且定时器强制为溢出时自动重装。

2. 模式控制寄存器 T2MOD

物理地址为 0C9H

—	—	—	—	—	—	T2OE	DCEN

各标志位定义如下。

* 一:未使用。

* T2OE:定时器 2 输出使能位。

* DCEN:向下计数使能位。定时器 2 通过设置它可配置成向上/向下计数器。

注意:需要说明的是 T2MOD 不能位寻址。

T2 的工作模式设置见表 12.6。

表 12.6　T2 的工作模式设置

RCLK + TCLK	CP/$\overline{\text{RL2}}$	TR2	工作模式
0	0	1	16 位自动重载
0	1	1	16 位捕获
1	X	1	波特率发生器
X	X	0	关闭

以下分别介绍 T2 定时/计数器的 4 种工作模式。

1. 捕获模式

在捕获模式中,通过 T2CON 中的 EXEN2 位设置两个选项。EXEN2 = 0,则定时器 2 作为一个 16 位定时器或计数器(由 T2CON 中 C/$\overline{\text{T2}}$位选择),溢出时置位定时器 2 溢出标志位 TF2,该位可用于产生中断(通过使能 IE 寄存器中的定时器 2 中断使能位)。如果 EXEN2 = 1,与以上描述相同,但增加了一个特性,即外部输入 T2EX 由 1 变 0 时,将定时器 2 中 TL2 和 TH2 的当前值各自捕获到 RCAP2L 和 RCAP2H 寄存器中。

另外,T2EX 的负跳变使 T2CON 中的 EXF2 置位。EXF2 也像 TF2 一样能够产生中断。(其向量与定时器 2 溢出中断地址相同,定时器 2 中断服务程序通过查询 TF2 和 EXF2 是否为 1 来确定引起中断的事件)。捕获模式如图 12.2 所示,在该模式中 TL2 和 TH2 无重新装载值,甚至当 T2EX 产生捕获事件时,计数器仍以 T2EX 的负跳变或振荡频率的 1/12 计数(12 时钟模式)或 1/6(6 时钟模式)计数。

其中,在 6 时钟模式 $n = 6$,在 12 时钟模式 $n = 12$。

2. 自动重载模式

自动重载模式中,定时器 2 可通过 C/$\overline{\text{T2}}$配置为定时器/计数器,并通过设置模式控制寄存器 T2MOD 中的 DCEN 位,确定计数器为递增计数器或者是递减计数器。当 DCEN = 0 时,定时器 2 默认为向上计数,当 DCEN = 1 时,定时器 2 可通过 T2EX 确定为递增/递减计数。

定时器 2 用作自动递增计数器时,该模式中需要设置 EXEN2 位。如果 EXEN2 = 0,定时器 2 递增计数到 0xFFFF 后就溢出,并将 TF2 置位,然后将 RCAP2L 和 RCAP2H 中的 16 位值

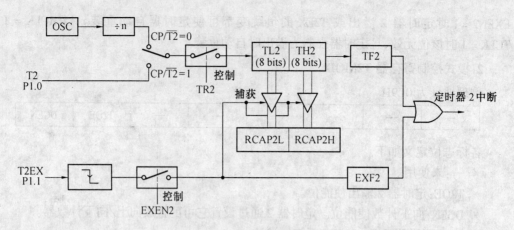

图 12.2　定时器 2 捕获模式

作为重新装载值装入定时器 2,如图 12.3 所示。RCAP2L 和 RCAP2H 的值是通过软件预设的。如果 EXEN2 = 1,则 16 位预设数据的重新装载可通过溢出或 T2EX 产生从 1 到 0 的负跳变实现。此负跳变同时将 EXF2 置位。如果定时器 2 中断被使能,则当 TF2 或 EXF2 置 1 时产生中断。

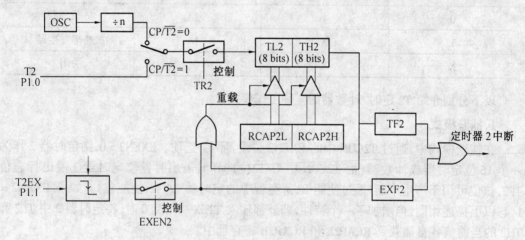

图 12.3　定时器 2 自动装载模式(DCEN = 0)

当 DCEN = 1 时,定时器 2 可作为递增或递减计数,如图 12.4 所示。此模式由 T2EX 控制计数的方向。当 T2EX 置 1 时,定时器 2 为递增计数,计数到 0xFFFF 后溢出并置位中断标志位 TF2,如果中断被使能将产生中断。定时器 2 的溢出将使 RCAP2L 和 RCAP2H 中的 16 位值作为重新装载值放入 TL2 和 TH2 中。当 T2EX 置零时,定时器 2 作为递减计数。当 TL2 和 TH2 计数到等于 RCAP2L 和 RCAP2H 的值时,定时器产生溢出置位 TF2。并将 0xFFFF 重新装入 TL2 和 TH2。

图 12.2 和 12.3 中,在 6 时钟模式 $n = 6$,在 12 时钟模式 $n = 12$。

3.波特率发生器模式

寄存器 T2CON 的 TCLK 和 RCLK 位,允许定时器 1 或定时器 2 产生串行口发送和接收的波特率。当 TCLK = 0 时,定时器 1 作为串行口发送波特率发生器。当 TCLK = 1 时,定时器 2 作为串行口发送波特率发生器。用相同的方法设置 RCLK,可以实现对串行口接收波特

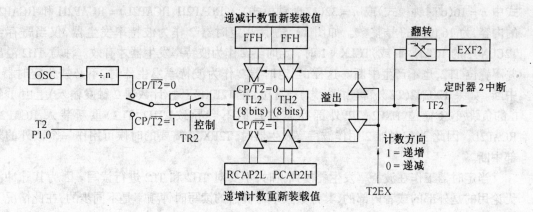

图 12.4　定时器 2 自动装载模式(DCEN = 1)

率的选择。通过这两位,串行口能得到不同的接收和发送波特率,一个通过定时器 1 产生,另一个通过定时器 2 产生。图 12.5 所示为定时器 2 工作在波特率发生器模式。

定时器 2 的波特率发生器模式与自动重载模式相似。当 TH2 溢出时,波特率发生器模式使定时器 2 寄存器重新装载来自寄存器 RCAP2L 和 RCAP2H 的 16 位值。寄存器 RCAP2L 和 RCAP2H 的值由软件预置。

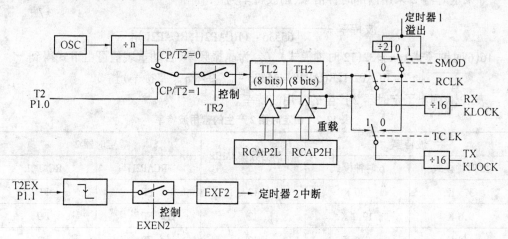

图 12.5　定时器 2 波特率发生器模式

当工作于模式 1 和模式 3 时,波特率由下面给出的定时器 2 溢出率所决定

$$模式 1 和模式 3 的波特率 = \frac{定时器 2 溢出率}{16}$$

定时器可配置成"定时"或"计数"方式,在许多应用上,定时器被设置在"定时"方式($C/\overline{T2} = 0$),当定时器 2 作为定时器时,它的操作不同于波特率发生器。

通常,定时器 2 作为定时器,每过一个机器周期计数加 1(例如 6 时钟模式时为 1/6 振荡器频率,12 时钟模式时为 1/12 振荡器频率)。当定时器 2 作为波特率发生器时,计数会以振荡器频率递增(12 时钟模式为 1/2 振荡频率)。这样,波特率公式如下

$$模式 1 和模式 3 的波特率 = \frac{振荡器频率}{n \times [65536 - (RCAP2H, RCAP2L)]}$$

式中 $n = 16$(6 时钟模式)或 $n = 32$(12 时钟模式),(RCAP2H,RCAP2L) = RCAP2H 和 RCAP2L 的内容,为 16 位无符号整数。如图 12.5 所示,定时器 2 作为波特率发生器,仅当寄存器 T2CON 中的 RCLK 和(或)TCLK = 1 时,定时器 2 作为波特率发生器才有效。注意 TH2 溢出并不置位 TF2,也不产生中断。这样,当定时器 2 作为波特率发生器时,不必禁止定时器 2 中断。如果 EXEN2(T2 外部使能标志)被置位,在 T2EX(定时/计数器 2 触发输入)上由 1 到 0 的负跳变会置位 EXF2(T2 外部标志位),但不会导致(TH2,TL2)重新装入 RCAP2H RCAP2L。因此 当定时器 2 用作波特率发生器时,T2EX 在需要的时候可用作一个额外的外部中断。

当定时器工作在波特率发生器模式下时,不要对 TH2 和 TL2 进行读写。因为其脉冲源无论用的是外部的或者内部的,其计数频率与机器的读写时钟频率是不同步的,在此情况下对 TH2 和 TH1 读写结果是不准确的。可对 RCAP2 寄存器进行读,但不要进行写,否则将导致自动重装错误。当对定时器 2 或寄存器 RCAP 进行访问时,应关闭定时器(TR2 清零)。

采用不同时钟信号时,波特率公式如下:

定时器 2 工作在波特率发生器模式,外部时钟信号由 T2 脚进入,波特率为

$$波特率 = \frac{定时器\ 2\ 溢出率}{16}$$

如果定时器 2 采用内部时钟信号,则波特率为

$$波特率 = \frac{f_{OSC}}{n \times [65536 - (RCAP2H, RCAP2L)]}$$

$n = 16$(6 时钟模式),$n = 32$(12 时钟模式),f_{OSC} 为晶振频率,自动重装值可由下式得到

$$RCAP2H, RCAP2L = 65536 - [f_{OSC}/(n \times 波特率)]$$

表 12.7 列出了定时器 2 产生的常用波特率。

表 12.7　由定时器 2 产生的常用波特率

波特率		振荡器频率/MHz	定时器 2	
12 时钟模式	6 时钟模式		RCAP2H	RCAP2L
375 K	750 K	12	FF	FF
9.6 K	19.2 K	12	FF	D9
4.8 K	9.6 K	12	FF	B2
2.4 K	4.8 K	12	FF	64
1.2 K	2.4 K	12	FE	C8
300	600	12	FB	1E
110	220	12	F2	AF
300	600	6	FD	8F
110	220	6	F9	57

4.可编程时钟输出模式

可从 P1.0 编程输出 50% 占空比的时钟信号,P1.0 除了作为常规 I/O 口外,还有两个可选功能。它可编程为:

(1)用于定时/计数器 2 的外部时钟输入。

(2)在 16 MHz 操作频率下输出频率从 122 Hz 到 8 MHz 的 50% 占空比的时钟信号(12 时钟模式时为 61 Hz ~ 4 MHz)。

要将定时/计数器 2 配置为时钟发生器,C/T2(T2CON.1)必须清零,T2MOD 中的 T2OE 位必须置位。启动定时器 2 必须将 TR2(T2CON.2)置位。

时钟输出频率由振荡器频率和定时器 2 捕获寄存器的重新装入值确定,公式如下

$$\frac{振荡器频率}{n \times \left[65536 - (\text{RCAP2H}, \text{RCAP2L})\right]}$$

式中 $n = 2$(6 时钟模式),$n = 4$(12 时钟模式),(RCAP2H, RCAP2L) = RCAP2H 和 RCAP2L 的内容,为一个 16 位无符号整数。在时钟输出模式中,定时器 2 的翻转将不会产生中断,这和它作为波特率发生器时相似。定时器 2 可同时作为波特率发生器和时钟发生器。但需要注意的是,波特率和时钟输出频率相同。

通过以上的介绍,读者可以发现,增强核的 T2 定时器/计数器和标准 8051 单片机 T0、T1 的基本功能完全相同,但又有所扩展。

12.2.4　增强型 UART 串行口

所谓增强型 UART(异步收发)是增加了两个方面的硬件功能:帧错误检测和地址自动识别。即增强型 UART 除了标准操作模式外,可实现自动地址识别和通过查询丢失的停止位进行帧错误检测。帧错误检测只对模式 2、3 有效,地址自动识别对模式 1、2、3 有效。UART 还支持多机通信。

帧错误检测是用检测停止位的方法来反映帧中发生的错误。当发现任何形式的位丢失时,都会将 SCON 中的帧错误标志位 FE 置 1(SCON 的 FE 与 SM0 共用 SCON.7,其余位与标准型相同),可通过 PCON.6(SMOD0)选择。如果 SMOD0 置位,则 SCON.7 作为 FE, SMOD0 为 0,则 SCON.7 作为 SM0。当作为 FE 时,SCON.7 只能由软件清零。电源控制寄存器 PCON 的功能如下。

电源控制寄存器 PCON
物理地址 87H

SMOD1	SMOD0	—	POF	GF0	GF1	PD	IDL

各位功能说明如下:

SMOD1:波特率控制位,串行口模式 1 – 3 波特率加倍。

SMOD0:SM0/FE 复用控制位,置 0 为 SM0 功能,置 1 为 FE 功能(帧错误标志位)。

—:保留位。

POF:掉电标志位,V_{CC} 由 0 升到 5 V 过程中由硬件置 1,V_{CC} 保持 3 V 以上其状态不变。电源掉电后的热启动不能置 1,用于区别上电复位和热启动。可用软件置 1 和清 0。

GF0:通用标志位 0。

GF1:通用标志位 1。

PD:掉电控制位,置 1 进入掉电模式。

IDL:休闲控制位,置 1 进入休闲模式。

UART 帧错误检测如图 12.6 所示。

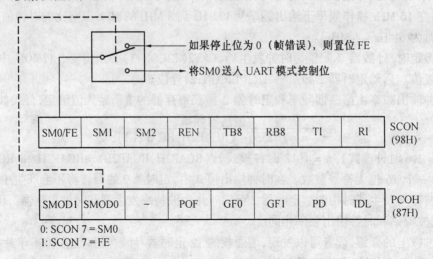

图 12.6   UART 帧错误检测

自动地址识别：自动地址识别是这样一种特性，它使 UART 可以通过硬件比较从串行数据流中识别出特定的地址。这样就不必花费大量软件资源去检查每一个从串口输入的串行地址。将 SCON 内 SM2 置位可使能该特性。在 9 位 UART 模式（模式 2 和模式 3）下，如果接收的字节中包含"给定"地址或"广播"地址，接收中断标志(RI)将自动置位。在 9 位模式下要求第 9 个信息位为 1 以表明该信息内容是地址而非数据。UART 的自动识别如图 12.7 所示。

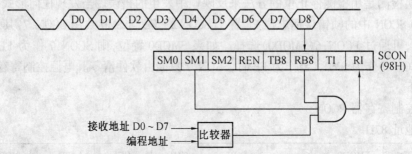

图 12.7   UART 多级通信和地址自动识别

使用自动地址识别特性时，主机通过调用"特定"从机地址选择与一个(或多个)从机通信。使用广播地址时，所有从机都被联系。在此使用了两个特殊功能寄存器：SADDR 表示从机地址，SADEN 表示地址屏蔽。SADEN 用于定义 SADDR 内哪几位需使用而哪几位不予考虑。SADEN 可以与 SADDR 逻辑"与"得出给定的地址，用于对每一从机进行寻址。

【例 12.1】   SADDR 相同，而 SADEN 不同以区分两个从机

从机 0

SADDR = 1100 0000

SADEN = 1111 1101

特定地址 = 1100 00X0

从机 1

SADDR = 1100 0000

SADEN = 1111 1110

特定地址 = 1100 000X

例 12.1 中 SADDR 相同,而 SADEN 不同以区分两个从机。从机 0 要求 0 位为 0 而忽略 1 位。从机 1 则要求 1 位为 0 而忽略 0 位。由于从机 1 的 1 位必须为 0,从机 0 只能取独有的地址 1100 0010 以区别。由于从机 0 的 0 位必须为 1,从机 1 只能取独有的地址 1100 0001 以区别。而取地址 1100 0000 时,两从机都可被寻址。

【例 12.2】 选择从机 1、2 而不选从机 0

从机 0

SADDR = 1100 0000

SADEN = 1111 1001

特定地址 = 1100 0XX0

从机 1

SADDR = 1110 0000

SADEN = 1111 1010

特定地址 = 1100 0X0X

从机 2

SADDR = 1110 0000

SADEN = 1111 1100

特定地址 = 1110 00XX

上述三个从地址只有低 3 位不同。从机 0 要求位 0 = 0,它可通过 1110 0110 单独寻址;从机 1 要求位 1 = 0,可通过 1110 0101 单独寻址;从机 2 要求位 2 为 0,可通过 1110 0011 单独寻址。由于必须使地址字节的第 2 位为"1"以屏蔽从机 2,因此使用地址 1110 0100 可选通从机 0 和 1 同时屏蔽从机 2。将 SADDR 和 SADEN 相"或"后产生每个从机的"广播"地址,结果为零的位视为无关位。大多数情况下,无关位被认为是 1,这样"广播"地址为 FFH。复位时 SADDR 和 SADEN 均为 00H 此时产生了一个所有位都是无关位的给定地址,也即"广播"地址。这样有效地禁止了自动寻址模式,并允许微控制器使用不带有上述特性的标准 UART 驱动器。

12.3 中 断 源

80C51 有 5 个中断源,P89C51Rx2 增强核单片机在此基础上增加了 2 个中断源。一个是定时器 2 的中断,另一个是 PCA 的中断。

P89C51Rx2 增强核单片机的中断向量见表 12.8。

表 12.8　中断向量表

中断源	优先顺序	标志位	硬件清除	入口地址
INT0	1	IE0	N(L)[1]　Y(T)[2]	03H
T0	2	TF0	Y	0BH
INT1	3	IE1	N(L)　Y(T)	13H
T1	4	TF1	Y	1BH
PCA	5	CF,CCFn	N	33H
SP	6	RI,TI	N	23H
T2	7	TF2,EXF2	N	2BH

注:1. L=中断级激活;2. T=转换激活。

(1)中断使能寄存器 IE

物理地址 = A8H

EA	EC .	ET2	ES	ET1	EX1	ET0	EX0

各标志位说明如下。

EA:全局禁止位。如果 EA=0,禁止所有中断;如果 EA=1,通过置位或清除使能位,对应的每个中断被使能或禁止。

EC:PCA 中断使能位。

ET2:定时器 2 中断使能位。

ES:串行口中断使能位。

ET1:定时器 1 中断使能位。

EX1:外部中断 1 使能位。

ET0:定时器 0 中断使能位。

EX0:外部中断 0 使能位。

除了多两个中断源,P89C51Rx2 增强核单片机的中断配置方法和 80C51 一致。

(2)中断优先级

P89C51RB2/RC2/RD2 有 7 个中断源 4 个中断优先级。4 个中断优先级与 3 个特殊功能寄存器 IE、IP 和 IPH 相关。寄存器 IPH(中断优先级高)组成 4 级中断结构,IPH 的地址位于 SFR 中的 B7H。IPH 寄存器的功能很简单,IPH 和 IP 组合使用决定每一个中断的优先级,见表 12.9。

表 12.9　中断优先级

优先级位		中断优先级
IPH.x	IP.x	
0	0	0 级(最低级)
0	1	1 级
1	0	2 级
1	1	3 级(最高级)

(3)中断优先级寄存器 IP

物理地址 0B8H

—	PPC	PT2	PS	PT1	PX1	PT0	PX0

中断优先级控制位 =1,定义为高优先级,中断优先级控制位 =0,定义为低优先级。

各位功能说明如下:

PPC:PCA 中断优先级控制位。

PT2:定时器 2 中断优先级控制位。

PS:串行口中断优先级控制位。

PT1:定时器 1 中断优先级控制位。

PX1:外部中断 1 优先级控制位。

PT0:定时器 0 中断优先级控制位。

PX0:外部中断 0 优先级控制位。

(4)IPH 寄存器

物理地址 0B7H

—	PPCH	PT2H	PSH	PT1H	PX1H	PT0H	PX0H

中断优先级控制位 =1,定义为高优先级,中断优先级控制位 =0,定义为低优先级。

各位功能说明如下:

PPCH:PCA 中断优先级控制位高。

PT2H:定时器 2 中断优先级控制位高。

PSH:串行口中断优先级控制位高。

PT1H:定时器 1 中断优先级控制位高。

PX1H:外部中断 1 优先级控制位高。

PT0H:定时器 0 中断优先级控制位高。

PX0H:外部中断 0 优先级控制位高。

P89C51Rx2 增强核单片机的中断优先级比 80C51 多 2 个。在没有产生同级的中断和更高级的中断情况下,中断将被执行。如果同级的中断或更高级的中断正在执行,新的中断只有等到正在执行的中断结束才能被执行。在更低级的中断正在执行情况下产生新的中断时,低级的中断服务程序被停止,转而执行新的中断,直到新中断完成才可以执行被停止的中断。

12.4　可编程计数阵列(PCA)

12.4.1　PCA 基本配置及功能寄存器

P89C51Rx2 的可编程计数器阵列是由 5 个 16 位捕获/比较模块组成的特殊定时器。每个模块都可以编程实现下列的多种模式:捕获模式、软件定时器模式、高速输出模式和 PWM 脉宽调制模式。PCA 的每个模块都有一个 P1 口的管脚与之对应。例如模块 0 连接到 P1.3

（CEX0），模块 1 连接到 P1.4(CEX1)。PCA 配置如图 12.8 所示。

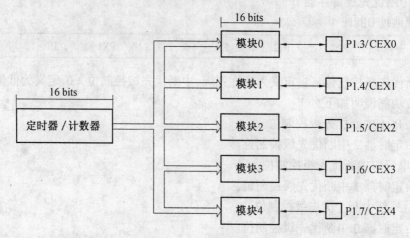

图 12.8　PCA 配置

　　PCA 定时器的 5 个模块有一个公共的时基，并可编程为 1/6 振荡器频率、1/2 振荡器频率、定时器 0 溢出或者 ECI 脚(P1.2)的输入。定时器的计数源由特殊功能寄存器 CMOD 中的 CPS1 和 CPS0 决定。

1.CMOD 寄存器

PCA 计数模式寄存器。

物理地址 = D9H

CIDL	WDTE	—	—	—	CPS1	CPS0	ECF

各标志位的定义如下。

CIDL：计数器空闲控制。CIDL = 0 时，PCA 在空闲模式下继续工作。CIDL = 1 时，PCA 在空闲模式下关闭。

WDTE：看门狗定时器使能。WDTE = 0 时，禁止 PCA 模块 4 的看门狗功能。WDTE = 1 时使能。

—：保留位。

CPS1：PCA 计数脉宽选择位 1。

CPS0：PCA 计数脉宽选择位 0。

ECF：PCA 使能计数器溢出中断。ECF = 1 使能 CCON 中的 CF 位产生中断；ECF = 0 时禁止 CF 的功能。

基准时钟的配置见表 12.10。

在寄存器 CMOD 中，有 3 个附加的位与 PCA 相关。其中 CIDL 位允许 PCA 在空闲模式时停止，WDTE 使能/禁止模块 4 的看门狗功能，ECF 可以控制产生中断，而 PCA 溢出标志 CF(位于 CCON 中)在 PCA 定时器溢出时置位。

表 12.10 基准时钟的配置

CPS1	CPS0	PCA 定时器计数源
0	0	1/6 振荡器频率 6 时钟模式
		1/12 振荡器频率 12 时钟模式
0	1	1/2 振荡器频率 6 时钟模式
		1/4 振荡器频率 12 时钟模式
1	0	定时器 0 溢出
1	1	ECI 脚的外部输入

下面介绍 CCON 寄存器和 CCAPM 寄存器的定义。

2. CCON 寄存器

PCA 计数器控制寄存器。

物理地址 = D8H,可位寻址。

CF	CR	—	CCF4	CCF3	CCF2	CCF1	CCF0

各标志位的定义如下。

CF:PCA 计数器溢出标志。计数器溢出时由硬件置位。CMOD 中 ECF 置位时,CF 为中断标志位。CF 可由硬件或软件置位,但只能由软件清零。

CR:PCA 计数器运行控制位。由软件置位将 PCA 计数器打开。要关闭 PCA 计数器必须由软件清零。

—:保留位。

CCF4:PCA 模块 4 中断标志位。当产生匹配或捕获时由硬件置位,该位必须由软件清零。

CCF3:PCA 模块 3 中断标志位。当产生匹配或捕获时由硬件置位,该位必须由软件清零。

CCF2:PCA 模块 2 中断标志位。当产生匹配或捕获时由硬件置位,该位必须由软件清零。

CCF1:PCA 模块 1 中断标志位。当产生匹配或捕获时由硬件置位,该位必须由软件清零。

CCF0:PCA 模块 0 中断标志位。当产生匹配或捕获时由硬件置位,该位必须由软件清零。

3. CCAPMn 寄存器

PCA 模块工作模式寄存器:

CCAPM0 物理地址 = DAH

CCAPM1 物理地址 = DBH

CCAPM2 物理地址 = DCH

CCAPM3 物理地址 = DDH

CCAPM4 物理地址 = DEH

该寄存器不可位寻址。

—	ECOMn	CAPPn	CAPNn	MATn	TOGn	PWMn	ECCFn

各标志位的定义如下。

一:保留位。

ECOMn:比较器使能位。ECOMn = 1 使能比较器功能。

CAPPn:上升沿捕获位。CAPPn = 1 使能上升沿捕获。

CAPNn:下降沿捕获位。CAPNn = 1 使能下降沿捕获。

MATn:匹配位。MATn = 1 时,PCA 计数器值与该模块比较/捕获寄存器值的匹配将使 CCON 中的 CCFn 位置位。

TOGn:触发位。TOGn = 1 时,PCA 计数器值与该模块比较/捕获寄存器值的匹配将使 CEXn 脚的电平发生翻转。

PWMn:脉宽调制模式位。PWMn = 1 使能 CEXn 脚作为脉宽调制信号的输出。

ECCFn:CCF 中断使能位。

寄存器 CCON 包含了 PCA 的运行控制位 CR、溢出标志 CF 以及每个模块的中断标志。要运行 PCA,CR 位必须由软件置位,CR 位清零则关闭 PCA。CF 位在 PCA 计数器溢出时置位。此时若 CMOD 中的 ECF 位为 1 则产生中断。CF 位只能由软件清零。CCON 寄存器中的位 0 ~ 4 为各个模块的中断标志位,当发生捕获/匹配时由硬件置位,并只能由软件清零。PCA 中的每个模块都有一个 SFR 与之对应。例如,CCAPM0 用于模块 0;CCAPM1 用于模块 1。这些寄存器包含了控制各模块工作方式的位。当相关模块发生匹配或者比较时,ECCF 位使能 CCON 中的 CCF 标志以产生中断。PWM 位使能脉宽调制模式。TOG 位置位且 PCA 计数器与模块的捕获/比较寄存器匹配时,CEX 输出发生翻转。MAT 位置位且 PCA 计数器与模块的捕获/比较寄存器匹配时,CCON 中的 CCFn 位置位。

CAPN(CCAPMn.4)和 CAPP(CCAPMn.5)决定捕获输入被激活的边沿。CAPN 使能下降沿,CAPP 使能上升沿。如果两个位都置位则在上升和下降沿均可使能产生捕获。ECOM (CCAPMn.6)置位可使能比较器功能。由 CCAPMn 寄存器设置实现不同的 PCA 功能,见表 12.11。

表 12.11 PCA 模块模式(CCAPMn 寄存器)

—	ECOMn	CAPPn	CAPNn	MATn	TOGn	PWMn	ECCn	模块功能
×	0	0	0	0	0	0	0	无
×	×	1	0	0	0	0	×	16 位捕获(CEXn 脚上升沿触发)
×	×	0	1	0	0	0	×	16 位捕获(CEXn 脚下降沿触发)
×	×	1	1	0	0	0	×	16 位捕获(CEXn 脚双边沿触发)
×	1	0	0	1	0	0	×	16 位软件定时器
×	1	0	0	1	1	0	×	16 位高速输出
×	1	0	0	0	0	1	×	8 位 PWM
×	1	0	0	1	×	0	×	看门狗定时器

有两个额外的寄存器与每个 PCA 模块相关,它们分别为 CCAPnH 和 CCAPnL。它们保存

用于产生捕获或者比较的 16 位计数值。当模块用于 PWM 模式时,这两个寄存器用于控制输出信号的占空比。

12.4.2 PCA 捕获模式

要使用 PCA 模块中的捕获模式,必须将 CCAPMn 中的位 CAPN 或 CAPP 置位。CEXn 输入的信号出现上升或下降沿时,PCA 硬件将 PCA 计数器寄存器 CH 和 CL 的值装入模块捕获寄存器 CCAPnL 和 CCAPnH,与此同时 CCFn 置位。如果 CCAPMn 中的 ECCFn 位已经置位,则会产生中断。PCA 捕获模式如图 12.9 所示。

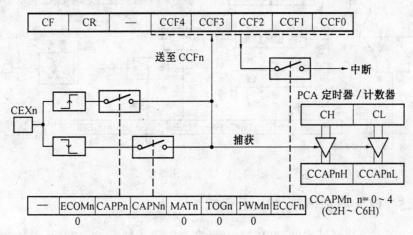

图 12.9　PCA 捕获模式

12.4.3 PCA16 位软件定时器

要使用 PCA 模块中的软件定时器模式,必须将 CCAPMn 中的 ECOM 和 MAT 置位。PCA 定时器和模块的捕获寄存器进行比较,当两者的值相同,且 CCAPMn 中的 ECCFn 位已经置位时,将会产生中断。软件时钟模式如图 12.10 所示。

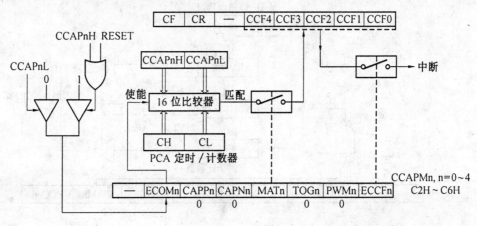

图 12.10　软件时钟模式

12.4.4 PCA高速输出模式

在该模式下,每次当 PCA 定时器和模块的捕获寄存器的值相匹配时,模块对应的输出脚的电平将会发生翻转。要使能该模式,必须将 CCAPMn 中的 TOG MAT 和 ECOM 都置位,高速输出模式如图 12.11 所示。

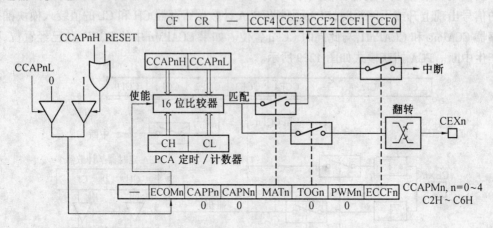

图 12.11　高速输出模式

12.4.5 PCA脉宽调制(PWM)模式

所有的 PCA 模块都可用做 PWM 输出,脉宽调制模式如图 12.12 所示。输出的频率由 PCA 定时器决定。由于所有的模块共用 PCA 定时器,因此它们具有相同的输出频率。每个模块的占空比可通过各自的捕获寄存器 CCAPLn 单独设置。当 PCA 定时/计数器的 CL 寄存器的值小于 CCAPLn 的值时,输出为低;当 CL 的值等于或大于 CCAPLn 的值时,输出为高。当 CL 从 FF 溢出到 00 时,CCAPLn 将 CCAPHn 的值重新装入,这就使 PWM 不会出现错误操作。要使能 PWM 模式,必须将 CCAPMn 中的位 PWM 和 ECOM 都置位。

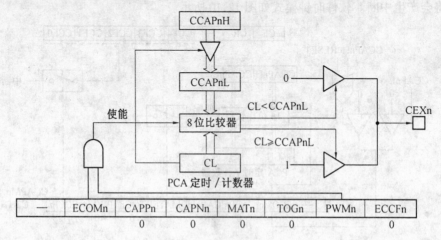

图 12.12　脉宽调制模式

12.4.6 PCA 模块 4 的看门狗定时器模式

由 PCA 实现的片内看门狗定时器,可改善系统的稳定性而不需要增加芯片的成本。看门狗定时器对于那些易受噪声电源杂波或者静电放电影响的系统很有用处。PCA 模块中只有模块 4 可编程为看门狗。用户将一个 16 位数值预先装入比较寄存器,就像其他比较模式一样,该 16 位值与 PCA 定时器值相比较,如果相同则产生一个内部复位。看门狗定时器如图 12.13 所示。为了防止发生复位用户有下列 3 个选择:

(1)周期性改变比较的数值使之不会与 PCA 定时器的值相同。

(2)周期性改变 PCA 定时器的值使之不会与比较的数值相同。

(3)在发生匹配之前将 WDTE 位清零然后再重新使能它。

下面给出看门狗定时器的程序。模块 4 配置为比较模式,同时 CMOD 中的 WDTE 位必须置位。用户软件必须周期性改变 CCAP4H 和 CCAP4L 值以防止发生复位。该程序不能作为一个中断服务程序,因为如果程序指针跑飞并进入一个死循环,仍然会执行中断服务程序将看门狗复位,这样将达不到使用看门狗的目的。应当在主程序小于 PCA 定时器 65536 个计数的间隔内调用该程序。

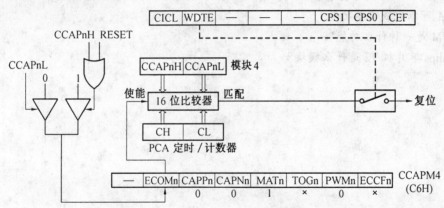

图 12.13 看门狗定时器

```
 INIT _ WATCHDOG:
 MOV        CCAPM4, #4CH      ;模块 4 为比较模式
 MOV        CCAP4L, #0FFH     ;先写低字节
 MOV        CCAP4H, #0FFH     ;在 PCA 定时器计数到 FFFFH 之前必须改变该比较值
 ORL        CMOD, #40H        ;置位 WDTE 位以使能看门狗定时器
                             ;……
                             ;主程序,周期性调用子程序 WATCHDOG
                             ;……
 WATCHDOG:                   ;喂狗程序
 CLR        EA                ;关中断
 MOV        CCAP4L, #00       ;下一个比较值与当前 PCA 定时器值相差不超过
                             255 个数
 MOV        CCAP4H,CH
```

```
SETB          EA
RET
```

本章小结

本章介绍了 P89C51Rx2 系列增强核单片机的特点和功能。主要介绍了增强核单片机的新增硬件功能,例如定时器 2,PCA 可编程计数阵列。MCS-51 单片机除了标准 8051 的功能外,各类增强核的单片机都有其新增的特点。应根据工程实际需要,选取适当的单片机类型。选取时可以参考各厂商提供的单片机资料,这样可以了解更详细的信息。

单片机的选型需要注意的是,尽量选择具有工程需要功能的单片机,这样可以带来设计上的一些简化。当单片机的程序很大时,则应该选用大程序存储空间的单片机;如果要使用脉宽调制功能,则可以使用带 PWM 功能的单片机;如果要用到简单 A/D 功能,则可以选择带 A/D 功能的单片机。

习　题

1. Philips 增强核 51 单片机多了哪些中断源?
2. PCA 可以完成哪些功能?
3. PWM 是一种什么功能?
4. Philips 单片机 T2 是什么模块?

第 13 章　单片机应用系统设计与调试

【学习目的和要求】　通过本章的学习,应该了解单片机应用系统的设计步骤,熟悉应用系统的硬件、软件及可靠性设计。掌握单片机应用系统开发和调试的基本原理和步骤,掌握单片机应用系统研制工作的要领。

13.1　应用系统的设计步骤

单片机应用系统是指以单片机为核心,配以一定的外围电路和软件,能实现某种或几种功能的应用。它由硬件部分和软件部分组成。一般来说,应用系统所要完成的任务不同,相应的硬件配置和软件配置也就不同。因此,单片机应用系统的设计应包括硬件设计和软件设计两大部分。为保证系统能可靠工作,在软、硬件的设计中,还要考虑其抗干扰性能。

在应用系统的设计中,软件、硬件和抗干扰设计是紧密相关、不可分离的。在有些情况下硬件的任务可由软件来完成(如某些滤波、校准功能等);而在另一些要求系统实时性强、响应速度快的场合,则往往用硬件代替软件来完成某些功能。设计者应根据实际情况,合理地安排软、硬件的比例,选取最佳的设计方案,使系统具有最佳的性能价格比。

设计一个单片机应用系统,一般可分为四个步骤。

(1)需求分析,方案论证和总体设计

需求分析,方案论证是单片机应用系统设计工作的开始,也是工作的基础。只有经过深入细致地需求分析,周密而科学的方案论证才能使系统设计工作顺利完成。

需求分析的内容总要包括:被检测参数的形式(电量、非电量、模拟量、数字量等);被测控参数的范围、性能指标;系统功能和工作环境;显示、报警、打印要求等。

方案论证是根据用户要求,设计出符合现场条件的软、硬件方案,设计方案既要满足用户要求,又要使系统简单、经济、可靠,这是进行方案论证与总体设计一贯坚持的原则。在总体设计过程,应对市场情况有所了解,对系统的基本结构、主要功能和技术指标、器件性能等提出具体要求。

(2)器件选择,电路设计制作,数据处理,软件的编制

器件选择出了单片机以外,还要考虑系统中其他器件都应符合系统的精度、速度和可靠性等方面的要求。

(3)系统的调试与性能测定

完成印刷电路板制作后,将编制好的程序下载到程序存储器中运行,而系统不一定能按预计的那样正常工作,这就需要查错和调试。调试时应将硬件和软件分成几部分,逐个部分调试,各部分都调通后再进行联调。调试完成后,应在实验室模拟现场条件,对所设计的硬件、软件进行性能测定。

(4)文件编制阶段

文件不仅是设计工作的结果,而且是以后使用、维护、维修以及进一步设计的依据。因此,一定要精心编写,描述清楚,使数据及资料齐全。

文件应包括:任务描述;设计的指导思想及设计方案论证;性能测定及现场测试报告、使用说明;软件资料(流程图,子程序使用说明,地址分配,程序清单);硬件资料(电原理图,原件布置图及接线图,接插件引脚图,线路版图,注意事项)。

一个项目定下来后,经过详细的调研,方案论证后,就进入正式研制阶段。从总体上看来,设计任务可以分为硬件设计和软件设计,这两者互相结合,不可分离。从时间上来看,硬件设计的绝大部分工作量是在最初阶段,到后期往往还要做一些修改。软件设计任务贯彻始终,到中后期基本都是软件设计任务。

13.2　应用系统的硬件设计

13.2.1　硬件系统的构成

1.硬件系统的要求

硬件系统设计的要求是:选择合适的通道结构和单片机的扩展电路。在实现系统功能的前提下,确保系统运行可靠、性能稳定,不受外界干扰和内部参数扰动的影响。在满足系统功能的条件下,尽可能提高元器件的共用程度和性能价格比。提高电路板上的元器件和组件布局的合理性,既有利于消除噪声、通风散热,又要缩小体积、降低成本。

2.各功能模块的设计

根据总体设计要求,硬件系统除了主机单元外,还要配置各功能模块。如信号采集功能模块、信号调理功能模块、信号控制功能模块、人机对话功能模块、通信功能模块等,可根据系统功能要求配置相应的 A/D、D/A、键盘、显示器、打印机等外围设备。

为使硬件设计尽可能合理,应重点考虑以下几点:

(1)尽可能采用功能强的芯片,以简化电路。

(2)留有余地。在设计硬件电路时,要考虑到将来更改、扩展的方便。

①ROM 空间。目前 EPROM 容量越来越大,一般选用 2764 以上的 EPROM,它们都是 28 脚,要升级很方便。

②RAM 空间。8031 内部 RAM 不多,当要增强软件数据处理功能时,往往觉得不足。这就要求系统配置外部 RAM,如 6264、62256 等。

③I/O 端口。在样机研制出来后进行现场试用时,往往会发现一些被忽视的问题,而这些问题是不能单靠软件措施来解决的。如有些新的信号需要采集,就必须增加输入检测端,有些物理量需要控制,就必须增加输出端。如果硬件设计之初就多设计一些 I/O 端口,这问题就会迎刃而解。

④A/D 和 D/A 通道。和 I/O 端口同样的原因,留出一些 A/D 和 D/A 通道将来可能会解决大问题。

3.工艺要求

工艺要求包括机箱、面板、配线、接插件等。必须考虑到安装、调试、维修的方便。另外,硬件抗干扰措施也必须在硬件设计时一并考虑进去。

13.2.2　硬件系统设计

1.地址空间的分配

对于 RAM 和 I/O 容量最大的应用系统,主要考虑如何把 64 K 程序存储器和 64 K 数据存储器的空间分配给各个芯片(已在第 8 章中介绍了如何进行地址空间分配),主要有两种方法:线选法和译码法。

线选法的优点是硬件电路结构简单,但由于所用片选线都是高位地址线,它们的权值较大,地址空间没有充分利用,芯片之间的地址不连续。当芯片所需的片选信号多于可利用的地址线时,常采取全地址译码法。它将低位地址线作为芯片的片内地址(取外部电路中最大的地址位数),用译码器对高位地址线进行译码,译出的信号作为片选线。一般采用74LS138 作地址译码器。图 13.1 是一个全地址译码的系统实例。图中各芯片所对应的地址见表 13.1。

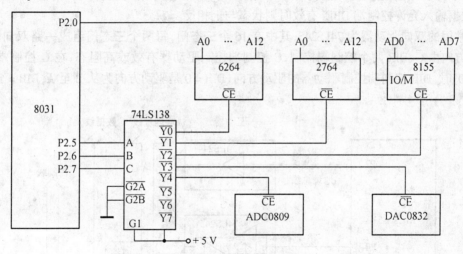

图 13.1　全地址译码应用系统

表 13.1　各扩展芯片的地址

器件		地址选择线(A15~A0)	片内地址单元数	地址编码
6264		0 0 0 x x x x x x x x x x x x x	8 K	0000H~1FFFH
2764		0 0 1 x x x x x x x x x x x x x	8 K	2000H~3FFFH
8155	RAM	0 1 0 1 1 1 1 0 x x x x x x x x	256	5E00H~5EFFH
	I/O	0 1 0 1 1 1 1 1 1 1 1 1 1 x x x	6	5FF8H~5FFDH
DAC0832		0 1 1 1 1 1 1 1 1 1 1 1 1 1 1 1	1	7FFFH
ADC0809		1 0 0 1 1 1 1 1 1 1 1 1 1 1 1 1	1	9FFFH

因 6264 和 2764 都是 8 K 字节,故需要 13 根低位地址线(A12~A0)进行片内寻址,其余三根高位地址线 A15~A13 经 3-8 译码后作为外围芯片的片选线。图中尚剩余三根地址选择线 $\overline{Y7}$~$\overline{Y5}$,可供扩展三片 8 K 字节 RAM 芯片或三个外围接口电路芯片。8155 的 IO/$\overline{M}$ 引

脚连接到地址线 A8 上,当 A8 为 1 时选择 I/O 端口,当 A8 为 0 时选择 8155 的内部 RAM。在地址编码中将没有用到的地址线全部设定为 1。

2. 总线的驱动扩展

在应用系统中,所有系统扩展的外围芯片都通过总线驱动,外围芯片工作时有一个输入电流,不工作时也有漏电流存在,因此总线只能带动一定数量的电路。MCS-51 系列单片机的 P0 口可驱动 8 个 LSTTL 电路,而其他接口只能驱动 4 个 LSTTL 电路。在应用系统的规模较大时,可能造成负载过重,致使驱动能力不够,造成系统不能可靠地工作。

在规模较大的应用系统,首先要顾及总线的负载情况,以确定是否需要对总线的驱动能力进行扩展。图 13.2 为 MCS-51 单片机总线驱动扩展原理图。

地址总线和控制总线的驱动为单向驱动器,并具有三态输出功能。驱动器有一个控制端 $\overline{G}$,用于控制驱动器开通或处于高阻状态。

数据总线的驱动器应为双向驱动、三态输出,并有两个控制端来控制数据传送方向。如图 13.2 所示,数据输出允许控制端 DBEO 有效时,数据总线输入为高阻状态,输出为开通状态;数据输入允许控制端 DBEI 有效时则状态与上相反。

常用的双向驱动器为 74LS245,其中有 16 个三态门,每两个三态门组成一路双向驱动。驱动方向由 $\overline{G}$、DIR 两个控制端控制,$\overline{G}$ 控制端控制驱动器有效或高阻态,在 $\overline{G}$ 控制端有效($\overline{G}=0$)时,DIR 控制端控制驱动器的驱动方向,DIR = 0 是驱动方向为从 B 至 A,DIR = 1 则相反。

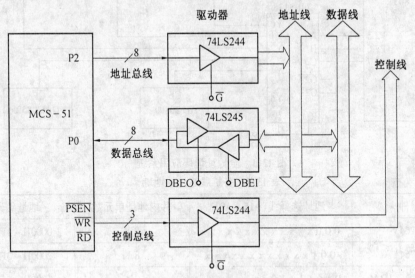

图 13.2 MCS-51 单片机总线驱动原理示意图

图 13.3 是 MCS-51 单片机应用系统总线驱动扩展电路。P0 口的双向驱动采用双向驱动器 74LS245,如图 13.3(a)所示;P2 口的单向驱动器采用 74LS244,如图 13.3(b)所示。

对于 P0 口的双向驱动器 74LS245,使 $\overline{G}$ 接地保证芯片一直处于工作状态,而输入/输出的方向控制由单片机的数据存储器的"读"控制引脚($\overline{RD}$)和程序存储器的取指控制引脚($\overline{PSEN}$)通过与门控制 DIR 引脚实现。这种连接方法可保证无论是"读"数据存储器中数据($\overline{RD}$ 有效)还是从程序存储器中取指令($\overline{PSEN}$ 有效)时,都能对 P0 口的输入驱动;除此以外的

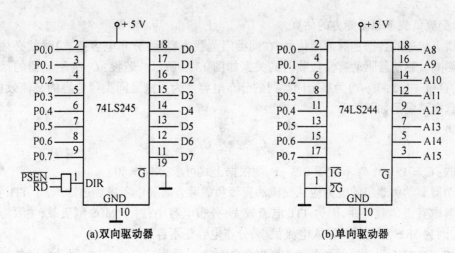

图 13.3　总线驱动扩展电路

时间($\overline{\text{RD}}$及$\overline{\text{PSEN}}$均无效),对 P0 口的输出驱动。

对于 P2 口,因为只作地址输出口,故 74LS244 的驱动门控制端 $1\overline{G}$、$2\overline{G}$ 接地。

3.驱动能力的估算

总线驱动器驱动能力是以驱动同类门个数度量的。驱动器驱动能力和驱动器负载性质有关。由于驱动器负载有交流和直流之分,故总线驱动器驱动能力估算时应同时考虑交流和直流负载两方面的影响。

(1)直流负载下驱动能力的估算

在直流负载下,驱动器驱动能力主要取决于高电平输出时驱动器能提供的最大电流和低电平输出时驱动器所能吸收的最大电流,如图 13.4 所示。其中,I_{OH}为驱动器在高电平输出是的最大输出电流,I_{IH}为每个同类门负载所吸收的电流。I_{OL}为驱动器在低电平输出时的最大吸入电流,I_{IL}为驱动器需要为每个同类门提供的吸入电流。显然,如下关系满足时才能使驱动器可靠工作。

$$I_{\text{OH}} \geqslant \sum_{i=1}^{N_1} I_{\text{IH}}, \quad I_{\text{OL}} \geqslant \sum_{i=1}^{N_2} I_{\text{IL}}$$

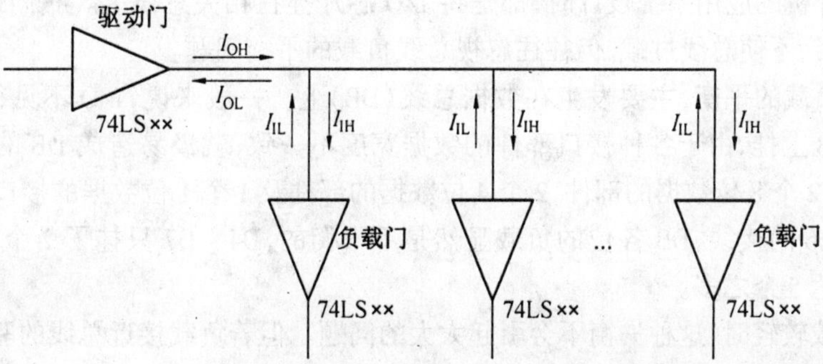

图 13.4　驱动直流负载同类门示意图

若设:$I_{\text{OH}} = 15$ mA, $I_{\text{OL}} = 24$ mA, $I_{\text{IH}} = 0.1$ mA, $I_{\text{IL}} = 0.2$ mA,则根据上述二式求得 $N_1 = 150$ 和 $N_2 = 120$。因此驱动器的实际驱动能力应为 120 个同类门。

(2)交流负载下驱动能力的估算

总线上传送的数据是脉冲型信号,在同类门负载为容性(分布电容造成)时就必须考虑电容的影响。驱动器驱动容性负载时的关系如图 13.5 所示。若设:C_p 为驱动器的最大驱动电容,C_i($i = 1, 2, \cdots, N$)为每个同类门的分布电容。为了满足同类门电容的交流效应,驱动器负载电路满足如下关系

$$C_p \geqslant \sum_{i=1}^{N_3} C_i$$

若取:$C_p = 15\ \mu F$,C_i 不大于 $0.3\ \mu F$,则根据上式可求得 $N_3 = 50$。

驱动器驱动负载门的能力应从交流和直流负载两方面加以考虑。通常,对于 TTL 负载,主要应考虑直流负载特性,因为 TTL 电流较大,分布电容小;对于 MOS 型负载,主要考虑交流特性,因为 MOS 型负载的输入电流很小,分布电容是不容忽视的。

例如:74LS245 驱动器常可驱动 100 多个 74LS×× 系列门电路,若把驱动负载的种种因素也考虑在内,起码也能可靠驱动 50 个同类门。但为了保险起见,74LS245 输出线上一般也能挂接 30 个左右同类门。因此,驱动器不仅可以减轻主机负担,增强单片机驱动负载的能力,为负载电阻和分布电容提供较大的驱动电流,而且也能够消除驱动器后面负载电路对主机芯片的干扰和影响,较好的保证总线上信号波形的完整性。

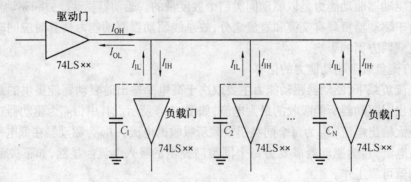

图 13.5　负载门的交流效应

(3)总线的负载平衡和上拉电阻的配置

在进行单片机的应用系统设计时,都是将 I/O 芯片挂在相关总线上。我们设计时常常注意负载的数目,不使总线过载,但往往忽视总线负载的平衡问题。

所谓总线负载的平衡,主要发生在数据总线(DB)上。一般来说,I/O 不见得数据都以 D0 为起点往 DB 上挂,由于各种接口部件的数据宽度不一致,就极易造成 DB 的负载失衡。图 13.6 表示有 2 个 8 位数据的部件,2 个 4 位数据的部件及 1 个 1 位数据的接口。

按照图 13.6 的接线,DB 各位的负载显然是不平衡的,D4 ~ D7 只挂了 2 个负载,而 D0 连接的负载数达 5 个之多。

当总的负载较轻时,这种失衡不会引起太大的问题。但若负载接近总线的驱动能力,就有可能影响总线信号的逻辑电平。以图 13.6 为例,负载不同的各位数据线上,高低电平的数值有明显差异。如高电平有的达 4.3 V,而有的只有 3.7 V。图中 I/O5 的信号位传送很不可靠,常常发生错误,与负载失衡有密切关系。若将 I/O4 的数据连接 D7 ~ D4,若将 I/O5 的一位数据接 D7,这样就能改善总线的不平衡程度,提高系统的可靠性。

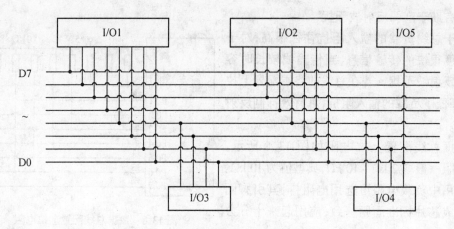

图 13.6　DB 总线失衡

4.上拉电阻的配置

除了配置总线驱动器、注意总线负载平衡配置之外,在总线上适当安装上拉电阻也可以提高总线信号传输的可靠性。加上拉电阻给总线带来的好处如下。

①提高信号电平

提高集成电路输入信号的噪声容限,是提高抗干扰能力的一个重要措施。提高信号的高电平可以提高噪声容限,其方法之一是提高芯片的电源电压,方法之二是在总线输出口配置上拉电阻。以 8031 单片机 P0 口数据为例,如图 13.7 所示,当不加上拉电阻时,P0.0 口输出电流为 I,端口的高电平为 $V_{OH} = V_{CC} - IR$。当加入上拉电阻后,P0.0 口输出电流变为 I_1,由于负载恒定,则 $I_1 < I$,因此端口电平 $V_{OH} = V_{CC} - I_1 R$,将要有所提高。

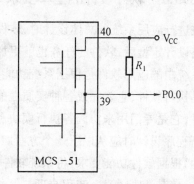

图 13.7　P0 口配置上拉电阻

②提高总线的抗电磁干扰能力

当总线处于高阻状态时,比较容易接受外界的电磁干扰。

例如,当程序存储器的地址空间小于 64 K 字节时,由于受到外界干扰而引起程序乱飞,当乱飞空间超出系统程序存储器的地址空间时,程序存储器全部关断,致使数据总线处于高阻状态。外界的电磁干扰信号就很容易通过数据总线进入 CPU,引入虚假的程序指令,对程序运行造成更加严重的破坏。若数据总线上配有上拉电阻,总线具有稳定的高电平,这时的机器码仅是"FFH",相当于"MOV R7,A"指令,这比总线上出现的随机指令所造成的后果要好得多。

③抑制静电干扰

当总线的负载是 CMOS 芯片时,由于 CMOS 芯片的输入阻抗很高,容易积累静电电荷而形成静电放电干扰,严重时会损坏芯片。若在总线上配置上拉电阻,则降低了芯片的输入阻抗,为静电感应电荷提供泄荷通路,提高了芯片使用的可靠性。

④有助于削弱反射波干扰

由于总线负载的输入阻抗往往很高,对于变化速度很快的传输信息,当传输线较长时容易引起反射波干扰。若在总线的终端配置上拉电阻,降低了负载的输入阻抗,可有效抑制反射波干扰。

数据总线配置上拉电阻如图 13.8 所示。上拉电阻一般取 2 kΩ ~ 10 kΩ,典型值为 10 kΩ。实际应用中负载电阻可选用电阻排,其引脚间距与集成芯片标准间距一致,应用起来十分方便。

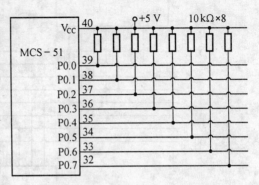

图 13.8 数据总线配置上拉电阻

13.3 应用系统的软件设计

13.3.1 软件设计的基本要求

在进行应用系统的总体设计时,软件设计和硬件设计应统一考虑,相结合进行。当系统的电路设计定型后,软件的任务也就更加明确了。

系统中的应用软件是根据系统功能要求设计的。一般来讲,软件的功能可分为两大类。一类是执行软件,它能完成各种实质性的功能,如测量、计算、打印、输出控制等;另一类是监控软件,它是专门用来协调各执行模块和操作者的关系,在系统软件中充当组织调度角色。在进行程序设计时应从以下几个方面加以考虑:

(1)根据软件功能要求,将系统软件分成若干个相对独立的部分。设计出合理的软件总体结构,使其清晰、简捷、流程合理。

(2)各功能程序实行模块化、子程序化。既便于调试、连接,又便于移植、修改。

(3)在编写应用软件之前,应绘制程序流程图。这不仅是程序设计的一个重要组成部分,而且是决定成败的关键部分。从某种意义上讲,多花一点时间来设计程序流程图,就可以节约几倍源程序调试时间。

(4)要合理分配系统资源,包括 ROM、RAM、定时器/计数器、中断源等。其中最关键的是片内 RAM 分配。对 8031 来讲,片内 RAM 指 00H ~ 7FH 单元,这 128 个字节的功能不完全相同,分配时应充分发挥其特长,做到物尽其用。例如在工作寄存器的 8 个单元中,R0 和 R1 具有指针功能,是编程的重要角色,避免作为它用;20H ~ 2FH 这 16 个字节具有位寻址功能,用来存放各种标志位、逻辑变量、状态变量等;设置堆栈区时应事先估算出子程序和中断嵌套的级数及程序中栈操作指令使用情况,其大小应留有余量。若系统中扩展了 RAM 存储器,应把使用频率最高的数据缓冲器安排在片内 RAM 中,以提高处理速度。当 RAM 资源规划好后,应列出一张 RAM 资源详细分配表,已被编程查用方便。

(5)注意在程序的有关位置处协商功能注释,提高程序的可读性。

13.3.2 合理的软件结构

合理的软件结构设计是单片机应用系统设计的基础,必须给予足够的重视。对于简单的单片机应用系统,通常采用顺序程序设计方法。这种方法设计的软件一般由主程序和若干个中断服务程序构成。主程序是一个顺序执行的无限循环的程序,不停地顺序查询各软件标志,已完成对日常事务的处理。主程序结构如图 13.9 所示。中断服务程序对实时事件请求作出必要的处理,使系统能实时地并行完成各项操作。

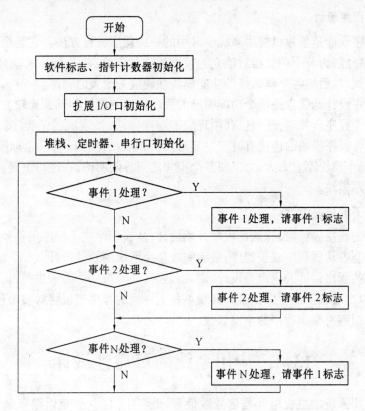

图 13.9　主程序框图

中断处理程序必须包括保护现场、中断服务、恢复现场和中断返回等四个部分。因为中断的发生是随机的,它可能发生在程序执行的任何地方、任何时刻,无法预知这时程序执行的状态。因此在中断服务程序中,必须对原有的程序状态进行保护。保护现场的内容应是中断服务程序所使用的有关资源(如 PSW、ACC、DPTR 等)。中断服务程序是中断处理程序的主体,它由中断所要完成的功能确定。恢复现场与保护现场相对应,恢复被保护的有关寄存器状态,中断返回使 CPU 回到被中断打断的地方继续执行原来的程序。

主程序与中断服务程序之间的信息交换,一般采用数据缓冲器和软件标志(置位或清零位寻址区的某一位)方法。例如 A/D 转换器转换完成后向 CPU 申请中断,CPU 响应中断后中断服务程序将转换结果存入约定的缓冲器,并置位标志位通知主程序对此数据进行处理。

因为顺序程序设计方法容易理解和掌握,也能满足大多数简单的应用系统对软件功能的要求,因此是一种应用很广泛的方法。顺序程序设计的缺点是软件的结构不够清晰,软件的修改扩充比较困难,实时性能差。这是因为在功能较复杂的时候,执行中断服务程序的时间较长,CPU 在执行中断服务程序时,不能响应低级或同级中断,这可能导致某些中断请求得不到及时响应。如果多采用一些缓冲器和标志,让大多数工作由主程序完成,中断服务程序只完成一些必需的操作,从而缩短中断服程序的执行时间,这在一定程度上能提高系统的实时性,但软件标志过多会使软件结构变乱,容易发生错误,同时也给调试带来困难。

13.3.3 程序设计方法

1.模块化程序设计

模块化程序设计是单片机应用系统中常用的一种程序设计方法。它是把一个功能完整的、较大的程序分解为若干功能相对独立的较小的功能模块,各个程序模块分别进行设计,编制程序和调试,最后将各个调试好的功能模块联调成一个大的程序。

模块化程序设计的优点是单个功能明确的程序模块的设计和调试比较方便,容易完成。一个模块为多个程序所共享,还可以利用现成的程序模块(如现成的子程序)。模块化程序设计的缺点是各程序模块的连接有时有一定难度。模块的划分没有一定标准,一般可以参考以下原则:每个模块不宜太大,力求使各个模块之间界限明确,在逻辑上要相对独立,尽量利用现成的程序模块。

2.自顶向下的程序设计

自顶向下的程序设计时,先从主程序开始设计,从属程序或子程序用符号来代替。主程序编好后再编制各从属程序或子程序,最后完成整个系统的软件设计。

自顶向下的程序设计的优点是设计、调试和连接同时按一个线索进行,比较符合人们的日常思维,可以出现较少的程序错误。其缺点是上一级的程序错误将对整个程序产生影响,一处修改可能引起对整个程序的全面修改。

13.4 应用系统的可靠性设计

单片机应用系统的主机单元是信号线最多、最集中,且电平变化频率最快的区域。因此,合理配置芯片,达到占有空间小,运行可靠,布线美观,是设计中应注意的重要问题。

13.4.1 可靠性设计采取的措施

1.去耦电容的配置

数字电路除了地线阻抗问题外,还存在电源线的阻抗问题。当数字电路受高速跳变的电流作用时,也将产生阻抗噪声。解决问题的有效措施是配置合适的去耦电容。去耦电容的使用应注意电容容量、工作频率、类型及布置等。

(1)电容容量的选择

设某集成电路状态变换时,在 T_r 的时间内有 Δi 的电流跳变,则去耦电容应提供的电荷量为 $\Delta Q = \Delta i \cdot T_r$。由于此电荷的泄放,电容器的端电压下降量为 ΔV,则电容 C 应为

$$C \geq \Delta Q / \Delta V = \Delta i \cdot T_r / \Delta V$$

以典型值为例,设噪声电压 ΔV 为 100 mV,电平上升时间 T_r 为 = 5 ns,Δi 的跳变量为

50 mA,则 C 为 2 500 pF。

(2)电容的工作频率选择

实际上电容的等效电路为电阻、电容、电感的串联,其谐振频率 $f_r = 1/2\pi LC$。若工作频率高于 f_r,则其呈感性,阻抗随频率增加而增大,去耦滤波作用变坏。0.1 μF 常用独石电容,其谐振频率为 7 ~ 8 MHz 左右。又由于引线及信号线电感等原因,0.1 μF 电容实际谐振频率低于 3 MHz;0.01 μF 和 0.001 μF 电容的谐振频率为 10 MHz 和 30 MHz。因此,在满足跳变电流和允许电压的前提下,去耦电容容量越小越好。

MCS-51 系列单片机最高晶振频率为 12 MHz。指令执行最小时间为 1 个机器周期,当晶振为 12 MHz 时,1 个机器周期为 1 μs,即电平跳变频率不超过 1 MHz。为了可靠起见,当晶振为 12 MHz 时,去耦电容可选用 0.01 μF;当晶振低于或等于 6 MHz 时,去耦电容则可选用 0.1 μF。

去耦电容的型号应选用多层片状独石电容、玻璃釉电容为最佳,它们具有电容量小、电感小和体积小等特点。

去耦电容应直接跨接在要去耦的电源和地之间。数字电路中的每一块集成电路芯片原则上都应配置去耦电容,以便随时充放电。若安装空间确实有困难,也可每 5 ~ 10 个集成电路接一个大的去耦电容,其容量为各去耦电容总和的 5 ~ 10 倍,并选用固有电感小的钽电容,而不宜采用铝电解电容。电容应置于电源入口处。

2.数字输入端的噪声抑制

作用于数字电路输入端最危险的是脉冲噪声,抑制脉冲噪声是数字设备电磁兼容性设计的重要组成部分。

通常是根据有用脉冲信号与无用脉冲噪声之间的差别,采取既保证有用脉冲信号不丢失,又有效地抑制无用脉冲噪声的措施。习惯上,如果脉冲噪声的脉宽比有用脉冲宽度小很多,至少为 1:3 的程度,称这种噪声为窄脉冲噪声。抑制窄脉冲噪声,通常多是在数字电路的接口部位加入 RC 滤波环节,利用 RC 的延迟作用来控制对窄脉冲噪声的响应。但是,延迟电路往往会降低噪声容限,容易使输出产生振荡。在电容器不充电、不放电的稳态期间,噪声容限较高;而在电平转换过程中,当电容器 C 的充放电电压接近阈值时,集成电路处于高增益的线性区域,噪声容限较低,微量的噪声便会使输出波形出现振荡。为了防止这种振荡,使 RC 滤波器的输出端接入施密特型集成电路。RC 滤波器的时间常数必须大于现场可能出现的噪声最大脉宽和小于信号的脉宽,只有这样才能达到既能抑制噪声,又不至于使信号丢失的目的。从图 13.10 中 A、B、C、D 各点的波形可以看出输出滤波整形电路的作用。抑制输入噪声的另一项措施是提高输入端的噪声容限。提高高电平的噪声容限是提高输入信号的电平。这可通过加上拉电阻、电源分散配置,以及提高供电电源电压等措施;提高低电平的噪声容限是要降低信号源的内阻。如图 13.11 所示,信号源 A 的输出阻抗 R 很小才能降低门 B 的低电平输入信号。单片机测控系统常用的三态缓冲器(74LS224、74LS245)的低电平输出阻抗很低,因此,经过三态缓冲器驱动之后的信号具有较好的抑制低电平噪声的能力。

3.数字电路不用端的处理

数字电路的输入端数量有多余而被闲置时,从逻辑观点,多余的输入端处于悬空状态,

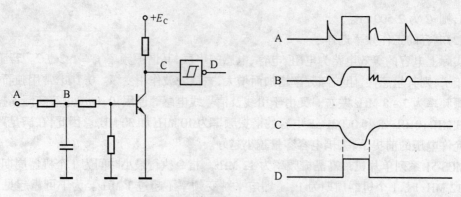

图 13.10 输出滤波整形电路的作用

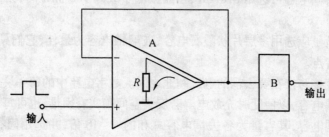

图 13.11 降低门 B 的低电平输入信号

与"1"的输入状态的逻辑关系是一样的。但是开路的输入端具有很高的输入阻抗,很易接受外部的电磁干扰,使悬浮端的电平有时处于"1"和"0"的过渡状态,引起逻辑电路的误导通。因此,为了运行安全可靠起见,通常采用以下的做法:

(1)将不使用的输入端固定在高电平上,如 LSTTL 器件接在电源的正端,如图 13.12(a)所示;对于 CMOS 器件,接入 10 kΩ 电阻就够了,如图 13.12(c)。

(2)将不使用端与有用信号输入端并联在一起,如图 13.12(b)所示。

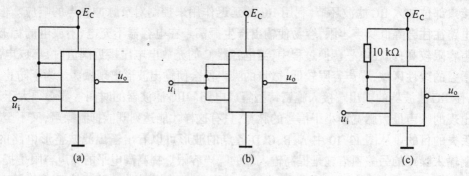

图 13.12 与非门不使用输入端的接法

在集成电路逻辑组中、触发器、计数器、寄存器等电路是常用器件。在正常工作中不用置位和复位端子时,应该按图 13.13(a)和图 13.13(b)的办法,把 S 和 R 接到电源电压上。

4.存储器的布线

主机板上配置 EPROM 型芯片程序存储器和 RAM 型芯片数据存储器,信息电流大,工作频率高,但要防止外界电磁干扰。因此,在配置存储器时应注意抗干扰设计。一般采取的措施有:

（1）数据线、地址线、控制线要尽量缩短，以减少对地电容。尤其是地址线，各条线的长短、布线方式应尽量一致，以免造成各线的阻抗差异过大，使地址信号传输过程中到达终端时波形差异过大，形成控制信息的非同步干扰。

（2）由于开关噪声严重，要在电源入口处，以及每片存储器芯片的 V_{CC} 与 GND 之间接入去耦电容。

（3）由于负载电流大，电源线和地线要加粗，走线尽量短。印制板两面的三总线互相垂直，以防止总线之间的电磁干扰。

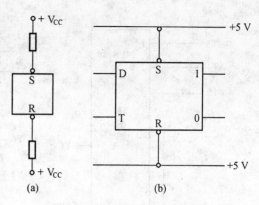

图 13.13　触发器多余端子的处理

（4）总线的始端和终端要配置合适的上拉电阻，以提高高电平噪声容限，增加存储器端口在高阻状态下抗干扰能力和削弱反射波干扰。因此，可将配置上拉电阻视为一种常规做法。

（5）若主机板的三总线需要引出而与其他扩展板相连接，应通过三态缓冲门（74LS244、74LS245）后再与其他扩展板相连接。这样，可以有效防止外界电磁干扰，改善波形和削弱反射干扰。

13.4.2　译码电路的可靠性

众所周知，由于集成化技术的需要，微处理器或单片机毫无例外地采用三总线技术。数据总线是信息传输公共通道。数据总线的占用分配与信息流向由地址总线和控制总线来完成。因此，合理而可靠的译码选通电路的设计，对于信息的正确传送是至关重要的。

1.过渡干扰与译码选通

数字集成电路在动态工作时，由于信号传输延迟和波形畸变的影响，引起输出端口出现干扰脉冲，这是一种内部干扰，称为过渡干扰。

图 13.14 中的 3－8 译码器的输入地址信号为 A15、A14、A13，假设它们经过很长的传输线后才到达译码器的入口端，各传输线分布阻抗不同，三个地址信号的传输延迟时间各异。在上述条件下，三个地址信号不是同步到达译码器入口端，而是分时到达，导致译码器输出信号在 t_1 时刻是 Y6 = 0，而在 t_2 时刻是 Y7 = 0。Y6 端脉冲就是信号动态过程中的过渡干扰。这种不应用的输出信号会引起系统或设备的误动作。

过渡干扰形成的原因一般是：

（1）由于信号在传输中的延迟时间不同而产生过渡干扰

在信号传输过程中，传输线越长，分布阻抗就越大，信号传输越延迟。当逻辑输入端的信号传输线较长，且阻抗各异时，就可能导致输入信号传送到终点的时刻不同步，便会形成过渡干扰。

（2）组成电路的各单元门电路具有不同的动作电平

集成电路芯片内部包括若干逻辑门电路单元，由于制造工艺等因素的影响，使得各门电路动作电平不同，也往往会形成过渡干扰。特别是由分立元件组成的逻辑电路，由于器件的分散性，可能使各单元的动作电平有较大的差异，产生过渡干扰的可能性就更大。

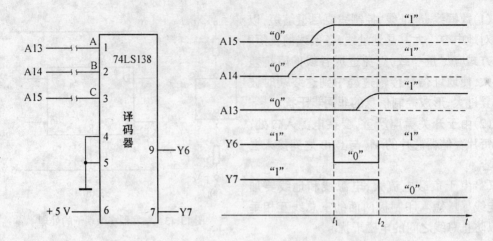

图 13.14　74LS138 译码器过渡干扰

为了防止过渡干扰对译码选通逻辑造成的影响,单片机系统所用的外围芯片一般均为双步选通方式,即除了配置译码选通端外,还配置使能选通端。例如:程序存储器 E-PROM2764 具有片选端,还需将使能端($\overline{\text{OE}}$)与单片机的程序存储器读信号$\overline{\text{PSEN}}$相连;数据存储器 RAM6264 除了片选端外,还应将写使能端($\overline{\text{WE}}$)与单片机的写控制信号$\overline{\text{WR}}$相连,将读使能端($\overline{\text{RD}}$)与单片机的读控制信号而RD相连,如图 13.15 所示。

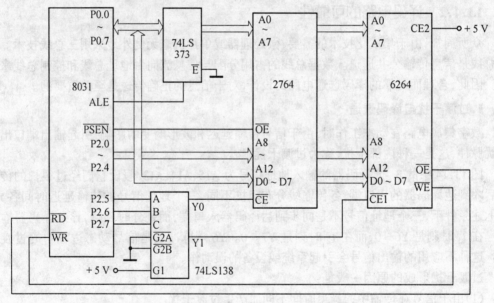

图 13.15　2764 与 6264 的译码选通接线

除了程序存储器 EPROM、数据存储器 RAM 外,其他的外围 I/O 口芯片,例如 8255、8253、8279 等,也具有类似的译码选通控制端口。

程序存储器、数据存储器和其他 I/O 接口芯片的读/写时序如图 13.16 所示。读/写过程是:地址总线先出现地址数码,待地址稳定后,出现数据信息,等数据信息稳定后,在读/写控制信号作用下,完成读/写过程。这种由译码选通和读/写分时作用的操作方式,有效地抑制了地址/数据信息的过渡干扰。有些接口芯片本身没有明显的片选和读/写控制端口,为了完成可靠的读/写操作,应配置适合于图13.16时序的逻辑电路。

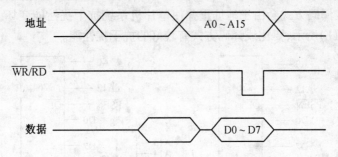

图 13.16　存储器及 I/O 口读/写时序

图 13.17 所示为三态门 74LS244 作为输入接口的选通电路。其中图 13.17(a)是由译码和读控制信号分时控制的正确接线;图 13.17(b)仅是由译码选通完成控制的不合理接线。

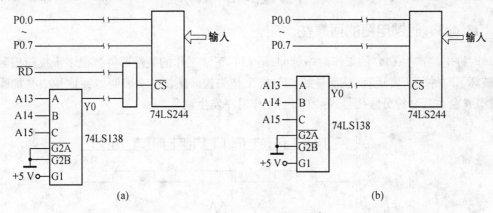

(a) (b)

图 13.17　74LS244 的译码选通方式

2.译码方式与抗干扰

单片机测控系统的程序量一般都不是很大,存储器地址只占可寻址范围的一小部分。为了简单方便,多采用线译码方式,即仅用一位高地址线作片选信号,其他的高位地址线不用。如图 13.18(a)所示,单片机的高位地址线 A13 与 2764 的片选端连接,A14、A15 闲置不用。单片机的 A0~A12 与 2764 的 A0~A12 相连。这样,一片 2764 将占据 32 K 地址,每个字节将会被 4 个不同的地址同时指向。如以 000BH 地址为例,它会有如下 4 个不同的地址:

A15	A14	A13	A12	A11	A10	A9	A8	A7	A6	A5	A4	A3	A2	A1	A0	
0	0	0	0	0	0	0	0	0	0	0	0	1	0	1	1	000BH
0	1	0	0	0	0	0	0	0	0	0	0	1	0	1	1	400BH
1	0	0	0	0	0	0	0	0	0	0	0	1	0	1	1	800BH
1	1	0	0	0	0	0	0	0	0	0	0	1	0	1	1	C00BH

单片机受到干扰而改变 PC 值,使程序乱飞总是可能发生的。在 PC 值乱飞的过程中,只要 PC 值落在 4000H~5FFFH、8000H~9FFFH、C000H~DFFFH 区间,仍然能寻址这个存储器芯片。设该存储器存满程序,而程序中非单字节的机器码指令占有相当的比例,因此,PC

的改变值有很大的概率是落在多字节机器指令的非第一字节上,从而造成单片机工作的失常。可见,采用线译码方式会由于地址重叠使单片机系统抗干扰性能变坏。若采用全译码方式,如图 13.18(b)所示,要比线译码方式有较好的抗干扰性能。

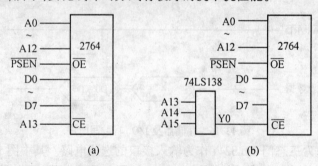

图 13.18　线译码与全译码方式

13.4.3　时钟电路的可靠性

时钟电路产生 CPU 的工作时序脉冲,是 CPU 正常工作的关键部件。很多干扰归根到底是破坏了时钟的正常运行,从而导致 CPU 的工作失控。图 13.19 表明时钟信号中叠加噪声干扰后,会改变时钟分频信号,导致 CPU 工作时序发生紊乱。

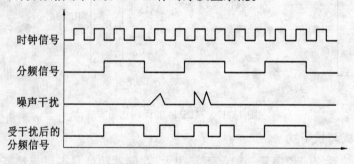

图 13.19　噪声对时钟信号的干扰

时钟信号不仅是受噪声干扰最敏感的部位,同时也是 CPU 对外发射辐射干扰和引起内部干扰的噪声源。单片机的时钟信号为很高频率的方波。对方波作傅里叶变换可以看出,方波是由与该方波频率相同的正弦基波和其整数倍频率的正弦波叠加组成。虽然高频成分波的幅度比基波小,但频率越高,越容易发射出去成为噪声源。单片机产生的最有影响的高频噪声的频率大约是其时钟频率的 3 倍。严格讲,辐射噪声的产生主要与时钟信号的上升和下降时间有关,即门电路的跳变时间 T_r。此外,时钟频率越高,信息传输线上信息变换频率也就越高,致使线间串扰、反射波干扰以及公共阻抗干扰加剧。因此,在满足系统功能要求的前提下,尽量降低时钟频率有助于提高整个系统的抗干扰性能。

为了避免时钟信号被干扰,可以采取以下措施:

(1)时钟脉冲电路配置时应注意靠近 CPU,引线要短而粗。

(2)外部时钟源用的芯片的 V_{CC} 与 GND 之间可接 1 μF 左右的去耦电容。

(3)在可能的情况下,用地线包围振荡电路,晶体外壳接地。

(4)若时钟电路还作为其他芯片的脉冲源,要注意隔离和驱动措施。

(5)晶振电路的电容器要性能稳定,容量值准确,且远离发热的元器件。

(6)印刷板上的大电流信号线、电源变压器要远离晶振信号的连线。

13.4.4 复位电路设计

任何单片机都是通过可靠复位之后才可有序执行应用程序。同时,复位电路也是容易受噪声干扰的敏感部位之一。因此,复位电路设计要求:其一要保证整个系统可靠复位;其二是要有一定抗干扰能力。

1.复位电路 RC 参数的选择

复位电路应具有上电复位和手动复位功能。以 MCS-51 单片机为例,复位脉冲的高电平宽度必须大于 2 个机器周期,若系统选用 6 MHz 晶振,则 1 个机器周期为 2 μs,那么复位脉冲宽度最小应为 4 μs。在实际应用系统中,考虑到电源的稳定时间,参数漂移,晶振稳定时间以及复位的可靠性等因素,必须留有足够的余量。图 13.20 是利用 RC 充电原理实现上电复位的电路设置。实践证明,上电瞬间 RC 电路充电,RESET 引脚端出现正脉冲。只要 RESET 端保持 10 ms 以上的高电平,就能使单片机有效复位。

图 13.20(a)中非门的最小输入高电平 $U'_{IH} = 2.0$ V,当充电时间 $t = 0.6RC$ 时,则充电电压 $U_C = 0.45V_{CC} = 0.45 \times 5$ V ≈ 2 V,其中 t 即为复位时间。图 13.20 中 $R = 1$ kΩ, $C = 22$ μF,则 $t = 0.6 \times 10^3 \times 22 \times 10^{-6} = 13$ ms。

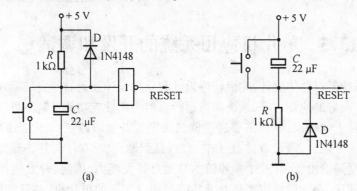

图 13.20 复位电路

2.复位电路的可靠性

单片机复位端口的干扰主要来自电源和按钮传输线串入的噪声。这些噪声虽然不会完全导致系统复位,但有时会破坏 CPU 内的程序状态字的某些位的状态,对控制产生不良影响。

1.电路结构形式与抗干扰性能

以图 13.20 为例,电源噪声干扰过程示意图如图 13.21 所示,其中 u 代表噪声源,为了便于分析,设 u 为阶跃扰动。图 13.21 中分别绘出了点 A 和点 B 的电压扰动波形。

由图 13.21 可以看出,图 13.21(a)实质上是个低通滤波环节(惯性滞后环节),对于脉宽小于 3τ 的干扰有很好的抑制作用;图 13.21(b)实质上是个高通滤波环节(微分超前环节),对脉冲干扰没有抑制作用。图中 $\tau = RC$。由此可见,对于图 13.20(a)的抗电源噪声的能力要优于图 13.20(b)。

2.复位按钮传输线的影响

复位按钮一般都是安装在操作面板上,有较长的传输线,容易引起电磁感应干扰。

按钮传输线应采用双绞线(具有抑制电磁感应干扰的性能),并远离交流用电设备。

在印刷电路板上,单片机复位端口处并联 0.01 ~ 0.1 μF 的高频电容,或配置施密特电路,将提高对串入噪声的抑制能力,如图 13.22 所示。图中的 74LS14 为施密特非门。

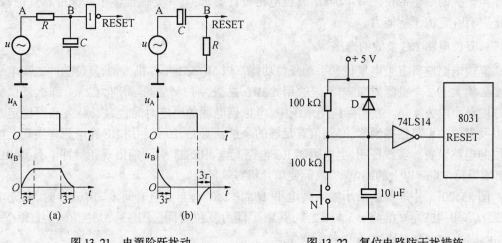

图 13.21 电源阶跃扰动   图 13.22 复位电路防干扰措施

13.5 单片机应用系统的开发和调试

一个单片机系统经过总体设计,完成硬件设计和软件设计及元器件安装后,在系统的程序存储器中存储编制好的应用程序,系统即可运行。但一次性成功几乎是不可能的,多少会出现一些硬件、软件上的错误,这就需要通过调试来发现并加以改正。MCS-51 单片机虽然功能很强,但只是一个芯片,既没有键盘、CRT、LED 显示器,也没有任何系统开发软件(如编辑、汇编、调试程序等)。由于 MCS-51 单片机本身无自开发能力,编制、开发应用软件,对硬件电路进行诊断、调试,必须借助仿真开发工具模拟用户实际的单片机,并且能随时观察运行的中间过程而不改变运行中原有的数据性能和结果,从而进行模仿现场的真实调试。完成这一在线仿真工作的开发工具就是单片机在线仿真器。一般也把仿真、开发工具称为仿真开发系统。

13.5.1 仿真开发系统简介

1.仿真开发系统的功能

一般来说,开发系统应具有如下最基本的功能:

(1)用户样机硬件电路的诊断与检查。

(2)用户样机程序的输入与修改。

(3)程序的运行、调试(单步运行、设置断点运行)、排错、状态查询等。

(4)将程序固化到 EPROM 芯片中。

不同的开发系统都必须具备上述基本功能,但对于一个较完善的开发系统还应具备:

(1)有较全的开发软件。配有高级语言(PL/M、C 等),用户可用高级语言编制应用软件;由开发系统编译连接生成目标文件、可执行文件。同时要求用户可用汇编语言编制应用软件;开发系统自动生成目标文件;并配有反汇编软件,能将目标程序转换成汇编语言程序;有丰富的子程序库可供用户选择调用。

(2)有跟踪调试、运行的能力。开发系统占用单片机的硬件资源尽量最少。

(3)为了方便模块化软件调试,还应配置软件存储、程序文本打印功能及设备。

2.仿真开发系统的种类

目前国内使用较多的开发系统大致分为四类。

(1)通用型单片机开发系统

这是目前国内使用最多的一类开发装置。如上海复旦大学的 SICE-Ⅱ、SICE-Ⅳ,南京伟福(WAVE)公司的在线仿真器。采用国际上流行的独立型仿真结构,与任何具有 RS-232C 串行接口(或 USB 接口)的计算机相连,即可构成单片机仿真开发系统。系统中配有 EPROM 读出/写入器、仿真插头和其他外设,其基本配置和连接如图 13.23 所示。

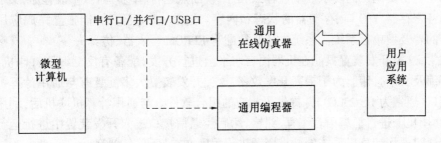

图 13.23　通用型单片机仿真开发系统

在调试用户样机时,仿真插头必须插入用户样机空出的单片机插座中。当仿真器通过串行口(或 USB 口)与计算机联机后,用户可利用组合软件,先在计算机上编辑、修改源程序,然后用单拍、断点、跟踪、全速等方式运行用户程序,系统状态实时地显示在屏幕上。该类仿真器采用模块化结构,配备有不同外设,如外存板、打印机、键盘/显示板等,用户可根据需要加以选用。在没有计算机支持的场合,利用键盘/显示板也可在现场完成仿真调试工作。

在图 13.23 中,EPROM 读出/写入器用来将用户的应用程序固化到 EPROM 中,或将 EPROM 中的程序读到仿真 RAM 中。

这类开发系统的最大优点是可以充分利用通用计算机系统的软、硬件资源,开发效率高。

(2)软件模拟开发系统

这是一种完全依靠软件手段进行开发的系统,开发系统与用户系统在硬件上无任何联系。通常这种系统是由通用 PC 机加模拟软件构成。用户如果有通用计算机时,只需配以相应的模拟开发软件即可。

模拟开发系统的工作原理是利用模拟开发软件在通用计算机上实现对单片机的硬件模拟、指令模拟、运行状态模拟,从而完成应用软件开发的全过程。单片机相应输入端由通用键盘相应的按键设定。输出端的状态则出现在 CRT 指定的窗口区域。在开发软件的支持下,通过指令模拟,可方便地进行编程、单步运行、设断点运行、修改等软件调试工作。调试过程中,运行状态、各寄存器状态、端口状态等都可以在 CRT 指定的窗口区域显示出来,以确定程序运行有无错误。常见的用于 MCS-51 单片机的模拟开发调试软件为 SIN51(南京伟福公司的软件模型器)。

模拟调试软件不需任何在线仿真器,也不需要用户样机就可以在 PC 机上直接开发和模拟调试 MCS-51 单片机软件。调试完毕的软件可以将机器码固化,完成初步的软件设计工作。对于实时性要求不高的应用系统,一般能直接投入运行;即使对于实时性要求较高的应用系统,通过多次反复模拟调试也可正常投入运行。

模拟调试软件功能很强,基本上包括了在线仿真器的单步、断点、跟踪、检查和修改等功能,并且还能模拟产生各种中断(事件)和 I/O 应答过程。因此,模拟调试软件是比较有实用价值的模拟开发工具。模拟开发系统的最大缺点是不能进行硬件部分的诊断与实时在线仿真。

(3)普及型开发系统

这种开发装置通常是采用相同类型的单片机做成单板机形式。所配置的监控程序可满足应用系统仿真调试的要求。既能输入程序、设断点运行、单步运行、修改程序,又能很方便的查询各寄存器、I/O 口、存储器的状态和内容。这是一种廉价的、能独立完成应用系统开发任务的普及型单板系统。系统中还必须配有 EPROM 写入器、仿真头等。

通常,这类开发装置只能在机器语言水平上进行开发,配备有反汇编及打印机时,能实现反汇编及文本打印。为了提高开发效率,这类开发装置大多配置有与通用计算机联机的通信接口(通常为 RS-232C),并提供了相应的组合软件。与通用计算机联机后,利用组合软件,在通用机上进行汇编语言编程、纠错,然后经通信接口送入开发装置中进行运行、调试。也可以通过通用计算机系统的外设资源进行程序文本打印、存盘等。

(4)通用机开发系统

这是一种在通用计算机中加开发模板的开发系统。在这种系统中,开发模板不能独立完成开发任务,只是起着开发系统接口的作用。开发模板插在通用计算机系统的扩展槽中或以总线连接方式安放在外部。开发模板的硬件结构应包含有通用计算机不可替代的部分,如 EPROM 写入、仿真头及 CPU 仿真所必需的单片机系统等。

13.5.2 用户样机开发调试过程

完成一个用户样机,首先要完成硬件组装工作,然后进入软件设计、调试和硬件调试阶段。硬件组装就是在设计、制作完毕的印刷版上焊好原件与插座,然后就可仿真开发工具进行软件设计、调试的硬件调试工作。

1.用户样机软件的设计与调试

用户样机软件设计、调试的过程如图 13.24 所示,可分为以下几个步骤。

第一步,建立用户源程序。用户通过开发系统的键盘、CRT 显示器及开发系统的编辑软件,按照所要求的格式、语法规定,把源程序输入到开发系统中,并存在磁盘上。

第二步,在开发系统机上,利用汇编软件对第一步输入的用户源程序进行汇编,变为可执行的目标代码。在汇编过程中,如果用户源程序有语法错误,则在 CRT 上显示出来,然后返回到第一步进行修改,再进行汇编,直至语法错误全部纠正为止。如无法发现错误,则进入下一个步骤。

第三步,动态在线调试。这一步对用户源程序进行调试。上述的第一步、第二步是一个纯粹的软件运行过程,而在这一步,必须要有在线仿真器配合,才能对用户源程序进行调试。用户程序中分为与用户样机硬件无联系的程序以及与样机硬件紧密关联的程序。

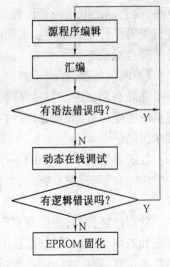

图 13.24　用户样机软件调试

对于与用户样机硬件无联系的用户程序,例如计算机程序,虽然已经没有语法错误,但可能有逻辑错误,使计算结果不对,这样必须借助于动态在线调试手段,如单步运行、设置断点等,发现逻辑错误,然后返回到第一步修改,直至逻辑错误纠正为止。

对于与用户样机硬件紧密相关的用户程序,如接口驱动程序,一定要先把硬件故障排除以后,再与硬件配合。对用户程序进行动态在线调试,如果有逻辑错误,则返回到第一步进行修改,直至逻辑错误消除为止。在调试这类程序时,硬件调试与软件调试是不能完全分开的。许多硬件错误是通过对软件的调试而发现和纠正的。

第四步,将调试完的用户程序通过 EPROM 编程器(也称 EPROM 写入器),固化在 EPROM 中。

2. 用户样机硬件调试

对用户样机进行调试,首先要进行静态调试,静态调试的目的是排除明显的硬件故障。

(1)静态调试

静态调试工作分为两步:

第一步是在样机加电之前,先用万用表等工具,根据硬件逻辑设计图,仔细检查样机线路是否连接正确,并核对元器件的型号、规格和安装是否符合要求,应特别注意电源系统的检查,以防止电源的短路和极性错误,并重点检查系统总线(地址总线、数据总线和控制总线)是否存在相互之间短路或与其他信号线的短路。

第二步是加电后检查各插件上引脚的电位,仔细测量各点电平是否正常,尤其应注意8031 插座的各点电位,若有高压,与仿真器联机调试时,将会损坏仿真器的器件。

具体步骤如下:

①电源检查

当用户样机板连接或焊接完成之后,先不插主要元器件,通上电源。通常用 + 5 V 直流电源(这是 TTL 电源),用万用表电压挡测试各元器件插座上相应电源引脚电压数值是否正确,极性是否符合。如有错误,要及时检查、排除,使每个电源引脚的数值都符合要求。

②各元器件电源检查

断开电源,按正确的元器件方向插上元器件。最好是分别插入,分别通电,并逐一检查每个元器件上的电源是否正确,以至最后全部插上元器件,通上电源后,每个元器件上电源正确无误。

③检查相应芯片的逻辑关系

检查相应芯片逻辑通常采用静态电平检查法,即在一个芯片信号输入端加入一个相应电平,检查输出电平是否正确。单片机系统大都是数字逻辑电路,使用电平检查法可首先检查出逻辑设计是否正确。选用的元器件是否符合要求,逻辑关系是否匹配,元器件连接关系是否符合要求等。

(2)联机仿真、在线动态调试

在静态调试中,对目标样机硬件进行初步调试,只是排除了一些明显的静态故障。用户样机中的硬件故障(如各部件内部存在的故障和部件之间连接的逻辑错误)主要是靠联机仿真来排除的。

在断点情况下,除8031外,插上所有的元器件,并把仿真器的仿真插头插入样机上8031的插座,然后与开发系统的仿真器相连,分别打开样机和仿真器电源后,便可开始联机仿真调试。

前面已经提到,硬件调试和软件调试是不能完全分开的,许多硬件错误是在软件调试中发现和被纠正的。所以说,在上面介绍的软件设计过程中的第三步:动态在线调试中,也包括联机仿真、硬件在线动态调试以及硬件故障的排除。

开发系统的仿真器是一个与被开发的用户样机具有相同单片机芯片的系统,它是借助开发系统的资源来模拟用户样机中的单片机,对用户样机系统的资源如存储器、I/O接口进行管理。同时仿真开发机还具有跟踪功能,它可将程序执行过程中的有关数据和状态在屏幕上显示出来,这给查找错误和调试程序带来了方便。同时,其程序进行的断点功能、单步功能可直接发现硬件和软件的问题。仿真开发系统和用户样机的连接如图13.23所示。

下面介绍在仿真开发机上如何利用简单调试程序检查用户样机电路。

利用仿真开发机对用户样机的硬件检测,常常按其功能及I/O通道分别编写相应简短的实验程序,来检查各部分功能及逻辑是否正确,下面作以简单介绍。

①检查各地址译码输出

通常,地址译码输出是一个低电平有效信号。因此在选到某一个芯片时(无论是内存还是外设)其片选信号用示波器检查应该是一个负脉冲信号。由于使用的时钟频率不同,其负脉冲的宽度和频率也有所不同。注意在使用示波器测量用户板的某些信号时,要将示波器电源插头上的地线断开,这是由于示波器测量探头一端连接到外壳,在有些电源系统中,保护地和电源地连在一起,有时会将电源插座插反,将交流220 V直接引到测量端而将用户样机板全部烧毁,并且会殃及开发机。

下面来讨论如何检查地址译码器的输出,例如,一片6264存储芯片地址为2000~3FFFH,则可在开发机上执行如下程序:

```
LP:     MOV     DPTR, #2000H
        MOVX    A, @DPTR
        SJMP    LP
```

程序执行后,就应该从6264存储器芯片的片选端看到等间隔的一串负脉冲,就说明该芯片片选信号连接是正确的,即使不插入该存储器芯片,只测量插座相应片选引脚也会有上述结果。

用同样的方法,可将各内存及外设接口芯片的片选信号都逐一进行检查。如出现不正确现象,就要检查片选连线是否正确,有无接触不好或错线、断线现象。

②检查RAM存储器

检查 RAM 存储器可编译程序,将 RAM 存储器进行写入,再读出,将写入和读出的数据进行比较,发现错误,立即停止。将存储器芯片插上,执行如下程序:

```
        MOV     A，#55H
        MOV     DPTR，#XXXXH        ;RAM 首地址送 DPTR
LP：    MOVX    @DPTR，A            ;A 中内容送 RAM 单元
        MOV     R0，A               ;A 中内容送 R0
        MOVX    A，@DPTR            ;读取 RAM 单元
        CLR     C                   ;清进位位
        SUBB    A，R0               ;(A)与 RAM 单元内容相等?
        JNZ     LP1                 ;不等,跳转 LP1
        INC     DPTR                ;相等,地址加 1
        SJMP    LP                  ;继续
LP1：   JMP     LP1                 ;出错停止
        END
```

如一片 RAM 芯片的每个单元都出现问题,则有可能某些控制信号线连接不正确,如一片 RAM 芯片中一个或几个单元出现问题,则有可能这一芯片本身是不好的,可换一片在测试一下。

③检查 I/O 扩展接口

对可编程接口芯片如 8155、8255,要首先对该接口芯片进行初始化,再对其 I/O 端口进行 I/O 操作。初始化要按系统设计要求进行,这个初始化程序测试好后就可作为正式编程的相应内容。程序初始化后,就可对其端口进行读写。对开关量 I/O 来讲,在用户样机板上可利用开关和发光二极管进行模拟,也可直接接上驱动板进行检查。一般情况下,先调试用户样机板,驱动板单独进行调试,这样故障排除更方便些。

如用自动程序检查端口状态不易观察时,就可用开发系统的单步功能单步执行程序,检查内部寄存器的有关内容或外部响应信号的状态,以确定开关量输入输出通道连接是否正确。

若外设端口连接一片 8255,端口地址为 B000~B003H,A 口为方式 0 输入,B 口、C 口都为方式 0 输出,则可用下述程序进行检查:

```
        MOV     DPTR，#0B003H
        MOV     A，#90              ;90H 为方式控制字
        MOVX    @DPTR，A
        NOP
        MOV     DPTR，#0B000H
        MOVX    A，@DPTR            ;将 A 口输入状态读入 A,单步执行完此步后,
                                       可检查 A 口外部开关状态同 A 中相应位状态
                                       是否一致
        CLR     C
        MOV     A，#01H
        INC     DPTR
```

```
LP:     MOVX    @DPTR,A        ;将01H送B口,此指令执行完后,暂停。看B
                                口连接的发光二极管状态,第0位是否是高电
                                平
        RLC     A              ;将1从0位移到第1位
        JNZ     LP
        INC     DPTR
        RLC     A
LP1:    MOVX    @DPTR,A        ;将01H送C口,指令执行完后,看C口第0位
                                输出状态
        RLC     A
        JNZ     LP1
```

如使用同步I/O口,例如常用的锁存器和缓冲器,可直接对端口进行读写,不存在初始化过程。

通过上面介绍的开发系统调试用户样机的过程,可以体会到离开了开发系统就根本不可能进行用户样机的调试,而调试的关键步骤:动态在线仿真调试,又完全依赖于开发系统中的在线仿真器。开发系统的性能优劣,主要取决于在线仿真器的性能优劣,在线仿真器所能提供仿真开发的手段,直接影响设计者的设计、调试工作的效率。所以,对于一个设计者来说,在了解目前的开发系统的种类和性能之后,选择一个性能/价格比较高的开发系统,并能够熟练地使用它调试用户样机是十分重要的。

本章小结

单片机应用系统由硬件部分和软件部分组成。应用系统所要完成的任务不同,相应的硬件配置和软件配置也就不同。因此,单片机应用系统的设计应包括硬件设计和软件设计两大部分。为保证系统能可靠工作,在软、硬件的设计中,还要考虑其抗干扰性能。

在应用系统的设计中,软件、硬件和抗干扰设计是紧密相关的。在有些情况下硬件的任务可由软件来完成;而在另一些要求系统实时性强的场合,则往往用硬件代替软件来完成某些功能。应根据实际情况,合理地安排软、硬件的比例,选取最佳的设计方案。

硬件设计包括单片机的选型、存储器地址空间的分配、总线驱动能力的估算及扩展、上拉电阻的配置等内容。系统中的应用软件是根据系统功能要求设计的。一般软件的功能可分为两大类:一类是执行软件,它能完成各种实质性的功能,如测量、计算、打印、输出控制等;另一类是监控软件,它是专门用来协调各执行模块和操作者的关系,在系统软件中充当组织调度角色。

单片机应用系统可靠性设计中,合理配置芯片,达到占有空间小,运行可靠,布线美观,是设计中应注意的重要问题。

习　题

1.单片机应用系统设计包括哪些主要内容?

2.设计一个单片机应用系统要经过哪些主要步骤?

3.简述单片机应用系统样机调试方法。

4.简述单片机开发系统的组成及各部分的作用。

5.开发系统在单片机应用系统设计过程中的主要作用有哪些?

6.在调试单片机应用系统时,常见故障有哪些?

7.简述硬件系统调试方法。

8.单片机开发系统使用过程中应注意哪些问题?

第 14 章　单片机 C51 程序设计

【学习目的和要求】　本章为选学内容。通过本章的学习,应该了解 C51 数据结构与 MCS-51 的存储方式,C51 数据的存储类型与 MCS-51 的存储关系,MCS-51 特殊功能寄存器、并行接口和位变量的 C51 定义方法。了解 C51 构造数据类型,C51 中断服务函数的定义方法及 MCS-51 汇编语言与 C51 的混合编程。

在单片机应用系统开发过程中,应用程序设计是整个应用系统开发的重要组成部分,它直接决定着应用系统开发周期的长短和性能。以前单片机应用系统程序主要使用汇编语言编写。采用汇编语言编写的应用程序可直接操纵系统的硬件资源,能编写出高运行效率的程序代码,程序运行速度快。但因汇编语言的可读性和可维护性差、调试修改比较困难,且编写比较复杂的数值计算程序非常困难。为了提高编制单片机系统应用程序的效率,改善程序的可读性和可维护性,最好采用高级语言编程。采用高级语言编程还有利于产品的更新换代,可大大地加快单片机应用程序的开发速度。随着国内单片机开发工具水平的提高,现在的单片机仿真器普遍支持 C 语言程序的调试。本章将介绍 MCS-51 单片机 C 语言的基本技术和方法,限于篇幅这里只介绍 C 语言在 MCS-51 中的特殊用途,与标准 C 语言相同的内容从略。

14.1　C 语言在单片机开发中的应用

用 C 语言来开发单片机系统软件最大的好处是编写代码效率高、软件调试直观、维护升级方便、代码的重复利用率高、便于靠平台的代码移植等。因此 C 语言编程在单片机系统开发中得到了越来越广泛的运用。

14.1.1　Keil C51 集成开发环境简介

Keil C51 是德国 Keil 公司开发的单片机 C 语言编译器,其前身是 FRANKLIN C51,现在的最新版本 V6 功能已经相当不错,特别是兼容 ANSI-C 后又增加很多与硬件密切相关的编译特性,使得在 8051 系列单片机上开发应用程序更为方便和快捷。KEIL C51 集成了文件编辑处理、编译链接、项目管理、窗口、工具引用和软件仿真调试等多种功能,是相当强大的 C51 开发工具。

μVision2 是一种集成化的文件管理编译环境,在 μVision2 的仿真功能中,有两种仿真模式:软件模拟方式和目标板调试方式。在软件模拟方式下,不需要任何 8051 单片机硬件即可完成用户程序仿真调试,极大地提高了用户程序开发效率。在目标板调试方式下,用户可以将程序装到自己的 8051 单片机系统板上,利用 8051 的串口与 PC 机进行通信来实现用户程序的实时在线仿真。

μVision2 是 KEIL 公司关于 8051 系列 MCU 的开发工具,可以用来编译 C 源码、汇编源程序、连接和重定位目标文件和库文件、创建 HEX 文件、调试目标程序等。

μVision2 提供了一个多功能的文件操作环境,其中包含一个内藏式编辑器,它是标准的 Windows 文件编辑器,具有十分强大的文件编辑功能,例如文件块的移动、剪切、拷贝、查找、删除等。它支持鼠标操作,也有快捷键。编辑器中不仅有许多预定义热键,而且用户还可以根据自己的喜好对热键进行重定义。在 μVision2 中,用户可以同时打开多个窗口,对多个不同的文件进行处理,这一特性有利于使用 C51 进行结构化的多模块程序设计。

在模块化编程时,如果同时打开多个不同文件,可以在 μVision2 中对它们分别进行编辑处理。文件编辑完成后,可以直接在该环境下进行编译连接。如果编译连接过程中发现错误,将自动弹出错误窗口并显示出相应的错误信息。用鼠标左键双击错误信息,将自动跳转到产生错误的文件位置,以便可以容易地修改程序文件的错误。μVision2 文件编辑器还提供了一种可选的彩色语句显示功能,对 C51 程序中的变量和关键字等采用不同的颜色显示以提高程序的可读性。

14.1.2　C51 与 ANSI-C 的主要区别

ANSI-C 语言是应用非常普遍的高级程序设计语言,C51 和标准的 ANSI-C 有一定的区别。不同的嵌入式 C 编译系统之所以与 ANSI-C 有不同的地方,主要是由于它们所针对的硬件系统不同。MCS-51 系列单片机,有着最丰富的 C 编译系统,其中最为出色的当属 Keil C51。Keil C51 的基本语法与 ANSI-C 相同,但对 ANSI-C 进行了扩展。大多数扩展功能都是针对 8051 单片机硬件的。深入理解 Keil C51 对 ANSI-C 的扩展是学习 Keil C51 的关键之一。

(1)从头文件来说,MCS-51 系列有不同的厂家,不同的系列产品,它们都是基于 51 系列的芯片,唯一不同之处在于内部资源如定时器、中断、I/O 等数量以及功能的不同。为了实现这些功能,只需要将相应的功能寄存器的头文件加载在程序内就可实现它们所指定的不同功能。因此,Keil C51 系列头文件集中体现了各系列芯片的不同功能。

(2)从数据类型来说,由于 8051 系列器件包含位操作空间和丰富的位操作指令,因此嵌入式 C 与 ANSI-C 相比要多一种位类型,使得它能如同汇编语言一样,能够灵活地进行位指令操作。

(3)从数据存储类型来说,8051 系列有片内、片外程序存储器,片内、片外数据存储器,在片内程序存储器还分直接寻址区和间接寻址区,它分别对应 code、data、xdata、idata 以及根据 MCS-51 系列特点而设定的 pdata 类型,使用不同存储器将会影响程序执行的效率。在编写 C51 程序时,最好指定变量的存储类型,这样将有利于提高程序执行效率。与 ANSI-C 稍有不同,它只分 SMALL、COMPACT、LARGE 模式,不同的模式对应不同的硬件系统和不同的编译结果。

(4)从数据运算操作、程序控制语句以及函数的使用上来讲,它们几乎没有什么明显的不同,在函数的使用上,由于嵌入式系统的资源有限,它的编译系统不允许太多的程序嵌套。C 语言丰富的库函数对程序开发提供了很大的帮助,但它的库函数和 ANSI-C 也有一些不同之处。首先从编译的角度来说,由于 MCS-51 系列是 8 位机,扩展 16 位字符不被 C51 所支持,其次,ANSI-C 所具备的递归特性不被 C51 支持,在 C51 中,要使用递归特性,必须用 REENTRANT 进行声明才能使用。

(5)Keil C51 与标准的 ANSI-C 从库函数方面来说有很大的不同。由于部分库函数不适合于嵌入式处理系统,因此它们被排除 Keil C51 之外,如字符屏幕和图形函数。有一些库函数可以继续使用,但这些库函数都是厂家针对硬件特点做出的相应开发,它们与 ANSI-C 的构成及用法都有很大不同,如 printf 和 scanf。在 ANSI-C 中这两个函数通常用于屏幕打印和接收字符,而在 Keil C51 中,它们则主要用于串行数据的收发。

14.1.3　C 语言与汇编语言比较

用汇编语言程序设计 MCS-51 系列单片机应用程序时,必须要考虑它的存储器结构,尤其必须考虑其片内数据存储器与特殊功能寄存器的正确、合理使用,以及按实际地址处理端口数据。也就是说编程者必须具体地组织、分配存储器资源和处理端口数据。

C 语言是一种结构化的高级程序设计语言,且能直接对计算机的硬件进行操作,与汇编语言相比,它有如下优点:

(1)对单片机的指令系统不要求了解,仅需对 MCS-51 的存储器结构有初步了解。

(2)寄存器分配、不同存储器的寻址及数据类型等细节可由编译器管理。

(3)采用自然描述语言,以近似人的思维过程,改善了程序的可读性。

(4)编程及程序调试时间显著缩短,大大提高了效率。

(5)提供的库函数包含了许多标准子程序,且具有较强的数据处理能力。

(6)程序易于移植。

用高级语言编程时,不必考虑计算机的硬件特性与接口结构。事实上,任何高级语言程序最终要转换成计算机可识别并能执行的机器指令代码,都定位于存储器。程序中的数据也必须以一定的存储结构定位于存储器中。这种转换定位是由高级语言编译器来实现的。在高级语言程序中,对不同结构数据的存储及引用是通过不同类型的变量来实现的。即高级语言的变量就代表存储单元,变量的类型结构就表示了数据的存储、引用结构。

对于在 MCS-51 中使用的 C 语言,虽然不像用汇编语言那样要具体地组织、分配存储器资源和处理端口数据,但对数据类型与变量的定义,必须要与单片机的存储结构相关联,否则编译器不能正确地映射定位。用 C 语言编写单片机应用程序与编写标准的 C 语言程序的不同之处在于根据单片机存储结构及内部资源定义相应的数据类型和变量。所以,在以后的几节中主要介绍用 C 语言设计单片机应用程序时如何定义与单片机相对应的数据类型和变量,其他的语法规定、程序结构及程序设计方法都与标准的 C 语言程序设计相同,不在这里赘述,也就是说,学习本章内容需要读者有 C 语言基础。

不管是高级语言程序还是汇编语言程序都不是计算机能直接运行的程序,只有机器码程序,计算机才能直接运行。对于汇编语言程序需通过汇编程序汇编成机器码程序,对于高级语言程序一般需通过编译器程序编译成(个别高级语言是通过解释程序)机器码程序,支持 MCS-51 系列单片机的 C 语言编译器程序有很多种,其中 Keil C51 以它的代码紧凑和使用方便等优于其他编译器程序。国内在 MCS-51 中使用的 C 高级语言基本上都是采用 Keil C51 语言,简称 C51。本章也只针对 Keil C51 语言来介绍 MCS-51 系列单片机 C 语言程序设计。

14.2　C51 的数据结构

14.2.1　C51 数据结构

数据是计算机操作的对象。数据的格式通常称为数据类型,按一定的数据类型对数据进行的排列、组合、架构则称为数据结构。C51 提供的数据结构是以数据类型的形式出现的，其数据类型如图 14.1 所示。Keil C51 编译器支持的基本数据类型有位型(bit)、有符号字符型(signed char)无符号字符型(unsigned char)、有符号整型(signed int)、无符号整型(unsigned int)、有符号长整型(signed long)、无符号长整型(unsigned long)、浮点型(float)和双精度浮点型(double)等。除了基本数据类型外，C51 还支持构造数据类型和指针类型。此外还有针对8051 系列单片机的特殊功能寄存器而设置的 sfr 和 sfr16 类型的数据，和为操作特殊寄存器中的特殊位而设置的 sbit 类型的数据。

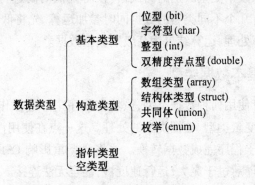

图 14.1 C51 数据类型

Keil C51 编译器支持的数据类型、长度和取值范围见表 14.1。

表 14.1 Keil C51 的基本数据类型和指针类型

数据类型	长度/bit	长度/Byte	取值范围
bit*	1		0 或 1
signed char	8	1	−128～127
unsigned char	8	1	0～255
signed int	16	2	−32 768～32 767
unsigned int	16	2	0～65 535
signed long	32	4	−2 147 483 648～2 147 483 647
unsigned long	32	4	0～4 294 967 295
float	32	4	−3.4E−38～3.40E+38(精确到 7 位)
double	64	8	−1.7E−308～1.7E+308(精确到 15 位)
sbit*	1		0 或 1
sfr*	8	1	0～255
sfr16*	16	2	0～65 535
一般指针	24	3	0～65 535

注：带 * 的数据类型为 Keil C51 所特有的，不属于 ANSI-C，不能用指针对它们存取。

由表 14.1 可以看出，Keil C51 提供以下几种扩展数据类型：

(1)位变量(bit)。

(2)从字节中定义的变量(sbit)。

(3)特殊功能寄存器字节寻址(sfr)。

(4)特殊功能寄存器字寻址(sfr16)。

在 C 语言程序中的表达式或变量赋值运算中,有时会出现与运算对象的数据类型不一致的情况,Keil C51 允许任何标准数据类型之间的自动隐式转换。隐式转换按以下优先级别自动进行:

bit → char → int → long → float

signed → unsigned

其中,箭头方向表示数据类型级别的高低,转换时由低向高进行,而不是数据转换时的顺序。一般来说,如果有几个不同类型的数据同时参加运算,先将低级别类型的数据转换成高级别类型后,再作运算处理,运算结果为高级别类型数据。

14.2.2　C51 的基本数据类型

对于高级语言,不管使用何种数据类型,虽然在程序中好像操作十分简单,但实际上编译器要对其进行复杂的变量类型、数据类型的处理。这一点在使用浮点数时尤为突出,需要调用库函数中一系列的子程序完成数据转换。这将会严重影响 C51 语言的编译效率,导致一段简单的 C51 程序编译后过于庞大,运行速度慢,甚至无法连接。所以在编制 C51 程序的时候必须慎重地进行变量和数据类型的选择。C51 有常量和变量两种基本数据类型。

1.常量

常量是在程序运行过程中其值保持不变的量,在程序中可以使用 #define 定义符号常量,例如: #define PI 3.14,则 PI 在程序中代表一个固定值 3.14。

常量可以有不同的数据类型,C51 支持 4 种常量,即:整型常量、实型常量、枚举常量、字符常量。

(1)整型常量。整型常量就是数学中由负无穷大到正无穷大之间的某一确定的整数。根据其值域范围在计算机中需要分配不同的位数来存储。

(2)实型常量。实型常量又称为浮点常量,有整数部分和小数部分。实型数以十进制形式和指数形式表示。十进制表示形式由数字和小数点组成,例如:0.219、-12.354。指数形式由字母 e(或 E)和数字组成,字母 e 之前必须有数字,且 e 后面的指数必须为整数,例如:213e2、3.12e0。根据实型数的值域范围大小在计算机中用浮点数(float)、双精度浮点数(double)来表示。它们分别在计算机中占二进制的 32 位和 64 位。

(3)字符常量。字符常量是用单引号括起来的单个字符,例如:'E'、'5'。在程序中,字符常量是以字符对应的 ASCII 码值存储,一个字符占一个字节。

(4)字符串常量。字符串常量是用双引号括起来的一个字符串,双引号只起界定作用,字符串常量在内存中存储时自动在字符串的末尾加一个串结束标志(" \0")。因此,一个长度为 n 的字符串在内存中占 n+1 个字节的存储空间。

(5)枚举常量。枚举类型的数据是构造数据类型的一种,是给一个有限集合的各元素赋以唯一的常量,以便对集合中各元素按数字进行处理。枚举常量是用关键字 enum 说明枚举数据类型时使用到的标识符。枚举的定义格式为:

enum 枚举类型名{枚举元素表};

例如：

enum days {Sun, Mon,Tue, Wed, Thu,Fri, Sat};　　　/* Sun,…,Sat 为枚举量 days 的元素 */

enum day day1,day2;　　　/* 定义 day1,day2 为 day 枚举类型数据 */

枚举值是常量,不能在程序中用赋值语句再对它赋值。枚举元素本身由系统定义了一个表示序号的数值,从 0 开始,顺序定义为 0,1,2…。例如在上面的枚举变量 days 中,Sun 的值为 0,Mon 的值为 1,…,Sat 的值为 6。

2.变量

变量是在程序运行过程中其值可以改变的量。一个变量有两部分组成:变量名和变量值。变量名是用户标识符,根据变量的数据类型,变量在内存中占有一定的存储单元,变量名表示变量的地址,在该地址单元中存放的就是变量的值。变量名可以长达 255 个字符,区分大小写。

与面向数学运算、文字图形处理的计算机相比,8051 系列单片机对变量数据类型的选择具有更重要的意义。表 14.1 列出了 Keil C51 支持的基本数据类型。其中只有 bit 和 unsigned char 两种数据类型可以直接支持机器指令。

(1)位变量(bit)

bit 是 C51 特有的类型。位变量的值可以是 1(true)或 0(false)。位变量用位数据类型定义,bit 类型可用的标识符最正规的是 bdata,使用 data 和 idata 也可以,其他标识符不行。

例如 bit 类型的数据说明:

bdata bit first; /* 正确 */

data bit second; /* 正确 */

idata bit third; /* 正确 */

(2)字符型变量(char)

字符变量长度为 1 个字节,这很适合 MCS-51 系列单片机,因为 MCS-51 系列单片机每次可处理的数据也为 8 位。

字符型变量分为有符号字符变量(signed char)和无符号字符变量(unsigned char),有符号变量用补码表示,最高位表示符号位,无符号变量的取值范围为 0～255。当进行乘除法运算时,符号问题十分复杂,C51 编译器会自动地将相应的库函数调入程序中,不需要在编制源程序时对其加以特别考虑。

(3)整型变量

整型变量也分为有符号字符变量(signed char)和无符号字符变量(unsigned char),占用 2 Byte 存储空间。MCS-51 系列单片机整型变量存放是高位字节在低地址单元,低位字节在高地址单元。设整型变量 x 的值为 0x1234,则 MCS-51 系列单片机在内存中的存放方式如图 14.2 所示。

长整型变量用无符号或有符号长整型数据类型定义,占用 4 Byte 存储空间。设长整型变量 x 的值为 0x12345678,则 MCS-51 系列单片机在内存中的存放方式如图 14.3 所示。

图14.2 (integer variable storage):

地址	...
+0	0x12
+1	0x34
+2	...

图14.3 (long integer variable storage):

地址	...
+0	0x12
+1	0x34
+2	0x56
+3	0x78
+4	...

图 14.2　整型变量在内存的保存方式　　　　图 14.3　长整形变量在内存的保存方式

（4）浮点型变量

浮点型变量长度为 32 位，占用 4 Byte 存储空间。它用符号位表示数的符号，用阶码和尾数表示数的大小。Keil C51 的浮点数变量使用格式与 IEEE－754 标准有关，为 24 位精度，尾数的高位始终为"1"，因而不保存，位的分布如下：

①1 位符号位；

②8 位指数位；

③23 位尾数。

符号位为最高位，尾数为最低 23 位，在内存中的存储方式如图 14.4 所示。

地址	+0	+1	+2	+3
内容	MMMMMMMM	MMMMMMMM	EMMMMMMM	SEEEEEEE

S 为符号为位，1 表示负数，0 表示正数

E 为阶码

M 为 23 位尾数，最高位为"1"

图 14.4　浮点型变量在内存中按字节存储格式

14.2.3　C51 的扩展数据类型

1.特殊功能寄存器

8051 系列的特殊功能寄存器分布在片内 RAM 地址范围 80H～FFH 之间，并为它们分配了预定义标识符。使用 sfr 和 sfr16 两个关键字把 8051 的特殊功能寄存器预定义标识符和它的绝对地址对应起来。其说明格式为：

sfr　　　特殊功能寄存器预定义标识符 = 绝对地址；

sfr16　　特殊功能寄存器预定义标识符 = 绝对地址；

例如：

sfr　　　SCON = 0x98;　　　　　／＊ 串口控制寄存器地址为 0x98 ＊／

sfr16　　DPTR = 0x82;　　　　　／＊ 数据指针寄存器地址为 0x82 ＊／

sfr　　　P0 = 0x80;　　　　　　／＊ P0 口绝对地址为 0x80 ＊／

特殊功能寄存器标识符被定义以后，就可以像使用普通变量一样用赋值语句进行赋值，执行结果是改变对应的特殊功能寄存器的值。

2.特殊功能位 sbit

8051 系列单片机的部分特殊功能寄存器可以按位访问,使用特殊功能位(sbit)类型定义可以进行位寻址对象的变量。共有 3 种定义方法:

(1)可按位寻址的预定义特殊功能寄存器标识符^常量。例如:

```
sfr      PSW = 0xd0;                /*定义 PSW 寄存器地址为 0xd0 */
sbit     PSW^2;                     /*定义 OV 位为 PSW.2,地址为 0xd2 */
```

"^"号前面是特殊功能寄存器的名字,"^"号后面的数字定义特殊功能位在寄存器中的位置,值必须是 0～7。

(2)可按位寻址的预定义特殊功能寄存器绝对地址^常量

```
例如:sbit OV = 0xd0^2            /* OV 位址为 0xd2 */
sbit     Cy = 0xd0^7;            /* Cy 的绝对地址为 0xd7,基地址在 0x80～0xff 之间,并
                                   能被 8 整除 */
```

(3)特殊功能位的绝对地址。这种方法将绝对地址赋给变量,地址必须在 0x80～0xff 之间。经过定义说明后的标识符就可以当作普通位变量进行存取。

sbit 说明符还可以对用 bdata 修饰的 RAM 空间定义位变量。这种方法先将变量说明为 bdata 存储空间的 char 变量或 int 变量,再进一步把 char 或 int 变量用 sbit 位类型说明符说明为位变量。

例如:bdata int ivar; sbit ivar15 = ivar^15;   /* 先说明 ivar 在 bdata 内,然后定义 ivar15 是
                                                 ivar 的从低起第 15 位 */

3.位 bit

bit 是 C51 特有的数据类型。位变量的值可以为 1(true)或 0(false)。bit 类型只能用 bdata 或 idata 说明。

例如:bdata bit first; idata bit second;

bit 类型不能说明为指针和数组类型,可以用于结构体和公用体内。位变量可以作为函数返回值和参数,但是用寄存器组说明的位变量不能作为函数返回值。

14.2.4　C51 构造数据类型

在 Keil C51 编译器支持的基本数据类型有位型(bit)、无符号字符(unsigned char)、有符号字符(signed char)、无符号整型(unsigned int)、有符号整型(signed int)、无符号长整型(unsigned long)、有符号长整型(signed long)、浮点(float)和双精度浮点(double),另外 C51 还提供了一些扩展的数据类型,它们是由 C51 支持的基本数据类型按一定的规则组合成的数据类型,称之为构造数据类型。C51 支持的构造数据类型有数组、结构、指针、共同体和枚举等。其实 C51 支持的构造数据类型与标准 C 语言是一样的,对构造数据类型的定义、应用以及运算规则也与标准的 C 语言相同。

因为 MCS-51 系列单片机的最大数据存储空间只有 64 KB,因此在进行 C51 编程时,要仔细地根据需要来选择构造类型数据的大小以节省存储空间,且一般在不用构造数据类型就能以较高效率解决问题的情况下,应尽量不用构造数据类型。

下面就在 C 语言中较常用的也是较难理解的指针变量在 C51 中的应用进行必要的说

明。指针变量是指一个专门用来存放另一个变量地址(指针)的变量。指针实际上就是内存中某项内容的地址,在 C51 中,不仅有指向一般变量的指针,还有指向各种构造数据类型成员的指针。Keil C51 编译器支持"基于存储器"的指针和"通用指针"两种指针类型。

1.基于存储器的指针

基于存储器的指针以存储器类型为参量,在编译时确定。用这种指针可以高效访问指针指向单元的内容,这类指针的长度为一个字节(idata * , data * , pdata *)或两个字节(code * , xdata *)。例如:

char xdata * px;

表示在 xdata 存储空间定义了一个指向字符型的指针变量 px,注意指针变量名是 px,而不是 * px。指针自身在默认存储区(具体在哪个存储区由存储器模式决定),长度为两个字节。

char xdata * data px;

除了明确定义指针自身位于 MCS-51 内部存储区 data 区外。其他与上例相同,它与存储器模式无关。

data char xdata * px;

与上例意义完全相同。C51 允许将存储器类型定义放在语句的开头,也可以直接放在定义的对象名之前,一般多采用后一种定义方法。

2.通用指针

凡是在指针定义时未对指针指向的对象存储空间进行修饰说明的,编译器都使用三个字节的通用指针。一个通用指针可以访问任何变量而不管它在 MCS-51 哪个存储空间的什么位置。通用指针只在编译和连接/定位时才把存储空间代码和地址填入预留的三个字节中。

通用指针包括三个字节,其中一个字节为存储类型,另两个字节为偏移地址。存储类型决定了对象所占用的 MCS-51 存储空间,偏移地址指向实际地址。有关通用地址的字节分配、存储类型编码以及通用指针到具体存储空间的定位见表 14.2、表 14.3 和图 14.5。

表 14.2　通用指针的字节分配

地址	+0	+1	+2
保存内容	存储器类型	偏移地址高位字节	偏移地址低位字节

表 14.3　通用指针的存储器类型编码

存储器类型	idata	xdata	pdata	data	code
编码值	1	2	3	4	5

注意:使用以上存储器类型编码值以外的值可能会导致不可预测的程序动作。

例如,以 xdata 类型的 0x2030 地址为指针的通用指针的字节分配如下:

地址	+0	+1	+2
保存内容	0x02	0x20	0x30

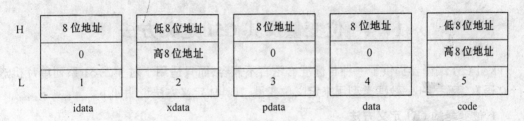

H	8位地址		低8位地址		8位地址		8位地址		低8位地址
	0		高8位地址		0		0		高8位地址
L	1		2		3		4		5
	idata		xdata		pdata		data		code

图 14.5　通用指针定位到具体存储空间

可以使用常数来作为指针,一般仅针对通用指针。使用时要特别注意正确定义存储类型和偏移。因为 C51 编译器不检查指针常数,用户必须选择有实际意义的地址值。

例如,将常数值 0x21 写入地址为 1030H 的外部 RAM。

define XBYTE((char *)0x20000L)

XBYTE[0x1030] = 0x21;

这里,XBYTE 被定义为(char *)0x20000L,0x20000L 为一般指针,其存储类型为 2(xdata 类型),偏移地址为 0000H,这样 XBYTE 成为指向 xdata 零地址的指针。而 XBYTE[0x1030] 则是外部 RAM 的 1030H 绝对地址。绝对地址被定义为"long"型常量,低 16 位包含偏移地址,而高 8 位是存储类型定义,这种指针必须用长整型数来定义。

14.3　MCS-51 并行 I/O 口及其 C51 定义方法

MCS-51 系列单片机片内有 4 个并行 I/O 口(P0 ~ P3),因这 4 个并行 I/O 口都是 SFR,故这 4 个并行 I/O 口的定义采用定义 SFR 的方法。另外,MCS-51 系列单片机在片外可扩展并行 I/O 口,因其外部 I/O 口与外部 RAM 是统一编址的,即把一个外部 I/O 口当作外部 RAM 的一个单元来看待。

利用绝对地址访问的头文件 absace.h 可对不同的存储区进行访问。该头文件的函数包括:

CBYTE　　　　(访问 code 区字符型)

DBYTE　　　　(访问 data 区字符型)

PBYTE　　　　(访问 pdata 区或 I/O 口字符型)

XBYTE　　　　(访问 xdata 区或 I/O 口字符型)

另外还有 CWORD、DWORD、PWORD、XWORD 四个函数,它们的访问区域同上,只是访问的数据类型为 int 型。

对于片外扩展的 I/O 口,根据硬件译码地址,将其看作片外 RAM 的一个单元,使用语句 # define 进行定义。例如:

include < absace.h >　　　　　/ * 必须要,不能少 * /

define PORTA XBYTE[0xFFC0]　/ * 定义外部 I/O 口 PORTA 的地址为 0xFFC0 * /

当然也可把对外部 I/O 口的定义放在一个头文件中,然后在程序中通过 # include 语句调用,一旦在头文件或程序中通过使用 # define 语句对片外 I/O 口进行了定义,在程序中就可以自由使用变量名(如:PORTA)来访问这些外部 I/O 口了。

14.4　位变量及其 C51 定义方法

Keil C51 编译器提供了一种与标准 C 语言不兼容,而只适用于对 MCS-51 系列单片机进行 C 语言编程的"bit"数据类型用来定义位变量,其具体定义方法说明如下。

1.位变量的 C51 定义方法

C51 通过"bit"关键字来定义位变量,一般格式为:

bit bit – name;

例如:

bit s – flag;　　　　　　　　　　/ * 将 s – flag 定义为位变量 * /

2.C51 程序函数的参数及返回值

C51 程序函数可包含类型为"bit"的参数,也可以将其作为返回值。例如:

bit func(bit b0,bit b1)　　　　　/ * 位变量 b0、b1 作为函数的参数 * /
　　{
　　...
　　return(b1);　　　　　　　/ * 位变量 b1 作为函数的返回值 * /
　　}

注意:使用编译器伪指令 # pragma disable(加于某函数的前一行,使该函数在执行期间不被中断。本控制伪指令只对其后的一个函数有效)或包含明确的寄存器组切换(using n)的函数不能返回位值,否则编译器将会给出一个错误信息。

3.位变量的限制

位变量不能说明为指针和数组。例如:

bit * ptr;　　　　　　　　　　/ * 用位变量定义指针,错误 * /

bit b – array[ ];　　　　　　　/ * 用位变量定义数组,错误 * /

在定义位变量时,允许定义存储类型,位变量都被放入一个位段,此段总位于 MCS-51 系列单片机片内 RAM 中,因此其存储器类型限制为 bdata,data 或 idata,如果将位变量定义成其他类型都将在编译时出错。

14.5　C51 中断服务函数的定义方法

C51 编译器支持直接编写中断服务程序,从而减轻了采用汇编程序编写中断服务程序的繁琐程度。为了在 C 语言源程序中直接编写中断服务函数的需要,C51 编译器对函数的定义进行扩展,增加了一个扩展关键字 interrupt,使用关键字 interrupt 可以将一个函数定义成中断服务函数。由于 C51 编译器在编译时对申明为中断服务程序的函数自动添加了进行相应的现场保护、阻断其他中断、返回时恢复现场等处理的程序段,因而在编写 C51 中断服务函数时可不必考虑这些问题,而把精力集中在如何处理引发中断的事件上。定义中断服务函数的一般形式为:

函数类型 函数名 (形式参数表)[interrupt n] [using n]

关键字 interrupt 后面的 n 是中断号,n 的数值范围为 0 ~ 31。编译器从 $8 \times n + 3$ 处产生中断向量,具体的中断号和中断向量取决于不同的 MCS-51 系列单片机芯片,基本中断源和中断向量见表 14.4。

表 14.4 常用中断号和中断向量

n	中断源	中断向量($8 \times n + 3$)
0	外部中断 0	0003H
1	定时器 0	000BH
2	外部中断 1	0013H
3	定时器 1	001BH
4	串行口	0023H
其他值	保留	$8 \times n + 3$

MCS-51 系列单片机可以在内部 RAM 中使用 4 个不同的工作寄存器组,每个寄存器组中包含八个工作寄存器(R0 ~ R7)。C51 编译器扩展了一个关键字 using,专门用来选择 MCS-51 系列单片机中不同的工作寄存器组。using 后面的 n 是一个 0 ~ 3 的整型常数,分别选中 4 个不同的工作寄存器组。在定义一个函数时 using 是一个选项,如果不用该选项,则由编译器选择一个寄存器组作绝对寄存器组访问。需要注意的是,关键字 using 和 interrupt 的后面都不允许有一个带运算符的表达式。关键字 using 对函数目标代码的影响如下:在函数入口处将当前工作寄存器组织保护到堆栈中,指定的工作寄存器内容不会改变,函数返回之前将被保护的工作寄存器从堆栈中恢复。使用关键字 using 在函数中确定一个工作寄存器组时必须十分小心,要保证任何寄存器组的切换都只在指定控制的区域中发生。如果不做到这一点将产生不正确的函数结果。另外还要注意,带 using 属性的函数原则上不能返回 bit 类型的值,并且关键字 using 不允许用于外部函数,关键字 interrupt 也不允许用于外部函数。

编写 MCS-51 系列单片机中断程序时应遵循以下规则:

(1)中断函数不能进行参数传递,如果中断函数中包含任何参数声明都将导致编译出错。

(2)中断函数没有返回值,如果企图定义一个返回值将得到不正确的结果,因此建议在定义中断函数时将其定义为 void 类型,以明确说明没有返回值。

(3)在任何情况下都不能直接调用中断函数,否则会产生编译错误。因为中断函数的返回是由 MCS-51 系列单片机指令 RETI 完成的。RETI 指令影响 MCS-51 系列单片机的硬件中断系统。如果在没有实际中断请求的情况下直接调用中断函数,RETI 指令的操作结果会产生一个致命的错误。

(4)如果中断函数中用到浮点运算,必须保存浮点寄存器的状态,当没有其他程序执行浮点运算时可以不保存。C51 编译器的数学函数库 math.h 中,提供了保存浮点寄存器状态的库函数 pfsave 和恢复浮点寄存器状态的库函数 fprestore。

(5)如果在中断函数中调用了其他函数,则被调用的函数所使用的寄存器组必须与中断函数不同。用户必须保证按要求使用相同的寄存器组,否则会产生不正确的结果,这一点必须引起足够的注意。如果定义中断函数时没有使用 using 选项,则由编译器选择一个寄存组作绝对寄存器组访问。另外,由于中断的产生不可预测,中断函数对其他函数的调用可能形成递归调用,需要时可被中断函数所调用的其他函数定义成重入函数。

14.6 C51 数据的存储类型与 MCS-51 的存储关系

1. C51 数据的存储类型

Keil C51 是面向 MCS-51 系列单片机及其硬件系统的开发工具,它定义的任何数据类型都必须以一定的存储类型的方式定位于 MCS-51 系列单片机的某一存储区中。这样,我们首先要对 MCS-51 系列单片机的存储器结构比较熟悉。在 MCS-51 系列单片机中,程序存储器与数据存储器是严格分开的,且都分为片内和片外两个独立的寻址空间,特殊功能寄存器与片内 RAM 统一编址,数据存储器与 I/O 口统一编址,这是 MCS-51 系列单片机与一般微机存储器结构不同的显著特点。

C51 完全支持 MCS-51 系列单片机的硬件结构,完全可以访问 MCS-51 系列单片机硬件系统的所有部分。C51 编译器通过将变量、常量定义成不同的存储类型的方法,将它们定位在不同的存储区中。

C51 存储类型与 MCS-51 系列单片机实际存储空间的对应关系见表 14.5。

表 14.5　C51 存储类型与 MCS-51 存储空间的对应关系

存储类型	与 MCS-51 存储空间的对应关系	数据长度/bit	值域范围	备　注
data	直接寻址片内 RAM 低 128 字节	8	0～255	
bdata	位寻址片内 RAM 20H～2FH 空间,允许位与字节混合访问	8	0～255	
idata	间接寻址片内 RAM 区	8	0～255	
pdata	分页寻址片外 RAM,每页 256 B	8	0～255	由 MOVX @Ri 访问
xdata	片外数据存储区,64 KB 空间	16	0～65 535	由 MOVX @DPTR 访问
code	程序存储区,64 KB 空间	16	0～65 535	由 MOVC @DPTR 访问

访问片内数据存储器(data、idata、bdata)比访问片外数据存储器(xdata)相对要快很多,尤其是访问 data 型数据最快,因此,可将经常使用的变量置于片内数据存储器中,而将较大或很少使用的数据置于外部数据存储器中。

带存储类型的变量定义的一般格式为:

数据类型　　　存储类型　　　变量名

例如:

```
char data var1;              /*字符变量 var1 定义为 data 存储类型*/
bit bdata flags;             /*位变量 flags 定义为 bdata 存储类型*/
float idata x;               /*浮点变量 x 定义为 idata 存储类型*/
unsigned int pdata var2;     /*无符号整型变量 var2 定义为 pdata 存储类型*/
unsigned char xdata vector[10][4];/*无符号字符数组变量定义为 xdata 存储类型*/
```

2. C51 存储模式

存储模式决定了没有明确定义存储类型的变量时,函数参数等的默认存储区域。在程序设计时,程序员一般会给定存储类型,如果用户对变量的存储类型没有定义,则 C51 编译器自动选择默认的存储类型。默认的存储类型由编译器的编译控制命令的存储模式选项决定。

存储模式决定了变量的默认存储器类型、参数传递区和无明确存储区类型 ,可在命令行中使用 SMALL、COMPACT 和 LARGE 控制命令指定存储器类型。也可在 C51 编译器选项中选择。

①SMALL 模式

在 SMALL 模式中,所有变量都默认位于 8051 单片机内部数据存储器,这和使用 dada 指定存储器类型一样。所有的数据对象(包括堆栈)都必须嵌入片内 RAM 中。该模式对于变量访问的效率很高,缺点是空间有限,只适用于小程序。

②COMPACT 模式

在 COMPACT 模式中,堆栈空间位于片内 RAM 中。所有变量都默认位于外部 RAM 区的一页内(256 字节),这和使用 pdada 指定存储器类型一样,具体是哪一页可由 P2 口指定,在 STARTUP.A51 文件中说明,也可用 pdada 指定。

③LARGE 模式

在 LARGE 模式中,堆栈空间位于片内 RAM 中。所有变量都默认位于 64 KB 的外部 RAM 区,这和使用 xdada 指定存储器类型一样,使用数据指针 DPTR 进行寻址。通过数据指针访问外部数据存储器的效率较低,特别是变量为两个字节或更多字节时效率更低。其优点是空间大,可存储变量多,缺点是速度较慢。

在固定的存储器地址空间进行变量的传递,是 C51 的重要特征之一。在 SMALL 模式下,参数传递是在片内 RAM 中完成的。COMPACT 和 LARGE 模式下允许参数在外部 RAM 中传递。C51 同时也支持混合模式,例如在 LARGE 模式下,生成的程序可将一些函数放入 SMALL 模式中,从而加快程序的执行速度。C51 的三种存储器模式的 ROM 空间是一样的,都是片内外混合编址的 64 KB 空间,但 RAM 空间随存储模式的不同而不同。MCS-51 系列单片机的片内 RAM 至少有 data(128 B)空间,而片内 RAM 的 idata(0 ~ 256 B)空间因芯片而异,片内 RAM 空间不随存储模式而变,只与芯片本身有关。

C51 允许在变量类型定义之前制定存储模式。因此定义 data char x 与定义 char data x 是等价的,但应尽量使用后一种方法。

在 C51 中有两种方法来指定存储模式,下面用两种方法指定 COMPACT 模式。

方法 1:在编译时指定,如使用命令 C51 PROC.C COMPACT。

方法 2:在程序的第一句加预处理命令 # pragma compact。

当然由于 C51 支持混合模式,所以一般在编程时很少指定存储模式,而是在定义变量的同时指定存储模式。如 char data x,就表示为在片内 RAM 中定义字符型变量 x。

14.7   MCS-51 汇编语言与 C51 的混合编程

在一个应用程序中,按模块用不同的编程语言编写源程序,最后通过编译器/连接器生成一个可执行的完整程序,这种编程方式称为混合编程。在编写单片机应用程序时可采用 C51 和汇编语言混合编程。一般是用汇编语言编写与硬件有关的程序,用 C51 编写主程序以及数据处理程序。

由于 C51 语言对函数的参数、返回值传送规则、段的选用和命名都做了严格规定,因而在混合编程时汇编语言要按照 C51 语言的规定来编写。这也是一般高级语言与低级语言混合编程的通用规则。当采用 C51 与汇编语言混合编程时,在技术上有两个问题:一是在 C51 中如何调用汇编语言程序;另一个是 C51 程序如何与汇编语言程序之间实现数据的交换。当采用混合编程时,必须约定这两方面的规则,即命名规则和参数传递规则。

1.命名规则

在 C51 中被调用函数要在主函数中说明,在汇编语言程序中,要使用伪指令使 CODE 选项有效并申明为可再定位段类型,并且根据不同情况对函数名作转换,函数名的转换原则见表 14.6。

表 14.6　函数名的转换

说　明	符号名	解　　释
void func(void)	FUNC	无参数传递或不含寄存器参数的函数名不作改变转入目标文件中,名字只是简单地转为大写形式
void func(char)	_ FUNC	带寄存器参数的函数名加入"_"字符前缀以示区别,它表明该函数包含寄存器的参数传递
void func(void) reentrant	_? FUNC	对于重入函数的函数名加入"_?"字符前缀以示区别,它表明该函数包含栈内的参数传递

在汇编语言中,变量、子程序或标号与其他模块共享时,必须在定义它们的模块开头说明为 PUBLIC(公用),使用它们的模块必须在模块的开头包含 EXTERN(外部)。

【例 14.1】　用汇编语言编写函数"toupper",参数传递发生在寄存器中,以供 C51 函数调用。

```
PUBLIC       _ TOUPPER          ;入口地址
UPPER        SEGMENT    CODE     ;定义 UPPER 段为再定义程序段
RSEG         UPPER              ;选择 UPPER 为当前段
_ TOUPPER:   MOV        A,R7     ;从 R7 中取参数
             CJNE       A, # 'a', $ +3
             JC         UPPERET
             CJNE       A, # 'z', $ +3
             JNC        UPPERET
             CLR        ACC.5
UPPERET:     MOV        R7, A    ;返回值放在 R7 中
             RET                 ;返回到 C51
```

2.参数传递规则

当采用混合语言编程时,关键是入口参数和出口参数的传递,两种语言必须使用同一规则,否则传递的参数在程序中取不到。典型的规则是所有参数在内部 RAM 固定单元中传

递,若是传递位变量,也必须位于内部可位寻址空间的顺序位中。当然参数在内部 RAM 中的顺序和长度必须让调用和被调用程序一致。事实上,内部 RAM 相同标示的数据块可共享。调用程序在进行汇编程序调用之前,在数据块中填入要传递的参数,调用程序在调用时,假定所需的值已在块中。

Keil C51 编译器可使用寄存器传递函数,也可使用固定存储器或使用堆栈,由于 MCS-51 系列单片机的堆栈深度有限,因此多用寄存器或存储器来传递。利用寄存器最多只能传递三个参数,选择固定的寄存器,这种参数传递方法能产生高效率代码,参数传递的寄存器选择见表 14.7。下面提供了几个说明参数传递方法的例子。

表 14.7　参数传递的寄存器选择

参数类型	char	int	long, float	一般指针
第一个参数	R7	R6, R7	R4 ~ R7	R1, R2, R3
第二个参数	R5	R4, R5	R4 ~ R7	R1, R2, R3
第三个参数	R3	R2, R3	无	R1, R2, R3

func1(int a):整型变量 a 是第一个参数,在 R6,R7 中传递。

func2(int b, int c, int * d):整型变量 b 是第一个参数,在 R6,R7 中传递;整型变量 c 是第二个参数,在 R4,R5 中传递;指针变量 d 是第三个参数,在 R1,R2,R3 中传递。

func3(long e, long f):长整型变量 e 是第一个参数,在 R4 ~ R7 中传递,长整型变量 f 是第二个参数,只能在参数段中传递(第二个参数的传递寄存器已被占用)。

func4(float g, char h):单精度浮点变量 g 是第一个参数,在 R4 ~ R7 中传递,字符变量 h 是第二个参数,只能在参数段中传递(第二个参数的传递寄存器 R5 已被占用)。

参数传递段给出了汇编子程序使用的固定存储区,就像参数传递给 C 函数一样,参数传递段的首地址通过名为"? 函数名? BYTE"的 PUBLIC 符号确定。当传递位值时,使用名为"? 函数名? BIT"的 PUBLIC 符号确定。所有传递的参数放在以首地址开始递增的存储区内,函数返回值放入 CPU 寄存器中,见表 14.8。

表 14.8　函数返回值的寄存器

返回类型	返回的寄存器	说　明
bit	C	在进位标志中返回
(unsigned)char	R7	在 R7 中返回
(unsigned)int	R6, R7	返回值高位字节在 R6 中,低位字节在 R7 中
(unsigned)long	R4 ~ R7	返回值高位字节在 R4 中,低位字节在 R7 中
float	R4 ~ R7	32 位 IEEE 格式,指数和符号数在 R7 中
指针	R1, R2, R3	R3 中放寄存器类型,高位地址在 R2 中,低位地址在 R1 中

注意:在汇编程序中,当前选择的寄存器组及寄存器 ACC、B、DPTR 和 PSW 的内容都可能改变。当程序被 C51 调用时,必须无条件地假设这些寄存器的内容已被破坏。

14.8 C51 编程举例

14.8.1 多中断源处理

利用优先权解码芯片 74LS148,把多个中断源信号作为一个中断,在 8 个中断源的情况下,经过优先级译码,只占用 3 个 I/O 端口。图 14.6 所示是在 MCS-51 单片机的外部中断 $\overline{\text{INT1}}$ 上扩展多个外部中断源的逻辑原理图。当有任一中断源产生中断请求,就能在 MCS-51 单片机的外部中断 $\overline{\text{INT1}}$ 上产生一个有效中断信号,由 P1 口的低三位可判断出对应的中断源。C51 参考程序如下:

```
# include < reg51.h >                    /* 包含头文件 reg51.h */
typedef unsigned char BYTE
BYTE status;
void main( )                             /* 主程序 */
    {
        PX0 = 1;                         /* 设置 INT0 为高优先级中断 */
        EX0 = 1;                         /* INT0 允许中断 */
        EA = 1;                          /* 开中断 */
        for( ; ;)
    }

        void service _ int0( )interrupt 0 using0  /* INT0 中断服务程序,使用第 0 组寄存器
                                                     */
    { status = ;                         /* 读取口状态以确定发生中断的中断源 */
        status = status&0x07;            /* 屏蔽高 5 位 */
    }
        switch(status)                   /* 根据中断号作相应处理 */
            { case0:
            { ...                        /* 处理中断源 1 */
            break ; }
            case1:
            { ...                        /* 处理中断源 2 */
                break ; }
            case7:
            { ...                        /* 处理中断源 8 */
                break ; }
        }
    }
```

本例中说明了一个重要的中断处理技术,在实际中断系统中,如果中断处理程序比较长,如放在中断服务程序中进行处理,可能会延长甚至会丢掉比该中断优先级低或相同优先

· 314 ·

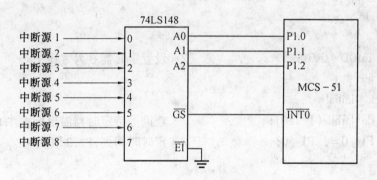

图 14.6　多个中断源的中断

级的中断请求。为了提高中断响应速度，可以只在中断服务程序中为该中断建立中断标志，而把中断处理程序放在主程序中去处理。在主程序中判断是否有中断标志，如有中断标志则根据中断情况作相应的处理。

C51 编译器允许编程者对中断的所有方面的控制和寄存器的使用。这种支持能使编程者创建高效的中断服务程序，用户只需关心中断及其他们使用的寄存器组的切换操作，C51 编译器将产生最适合的代码。

14.8.2　定时器/计数器应用

在实时系统中，定时通常要使用定时器，这与软件循环的定时完全不同，尽管两者最终都依赖系统的时钟。软件循环定时，是以牺牲系统的工作效率为代价的，系统在执行软件定时的过程中不允许任何其他事情发生，而使用定时器定时系统可继续响应其他事件。

MCS-51 系列单片机的定时器/计数器，可设置其工作为定时方式或计数方式，其定时或计数的溢出标志 TF0 或 TF1 可用于查询，也可用于中断标志。

使用定时器 0 完成定时输出功能，要求在 P1.0 引脚上输出周期为 4 ms，占空比为 1:1 的方波。

首先计算计数初值，根据输出周期为 4 ms，占空比为 1:1 的要求可知定时间隔为 2 ms，每次时间到则 P1.0 取反。设晶振频率为 12 MHz，机器周期为 1 μs，设定定时器 0 工作在模式 1，计数初值为 x。根据公式有

$$(2^{16} - x) \times 1 = 2 \times 1\,000\ \mu s$$

求得 $x = 0F830H$

(1)采用查询方式，C51 参考程序如下：

```
# include < reg51 . h >
sbit P1 _ 0 = P1^0;                    / * 定义位变量 P1 _ 0,表示 P1.0 * /
void clock _ initial( )
{TR0 = 0;
TF0 = 0;                               / * 清 TF0 位 * /
TH0 = 0xF8;                            / * 装计数初值 * /
TL0 = 0x30;
TR0 = 1; }                             / * 启动定时器/计数器 0 * /
```

```
void main( )
    {
        TMOD = 0x01;                        /* 设置定时器 0 为方式 1 */
        for( ; ; )
    { clock _ initial( );
        do{ }while( ! TF0);                 /* 查询等待定时器溢出标志 TF0 置位 */
        P1 _ 0 = ! P1 _ 0;                  /* 定时时间到, P1.0 取反 */
            }
    }
```

(2)采用中断方式, C51 参考程序如下:

```
# include < reg51 . h >
sbit P1 _ 0 = P1^0;                         /* 定义位变量 P1 _ 0, 表示 P1.0 */
void service _ t0(void)interrupt 1 using 1  /* T0 中断服务程序, 使用第一组寄存器 */
{
    P1 _ 0 = ! P1 _ 0;                      /* 定时时间到, P1.0 翻转 */
    TH0 = 0xF8;                             /* 重新装载定时器定时常数高位 */
    TL0 = 0x30;                             /* 重新装载定时器定时常数低位 */
}

void main(void)
    {
        TMOD = 0x01;                        /* 设置定时器 0 为方式 1 */
        P1 _ 0 = 0;
        TH0 = 0xF8;                         /* 装载定时器定时常数高位 */
        TL0 = 0x30;                         /* 装载定时器定时常数低位 */
        TR0 = 1;                            /* 启动定时器 0 */
        ET0 = 1;                            /* 允许定时器 0 中断 */
        EA = 1;                             /* 开中断 */
        do { }while(1);
    }
```

14.8.3　MCS-51 扩展并行口 C51 编程

在 MCS-51 系列单片机实际应用系统中经常需要进行并行 I/O 接口的扩展, 本节介绍常用并行 I/O 接口扩展电路及其 C51 驱动程序。图 14.7 所示为 MCS-51 与 PP40 打印机的一种接口电路, 采用查询方式, 由 MCS-51 的 P1 口输出打印数据, P3.0 作为 PP40 的选通信号, P3.3 用来查询 PP40 的工作状态。

C51 参考程序如下:

```
# include < reg51 . h >
# define uchar unsigned char
```

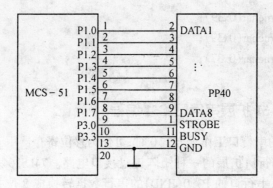

图 14.7 PP40 与 MCS-51 的一种接口

```
sbit STB = P3^0;
sbit BUSY = P3^3;
uchar code line[ ] = {0x57,0x45,0x4c,0x43,0x4f,0x4d,0x45};
                                    /*预定义字符信息"WELCOME"*/
    void prnchar(uchar x)           /*字符打印函数*/
       {
           P1 = x;                  /*输出一个 ASCII 字符*/
           STB = 0;                 /*产生STROBE低电平*/
           STB = 1;                 /*产生STROBE上升沿*/
           while(BUSY);             /*查询等待 PP40 打印结束*/
       }


    void prnline(void)              /*行打印函数*/
       {
       uchar i;
       for(i = 0;i < = 6;i + +)     /*打印输出一行预定义信息*/
          {
              P1 = line[ i ];
              STB = 0;
              STB = 1;
              while(BUSY);
          }
       }


    void main(void)
       {
           prnline();               /*打印输出"WELCOME"*/
           prnchar(0x0D);           /*换行*/
           prnchar(0x31);           /*打印输出"1997"*/
```

```
        prnchar(0x39);
        prnchar(0x39);
        prnchar(0x37);
    }
```

14.8.4 MCS-51 扩展串行口 C51 编程

MCS-51 单片机的串行口工作于方式 0 时,可作为移位寄存器用于扩展 I/O 口,如图14.8 所示,利用 MCS-51 串行口扩展的一种矩阵键盘接口电路。74LS164 是串入/并出移位寄存器,它将来自 MCS-51 串行口的 P3.0(RXD)的串行数据转换成 8 位并行数据,P3.4 和 P3.5 定义为输入口线,从而可实现一个 28 矩阵键盘接口。

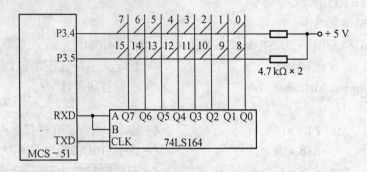

图 14.8 用 MCS-51 单片机串行口扩展的键盘矩阵接口

下面给出图 14.8 键盘接口的 C51 参考程序。程序由主函数 main()、读键盘函数 get_char()和延时函数 delay()组成。主函数将 MCS-51 串行口初始化为工作方式 0,采用查询式输入输出,然后调用读键盘函数读入按键的编码值并存入以 keybuf 为首地址的 16 个内部 RAM 单元中。读键盘函数 get_char()判断是否有键按下,有按键时进行键值分析并将按键的键值返回给主函数。延时函数 delay()的功能是提供一段延时时间以防止按键抖动对键值分析的影响。

参考程序如下:

```
# include <reg51.h>
# include <intrins.h>
# define uchar unsigned char;
unsigned char get_char(void);          /*函数说明*/
void delay(void);                       /*函数说明*/
sbit p34 = P3^4;
sbit p35 = P3^5;

void main()
    {
    uchar keybuf[16], count;            /*键盘缓冲区和读键盘计数变量*/
    SCON = 0;                           /*将串行口设置为方式 0*/
```

```
    ES = 0;                          /*禁止串口中断*/
    EA = 0;                          /*禁止中断*/
    count = 0;
    while(count < 16)keybuf[count + +] = get_char(); /*读入16个按键的键值*/

unsigned char get_char(void)
{
uchar key_code, column = 0, mask = 0x00; /*定义键盘码、列号和屏蔽字*/
TI = 0;
SBUF = mask;                         /*从串行口向74LS164移位寄存器输出*/
while(TI = = 0);
while(1){
    while((p34&&p35)! = 0);          /*检测和是否为零来判断是否按下*/
    delay();                         /*软件延时以消除按键抖动*/
    if((p34&&p35)! = 0)continue;     /*继续判断按键是否维持以消除干扰*/
    else break;
    }
    mask = 0xfe;                     /*设定初始扫描列号*/
    while(1){
    TI = 0;
    SBUF = mask;                     /*从串行口发送数据*/
    while(TI = = 0);
    if((p34&&p35)! = 0){
        mask = _crol_(mask,1);       /*mask的值循环左移一位*/
        column + + ;
        if(column > = 8)column = 0;
    continue;
        }
        eles break;
    }
        if(p34 = = 0)key_code = column; /*第一行有键按下*/
        eslse key_code = 8 + column;    /*第二行有键按下*/
        return(key_code);               /*返回键码*/
    }

void delay(void)
    {
    unsigned int i = 10;
    while(i - - );
    }
```

本章小结

C语言是一种结构化的高级程序设计语言,且能直接对计算机的硬件进行操作,与汇编语言相比,它有许多优点。

对于在 MCS-51 中使用的 C 语言,虽然不像用汇编语言那样要具体地组织、分配存储器资源和处理端口数据,但对数据类型与变量的定义,必须与单片机的存储结构相关联,否则编译器不能正确地映射定位。用 C 语言编写单片机应用程序与编写标准 C 语言程序的不同之处在于根据单片机存储结构及内部资源定义相应的数据类型和变量。所以,本章主要介绍用 C 语言设计单片机应用程序时如何定义与单片机相对应的数据类型和变量,其他的语法规定、程序结构及程序设计方法都与标准的 C 语言程序设计相同。因此在标准 C 语言基础上,进一步掌握 MCS-51 存储器结构和特点,便可熟练地进行 C51 程序的编写。

习　题

1.说明为什么 xdata 型的指针长度要用两个字节?

2.定义变量 a、b、c,其中 a 为内部 RAM 的可位寻址区的字符变量,b 为外部数据存储区浮点变量,c 为指向 int 型 xdata 区的指针。

3.编程将 MCS-51 单片机内部 RAM 20H 单元和 26H 单元的数据相乘,结果存放在外部数据存储器 4000H 开始的单元中。

4.内部 RAM 30H、31H、32H、33H 单元分别存放两个无符号十六进制数,编程将其中的大数存放在 34H、35H 单元中,小数存放在 36H、37H 单元中。

第15章　单片机应用系统的抗干扰技术

【学习目的和要求】　本章为选学内容。通过本章的学习,应该了解干扰的来源,掌握供电系统干扰、信号传输通道干扰和空间干扰的特点及其抗干扰措施;了解反电势干扰的抑制、软件抗干扰技术和印刷电路板的抗干扰设计。

单片机应用系统体积小、价格低、功能灵活、使用方便,在工业测控、仪器仪表及家用电器等领域得到了广泛应用,单片机应用系统的可靠性越来越受到人们的关注。可靠性是由多种因素决定的,其中抗干扰性能的好坏是影响系统可靠性的重要因素。因此,研究抗干扰技术,对保证单片机应用系统的稳定性和可靠性是非常必要的。

15.1　干扰的来源

在单片机应用系统工作过程中,其工作环境或系统内部往往会产生一些干扰,影响单片机系统正常工作。环境对单片机系统的干扰一般都是以脉冲形式进入的,干扰进入单片机系统的渠道主要有三个,如图 15.1 所示。

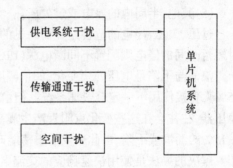

图 15.1　单片机测控系统主要干扰渠道

1.供电系统干扰

由于工业现场运行的大功率设备较多,特别是大感性负载设备的启停会造成电网的严重污染,使得电网电压大幅度涨落(浪涌),工业电网的欠压或过压常常达到额定电压的 ±15% 以上。这种状况有时长达几分钟、几小时,甚至几天。由于大功率开关的通断、电机的启停、电焊等原因,电网上常常出现几百伏,甚至几千伏的尖峰脉冲干扰。实际上几乎所有的单片机系统都是由交流电源供电,因此必须采取措施有效地克服来自供电电源的干扰。

2.传输通道干扰

在数据采集和实时测控系统中,开关量输入输出,模拟量输入输出是必不可少的。在工业现场,这些输入输出的信号线和控制线多至几十条甚至几百条,其长度往往达几百米或几千米,因此不可避免地将干扰引入单片机系统。若有大型电器设备漏电、接地系统不完善或测量部件绝缘不好,都会使通道中直接串入干扰信号;各通道的信号线如果处在同一根电缆中或绑扎在一起,各路之间通过电磁感应而产生瞬间干扰,有时这种干扰电压会达到几十伏以上,使单片机系统根本无法正常工作。

3.空间干扰

空间干扰来源于太阳及其他天体辐射的电磁波;广播电台或通信发射台发射的电磁波;

周围的电器设备如发射机、电动机、可控硅逆变电源等发出的电磁干扰;雷电或地球磁场的变化也会引起干扰。这些空间辐射干扰都可能使单片机系统工作不正常。

15.2 供电系统干扰及抗干扰措施

任何电源及输电线路都存在内阻,正是这些内阻才引起了电源的噪声干扰。如果没有内阻的存在,无论何种噪声都会被电源短路吸收,在线路中不会建立起任何干扰电压。

单片机系统中最重要、危害最严重的干扰来源于电源。在某些大功率耗电设备的电网中,经对电源检测发现,在50周正弦波上叠加有很多1 000多伏的尖峰电压。

15.2.1 电源噪声来源、种类及危害

如果把电源电压变化持续时间定为 Δt,那么,根据 Δt 的大小可以把电源干扰分为:

(1)过压、欠压、停电: $\Delta t > 1$ s。

(2)浪涌、下陷、半周降出:1 s $> \Delta t > 10$ ms。

(3)尖峰电压: Δt 为 μs 量级。

(4)射频干扰: Δt 为 ns 量级。

(5)其他:半周内的停电或过欠压。

过压、欠压、停电的危害是显而易见的,解决的办法是使用各种稳压器、电源调节器,对付短暂时间的停电则配置不间断电源(UPS)。

浪涌与下陷是电压的快变化,如果幅度过大也会毁坏系统。即使变化不大(±10% ~ ±15%),直接使用不一定会毁坏系统。但由于电源系统中接有反应迟缓的磁饱和或电子交流稳压器,往往会在这些变化点附近产生震荡,使得电压忽高忽低。如果有连续几个 ±10% ~ ±15%的涌浪或下陷,由此造成的震荡能产生 ±30% ~ ±40%的电源变化,而使系统无法工作。解决的办法是使用快速响应的交流电源调压器。

半周降出通过磁饱和或电子交流稳压器后输出端也会产生震荡,解决办法与上相同。

尖峰电压持续时间很短,一般不会毁坏系统,但对单片机系统正常运行危害很大,会造成逻辑功能紊乱,甚至冲坏原程序。解决办法是使用具有噪声抑制能力的交流电源调节器、参数稳压器或超隔离变压器。

射频干扰对单片机系统影响不大,一般加接2~3节低通滤波器即可解决。

15.2.2 供电系统的抗干扰设计

单片机系统的供电,常常是一个棘手的问题,一方面现场电网的电压和频率的波动范围大,波形不好以至频繁的停电;另一方面系统要求供电电源波纹小,稳压性能好。这些属于对系统本身性能的要求。除此之外,尚有数字电路工作在极高频率下,即信号极快地接通和截止,故对电源有高频电流要求。这样,单单一台高质量的电源是不足以解决干扰和电压波动问题的,必须完整地设计整个电源供电系统。

逻辑电路是在低电压、大电流下工作的,电源的分配就必须引起注意,譬如一条 0.1 Ω 的电源线回路,对于 5 A 的供电系统,就会把电源电压从 5 V 降到 4.5 V,以至不能正常工作。另一方面工作在极高频率下的数字电路,对电源线有高频电流的要求,所以一般电源线

上的干扰是数字系统最常出现的问题之一。

电源分配系统首要的就是良好的接地,系统的地线必须能够吸收来自所有电源系统的全部电流。应该采用粗导线作为电源连接线;地线应尽量短而直接走线;对于插接式电路板,应多给电源线、地线分配几个沿插头方向均匀分布的插针。

在单片机系统中,为了提高供电系统的质量,防止窜入干扰,建议采用如下措施:

(1)交流进线端加交流滤波器,可滤掉高频干扰,如电网上大功率设备启停造成的瞬间干扰。滤波器市场上的成品有一级、二级滤波之分,安装时外壳要加屏蔽并使其良好接地,进出线要分开,防止感应和辐射耦合。低通滤波器仅允许 50 Hz 交流通过,对高频和中频干扰有很好的衰减作用。

(2)要求高的系统加交流稳压器。

(3)采用具有静电屏蔽和抗电磁干扰的隔离电源变压器。

(4)采用集成稳压块两级稳压。目前市场上集成稳压块有许多中,如提供正电源的 7805、7812、7820、7824 以及提供负电源的 79 系列稳压块,它们内部是多级稳压电路,比分离元件稳压效果好,且体积小,可靠性高,安装使用方便。采用两级稳压效果更好,例如主机电源先用 7809 稳到 9 V,再用 7805 稳到 5 V。

(5)直流输出部分采用大容量电解电容进行平滑滤波。

(6)交流电源线与其他线尽量分开,减少再度耦合干扰。如滤波器的输出线上干扰已减少,应使其与电源进线及滤波器外壳保持一定距离,交流电源线与直流电源线及信号线分开走线。

(7)电源线与信号线一般都通过地板下面走线,而且不可把两线靠得太近或相互平行,以减少电源信号的影响。

(8)在每块印刷板的电源与地之间并接去耦电容。即 5 ~ 10 μF 的电解电容和一个 0.01 ~ 1.0 μF 的电容,以消除直流电源和地线中的脉冲电流所造成的干扰。

(9)尽量提高接口器件电源电压,提高接口的抗干扰能力。例如用光耦合器输出端驱动直流继电器,可选用直流 24 V 继电器比 6 V 继电器效果好。

15.3　传输通道干扰的抑制措施

通道是系统输入、输出以及单片机之间进行信息传输的路径。通道的干扰主要是利用隔离技术、双绞线传输、阻抗匹配等措施抑制。

15.3.1　隔离措施

1.A/D、D/A 与单片机之间的隔离

通常可采用下列方法将 A/D、D/A 与单片机之间的电气联系切断。

(1)对 A/D、D/A 进行模拟隔离

对 A/D、D/A 变换前后的模拟信号进行隔离,是常用的一种方法。通常采用隔离型放大器对模拟量进行隔离。但作用的隔离型放大器必须满足 A/D、D/A 变换的精度和线性要求。例如,如果对 12 位的 A/D、D/A 变换器进行隔离,其隔离放大器要达到 13 位甚至 14 位精度,如此高精度的隔离放大器价格十分昂贵。

(2)在 I/O 与 A/D、D/A 之间进行数字隔离

这种方案比较经济。具体做法是增设若干个锁存器对高速的地址信号、控制信号及数据进行锁存,然后用该信号对 A/D、D/A 芯片进行操作,完成多路开关的选通,进行 A/D、D/A 变换。换言之,A/D 变换时,先将模拟量变为数字量进行隔离,然后再送入单片机;D/A 变换时先将数字量进行隔离,然后进行 D/A 变换。这种方法优点是方便、可靠、价廉,不影响 A/D、D/A 的精度和线性度,缺点是速度低。如果用廉价的光电隔离器件,最大转换速度约为每秒 3 000 ~ 5 000 点,这对于一般工业测控对象(如温度、湿度、压力等)已能满足要求。

图 15.2 所示是实现数字隔离的一个例子。该例将输出的数字量经锁存器锁存后,驱动光电隔离器,经光电隔离之后的数字量被送到 D/A 变换器。但要注意的是,现场电源 F + 5 V,现场地 FGND 和系统电源 S + 5 V 及系统地 SGND,必须分别有两个隔离电源供电。还应指出的是,光电隔离器件的数量不能太多,由于光电器件的发光二极管与受光三极管之间存在分布电容。当数量较多时,必须考虑将并联输出改为串行输出形式,这样可使光电器件大大减少,且保持很高的抗干扰能力,但传送速度下降了。

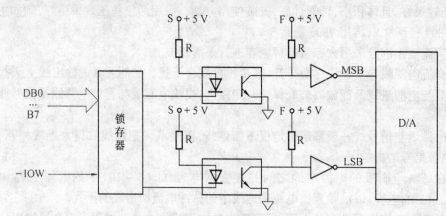

图 15.2 数字隔离原理图

2.开关量隔离

常用的开关量隔离器有继电器、光电隔离器、光电隔离固态继电器(SSR)。

用继电器对开关量进行隔离时,要考虑到继电器线包的反电动势的影响,驱动电路的器件必须能耐高压。为了吸收继电器线包的反电动势,通常在线包两端并联一个二极管。其触点并联一个消火花电容器,容量可在 $0.1 ~ 0.047\ \mu F$ 之间选择,耐压视负荷电压而定。

对于开关量的输入,一般用电流传输的方法。该法抗干扰能力强,如图 15.3 所示。R_1 为限流电阻,D_1、R_2 为保护二极管和保护电阻。当外部开关闭合时,由电源 E 产生电流,使光电隔离管导通,以不同的值来保证良好的抗干扰能力。

固态继电器代替机械触点的继电器是十分优越的。固态继电器是将发光二极管与可控硅封装在一起的一种新型器件。当发光二极管导通时,可控硅被触发而接通电路。固态继电器视触发方式不同,可分为过零触发和非过零触发两大类。过零触发的固态继电器本身几乎不产生干扰,这对单片机控制是十分有利的,但造价为一般继电器的 5 ~ 10 倍。

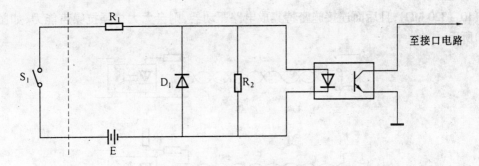

图 15.3　开关量的电流传输原理图

15.3.2　长线传输干扰的抑制

在单片机测控系统中,当各子系统相距较远时,信号在传输线上的反射、串扰、其他噪声等随之而来。这在短线传输中问题还不是很大,但在长线传输中就不容忽视了。长线和短线的概念是相对于传输信号而言的,当信号沿传播的延时能和信号变化时间比拟时,线路不均匀性和负载不匹配性引起的信号反射就很容易地在传输线上引起"振铃",这样的传输线就称为长线。

1.双绞线传输

在单片机实时系统的长线传输中,双绞线是较常用的一种传输线。与同轴电缆相比,虽然频带较差,但波阻抗高、抗共模干扰能力强。双绞线能使各个小环路的电磁感应干扰相互抵消,对电磁场有一定的抑制效果。

在数字信号传输的长线传输中,根据传送距离不同,双绞线使用方法不同,如图 15.4 所示,当传送距离在 5 米以下时,发送、接受端都接有负载电阻,如图 15.4(a)所示,若发射侧为集电极开路驱动,则接收侧的集成电路用施密特型电路,抗干扰能力更强。

当用双绞线作远距离传送数据或有较大噪声干扰时,可使用平衡输出的驱动器和平衡输入的接收器。发送和接收信号端都要接匹配电阻,如图 15.4(b)、(c)所示。

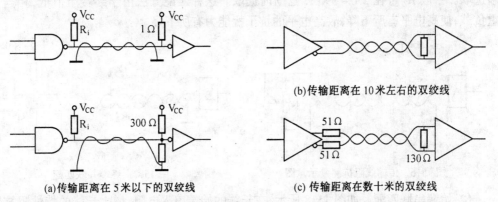

(b)传输距离在 10 米左右的双绞线

(a)传输距离在 5 米以下的双绞线

(c) 传输距离在数十米的双绞线

图 15.4　双绞线数字信号传送距离不同的连接方法

当用双绞线传输与光电耦合器联合使用时,可按图 15.5 所示的方式连接。图 15.5(a)是集电极开路驱动器与光电耦合器的一般情况,图 15.5(b)是开关接点通过双绞线与光电耦合器连接的情况。如光电耦合器的光敏晶体管的基极上接有电容(12 pF～0.01 μF)及电阻(10～320 MΩ),且后面连接施密特集成电路驱动器,则会大大加强抗噪声能力,如图 15.5(c)所示。

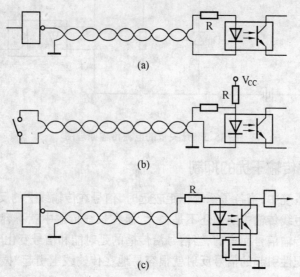

图 15.5　双绞线与光电耦合器联合使用

2.长线传输的阻抗匹配

长线传输时如阻抗不匹配,会使信号产生反射,从而形成严重的失真。为了对传输线进行阻抗匹配,必须估算出其特性阻抗 R_Z。利用示波器观察的方法可以大致测定传输线特性阻抗的大小,测试方法如图 15.6 所示。调节可变电阻 R,当 R 与特性阻抗 R_Z 相匹配时,用示波器测量 A 门输出波形畸变最小,反射波几乎消失,这时 R 值可认为是该传输线的特性阻抗 R_Z。

传输线的阻抗匹配有下列 4 种形式:

(1)终端并联阻抗匹配。如图 15.7 所示,终端匹配电阻 R_1、R_2 的值按 $R_Z = R_1/R_2$ 的要求选取。一般 R_Z 可在 270～390 Ω 范围内选取。这种匹配方法由于终端阻值低,相当于加重负载,使高电平有所下降,故高电平的抗干扰能力有所下降。

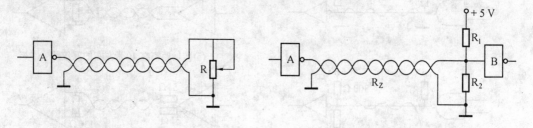

图 15.6　传输线阻抗测量示意图　　　　　　图 15.7　终端并联匹配

(2)始端串联匹配。如图 15.8 所示,在长线的始端串入电阻,增大长线的特性阻抗以达到和终端输入阻抗匹配的目的。在始端串入的电阻 $R = R_Z R_{SCL}$,R 为始端匹配电阻;R_Z 为传输线特性阻抗;R_{SCL} 为门 A 输出低电平时的输出阻抗,约 20 Ω。这种匹配方式的主要缺点是中终端的低电位抬高,从而降低了低电平的抗干扰能力。

(3)终端并联隔直流匹配。如图 15.9 所示,因电容 C 在较大时只起隔直流作用,并不影

· 326 ·

响阻抗匹配,所以只要求匹配电阻 R 与 R_z 相等即可。它不会引起输出高电平的降低,故增加了对高电平的抗干扰能力。

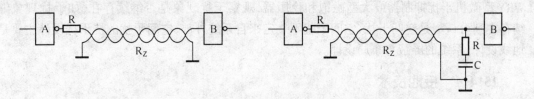

图 15.8　始端串联匹配　　　　　　图 15.9　终端并联隔直阻抗匹配

(4)终端接钳位二极管。如图 15.10 所示。这种匹配方法的作用是:①把门 B 输入端低电平钳位在 0.3 V 以内,可以减少反射和震荡。②吸收反射波,减少波的反射。因为当终端阻抗不匹配时,相当于运行开路状态。始端波到达时将引起反射,电压波以正向波反射,电流波以负向波反射。接二极管后,电流反射波被吸收,从而减少了波反射。③可以大大减少线间串扰,以提高动态抗干扰能力。④输出端带长线后,近处不能再接其他负载,如图15.11所示。

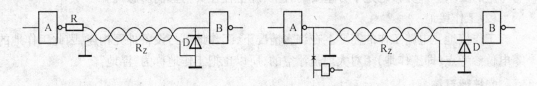

图 15.10　终端接钳位二极管　　　　图 15.11　门 A 输出不能接负载

3.长线的电流传输

长线传输时,用电流传输代替电压传输,可获得较好的抗干扰能力。如图 15.12 所示,从电流转换器输出 0 ~ 10 mA(或 4 ~ 20 mA)电流,在接收端并上 500 Ω(或 1 kΩ)的精密电阻,将此电流转换为 0 ~ 5 V(1 ~ 5 V)的电压,然后送入 A/D 转换器。在有的实用电路里输入端采用光电耦合器输出驱动,也会获得同样的效果。此种方法可减少在传输过程中的干扰,提高传输的可靠性。

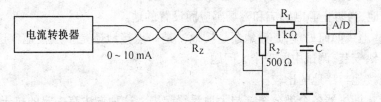

图 15.12　长线电流传输示意图

15.4　空间干扰及抗干扰措施

空间干扰主要指电磁场在线路、导线、壳体上的辐射、吸收与调制。干扰来自应用系统的内部和外部,市电电源线是无线电波的媒介,而在电网中有脉冲源工作时,它又是辐射天线,因而任一线路、导线、壳体等在空间均同时存在辐射、接收、调制。

在现场解决空间干扰时,首先要正确判断是否是空间干扰,可在系统供电电源入口接入WRY型微机干扰抑制器或大型磁饱和稳压器,观察干扰现象是否继续存在,如干扰现象继续存在则可认为是空间干扰,空间干扰不一定来自系统外部,空间干扰的抗干扰设计主要是地线设计,系统的屏蔽与布局设计。

15.4.1 接地技术

1.接地种类

接地种类有两种:一种是为人身或设备安全目的,而把设备的外壳接地,这称之为外壳接地或安全接地;另外一种接地是为电路工作提供一个公共的电位参考点,这种接地成为工作接地。

(1)外壳接地

外壳接地是真正的与大地连接,以使漏到机壳上的电荷能及时泄放到地壳上去这样才能确保人身和设备的安全。外壳接地的接地电阻应当尽可能低,因此在材料及施工方面均有一定的要求。外壳接地是十分重要的,但实际上往往又为人们所忽视。

(2)工作接地

工作接地是电路工作的需要。在许多情况下,工作地不与设备外壳相连,因此工作地的零电位参考点(即工作地)相对大地是浮空的,所以也把工作地称为"浮地"。

2.接地系统

正确、合理地接地,是单片机应用系统抑制干扰的主要方法。

单片机应用系统中,大致有以下几种地线:

① 数字地(又称逻辑地),这种地作为逻辑开关的零电位。

② 模拟地,这种地作为 A/D 转换、前置放大器或比较器的零电位。

③ 功率地,这种地为大电流部件的零电位。

④ 信号地,这种地通常为传感器的地。

⑤ 小信号前置放大器的地。

⑥ 交流地,交流 50 Hz 地线,这种地线是噪声地。

⑦ 屏蔽地,为防止静电感应和磁场感应而设置的地。

以上这些地线如何处理,是浮地还是接地? 是一点接地还是多点接地? 这些是单片机测控系统设计、安装、调试中的一个大问题。

(1)机壳接地与浮地的比较

全机浮空,即机器各个部分全部与大地浮置起来。这种方法有一定的抗干扰能力,但要求机器与大地的绝缘电阻不能小于 50 MΩ,且一旦绝缘下降便会带来干扰;另外,浮空容易产生静电,导致干扰。

另一种就是测控系统的机壳接地,其余部分浮空,如图 15.13 所示。而浮空部分应设置必要的屏蔽,例如双层屏蔽浮地或多层屏蔽。这种方法抗干扰能力强,而且安全可靠,但工艺较复杂。

两种方法相比较,后者较好,并被越来越多的采用。

（2）一点接地与多点接地的应用原则

一般情况下,低频（1 MHz 以下）电路应一点接地,如图 15.14 所示,高频（10 MHz 以上）电路应多点就近接地。因为,在低频电路中,布线和元件的电感较小,而接地电路形成的环路,对干扰的影响却很大,因此应一点接地;对于高频电路,地线上具有电感,因而增加了地线阻抗,同时各地线之间又产生了电感耦合。当频率甚高时,特别是当地线长度等于 1/4 波长的奇数倍时,地线阻抗就会变得很高,这时地线变成了天线,可以向外辐射噪声信号。

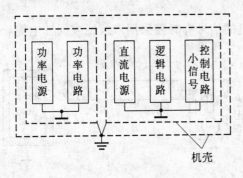

图 15.13　机壳接地

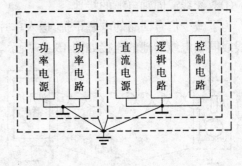

图 15.14　一点接地

单片机测控系统的工作频率大多很低,对它起作用的干扰频率也大都在 1 MHz 以下,故宜采用一点接地。在 1～100 MHz 之间,如用一点接地,其地线长度不得超过波长的 1/20。否则应采用多点接地。

（3）交流地与信号地不能共用

因为在一段电源地线的两点间会有数毫伏,甚至几伏,对低电平信号电路来说,这是一个非常严重的干扰。因此,交流地和信号地不能共用。

（4）数字地和模拟地

数字地通常有很大噪声而且电平的跳跃会造成很大的电流尖峰。所有的模拟公共导线（地）应该与数字公共导线（地）分开走线,然后只是一点汇在一起。特别是在 ADC 和 DAC 电路中,尤其要注意地线的正确连线,否则转换将不准确,且干扰严重。因此 ADC、DAC 和采样保持芯片都提供了独立的模拟地和数字地,它们分别有相应的引脚,必须将所有的模拟地和数字地分别相连,然后模拟（公共）地与数字（公共）地仅在一点上相连,在此连接点外,在芯片和其他电路中切不可再有公共点,如图 15.15 所示。

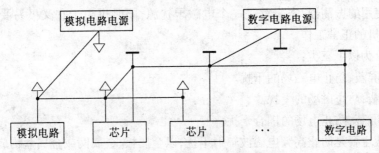

图 15.15　数字地和模拟地正确的地线连接

(5)微弱信号模拟地的接法

A/D 转换器在采集 0 ~ 50 mV 微小信号时,模拟地的接法极为重要。为提高抗共模干扰的能力,可用三线采样双层屏蔽浮地技术。所谓三线采样,就是将地线和信号线一起采样。这种双层屏蔽技术是抗共模干扰最有效的方法。

(6)功率地

这种地线电流大,地线应粗些,且应与小信号分开走线。

(7)其他接地问题

①双绞线或同轴电缆的接地

为了减少信号回路的电磁干扰,送入单片机的信号有时需采用双绞线或同轴电缆。双绞线或同轴电缆与地的连接如图 15.16 所示。

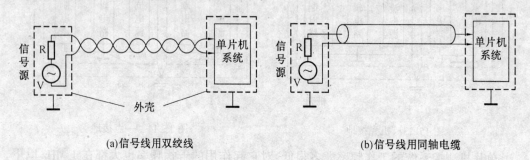

(a)信号线用双绞线   (b)信号线用同轴电缆

图 15.16　双绞线和同轴电缆与地的连接

当采用带屏蔽的双绞线时,还应注意屏蔽体和工作地的良好连接,而且这种连接只能在一个点接地,否则屏蔽体两端就会形成环路,在屏蔽体上产生较大的噪声电流,从而在双绞线上感应出噪声电压。

②工作地与安全地的连接

当需要把工作地与安全地连在一起时,对于两个以上设备应注意工作地与安全地只能在一点相连。要么在发送一侧接地,要么在接收一侧接地。

15.4.2　屏蔽技术

高频电源、交流电源、强电设备产生的电火花甚至雷电,都能产生电磁波,从而成为电磁干扰的噪声源。当距离较近时,电磁波会通过分布电容和电感耦合到信号回路而形成电磁干扰;当距离较远时,电磁波则以辐射形式构成干扰。

单片机使用的振荡器,本身就是一个电磁干扰源,同时也由于它又极易受其他电磁干扰,破坏单片机的正常工作。

屏蔽可分为以下三类:

(1)电磁屏蔽,防止电磁场的干扰。

(2)磁屏蔽,防止磁场的干扰。

(3)电场屏蔽,防止电场的耦合干扰。

电磁屏蔽主要是防止高频电磁波辐射干扰,以金属板、金属网或金属盒构成的屏蔽体能有效地对付电磁波的干扰。屏蔽体以反射方式和吸收方式来削弱电磁波,从而形成对电磁波的屏蔽作用。

磁场屏蔽是防止电机、变压器、磁铁、线圈等的磁感应和磁耦合,是用高磁导材料做成屏蔽层使磁路闭合,一般接大地。当屏蔽低频磁场时,选择磁钢、坡莫合金、铁等磁导率高的材料;而屏蔽高频磁场应选择铜、铝等磁导率低的材料。

电场屏蔽是为了解决分布电容问题,一般是接大地的,这主要是指单层屏蔽。对于双层屏蔽,例如双变压器,原边屏蔽接机壳(即大地),副边屏蔽接到浮地的屏蔽盒。

当一个接地的放大器与一个不接地的信号源相连时,连接电缆的屏蔽层应接到放大器公共端。反之,应接到信号源的公共端。高增益放大器的屏蔽层应接到放大器的公共端。

为了有效发挥屏蔽体的屏蔽作用,还应注意屏蔽体的接地问题。为了消除屏蔽体与内部电路的寄生电容,屏蔽体应按"一点接地"的原则接地。

在电缆和接插件的屏蔽中,应注意处理好以下几个实践中经常遇到的问题:

(1)高、低电平的导线不要走同一电缆,不得已时,高电平应单独组合和屏蔽。同时应仔细选择低电平线的位置。

(2)高、低电平线应尽量不要走同一接插件。不得已时,要将高、低电平端子分立两端,中间留出接高低电平地线的备用端子。

(3)设备中,入出电缆的屏蔽应保持完整,即电缆和屏蔽体都要经插件连接,而不允许只连接电缆芯线,而不连接其屏蔽层。两条以上屏蔽电缆共用一个接插件时,每条电缆的屏蔽层都要用一个单独的端子,以免电流在各屏蔽层中流动。

(4)低频信号电缆的屏蔽层要一端接地,屏蔽层外面要有绝缘层,以防止与其他导线接触或形成多点接地。

15.5　反电势干扰的抑制

在单片机的应用系统中,常使用具有较大电感量的元件或设备,诸如继电器、电动机、电磁阀等。当电感回路的电流被切断时,会产生很大的反电势。这种反电势甚至可能击穿电路中晶体管之类的器件,反电势形成的噪声干扰能产生电磁场,对单片机应用系统中的其他电路产生干扰。对于反电势干扰,可采用如下措施加以抑制:

(1)如果通过电感线圈的是直流电流,可在线圈两端并联二极管和稳压管,如图 15.17(a)所示。

在稳定工作时,并联支路被二极管 D 阻断而不起作用;当三极管 T 由导通变为截止时,在电感线圈两端产生反电势 E。此电势可在并联支路中流通,因此 E 的幅值被限制在稳压管 DW 的工作电压范围之内,并被很快消耗掉,从而抑制了反电势的干扰。使用时 DW 的工作电压应选择得比外加电源高些。

如果把稳压管换为电阻,同样可以达到抑制反电势的目的,如图 15.17(b)所示,因此也适用于直流驱动线圈的电路。在这个电路中,电阻的阻值可以从几欧姆到几十欧姆。阻值太小,反电势衰减减慢;而阻值太大又会增大反电势的幅值。

(2)反电势抑制电路也可由电阻和电容构成,如图 15.17(c)所示。适当选择 R、C 参数,也能获得较好的耗能效果。这种电路不仅适用于交流驱动的线圈,也适用于直流驱动的线圈。

(3)反电势抑制电路不但可以接在线圈的两端,也可以接在开关的两端,例如继电器、接

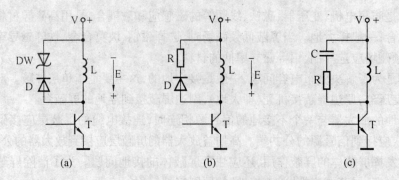

图 15.17　反电势的抑制电路

触器等部件在操作时,开关会产生较大的火花,必须利用 RC 电路加以吸收,如图 15.18 所示。对于图 15.18(b),一般 R 取 1~2 kΩ,C 取 2.2~4.7 μF。

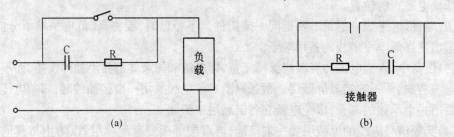

图 15.18　开关两端的反电势抑制电路

15.6　印刷电路板的抗干扰设计

印刷电路板(也称印刷板)是单片机系统中器件、电源线的高密度集合体,印刷电路设计的好坏对抗干扰能力影响很大。故印刷电路板设计绝不单是器件、线路的简单布局安排,还必须符合抗干扰的设计原则。

15.6.1　地线及电源设计

1.地线宽度

加粗地线能降低导线电阻,使它能通过三倍于印刷板上的允许电流。如有可能地线宽度在 2~3 mm 以上。

2.接地线构成闭环路

接地线构成闭环路要比梳子状能明显地提高抗噪声能力。闭环形状能显著地缩短线路的环路,降低线路阻抗,从而减少干扰。但要注意环路所包围面积越小越好。

3.印刷电路板分区集中并联一点接地

当同一印刷板有多个不同功能的电路时,可将同一功能单元的元器件集中于一点接地,自成独立回路。这就可使地线电流不会流到其他功能单元的回路中去,避免了对其他单元的干扰。与此同时,还应将各功能单元的接地块与主机的电源相连接,数字地和模拟地分开设计,在电源端两种地线相连,且地线应尽量加粗。

4. 印刷板工作在高频时的接地考虑

当印刷板上的元件和导线工作在高频时，便会向空间发出辐射干扰。辐射干扰源来自那些高频数字信号，如高频振荡器等。

为了抑制高频辐射噪声，在高频电路中应采取以下措施：

(1)尽量加粗接地导线，以降低噪声对地阻抗。

(2)满接地。在印刷板上除供传输信号用的印制导线外，把电路板上没有被器件占用的面积全作为接地线，称为"满接地"。

(3)安装接地板。可以把一块铝板或铁板附加在印刷电路板背面做接地板，或者将印刷电路板放置在两块铝板或两块铁板之间，成为双面接地板。安装时应使单块或双块接地板尽量靠近印刷板，以取得良好的抑制辐射噪声效果。另外，安装的接地板必须与系统的信号地端连接，并寻找最佳接地点，否则将降低抑制辐射噪声的效果。

5. 电源线的布置

电源线除了要根据电流的大小，尽量加粗导体宽度外，采取使电源线、地线的走向与数据传递的方向一致，将有助于增强抗噪声能力。

15.6.2 去耦电容的配置

印刷板上装有多个集成电路，而当其中有些与元件耗电很多时，地线上会出现很大的电位差。抑制电位差的方法是在各集成器件的电源线和地线间分别接入去耦电容，以缩短开关电流的流通途径，降低电阻压降。这是印刷板设计的一项常规做法。

1. 电源去耦

电源去耦就是在每个印刷板入口处的电源线与地线之间并接退耦电容。并接的电容应为一个大容量的电解电容(10 ~ 100 μF)和一个0.01 ~ 0.1 μF的非电解电容。我们可以把干扰分解成高频干扰和低频干扰两部分，并接大电容为了去掉低频干扰成分，并接小电容为了去掉高频干扰部分。低频去耦电容用铝或钽电解电容，高频去耦电容用自身电感小的云母或陶瓷电容。

图15.19画出了电源去耦电容(V_{CC}和GND之间)在印刷板上的安装位置。

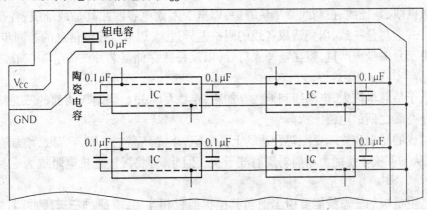

图15.19　去耦电容的配置

2.集成芯片去耦

原则上每个集成芯片都应安置一个 $0.1~\mu F$ 的陶瓷电容器,如遇到印刷电路板空隙小装不下时,可每 4~10 个芯片安置一个 $1~10~\mu F$ 的限噪声用的钽电容器。这种电容器的高频阻抗特别小,在 500 kHz~200 MHz 范围内阻抗小于 $1~\Omega$,而且漏电流很小($0.5~\mu A$ 以下)。

对于抗噪声能力弱,关断电流大的器件和 ROM、RAM 存储器,应在芯片的电源线(V_{CC})和地线(GND)间直接接入去耦电容。图 15.19 中给出了芯片去耦电容的位置。

安装电容器时,务必尽量缩短电容器的引线,特别是高频旁路电容。应使印制板的孔距与电容器的引线间距相同,这时电容器的引线为最短。

安装每个芯片的去耦电容,必须将去耦电容器安装在本集成芯片的 V_{CC} 和 GND 线间,若错误地安装到别的 GND 位置,便失去了抗干扰作用,如图 15.20 所示。其中,(a)、(b)、(c)为正确位置,(d)为错误位置。

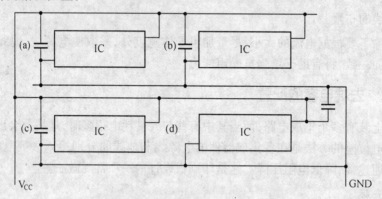

图 15.20　安装去耦电容的位置

15.6.3　存储器的布线

主机板上配置的 EPROM 型芯片程序存储器和 RAM 型芯片数据存储器,其抗噪声能力弱关断时电流变化大,频率高,要注意防止外界电磁干扰。因此,在配置存储器时一般采取的抗干扰措施有:

(1)数据线、地址线、控制线要尽量缩短,以减少对地电容。尤其是地址线、各条线的长短、布线方式应尽量一致,以免造成各线的阻抗差异过大,以形成控制信息的非同步干扰。

(2)由于开关噪声严重,要在电源入口处,以及每片存储器芯片的 V_{CC} 与 GND 之间接入去耦电容。

(3)由于负载电流大,电源线和地线要加粗,走线尽量短。印制板两面的三总线互相垂直,以防止总线之间的电磁干扰。

(4)总线的始端和终端要配置合适的上拉电阻,以提高高电平噪声容限,增加存储器端口在高阻状态下抗干扰能力和削弱反射波干扰。因此,可将配置上拉电阻视为一种常规做法。

(5)若主机板的三总线需要引出而与其他扩展板相连接,应通过三态缓冲门(74LS244、74LS245)后再与其他扩展板相连。这样,可以有效防止外界电磁干扰,改善波形和削弱反射干扰。

15.6.4　印制板的布线原则

印制板的布线方法对抗干扰性能有直接影响。前面已经间接介绍了一些布线原则,对于一些没有介绍到的一些布线原则,下面予以补充说明。

(1)如果抑制电路板上逻辑电路的工作速度低于 TTL 的速度,导线条的形状无什么特别要求;若工作速度较高,使用高速逻辑器件,用作导线的铜箔在 90°转弯处会使导线的阻抗不连续,可能导致反射干扰,所以宜采用把弯成 90°的导线改成 45°,这将有助于减少反射干扰的发生。

(2)双面布线的印制板,应使两面线条垂直交叉,以减少磁场耦合,有利于抑制干扰。

(3)导线间距离要尽量加大。对于信号回路,印制铜箔条的相互距离要有足够的尺寸,而且这个距离要随信号频率的升高而加大,尤其是频率极高或脉冲前沿十分陡峭的情况更要加大。因为只有这样才能降低导线间分布电容的影响。

(4)高电压或大电流线路对其他线路容易形成干扰,而低电平或小电流信号线路容易受到感应干扰。因此,布线时使两者尽量相互远离,避免平行铺设,采用屏蔽等措施。

(5)采用隔离走线。在许多不得不平行走线的电路布置时可在两条信号线中加一条接地的隔离走线。

(6)对于印制板上容易接收干扰的信号线,不能与能够产生干扰或传递干扰的线路长距离范围内平行铺设。必要时可在它们之间设置一根地线,以实现屏蔽。

(7)所有线路尽量沿直流地铺设,尽量避免沿交流地铺设。

(8)短接线。在线路无法排列或只有绕大圈才能走通的情况下,干脆用绝缘"飞线"连接,而不用印刷线,或采用双面印刷"飞线"或阻容元件引线直接跨接。

(9)为了防止"窜扰",应使交流与直流电路分开;输入阻抗高的输入端引线与邻近线分开;输入线、输出线分开。

(10)在敏感元件接线端头采用抗干扰保护环。保护环不能当作信号回路,只能单点接地。被保护环包围的部分,有效抑制了漏电对其造成的干扰,同时也使包围部分的辐射减小,如图 15.21 所示。图中(a)用地线包围关键走线,(b)用环包围关键走线。

(11)电源线的布线除了要尽量加粗导体宽度外,采取使电源线、地线的走向与数据传递的方向一致,将有助于增强抗噪声能力。

(12)走线不要有分支,这可避免在传输高频信号导致反射干扰或发生谐波干扰,如图 15.22 所示,图中(a)正确,(b)不正确。

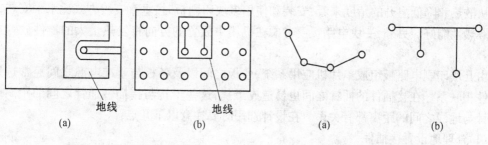

| (a) | (b) | (a) | (b) |

图 15.21　抗干扰保护环　　　　　图 15.22　走线不要有分支

（13）合理妥善地布置印刷板内及板外信号传输线也能起到抑制高频辐射噪声的效果。例如,高速信号线要用短线;信号线间所形成的环路面积要最小;主要信号线最好汇集在中央;时钟发生电路力求布置在靠近中央的部分;为避免信号线间窜扰,两条信号线切忌平行。而且应采用垂直交叉方式,或者拉开两线的距离,也可以在两条平行的信号线之间曾设一条地线。尤其注意与外界相连、向外发送信号的信号线,有时能把外界的干扰信号接收进来,起到类似天线的作用。

15.6.5　印刷板上的器件布置

对于在印刷板上器件布置方面,应把相互有关的逻辑电路器件尽量放得靠近些,能获得较好的抗噪声效果。

在印刷电路板上布置逻辑电路时,原则上应在出线端子附近放置高速器件,稍远处放置低速电路和存储器等,这可降低公共阻抗耦合、辐射和窜扰等噪声。印制板中最快的逻辑元件若比 TTL 的速度慢时,器件的布置对干扰影响不大。

易发生噪声的器件、大电流电路等尽量远离逻辑电路,条件许可的话,也可以另做印刷板。

器件的布置应考虑到散热,最好把 ROM、RAM、时钟发生器等发热较多的器件布置在印刷板的偏上方部位(当印刷板竖直安装时)或易通风散热的地方。

为了降低外部线路引进的干扰,光电隔离器、隔离用的变压器以及滤波器等通常应放在更靠近出线端子的地方。

15.6.6　印刷板的板间配线、连线和安装

多块印刷板的板间配线和安装应遵循的原则是:印刷连线上引进的干扰和降低温升。

对于多块印刷板之间的配线,应注意以下几点:

（1）逻辑电路为 TTL 集成电路时,如果工作频率低于 1 MHz,其配线的长度不超过 40 cm,则可使用单股导线;配线长度在 40～90 cm 时,则应该使用特性阻抗为 100～120 Ω 的双绞线,其中一根线与板内的信号线相连,另一根线的两端与地线相连,形成干扰信号的回路;配线长度在 90～150 cm,不仅应该使用双绞线,而且应该接入与终端匹配负载电阻;配线超过 150 cm 时,应该使用集成化的专用线路驱动器－接收器和波阻抗为 50～60 Ω 的同轴电缆。

（2）所用导线的绝缘应良好。

（3）板与板之间的信号线越短越好。

从散热和降低温升的角度来看,安装和使用多块印刷板时,垂直安装方式比水平安装方式的散热性能好。另外,一块电路板要考虑在机箱中放置的方向将发热量大的器件放置在上方。

由几块印刷电路板组成单片机应用系统,各板之间以及各板与基准电源之间经常选用接插件相联系。在接插件的插针之间也易造成干扰,这些干扰与接插件插针之间的距离以及插针与地线之间的距离都有关系。在设计选用时要注意以下几点:

（1）合理地设置接插件

如电源接插件与信号接插件要尽量远离,主要信号的接插件外面最好带有屏蔽。

(2)插头座上要增加接地针数

在安排插针信号时,用一部分插针为接地针,均匀分布于各信号针之间,起到隔离作用,以减小针间信号互相干扰。最好每一信号针两侧都是接地针,使信号针与接地针的比例为1:1。

(3)信号针尽量分散配置,增大彼此之间的距离。

(4)设计时考虑信号的翻转时差,把不同时刻翻转的插针放在一起。同时翻转的针尽量离开,因信号同时翻转会使干扰叠加。

15.7 软件抗干扰技术

单片机系统在噪声环境下运行,除了前面介绍的各种抗干扰的措施外,还可采用软件来增强系统的抗干扰能力。软件抗干扰的方法很多,下面介绍几种常用的方法。

15.7.1 软件抗干扰的前提条件

软件抗干扰是属于单片机系统得自身防御行为。采用软件抗干扰的前提条件是:系统中抗干扰软件不会因干扰而损坏。在单片机应用系统中,由于程序及一些重要常数都放置在 ROM 中,这就为软件抗干扰创造了良好的前提条件,因此可把软件抗干扰设置的前提条件概括为:

(1)在干扰作用下,单片机系统硬件部分不会受到任何损坏,或易损坏部分设置有检测状态可供查询。

(2)RAM 区中得重要数据不被破坏,或虽被破坏但可以重新恢复建立。通过重新恢复建立的数据系统的重新运行不会出现不可允许的状态。

15.7.2 软件抗干扰的一般方法

窜入单片机测控系统的干扰,其频谱往往很宽,且具有随机性,采用硬件抗干扰措施只能抑制某个频率段的干扰,仍有一些干扰会侵入系统。因此,除了采取硬件抗干扰能力外,还要采取软件抗干扰措施。

软件抗干扰技术是当系统受干扰后使系统恢复正常运行或输入信号受干扰后去伪求真的一种辅助方法。因此软件抗干扰是被动措施,而硬件抗干扰是主动措施。但由于软件设计灵活,节省硬件资源,所以软件抗干扰技术已得到较为广泛的应用。

软件抗干扰技术的主要内容如下:

(1)软件滤波。采用软件的方法抑制叠加在输入信号噪声的影响,可以通过软件滤波剔除虚假信号,求取真值。

(2)开关量的输入/输出抗干扰设计。可采用对开关量输入信号重复检测,对开关量输出口数据刷新的方法。

(3)由于 CPU 受到干扰而使运行程序发生混乱,最典型的故障是程序计数器 PC 的状态被破坏,导致程序从一个区域跳转到另一个区域,或者程序在地址空间内"乱飞",或者进入"死循环"。因此必须尽可能早地发现并采取措施,使程序纳入正轨。为使"乱飞"的程序被拦截,或程序摆脱"死循环"可采用指令冗余、软件陷阱和"看门狗"的技术。

(4)为了确保程序被干扰后能恢复到所要求的控制状态,就要对干扰后程序自动恢复入口实施正确设定。因此,程序自动恢复入口方法也是软件抗干扰设计的一项重要内容。

下面介绍上述的各种软件抗干扰技术。

15.7.3 软件滤波

对于实时数据采集系统,为了消除传感器通道中干扰信号,在硬件措施上常采取有源或无源 RLC 网络,构成模拟滤波器对信号实现滤波。同样,运用单片机的运算控制功能用软件也可以实现滤波,完成模拟滤波器类似功能,这就是数字滤波。在许多数字信号数字处理专著中都有专门论述,可以参考。

在一般数据采集系统中,人们常采用一些简单的数值、逻辑运算处理来达到滤波的效果。下面介绍几种常用的简便有效的方法。

1.限幅滤波

当采样信号由于随机干扰而引起严重失真时,可以采用限幅滤波,就是把两次相邻的采样值相减,求出其增值(以绝对值表示)然后与两次采样允许的最大值差值 Δy 进行比较,如果小于或等于 Δy,则采用本次采样值;如果大于 Δy,则仍采用上次采样值作为采样值。

这种滤波方法主要用于变化缓慢的参数测量,如温度、液位等。也可以在大电流、大电感负载切断时,即干扰时间短,但幅值却很大的情况下使用。

2.中位值滤波

中位值滤波是对某一被测量连续采样 N 次(一般 N 取为奇数),然后把 N 次采样值按大小排列,取中间值为本次采样值。中位值滤波能有效地克服偶然因素引起的波动。对于温度、液位等缓慢变化的被测量,采用此法能收到良好的滤波效果,但对于流量、压力等变化较快的被测量,一般不宜采用中值位滤波。

3.平滑滤波

叠加在有用数据上的随机噪声在很多情况下可以近似地认为是白噪声。白噪声具有一个很重要的统计特征,即其统计平均值为零。因此,可以用求平均值的办法来消除随机误差,这就是所谓的平滑滤波,如图 15.23 所示。

平滑滤波有以下几种:算术平均滤波、递推平均滤波、加权移动滤波、复合滤波、一阶惯性滤波、复合滤波和防脉冲干扰平均值滤波。

4.算术平均滤波法

算术平均滤波法适用于对一般的具有随机干扰的信号进行滤波。这种信号的特点是信号本身在某一数值范围附近上下波动,如测量流量、液位时经常

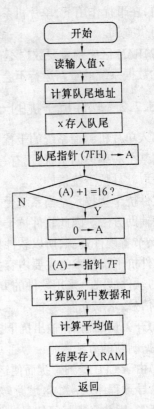

图 15.23 平滑滤波框图

遇到这种情况。

算术平均滤波是要输入的 N 个采样数据 $x_i(i=1,2,\cdots,N)$，寻找这样一个 y，使 y 与各采样值之间的偏差的平方和最小，即

$$E = \min\left[\sum_{i=1}^{N}(y - x_i)^2\right] \qquad (15.1)$$

由一元函数求极值的原理可得

$$y = \frac{1}{N}\sum_{i=1}^{N}x_i \qquad (15.2)$$

上式即为算术平均滤波的算式。

设第 i 次测量的测量值包含信号成分 S_i 和噪声成分 n_i，则进行 N 次测量的信号成分之和为

$$\sum_{i=1}^{N}S_i = N \cdot S \qquad (15.3)$$

噪声的强度是用均方根来衡量的，当噪声为随机信号时，进行 N 次测量的噪声强度之和为

$$\sqrt{\sum_{i=1}^{N}n_i^2} = \sqrt{N} \cdot n \qquad (15.4)$$

式中，S,n 分别为进行 N 次测量后信号和噪声的平均幅度。这样，对 N 次测量进行算术平均后的信噪比为

$$\frac{N \cdot S}{\sqrt{N} \cdot n} = \sqrt{N} \cdot \frac{S}{n} \qquad (15.5)$$

式中，S/n 是求算术平均值前的信噪比，因此采用算术平均值后，信噪比提高了 $\sqrt{N}$ 倍。

由式(15.5)可知，算术平均值法对信号的平滑滤波程度完全取决于 N。当 N 较大时，平滑度高，但灵敏度低，即外界信号的变化对测量计算结果的影响小；当 N 较小时，平滑度低，但灵敏度高。应按具体情况选取 N。如对一般流量测量，可取 $N=8\sim12$；对压力等测量，可取 $N=4$。

5.递推平均滤波法

算术平均滤波方法每计算一次数据，需测量 N 次，对于测量速度较慢或要求数据计算速率较高的实时系统，则无法使用。如果在存储器中，开辟一个区域作为暂存队列使用，队列的长度固定为 N，每进行一次新的测量，把测量结果放入队尾，而扔掉原来队首的那个数据，这样在队列中始终有个"最新"的数据，这就是递推平均滤波法。即

$$y(k) = \frac{x(k) + x(k-1) + x(k-2) + \cdots + x(k-N+1)}{N} = \frac{1}{N}\sum_{i=0}^{N-1}x(k-i)$$

$$(15.6)$$

式中，$y(k)$ 为第 k 次滤波后的输出值；$x(k-i)$ 为依次向前递推 i 次的采样值；N 为递推平均项数。

递推平均项数的选取是比较重要的环节，N 选得大，平均效果好，但是，对参数变化的反应不灵敏；N 选得小，滤波效果不显著。关于 N 的选择与算术平均滤波法相同。

6.加权移动平均滤波法

递推平均滤波法最大的问题是随机误差的消除，有用信号的灵敏度也降低了。因为我们

假设对于 N 次内的采样所有值,在结果中所占比重是均等的。用这样的滤波算法,对于时变信号会引入滞后。N 越大,滞后越严重。为了增加新的采样数据在滑动平均中的比重,以提高系统对当前采样值中所受干扰的灵敏度,可以对不同时刻的采样值加以不同的权,通常越接近现时刻的数据,权值取得越大。然后再相加求平均,这种方法就是加权移动平均法。N 项加权移动平均滤波算法为

$$y = \frac{1}{N} \sum_{i=0}^{N-1} C_i \cdot x_{N-1} \tag{15.7}$$

式中,y 为第 N 次采样值经过滤波后的输出;x_{N-i} 为未经过滤波的第 $N-i$ 次采样值;$C_0, C_1, \cdots, C_{N-1}$ 为常数,且满足以下条件

$$C_0 + C_1 + \cdots + C_{N-1} = 1 \tag{15.8}$$

$$C_0 > C_1 > \cdots > C_{N-1} > 0 \tag{15.9}$$

常系数 $C_0, C_1, \cdots, C_{N-1}$ 的选取有多种方法,其中最常用的是加权系数法。设 τ 为被测对象的纯滞后时间,且

$$\delta = 1 + e^{-\tau} + e^{-2\tau} + \cdots + e^{-(N-1)\tau} \tag{15.10}$$

则

$$C_0 = \frac{1}{\delta}, C_1 = \frac{e^{-\tau}}{\delta}, \cdots, C_{N-1} = \frac{e^{-(N-1)\tau}}{\delta} \tag{15.11}$$

因为 τ 越大,$e^{-\tau}$ 越小,则给予新的采样值权值越大,而给予先前采样值的权系数就越小,从而提高了新的采样值在平均过程中的比重。所以,加权移动平均滤波适用于有较大纯滞后时间常数 τ 的被测对象和采样周期较短的测量系统;而对于纯滞后时间常数较小、采样周期较长、变化缓慢的信号,则不能迅速反映系统当前所受干扰的严重程度,滤波效果较差。

7. 复合滤波

在实际应用中,所受到的随机扰动往往不是单一的,既要消除脉冲扰动的影响,又要进行数据平滑。因此,在实际中往往把前面介绍的两种或两种以上的滤波方法结合在一起使用,形成所谓的复合滤波,例如,防脉冲扰动平均值滤波算法就是一种实例。这种算法的特点是先应用中位值滤波算法滤掉采样中的脉冲干扰,然后把剩下的各采样值进行平滑平均滤波。其算法如下。

如果 $x_1 \leqslant x_2 \leqslant \cdots \leqslant x_N$,其中,$3 \leqslant N \leqslant 14$,$x_1$ 和 x_N 分别是所有采样值中的最小值和最大值,则

$$y = \frac{x_1 + x_2 + \cdots + x_{N-1}}{N-2} \tag{15.12}$$

由于这种滤波方法兼容了滑动滤波算法和中位置滤波算法的优点,所以,无论是对缓慢变化的过程变量,还是快速变化的过程变量,都能起到较好的滤波效果。

上面介绍了几种使用较为普遍的克服随机干扰的软件算法,一个检测系统究竟应选用哪种滤波算法,取决于使用场合及过程中所含随机干扰的情况。

8. 防脉冲干扰平均值滤波法

在脉冲干扰比较严重的场合,如果采用一般的平均值法,则干扰将会“平均”到结果中去,故平均值法不易消除由于脉冲干扰而引起的误差。为此,可先去掉 N 个数据中的最大值和最小值,然后计算 $N-2$ 个数据的算数平均值。为了加快测量速度,一般 N 取 4。

15.7.4　指令冗余及软件陷阱

单片机系统由于干扰而使运行程序发生混乱，导致程序乱飞或陷入死循环时，采取使程序纳入正轨的措施，如指令冗余、软件陷阱、"看门狗"技术等。

1.指令冗余

当 CPU 受到干扰后，往往将一些操作数当作指令码来执行，引起程序运行混乱。这时我们首先要尽快将程序纳入正轨(执行真正的指令系统)。

MCS-51 指令系统中所有的指令不超过 3 个字节，而且有很多单字节指令。单字节指令仅有操作码，隐含操作数；双字节指令第一个字节是操作码，第二个字节是操作数；3 字节指令第一个字节为操作码，后两个为操作数。CPU 取指令过程是先取操作码，后取操作数。如何区别某个数据是操作码还是操作数呢？这完全由指令顺序决定。CPU 复位后，首先取指令的操作码，尔后顺序取操作数。当一条完整指令执行完后，紧接着取下条指令的操作码、操作数。这些操作时序完全由程序计数器 PC 控制。因此，一旦 PC 因干扰而出现错误，程序便脱离正常运行轨道，出现"乱飞"。当程序"乱飞"到某个单字节指令上时，便自己自动纳入正轨；当"乱飞"到某双字节指令上时，若恰恰在取指令时刻落到其操作数上，从而将操作数当作操作码，程序仍将出错；当程序"乱飞"到某个 3 字节上时，因为它们有两个操作数，误将其操作数当作操作码的几率更大。因此，我们应多采用单字节指令，并在一些关键的地方认为地插入一些单字节指令(NOP)，或将有效单字节指令重复书写，这便是指令冗余。指令冗余无疑会降低系统的效率，但在绝大多数情况下，CPU 还不至于忙到多执行几条指令就超时的程度，故这种方法还是被广泛采用。

在双字节指令和三字节指令之后插入两条 NOP 指令，可保护其后的指令不被拆散。因为"乱飞"的程序即使落到操作数上，由于两条空操作指令的存在，不会将其后的指令当作操作数执行，从而使程序纳入正轨。但我们不能在程序中加入太多的冗余指令，以免明显降低程序正常运行的效率。因此，常在一些对程序流向起决定作用的指令之前插入两条 NOP 指令，以免保证"乱飞"的程序迅速纳入正轨。此类指令有：RET、RETI、ACALL、LCALL、SJMP、AJMP、LJMP、JZ、JNZ、JB、JNB、JBC、CJNE、DJNZ 等。在某些对系统工作状态至关重要的指令前也可插入两条 NOP 指令，以保证被正确执行。上述关键指令中，RET 和 RETI 本身即为单字节指令，可以直接用其本身来代替 NOP 指令，但有可能增加潜在危险，不如 NOP 指令安全。

指令冗余措施可以减少程序乱飞的次数，使其很快纳入程序轨道，但这并不能保证在失控期间不干坏事，更不能保证程序纳入正轨后就太平无事了。当程序从一个模块弹飞到另一模块后，即使很快安定下来，但程序的运行事实上已经偏离了正常的顺序做着它现在不该做的事情。解决这个问题还必须采用软件容错技术(限于篇幅，本书不做介绍)，使系统的误动作减少，并消灭重大的误动作。

由以上可看出，采用冗余技术使 PC 纳入正确轨道的条件是：乱飞的 PC 必须指向程序运行区，并且必须执行到冗余指令。

2.软件陷阱

指令冗余使乱飞的程序安定下来是有条件的，首先乱飞的程序必须落到程序区，其次必须执行到冗余指令。当乱飞的程序落到非程序区(如 EPROM 中未使用的空间、程序中的数据表格区)时,前一个条件即不满足。当乱飞的程序在没有碰到冗余指令之前,已经自动形成一个死循环,这时第二个条件也不满足。对付前一种情况采用的措施就是设立软件陷阱,对于后一种情况可采用"看门狗"技术来解决。

所谓软件陷阱,就是一条引导指令,强行将捕捉到的程序引向一个指定的地址,在那里有一段专门对程序出错进行处理的程序。如果我们把这段程序的入口标号称为 ERR 的话,软件陷阱即为一条 LJMP ERR 指令。为加强其捕捉效果,一般还在它前面加两条 NOP 指令。因此,真正的软件陷阱由三条指令构成:

```
    NOP
    NOP
    LJMP ERR
```

软件陷阱安排在下列四种地方:

(1)未使用的中断向量区

有的编程人员将未使用的中断向量区(0003~002FH)用于编程,以节约 ROM 的空间,这是不可取的。现在 EPROM 的容量越来越大,价格也不贵,节约几十个字节的 ROM 已毫无意义。

当干扰使未使用的中断开放,并激活这些中断时,就会进一步引起混乱。如果我们在这些地方布上陷阱,就能及时捕捉到错误中断。例如:系统共使用三个中断:INT0、T0、T1,它们的中断子程序分别为 PGINT0、PGT0、PGT1,建议按如下方式来设置中断向量区:

```
          ORG    0000H
START:    LJMP   MAIN      ;引向主程序入口
          LJMP   PGINT0    ;INT0中断正常入口
          NOP              ;冗余指令
          NOP
          LJMP   ERR       ;陷阱
          LJMP   PGT0      ;T0 中断正常入口
          NOP              ;冗余指令
          NOP
          LJMP   ERR       ;陷阱
          LJMP   ERR       ;未使用INT1,设陷阱
          NOP              ;冗余指令
          NOP
          LJMP   ERR       ;陷阱
          LJMP   PGT1      ;T1 中断正常入口
          NOP              ;冗余指令
          NOP
          LJMP   ERR       ;陷阱
          LJMP   ERR       ;未使用串行口中断,设陷阱
          NOP              ;冗余指令
          NOP
```

```
LJMP    ERR         ;陷阱
LJMP    ERR         ;未使用 T2 中断(8052)
NOP                 ;冗余指令
NOP
```

MAIN：主程序

从 MAIN 开始再编写正式程序。

(2)未使用的大片 EPROM 空间

现在使用的 EPROM 一般都是 2764 或 27128,很少有将其全部用完的情况。对于剩余的大片为编程的 ROM 空间,一般均维持原状态(0FFH),0FFH 对于 MCS-51 指令系统来讲是一条单字指令(MOV R7,A),程序弹飞到这一区域后将顺流而下,不再跳跃(除非受到新的干扰)。这时只要每隔一段设置一个陷阱,就一定捕捉到乱飞的程序。有的编程者使用的 02 00 00(即 LJMP START)来填充 ROM 未使用空间,此时认为两个 00H 既是可设置陷阱的地址,又是 NOP 指令,起到双重作用,实际上是不妥的。程序出错后直接从头开始执行将有可能发生一系列的麻烦事情。软件陷阱一定要指向出错处理过程 ERR。我们可以将 ERR 安排在 0030H 开始的地方,程序不管怎样修改,编译后 ERR 的地址总是固定的(因为它前面的中断向量区是固定的)。这样我们可以用 00 00 02 00 30 五个字节作为陷阱来填充 ROM 中的未使用空间,或者每隔一段设置一个陷阱(02 00 30),其他单元保持 0FFH 不变。

(3)表格

有两类表格,一类是数据表格,供 MOVC A,@A + PC 指令 MOVC A,@A + DPTR 指令使用,其内容完全不是指令。另一类是跳转表格,供 JMP@A + DPTR 指令使用,其内容为一系列的三字节指令 LJMP 或两字节 AJMP。由于表格内容和检索值有一一对应关系,在表格中间安排陷阱将会破坏其连续性和对应关系,我们只能在表格的最后安排五字节陷阱(NOP NOP LJMP ERR)。由于表格区一般较长,安排在最后的陷阱不能保证一定捕捉住乱飞的程序,有可能在中途再次飞走。这时只好指望别处的陷阱或冗余指令来制服它。

(4)程序区

程序区是由一串串执行指令构成的,我们不能在这些指令串中间任意安排陷阱,否则影响正常执行程序。但是,在这些指令串之间常有一些断裂点,正常执行的程序到此便不会继续往下执行了,这类指令有 LJMP、SJMP、AJMP、RET、RETI。这时 PC 的值应发生正常跳变。如果还要顺次往下执行,必然就出错了。当然,弹飞的程序刚好落到断裂点的操作数上或落到前面指令的操作数上(又没有在这条指令之前使用冗余指令),则程序就会越过断裂点,继续往前执行。我们在这种地方安排陷阱之后,就能有效地捕捉它,而又不影响正常执行的程序流程。例如:在一个根据累加器 A 中内容的正、负、零情况进行三分支的程序中,软件陷阱的安置方式如下:

```
JNZ     XYZ
……
……                 ;零处理
AJMP    ABC         ;断裂点
NOP                 ;陷阱
NOP
```

```
            LJMP    ERR
XYZ:        JB      ACC.7, UVW
            ......              ;正处理
                               ......
            LJMP    ABC         ;断裂点
            NOP                 ;陷阱
            NOP
            LJMP    ERR
UVW:        ......              ;负处理
                               ......
ABC:        MOV     A, R2       ;取结果
            RET                 ;断裂点
            NOP                 ;陷阱
            NOP
            LJMP    ERR
```

由于软件陷阱都安排在正常程序执行不到的地方,故不影响程序执行效率。在当前 EPROM容量不成问题的条件下,还是多多设置陷阱有益。在打印程序清单时不加(或删去) 所有的软件陷阱和冗余指令,在编译前再加上冗余指令和尽可能多的软件陷阱,生成目标代码后再写入 EPROM 中。

本章小结

在单片机系统工作过程中,工作环境或系统内部往往会产生一些干扰。环境对单片机系统的干扰一般都是以脉冲形式进入的,干扰进入单片机系统的渠道主要有三个:供电系统干扰、传输通道干扰和空间干扰。采取适当的措施有效地抑制或滤出这些干扰,才能保证单片机应用系统的可靠运行。

在单片机应用系统中,为了提高供电系统的质量,防止窜入干扰可采用以下措施:交流进线端加交流滤波器、交流稳压器;采用具有静电屏蔽和抗电磁干扰的隔离电源变压器;直流稳压块分两级稳压;直流输出部分采用大容量电解电容进行平滑滤波,交流电源线与其他线尽量分开,减少再度耦合干扰;电源线与信号线隔离或交叉布线,减少电源对信号的影响;在每块印刷板的电源与地之间并接去耦电容,以消除直流电源和地线中的脉冲电流所造成的干扰;尽量提高接口器件电源电压,以提高接口的抗干扰能力。

通道是系统输入、输出以及单片机之间进行信息传输的路径。通道的干扰主要是利用隔离技术、双绞线传输、阻抗匹配等措施抑制。

空间干扰主要指电磁场在线路、导线、壳体上的辐射、吸收与调制。干扰来自应用系统的内部和外部,空间干扰的抗干扰设计主要是地线设计、系统的屏蔽与布局设计,也可以采用软件抗干扰措施。

习   题

1.单片机应用系统主要干扰源有哪几类? 对系统有何影响?

2.常用的硬件系统抗干扰措施有哪些?

3.设计电路板时,应注意哪些问题?

4.常用的软件抗干扰技术有哪几种?

5.采用哪些措施能提高软件的抗干扰能力?

6.如何提高应用系统电源的抗干扰能力?

7.在单片机应用系统中,常用的接地方法有哪几种?

8.印制电路板地线如何排列才能提高抗干扰能力?

9.开关信号常用的抗干扰措施有哪些?

10.如何提高模拟信号的抗干扰能力?

附录 MCS-51 兼容单片机选型

目前中国市场上,Intel 公司生产的 MCS-51 系列单片机已经比较少见,常见的有 Philips、Atmel、WinBond 等公司生产的 MCS-51 系列兼容单片机。这些公司开发的 MCS-51 系列兼容机各具特色,它们的内部硬件资源差异很大,针对 8051 内核的改进也不尽相同,每个系列的兼容单片机都在其中加入了相应的特有技术。

Atmel 兼容 MCS-51 单片机分类及选型

AT89 系列单片机是 Atmel 公司最早推出的,也是功能最简单的一个单片机系列。AT89系列的用户要远远超过 C51 系列其他型号的用户,因此一般就用 AT89 系列来指代 Atmel 公司的 C51 系列单片机。下面介绍常用型号的 AT89 系列单片机。

AT89 系列并不是对 80C31 内核进行简单继承,在众多型号中,Atmel 公司有选择地加入了像看门狗定时器(WDT)、串行外围接口(SPI)等多种在 80C31/80C32 中不存在的外设资源,使其功能更强,使用更方便。

AT89 包括两大类:一类是在线可编程 ISP FLASH 系列,这类单片机内的 FLASH 存储器除了可用常规并行方法编程外,还可在线通过 SPI 口串行编程;第二类就是常规的 FLASH 系列,这种单片机只能用常规的并行方法编程。表1 给出了 Atmel ISP FLASH 型单片机型号。

表1 ISP FLASH 型单片机型号

型号	FLASH/KB	RAM/KB	定时器	串口	时钟/MHz	其他
标准型号						
AT89S51	4	128	2	1	33	WDT
AT89S52	8	256	3	1	33	WDT
AT89S53	12	256	3	1	24	WDT
AT89S8252	8	256	3	1	24	WDT
低电压型						
AT89LS51	4	128	2	1	16	WDT
AT89LS52	8	256	3	1	16	WDT
AT89LS53	12	256	3	1	12	WDT
AT89LS8252	8	256	3	1	12	WDT
增强型						
T89C51RB2	16	1280	3PCA	1	40	WDT SPI
T89C51RC2	32	1280	3PCA	1	40	WDT SPI
T89C51RD2	64	1280	3PCA	1	40	WDT
T89C51AC2	32	1280	3PCA	1	40	WDT A/D

型号	FLASH/KB	RAM/KB	定时器	串口	时钟/MHz	其他
T89C51IC2	32	1280	3PCA	1	40	WDT SPI
小封装类型						
T89C5115	18	512	3PCA	1	40	WDT A/D
AT89S4D12	8	256			12	SPI

表 2 给出了普通 FLASH 型单片机型号。

表 2 普通 FLASH 型单片机型号

型号	FLASH/KB	RAM/KB	定时器	串口	时钟/MHz	其他
标准型号						
AT89C51	4	128	2	1	33	
AT89C52	8	256	2	1	33	
AT89C55WD	20	256	3	1	33	WDT
AT89C51RC	32	512	3	1	33	WDT
低压型						
AT89LV51	4	128	2	1	16	
AT89LV52	8	256	2	1	16	
AT89LV55	20	256	3	1	12	
AT89LV55WD	20	256	3	1	12	WDT
AT89LV51RC	32	512	3	1	12	WDT
小封装型						
AT89C1051U	1	64	2	1	24	模拟比较器
AT89C2051	2	128	2	1	24	模拟比较器
AT89C4051	4	128	2	1	24	模拟比较器

Philips 兼容 MCS-51 单片机分类及选型

Philips 公司的 80C51 系列单片机都是在标准 8051 的基础上衍生而来的,其种类繁多,可满足不同的应用场合。这其中的许多产品在存储器、定时器、输入/输出口、中断、串行口等资源上做了不同程度的改进与增强,另外在有的型号中新增了诸如 AD 转换、PWM 输出等新的外设。这就使得在不同的应用中,用户总能从该公司的 80C51 兼容单片机中找到一款适合自己需要的型号。

从内核结构上看,Philips 公司的 80C51 兼容单片机可分为两大类,即 6 时钟内核类和 12 时钟内核类。所谓 6 时钟内核,是指单片机的每个机器周期包括 6 个时钟周期,这是相对于传统 80C51 单片机每个机器周期包括 12 个时钟周期而言的。所以在相同时钟频率下,采用 6 时钟内核的单片机执行速度更快。但需要说明的是,许多 6 时钟内核单片机通过软件设置也可以工作在 12 时钟模式,反之也是。Philips 公司的 6 时钟内核单片机的分类及资源见表 3。

表3 6 时钟内核单片机的分类及资源

型号	程序存储器/KB	RAM/KB	时钟/MHz	A/D	看门狗	定时器
P87C51MB2	64	2048	24	N	Y	3
P87C51MC2	96	3072	24	N	Y	3
P87C51X2	4	128	30/6CLK 33/12CLK	N	N	3
P89C51X2	4	128	20/6CLK 33/12CLK	N	N	3
P89C51RA2	8	512	20/6CLK 33/12CLK	N	Y	4
P89C51RB2	16	512	20/6CLK 33/12CLK	N	Y	4
P89C51RC2	32	512	20/6CLK 33/12CLK	N	Y	4
P89C51RD2	64	1024	20/6CLK 33/12CLK	N	Y	4
P89C51RB2H	16	512	20/6CLK 33/12CLK	N	Y	4
P89C51RC2H	32	512	20/6CLK 33/12CLK	N	Y	4
P89C51RD2H	64	1024	20/6CLK 33/12CLK	N	Y	4
P89CS2X2	8	256	30/6CLK 33/12CLK	N	N	3
P89C52X2	8	256	20/6CLK 33/12CLK	N	N	3
P87C54X2	16	256	30/6CLK 33/12CLK	N	N	3
P89C54X2	16	256	20/6CLK 33/12CLK	N	N	3
P87C58X2	32	256	30/6CLK 33/12CLK	N	N	3
P89C58X2	32	256	20/6CLK 33/12CLK	N	N	3
P87C554	16	512	16	Y	Y	3

WinBond 兼容 MCS-51 单片机分类及选型

标准系列是 WinBond 公司生产的与 MCS-51 兼容的最初的产品,型号中以 W78 为前缀。它们与 51 系列单片机完全兼容,甚至可以说是相同,标准型单片机型号见表 4。

表4 标准型单片机型号

型号	程序存储器/KB	RAM/KB	时钟/MHz	定时器	中断源
W78C32C		256	40	3	6
W78E51B	4	128	40	2	5
W78E52B	8	256	40	3	6
W78E54B	16	256	40	3	6
W78E58B	32	512	40	3	6
W78E516B	64	512	40	3	6

型号	程序存储器/KB	RAM/KB	时钟/MHz	定时器	中断源
W78E858	32	768	40	3	6
W78C51D	4	128	40	2	5
W78C52D	8	256	40	3	6
W78C54	16	256	40	3	6
W78C58	32	256	40	3	6
W78C516	64	512	40	3	6
W78C801	4	256	40	2	4
W78C438C		256	40	3	8

　　Turbo-51 系列是 WinBond 生产的增强型的 MCS-51 兼容单片机,它们的型号以 W77 为前缀。该系列的最大改进之处是采用每个机器周期只包括 4 个时钟周期的 CPU 内核,在相同的时钟频率下,速度提高约 2.5 倍。此外,该系列还提供了其他能优化单片机整体性能、提高程序执行效率的技术和硬件资源。Turbo51 型单片机型号见表 5。

表 5　Turbo51 型单片机型号

型号	程序存储器/KB	RAM/KB	定时器	中断源	时钟/MHz	其他功能
W77C32		256 + 1	3	12	40	1 ~ 7
W77L32		256 + 1	3	12	25	1 ~ 8
W77C58	32	256 + 1	3	12	40	1 ~ 7
W77C516	64	256 + 1	3	12	40	1 ~ 7
W77E58	32	256 + 1	3	12	40	1 ~ 7
W77LE58	32	256 + 1	3	12	25	1 ~ 8

参 考 文 献

[1] 张洪润,等.单片机原理及应用[M].北京:清华大学出版社,2005.

[2] 张毅刚,等.新编 MCS-51 单片机应用设计[M].哈尔滨:哈尔滨工业大学出版社,2003.

[3] 杨恢先,黄辉先.单片机原理及应用[M].北京:人民邮电出版社,2006.

[4] 胡辉,等.单片机原理与应用[M].北京:中国水利电力出版社,2007.

[5] 李念强,等.单片机原理及应用[M].北京:机械工业出版社,2007.

[6] 钟睿,等.MCS-51 单片机原理及应用开发技术[M].北京:中国铁道出版社,2006.

[7] 江力.单片机原理与应用技术[M].北京:清华大学出版社,2006.

[8] 李林功,等.单片机原理与应用[M].北京:机械工业出版社,2008.

[9] 陈桂友,孙同景.单片机原理及应用[M].北京:机械工业出版社,2007.

[10] 雷思孝,冯育才.单片机系统设计及工程应用[M].西安:西安电子科技大学出版社,2005.

[11] 胡学海,等.单片机原理及应用系统设计[M].北京:电子工业出版社,2008.

[12] 杭和平,等.单片机原理与应用[M].北京:机械工业出版社,2008.

[13] 张培仁,等.基于 C 语言编程 MCS-51 单片机原理与应用[M].北京:清华大学出版社,2003.

[14] 胡伟,等,单片机 C 程序设计及应用实例[M].北京:人民邮电出版社,2003.

[15] 王幸之,等.单片机应用系统抗干扰技术[M].北京:北京航空航天大学出版社,2000.